W0380565

Dans l’ombre du bayou

DU MÊME AUTEUR CHEZ MIRA

Noire était la nuit
Les disparues de la nuit
L'hiver assassin
Piège de neige
Un danger dans la nuit
Visions

LISA JACKSON

Dans l'ombre du bayou

Roman

MIRA

Titre original :
ABSOLUTE FEAR
publié par KENSINGTON PUBLISHING CORP.

Traduction de l'américain par BARBARA VERSINI

Ce roman a déjà été publié dans la même collection en juillet 2008

Mira® est une marque déposée par le groupe Harlequin

Photos de couverture
Arbre : © MICHAEL PRINCE/CORBIS
Barque, ponton & étang : © STEPHEN ALVAREZ/GETTY IMAGES
Branches : © IRA BLOCK/GETTY IMAGES

83-85 boulevard Vincent-Auriol 75646 PARIS CEDEX 13.
www.harlequin.fr
ISBN 978-2-2802-1879-5 — ISSN 1765-7792

A mon père,
le plus merveilleux des hommes.

Prologue

Près de La Nouvelle-Orléans, Louisiane

La Voix de Dieu lui martelait le crâne.

Tue-les.

Tous les deux.

L'homme et la femme.

Sacrifie-les.

Ce soir.

C'est ta pénitence.

Etendu sur les draps trempés de sueur, il contemplait les stries rouges des enseignes au néon. La lumière clignotante filtrait à travers les lamelles des stores. La Voix ne cessait de résonner dans sa tête. A lui faire vibrer les tympans. Elle tambourinait si fort qu'elle couvrait le bruit des autres voix qu'il entendait, celles qui envahissaient son cerveau comme des insectes grouillants. Ces voix-là étaient aussi irritantes qu'un crissement d'ongle sur un tableau noir. Elles aussi lui donnaient des ordres et perturbaient son sommeil, mais elles étaient plus confuses, moins insistantes que *la* Voix qu'il avait reconnue comme celle du Seigneur.

Un doute insidieux le traversa. Et si cette voix était celle de Lucifer, le Seigneur des Ténèbres ? Après tout, elle lui commandait de tuer…

Non… Il devait avoir la foi. Croire en Lui.

Il se mit à genoux au pied de son lit de camp et fit un signe de croix. Des gouttes de transpiration perlaient à son front pendant qu'il priait pour que le Seigneur l'éclaire, pour qu'Il le désigne comme Son messager. Il frissonna de plaisir à l'idée d'être un élu de Dieu.

— Montrez-moi le chemin, murmura-t-il d'un ton fiévreux en s'humectant les lèvres. Dites-moi ce que je dois faire.

Tue.

La Voix était claire et sans appel.

L'homme et la femme.

Sacrifie-les.

Il fronça les sourcils, sans cesser de prier. Il avait encore quelques doutes. La femme, Eve, oui, il comprenait. Il était hanté depuis longtemps par son visage en forme de cœur, par son menton pointu et impertinent, par ses pâles taches de rousseur bordant un petit nez droit et court, par ses yeux au regard intense, d'un bleu lagon, par les boucles tourmentées de sa chevelure de feu.

Eve, sa belle putain.

Il imagina son corps athlétique entre les mains des hommes. Il avait jeté une fois un coup d'œil à travers les rideaux de douche et il avait vu sa peau lisse tendue sur ses muscles félins. Elle avait des seins petits et fermes, surmontés d'une aréole rosée qui s'était durcie au contact de l'eau.

Oui, il en avait honte, mais il l'avait regardée à la dérobée. Il avait observé avec fascination ses longues jambes fines qui enjambaient la baignoire en lui offrant, sans le savoir, la furtive vision de son sexe couvert de boucles rousses.

Bon sang, quand il revoyait cette scène, il était comme possédé. Elle seule était capable de provoquer en lui une telle excitation. Elle le faisait rougir et bander, elle lui donnait envie de fourrer ses doigts entre ses jambes, de lécher ses petits seins, de la chevaucher… C'était bien une putain, non ? Il se voyait déjà sur elle, son corps puissant la dominait, son sexe s'enfonçait profondément dans cette chaude friche impudique où tant d'autres avaient déjà gaspillé leur semence.

Il se rendit compte qu'il haletait et il eut de nouveau honte.

Mais il n'y pouvait rien… Il aurait tant voulu — une fois, rien qu'une fois — ne pas interrompre son rêve, aller jusqu'au bout de ses fantasmes avec elle.

Avant de la tuer.

Comme le lui ordonnait la Voix.

Mais l'homme ?

Tu es celui qui apporte le renouveau, fit la Voix comme si elle avait lu dans ses pensées. *Celui qui doit réveiller l'âme des pécheurs. Tu es Le Rédempteur. Ne me déçois pas. C'est à toi maintenant de décider qui doit vivre et qui doit mourir. Mets-toi en route !*

Toujours à genoux, il fit un rapide signe de croix sur sa poitrine en tremblant à l'idée que le Seigneur sache à quel point cette femme éveillait en lui des pensées impures. Il devait les combattre. De toutes ses forces.

Et pourtant, quand il se leva d'un bond en étirant ses muscles puissants, il sentit le désir gonfler son sexe, douloureusement.

Le Rédempteur. La Voix lui avait donné un nom. Il le répéta mentalement et décida qu'il lui plaisait. Oui, il aimait aussi l'idée d'être le décideur, d'avoir le pouvoir ultime de choisir qui devait vivre et mourir. C'était bon signe que la Voix l'ait baptisé d'un nouveau nom pour accomplir la mission qu'elle lui confiait. Il se sentait comme un chevalier qu'on vient d'adouber. *Le Rédempteur !*

Il enfila dans le noir son uniforme, suspendu à une patère près de la porte — un pantalon et une veste de camouflage —, puis compléta sa tenue avec ses lunettes de ski et ses bottes. Ses armes étaient déjà dans la camionnette, dissimulées dans le double-fond de la boîte à outils. Il s'était procuré tout un arsenal : des couteaux, des revolvers, des silencieux, des explosifs… Il possédait même un pistolet qui tirait des flèches empoisonnées, et un autre, un jouet, qui tirait des boulettes de papier.

Et quelque chose de spécial qu'il lui réservait. A elle…

Il ouvrit la porte de sa chambre et sortit dans la nuit profonde et brumeuse.

Il était prêt.

*
* *

Eve vérifia l'heure à sa montre.

22 h 45.

Elle était en retard.

Il faisait nuit et il y avait du brouillard, mais elle appuya tout de même sur l'accélérateur. Bien que le compteur de sa Toyota affichait près de deux cent mille kilomètres, le moteur tournait bien et la voiture fit un bond en avant.

Elle prit son tournant un peu trop vite, en empiétant sur la ligne blanche. Une camionnette arrivait en face. Le conducteur klaxonna et elle fit une embardée pour l'éviter. Elle ralentit. Son cœur battait à tout rompre.

Elle desserra ses mains crispées sur le volant et inspira profondément. Roy l'avait appelée une demi-heure plus tôt en la suppliant de le rejoindre de toute urgence.

« Eve, il faut que tu viennes, avait-il dit d'une voix tendue et précipitée. A la cabane. Tu sais laquelle. Celle où nous allions quand nous étions enfants. Dépêche-toi, je t'en prie. Je… Je t'y retrouverai à 23 heures. »

« Mais il est tard, avait-elle protesté. Je ne vais tout de même pas… »

« J'ai des preuves. »

« Des preuves de quoi ? »

« Je te le dirai de vive voix. Viens. Et seule. »

« Tu n'as pas besoin de faire tant de mystères avec moi, Roy. Dis-moi ce qui se passe. »

Pour toute réponse, elle avait entendu plusieurs déclics, puis la tonalité. Il avait raccroché.

« Roy ? Bon sang ! » avait-elle marmonné en tapotant des boutons pour faire apparaître le numéro de l'appelant.

Mais l'écran de l'appareil avait affiché « Numéro privé ». Elle avait soupiré, exaspérée. De quelles preuves parlait donc Roy ? Une demi-douzaine de réponses lui avaient traversé l'esprit, toutes improbables, tandis qu'elle se précipitait pour le rejoindre.

Elle n'aurait peut-être pas dû venir. Cole avait tenté de l'en dissuader, allant même jusqu'à se poster devant la porte — ce qui l'avait mise dans une rage folle. Ils s'étaient disputés. Il avait insisté pour l'accompagner, mais elle avait refusé et elle était sortie seule, dans le brouillard de la nuit.

Elle préférait régler cette histoire seule et elle n'avait pas l'habitude de revenir sur une décision sous la contrainte.

Voilà pourquoi elle roulait maintenant par une nuit sans lune en direction du marais où l'oncle de Roy, Vernon, possédait une petite cabane de pêche. A supposer que cette cabane soit toujours debout. La dernière fois qu'elle y avait mis les pieds, c'était dix ans plus tôt, et elle l'avait trouvée en très mauvais état.

Elle jeta un coup d'œil dans le rétroviseur et surprit son propre regard, apeuré.

Elle n'avait pas eu de nouvelles de Roy pendant un an, pourquoi se manifestait-il aussi soudainement ?

Il a encore des ennuis, c'est sûr. Tu le connais. Tu sais bien qu'il frise parfois la paranoïa. Un vrai cas d'école…

Alors pourquoi cours-tu chaque fois qu'il te siffle ?

Pourquoi a-t-il un tel ascendant sur toi ?

Il faut croire que tu es complètement névrosée, toi aussi, pour te précipiter à son secours.

— Tais-toi, murmura-t-elle.

Le problème, quand on préparait un diplôme de troisième cycle en psychologie, c'était qu'on passait son temps à s'autoanalyser.

Une mauvaise habitude qui commençait sérieusement à lui empoisonner la vie…

Elle alluma la radio d'un geste brusque et tomba sur une publicité pour un régime amaigrissant miracle — le dernier en vogue —, accompagnée par les notes d'une chanson de country parlant d'un ménage à trois. Pas de quoi la détendre… Elle chercha distraitement une autre station tout en scrutant la nuit à travers le brouillard de plus en plus épais. La cabane de l'oncle Vernon ne devait plus se trouver très loin. Elle tenta de déchiffrer un panneau cloué au tronc d'un grand pin. Il signalait que la chasse était interdite. Pourtant, il était criblé de balles.

Enfin, ses phares éclairèrent un tronc de peuplier calciné et, juste derrière, elle aperçut l'entrée de la propriété de Vernon Kajak. Une porte rouillée pendait, bancale, rattachée au chambranle par un unique gond. Les pneus de la Toyota vibrèrent en franchissant un vieux caillebotis.

L'allée se réduisait à peu près à deux longues travées creusées par le passage des véhicules. Là où il y avait eu autrefois du gravier, il ne restait plus que quelques pierres et de la boue. Les mauvaises herbes éraflaient le plancher de la voiture qui cahotait dans les ornières. Eve dut rouler au pas pour passer entre les buissons et les troncs des cyprès.

Seigneur, comme il faisait sombre. Et quelle atmosphère angoissante… Tous les ingrédients d'un film d'horreur paraissaient réunis.

Eve n'avait jamais été peureuse, mais elle n'était pas pour autant téméraire. Elle n'appréciait nullement de devoir s'aventurer en pleine nuit dans les marais. Quelques années de taekwondo et la petite bombe au poivre enfouie au fond de son sac à main ne suffiraient pas à parer aux multiples dangers que recelait l'épais feuillage du sous-bois.

— Oh, calme-toi un peu, murmura-t-elle tout haut.

Elle éteignit la radio et prit son portable. L'écran indiquait « Pas de réseau ».

— Evidemment. Tu aurais pu t'en douter.

Elle avait passé une très mauvaise journée qui s'était terminée par une dispute avec Cole.

Comment en étaient-ils arrivés là ? D'accord, la visite de son père l'avait mise à cran, mais cela ne suffisait pas à expliquer cette rage froide vis-à-vis de l'homme qu'elle souhaitait épouser.

Et cet appel de Roy qui l'avait poussée à sortir en pleine nuit dans ce brouillard épais et humide… Oui, décidément, tout dans cette journée paraissait étrange, légèrement déphasé.

Eve se secoua pour surmonter sa peur.

Elle vérifia l'heure à sa montre.

Plus que quelques minutes.

La cabane se trouvait à moins de deux kilomètres.

Le Rédempteur attendait.

Frémissant.

Impatient.

Les oreilles aux aguets.

Les nerfs tendus.

Mais la Voix demeurait silencieuse.

Elle ne le félicitait pas pour ce qu'il venait d'accomplir. Elle ne lui reprochait pas non plus de ne pas avoir terminé le travail.

Son cœur s'emballa et il leva le visage vers le ciel au moment où une bourrasque glacée balayait le bayou. La lune, presque invisible à cause du brouillard qui s'épaississait, éclairait la nuit d'un faible croissant voilé et sinistre.

Les sens en éveil, il renifla l'odeur métallique du sang qui gouttait de ses doigts gantés.

Parlez-moi, supplia-t-il. *Elle n'est pas là. Que dois-je faire ?*

Il sentit sa respiration s'accélérer à l'idée que la Voix allait lui ordonner de la traquer.

Mais la nuit resta muette.

Les crapauds eux-mêmes s'étaient tus.

Comme les criquets.

Comme les cigales.

Il n'y avait rien d'autre que le silence et le halètement saccadé de sa propre respiration qui projetait de petits nuages dans l'air immobile.

Il tenta de se concentrer pour réfléchir. La Voix ne lui avait-elle pas assuré qu'il trouverait deux personnes ? Deux personnes à sacrifier ? Oui, deux, elle avait bien dit deux. Un homme et une femme. Eve aurait dû attendre à l'intérieur de la cabane. Et pourtant il n'avait vu que l'homme.

— Pardonnez-moi, murmura-t-il avec angoisse.

Quelle serait cette fois sa pénitence ? Il songea aux cicatrices de flagellations qui lui zébraient le dos, aux brûlures de charbons ardents sur ses paumes de mains, et frissonna à l'idée de ce qui l'attendait.

Et pourtant…

Les battements irréguliers de son cœur et le murmure de son sang qui pulsait dans ses veines témoignaient encore du plaisir qu'il avait éprouvé quand la lame de son couteau avait tranché la peau tendre du cou de l'homme. Il ferma les yeux, revit la fine blessure et le sang qui s'en écoulait. De nouveau, un sentiment d'urgence l'assaillit.

Il se mordilla nerveusement l'intérieur de la joue.

La déception lui nouait les entrailles.

Mais il attendit.

La Voix ne s'était encore jamais trompée.

Et qui était-il pour douter des instructions du Seigneur ?

Il lui arrivait de ne plus savoir. Les autres voix le prenaient à parti — elles sifflaient, geignaient, et faisaient tant de bruit qu'elles lui obscurcissaient le jugement, au point de lui faire douter parfois de sa santé mentale. Mais ce soir, elles aussi se taisaient.

Aidez-moi. Parlez-moi. Dites-moi que je ne me trompe pas.

Toujours pas de réponse, rien que le bruissement des feuilles secouées par la courte rafale de vent qui venait de s'engouffrer entre les cyprès et les chênes verts.

Il décida d'attendre encore.

Juste comme il se signait, il entendit le bruit sourd d'un moteur de voiture qui approchait.

Oui !

Il ouvrit les yeux.

Des pneus écrasaient ce qui restait de gravier.

Il n'avait pas besoin de voir la voiture pour savoir qu'il s'agissait d'une Toyota Camry. De la Camry d'Eve. Un courant chaud coula dans ses veines quand il vit apparaître des phares, avec le brouillard qui tourbillonnait dans leur faible halo doré. Sa main gantée se referma sur le manche de son couteau dont la lame était à peine visible dans la noirceur de la nuit.

Un faisceau de lumière balaya les murs ternes de la cabane, puis le moteur s'éteignit. Une portière s'ouvrit et il eut la vision fugitive des boucles rousses d'Eve, de son visage crispé, de ses yeux inquiets. Elle jeta un regard du côté de la camionnette de Roy arrêtée sous l'auvent d'un garage. Puis, munie d'une petite lampe torche, elle se dirigea rapidement vers la porte de la cabane qu'elle voulut pousser, mais qu'elle trouva fermée à clé.

— Roy ? appela-t-elle en frappant bruyamment.

Une bouffée de son parfum parvint jusqu'au Rédempteur.

— Roy ? répéta-t-elle. Qu'est-ce que tu fais ?

Puis, plus bas :

— Si c'est encore une de tes plaisanteries, je te jure que tu vas me le payer…

Oh, non, ce n'est pas une plaisanterie !

Elle était si proche… D'un seul bond, il aurait pu la plaquer au sol.

Elle braqua sa lampe sur la façade délabrée, puis sur un volet à moitié cassé.

— Voyons voir…, murmura-t-elle.

Elle passa la main derrière le battant du volet et en sortit une clé qu'elle contempla un long moment.

— Je n'arrive pas à croire que je suis en train de faire ça, dit-elle enfin en introduisant la clé dans la serrure qui s'ouvrit avec un déclic.

Il profita du bruit de la porte pour se déplacer rapidement dans sa direction. Il tenait fermement son couteau dans une main, ce couteau qui allait bientôt entailler sa douce peau si blanche. Mais il avait aussi un revolver, au cas où, un petit calibre, largement suffisant pour tirer à bout portant.

Une lumière apparut à l'intérieur de la cabane.

Il l'aperçut à travers les carreaux poussiéreux de la fenêtre de la cuisine. Elle avait tiré ses longs cheveux en arrière et la délicate colonne de son cou était parfaitement dégagée. Le cœur du Rédempteur battit plus vite et il inspira profondément en songeant à ce qu'il s'apprêtait à accomplir.

Elle l'entendrait arriver, elle se retournerait, elle pousserait un cri étranglé quand leurs yeux se rencontreraient. Là, il s'élancerait sur elle, vite, pour trancher cette gorge aux courbes parfaites, à l'endroit précis de la jugulaire. Un sang pourpre en jaillirait.

Il soupira de plaisir anticipé.

Son sexe se durcit.

Il allait bientôt pouvoir la goûter.

Eve.

La femme du péché originel.

Le moment était venu pour elle de payer.

— Roy ? appela Eve sous la pâle lumière de la cabane. Tu es là ?

Elle hésitait encore entre la peur et la colère lorsqu'elle entra dans la cuisine.

— J'ai une peur bleue, protesta-t-elle en contemplant une bouteille de bière à moitié vide abandonnée sur la vieille table à rallonge.

Elle sentit des gouttes de sueur sur ses tempes.

— Je t'assure que si tu t'amuses avec moi, je vais te le faire payer cher, insista-t-elle.

Elle entendit un craquement et se retourna. Elle fit un bond lorsqu'une ombre rapide détala sur le lino jauni pour aller se réfugier sous le vieux réfrigérateur. Elle retint à grand-peine un cri en reconnaissant une queue de souris qui disparut rapidement de sa vue.

— Seigneur…, murmura-t-elle.

Son pouls battait à ses oreilles. Elle n'aurait jamais dû venir jusqu'ici et elle le savait depuis le début. Quand Roy avait appelé, elle aurait dû insister pour le rencontrer dans un endroit moins isolé. Cette cabane en plein marais lui donnait la chair de poule.

Mais où était-il, à la fin ?

— Roy ?

Elle avait vu sa camionnette. Donc, il se trouvait déjà sur place.

— Roy ? Ce n'est pas drôle du tout. Où te caches-tu ?

La porte de la salle de bains était entrouverte, mais il faisait sombre à l'intérieur. Elle essaya l'interrupteur, mais l'ampoule avait grillé et quand elle promena sa lampe sur le lavabo et la cuvette des toilettes, elle ne vit que de la rouille, des taches, de la poussière. Personne… C'était vraiment bizarre.

Elle fit trois pas dans le salon où une lampe brillait sur une petite table basse. Roy était donc passé ici… Enfin, quelqu'un était passé ici, même si la pièce paraissait inhabitée depuis une dizaine d'années. La poussière et les toiles d'araignées recouvraient le sol, les murs lambrissés de pin, le plafond. Même les cendres et les bûches à moitié carbonisées dans l'âtre semblaient être là depuis une éternité, tout comme le vieux magazine de pêche aux pages jaunies, gondolées et tachées d'humidité. Le temps s'était arrêté dans cette cabane perdue.

Mais qu'était-elle donc venue faire ici ?

Rencontrer Roy qui avait des preuves à lui montrer.

Des preuves de quoi ?

Ça a probablement un rapport avec ton père. Tu le sais. Tu le sens. Roy pourra te dire si ton père est innocent. Ou coupable.

Elle avala sa salive, tout en sortant son téléphone portable de son sac. Toujours pas de signal.

— Roy, si tu ne t'es pas montré dans deux minutes, je fiche le camp, cria-t-elle. Pour me parler de tes fameuses preuves, tu n'auras plus qu'à m'envoyer un e-mail. Tu as compris ?

Agacée, elle fit une dernière fois le tour des lieux. Après l'escalier, il y avait un petit couloir menant à l'unique chambre du rez-de-chaussée. La porte en était grande ouverte.

Elle s'arma de courage et avança dans cette direction.

Merde ! Elle avait un téléphone portable ! Il n'avait pas pensé à ça et la Voix ne lui avait rien dit à ce sujet. Le Rédempteur la suivit des yeux tandis qu'elle progressait lentement le long du couloir. En découvrant ce qu'il y avait dans la chambre, elle allait appeler le 911. Elle était même du genre à avoir préenregistré le numéro.

Il fallait qu'il l'arrête. Et sans tarder.

Sans un bruit, il rangea son couteau, ouvrit la gaine du revolver qu'il portait en bandoulière et sortit son arme.

Il était temps d'en finir.

Les nerfs à fleur de peau, Eve poussa la porte de la chambre qui pivota en grinçant sur ses gonds.

— Roy ?

De faibles gémissements lui répondirent.

Les poils de ses bras se hérissèrent et elle se précipita vers l'interrupteur. Un déclic, et la pièce fut noyée par la lumière du plafonnier.

Eve poussa un hurlement.

Roy était allongé sur le sol, près du lit en métal. Il avait le visage couvert de sang et une énorme entaille au niveau du cou. Il gisait dans une tache sombre qui ne cessait de s'élargir.

Elle courut vers lui. Elle ne voyait plus que du sang, noir, poisseux, épais. Partout.

Sa poitrine se soulevait encore, à peine. Il luttait pour respirer. Eve poussa un gémissement d'espoir. Il était encore vivant !

— Tiens bon, cria-t-elle, en luttant contre la terreur qui la déchirait et la nausée qui montait. Qui t'a fait ça ? Mon Dieu…

Elle tenta de stopper le flux de sang d'une main, tout en composant un numéro sur son téléphone de l'autre, avec des doigts tremblants. L'appareil lui échappa et glissa dans le sang épais. Sans cesser d'appuyer sur la plaie de Roy, elle le ramassa et recomposa le 911.

— A l'aide, supplia-t-elle.

Mais l'écran affichait toujours « Pas de réseau », dans un silence moqueur.

La panique la submergea. Elle était désespérée.

Calme-toi, Eve. Tu ne pourras pas aider Roy si tu ne gardes pas la tête froide. Trouve une solution. Il y a peut-être un téléphone ici… L'électricité n'est pas coupée… Vernon a peut-être conservé une ligne…

Elle balaya la pièce du regard. Pas de téléphone, non, mais près de la tête de Roy, sur les lambris ternis, elle remarqua un message tracé avec du sang.

212.

Horrifiée, elle recula.

Qu'est-ce que ça signifiait ?

Etait-ce Roy qui avait écrit ça ?

Ou quelqu'un d'autre ? Seigneur… L'agresseur de Roy était peut-être toujours là. Dans la cabane. Elle songea à la bombe au poivre cachée dans son sac.

Elle n'avait pas de temps à perdre. Elle devait trouver de l'aide. La blessure de Roy ne saignait presque plus sous ses doigts. Mon Dieu…

Un autre long gémissement et Roy tenta une dernière fois d'inspirer avec un bruit mouillé.

— Non ! Non ! Roy !

Sa main chercha le pouls autour de la blessure et ne le trouva plus.

— Tu ne peux pas mourir comme ça, Roy, je t'en prie…

Une planche craqua.

Eve se figea.

L'assassin était là. A l'intérieur ou sous le porche.

Le cœur battant, elle essaya de nouveau le téléphone, tout en guettant les bruits autour d'elle et en surveillant la porte.

Si seulement il y avait eu une autre sortie…

Elle entendit des pas, le frottement d'une semelle de cuir sur le plancher.

Elle sentit son ventre se liquéfier.

Elle tendit lentement le bras vers son sac et ses doigts ensanglantés fouillèrent à tâtons pour chercher la bombe au poivre. Son regard ne cessait d'aller des deux fenêtres à la porte, en passant par le miroir qui lui renvoyait l'image de son propre visage déformé par la terreur. Elle prit le risque de baisser la tête, une seconde, vers l'intérieur du sac. Elle refermait la main sur le spray quand elle entendit de nouveau des pas. Cette fois, plus distinctement. Il venait vers elle.

Il savait qu'elle était là.

Sors, Eve. Fuis. Tout de suite.

Elle se releva d'un bond, secouée par l'adrénaline, et se rua vers l'interrupteur. La pièce fut brusquement plongée dans le noir.

Là, elle fit volte-face, mais ses pieds dérapèrent dans le sang de Roy et elle tomba bruyamment, en retenant un cri, la main crispée sur le spray au poivre. Elle s'écorcha les jambes contre le cadre de lit et sa tête heurta le mur. Une violente douleur se déploya au niveau de ses yeux.

Les pas avançaient toujours, inexorables.

Ne tombe pas dans les pommes… Ce n'est pas le moment.

Elle se jeta vers l'une des fenêtres.

Et là, elle le vit, à travers les carreaux. Il tenait quelque chose à la main. Quelque chose qu'il pointait vers elle.

Malgré la panique, un éclair de lucidité la traversa. Elle l'avait reconnu.

Cole ?

Cole Dennis la visait avec un revolver.

Non !

Bang !

Le bruit claqua comme un coup.

Le canon cracha du feu.

La vitre explosa.

En même temps que la douleur dans son crâne.

Ses genoux se dérobèrent. Elle s'écroula au sol. La pièce obscure se mit à tourner autour d'elle et le visage furieux de Cole Dennis fut la dernière image qui s'imprima dans sa mémoire.

1.

Trois mois plus tard

— C'est une erreur, Eve, protesta Anna Maria en emboîtant le pas à Eve qui descendait l'allée du jardin. Une grave erreur. Tu ne peux pas partir maintenant. Tu n'es pas en état de conduire aussi longtemps.

Anna Maria était en peignoir, en chaussons, à peine débarbouillée, mais, visiblement, ça ne la tracassait pas.

— Je ne suis pas en état ! s'exclama Eve. C'est ce qu'on va voir…

Elle en avait assez de parlementer avec Anna. Les lampadaires éclairaient encore cette charmante petite rue de banlieue, entre Marietta et Atlanta. L'aube se levait déjà et Eve avait un long chemin à faire. Elle avait hâte de partir et aucune envie de discuter.

Mais Anna Maria était coriace. Une cigarette dans une main et une tasse de café dans l'autre, elle continuait à argumenter.

— Premièrement, tu n'as pas terminé ta rééducation et, deuxièmement, tu ne te souviens pas de ce qui s'est passé la nuit où tu as été agressée. Par ailleurs, le bruit court que Cole Dennis va bientôt être relâché. Tu m'entends ? L'homme qui a tenté de t'assassiner va se promener en liberté.

Eve tressaillit quand elle entendit prononcer le nom de Cole. Comme chaque fois depuis cette nuit-là. Mais elle décida de ne pas y prêter attention. Pas plus que d'habitude.

— Nous avons déjà parlé de ça une bonne centaine de fois, rétorqua-t-elle tranquillement. J'ai besoin de me retrouver chez moi.

Elle continua à avancer vers sa voiture, en se penchant vers la cage en plastique d'où sortaient les miaulements déchirants de son animal de compagnie — Samson, un chat de gouttière à poil long.

— Tu fais beaucoup de bruit pour rien, le gronda-t-elle tout en fouillant dans son sac à main pour en sortir ses clés.

Le mouvement fit tanguer la cage et Samson, affolé, cracha bruyamment. Eve la déposa par terre, tout en continuant à chercher ses clés.

— Eve…

— Tu ne vas pas remettre ça, coupa Eve d'un ton sec tout en jetant un regard vers sa belle-sœur.

Elle secoua la tête et de petites mèches lui balayèrent la nuque.

— Tu sais bien que j'ai pris ma décision. Je serai mieux chez moi.

Elle trouva son trousseau de clés dans une poche extérieure et le sortit d'un geste brusque, entraînant son portable en même temps. Il atterrit sur le béton avec un petit bruit sec.

Il ne manquait plus que ça. Anna, qui se prétendait fervente catholique, mais qui était aussi la femme la plus superstitieuse qu'Eve ait jamais connue, allait sûrement interpréter l'incident comme un message. Eve était toujours stupéfaite du nombre de signes, présages ou malédictions qu'Anna décryptait en une seule journée — au point que Samson, à la fourrure noire, avait à peine droit de cité dans la maison d'Anna et de Kyle.

— Tu vois ! s'exclama Anna. *On* essaye de te dire quelque chose.

— Oui, *on* me rappelle que je dois me racheter un étui de portable, murmura Eve entre ses dents.

— Ce n'est pas drôle, Eve.

— Moi je trouve ça drôle…, répondit Eve en esquissant un pâle sourire.

Des nuages sombres se déplaçaient lentement dans le ciel bas de Géorgie. Il allait pleuvoir. Un léger souffle de vent faisait frissonner les branches du magnolia qui poussait en bordure de l'allée. Eve ramassa son téléphone, constata que l'écran était éclairé, et appuya sur un bouton pour vérifier qu'elle avait toujours la tonalité.

— Il marche, dit-elle. Je ne pense pas être obligée d'en changer.

Elle rangea soigneusement le téléphone dans son sac, ouvrit une portière, et posa la cage du chat sur le siège arrière.

— Je suis contre, je tiens à ce que tu le saches, insista Anna, les bras croisés sur son imposante poitrine.

— Tu l'as déjà dit, fit posément remarquer Eve.

— Tu pourrais au moins attendre le retour de Kyle. Il est sorti acheter des cigarettes et du lait, il sera là d'une minute à l'autre.

Raison de plus pour partir au plus vite… Eve ne s'était jamais bien entendue avec son frère aîné. Et les quelques semaines qu'elle avait passées chez lui pour sa convalescence n'avaient pas amélioré leurs relations.

— Inutile d'essayer de me faire changer d'avis. Nita assure que je suis guérie à quatre-vingt-cinq pour cent.

— Nita est une idiote, rétorqua Anna.

Elle tira une longue bouffée de sa cigarette et recracha de la fumée par un coin de la bouche.

— Nita est une kinésithérapeute certifiée et expérimentée, protesta Eve.

— Et ton psychiatre, que dit-il ?

Eve marqua un temps d'arrêt.

— Ça, c'est un coup bas, Anna, répondit-elle enfin.

Le courant n'était pas passé entre elle et le Dr Calvin Byrd. Elle l'avait trouvé trop circonspect, trop silencieux, trop posé. Sa façon de l'écouter stylo en main, confortablement adossé à son fauteuil, lui avait déplu. Elle avait eu l'impression qu'il était là pour la juger, plutôt que pour l'aider. Cet homme ne l'inspirait pas et la rendait nerveuse. Elle avait donc arrêté les séances.

— Il pourrait t'aider à retrouver la mémoire, insista Anna.

— Je t'ai déjà dit qu'il ne me plaisait pas. Un point, c'est tout.

— Il est pourtant considéré comme le meilleur psychiatre d'Atlanta.

— Je sais.

Eve avait vu les diplômes et les lettres de remerciements que le Dr Byrd affichait fièrement dans son cabinet.

— Il me fait mauvaise impression, je n'y peux rien.

Elle remontait déjà vers l'abri attenant au garage où elle avait entreposé ses bagages. Elle passa devant la camionnette de son frère, un véhicule couvert de poussière avec les mots « A laver » tracés sur les vitres arrière. Il avait dû prendre sa Porsche pour aller faire les courses.

— Ecoute, Anna, je ne veux plus en parler. Tu as le choix entre m'aider, ou bien pester en sachant que ça ne te mènera à rien. Que choisis-tu ?

— C'est de la folie, Eve.

Eve sourit gentiment.

— N'exagère pas… Je ne suis pas en si mauvais état que ça.

— Pas en si mauvais état que ça ? Pour l'amour de Dieu ! Je te trouve bien légère. On t'a tiré dessus ! Tiré dessus ! La balle a transpercé ton épaule, puis ricoché sur ta tempe et effleuré ton cerveau. Ton cerveau ! Non, mais tu te rends compte ! Tu t'en es bien sortie parce que tu es toujours en vie et debout sur tes jambes, mais, bon sang, ne me dis pas que tu n'es pas en mauvais état. Tu es en mauvais état.

Elle aspira encore une longue bouffée de cigarette et scruta Eve d'un air circonspect.

— Le salaud que tu voulais épouser a failli te tuer. Ça va mal, très mal. Et pire que mal. Et en plus tu ne te souviens de rien.

Fatiguée de discuter, Eve attrapa un sac de voyage et la mallette de son ordinateur, et se dirigea vers la voiture. Samson poussait toujours des miaulements à réveiller les morts. Anna Maria exagérait. Elle n'avait pas tout oublié, il lui restait des bribes de la nuit où elle avait failli mourir, comme des aiguilles qui lui transperçaient le cerveau. Elle se souvenait être arrivée en retard, puis de Roy étendu sur le sol, dans une mare de sang, en train de mourir. Elle se souvenait aussi du nombre 212 tracé avec du sang sur le mur. Elle se rappelait avoir pris son portable d'une main tellement tremblante qu'elle l'avait laissé tomber dans la flaque formée par le sang de Roy, et aussi que l'écran affichait « Pas de réseau », en lettres capitales. Et elle se souvenait surtout très nettement du sang, du sang partout, sur les murs, par terre, du sang poisseux sur les touches de son téléphone, du sang qui coulait de l'entaille rouge barrant le cou de Roy.

Elle ferma les yeux quelques secondes et poussa un long soupir. De nouveau, elle se sentait assaillie par cette culpabilité tapie au plus profond d'elle-même, sombre et écrasante, qui hantait ses nuits et se manifestait jusque dans ses rêves. Si seulement elle était arrivée plus tôt à la cabane, si seulement elle n'avait pas hésité, si… Roy serait peut-être encore en vie. Elle ouvrit les yeux, regarda le ciel et frissonna. Les nuages au-dessus d'elle lui parurent encore plus menaçants.

— Les médecins pensent que je finirai par combler mes trous de mémoire, dit-elle en ouvrant la portière pour poser le sac de voyage sur le plancher, devant la banquette arrière.

Ses yeux croisèrent les pupilles dilatées de Samson derrière la petite fenêtre de sa cage.

— Il vaut peut-être mieux ne pas chercher à les combler, commenta Anna.

Elle était franchement insupportable, ce matin, à dire une chose, puis son contraire. Eve lâcha son sac à main sur le siège passager, puis se retourna vers sa belle-sœur qui l'observait, campée à quelques centimètres d'elle.

— Ce n'est pas toi qui m'as expliqué l'autre jour que si le cerveau bloquait l'accès à certains souvenirs, c'était pour se protéger ? dit Anna en repoussant les longues mèches qui lui tombaient devant les yeux.

Elle était si proche qu'Eve sentait son haleine de cigarette et les effluves de son parfum.

— Peut-être que tu ne veux pas savoir ce qui s'est réellement passé, insista-t-elle.

— Je veux le savoir, répondit Eve d'un ton posé.

De l'autre côté de la rue, une porte s'ouvrit. Vêtu d'une robe de chambre à rayures et chaussé de ses pantoufles, un vieil homme chauve apparut sur son perron et jeta un coup d'œil dans leur direction à travers ses épaisses lunettes. Il les salua de la main, puis se baissa pour ramasser son journal.

— Bonjour, monsieur Watters, fit Anna en lui rendant son salut.

Il parcourut les gros titres et disparut à l'intérieur. Anna baissa la voix et s'approcha d'Eve.

— Je te demande simplement d'attendre. Une semaine ou deux, pas plus. Le temps de te sentir plus solide et aussi d'en savoir un peu plus sur ce que mijote Cole. Il vaut mieux que tu restes avec nous tant que tu n'es pas certaine que tu ne risques rien.

— Je ne risque rien.

— Il est dangereux.

Eve remontait déjà l'allée.

— Et puis je songe à me procurer un chien. Enfin, un chiot, plutôt.

Anna Maria prit une dernière bouffée de sa cigarette, jeta son mégot et l'écrasa du bout de sa mule rose.

— Un chiot ? Parce que tu crois qu'un chiot tiendrait à distance les fous dangereux ?

— Je pense à un chiot très très méchant.

Anna la regarda d'un air inquiet, sans la moindre étincelle d'humour.

— Ecoute, Eve, tu peux rire et faire de l'esprit tant que tu veux, il n'empêche que quelqu'un a voulu te tuer.

— Je me suis trouvée au mauvais endroit, au mauvais moment, voilà tout.

Anna lui lança un regard exaspéré.

— Tu as affirmé que Cole était ton agresseur et que c'était lui qui t'avait tiré dessus. Et maintenant… Maintenant il va être relâché. Aucune charge n'a été retenue contre lui. Et il ne se gênera pas pour prendre contact avec toi. Il a déjà essayé, ça, au moins, tu t'en souviens ? On venait à peine de le libérer sous caution qu'il t'a appelée. Il voulait te voir, et toi, espèce de gourde, tu étais prête à accepter de le rencontrer. Mais à quoi pensais-tu ?

L'estomac d'Eve se noua. La migraine qui attendait, tapie dans un coin de son crâne, commença à sourdre lentement. Elle ne voulait pas penser à ça maintenant.

— Cole croyait que tu avais une liaison. Une liaison avec Roy, probablement.

Eve sentit l'angoisse lui oppresser les poumons. Elle ne se souvenait pas de tout ça. Le marteau contre sa tempe se fit plus précis et plus régulier.

— Au diable, toute cette histoire, murmura-t-elle.

Elle se pencha pour attraper son sac, fouilla à l'intérieur, en sortit un flacon d'Ibuprofen presque vide et mit deux cachets dans sa bouche.

— Je t'ai dit que j'en avais assez de ressasser toujours la même chose et que j'étais fatiguée d'argumenter.

Elle prit la tasse d'Anna pour avaler ses cachets. Le café était tiède et Anna le buvait avec du lait.

— C'est infect, se plaignit-elle.

Anna reprit sa tasse d'un geste vif.

Eve sentit un battement sous son œil droit, signe qu'une crise de panique se préparait. Son cœur s'affola et elle eut l'impression qu'une cage d'acier se refermait sur ses poumons.

Pas maintenant. Pas devant Anna. Ça ne ferait qu'apporter de l'eau à son moulin. Respire… Un… Deux… Pense à quelque chose de doux et d'agréable… Trois… Ralentis les battements de ton cœur… Quatre…

A dix, elle respirait de nouveau normalement, mais Anna la dévisageait d'un air méfiant.

— Je dois y aller, dit Eve en prenant son vanity.

Il ne lui servait pas à grand-chose pour l'instant. Son visage était encore un peu enflé, la blessure au-dessus de son œil droit pas complètement cicatrisée. Elle plaça la mallette près de la cage du chat, et se retourna pour prendre son grand sac de voyage.

— Hé ! intervint Anna. Non ! Pas ça ! Stop ! Tu ne vas tout de même pas soulever ton sac seule. Attends une seconde…

Anna posa sa tasse par terre et attrapa la poignée du sac.

— Seigneur, ça pèse une tonne. Qu'est-ce que tu as mis, là-dedans, du plomb ?

Eve esquissa un sourire.

— Heureusement que tu ne m'as pas demandé si j'y avais caché un cadavre.

— Je ne te l'ai pas demandé, mais j'y ai pensé.

— Je sais.

Un gémissement sortit de la voiture. Le chat ne se résignait pas.

— Ça va te rendre folle, s'il miaule comme ça pendant tout le trajet.

— Sans doute, répondit Eve en ouvrant le coffre de la voiture. J'y survivrai.

— Tu sais que tu es vraiment impossible ?

Elle hissa le sac dans le coffre en repoussant Eve qui voulait l'aider.

— Aussi têtue que ton frère. Et pas besoin de me répondre que vous n'avez pas le même patrimoine génétique. Ça n'y change rien. Vous avez été élevés sous le même toit et ça fait de vous des têtes de mule.

Eve ne répondit pas. Quand Anna Maria était lancée, rien ne pouvait l'arrêter. Elle devenait imperméable à toute logique. Inutile de lui faire remarquer qu'elle avait été adoptée par Melody et Terrence Renner et que ses deux frères — des enfants d'un premier mariage de Melody — avaient respectivement douze et dix ans de plus qu'elle. Eve soupçonnait Anna d'avoir insisté auprès de Kyle pour qu'elle se repose chez eux en sortant de l'hôpital. Le geste ne venait pas de son cher frère, elle en était certaine. Il ne se serait pas senti coupable de la laisser seule. Kyle ne s'embarrassait pas de scrupules et il ne se faisait pas remarquer par sa noblesse d'âme.

Anna ramassa sa tasse, but une gorgée et fit la grimace.

— Tu as raison, dit-elle. C'est infect.

Elle vida le contenu de sa tasse dans la terre, au pied du magnolia.

— Tu vois…

— Puisque tu es décidée à partir, il vaudrait mieux que tu ne traînes pas, murmura Anna en jetant un coup d'œil inquiet du côté du ciel menaçant. Et Eve…

— Oui ?

— Evite Cole. Il ne t'apportera que des ennuis.

— Je sais.

— Ce n'est pas la réponse que j'aurais voulu entendre.

Anna passa ses bras autour d'Eve et la serra fort, comme si elle regrettait de se séparer d'elle. Eve se demanda si elle ne redoutait pas de se retrouver en tête à tête avec Kyle. Son frère était un sale type. Elle ne comprenait pas comment Anna pouvait vivre avec lui. C'était tout simplement admirable.

— Merci pour tout. Je te dois beaucoup, murmura-t-elle avec émotion. Prends soin de toi, Anna.

— J'essayerai, répondit Anna. Toi aussi, prends soin de toi.

Eve s'arracha des bras d'Anna, se glissa derrière le volant et mit le moteur en marche en ignorant les miaulements désespérés de son chat.

— Au revoir ! lança-t-elle.

Anna plongeait déjà sa main dans sa poche pour en sortir ses cigarettes. Elle prit la dernière et broya le paquet vide dans son poing.

Au moment où Eve descendait l'allée, des gouttes de pluie commencèrent à tomber. La pluie… Six cents kilomètres d'asphalte la séparaient de La Nouvelle-Orléans.

Et, une fois là-bas, qu'est-ce que tu vas faire ?

— Dieu seul le sait, murmura-t-elle pour elle-même.

Elle enclencha les essuie-glaces et appuya sur l'accélérateur. Pour atténuer le bruit des miaulements de Samson, elle mit la radio et s'arrêta sur une station de country, tout en se demandant si les accords déchirants de la guitare n'étaient pas encore plus déprimants que les gémissements de son chat.

Sa vie, quelle qu'elle soit dorénavant, l'attendait à La Nouvelle-Orléans.

*
* *

— Fais-moi sortir d'ici, bon sang ! s'exclama Cole Dennis en faisant les cent pas dans la pièce.

Il était tendu et agité. Cette petite cellule, avec ses murs cendreux et ses barreaux d'acier, sentait le renfermé, la saleté et les rêves brisés. Pire encore, derrière l'entêtante odeur d'un produit d'entretien parfumé au pin, on devinait des relents d'ammoniaque et d'urine. Cole se demanda si le type qui avait uriné dans son pantalon avait eu peur ou s'il avait simplement voulu ennuyer les policiers.

Sam Deeds, l'avocat de Cole, était installé devant une petite table vissée au sol. Avec son costume Armani, sa cravate de soie, sa coupe de cheveux qui avait dû lui coûter ce que certains gagnent en un mois, Deeds incarnait l'homme de loi sérieux et efficace. Il contemplait Cole d'un air grave et posé et suivait ses va-et-vient d'un œil de lynx.

Cole songea à toutes les fois où il s'était lui-même assis sur cette chaise, exactement comme Sam, en demandant à ses clients de ne pas s'inquiéter, sans même remarquer les relents de désespoir qui suintaient des murs décrépits de la cellule.

— Ce n'est plus qu'une question de paperasse, déclara tranquillement Deeds. Tu connais la musique…

— Oui, justement, je la connais. Ils font exprès de traîner pour gagner du temps. Et qu'est-ce que je fais ici, dans la salle d'interrogatoire, alors que je suis sur le point de sortir ?

— Ton affaire est suivie de près par les médias.

— Ah oui ? Alors ça serait pour me protéger des vautours de la presse ?

Cole ricana.

— Non, on ne me fera pas avaler ça.

— Calme-toi, fit Deeds en jetant un regard en coin vers le miroir sans tain qui occupait la moitié supérieure de l'un des murs.

Cole se tut. Il savait que, de l'autre côté, ces imbéciles de flics n'en perdaient pas une miette et qu'ils prenaient un malin plaisir à le voir frétiller d'impatience. Ils espéraient trouver un moyen de lui faire porter le chapeau pour le meurtre de Roy Kajak… Il se passa la main dans les cheveux et sentit des gouttes de sueur. Il transpirait, comme les pauvres diables qu'il avait tant de fois défendus.

Il contempla d'un œil mauvais le miroir en se demandant si c'était Montoya, ce petit poseur, qui le surveillait, ou l'autre, Bentz, le vieux taciturne, qui lui servait de partenaire. Ou Brinkman… Celui-là était un chef-d'œuvre du genre. Comment un idiot pareil avait-il pu devenir inspecteur ? Quant au procureur, Melinda Jaskiel, elle devait boire du petit lait. Combien de fois s'était-il opposé à elle dans un tribunal ? Il était même étonné que Jaskiel n'ait pas voulu s'occuper de l'affaire et qu'elle ait préféré la confier à l'une de ses assistantes.

En tout cas, tout ce petit monde se démenait pour lui faire la peau.

Qu'est-ce que Bentz avait dit déjà, quand ils étaient venus l'arrêter ? *On récolte ce qu'on a semé.* Oui, il avait dit ça. Eh bien, ça valait aussi pour lui, il ne perdait rien pour attendre. Il jeta de nouveau un regard mauvais du côté du miroir en espérant que ce salaud le voyait en ce moment et qu'il mourait de rage à l'idée de perdre ce qu'il appelait « une bonne prise ». Quant à Montoya, ce n'était qu'un petit prétentieux.

La police ne possédait pas assez d'éléments pour prolonger sa détention. Le dossier qu'ils avaient monté contre lui n'avait jamais été très épais. Mais il s'était réduit à néant quand Deeds avait appris qu'un technicien avait commis l'erreur de ne pas protéger une pièce à conviction qui avait très bien pu être contaminée. Et puis, surtout, le témoignage d'Eve était irrecevable. Une chance.

Elle avait été prête à jurer qu'il lui avait tiré dessus, bon sang ! Pourtant elle reconnaissait ne pas se souvenir précisément de ce qui lui était arrivé la nuit de l'agression.

Deeds s'était préparé à la passer à la moulinette au moment du procès. Il n'était pas difficile de la présenter comme une femme infidèle dont les « trous de mémoire » tombaient à pic. Cole avait grincé des dents quand il avait compris comment Deeds entendait mener le contre-interrogatoire, mais il avait fait taire ses scrupules en se souvenant qu'Eve l'avait trahi.

Heureusement, l'affaire n'était pas arrivée devant un tribunal. Mais lui, Cole, était tout de même resté en prison avec des charges montées de toutes pièces.

Les imbéciles !

Cole avança jusqu'au miroir, mais il eut beau le scruter, il ne vit que son propre reflet : des yeux bleus au regard cruel sous d'épais sourcils noirs froncés de colère, des pommettes hautes et une bouche fine comme une lame de rasoir. Les pattes-d'oie au coin de ses yeux lui parurent plus prononcées que trois mois plus tôt et ses cheveux blancs plus nombreux. Il avait vieilli de cent ans dans ce trou à rats et il avait une allure pitoyable avec son jean et son T-shirt froissés. Ses vêtements sentaient mauvais tant il avait transpiré durant le court trajet dans la voiture de patrouille, le jour où ces salauds de flics l'avaient embarqué. Ils ne lui avaient même pas laissé le temps d'enfiler des chaussures. Deeds lui avait apporté depuis une paire de vieilles Nike, trop petites pour lui et qui le serraient, mais il avait dû s'en contenter.

Dans le miroir, il remarqua qu'un petit muscle de sa mâchoire tressaillait nerveusement.

Deeds le remarqua aussi.

— Assieds-toi, Cole, dit-il.

— Je ne peux pas.

— Assieds-toi, répéta Deeds.

Sa voix était calme, ferme, insistante.

Comme celle de Cole quand il s'adressait autrefois à ses clients, quand il travaillait encore dans un cabinet d'avocats, quand il avait une maison, qu'il était toujours membre d'un club privé, qu'il roulait en Jaguar… Les choses avaient mal tourné pour lui. Très très mal. Il savait maintenant ce que c'était que d'être totalement privé de liberté, de faire toute la journée ce qu'on vous ordonnait, de sentir l'étreinte glacée d'un cercle de fer autour de vos chevilles et de vos poignets.

Il se détourna du miroir et frictionna son bras à l'endroit où les menottes avaient entamé sa peau. Il avait encore une légère cicatrice, souvenir de cette nuit maudite où les flics avaient fait irruption chez lui pour lui lire ses droits et le boucler. Il sortait tout juste de la douche et venait d'enfiler un jean délavé et un vieux T-shirt quand il avait entendu tambouriner à sa porte. En ouvrant, il avait vu des lumières bleues et rouges danser dans le ciel sombre, puis ses voisins et les journalistes agglutinés pour profiter du spectacle. Des flashes d'appareils photos l'avaient aveuglé, il avait senti sous ses pieds nus la terre humide de son jardin, et, en dépit de ses protestations, on l'avait poussé dans une voiture de patrouille pour le conduire au commissariat. Il avait attendu trois heures avant l'arrivée de Deeds. Durant ce laps de temps, il n'avait pas dit un mot. Mais, aux questions qu'on lui avait posées, il avait compris qu'on le soupçonnait de meurtre sur la personne de Roy Kajak, et de tentative de meurtre sur la personne d'Eve Renner.

Il eut un rictus mauvais en songeant à tout ce qu'il avait enduré. A cause d'elle. A cause d'Eve.

Eve… Seigneur, comme il l'avait aimée…

Passionnément.

Sauvagement.

Sans se soucier des conséquences.

Il l'avait trop aimée, c'était le problème.

A présent, il avait tout perdu. A cause d'elle.

Il ne lui restait plus qu'à repartir de zéro.

Il lutta contre une furieuse envie d'écraser son poing sur ce fichu miroir sans tain, de hurler qu'il était innocent, de menacer le district de poursuites pour incarcération abusive, d'invectiver les dieux et la terre entière. Deeds dut le sentir parce qu'il lui lança un regard d'avertissement.

Cole songea qu'il avait raison. Un passage à l'acte n'aurait fait qu'empirer sa situation.

Cette affaire sentait le traquenard et il avait bien l'intention de le prouver dès qu'il serait sorti.

Mais ça n'allait pas être facile. Montoya et Bentz paraissaient bien décidés à lui faire porter le chapeau. Ils allaient se donner du mal pour démontrer qu'il s'était bien trouvé dans la cabane la nuit où Roy Kajak était mort et qu'il avait tiré sur Eve Renner.

Il avait intérêt à être prudent. Il n'avait pas le droit à l'erreur.

D'autant plus qu'il n'était pas blanc comme neige.

2.

— Il est coupable, dit Montoya en pointant un doigt vers Cole à travers le miroir sans tain. J'en mettrais ma tête à couper.

Bentz répondit par un grognement incompréhensible et un hochement de tête en signe d'assentiment.

Ils étaient dans une pièce aveugle qui sentait le tabac froid. Montoya rêvait de tirer une bouffée de cigarette. Rien qu'une. Il avait dit adieu depuis quelques mois à ses chères Marlboro qu'il avait d'abord remplacées par des patchs puis par des chewing-gums infects censés lui apporter sa dose de nicotine — de pâles substituts qui ne lui ôtaient pas l'envie de fumer. Dans des moments comme celui-ci, quand il avait besoin de se concentrer, la cigarette lui manquait terriblement. Il caressa son bouc en se retenant pour ne pas faire irruption dans la pièce à côté, saisir ce prétentieux de Cole Dennis par le collet, et le plaquer au mur en l'obligeant à cracher la vérité.

— Je ne peux pas le garder plus longtemps, déclara Bentz. Le procureur ne veut pas nous suivre. Il abandonne les poursuites pour homicide.

Il semblait lui aussi déçu. Et furieux. Ça se voyait à sa bouche pincée.

— Bon sang ! s'exclama Montoya.

Il aurait bien voulu coincer ce salaud. C'était exaspérant de se dire qu'il était là, à portée de main, mais qu'il allait tout de même lui échapper. Il tira machinalement sur sa boucle d'oreille en se consolant à l'idée que Cole avait été embarqué menottes aux mains, qu'il avait passé près de quatre-vingt-dix jours derrière les barreaux, et qu'on lui avait fait porter l'uniforme de coton des prisonniers suffisamment longtemps pour lui ôter sa morgue. Mais la punition paraissait bien légère quand on savait qu'il avait scandaleusement bien gagné sa vie pendant des années en faisant acquitter des criminels. Il s'était pavané impunément dans ses beaux costumes de marque. Il s'était offert les clubs de golf et de tennis les plus chic. Bref, il avait mené grand train. Il était largement temps qu'il paye.

Seulement voilà, ils n'avaient rien de tangible contre lui.

Cole Dennis allait donc sortir, libre et appauvri du million de dollars qu'il avait dû dépenser au début de son incarcération pour bénéficier d'une libération conditionnelle. Il n'avait pas profité longtemps de l'aubaine, on l'avait remis derrière les barreaux quelques jours plus tard parce qu'il avait fait l'idiot. Montoya secoua la tête. Oui… Cole avait perdu un petit million dans l'affaire — au bas mot —, mais il était toujours debout. Il frotta sa barbiche avec une vigueur redoublée et surprit Bentz qui le scrutait.

— Quoi ? dit-il d'un air renfrogné.

— Laisse tomber, fit Bentz.

— Je ne peux pas, mince ! Dennis s'est rendu à la cabane de Roy Kajak le soir du meurtre. Nous avons trouvé devant la porte des empreintes correspondant à une pointure quarante-six. La sienne.

— Oui, mais ça ne suffit pas, et tu le sais. Il nous faudrait les chaussures. On ne les a pas.

— Il a dû les jeter, comme ses vêtements. Ses affaires étaient sûrement couvertes du sang de Kajak. Et lui aussi. Je te rappelle qu'il sortait de la douche quand nous sommes arrivés chez lui.

— On a passé sa maison au peigne fin et on n'a rien trouvé. Ni chaussures, ni vêtements. Et pas la plus petite tache de sang.

Montoya haussa les épaules. Les experts avaient pourtant travaillé d'arrache-pied, vérifiant jusque dans les canalisations. Pas de sang, non, mais de l'eau de Javel… Ce salaud avait fait ce qu'il fallait pour effacer ses traces. Et il n'avait pas perdu de temps.

Bentz avait décidé de se faire l'avocat du diable. Il poursuivit :

— Le fait qu'il ait tiré sur Eve Renner ne prouve pas qu'il ait tué Roy.

— Ah oui ? Et qui aurait tué Roy ? demanda de nouveau Montoya.

Ils avaient eu cent fois cette discussion, mais elle ne les avait menés à rien. De temps en temps, ils croyaient avoir une piste, mais elle aboutissait toujours à une impasse. Ils n'avaient toujours pas répondu aux questions essentielles. Par exemple, que signifiait le nombre 212 que le meurtrier avait tracé avec l'index et le sang de Kajak ?

Ce nombre, le légiste l'avait également découvert sur le front de la victime en lavant le corps. Mais qu'est-ce qu'il pouvait bien désigner ? Ils avaient songé à une boîte postale, à un indicatif, au code d'accès d'un ordinateur, à une date anniversaire. Des suppositions... Aucune certitude.

Un tatouage à la racine des cheveux... Comme pour Faith Chastain, une femme assassinée plus de vingt ans auparavant à l'hôpital Notre-Dame-des-Vertus. Montoya n'avait pas pu s'empêcher de faire le rapprochement. Pourtant, vingt ans, c'était loin ! Il aurait eu besoin d'une cigarette et d'une bière pour réfléchir.

Il songea aux tatouages. Cole était un malade... Injecter de l'encre dans la peau blafarde d'un cadavre... Quelle horreur... Montoya en avait la chair de poule.

Il jeta de nouveau un coup d'œil vers son partenaire dont le regard demeurait obstinément braqué sur Cole et son avocat. Bentz faisait la moue. Il avait le front plissé, et mâchonnait une boule de gomme. Il paraissait plus calme que Montoya mais, intérieurement, il fulminait. Et pas qu'un peu.

Parce qu'ils étaient obligés de relâcher ce criminel.

Déjà, l'agent chargé de lui remettre les papiers officiels confirmant sa libération entrait dans la petite pièce. Montoya eut l'estomac noué quand Cole tendit la main pour les prendre.

Une petite signature et voilà...

Cole Dennis était à présent un homme libre. Il franchirait bientôt la porte du commissariat avec son jean délavé et son T-shirt froissé. Il avait certes perdu un million de dollars et n'aurait peut-être plus jamais le droit d'exercer en tant qu'avocat, mais il sortait.

Il sortait, bon sang !

Tout en fixant la glace sans tain, Montoya prit son blouson de cuir qu'il avait posé sur le dossier d'une chaise. Sur le seuil, Dennis eut le culot de se retourner pour regarder vers le miroir. Vers eux. Il ne souriait pas. Il avait le visage crispé, la bouche pincée, le regard mauvais. Il était furieux.

Tant mieux.

Montoya espéra qu'il commettrait bientôt une erreur.

Et là, il lui tomberait dessus et le mettrait sous les verrous pour le restant de ses jours.

Les mains crispées sur le volant, Eve remua doucement la tête pour se dégourdir la nuque en tentant d'ignorer la migraine qui ne cessait de s'accentuer. Elle roulait toujours vers le sud, en direction de La Nouvelle-Orléans. Il avait plu par intermittence, une alternance de crachin et de trombes d'eau. Puis le soleil était apparu à travers les nuages quand elle avait traversé Montgomery, inondant les collines, les gratte-ciel et la rivière Alabama d'une lumière dorée.

C'était aussi à ce moment-là que le pauvre Samson avait cessé de geindre — il s'était peut-être même endormi.

Mais son silence n'avait pas duré plus longtemps que l'accalmie. Depuis Mobile, il pleuvait de nouveau à verse. Les essuie-glaces combattaient vaillamment le déluge, Samson s'était remis à pousser des miaulements pathétiques, l'estomac d'Eve gargouillait et elle avait les nerfs en pelote.

Aussi, lorsqu'elle vit une pancarte indiquant un restaurant à la sortie suivante, elle décida de s'arrêter pour manger un sandwich et laisser passer le gros de l'orage. Elle se gara dans le parking où stationnaient quelques voitures. Munie du parapluie, elle contourna les flaques. Une odeur âcre de cigarettes lui emplit les narines. Un groupe de jeunes gens — probablement des employés du restaurant — soufflaient leur fumée sous l'auvent de la porte de service, pendant qu'un homme seul en faisait autant dans un pick-up noir. On ne voyait que sa silhouette et le bout de sa cigarette qui rougeoyait dans l'habitacle.

Eve ne leur prêta pas attention et entra en poussant de l'épaule l'épaisse porte vitrée du bâtiment en forme de fer à cheval. Le bruit de fond de l'air conditionné et celui de la friture couvraient une mélodie de Johnny Cash. Une odeur de viande et d'oignons l'envahit quand elle se glissa sur la banquette d'un des box alignés près de la vitrine.

Une serveuse mince comme une tige et aux cheveux ramassés en chignon passa près d'elle avec un grand plateau en disant « J'suis à vous dans une seconde », avant de filer vers une autre table. Eve prit le menu plastifié et parcourut la carte, tout en jetant un coup d'œil distrait vers le comptoir en forme de U datant des années soixante, la caisse enregistreuse, la machine à milk-shake, la vitrine à desserts, la fontaine à soda. La serveuse revint bientôt. Elle était essoufflée.

— Qu'est-ce que j'vous apporte ? demanda-t-elle sans prendre la peine de sortir un carnet pour noter. Café, thé glacé, soda ? Pour manger, je vous conseille le pain de viande du chef, c'est le plat du jour, il est délicieux.

— Un thé glacé et des crevettes frites.

— Très bien, ma belle, fit la serveuse en disparaissant pour revenir déposer son thé quelques secondes plus tard.

Eve sortit de son sac le flacon d'Ibuprofen qui ne contenait plus que trois cachets qu'elle avala avec une longue gorgée de thé, en priant pour qu'ils fassent vite effet. Elle se dit soudain qu'Anna Maria avait peut-être eu raison et qu'elle avait présumé de ses forces en entreprenant ce voyage.

Ne craque pas. Tu te sentiras mieux chez toi.

Elle ferma les yeux. Chez elle… Il lui semblait que cela faisait une éternité qu'elle n'avait pas franchi le seuil de sa vieille maison victorienne de Garden District.

Elle revit ses fenêtres à pignon, ses tons pain d'épice, sa tourelle… Seigneur, cette tourelle, comme elle l'aimait, avec cette chambre que Nana avait baptisée « le petit Eden d'Eve ». Du haut de sa tour, elle pouvait contempler les toits et les arbres avec la sensation de dominer le monde.

Crash !

Un plateau venait de tomber.

Eve sursauta. Ce bruit de verre brisé lui rappelait une cabane sombre, au milieu des marais. Des images morcelées lui traversèrent l'esprit : un canon de revolver crachait du feu, les carreaux de la vitre explosaient dans un grand fracas, le visage dur de Cole la contemplait fixement. Elle cligna des paupières pour chasser ces visions et s'obligea à compter lentement jusqu'à dix. Du calme… Elle suivit des yeux le serveur qui se précipitait déjà avec un balai et une pelle vers une jeune fille d'environ seize ans, rouge comme une pivoine et qui se confondait en excuses.

Cesse d'avoir peur de ton ombre…

Elle se tourna vers la fenêtre. Dehors, l'orage se déchaînait et le rideau de pluie qui tombait en diagonale sur le parking lui dissimulait la rampe d'autoroute et le trafic. Son téléphone sonna. Une fois de plus, elle sursauta et son genou cogna sous la table.

Le Dr Byrd a raison. Tu as un grain.

Elle se leva et alla répondre dans le sas d'entrée, entre les deux portes battantes, pour avoir un peu d'intimité. Le numéro et la photo d'Anna s'affichaient à l'écran. Eve se détendit un peu.

— Salut, dit-elle.

— Où es-tu ? demanda Anna Maria.

— Pas loin de Mobile.

— Tu n'as pas entendu la nouvelle ?

— Je ne crois pas, non. Quelle nouvelle ?

— Cole vient d'être libéré. Aucune charge n'a été retenue contre lui.

Eve sentit son estomac se nouer.

— Il n'y a pas de quoi s'affoler, dit-elle. Nous savions que ça devait arriver.

— Oui, mais justement le jour où tu décides de rentrer à La Nouvelle-Orléans... Drôle de coïncidence, tout de même. C'est un mauvais présage, Eve, j'en suis persuadée. Je sais que tu ne crois pas à tout ça, mais certaines forces nous dépassent. A moins que tu ne sois partie en connaissance de cause...

Il y avait une pointe d'accusation dans la voix d'Anna et cela n'échappa pas à Eve.

— Je l'ignorais, rétorqua-t-elle.

C'était la stricte vérité.

— Donc, il s'agit d'une coïncidence, conclut Anna.

Voilà, une simple coïncidence.

— Les flashes d'information ne parlent que de ça, poursuivit Anna. Mais je me suis dit que tu n'écoutais peut-être pas la radio et j'ai préféré te prévenir. Tu sais ce qu'on dit : un homme averti en vaut deux.

— Merci de m'avoir alertée.

— Tu dois éviter Cole à tout prix, Eve. Et nous savons toutes les deux pourquoi.

— Je ne ressens plus rien pour lui, Anna. Je n'ai pas oublié qu'il a voulu me tuer.

— Tant mieux, dit Anna d'un ton peu convaincu. Et, si tu veux, tu peux toujours revenir chez nous.

— Merci. Je m'en souviendrai.

Elle avait dit ça pour rassurer Anna, mais elle était fermement décidée à rester chez elle. Elle raccrocha. L'idée de rencontrer Cole par hasard ne l'effrayait pas. En rentrant dans la salle, elle passa devant le distributeur de cigarettes et longea le comptoir où deux hommes buvaient leur bière à petites gorgées. Elle remarqua un client qui jouait au billard américain et dont les avant-bras étaient couverts de tatouages. Elle s'arrêta devant les écrans de télévision installés au-dessus du bar. Dommage, il n'y avait que des chaînes sportives. Elle ne verrait donc pas Cole Dennis quittant le commissariat, escorté de son célèbre avocat, et répondant aux assauts des journalistes par un « pas de commentaires », avant de s'engouffrer dans une voiture.

Elle retourna vers sa table où son sandwich chaud fumait dans une assiette ovale, accompagné d'une tranche de pain de maïs et d'une petite coupe de salade de chou. Le beurre frais dégoulinait sur le pain et le chou nageait dans la sauce. Eve n'avait plus faim depuis le coup de téléphone d'Anna, mais elle se glissa sur sa banquette et mordit dans son sandwich. Elle mangea machinalement, notant à peine la saveur épicée des crevettes.

Que dirait-elle à Cole si elle le rencontrait par hasard ? Et lui, que dirait-il ? Allait-il l'éviter ou au contraire chercher à la contacter ? Elle avala une bouchée en évitant de penser à ses yeux bleus, à ses épais cheveux noirs, à sa mâchoire sévère. Mais son visage l'obsédait. Elle regarda vers l'extérieur. Elle se souvenait dans les moindres détails de leur première rencontre.

C'était sous le grand porche de la maison de son père.

Elle l'avait aperçu au moment où elle garait sa vieille Volkswagen. Tout en prenant sa valise sur la banquette arrière, elle l'avait observé à travers la poussière soulevée par les pneus de sa voiture. Il était assis sur un tabouret, penché en avant, et elle avait remarqué ses bras bronzés. Ses cheveux étaient trop longs, il était mal rasé. Elle l'avait pris pour un fermier. Il venait directement de chez un ami qu'il avait aidé à déménager, mais ça, elle ne l'avait su que plus tard.

C'était l'été, il faisait une chaleur accablante et elle avait beaucoup transpiré dans l'habitacle de sa voiture dont la climatisation ne fonctionnait plus depuis longtemps. Son T-shirt lui collait à la peau. Le vieux fox-terrier de son père s'était précipité pour l'accueillir en descendant ventre à terre les marches défoncées. Elle s'était sentie mal à l'aise dans ses vêtements humides quand elle avait remonté l'allée, exposée au regard de cet inconnu qui se levait pour la saluer.

Cole mesurait près d'un mètre quatre-vingt-dix, elle l'avait trouvé immense.

« Laissez-moi vous aider », avait-il proposé avec une légère pointe d'accent du Texas.

Elle n'aurait pas été étonnée qu'il ponctue sa phrase d'un « mam'zelle » ou d'un « ma'am ».

« Non, merci, ça ira, avait-elle répondu. Salut, Rufus », avait-elle ajouté en se penchant pour flatter le chien qui frétillait autour d'elle en gémissant de plaisir.

Son père, Terrence, était pâle et paraissait avoir pris vingt ans depuis la dernière fois qu'elle l'avait vu — aux vacances de printemps. Il s'était levé avec raideur et ses genoux avaient craqué.

« Bonjour, ma chérie », avait-il dit tandis qu'elle avançait sur les dalles de l'allée, Rufus sur ses talons.

Terrence l'avait serrée dans ses bras avec effusion, en dépit du sac de marin qu'elle portait en bandoulière. Il avait déposé un baiser sur sa tempe en soufflant sur elle son haleine au whisky. Elle s'était sentie gênée, honteuse de son long corps trop mince. Quand son père l'avait enfin lâchée, elle avait croisé les yeux de l'étranger. Il la contemplait avec tant d'intensité que son cœur avait eu une sorte de hoquet.

« Eve, je te présente Cole Dennis, avait dit son père. Cole, voici ma fille. »

« Bonjour », avait-elle dit en allongeant le bras.

Il s'était emparé de sa main et l'avait vigoureusement secouée avant de la libérer.

« Cole est mon avocat », avait ajouté son père.

Elle avait remarqué le verre sur la table, avec les glaçons qui fondaient et une abeille, juste au-dessus, qui s'activait autour d'un petit nid de boue coincé sous la gouttière.

« Ton avocat ? avait-elle répété sans comprendre. Ton avocat ? »

Elle s'était efforcée de ne pas lorgner sur l'accoutrement miteux dudit avocat — sur son jean troué et froissé, sur son T-shirt maculé de sueur, sur ses chaussures de course bonnes à jeter. Elle ignora aussi sa camionnette cabossée et rouillée, garée sous un noyer.

Cole avait souri lentement, comme s'il avait lu dans ses pensées.

« C'est exact, ma'am », avait-il dit posément.

Elle avait reconnu la politesse du Sud et remarqué une lueur d'amusement dans ses yeux bleu-gris.

« Quel genre d'avocat ? » avait-elle demandé.

« Défense, avait répondu son père en se laissant lourdement tomber sur son fauteuil. On me fait un procès. Pour négligence. »

Il avait esquissé un vague geste de la main, comme pour chasser un insecte.

« Ce n'est pas grand-chose, avait-il commenté. Ça va s'arranger. »

Mais, au bruit des glaçons qui s'entrechoquaient dans son verre, Eve avait compris qu'il tremblait.

« C'est donc un problème réglé ? Ou qui le sera bientôt ? C'est ça ? »

« Exactement », avait répondu son père avec un sourire crispé, pas du tout convaincant.

Elle avait jeté un coup d'œil à Cole. Son visage anguleux s'était refermé et son regard assombri. Elle l'avait trouvé mordant, tranchant, aigu. Elle n'avait pas eu besoin de formuler la question qui lui brûlait les lèvres.

« Votre père est innocent, avait-il assuré. Ne vous en faites pas. »

« Innocent de quoi ? »

« Je te l'ai dit, on m'accuse de négligence », avait répété tout bas Terrence Renner en renversant la tête en arrière pour vider son verre.

« Je ne comprends pas… »

Les deux hommes avaient échangé un bref regard et Terrence avait fait un signe du menton à Cole. Puis il s'était levé avec son verre vide et il s'était approché de la desserte à roulettes sur laquelle étaient posés une bouteille de Crown Royal et un seau à glace.

« D'une accusation d'homicide par négligence médicale », avait dit Cole.

Elle avait aussitôt compris à quoi il faisait référence.

« C'est encore au sujet de Tracy Aliota ? avait-elle demandé. Je croyais que la police avait fini par comprendre que tu n'étais pas responsable. »

Elle regardait fixement le dos de son père, ses épaules qui s'affaissaient, tandis qu'il versait un fond de whisky dans son verre.

« Il ne s'agit pas à proprement parler d'une accusation d'homicide, avait coupé Cole. Il s'agit d'une poursuite judiciaire engagée par la famille et… »

« Merci, je connais la différence », avait-elle rétorqué sèchement.

Tracy Aliota, une patiente de son père, avait avalé tant de cachets que les lavages d'estomac et la réanimation n'avaient pas pu lui sauver la vie. Elle n'avait que treize ans à l'époque.

« Mais peuvent-ils vraiment engager des poursuites ? » avait-elle balbutié.

« Oui », avait dit Cole.

Eve avait fermé les yeux. Un tracteur crachotait dans un champ voisin, les moustiques sifflaient en voletant autour d'eux, un oiseau nocturne chantait. Tout paraissait si calme, si paisible. Elle aurait voulu que leur vie soit à l'image de cette campagne endormie.

« Ce n'est pas possible », avait-elle murmuré.

Elle avait ouvert les yeux et croisé le regard de Cole qui la fixait intensément.

« Vous vous sentez bien ? » s'était-il inquiété.

« On ne peut mieux », avait-elle répondu d'un ton ironique.

« Ne t'inquiète pas, tout va s'arranger », avait dit son père en jouant avec son verre.

Les glaçons avaient dansé en reflétant les rayons obliques du soleil, elle les avait suivis des yeux en songeant que la voix du vieil homme manquait d'assurance.

« C'est vrai ? » avait-elle demandé en se tournant vers Cole.

Il s'était appuyé à la rambarde pendant que Terrence levait la bouteille dans sa direction.

« Non, merci », avait-il répondu à son offre silencieuse.

« Je vous ai demandé si c'était vrai, si ça allait s'arranger ? » avait insisté Eve.

« Je vais faire de mon mieux pour que ça s'arrange », avait répondu Cole avec, une fois de plus, une pointe d'accent texan.

« Et vous vous sentez à la hauteur ? »

Il avait ébauché un sourire. Elle avait compris qu'il ne fallait pas se fier à son jean troué, à son T-shirt minable et à sa politesse mielleuse. Ce type-là avait une haute opinion de lui-même.

« Il est le meilleur », avait dit son père.

Elle avait regardé Cole droit dans les yeux.

« Vous êtes vraiment le meilleur ? »

« J'aime à le croire », avait-il répondu.

Elle avait cru voir une étincelle dans ses yeux. Comme s'il la défiait. Elle s'était même demandé s'il ne lui faisait pas du charme.

Elle avait sifflé le chien et ramassé son sac de voyage en ouvrant la porte moustiquaire.

« J'espère que vous aurez l'occasion de nous le prouver », avait-elle dit posément.

Il le leur avait prouvé.

Le procès s'était déroulé dans la salle d'un tribunal de Louisiane, avec des lambris de bois foncés et des ventilateurs qui brassaient l'air étouffant, sous la houlette du juge Remmy Mathias, un grand Afro-Américain au crâne chauve et lisse qui portait des lunettes au bout de son nez. Cole Dennis s'était métamorphosé en un redoutable avocat. Il s'était présenté à la barre dans un costume sur mesure, avec une chemise impeccable et une belle cravate, en adoptant une attitude sérieuse mais non dénuée d'humour. Cole Dennis l'avocat inspirait confiance et il était beau parleur. Suffisamment pour convaincre le jury le plus réticent que le Dr Terrence Renner avait fait tout ce qui était en son pouvoir pour préserver la santé et le bien-être de Tracy

Aliota, sa patiente. Oui, il s'était montré à la hauteur. Il avait mérité chaque centime versé pour ses honoraires.

C'était au cours de cet été-là qu'Eve était tombée éperdument amoureuse de Cole, cet homme aussi à l'aise sur un étalon que devant un tribunal, cet homme timide et réservé, qui, quand on le lui demandait, pouvait affronter les juges et les jurés aussi bien que les caméras des journalistes.

Après plusieurs jours de procès et un impressionnant défilé de témoins, Renner avait été acquitté.

Dissimulée dans un coin de la petite salle d'audience du vieux tribunal, Eve avait suivi attentivement le procès. Cole avait convaincu les jurés et la cour, oui. Mais elle, il ne l'avait pas convaincue.

3.

Sam Deeds gara avec précaution sa belle BMW 760 devant la nouvelle maison de Cole — un pavillon plus que centenaire que les agences immobilières auraient sûrement décrit comme « idéal pour un bricoleur ». Le porche de façade était bancal, les gouttières rouillées, le toit grossièrement réparé avec des bardeaux aux couleurs passées, et les fenêtres d'origine avaient été remplacées par des fenêtres en aluminium du plus mauvais effet. L'étroite petite rue à l'asphalte fissuré était encombrée de voitures.

— Enfin chez moi, murmura Cole entre ses dents en sortant lentement de la voiture avec un air résigné.

— Hé, ne commence pas à te plaindre, protesta Deeds. Je t'ai dit que tu pouvais habiter chez moi en attendant de trouver mieux.

— Chez toi ? Avec Lynn qui est enceinte et les deux enfants ? Non, merci. Je préfère décliner cette offre généreuse.

Deeds eut la délicatesse de dissimuler son soulagement car Lynn et ses filles n'auraient pas été ravies de partager leur toit avec un homme qui avait échappé de justesse à un procès pour meurtre.

— Très bien, dit-il hypocritement. Mais si tu changes d'avis…

— Je ne vois pas pourquoi je changerais d'avis, rétorqua Cole. Je serai très bien ici.

Il avisa une vieille jeep rouge rangée sous un préau dans le même état de décrépitude que le porche.

— C'est la mienne ? demanda-t-il.

— Elle est à toi. Tu pourras la conduire dès que tu auras fait les papiers. Je l'ai rachetée à un de mes cousins. Elle perd un peu d'huile et elle a plus de trois cent vingt mille kilomètres au compteur, mais le moteur tourne bien.

— Tout juste rodée, quoi, commenta Cole.

— C'est exactement ce que je me suis dit. Les pneus sont en bon état et comme tu avais besoin d'un véhicule…

— Et que tu as dû vendre ma Jag…

— Exactement. C'est ça.

Cole jeta de nouveau un coup d'œil vers la jeep et acquiesça d'un bref mouvement de tête.

— Elle me plaît, dit-il seulement.

— Occupe-toi des papiers. J'ai tout mis dans la boîte à gants : un double des clés, une copie de la facture, la carte grise.

Deeds ouvrit le coffre de sa 760 et Cole en sortit son porte-documents noir et son étui de portable. Deeds avait réussi à récupérer son ordinateur, mais le disque dur avait probablement été passé au peigne fin, de même que les informations contenues dans son téléphone portable, dans son Palm et dans son dossier. Mais on lui avait rendu ses affaires, c'était tout ce qui comptait.

Cole contempla sa nouvelle maison, si on pouvait appeler ça une maison. Ce cottage n'avait rien de comparable avec son ancienne demeure italienne de deux étages entourée d'une grille en fer forgé, et agrémentée d'une allée circulaire bordée de grands chênes. L'intérieur avait été rénové en conservant le cachet d'origine, avec du parquet et du marbre pour les sols, du granite dans la cuisine, des plinthes et des portes d'un blanc lumineux, et un grand escalier de bois qui menait à la bibliothèque et aux chambres. A l'extérieur, entre d'épaisses haies de myrte, se trouvait une piscine dans laquelle il avait pris l'habitude de nager tous les matins, avant de rejoindre dans sa Jaguar le cabinet d'avocats O'Black, Sullivan and Kravitz.

Plus on grimpe haut, plus la chute est brutale. Mais on peut toujours se relever.

Il ne s'était jamais entendu avec son père, pasteur le jour, escroc le soir, perdant à plein temps. Ce dernier avait laissé à son fils unique pour seul héritage une vieille bible écornée et quelques perles d'espoir.

Cole venait d'expérimenter la chute. Cette fois, il était tombé très bas, presque en enfer. Ce sordide pavillon était là pour lui rappeler que la roue tournait.

— Je n'ai pas pu trouver mieux, déclara Deeds comme s'il avait lu dans ses pensées.

— C'est tout à fait mon style, mentit Cole en parvenant à ébaucher ce sourire entendu qui lui servait d'arme absolue au tribunal.

— Ça suffit, le coupa Deeds. Tu sais bien que tu ne vas pas rester pour toujours dans cette maison.

— Tu parles…

Deeds savait aussi bien que lui qu'il avait tout perdu au cours des trois derniers mois. Son compte en banque, autrefois si bien pourvu, se réduisait à présent à quelques centaines de dollars. Sa maison, sa Jaguar et son travail étaient partis en fumée. Sa réputation avait été mise à mal. Mais il était encore habile de ses dix doigts — il avait toujours été un excellent bricoleur. Ce qui expliquait que Deeds ait réussi à convaincre le propriétaire de ce taudis de louer à un chômeur.

— Il me faut du travail, dit Cole en se frictionnant la nuque.

Seigneur… Il détestait quémander.

— Nous y avons pensé, murmura Deeds.

« Nous », c'était Deeds et les avocats du cabinet dont Cole était encore l'étoile montante trois mois plus tôt. A présent, son droit d'exercer était suspendu et en « révision ».

— Tu pourrais travailler comme greffier au cabinet, ajouta-t-il.

Cole acquiesça en silence. Il était prêt à ravaler sa fierté pour toucher un chèque à la fin du mois, mais c'était douloureux de penser qu'il serait désormais aux ordres des stagiaires et des étudiants en droit qu'il avait dirigés. Il n'avait pas le choix. Il s'était déjà trouvé en plus mauvaise posture et il était toujours retombé sur ses pieds.

Et il se relèverait cette fois encore.

D'ailleurs, il avait un plan. Un plan qu'il ne pouvait pas confier à Deeds. Un plan secret.

Une rafale de vent balaya la rue au moment où passait un autocar aménagé en roulotte. Arrivé à l'intersection, le conducteur ralentit en faisant grincer le levier de vitesse. Un chien du quartier aboya en réponse. Certaines maisons étaient déjà éclairées, pourtant il faisait encore jour. Des enfants dévalaient la rue en planches à roulettes ; dans un garage délabré, des jeunes gens d'une vingtaine d'années s'activaient autour du moteur d'une vieille Pontiac en écoutant du rap.

— Une société de déménagement a déjà mis tes affaires à l'intérieur, mais il va falloir que tu défasses toi-même les cartons, annonça Deeds en lui tendant un trousseau de clés.

Cole le gratifia d'un sourire narquois.

— Ce n'est pas grave. Je ne suis pas débordé en ce moment.

Deeds essaya de rire. Mais il ne parvint qu'à ricaner.

— Je te laisse, répondit-il. A bientôt.

— D'accord, fit Cole en lui tendant la main. Merci pour tout, Sam.

Deeds referma ses doigts sur la paume de Cole et la serra très fort.

— Tâche de te tenir tranquille, conseilla-t-il.

— Ne t'inquiète pas pour ça.

— Je suis très sérieux, insista Deeds sans lâcher la main de Cole. Et, pour l'amour de Dieu, ne cherche pas à joindre Eve ou qui que ce soit ayant un rapport, de près ou de loin, avec la mort de Roy. C'est compris ? Le chapitre est clos.

— Bien sûr qu'il est clos, répondit Cole en s'efforçant de prendre un ton convaincu.

Personne ne devait se douter de ce qu'il préparait.

Deeds le regarda fixement avec des yeux méfiants, comme s'il avait du mal à croire à ses bonnes dispositions.

— Je veux simplement être sûr que nous sommes sur la même longueur d'onde, insista-t-il. Celui qui a tué Kajak a peut-être quitté la région ou décidé de faire profil bas. Mais on ne sait jamais…

— Il est peut-être mort, suggéra Cole d'un ton pince-sans-rire.

Deeds leva la main pour lui signifier qu'il n'appréciait pas cette plaisanterie.

— En tout cas, il faut que tu sois irréprochable. Nous savons tous les deux que tu n'es pas dans les petits papiers de la police de La Nouvelle-Orléans, donc que tu n'as pas intérêt à leur donner le bâton pour te frapper. Et n'oublie pas qu'il reste encore une charge contre toi.

Cole serra les dents en songeant au délit qui souillait encore son casier judiciaire.

— C'était un piège, murmura-t-il en bougeant à peine les lèvres. J'ai arrêté de fumer de l'herbe au début de mes études de droit.

— Je te crois, mais on a tout de même trouvé un sachet dans ta boîte à gants pendant ta libération conditionnelle.

La main de Cole se crispa.

— Quelqu'un a arraché le fusible de mes phares pour que les flics m'arrêtent. Quand j'ai fouillé dans la boîte à gants pour en sortir les papiers de la voiture, le sachet de marijuana est tombé. Si j'avais su qu'il était là, tu crois que j'aurais été si maladroit ?

— Tu n'as pas besoin de me convaincre, mais il n'empêche que je dois quand même m'occuper de faire rayer ça de ton casier.

Cole jura entre ses dents.

Deeds posa une main apaisante sur son avant-bras.

— L'herbe n'était pas à toi, reprit Deeds. Donc, on t'a piégé. O.K. Je te crois. En revanche, personne ne t'a poussé à faire des bêtises pendant que tu étais dehors. Tu connaissais les conditions, tu savais que tu ne devais pas contacter Eve.

Cette fois, Cole ne trouva rien à dire. Il avait effectivement cherché à voir Eve et il l'avait payé cher.

— Garde tes distances avec elle, conseilla Deeds en baissant la voix, comme si le gamin qui passait près d'eux sur sa planche pouvait s'intéresser à leur conversation. Elle ne t'apporterait que des ennuis.

Son portable sonna et il le sortit de l'étui accroché à sa ceinture.

— Deeds, énonça-t-il.

Un temps de silence.

— Oh, mince... Ecoute, j'arrive tout de suite.

Il jeta un coup d'œil au cadran de sa montre et articula silencieusement :

Je dois y aller.

Comme Cole acquiesçait, il lui adressa un signe de la main, s'engouffra dans sa BMW, enfila son kit écoute, programma son téléphone sur le mode « Mains libres », puis mit le moteur en marche.

Pendant que Deeds s'éloignait dans sa belle voiture, Cole entra dans sa nouvelle maison sans même se retourner. Il n'avait pas l'intention de suivre les conseils de son ami et avocat. Il avait déjà décidé que l'un de ses premiers gestes d'homme libre serait d'affronter Eve.

Et tant pis pour les conséquences.

Eve se dirigea vers la caisse tout en préparant ses billets.

Après avoir payé, elle sortit. Dehors, il faisait encore plus sombre que tout à l'heure. Des nuages mauves éraflaient la cime des pins qui entouraient le parking. La pluie l'obligea à courir pour rejoindre son véhicule.

Elle fut accueillie par les miaulements de Samson qui se lamentait dans sa cage. Elle remarqua de l'eau sur la banquette arrière. Elle attrapa la serviette qu'elle conservait dans la voiture pour ce genre d'urgences. Depuis quelques semaines, la vitre de la portière ne fermait plus correctement. Kyle avait tenté de la réparer à plusieurs reprises, mais sans succès. Eve épongea la banquette, puis appuya sur le bouton qui faisait remonter la vitre. Elle entendit le moteur électrique, mais la vitre ne bougea pas. Il ne lui restait plus qu'à terminer le trajet comme ça et à confier sa voiture à un mécanicien dès son arrivée.

Sa migraine commençait à s'estomper et elle supportait même de mieux en mieux les protestations de Samson.

Elle sortit du parking et se dirigea vers la rampe d'accès d'autoroute. Tout en conduisant, elle essaya de se détendre. Cole était libre, mais il ne resterait peut-être pas à La Nouvelle-Orléans. Pourtant Anna Maria avait raison sur un point : c'était une sacrée ironie du sort qu'on ait relâché Cole le jour où elle-même avait décidé de reprendre en main les rênes de sa vie.

S'agissait-il d'une simple coïncidence, d'un coup de malchance, ou d'un signe du destin ?

Au fond, cela n'avait aucune importance.

Parce qu'elle avait bien l'intention de revoir Cole. Pour lui demander des comptes.

Elle avait un certain nombre de questions à lui poser.

Au bout de quelques kilomètres, la pluie cessa progressivement. Les essuie-glaces se mirent à grincer sur le pare-brise et les rayons de soleil commencèrent à balayer la route. Le chat ne pleurait plus. Les choses allaient peut-être s'arranger… Son portable sonna. Sans quitter la route des yeux, elle sortit son appareil de son sac à main et l'ouvrit.

— Allô ?

— Il est libre, fit une voix rauque.

— Pardon ?

Mais son interlocuteur ne répondit rien.

— Allô ? insista-t-elle.

Elle aurait bien voulu croire qu'il s'agissait d'une erreur, mais elle savait bien que non. Le message lui était adressé. Quelqu'un tenait à ce qu'elle sache que Cole était sorti de prison.

Tu fais un fameux détective, se dit-elle en grimaçant.

Elle vérifia sur son écran, mais, comme elle s'y était attendue, son mystérieux interlocuteur avait songé à protéger son identité.

Elle laissa tomber le téléphone dans son sac et lutta contre la panique. Un imbécile lui avait donné un coup de fil anonyme pour la prévenir, la mettre en garde ou lui faire peur… Il n'y avait pas de quoi fouetter un chat.

Mais pourquoi avait-il raccroché ?

Elle frissonna en songeant de nouveau à cette voix gutturale prononçant ces simples mots : « Il est libre. »

Elle jeta un coup d'œil dans son rétroviseur et sursauta en apercevant un pick-up noir derrière elle. Il lui semblait reconnaître le véhicule aux vitres teintées qui stationnait dans le parking du restaurant où elle s'était arrêtée, avec une silhouette qui attendait à l'intérieur en tirant sur une cigarette. Mais non, elle se faisait sûrement des idées…

Calme-toi, Eve. Ne cède pas à la panique. Tu sais mieux que personne à quel point c'est dangereux.

En scrutant de nouveau son rétroviseur, il lui sembla que le pick-up s'était rapproché et qu'il touchait presque son pare-chocs. Elle avait entendu dire qu'il se passait de drôles de choses sur les autoroutes. Il arrivait que des malfaiteurs provoquent un accident pour faire sortir les gens de leur voiture et les agresser.

Elle sentit son cœur s'accélérer.

Elle appuya sur la pédale d'accélérateur et changea de file pour doubler un camion-citerne transportant de l'essence. Quand elle vit que le pick-up en faisait autant, elle faillit céder à l'affolement et appeler le 911.

Mais non. Ce type se débarrasse d'un camion qui l'empêche d'avancer. C'est parfaitement normal.

Eve se sentait oppressée au point d'avoir du mal à respirer et le chat — ce fichu chat — avait recommencé à miauler comme s'il sentait la peur de sa maîtresse. Tout en dépassant un minivan et deux voitures, elle regarda furtivement le pick-up, puis son compteur qui affichait trente kilomètres à l'heure au-dessus de la vitesse autorisée. Tant pis. Elle souhaitait presque qu'une voiture de police la prenne en chasse.

Mais quand elle se rabattit, le pick-up passa devant elle et disparut bientôt de sa vue.

Une fois de plus, elle avait paniqué pour rien.

Elle songea à la phrase que sa grand-mère répétait si souvent : *Pas la peine de s'inventer des problèmes, ils viendront bien assez tôt.*

Nana avait tenu une grande place dans sa vie. Elle lui manquait énormément.

Son angoisse s'envola brusquement et durant les quinze minutes qui suivirent elle tenta de se distraire en se concentrant sur la radio et en bêtifiant avec son chat, sans cesser pour autant de jeter des regards inquiets dans son rétroviseur. Mais la silhouette menaçante du pick-up noir demeura invisible.

Anna Maria avait peut-être raison. Elle n'était pas tout à fait rétablie. Et surtout elle n'était plus la même depuis qu'on lui avait tiré dessus.

Depuis que l'homme de sa vie avait voulu la tuer.

Il haletait. Son cœur battait si fort qu'il entendait à peine le bruit du trafic. Il referma le téléphone d'un coup sec et s'humecta les lèvres. Il voyait flou et distinguait à peine la route. Il conduisait d'instinct, tout en pensant à *elle*.

Allô.

Elle avait dit « Allô »... D'une voix tellement confiante... Il sourit et s'agrippa au volant. Dès qu'il pensait à elle, un courant chaud coulait dans ses veines. Son sexe se dressa au moment précis où le soleil perçait la couche de nuages. Il appuya sur l'accélérateur. A travers le pare-brise constellé de cadavres d'insectes, il aperçut la Camry qui changeait de file, à huit cents mètres devant lui, et doublait sans difficulté un deuxième semi-remorque.

Son cœur bondit.

Derrière ses lunettes de soleil, il plissa les yeux pour mieux la voir, même si ça ne servait à rien à cette distance. Ses doigts se déployèrent au-dessus du volant.

Viens, ma chérie, viens. Tout ce que je veux pour l'instant, c'est jeter un coup d'œil à ton adorable minois.

La Camry disparut brusquement dans une longue courbe, mais il ne s'en inquiéta pas. Elle n'était pas loin, il sentait sa présence. Il savait où elle allait, mais il préférait ne pas la perdre de vue, au cas où elle déciderait de faire un détour.

Sans même vérifier dans son rétroviseur que la voie était libre, il changea de file pour se placer dans le sillage d'une vieille Mercedes dont le pot d'échappement crachait une fumée noire.

Plus vite !

Il accéléra et sa camionnette gronda en dépassant une Ford dont le conducteur écoutait de la musique métal, tellement fort que les basses firent trembler les vitres de sa portière quand il passa à sa hauteur.

Mais ses yeux regardaient droit devant lui, vers la Toyota rouge dans laquelle se trouvait Eve.

Il avait raté son coup dans la cabane.

Elle s'en était sortie.

La prochaine fois, il ne commettrait pas d'erreur.

4.

A moins de soixante-dix kilomètres de La Nouvelle-Orléans, Eve s'arrêta une nouvelle fois pour prendre de l'essence et aller aux toilettes dans une station-supérette qui partageait son parking avec une échoppe servant du café. Un peu plus loin, au bout d'une petite route d'accès, il y avait un McDonald's. Des camions et des voitures faisaient la queue devant le comptoir extérieur, d'autres véhicules tournaient en rond en attendant de trouver une place près des entrées.

Eve se dirigea vers une pompe à essence et attendit que le minivan devant elle finisse de se servir. Après avoir rempli son réservoir, elle alla se garer et sortit Samson pour le caresser et le faire boire. Il s'accrocha à elle comme un désespéré et frotta sa tête contre son menton quand elle le félicita pour son courage et sa patience, mais les miaulements déchirants recommencèrent quand elle le reposa dans sa cage.

— Il n'y en a plus pour très longtemps, promit-elle.

Elle le laissa dans la voiture et se dirigea vers la supérette. A l'intérieur, une longue file de gens attendaient pour payer leur plein d'essence, avec leurs provisions pour la route — sodas, nachos, cigarettes, bières. Il y avait aussi beaucoup de monde aux toilettes et elle dut patienter près de cinq minutes. Au moment où elle se lavait les mains, elle surprit son reflet dans le miroir et fit la grimace, mais elle ne jugea pas utile de perdre du temps à se rendre présentable. Tout le monde se fichait que sa coiffure soit en bataille et qu'elle ait mangé son rouge à lèvres depuis longtemps. Elle retourna dans la boutique et attrapa un paquet de M&M's, une petite boîte d'aspirine et une bouteille de Dr Pepper.

Pendant qu'elle faisait la queue, elle remarqua un grand miroir de surveillance installé en hauteur. De forme convexe, il reflétait une vue déformée, mais panoramique, de l'intérieur de la supérette. Eve nota la présence d'un homme qui semblait errer sans but entre les rayons. Il portait des lunettes de soleil qui couvraient son visage et regardait du côté de l'entrée. Du côté de l'entrée ou vers elle ?

Ne sois pas stupide.

Elle jeta un coup d'œil par-dessus son épaule et constata que les hautes étagères des rayonnages lui dissimulaient l'homme. Donc lui non plus ne pouvait pas la voir. Une fois de plus, elle se faisait des idées. Le type aux lunettes noires ne l'épiait pas à travers les rouleaux de papier et les boîtes de céréales.

Tout ça se passait dans sa tête. Elle était sur les nerfs depuis cet étrange coup de fil.

— Oublie-le, murmura-t-elle tout bas.

La fille derrière elle lui jeta un drôle de regard et Eve sourit d'un air embarrassé, puis, comme c'était son tour, elle régla ses achats et son plein d'essence.

Dehors, les nuages s'étaient transformés en une sorte de brume qui se dissipait peu à peu. La nuit n'allait pas tarder à tomber, mais le soleil, reflété par les vitres et le métal, était encore assez vif pour être aveuglant. Il formait de minuscules arcs-en-ciel sur les gouttes d'huile qui flottaient à la surface des flaques d'eau sur le bitume.

Avant de se glisser derrière le volant, Eve prit quelques minutes pour s'étirer et se délier la nuque. Une fois installée sur son siège, elle ouvrit son paquet de M&M's, en croqua quelques-uns, puis avala de l'aspirine avec du Dr Pepper.

Au moment où elle tournait la clé de contact, elle remarqua un pick-up noir près du comptoir qui vendait du café. Elle se demanda s'il s'agissait de celui de tout à l'heure et son angoisse revint immédiatement.

Il existe des milliers de pick-up comme celui-ci.

Elle ne parvenait pas à lire les plaques salies de boue à cette distance, mais il lui sembla que le véhicule était immatriculé en Louisiane. Le plateau ouvert n'était pas vide. Elle voyait d'ici une grande boîte à outils attachée sous le pare-brise du petit habitacle.

Le conducteur devait être ouvrier en bâtiment, homme à tout faire, ou fermier. Pas de quoi s'effrayer…

Mais, en sortant du parking, quand elle jeta un dernier coup d'œil dans son rétroviseur, elle vit l'homme aux lunettes noires posté devant la supérette. Il regardait dans sa direction.

— Encore lui, murmura-t-elle.

Puis elle tenta de se rassurer. Il observait probablement la fourgonnette devant le comptoir extérieur du McDonald's. Elle était pleine de jeunes gens qui hurlaient tous en même temps pour passer leur commande.

Tuut !

Eve poussa un cri étouffé et écrasa sa pédale de frein à l'entrée de la rampe d'accès d'autoroute. Elle venait d'éviter de justesse une voiture de sport lancée à pleine vitesse qui passa à quelques centimètres de son pare-chocs. Les gamins qui se trouvaient à l'intérieur lui lancèrent quelques obscénités en lui faisant des signes de la main plutôt évocateurs — le tout au rythme du hip-hop beuglé par leur radio.

Elle retint un cri. Son cœur battait sauvagement. Elle ne les avait pas vus arriver.

Tout ça à cause de ses craintes ridicules.

Elle jeta de nouveau un coup d'œil derrière elle, mais l'homme n'était plus devant la supérette. Il avait dû remonter dans sa voiture.

Cesse d'imaginer des choses.

Elle s'engagea sur l'étroite rampe, en plissant les yeux à cause des rayons obliques du soleil et profita du feu rouge qui réglementait l'accès à l'autoroute pour se pencher vers la boîte à gants où elle rangeait ses lunettes de soleil.

Quand elle l'ouvrit, une enveloppe de papier Kraft tomba en s'ouvrant. Des bouts de papier ressemblant à des articles de journaux découpés à la main se répandirent sur le tapis et entre les sièges.

— Mais qu'est-ce que c'est que ça ? s'exclama-t-elle.

Le feu venait de passer au vert et derrière elle on klaxonnait déjà. Elle dut démarrer et se glisser dans le flot des voitures qui filaient vers le sud.

Mais ses yeux ne cessaient d'aller de la route aux papiers épars. Elle en prit un qui était à sa portée, sur le siège du passager. La première chose qu'elle remarqua fut qu'il était soigneusement découpé avec des ciseaux à cranter. Elle le posa sur le volant pour déchiffrer le titre :

LA POLICE ÉLUCIDE UN MEURTRE REMONTANT À VINGT ANS.

Elle roulait trop vite pour oser lire, mais quelques bribes de phrases lui sautèrent aux yeux.

Faith Chastain aurait été assassinée.

... Hôpital Notre-Dame-des-Vertus.

L'inspecteur Ruben Montoya de la police de La Nouvelle-Orléans...

— Mon Dieu..., murmura-t-elle en laissant tomber l'article.

L'inspecteur Montoya... Celui qui avait arrêté Cole...

Notre-Dame-des-Vertus, elle ne connaissait que trop bien. Son père y avait été chef de service. Enfant, elle avait souvent joué dans le parc et dans les couloirs du vieil hôpital.

Faith Chastain ? Pourquoi le nom de cette pauvre femme lui rappelait-il quelque chose de désagréable ?

Elle eut brusquement la bouche sèche et se pencha pour jeter un coup d'œil à un deuxième article, lui aussi découpé avec des ciseaux à cranter.

L'ASSASSIN DE NOTRE-DAME-DES-VERTUS AURAIT TUÉ FAITH CHASTAIN.

— Mais qu'est-ce que... ?

Celui-ci parlait du psychopathe de La Nouvelle-Orléans, l'homme qui avait récemment semé la terreur dans la ville en assassinant une demi-douzaine de personnes.

Elle ne jugea pas utile d'en ramasser un troisième. Elle avait compris l'essentiel du message. Elle se mordit la lèvre et tenta de se concentrer sur la route.

Qui pouvait savoir qu'elle avait grandi dans cet hôpital ?

Pourquoi lui communiquer des coupures de presse évoquant une femme morte depuis plus de vingt ans ?

A présent, elle était au bord de la crise de panique. Son cœur cognait comme un marteau. Elle sentait ses poumons l'oppresser.

Calme-toi. Ne franchis pas le point de non-retour…

Elle compta mentalement pour réguler sa respiration. *Un… Deux… Trois…*

Celui qui avait déposé ces articles dans sa voiture voulait lui dire quelque chose de précis.

Mais quoi ?

Il avait pris soin de les découper avec des ciseaux à cranter et cet encadrement de pointes tranchantes ressemblait à de minuscules dents.

Eve en eut la chair de poule.

Comme tout le monde, elle avait entendu parler des meurtres qui avaient fait la Une des journaux quelques mois plus tôt.

Avant la mort de Roy.

Avant qu'une balle ne lui écorche la tête.

Tout en vérifiant dans son rétroviseur qu'aucun pick-up noir ne la suivait, elle se demanda quand et comment on avait pu glisser cette grande enveloppe dans sa boîte à gants. Elle fermait toujours sa voiture à clé.

A la station d'essence…

Tu pensais n'en avoir que pour quelques minutes.

Tu étais distraite par les miaulements du chat, par cette éternelle migraine. Tu n'as pas fermé la voiture.

Pourtant, le geste d'appuyer sur le bouton de la commande à distance qui verrouillait les portes était devenu chez elle une sorte d'automatisme. Aujourd'hui elle voyageait avec ses affaires dans le coffre… Comment avait-elle pu se montrer si négligente ?

Elle passa en revue les moments où elle avait laissé son véhicule. Quand elle s'était arrêtée au restaurant, oui, elle en était certaine, elle avait fermé ses portes. Mais à la station d'essence… Un frisson la parcourut quand elle songea de nouveau au coup de fil anonyme et à cette voix rauque.

Il est libre.

L'homme qui conduisait le pick-up avait-il un lien avec Notre-Dame-des-Vertus ?

Tu vas trop vite. Ne brûle pas les étapes.

— Je ne brûle pas les étapes, je réfléchis, protesta-t-elle tout haut.

Sur la banquette arrière, Samson lui répondit en miaulant.

En regardant dans son rétroviseur, elle remarqua son front couvert de sueur et appuya sur l'accélérateur. Elle avait hâte d'arriver à La Nouvelle-Orléans. Une fois chez elle, à l'intérieur de sa maison, avec les portes fermées, les verrous bouclés, les chaînes de sécurité enclenchées, elle lirait tranquillement les articles et essayerait de comprendre ce qu'ils signifiaient.

Mais elle était d'ores et déjà certaine que quelqu'un l'avait suivie et que l'épaisse enveloppe ne se trouvait pas ce matin dans la boîte à gants quand elle avait rangé ses lunettes de soleil sur les cartes et les papiers de la voiture.

Une vague de panique la submergea quand elle songea que son mystérieux « informateur » avait pu déposer autre chose que ces articles de journaux. Un appareil autoguidé par exemple… Une bombe… Une caméra miniature…

Arrête un peu ton cirque. Tu regardes trop de films policiers.

Mais elle avait beau se raisonner, elle n'arrivait pas à contrôler sa respiration qui devenait de plus en plus irrégulière.

Il est libre.

L'homme à l'enveloppe était probablement son interlocuteur anonyme…

Comment savoir ?

Elle venait de l'ouvrir !

Il en était sûr.

Derrière ses lunettes noires, Le Rédempteur fixa la voiture d'Eve à travers le pare-brise.

Il ne voyait que sa silhouette, mais il sentait qu'Eve avait du mal à se concentrer, qu'elle haletait, qu'elle essayait de se calmer.

Sans y parvenir.

Il se faufila derrière une large camionnette et conserva une distance de huit cents mètres entre son véhicule et la Toyota. De là, il pouvait la surveiller sans être repéré. Il avait remarqué qu'elle avait ralenti son allure un long moment. Et puis, brusquement, elle avait fait un bond en avant et doublé deux camions.

Parfait.

Eve avait enfin compris.

Il s'humecta les lèvres, en l'imaginant, paniquée, les mains moites, crispées sur le volant.

Oh, oui…

Rien que d'y penser, il jubilait.

Je te vois. Et toi, Eve, sens-tu ma présence ? Tu as peur ? Je suis là. Tu ne peux pas m'échapper parce que nous sommes destinés à mourir ensemble…

Tout en souriant, il écrasa la pédale de l'accélérateur et le pick-up prit de la vitesse.

Le soleil se couchait à l'horizon. Il ferait bientôt nuit.

Il sentait l'excitation et le désir grandir en lui.

Parce qu'il savait ce qui allait se passer.

Cette heure entre chien et loup reflétait parfaitement l'état d'esprit de Cole.

Il avait attendu le coucher de soleil, à ressasser l'avertissement de Deeds : *Garde tes distances avec elle, elle ne t'apporterait que des ennuis.*

Ça, il l'avait compris depuis un bout de temps.

Pourtant, vu sa situation actuelle, il n'avait plus grand-chose à perdre.

Il avait passé l'après-midi à nettoyer et à organiser sa maison. Il avait maintenant à faire par ailleurs. Il avait déjà placé une petite trousse à outils et une lampe torche dans la jeep. Il sortit sur le porche. Il faisait sombre, mais la rue était suffisamment éclairée pour lui permettre de suivre les gamins qui zigzaguaient toujours entre les véhicules garés le long du trottoir. Un vieil homme fumait un cigare sur son perron. Un chat gris longea furtivement la chaîne qui protégeait la pelouse d'une allée. Le groupe de jeunes gens était toujours affairé autour de la Pontiac, en écoutant une musique assourdissante. Cole s'accouda à la rambarde du porche et huma l'odeur humide du Mississippi à laquelle se mêlaient celles du tabac, des pots d'échappement et de la poussière.

Sa maison ne paraissait pas surveillée par la police, mais Cole ne pouvait pas en être complètement certain. Les inspecteurs Bentz et Montoya n'allaient pas le lâcher de sitôt et il avait intérêt à se montrer très prudent.

Il grimpa dans sa jeep et recula lentement sur l'asphalte défoncé tout en surveillant les alentours. Aucun véhicule ne démarra dans la rue, il n'entendit pas de bruit de moteur et ne vit pas de phares derrière lui.

Mais il n'était pas encore rassuré.

Il roula pendant une heure dans toute la ville, s'arrêta une première fois pour faire le plein d'essence et une seconde fois dans une épicerie. Il prit ensuite la direction du quartier des entrepôts, puis celle du quartier français. Ce circuit le persuada qu'il n'était pas suivi, mais il ne cessa pourtant de surveiller les voitures qui l'entouraient. Enfin, après un dernier arrêt dans une boutique à quelques pâtés de maisons de Bayou St John, comme personne ne s'arrêtait derrière lui, ni même à distance dans la rue, il comprit qu'il n'avait rien à craindre. Du moins pour ce soir.

Ce qui lui laissait tout le loisir de songer à Eve.

Que le diable emporte son beau visage de menteuse. Elle l'avait trahi, elle l'avait manipulé, piégé. Comment avait-il pu se montrer aussi aveugle ?

Cela faisait trois mois qu'il ruminait ces questions et il n'avait toujours pas trouvé de réponses. Pas la moindre.

Il lui fallait absolument la rencontrer pour connaître la vérité.

Il avait d'abord un ou deux petits problèmes à régler à La Nouvelle-Orléans. Ensuite il partirait pour Atlanta où Eve passait sa convalescence et lui demanderait des comptes.

Comme il l'avait aimée… Il avait vraiment cru qu'il passerait le reste de ses jours avec elle et elle s'était jouée de lui. Et pas qu'un peu.

Il soupçonnait Roy d'avoir été son amant, mais il n'en était pas certain. Il pensait aussi qu'elle cachait autre chose, mais quoi… Il aurait juré qu'elle protégeait un homme. Un homme dont elle n'avait jamais prononcé le nom devant lui.

Ses doigts se crispèrent sur le volant quand il songea aux derniers moments qu'ils avaient passés ensemble, la nuit où Roy était mort. Ils avaient fait l'amour et ensuite ils avaient folâtré au lit. Il la revoyait encore, allongée près de lui, encore rosée du plaisir qu'il venait de lui donner, le taquinant, lui pinçant la nuque et la poitrine, jouant avec ses seins. Ça oui, elle s'était bien moquée de lui… Il venait à peine de se remettre de son orgasme quand elle avait recommencé à le titiller, du bout de ses doigts fins. Un ronronnement de plaisir s'était échappé de ses lèvres quand elle avait senti son érection.

« Regarde-moi ça, avait-elle murmuré avec des yeux pétillant de malice. Déjà prêt à repartir pour un tour… »

« Pas toi ? » avait-il soufflé tout contre son oreille.

« Il faut voir… Je crois que tu pourrais me convaincre. »

Il avait ri.

« Si tu te donnes suffisamment de mal », avait-elle ajouté.

« C'est un test ? » avait-il demandé.

« Mmm… »

« Et je le passe brillamment ? »

« Pas tout à fait », avait-elle répondu.

Mais, quand il lui avait caressé le dos, ses seins avaient durci. Il en avait pris un dans sa bouche et elle s'était cambrée.

Ça l'avait rendu fou de désir et il lui avait écarté les jambes.

— Moins vite ! s'exclama-t-il tout haut en s'apercevant qu'il avait dépassé la vitesse autorisée.

Ce n'était pas le moment de se faire remarquer par les flics.

Il inspira profondément. Ses mains étaient moites. L'image d'Eve allongée sous lui, nue, les lèvres entrouvertes, les joues rouges, les yeux humides et brillants d'excitation, lui brouillait l'esprit.

Cette nuit-là, lorsqu'ils avaient recommencé à faire l'amour, le téléphone avait sonné et elle avait pratiquement bondi hors du lit pour répondre, comme une marionnette tirée par un fil invisible.

« Tu sors ? » avait-il demandé en la voyant passer un jean.

« Oui. »

« Pourquoi ? »

« Parce que Roy a besoin de moi. »

« Roy est dingue. »

« Il a quelque chose d'important à me dire. »

« A quel sujet ? »

Elle avait hésité.

« Je n'en sais rien », avait-elle répondu.

Il avait tout de suite senti qu'elle mentait.

« Bien sûr que tu le sais », avait-il dit.

« Non. Je le saurai quand je l'aurai vu. »

« Il exige que tu le rejoignes à cette heure-ci ? En pleine nuit ? Ça ne peut pas attendre ? »

Il avait jeté un coup d'œil au réveil. Il était plus de 22 heures. Mais elle avait fait la sourde oreille.

« Je ne serai pas longue. Je sais qu'il est tard, mais… Roy le ferait pour moi. »

Elle avait mis son soutien-gorge et un T-shirt à manches longues.

« Où dois-tu le retrouver ? Je peux t'accompagner ? »

« Non… Il est… Il est dans la cabane de son oncle, celle dont je t'ai parlé. »

« La cabane dans les marais ? »

« Oui. »

Elle avait cherché ses chaussures du regard. Elle en avait trouvé une et l'avait enfilée.

« Rappelle-le et dis-lui de venir ici, avait-il protesté en s'asseyant dans le lit. Ou chez toi. Ou demain matin, s'il tient à la cabane. Tu ne vas tout de même pas te rendre en pleine nuit dans les marais. Je connais bien l'endroit, j'y ai grandi. C'est dangereux. »

« Il m'y attend déjà. »

« Et après ? Il est en panne de voiture ? Rien ne t'empêche de le rappeler pour lui dire que tu as changé d'avis. »

« J'y vais, Cole », avait-elle répliqué sèchement.

Elle avait découvert sa deuxième chaussure près de la fenêtre.

« Je n'ai pas l'intention d'en discuter avec toi. Roy est très important pour mes recherches et tu le sais. »

Mais il n'en avait pas cru un mot. Ce dont Roy avait parlé au téléphone n'avait rien à voir avec sa thèse de psychologie, il en aurait mis sa tête à couper.

Quand il l'avait vue mettre sa veste et se diriger vers la porte, il avait repoussé les couvertures.

« Puisqu'il n'y a pas moyen de te convaincre, je t'accompagne. »

« Non ! »

Elle avait fait volte-face pour l'affronter.

« Si je ne viens pas seule, ça va lui déplaire et il ne dira rien. Il va se fermer comme une huître. »

« Eve, écoute-m… »

« Combien de fois m'as-tu laissée en pleine nuit sans la moindre explication pour aller rejoindre un de tes clients ? » avait-elle coupé.

Il avait été surpris qu'elle le prenne sur ce ton.

« Ça n'a rien à voir », avait-il protesté.

Elle avait ricané, puis poussé la porte de la chambre. Il avait compris qu'il était impossible de lui faire entendre raison et il s'était levé comme une flèche pour enfiler lui aussi un jean.

« Je suis avocat », avait-il commencé tout en passant une jambe dans son pantalon et en avançant en même temps vers la porte.

« Oui, oui, je sais. »

Sur le palier du premier étage, toujours en se débattant pour passer ce fichu Levi's, il lui avait lancé :

« Eve, je n'aime pas ça du tout. »

Mais elle descendait déjà l'escalier en colimaçon, vite, avec une main posée sur la rambarde. Elle ne s'était même pas retournée pour le regarder.

« C'est dangereux », avait-il répété.

« Je suis une grande fille, Cole. »

« Attends ! Eve ! C'est de la folie ! »

Elle atteignait déjà la porte, avec son sac en bandoulière. Il avait dégringolé l'escalier derrière elle en fermant les boutons de sa braguette.

« Tu ne peux pas… »

« Oh, si, je peux… »

Elle avait posé la main sur la poignée, mais Cole s'était jeté devant elle pour lui barrer le passage.

« Attends… », avait-il supplié.

Etrangement, ça l'avait mise en rogne.

« Tu veux m'empêcher de sortir ? avait-elle dit d'un ton incrédule. Nous ne sommes plus au Moyen Age. Laisse-moi passer. »

« Roy ne m'a jamais inspiré confiance. »

« Personne ne t'inspire confiance, avait-elle rétorqué. Même en moi, tu n'as pas confiance. Arrête un peu avec ton machisme de base, tu me fatigues. »

A ce moment-là, il avait commis une grave erreur : il lui avait attrapé le bras pour l'immobiliser de force.

« Je viens avec toi », avait-il insisté.

Elle avait fixé du regard la main de Cole, qui tenait fermement son bras.

« Lâche-moi, Cole, avait-elle dit d'une voix très calme. Et ne t'avise plus jamais de chercher à m'empêcher de faire ce que j'ai décidé. »

Elle l'avait regardé droit dans les yeux. Froidement. Presque méchamment.

« Que se passe-t-il, Eve ? » avait-il dit en relâchant un peu la pression de ses doigts.

Roy Kajak était l'ami d'enfance d'Eve, mais ça ne justifiait pas cette obstination à vouloir le rejoindre en pleine nuit. Il s'était demandé s'il n'y avait pas un secret entre eux.

« Tu as dépassé les bornes, avait-elle sifflé d'une voix lourde de menaces. Largement. Tu vas me laisser partir, tout de suite, sinon j'appelle la police. »

Il avait laissé tomber son bras comme si elle l'avait piqué avec une aiguille et il l'avait regardée fouiller son sac pour vérifier que son téléphone portable s'y trouvait bien.

« Tu porterais plainte contre moi ? » avait-il demandé.

Elle l'avait poussé pour passer devant lui, sans répondre et sans lâcher son téléphone. Puis elle était sortie en courant vers sa voiture.

Maintenant encore, des mois plus tard, il entendait le claquement sourd de la portière qui se refermait sur elle, le bruit de la Toyota qui démarrait et le grincement furieux de ses pneus.

Il en était resté saisi pendant quelques secondes. Puis il avait grimpé quatre à quatre les marches de l'escalier menant au premier, il avait traversé la chambre, il était entré dans la salle de bains pour composer fébrilement la combinaison du coffre encastré dans l'un des murs. Il avait pris un revolver et il avait filé vers sa voiture. Il se passait quelque chose d'anormal. Elle ne lui disait pas tout.

Heureusement, il connaissait un raccourci pour rejoindre la cabane. Avec un peu de chance, il y serait avant elle.

5.

Les réverbères baignaient la rue d'une lumière bleutée quand Eve arriva enfin à La Nouvelle-Orléans. Elle avait les épaules courbatues et mal à la tête, mais elle était enfin chez elle.

Elle se gara dans l'allée, devant le garage attenant à la maison, une demeure victorienne de deux étages avec une tourelle que Nana avait convertie en atelier d'artiste. Enfant déjà, Eve revendiquait la pièce de la tour comme la sienne. Quand elle passait ses étés chez Nana, elle y dormait et profitait de la vue à trois cent soixante degrés. Elle avait pris l'habitude de monter sur le toit, de s'asseoir sur les bardeaux et de regarder par-dessus les autres maisons et les arbres. Elle s'imaginait voir plus loin que St Charles Avenue, plus loin que Magazine Street, plus loin que le quartier connu sous le nom d'Irish Channel — ce qui bien sûr était impossible.

Elle contempla la vieille maison en souriant, soulagée.

— Tu vois, on a réussi, dit-elle à Samson tout en arrêtant le moteur.

Première urgence : libérer ce pauvre animal et le laisser circuler. Mais seulement à l'intérieur, le temps qu'il reprenne ses marques. Ensuite il pourrait recommencer à vagabonder dans le jardin.

Elle jeta un coup d'œil aux coupures de presse qui jonchaient le siège du passager et le tapis de sol, et décida de les laisser là pour le moment.

— On verra ça plus tard.

Elle attrapa son sac et la cage du chat, puis se dirigea vers le porche situé derrière la maison et qui ouvrait directement sur la cuisine.

Eve avait toujours adoré cette vieille bâtisse, ses hauts plafonds, ses étroits et longs couloirs, les odeurs de tartes aux noix de pécan et de café qui y flottaient en se mêlant à celle des fleurs séchées qui parfumaient les lieux. C'était sans doute pour cela que sa grand-mère la lui avait léguée, à la surprise générale.

Elle grimpa joyeusement les marches du perron et ouvrit la porte de la petite entrée donnant sur la cuisine. Elle alluma les lumières en fronçant le nez. La poussière et l'humidité avaient imprégné les vieilles poutres de bois pendant son absence, mais ça n'expliquait pas l'odeur pestilentielle. En regardant sous l'évier, elle trouva une poubelle qui pourrissait là depuis trois mois.

— Quelle agréable surprise ! dit-elle en ouvrant la cage du chat, qui sauta aussitôt sur le sol.

Elle commença par se débarrasser de la poubelle, puis elle remplit la gamelle et la coupelle d'eau de Samson, et changea sa litière. Elle transporta ensuite à l'intérieur ses affaires qu'elle déposa au pied de l'escalier et retourna une dernière fois à la voiture pour ramasser l'enveloppe et les coupures dentelées. Le simple fait de les toucher lui donna la sensation de se souiller. Celui qui s'était donné la peine de découper ces articles, de les rassembler dans une enveloppe, et d'attendre le moment propice pour les fourrer dans sa boîte à gants cherchait à l'effrayer. C'était un malade.

Il avait probablement profité du moment où la voiture était restée ouverte, à la station d'essence, là où elle avait cru remarquer un homme portant des lunettes noires qui l'observait.

Il l'avait suivie, pas de doute.

Peut-être même la surveillait-il en ce moment.

Elle leva la tête et scruta la rue déserte, les buissons qui entouraient la maison, l'allée derrière le garage. Mais elle ne remarqua rien d'anormal. Tout était calme et silencieux. On n'entendait que le bruit discret du laurier détrempé qui gouttait, près de l'allée principale.

Elle sortit de la voiture, l'enveloppe sous le bras, et appuya sur le bouton de la commande à distance pour verrouiller les portières. La voiture fit un petit bruit sec et les phares clignotèrent une dernière fois. Personne n'y entrerait cette nuit pour y déposer des articles…

Eve eut de nouveau une bouffée d'angoisse à l'idée que quelqu'un l'avait suivie à son insu… Elle ne put s'empêcher de jeter un coup d'œil par-dessus son épaule.

La nuit était paisible, les maisons alentour étaient éclairées, quelques rares voitures circulaient dans la rue, le vent murmurait entre les pins, les pécans et les chênes du jardin. Mais Eve ne se sentait pas tranquille et elle se dépêcha de rejoindre la maison. Elle s'enferma à l'intérieur et poussa un soupir de soulagement en entendant le claquement rassurant du verrou qui pivotait.

Elle déposa l'enveloppe sur la table de la cuisine et la contempla un instant en songeant aux articles qu'elle contenait. Elle en avait dénombré environ une trentaine. Ils parlaient tous de la mort de Faith Chastain.

Mais pourquoi Faith Chastain ?

Faith Chastain était morte à Notre-Dame-des-Vertus, l'asile psychiatrique où Terrence Renner avait exercé en tant que chef de service. Eve y avait joué enfant en évitant les sévères religieuses et en observant les patients à la dérobée.

Ce vieil hôpital exerçait depuis toujours sur elle une fascination morbide, au point qu'il était au centre de sa thèse de doctorat, une étude comparant les traitements barbares de la « vieille » psychiatrie aux psychotropes utilisés aujourd'hui. Elle se demanda si celui qui avait déposé les articles le savait et s'il cherchait à la détourner de ses recherches. Mais dans quel but ? Et pourquoi attirer son attention sur Faith Chastain, qu'elle n'avait jamais rencontrée ?

A moins que…

Enfant, elle avait espionné les patients agités, ceux qu'on enfermait en zone interdite. Elle quittait le bureau de son père en lui annonçant qu'elle allait jouer dehors, sur la balançoire, ou se promener dans les bois, ou rendre visite aux quelques chevaux qui occupaient encore les écuries. Mais elle se faufilait dans l'escalier menant au sous-sol et observait à la dérobée, poussée par une curiosité morbide qui la faisait encore rougir, les pauvres bougres ficelés dans leur camisole de force qui attendaient une lobotomie ou des électrochocs.

Ils lui faisaient peur, mais ils l'intriguaient. Elle se demandait parfois si elle n'avait pas choisi d'étudier la psychologie pour racheter son indifférence d'autrefois. Une indifférence due à l'immaturité autant qu'à l'ignorance.

Elle vida le contenu de l'enveloppe et étala les articles sur sa table. Quelqu'un était forcément au courant de ses liens avec le vieil hôpital.

Elle décida de commencer par classer ces coupures. Celles-ci n'étaient pas datées. Eve mit donc d'un côté les articles de journaux et de l'autre ceux des magazines. Elle se promit d'en rechercher la provenance exacte sur internet, dès que son modem serait de nouveau branché.

Mais pas ce soir. D'autant plus qu'elle avait de nouveau mal à la tête et qu'elle avait sommeil. La nuit porterait conseil. Elle y verrait plus clair demain. Elle se frotta les tempes et se dirigea vers l'évier où elle laissa couler le robinet pendant qu'elle fouillait dans le placard pour chercher un verre pas trop poussiéreux. Elle le remplit, avala deux cachets d'aspirine et s'aspergea le visage.

Elle ferma le robinet et sortit une serviette en éponge d'un tiroir. Tout en se tamponnant le visage pour s'essuyer, elle jeta un coup d'œil autour d'elle. Elle se sentait un peu mieux dans cet univers familier où elle avait partagé tant de bons moments avec sa grand-mère. Carrelage rose, papier à fleurs dans les tons de vert, gris et mauve, placards blancs, parquet de bois : le décor n'avait pas changé depuis le temps où elle grimpait sur une chaise pour aider Nana à préparer des tartes aux pêches et aux noix de pécan.

Elle sourit tristement en se souvenant de ses doigts couverts de farine et de son petit tablier à fleurs. Nana envoyait les deux garçons jouer dehors et exigeait qu'ils enlèvent leurs chaussures à l'intérieur. Elle les avait surnommés les petits vandales… Eve avait toujours été la préférée de Nana. Sans doute parce qu'elle la considérait comme l'enfant de Terrence et de Melody, tandis que les deux garnements étaient les fils d'un homme qui avait passé plus de temps en prison que dehors. Le père d'Eve avait officiellement adopté Kyle et Van, mais ils étaient déjà adolescents quand ils l'avaient connu et ne l'avaient jamais vraiment accepté.

Kyle et Van n'avaient jamais été de véritables grands frères pour Eve. Par la suite, Kyle était devenu un adulte pessimiste et toujours mécontent, et Van un égoïste forcené.

Avec le recul, Eve comprenait aujourd'hui que sa grand-mère avait manifesté à son égard une préférence éhontée, préférence qui s'était confirmée quand elle lui avait légué la maison. Kyle et Van avaient reçu un petit héritage symbolique, et le père d'Eve, fils unique de Dorothy, avait dû se contenter d'une ferme abandonnée entourée d'une terre marécageuse et de quelques objets ayant appartenu à son père.

Une pilule amère à avaler pour les hommes de la famille.

Eve avait fait taire sa mauvaise conscience en se promettant de vendre un jour pour partager l'argent avec ses frères.

Mais la question n'était pas encore d'actualité.

Elle fit le tour de la maison en allumant quelques lampes. Au pied de l'escalier, elle prit la plus grosse de ses valises et la traîna sur les marches de bois. Le tapis autrefois coloré était usé, comme tout ici. Eve se demandait parfois si sa grand-mère ne lui avait pas fait un cadeau empoisonné. Rénover cette vieille bâtisse tout en préservant son cachet coûterait sûrement une fortune. Elle se contentait donc, pour l'instant, des tapis abîmés, des carreaux ébréchés et du papier peint fané.

Arrivée au premier étage, elle s'arrêta pour reprendre son souffle. Elle était encore très faible.

A cause de la balle que lui avait tirée Cole.

L'homme qu'elle avait aimé.

Elle revit ses yeux pleins de haine, le revolver qu'il pointait lentement sur elle, l'éclair qui jaillit du canon, le carreau de la vitre qui se brisait dans un fracas épouvantable.

Il avait tenté de la tuer.

— Salaud, murmura-t-elle.

Puis elle s'efforça de chasser Cole de son esprit. Ne penser à rien. Dormir.

Dans sa chambre, elle défit sa valise à la hâte. Elle fourra ses vêtements sales dans un panier et suspendit les autres. Puis elle descendit une dernière fois pour prendre Samson dans ses bras. Elle se laissa bercer par son ronronnement.

— Je suis désolée pour cet affreux voyage, dit-elle. Tu es un gentil chat. Tu me pardonnes ?

Il leva vers elle ses rondes prunelles dorées et frotta sa tête contre son menton en ronronnant de plus belle.

— Nous sommes chez nous, Samson, dit-elle. Nous allons reprendre notre petite vie tranquille, je te le promets.

Sauf que j'ai prévu d'affronter Cole, quoi qu'il en coûte.

Le chat sauta de ses bras pour grimper sur le rebord d'une fenêtre d'où il pouvait scruter la nuit.

— Va pour la fenêtre, mais je t'interdis de marcher sur les comptoirs et sur la table, lui rappela Eve.

Elle vérifia encore une fois que les portes étaient fermées et les verrous enclenchés, puis se dirigea vers la salle de bains. Là, elle rinça la baignoire aux pieds griffus avant de la remplir, ôta ses vêtements, et plongea avec délice dans l'eau tiède.

— C'est ça, le paradis, murmura-t-elle en s'enfonçant jusqu'au menton.

L'eau qui lui caressait la peau la libérait progressivement des tensions de la journée. Elle ferma les yeux et se laissa couler, bercée par le souffle régulier de sa respiration, par le vent qui soupirait entre les feuilles du magnolia du jardin et par les gémissements du bois de la vieille maison.

Mais l'image de Cole flottait toujours quelque part dans son esprit. Un visage d'une beauté sauvage, avec des yeux bleu-vert qui changeaient de couleur selon la lumière, une bouche fine comme une lame qui disparaissait presque quand il était furieux et s'étirait aux commissures quand il avait envie de rire. Elle avait cru qu'il serait l'homme de sa vie, mais elle se dit qu'elle s'était trompée.

Complètement trompée.

— Saloperie, jura Cole en quittant la ville.

Penser à Eve ne le menait décidément nulle part.

Tout en surveillant prudemment les voitures qui venaient en sens inverse, il roulait droit devant lui au-dessus de l'immense lac Pontchartrain, en tapotant nerveusement le volant de ses doigts. Une fois passé le pont, il traversa plusieurs petites villes. Enfin, il atteignit le coin de forêt qui était le but de son voyage, et s'arrêta près du mobile home de Jim, son cousin. Celui-ci vivait maintenant près de Philadelphie avec sa femme et son fils. Le mobile home était inhabité et les alentours déserts.

Il attendit un moment dans la voiture, pour être sûr d'être bien seul.

Cinq minutes.

Dix.

Personne. C'était le moment d'y aller.

Il prit sa trousse à outils et sa lampe torche et sortit de la jeep qu'il ferma derrière lui. La nuit était fraîche et un fin brouillard flottait à travers les arbres et les sous-bois de ce coin retiré du bayou. Il enfila une paire d'épais gants, sauta par-dessus la clôture et se dirigea vers le mobile home, dont le blanc sali tranchait dans le paysage sombre. En s'approchant, il remarqua les rideaux tachés et les toiles d'araignées tissées le long des vitres moussues.

A part les chasseurs et les pêcheurs qui le traversaient sans s'arrêter, personne ne s'aventurait sur le terrain depuis longtemps. Il ne remarqua aucune trace de feux de camp, ni de verrous ou de serrures brisées. Les lieux n'avaient pas non plus été occupés par des squatters.

Ce qui était une excellente nouvelle.

Il longea une vieille piste empruntée par les cerfs. A l'endroit où le chemin formait une fourche, il prit vers le sud et atteignit bientôt le ponton où son cousin amarrait autrefois un canot. Il ne trouva pas l'embarcation et les planches du quai avaient pourri. Il en manquait même quelques-unes. Lorsqu'il promena sa lampe sur l'eau sombre, il entendit un bruit de plongeon — probablement un alligator qu'il avait dérangé.

Il balaya ensuite le rivage de son rayon lumineux et retrouva le cyprès esseulé au tronc coupé en deux, d'un blanc passé, qui paraissait monter la garde. Tout en remerciant silencieusement le ciel, il s'approcha lentement de l'arbre et enfila des gants avant d'éclairer ce qu'il cherchait : une fente entre les racines tout juste assez grande pour laisser passer une main d'homme. Par précaution, il sortit un long tournevis de sa boîte à outils et fouilla à l'intérieur pour vérifier qu'il ne risquait pas de déranger un mocassin d'eau endormi ou une autre créature du marais.

Rassuré, il enfonça sa main, le cœur battant, pour gratter doucement la terre qu'il avait lui-même tassée autrefois. Ses gants rencontrèrent un objet. Il sourit.

— Bingo, murmura-t-il en creusant plus vite jusqu'à en extraire une sacoche de Nylon.

Il la glissa sans même l'ouvrir dans la trousse à outils, fit demi-tour, et se mit à courir à travers les arbres et les buissons. Le sifflement de sa respiration et les battements furieux de son cœur résonnaient dans son crâne.

Il éteignit sa lampe avant de sauter par-dessus la clôture et atterrit sur la terre meuble, à quelques mètres de sa jeep. Il attendit un peu. Le temps de reprendre son souffle et de s'assurer qu'on ne l'avait pas suivi.

Les secondes passèrent.

La sueur ruisselait le long de son cou.

Un hibou hulula doucement à sa droite. Tout était calme. Il ne détecta rien d'anormal.

Vas-y.

Il avança vers son véhicule, d'abord lentement, puis d'un pas de plus en plus assuré et rapide. Il ouvrit la portière du passager, lança à l'intérieur sa boîte à outils et en sortit la sacoche.

Puis il s'installa derrière le volant et recula prudemment sur le chemin. Il craignait toujours de voir surgir le gyrophare d'une voiture de patrouille et imaginait déjà les flics qui en sortiraient arme et matraque au poing. Mais non, il était bien seul.

Une fois sur la route du comté, il fit demi-tour et démarra en trombe, tout en jetant de temps à autre des regards furtifs sur la sacoche. Il attendit d'avoir parcouru huit kilomètres pour s'arrêter dans une petite ville. Là, il plongea la main dans la sacoche. Ses doigts touchèrent du papier. Il alluma le plafonnier de la jeep. L'argent était bien là. Quinze rouleaux de billets, un millier de dollars par rouleau, quinze mille dollars… Une somme modeste, mais suffisante pour repartir du bon pied.

Le prix du sang…

Mais ça, il s'en fichait.

Tout en pestant contre la police en général, Montoya lança d'un geste rageur son badge sur la table. Puis il alla droit au réfrigérateur, attrapa une bière et fit sauter la capsule. Il contempla d'un air désolé la pagaille autour de lui. On venait d'abattre le mur qui séparait sa maisonnette tout en longueur de celle du voisin. Une bâche de plastique séparait les deux moitiés identiques qui deviendraient plus tard la pièce principale — un salon, salle à manger, cuisine deux fois plus grand que celui de la maison d'origine. Ils auraient aussi deux salles de bains et deux chambres.

Si tout se déroulait comme prévu.

Montoya but deux longues gorgées de bière et s'installa dans un fauteuil en rotin tout en tapotant machinalement la tête d'Hershey, une chienne labrador couleur chocolat qui lui lécha la main en remerciement. Il lui dit distraitement qu'elle était « une bonne fille », tout en contemplant rêveusement la copie du dossier Kajak qu'il avait apportée avec lui.

Bon sang… Ce dossier contenait sûrement un détail qui aurait permis de confondre ce salaud de Cole. Quand il pensait qu'ils avaient eu en main des fibres de laine polaire et qu'un de leurs hommes avait commis une erreur en les manipulant… Ces fibres étaient certes courtes et fines. Il aurait été très difficile d'y relever du sang, ou des tissus humains. On n'avait rien détecté non plus sur le pull dont elles provenaient probablement. Un pull qui se trouvait justement dans le panier à linge sale de Cole — un pull troué, comme par hasard. Ce que c'était rageant…

A présent, plus rien ne permettait d'établir que Cole s'était bien rendu ce soir-là dans la cabane où l'on avait découvert le corps de Roy Kajak. Rien à part le témoignage d'Eve Renner. L'ennui, c'était qu'Eve avait été frappée d'une amnésie partielle.

— Quel foutoir ! murmura Montoya en secouant la tête.

Montoya se demanda si Eve Renner avait volontairement saboté l'enquête. Elle avait été la maîtresse de Cole… Mais, dans ce cas, pourquoi l'avoir d'abord montré du doigt ?

Il se passa la main dans les cheveux en faisant la grimace. L'idée que ce fumier d'avocat était libre lui donnait des aigreurs d'estomac.

Hershey laissa échapper un petit aboiement joyeux et agita sa queue qui frappa le fauteuil en soulevant un nuage de poussière. Puis elle se précipita vers la porte d'entrée.

Abby.

Montoya se sentit aussitôt de meilleure humeur.

La porte d'entrée s'ouvrit et Abby Chastain s'arrêta sous le porche pour secouer son parapluie avant de le déposer dans un grand pot prévu à cet effet. En la voyant, la chienne se mit à gémir et à sauter autour d'elle.

— Tu es enfin là, dit Montoya.

— Désolée, je sais que je rentre tard, mais je me suis arrêtée chez le traiteur, répondit Abby.

Elle se pencha pour gratter la chienne derrière les oreilles.

— On dirait que je t'ai manqué, lui dit-elle joyeusement.

Hershey gémit de plus belle en poussant sa grosse tête contre la poitrine de sa maîtresse.

— Tu m'as manqué aussi, assura Abby en riant.

La queue de Hershey battit encore plus frénétiquement.

— Calme-toi, ordonna Abby qu'elle menaçait de renverser.

Montoya ne put s'empêcher de sourire.

— Voilà le genre d'accueil qui me plaît, inspecteur, minauda-t-elle en montrant Hershey. Prenez-en de la graine.

Elle passa le bras à travers la porte d'entrée et attrapa un sac en plastique blanc et son porte-documents qu'elle avait déposés sous le porche.

— Tu veux que j'accourre vers toi en remuant la queue et en gémissant ? demanda Montoya.

— Oui, pour commencer. Et ensuite, eh bien, je ne sais pas... Tu crois que tu saurais me lécher à grands coups de langue ?

Elle lui sourit. Bon sang, ce qu'elle était belle... Elle avait tiré ses cheveux en arrière pour les attacher, mais quelques mèches blond-roux et bouclées s'étaient échappées de sa coiffure et lui encadraient le visage. Il ne se lassait pas d'admirer sa petite bouche, son adorable moue songeuse et ses yeux de la couleur du vieux whisky.

— Je veux aussi que tu m'embrasses les pieds en me disant que tu es fou de moi et que tu ne peux pas vivre sans moi, poursuivit-elle.

— Et j'aurais droit à une récompense ?

— Hmm. Laisse-moi réfléchir.

Il franchit en trois pas la distance qui les séparait.

— Que voudrais-tu ? demanda-t-elle plus doucement.

— Attention, prévint-il. Tu navigues dans des eaux dangereuses.

Elle leva un sourcil malicieux et légèrement provocateur.

— Pas de problème. C'est ma spécialité.

— Voyez-vous ça...

Il éclata de rire et secoua la tête. Puis il la prit dans ses bras.

— Je propose, madame, d'oublier le dîner et de filer directement au lit.

— Pas question. J'ai tourné pendant dix minutes pour me garer et j'ai fini par me rabattre sur une place réservée aux livraisons. Je suis arrivée chez le traiteur thai juste avant la fermeture et j'ai fait la queue pour payer. Donc, je suis désolée, mais je tiens à manger ce que j'ai eu tant de mal à me procurer. Ensuite… Nous verrons.

— Quelle enquiquineuse, dit-il avant de l'embrasser.

Il la sentit fondre contre lui et, quand il s'éloigna d'elle, elle soupira.

— Tu es très persuasif, je le reconnais, mais je t'en prie, mangeons d'abord.

Elle jeta un coup d'œil autour d'elle.

— Je vois que les travaux n'ont pas beaucoup avancé aujourd'hui. Ils ne sont pas venus, c'est ça ?

— Ils ont promis d'être là demain.

— Ouais, dit-elle en contemplant la bâche d'un air désolé.

Derrière l'écran de télévision, à la place des étagères encastrées, il ne restait plus qu'un mur de plastique pour les séparer de l'ancien salon de Selma Alexander.

— Qu'est-ce que c'est que ça ? demanda-t-elle en découvrant le dossier Cole Dennis près du badge. Ah, je vois. C'est parce qu'on l'a relâché… Les radios ne parlent que de ça. Je suppose que ça te rend malade.

Elle alla dans la cuisine pour leur servir deux belles assiettes de nouilles, de légumes et de poulets. Hershey suivit la manœuvre avec attention.

— Je sais que ça heurte tes principes, mais tu devrais tout simplement laisser tomber.

Montoya secoua la tête.

— Je n'y arrive pas. C'est plus fort que moi. Cole Dennis est coupable, j'en suis certain.

— Mais tu ne peux pas le prouver.

— Pas encore.

Il gratta d'un air songeur sa barbiche tout en rejoignant Abby dans la cuisine.

— Il veut se venger de quelque chose, proposa Abby.

— Possible…

Il but une gorgée de sa bouteille de bière.

— Peu importe, poursuivit-il. L'important, c'est de trouver le moyen de coincer ce salaud.

— Fais-nous un peu de place sur la table, demanda Abby en lui tendant les assiettes. Moi je prends des fourchettes. A moins que tu ne préfères les baguettes.

— Des fourchettes, ça ira.

— Au fait, où est Ansel ?

Montoya haussa une épaule.

— Pas la moindre idée.

Elle lui jeta un regard mécontent.

— Tu l'as vu depuis que tu es rentré ?

— Non. Il me fuit, tu le sais bien. Il me déteste.

— Sois franc. Tu ne fais pas beaucoup d'efforts pour le séduire.

— Les torts sont partagés, rétorqua-t-il en souriant.

Elle le gratifia d'un regard noir. Puis elle lui tendit les fourchettes et se mit en quête de son chat tigré. Montoya n'appréciait pas particulièrement les chats et celui-ci était vraiment un casse-pieds. Mais il le tolérait. Pour Abby.

Elle revint quelques secondes plus tard, avec Ansel dans les bras. Elle caressait son ventre pâle en lui murmurant des mots doux à l'oreille et il ronronnait. Il tourna ses immenses prunelles vers Montoya, comme pour le narguer. Montoya eut l'impression qu'il comprenait ce que disait sa maîtresse et qu'il savait avoir l'avantage.

— A ce que je vois, il va très bien, commenta-t-il.

— Il s'était caché sous le lit.

— Je te l'avais dit. Je ne lui ai rien fait.

— Oui, inspecteur, répondit-elle d'un ton taquin.

Le chat se tortilla pour lui échapper et alla se réfugier sous le canapé.

— Il m'a détesté dès le premier jour, soupira Montoya.

— Ne t'en fais pas, ça lui passera. En attendant, mangeons.

Elle prit des sets de table dans le placard et les posa sur la table.

Montoya sortit une deuxième bière du réfrigérateur en s'efforçant d'oublier Cole Dennis qui revenait le hanter. Il songea que, décidément, quelques jours de congé lui auraient fait le plus grand bien. Il décapsula la bouteille et la tendit à Abby, prit des serviettes en papier, un flacon de sauce de soja et des couteaux, puis s'installa dans son fauteuil en osier.

Il ne vivait avec Abby que depuis quelques mois et ils n'avaient pas encore fixé la date de leur mariage, mais il était certain de vouloir passer le reste de ses jours avec elle.

— Allison a appelé aujourd'hui, dit-elle en enroulant des nouilles autour de sa fourchette.

Allison était la sœur aînée d'Abby. Elle vivait à Seattle.

— Elle va bien ?

— C'est la question que je lui ai posée et, je cite, elle m'a répondu qu'elle se sentait « plus belle de jour en jour ».

— Elle n'a pas de complexes, répondit-il en souriant.

Ils savaient tous les deux qu'Allison faisait allusion aux opérations de chirurgie réparatrice pour effacer les traces d'une agression qui l'avait laissée à demi morte. Elle avait été enlevée par un tueur en série qui se croyait investi d'une mission divine. Son visage finirait par cicatriser, mais elle ne se remettrait peut-être jamais du traumatisme.

— Elle m'a demandé si nous en savions plus sur le bébé de notre mère, débita d'une traite Abby en posant sa fourchette et en regardant Montoya droit dans les yeux. Je lui ai répondu que non.

Elle avait l'air angoissée et il comprenait aisément pourquoi. Sa mère, Faith Chastain, s'était défenestrée dans des circonstances mystérieuses à l'hôpital Notre-Dame-des-Vertus où elle avait été longtemps internée. Abby avait vécu vingt ans avec le mystère qui planait autour de cette mort et qui n'avait été résolu que quelques mois plus tôt, en même temps que la série de meurtres atroces perpétrés par le fou qui avait enlevé Allison. A l'occasion de l'enquête, la police avait remis le nez dans le dossier Faith Chastain et Abby avait appris que sa mère avait donné le jour à un troisième enfant dont elle n'avait jamais soupçonné l'existence.

Depuis, elle le recherchait.

Mais, pour l'instant, personne ne savait ce qu'il était devenu.

Abby repoussa son assiette et croisa les bras.

— J'ai consulté les registres de naissances et d'adoptions de l'Etat de Louisiane concernant la période où ma mère aurait pu avoir ce bébé, dit-elle. Mais je n'ai absolument rien trouvé. Et toi ?

— Rien non plus, avoua Montoya.

Le département de police avait vérifié du côté des crimes d'enfants, mais sans résultat. Montoya s'était alors adressé à un ancien partenaire de poker, ex-policier devenu détective privé.

— J'ai eu Graziano au bout du fil la semaine dernière. Il continue à chercher.

— Peut-être qu'en épluchant les vieux dossiers de l'hôpital…

— Notre-Dame-des-Vertus était une clinique privée.

— Et alors ? Ils conservaient tout de même des dossiers, non ?

Elle ramassa son assiette et la porta jusqu'à l'évier, Hershey sur ses talons.

— Et je sais à qui m'adresser pour demander à les consulter.

Il voyait où elle voulait en venir et ça ne lui plaisait pas.

— Aux religieuses du couvent ?

— Bingo.

Il prit lui aussi son assiette et la déposa sur le comptoir pendant qu'elle lavait la sienne.

— Tu veux que j'interroge les religieuses ? demanda-t-il.

— Non, je ne te demande pas d'y aller. Je peux le faire moi-même.

— Abby…, dit-il doucement. Il serait peut-être temps de laisser tout ça derrière toi.

— Tu me conseilles d'oublier que j'ai quelque part un frère ou une sœur que je ne connais pas ?

— Le bébé n'a peut-être pas survécu, hasarda-t-il.

Ils en avaient déjà parlé des milliers de fois, mais elle s'entêtait.

— Même si c'est le cas, j'ai besoin d'en être certaine…

Elle s'essuya les mains avec un torchon, puis le lui lança. Il le rattrapa d'une main pendant qu'elle pointait un long doigt vers son nez.

— Mets-toi bien dans le crâne que j'ai l'intention de tirer cette affaire au clair, inspecteur. Je ne peux pas vivre dans l'ignorance. Tu as donc le choix entre m'aider ou me laisser me débrouiller. A toi de voir.

— Très bien, très bien. Je marche avec toi.

— Tant mieux, j'en suis ravie.

— Tout ce que j'essaye de te dire, c'est que tu pourrais ne rien trouver. Ou ne pas apprécier ce que tu trouves.

— Ah oui ? dit-elle d'un ton agacé.

Puis elle se ravisa et poussa un soupir en levant les deux mains.

— Désolée, dit-elle. Je ne cherchais pas le conflit.

— Ah ?

— Du moins, j'essayais, avoua-t-elle avec un pâle sourire.

— J'ai vu.

— Tu es infernal.

— Et tu continues ! s'exclama-t-il en lui donnant un coup de torchon sur les fesses. Très bien. Je prendrai ma revanche tout à l'heure.

— Tout à l'heure ? Quand ? Au lit ? demanda-t-elle en ouvrant des yeux faussement agrandis d'horreur.

Elle posa une main sur son cœur en arborant son air le plus innocent.

— Qu'as-tu donc en tête ? insista-t-elle.

— Tu verras bien.

Elle se précipita vers lui, défit d'un geste adroit les menottes attachées à sa ceinture et les lui agita sous le nez. Il n'avait pas eu le temps de dire ouf.

— Tu risques d'être surpris, murmura-t-elle. Tu ne sais pas de quoi je suis capable, inspecteur.

6.

Le Rédempteur était prêt. Prêt et fou d'impatience. Il tremblait d'excitation.

Le moment était enfin venu.

Il avait tellement attendu.

Le sang. Il ne pensait plus qu'au sang.

Il progressait dans le sous-bois en suivant une clôture délabrée. Tel un mercenaire, ses armes ceinturées au corps, il s'approchait de sa proie. Le brouillard qui épaississait la nuit lui procurait un parfait camouflage.

Au loin, de l'autre côté d'un champ, il discernait déjà les sombres contours du corps de ferme et la faible lueur qui filtrait des fenêtres. Il sentit son pouls s'accélérer. Il se répéta qu'il devait rester prudent, avancer doucement et sans bruit. Il ne voulait pas faire d'erreur et déclencher la colère de la Voix.

Elle lui avait parlé. Et ses instructions avaient été claires et précises.

Un sifflement perça la nuit.

Tout en cherchant du regard d'où venait le bruit, il porta instinctivement la main au couteau accroché à sa ceinture. Il distingua un raton laveur. Dressé sur ses pattes de derrière, l'animal découvrait ses vilaines dents et ses yeux semblaient le défier.

Stupide bestiole… Le Rédempteur aurait bien voulu lui trancher la gorge d'un coup de lame et abandonner sa dépouille aux serpents et aux corbeaux.

Mais il n'avait pas le temps. Et puis ça ne faisait pas partie du plan d'action. Il devait rester concentré, obéir aux ordres brefs et sans équivoque du Seigneur. La Voix avait détaillé dans l'ordre les actions qu'il devait accomplir, pendant que les autres, les petites voix d'insectes, s'étaient tues. Il allait bientôt tuer. Patience.

Les yeux brillants du raton laveur descendirent d'un cran. Il venait de se laisser retomber à quatre pattes. Puis il se faufila dans l'enchevêtrement des buissons, sans savoir qu'il venait de justesse d'échapper à la mort. Le Rédempteur fit la moue. Ses doigts le démangeaient. Il avait hâte de se servir de son couteau de chasse.

Pendant que cette vermine disparaissait de sa vue, il se concentra de nouveau sur la maison où sa victime l'attendait, inconsciente du danger qui la menaçait.

D'un geste résolu, il écarta les fils barbelés de la vieille clôture, se glissa par l'ouverture et traversa le champ à petites foulées. Il faisait un peu frais pour un mois de mai, des nuages de brouillard montaient du sol, l'air encore humide de la récente pluie emplissait ses narines d'une odeur de terre mouillée.

La journée avait été longue.

Et riche en émotions.

Parce qu'il avait pu la voir. Plusieurs fois.

Eve.

Si belle.

Terriblement belle.

Il la désirait plus que tout. Il se représentait son corps souple et doux, son odeur, le goût et la tiédeur de sa peau. Il l'imaginait sous son emprise. Elle tremblerait de peur et d'excitation. Quand il la posséderait, il s'enfoncerait en elle si profondément qu'elle gémirait et que les tendons de son cou seraient là, tendus, saillants, à portée de sa main. Elle se soumettrait à lui, elle accepterait de faire tout ce qu'il lui ordonnerait parce qu'elle comprendrait enfin son destin.

Elle s'agenouillerait devant lui, en humectant de salive ses lèvres déjà humides, avant de le recevoir dans sa bouche.

Il sentit son sexe se gonfler et serra les mâchoires pour maîtriser son érection.

Ce n'était pas le moment de se laisser aller à fantasmer.

Mais plus tard… Oh, oui… Plus tard…

Pour l'instant, il ne devait penser qu'à sa mission.

Eve attendrait.

Il savait où la trouver.

Il l'avait suivie tout à l'heure. Après s'être assuré qu'elle prenait bien la sortie vers le centre en direction de Garden District où elle habitait, il avait quitté le périphérique de La Nouvelle-Orléans. Il était revenu en arrière, puis il avait roulé vers l'endroit où il avait dissimulé son pick-up, près d'une vieille grange, dans un champ détrempé. De là, il lui avait fallu marcher plus de trois kilomètres. Il avait traversé des fourrés, des bois, des pâturages à découvert. Il avait aperçu les silhouettes massives des bovins endormis et un troupeau de moutons, puis il avait franchi deux rivières, sans se départir de son calme et de sa résolution.

La Voix l'avait averti qu'un chien gardait les lieux. Ce n'était pas vraiment un problème. Il allait se charger du chien comme du maître. Il sortit d'un fourreau en cuir un large couteau — un Bowie — qu'il prit entre ses dents.

Il fendit d'un pas décidé le fin voile de brouillard pour grimper sur le point le plus élevé du terrain, à l'autre bout du champ. Il se trouva comme il s'y attendait devant une porte en fer. Pour éviter de faire du bruit en l'ouvrant, il préféra écarter les fils barbelés de la clôture pour se faufiler dessous.

Une fois de l'autre côté, il s'arrêta pour écouter et scruter la nuit.

Il n'y avait personne dehors. Il n'entendait que les battements de son cœur et le doux bruissement du vent qui agitait les feuilles et faisait lentement tourner les ailes grinçantes d'un vieux moulin.

La maison se trouvait à une centaine de mètres.

La lumière du porche était éteinte. Il ne vit pas de chien. Il huma l'air. Ça ne sentait ni la bête, ni l'urine, ni les déjections canines.

Mais il demeura sur ses gardes et avança prudemment, en prenant cette fois son couteau à la main. Il traversa sans bruit une étendue de mauvaises herbes, puis accéléra le pas dans les ornières parallèles au chemin de gravier et de boue. Arrivé au garage, il s'arrêta et parcourut lentement du regard les planches et l'escalier du porche de derrière. Toujours pas de signe de ce maudit chien.

Parfait.

Il enfila d'épais gants noirs et étira ses doigts pour les dérouiller. Il n'avait plus de raison d'attendre.

Il grimpa les marches sur la pointe des pieds puis s'immobilisa pour jeter un coup d'œil à travers les carreaux de la fenêtre de la cuisine. La pièce était plongée dans la pénombre, mais l'éclairage du couloir était suffisant pour se rendre compte que l'endroit était propre et net. Rien ne traînait à part une bouteille de whisky ouverte, posée sur le plan de travail. Très bien. Exactement ce qu'il avait espéré. Il repéra un point lumineux, à l'extrémité de la vaste pièce, dans un coin visiblement aménagé en bureau. Le téléphone portable était branché, il clignotait dans le noir comme un phare, posé près d'un agenda et d'un carnet ouvert.

Il avança vers la porte.

Dans un creux sous le cadre de la porte était dissimulée une clé.

Là où la Voix le lui avait indiqué.

Le Rédempteur mit son couteau entre ses dents, s'empara de la clé, et l'inséra dans la serrure en retenant son souffle.

Avec un léger déclic métallique, le verrou coulissa et le battant s'ouvrit sur des gonds bien huilés.

Impeccable.

Il glissa la clé dans sa poche et reprit son arme en main. Puis il franchit le seuil.

Il se trouvait enfin dans la place.

*
* *

Eve avait passé une chemise de nuit de coton et une robe de chambre et, tout en réchauffant l'une de ses mains contre la tasse de thé vert qu'elle venait de se servir, elle composait le numéro d'Anna Maria. Il était près de 23 heures, mais elle avait promis d'appeler.

— Allô ? répondit Anna Maria d'une voix claire et vive.

Elle avait toujours été un oiseau de nuit et ne comprenait pas qu'on puisse se lever à l'aube.

— C'est moi. Je suis arrivée. Saine et sauve.

— Je commençais à m'inquiéter, dit Anna Maria.

— Tu peux rassurer Kyle.

— Je n'y manquerai pas. Quand il sera de retour.

— Il n'est pas là ?

— Non. Ce matin, il est rentré quelques minutes après ton départ, il a filé dans la maison pour passer un coup de fil et il a repris la voiture. Je crois qu'il y a un gros problème sur un logiciel qu'il vient d'installer pour une banque. Tout leur système est bloqué et le chef de l'agence est complètement paniqué. Il a peur des fraudes. Il a insisté pour que les ordinateurs soient de nouveau opérationnels d'ici demain matin et, d'après ce que j'ai compris, Kyle en a pour la nuit.

— J'aurais cru qu'ils avaient au moins un système de secours, dans ces cas-là.

— Ils doivent en avoir un, mais ils veulent que Kyle répare quand même, répondit Anna Maria d'un ton écœuré.

— Quelle poisse !

Eve n'insista pas. Elle connaissait la chanson. Anna vantait tout haut les joies du mariage, mais le sien était en train de sombrer. Elle était simplement trop têtue et trop croyante pour l'admettre.

— Bon, dit-elle. Je crois que je n'en peux plus. Je vais aller me coucher.

— Tu as appelé ton père ?

— Non, répondit Eve en regrettant aussitôt de ne pas avoir tenu sa langue.

Elle n'était pas en bons termes avec le Dr Renner.

— Je le ferai demain, promit-elle.

— Dès que tu te seras procuré ton chiot de garde ?

— Quel chiot de garde ? s'étonna Eve.

Puis elle comprit. Anna Maria lui laissait entendre avec délicatesse qu'elle ne prenait pas plus au sérieux la promesse d'appeler Terrence que la boutade du chiot de garde. Elle ne put s'empêcher de sourire.

— Avant, répondit-elle en riant. Avant le chiot.

Anna éclata de rire.

— Très bien. Je prendrai de tes nouvelles dans quelques jours.

— Au revoir, dit Eve.

Mais Anna avait déjà raccroché.

Eve fit la grimace. Bien sûr, elle allait prévenir son père qu'elle était de retour, mais ça attendrait bien jusqu'au lendemain. Même s'il était encore éveillé, Terrence Renner avait certainement bu quelques verres de trop à l'heure qu'il était.

Elle préférait lui parler quand il était à jeun.

Elle se servit une deuxième tasse de thé et but tranquillement, tout en regardant de nouveau les articles de journaux étalés sur la table en chêne de la cuisine.

Tu devrais les montrer à la police.

Elle les relut. Parmi eux, il y avait la nécrologie de Faith Chastain. On y mentionnait le nom de son mari, Jacques, et de ses deux filles, Allison et Abigail. Abby Chastain. Pourquoi ce nom lui disait-il quelque chose ?

Une fois de plus, elle se demanda qui avait bien pu déposer ça dans sa voiture. Et comment ? Les serrures des portières n'avaient été ni forcées, ni trafiquées. Donc, soit elle avait oublié de fermer — ce à quoi elle croyait de moins en moins —, soit quelqu'un possédait un double de ses clés.

Un double ?

Elle déglutit lentement. Si quelqu'un avait mis la main sur ses clés pour faire un double, il possédait peut-être aussi un double de tout le reste, c'est-à-dire des clés de sa maison.

Elle entendit un grattement.

Comme un bruit d'ongle contre une vitre.

Son cœur se serra, mais elle songea qu'il s'agissait probablement d'une branche qui éraflait un carreau. Elle posa tout de même sa tasse sur le plan de travail, avec tant de force qu'elle la fit déborder. Puis elle se précipita dans l'escalier. Arrivée sur le palier du premier, elle constata que le vent s'était levé et qu'une branche se balançait en effleurant la fenêtre. Ce n'était donc que ça…

Elle essaya de se calmer et de réfléchir. Les clés… Elle en était aux clés quand le bruit l'avait interrompue.

Non, Eve… Tu ne dois surtout pas te convaincre que quelqu'un peut entrer chez toi comme il veut. Personne n'a pu faire un double, puisque tu gardes toujours tes clés dans ton sac à main. Celui qui t'a déposé ces articles a dû se glisser dans ta voiture en profitant de ce que tu avais oublié de verrouiller les portières. Et ça s'est produit aujourd'hui. Tu le sais. Sinon tu aurais vu l'enveloppe quand tu as rangé tes lunettes dans la boîte à gants.

Elle soupçonnait de plus en plus le type aux lunettes noires. Il lui avait tout de suite paru bizarre. Ensuite elle s'était convaincue qu'elle était victime de son imagination. A présent elle se demandait si sa première intuition n'avait pas été la bonne, si ce n'était pas lui qui avait laissé les coupures de journaux.

Dommage qu'elle n'ait pas pu lire sa plaque d'immatriculation.

— Reprends-toi, murmura-t-elle.

Elle faillit buter sur Samson qui s'était allongé sur la dernière marche.

— Attention, dit-elle en le prenant dans ses bras pour le descendre dans la cuisine.

Remets ces coupures à la police.

Elle fit la grimace. Les inspecteurs pensaient déjà qu'il lui manquait quelques cases. Leur apporter ces bouts de papier découpés ne ferait que les conforter dans l'idée que la balle qui lui avait effleuré le cerveau avait laissé des séquelles.

Ils pourraient peut-être relever des empreintes et identifier ton mystérieux messager.

Mais elle se souvenait trop bien des visages durs et méfiants de Montoya et de Bentz. Et encore plus du scepticisme explicite de l'assistante du procureur.

« Vous êtes sûre de ce que vous avancez ? » lui avait-elle demandé en plissant les yeux.

C'était une Afro-Américaine de trente-cinq ans, mince et intelligente, qui n'était pas du genre à entrer dans une cour de tribunal sans un dossier parfaitement monté. Elle avait reçu Eve derrière son imposant bureau, dans une petite pièce fermée. Eve se souvenait qu'elle avait eu toutes les peines du monde à lui répondre parce que l'effet de ses antalgiques commençait à s'estomper et que sa migraine se réveillait.

« M. Dennis vous a tiré dessus ? » avait insisté Yolinda Johnson.

« Oui» , avait-elle répondu, tout en pressant son pouce contre sa tempe pour atténuer la douleur.

« Mais vous ne vous souvenez pas de ce qui s'est passé avant et après l'agression, c'est bien ça ? » avait repris Yolinda d'une moue dubitative, avec une voix d'où perçait l'impatience.

Eve avait senti son estomac se nouer.

« Je… C'est exact… Je me souviens d'avoir passé un moment chez Cole et… »

« Vous étiez dans son lit, mademoiselle Renner. Disons les choses telles qu'elles sont parce que l'avocat de la défense, lui, ne se gênera pas. »

Eve avait levé la tête pour la regarder droit dans les yeux.

« Oui. Je me trouvais dans son lit. »

« Vous étiez amants. »

« Oui. »

« Poursuivez… »

« J'ai reçu un appel de Roy… Enfin, M. Kajak. Il voulait absolument me voir tout de suite. Il disait qu'il avait des “preuves” à me montrer, mais je ne sais pas à quoi il faisait allusion. Et ensuite… Tout se brouille dans ma tête… »

« M. Dennis ne voulait pas que vous sortiez en pleine nuit pour rejoindre Roy Kajak. »

« C'est exact. »

« Il a tenté de vous barrer le passage. »

« Oui… »

« Vous a-t-il suivie ? »

« Je l'ignore. »

« L'avez-vous vu sortir de la maison derrière vous ? »

« Je… Je ne crois pas, non. »

« Mais vous n'en êtes pas sûre, n'est-ce pas ? » avait insisté l'assistante du procureur d'un ton accusateur, tout en se penchant par-dessus son bureau.

« Non. »

« Donc, vous ne savez plus très bien ce qui s'est passé à partir de cet instant. En revanche, vous vous souvenez qu'à un moment donné, plus tard, vous ne sauriez pas dire quand, Cole Dennis a pointé sur vous un revolver. »

« Oui. »

« Vous dites l'avoir reconnu, pourtant il faisait nuit. »

« Oui ! » avait avoué Eve avec résignation.

Yolinda avait froncé les sourcils en se mordillant les lèvres et en tapotant son bureau du bout de son stylo. Elle avait contemplé Eve durant une interminable minute ponctuée par le tic-tac du réveil posé sur le meuble derrière elle.

« Ecoutez, avait dit enfin Yolinda. Je ne vais pas y aller par quatre chemins. Le jury comprendra parfaitement que vous ne vous souveniez pas de ce qui s'est passé après qu'on vous a tiré dessus. Vous étiez blessée, choquée… Vous aviez perdu connaissance… Mais le fait que vous ne puissiez pas reconstituer les événements qui ont précédé l'agression pose un problème. »

« C'est pourtant la vérité. Je ne peux rien vous dire d'autre sans mentir. »

Yolinda l'avait arrêtée d'un geste de la main, puis elle s'était levée pour marcher jusqu'à la petite fenêtre.

« Nous ne vous demandons pas de mentir, bien entendu. Mais vous devez savoir qu'on vous posera la question quand vous serez appelée à la barre. »

Elle avait tourné vers elle un regard perçant.

« Je ne vous cache pas que vous n'êtes pas très crédible, mademoiselle Renner. Dois-je vous relire le rapport de l'hôpital ? »

Eve avait secoué la tête. Elle savait ce qui allait suivre et s'était préparée au pire.

« Les médecins qui vous ont examinée assurent que vous n'avez pas été violée, pourtant ils ont trouvé du sperme dans votre vagin. »

Ce n'était pas la première fois qu'on évoquait la question avec elle, mais elle souffrait d'avance de ce qu'elle allait entendre.

« Je venais de faire l'amour avec Cole », avait-elle murmuré tout bas.

Yolinda avait acquiescé.

« Il y avait effectivement du sperme appartenant à M. Dennis, mais pas uniquement. »

Lorsqu'on le lui avait annoncé, ses oreilles s'étaient mises à bourdonner et elle avait eu la sensation qu'elle allait s'évanouir, ou vomir, ou les deux. Mais cette fois-ci, elle avait réussi à soutenir calmement le regard de Yolinda.

« Il n'appartenait pas non plus à Roy Kajak », avait ajouté Yolinda.

Eve avait avalé sa salive. Que répondre ? Elle n'y comprenait rien. Elle n'avait jamais trompé Cole. Jamais.

Et pourtant l'autre ne t'a pas violée, les médecins sont formels…

« Je me souviens simplement d'avoir fait l'amour avec Cole Dennis », avait-elle enfin balbutié d'un ton lamentable.

Yolinda avait haussé les épaules en poussant un soupir désolé.

« Vous comprenez ma position, n'est-ce pas ? Si je vous laisse entrer dans une salle d'audience et que vous dites que vous ne vous souvenez plus de rien, pas même avec qui vous avez couché, que vont penser les jurés ? Savez-vous ce que fera l'avocat de Cole Dennis au moment du contre-interrogatoire ? »

Eve avait secoué la tête et Yolinda avait poursuivi d'un ton laconique.

« Je vais vous le dire. Il va s'acharner contre vous, vous ne saurez plus quoi répondre et vous aurez l'air d'une idiote. Ensuite il vous placera en position d'accusée pour vous faire sortir de vos gonds et cette fois vous passerez pour une menteuse. »

« Je n'avais pas d'autre amant que Cole Dennis ! »

« Nous avons pourtant la preuve du contraire. »

Elles se trouvaient dans une impasse.

Yolinda avait hoché la tête, comme si elle considérait qu'elles étaient parvenues à une sorte d'accord.

« Même si vous arrivez à convaincre les jurés que vous souffrez d'amnésie, il sera établi que vous avez eu des rapports avec un autre homme cette nuit-là. Donc, que vous voulez faire porter le chapeau d'un meurtre à votre petit ami pour vous en débarrasser. C'est là-dessus que jouera Deeds. Cole Dennis se présentera dans le box des accusés avec les cheveux bien coupés, dans un costume impeccable, avec un air pitoyable d'homme trompé par une femme qui refuse de nommer son amant. Il passera pour l'enfant de chœur et vous pour le diable. »

Yolinda était revenue vers son bureau pour chercher un dossier qu'elle avait ouvert devant Eve.

« Voici l'analyse ADN du sperme recueilli dans votre vagin. Deeds ne se privera pas de le brandir sous le nez des jurés. Deux résultats. Deux profils génétiques. Deux hommes. Et tout ce que vous aurez à répondre, c'est que vous ne souvenez de rien. »

« Ça suffit ! » avait protesté Eve.

Elle avait pourtant juré de plaider sa cause calmement, mais elle n'avait pas pu supporter ces accusations une minute de plus.

« Je ne peux pas vous dire autre chose que la vérité, avait-elle repris plus doucement. Et la vérité, c'est que je n'ai pas connu d'autre homme depuis que je suis avec Cole, c'est-à-dire depuis deux ans. »

« Et comment expliquez-vous les résultats des tests ADN ? »

« Je n'y comprends rien, avait répondu Eve en secouant la tête. Ça a dû se passer après l'agression, je ne vois pas d'autre explication. »

« Et pourtant vous affirmez que c'est Cole Dennis qui vous a agressée. Avez-vous rencontré quelqu'un entre le moment où vous avez quitté le domicile de M. Dennis et celui où vous l'avez vu pointer un revolver sur vous ? »

« Non. »

« Vous n'avez trouvé personne sur place en arrivant ? »

« Non. »

« Vous le maintenez ? »

« Oui, je le maintiens. Personne. »

« Et ensuite ? Après que M. Dennis vous a visée avec son arme ? »

« Non plus. »

« Comment pouvez-vous l'affirmer, puisque vous prétendez ne pas vous souvenir de ce qui s'est passé après le coup de feu ? »

« Je… Je n'en sais rien… »

« Vous allez bientôt dire que ça s'est passé à l'hôpital… Ou bien dans l'ambulance… Je m'étonne que vous n'ayez pas encore songé à nous proposer l'un des médecins qui vous a sauvé la vie. »

« Je dis la vérité, avait affirmé Eve sans la quitter des yeux. Je n'avais pas d'amant et je ne me souviens pas avoir fait l'amour avec un autre homme que Cole ce soir-là. »

« Mais vous comprenez que votre témoignage est irrecevable et que nous ne pouvons pas aller plus loin », avait soupiré Yolinda.

Elle l'avait laissée partir parce qu'elle avait compris qu'Eve n'avait pas de réponses.

Et elle n'en avait pas plus aujourd'hui.

Le vieil homme était soûl. Comme prévu.

Ça allait lui faciliter la tâche.

Caché dans le vieux treillage du jardin, Le Rédempteur consulta sa montre. Vingt minutes s'étaient écoulées depuis qu'il s'était glissé dans la maison pour préparer le terrain. Le vieux écoutait la radio dans le salon, il n'avait rien entendu.

Tout s'était déroulé parfaitement, selon les indications de la Voix.

Le Rédempteur observa la cuisine à travers les carreaux. Elle était maintenant allumée, la bouteille de Jack Daniels se trouvait dans l'évier, les glaçons fondaient sur le comptoir.

Une pagaille indigne de ce bon vieux docteur.

Il tira le téléphone portable de sa poche et composa un numéro.

— Allô ? fit une voix d'homme.

Le Rédempteur ne répondit pas. Il suivait à la lettre les instructions que la Voix lui avait transmises la veille, en rêve.

— Allô…

Il y eut un temps de pause.

— Allô, insista l'homme. Mais qui est-ce, bon sang ? Vous m'entendez ? Parce que moi, je n'entends rien.

De nouveau, une pause.

— Terry ?

— J'ai la preuve, dit Le Rédempteur d'une voix basse et rauque.

— Qu'avez-vous dit ?

Il ne prit pas la peine de répéter. Sa future victime avait parfaitement entendu et compris. Il n'en doutait pas.

Il raccrocha.

Il jeta un coup d'œil à la maison, puis fit défiler la liste des numéros enregistrés sur le téléphone. Il trouva celui qu'il cherchait et appuya sur le bouton d'appel.

Au bout de quelques secondes, il entendit la première sonnerie.

Une deuxième.

Une troisième.

— Allô ? fit la voix forte du vieil homme qui couvrait le bruit de fond de la radio. Mais… Attendez une minute… Comment avez-vous eu mon… ? Bon sang ! Vous appelez de mon portable ? Mais qu'est-ce que ça signifie ?

Le Rédempteur sourit en le voyant entrer dans la cuisine d'un pas chancelant.

— Vous avez mon téléphone, répéta le vieux d'une voix pâteuse et indignée.

Il ne répondit pas.

— Allô ? Vous êtes là ? Comment se fait-il que vous ayez mon téléphone ?

Le Rédempteur se tut.

— Vous l'avez trouvé ? Je l'avais perdu ? Mais non… Je me souviens parfaitement l'avoir branché tout à l'heure dans ma cuisine pour le recharger.

Il hésita un moment.

— Mais… Vous êtes entré chez moi ? Vous me l'avez volé chez moi, espèce de salaud.

— J'ai des informations à vous communiquer, dit enfin Le Rédempteur.

De nouveau, il y eut un temps de silence.

— Des informations à quel sujet ?

— Des informations qui vont vous intéresser.

— C'est-à-dire ?

Cette fois, le silence fut un peu plus long.

— De quoi parlez-vous ? reprit le vieil homme.

Il parlait plus calmement, mais Le Rédempteur le voyait arpenter fébrilement la maison tout en scrutant la nuit à travers les fenêtres.

— Pourquoi avez-vous emporté mon téléphone ? insista-t-il.

Tout en vérifiant l'heure à sa montre, Le Rédempteur raccrocha et mit le téléphone sur silencieux avant de le glisser dans sa poche. Au bout de quelques secondes, il sentit l'appareil vibrer contre sa cuisse et sourit.

Le vieux paniquait. Comme prévu.

Les vibrations cessèrent.

Le Rédempteur avança silencieusement vers la maison, en prenant soin de rester dans l'ombre. Le téléphone se remit à vibrer.

Très bien. Tu sens que c'est ton tour, à présent.

Par la fenêtre, il vit que sa victime portait en tremblant un verre de whisky à ses lèvres.

Bois, crétin. Bois.

Le vieux tituba et dut s'appuyer à la fenêtre.

Le Rédempteur sourit dans le noir. Il avait eu le temps tout à l'heure de voler le téléphone et de glisser deux ou trois cachets dans la bouteille.

Ça avait été presque trop facile.

La drogue allait faire son effet.

— A ta santé, articula-t-il silencieusement.

Le vieil homme s'éloignait à présent de la fenêtre, sans doute pour aller s'écrouler dans son fauteuil inclinable. Le Rédempteur eut une décharge d'adrénaline.

C'était le moment d'agir.

Il se précipita vers l'arrière de la maison et sauta par-dessus les marches.

Il n'avait pas refermé tout à l'heure la porte donnant accès à la cuisine.

Le Dr Terrence Renner vida son verre, le posa sur la table près de son fauteuil et tenta de conserver son calme. Quelqu'un l'avait appelé… Avec son propre téléphone… Donc, cette personne s'était glissée dans sa maison pour le lui subtiliser. Il soupçonnait les enfants d'un voisin qui habitait à quatre cents mètres, des voyous insupportables, des fauteurs de troubles.

Cette histoire d'informations faisait sûrement partie de leur mauvaise blague. Pourtant… Il avait perçu une certaine détermination dans la voix à l'autre bout du fil. Et même des accents menaçants.

Il dut s'y reprendre à trois fois pour reposer son téléphone sans fil sur son support. Puis il s'effondra dans son fauteuil et contempla l'appareil d'un œil morne en s'attendant à le voir sonner de nouveau. Pendant ce temps, *Midnight Confessions*, une ridicule émission animée par le Dr Sam, une psychologue incompétente, se poursuivait à la radio. Cette femme l'agaçait prodigieusement, mais il l'écoutait quand même. De la psychologie de bas étage avec des discussions menées par une sotte qui commentait avec médiocrité les interventions de ses auditeurs, tous plus idiots les uns que les autres. Grotesque et absurde.

Mais enfin… Qui pouvait bien lui avoir dérobé son téléphone ?

— Sales petits voyous, grommela-t-il.

Il fallait qu'il se calme et qu'il profite du feu dans la cheminée tout en savourant la fin de son verre.

Il éteignit la radio d'un geste brusque. Les divagations de cette pseudo-thérapeute l'insupportaient.

Est-ce que quelqu'un était vraiment entré chez lui sans qu'il s'en rende compte ?

Quand et comment ?

Il se frictionna la nuque et fixa de nouveau le téléphone en se demandant s'il ne devait pas prévenir la police. L'ennui, c'était qu'il était trop ivre pour ça. Demain, il y verrait plus clair. Ce soir, il finirait ses mots croisés avant d'aller au lit. Il prit son journal et le posa sur ses genoux en s'efforçant de se concentrer sur la grille.

Il tendit machinalement la main pour tapoter la tête de Rufus, puis il se souvint que son vieux chien était mort depuis plus de deux semaines. Ce brave Rufus adorait courir après les lapins, les écureuils et les voitures, mais n'avait jamais rien attrapé. Il lui manquait terriblement. Plus qu'il ne l'aurait cru.

Il crut entendre un léger bruit de pas provenant de l'arrière de la maison.

Mais qu'est-ce qui se passait encore ?

Il leva les yeux de son journal pour regarder par-dessus ses lunettes. La pièce tourna lentement autour de lui et il cligna des yeux pour ajuster sa vision. Ce dernier verre l'avait assommé. Plus que d'habitude. Il se leva péniblement. Ses jambes tremblaient. Elles refusaient de le porter.

— Saloperie, dit-il lorsque ses fesses retombèrent lourdement sur le coussin usé de son fauteuil favori.

Il s'interrompit lorsqu'il entendit de nouveau un craquement sur le parquet de bois du couloir.

Pourtant il était seul… Qui cela pouvait-il être ?

Il sentit les poils de sa nuque se hérisser.

Les voyous qui lui avaient subtilisé son téléphone n'avaient tout de même pas eu le culot de revenir ?

— Hello ? appela-t-il.

Il était ridicule. Il n'y avait personne chez lui. Personne.

Il tendit l'oreille et tenta de pousser sur ses mains pour se lever de son fauteuil. Mais ses bras étaient faibles et mous — des appendices inutiles, comme ses jambes. Il se demanda s'il n'était pas en train de faire une attaque cérébrale.

Encore un bruit de pas. Cette fois plus distinct.

Son cœur se glaça.

— Qui est là ? bredouilla-t-il d'une voix paniquée. Inez ? insista-t-il.

Inez était la femme de ménage, mais elle ne devait pas venir avant plusieurs jours.

— Franco ?

Mais le garçon de ferme qui travaillait chez lui était parti avant le coucher de soleil.

Pour la première fois de sa vie, Terrence Renner se sentit en danger dans cette maisonnette isolée.

De nouveau, il essaya de se soulever sur ses bras qui tremblaient et de porter son poids sur ses jambes flageolantes.

Il retomba sur son fauteuil.

Ne t'affole pas. Tu entends des bruits parce que tu as trop bu. Lève-toi.

— Docteur Renner, fit une voix d'homme depuis le couloir.

Il se jeta en avant pour atteindre le téléphone et tomba de son fauteuil en renversant son verre.

Les glaçons se répandirent sur le parquet.

Il ressentit une violente douleur.

Il fit une autre tentative, déterminé à se saisir du téléphone, même en rampant. Mais ses bras refusèrent de le soutenir et il s'effondra face contre terre. Les doubles portes de verre s'ouvrirent et une ombre s'étira devant lui sur le plancher. Une paire de bottes de l'armée apparut dans son champ de vision.

Paniqué, il leva lentement les yeux le long des jambes d'un pantalon de camouflage. Son regard saisit une veste assortie qui habillait une large poitrine. Et, plus haut, un cou épais qui jaillissait du col, surmonté d'un visage dissimulé derrière des lunettes de ski.

Et derrière les lunettes, des yeux qui le contemplaient fixement.

— Qui êtes-vous ? glapit-il. Que voulez-vous ? J'ai de l'argent… Dans le coffre…

Il avait du mal à parler. La peur lui nouait la gorge et lui comprimait les poumons.

— De l'argent…, cracha l'intrus d'un ton méprisant en remuant ses doigts gantés.

Renner remarqua le long couteau de chasse, avec une large lame qui brillait en reflétant les flammes du feu de bois.

Il était terrifié.

— Non, dit-il. Non… Je vous en supplie…

— Tu vas avoir ce que tu mérites, répondit posément l'homme d'une voix tranchante.

— Non… Pitié… Je ne sais pas qui vous êtes… Ce que vous voulez… Mais je suis sûr qu'il s'agit d'une erreur…

— Non, docteur, il ne s'agit pas d'une erreur.

Il avait horriblement peur. Il voulait fuir, n'importe où, mais son corps ne réagissait plus… Il comprit en un éclair qu'on l'avait drogué. Il n'était pas victime des effets de l'alcool.

L'homme plongea sur lui.

Une main puissante se glissa sous son front pour lui renverser sa tête en arrière, si violemment qu'il crut que son cou allait se briser. La douleur lui lacéra le dos.

— Non, murmura-t-il d'une voix rauque.

Il vit passer devant ses yeux le couteau tenu par une grande main gantée.

Seigneur… Son agresseur allait le tuer.

La lame froide se posa contre sa peau.

— Je suis Le Rédempteur, dit l'homme tout contre son oreille. C'est à moi de décider qui doit vivre et qui doit mourir. Et qui mérite la rédemption.

Un psychopathe délirant se croyant investi d'une mission divine.

Renner ferma les yeux. Il avait compris que c'était fini.

Que Dieu ait pitié de mon âme.

La pointe du couteau le piqua.

Il avala sa salive.

— C'est la volonté du Seigneur, docteur. Il veut que vous alliez tout droit en enfer, dit l'homme.

Puis il lui trancha le cou d'un geste sûr et précis. D'un geste parfait.

7.

Pourquoi diable Terrence Renner l'avait-il appelé ?

Tout en se dirigeant vers le centre-ville, Cole jeta de nouveau un coup d'œil à l'écran de son téléphone portable.

Un mauvais pressentiment le retint de rappeler Renner. La police lui avait confisqué son téléphone au moment de son arrestation et Deeds l'avait récupéré, puis avait fait remettre la ligne en service. Mais rien ne prouvait que ces salauds de flics n'avaient pas installé un dispositif GPS à l'intérieur de l'appareil pour le suivre à la trace sans avoir besoin de mettre en place une filature. Il était méfiant.

Il connaissait par cœur les numéros dont il avait besoin… Le mieux était de se débarrasser de ce téléphone. Et aussi de l'ordinateur. Il valait mieux qu'il s'en procure de nouveaux. C'était le seul moyen d'être certain que Montoya et Bentz, voire les fédéraux, ne l'espionnaient pas.

Tu deviens paranoïaque ou quoi ?

Non. Quelqu'un avait essayé de lui mettre le meurtre de Kajak sur le dos. Quelqu'un qui avait dû le surveiller et savoir qu'il était allé à la cabane. Ce quelqu'un ne lui voulait pas du bien.

Mais qui ça pouvait bien être ? Cette question, il se la posait sans cesse depuis trois mois. Eve était-elle au courant ? Bon sang, avec qui avait-elle pu faire l'amour après lui le soir de la mort de Kajak ? Il fit la grimace et plissa les yeux, gêné par les lumières de la voiture qui arrivait en face.

Il n'était pas idiot au point de s'imaginer que celui qui l'avait piégé une première fois allait s'arrêter en si bon chemin. Ni assez naïf pour croire que la police allait le lâcher aisément. Il était pris dans un traquenard.

Réfléchis, Cole. Il y a sûrement une solution.

Bon, d'abord faire disparaître ce maudit téléphone. Et tout de suite. Il arrêta sa voiture et descendit pour placer l'appareil devant ses pneus. Puis il se remit au volant et l'écrasa. Voilà. Le GPS, si GPS il y avait, était désormais hors service.

Ensuite, il fallait cacher l'argent. Il projetait de le déposer plus tard sur son compte, progressivement, pour faire croire à de modestes sommes gagnées en effectuant de petits travaux. Et pas question de le dissimuler dans sa jeep ou chez lui. Il n'était pas à l'abri d'une fouille.

En attendant il lui fallait comprendre la signification de l'appel de Renner.

Il fit demi-tour et prit la direction de la vieille ferme dans laquelle il avait rencontré Eve. Il serra les dents et sentit cet afflux de sang dans ses veines, comme chaque fois qu'il pensait à elle.

Elle n'avait pas hésité à mettre en doute ses compétences en le fixant de ses yeux intelligents un peu trop en amande, puis elle l'avait mitraillé de questions en le dévisageant d'un air méfiant. De l'air de quelqu'un qui ne le jugeait pas à la hauteur. Et lui, pendant ce temps, il n'écoutait qu'à moitié, il suivait, subjugué, le mouvement de ses lèvres.

« Vous vous sentez de taille ? » avait-elle demandé en fronçant son nez constellé de taches de rousseur.

« Oui, je me sens de taille », avait-il répondu.

« De taille contre quoi ? » avait-elle insisté en chassant du revers de la main une mouche qui s'approchait un peu trop près de ses boucles rousses, tout en relevant le menton et en inclinant la tête, comme si elle prenait plaisir à le mettre sur la sellette.

« Vous voulez sans doute dire contre qui ? »

« Je veux être sûre que vous avez la carrure pour gagner ce procès », avait-elle dit posément.

La méfiance d'Eve l'avait poussé à accepter le procès Renner-Aliota. Eve l'avait jugé à sa mine, en regardant de haut son jean usé et son T-shirt passé et il avait eu envie de lui prouver qu'il était vraiment le meilleur.

Tu parles…

Ça l'avait entraîné dans une spirale infernale…

Mais il avait gagné le procès et il était devenu le héros d'Eve. Elle lui plaisait tant qu'il avait oublié sa règle d'or : ne jamais tisser de liens personnels avec un client ou un membre de sa famille. On ne mélangeait pas le travail et le plaisir. Ça n'apportait que des ennuis.

Il avait vécu pendant plus de deux ans avec des œillères.

Il traversait à présent la dernière ville avant la ferme de Renner et arrivait à la hauteur d'un feu orange clignotant. Il s'arrêta, le temps de vérifier que la voie était libre. Il était seul au carrefour. Il redémarra et laissa derrière lui la lueur orange qui se reflétait sur l'asphalte.

Les rues étaient désertes. Seules quelques voitures étaient garées le long des trottoirs éclairés par la faible lumière des réverbères et des enseignes au néon d'une taverne et de quelques boutiques fermées depuis longtemps. Un chien efflanqué traversa lentement la chaussée à quelques mètres devant lui, puis disparut dans une étroite allée. Cole eut brusquement l'impression de se trouver sur une autre planète. Il avait un mauvais pressentiment.

Il s'efforça de le chasser et descendit la rue principale menant à la sortie de la ville. Il passa devant des devantures éclairées, puis traversa une zone résidentielle. Quelques lueurs filtraient seulement çà et là à travers des rideaux.

Une fois sorti de l'agglomération, il accéléra. Il avait soudainement hâte de parler à Renner. Il tenta de se convaincre que ça n'avait rien à voir avec Eve. Il allait là-bas pour voir ce que le vieil homme lui voulait, ensuite il réfléchirait à la manière d'agir avec cette femme qui avait bouleversé sa vie, qui lui avait fait croire qu'elle l'aimait, puis qui l'avait trompé et accusé de meurtre.

La rage lui noua les tripes et il se jura de ne plus penser à Eve.

En approchant de la ferme, il reconnut au passage des éléments familiers du paysage : un pont étroit, un mur de pierre, la boîte aux lettres bancale qui se trouvait à quatre cents mètres de la propriété de Renner. Il atteignit enfin le portail d'entrée et entra dans le chemin de terre qui menait jusqu'à la maison.

Le brave docteur n'était pas encore couché, une lumière brillait encore au rez-de-chaussée.

Cole s'arrêta près du garage. Puis, comme il l'avait fait si souvent durant les mois qui avaient précédé le procès de Terrence Renner, il grimpa les marches menant dans la cuisine et frappa quelques coups secs à la porte. Les criquets chantaient bruyamment et un papillon de nuit se heurtait à un carreau.

— Terrence ? appela-t-il en contemplant à travers la vitre une bouteille de whisky ouverte près d'un plateau où fondaient des glaçons.

Personne ne répondit. Pourtant… Cette bouteille d'alcool sur le comptoir… Et les glaçons… Cole connaissait beaucoup d'hommes qui n'auraient pas pris la peine de refermer et de ranger une bouteille, ni un plateau avec des glaçons, mais ce n'était pas dans les habitudes du Dr Renner.

— Terry ? C'est Cole, insista-t-il en cognant si fort que le battant en trembla.

Rien.

Le vieux chien à moitié impotent ne se montra même pas.

Cole frappa une fois de plus, mais toujours pas de signes de vie à l'intérieur.

Bon… Renner était peut-être sorti.

Cole alla jusqu'au garage et ouvrit une petite porte sur le côté. Le camion de Renner, un tout nouveau modèle de Dodge, était bien là.

Il parcourut en sens inverse les dalles de pierre menant à la maison et grimpa en courant les marches de l'escalier pour frapper de plus belle.

— Terry ! cria-t-il.

Comme il n'obtenait toujours pas de réponse, il tourna la poignée et poussa.

La porte s'ouvrit.

C'était bizarre. Cole avait tenté d'ouvrir presque machinalement, tout en songeant à la clé que Renner dissimulait sous le seuil.

De plus en plus étrange.

Le vieux était un maniaque des clés. Il verrouillait tout. Les portes de sa maison, celles de son bureau, les portières de son camion. Il n'oubliait même jamais de fermer son attaché-case. Sûrement une vieille habitude prise dans les hôpitaux psychiatriques. Cole avait eu l'occasion de voir des patients de Renner. Certains étaient dociles, simplement dépressifs ou perturbés, mais d'autres pouvaient se montrer violents. C'était même étonnant qu'il n'ait pas jugé utile de protéger son domicile avec un système d'alarme. Mais bon, il avait son chien…

— Terry ? appela-t-il une fois de plus en avançant dans la cuisine. Docteur Renner ? Rufus ?

Aucun bruit ne lui fit écho. Pas même le cliquetis des griffes du chien sur le plancher du couloir.

— Docteur Renner ?

Mais qu'est-ce qui pouvait bien l'empêcher de répondre ? Il avait peut-être bu au point d'oublier de s'enfermer, de ranger sa bouteille, d'éteindre les lumières. Il s'était peut-être même endormi sur son fauteuil préféré. Quant au chien, il était à moitié sourd.

Cole essayait de se rassurer, mais son instinct lui disait qu'il se passait quelque chose d'anormal.

Il s'engagea dans le couloir, tous les sens en alerte.

Le feu qui crépitait dans le salon attira son attention. Il passa la tête à l'intérieur et remarqua une tache sombre sur le sol.

Une goutte.

Une goutte rouge.

Et plus loin, une autre.

Et encore une autre.

— Terrence ! Non ! cria-t-il en se précipitant dans le salon.

Là, il se figea d'horreur.

Renner gisait sur le tapis, les yeux ouverts sur le plafond, le visage et le cou couverts de sang. Il baignait dans une mare rouge.

— Non ! hurla Cole en se jetant à genoux près de lui.

Ses doigts cherchèrent le pouls au niveau du poignet, en même temps qu'il se penchait dans l'espoir d'entendre son souffle.

Mais il était trop tard.

Le sang ne coulait plus. Le cœur ne battait plus. Il ne respirait plus.

Renner était mort.

Son bras droit était placé dans une étrange position, Cole le suivit machinalement du regard et tomba sur les chiffres gribouillés sur le mur à grands traits sanguinolents.

101.

Ses cheveux se dressèrent sur sa tête. 101 ? Il songea aussitôt à Kajak et au nombre 212.

Son cœur battit comme un tambour.

Renner était mort. Mort. Et pourtant il l'avait appelé une heure plus tôt sur son téléphone portable.

Mais qu'est-ce que ça voulait dire ?

Tu viens de te faire piéger.

Pour la deuxième fois.

Quelqu'un avait guetté sa sortie de prison, puis avait assassiné Renner et l'avait appelé pour l'attirer sur le lieu du crime.

Qu'avait dit le type au téléphone ?

J'ai des preuves.

Cette petite phrase lui rappela soudain quelque chose. C'était ce que Roy Kajak avait dit à Eve avant qu'on le tue.

Il songea brusquement que l'assassin se trouvait peut-être encore dans la maison.

Il jeta un coup d'œil inquiet du côté du couloir, puis balaya la pièce du regard, fouillant chaque coin d'ombre.

Fuis. Sors d'ici tout de suite.

Il tendit l'oreille, mais il ne perçut que le tic-tac de la vieille horloge de l'entrée, et surtout, surtout, les lourds battements de son cœur qui cognait violemment contre sa poitrine.

La maison paraissait immobile.

Vide.

Il s'étonna de ne pas entendre le chien.

Mais qu'est-ce que tu attends ? Sors.

Une vague de panique le submergea.

Quelqu'un t'a tendu un piège, Cole. Ce n'est sûrement pas une coïncidence. Un salaud en veut à ta peau.

Qui ?

Et pourquoi ?

Est-ce que cela avait un rapport avec le procès de Terrence Renner ?

Il s'empara du téléphone et composa le 911. Un agent lui répondit presque aussitôt.

— 911, quelle est la nature de votre… ?

— J'appelle pour signaler un meurtre, coupa Cole. Celui de Terrence Renner. Je suis en ce moment chez lui, devant son cadavre…

Il dut rassembler ses esprits pour retrouver l'adresse qu'il débita d'une traite.

— Monsieur ? fit l'homme. Vous vous sentez bien ?

— Oui. Mais Renner est mort.

— Quel est votre nom ?

Il raccrocha aussitôt.

Il devait filer d'ici. Avant l'arrivée de la police. Il avait suffisamment de problèmes comme ça. Les flics trouveraient probablement des traces de son passage mais, pour l'instant, il avait besoin de temps pour mettre tout ça au clair.

Son cerveau se mit à fonctionner à toute allure. Il débrancha d'un coup sec l'ordinateur portable de Renner posé sur le bureau, puis il le glissa sans hésiter dans l'attaché-case rempli de dossiers qu'il venait d'apercevoir sur la cheminée.

Subtiliser un objet provenant d'une maison où gisait un cadavre était un grave délit, mais Cole n'en était plus à ça près. Et surtout il espérait trouver des renseignements. Celui qui avait tué Renner l'avait appelé pour l'attirer dans un piège, et il avait besoin de savoir qui. La réponse se trouvait peut-être quelque part sur le disque dur ou dans ces papiers.

La peur et l'adrénaline lui donnaient des ailes. Il avait l'esprit étonnamment clair. Il entreprit d'effacer ses traces. Il n'avait pas beaucoup de temps. Si les flics le trouvaient ici ou à proximité de la propriété de Renner, il retournerait tout droit en prison.

La sonnerie du téléphone le fit sursauter. Il s'agissait sûrement du 911 qui rappelait.

Il se mit à essuyer à toute vitesse les empreintes qu'il avait pu laisser — sur le téléphone, le bureau, le sol. Dès qu'il entendit hurler au loin des sirènes, il se précipita vers la sortie, sans oublier de frotter au passage la poignée de la porte. Il sauta au-dessus des marches dans l'herbe haute, puis, le cœur battant, il regagna sa jeep en courant et jeta l'attaché-case à l'intérieur.

Il recula dans le chemin de terre aussi vite que possible, puis, une fois sur la route, il prit la direction opposée à la petite ville qu'il avait traversée en venant, en se retenant pour ne pas écraser la pédale d'accélérateur. Il fit un effort pour se calmer, pour prendre du recul, pour réfléchir en avocat, en homme de loi.

L'appel au 911 avait dû être enregistré. La police pourrait donc identifier sa voix. Il devait se préparer à affronter les questions des inspecteurs, mais pas ce soir. Pas avant d'avoir des éléments de réponse. En prison, il s'était juré de découvrir ce qui s'était réellement passé le soir de la mort de Roy Kajak. Il n'allait pas laisser planer le doute sur son innocence. D'autant plus qu'il lui faudrait bientôt faire face à une deuxième inculpation pour meurtre.

Réfléchis ! Qu'est-ce que tu dois faire, là, tout de suite ?

Récapituler…

Il avait son argent et l'ordinateur de Renner. Il fallait maintenant trouver un endroit sûr pour les cacher. Il avait déjà réfléchi. Il savait où personne ne songerait à les chercher : chez Eve. Sa maison était vide depuis des mois.

Eve était la fille de Renner. Si les flics avaient l'idée de fouiller chez elle, ça ne leur semblerait pas bizarre d'y trouver l'ordinateur de Terrence. Quant à l'argent, personne ne songerait à faire le rapprochement avec lui.

En s'engageant sur l'autoroute, à travers le fin brouillard qui se levait, il aperçut au loin les lumières de La Nouvelle-Orléans.

Et Eve ? Tu devrais l'appeler pour la prévenir. Elle a le droit de savoir que son père est mort.

Mais c'était trop risqué. Elle le croirait aussitôt coupable et le dénoncerait.

Il fit la grimace. Il était dans un sale pétrin.

8.

Le temps filait à toute vitesse.

Et il lui restait encore beaucoup à accomplir.

Mais il ne devait pas se précipiter.

Le Rédempteur était encore en transe quand il gara son camion sous le fourré de buissons qu'il avait taillé en forme d'abri de voiture. Les nerfs à vif, le corps trempé de sueur, il sortit ses outils. Son état ne l'empêchait pas d'être lucide et efficace. Il n'oublia rien de compromettant à l'intérieur de l'habitacle et ferma son véhicule avant de s'élancer en courant dans le chemin herbeux qui grimpait la colline, vers l'épais bosquet d'arbres qui dissimulait sa cabane. L'air frais de la nuit était insuffisant à calmer le feu qui lui brûlait la peau. Son pouls battait, il sentait encore l'odeur enivrante du sang dans ses narines.

Il habitait en ville, bien entendu, mais c'était ici, dans les bois, qu'il se sentait vraiment chez lui, là où la Voix s'était manifestée pour la première fois, là où il était certain de rencontrer Dieu.

Une fois à l'intérieur, il poussa le verrou derrière lui, s'assura que les volets étaient bien fermés, puis entreprit de se déshabiller. Il fourra tous ses vêtements dans une vieille machine à laver et ses bottes dans l'évier en inox pour les nettoyer avec une bombe. Quand il eut fini avec les bottes, il mit la machine en marche avec un produit détachant et désinfectant, et frotta l'évier à l'eau de Javel. Les flics étaient loin d'être stupides. Il avait intérêt à bien faire disparaître les preuves.

Tu dois avoir la foi. La Voix te protège.

Ne doute pas. Jamais.

Il ne cessait de repasser dans sa tête la scène du meurtre.

Cole avait mordu à l'hameçon. Ça ne l'étonnait pas.

Cet imbécile s'était précipité droit chez Renner et il avait découvert le corps.

Le Rédempteur n'avait pas pris le risque de rester sur place pour attendre son arrivée, même si l'idée l'avait tenté. D'ailleurs, la Voix avait été formelle. Elle lui avait ordonné de quitter les lieux dès qu'il aurait terminé. Sur le chemin du retour, il avait mis en marche sa CB et s'était branché sur la fréquence des flics. Donc il savait que Cole les avait prévenus.

Il ne lui restait que quelques jours pour mener à bien sa mission. La Voix, elle, lui avait demandé de garder Eve pour la fin. Eve serait la pièce maîtresse de son œuvre.

Il songea à ce qu'il allait lui faire.

Pour la punir de ses péchés.

Il serra les poings d'impatience.

Pour commencer, il la déshabillerait.

Ce corps qu'elle exhibait sans la moindre pudeur, il en prendrait possession. Et il se livrerait sans retenue à tout ce dont il rêvait depuis si longtemps.

Il fit du feu et étendit une bâche en plastique devant l'âtre, puis il alla chercher la psyché de sa chambre et la plaça dans un angle, de manière à ce que le feu et la cheminée se reflètent dans le miroir. Il sortit ensuite son matériel rangé dans un tiroir d'un vieux placard et étala les instruments sur le manteau de cheminée. Après avoir installé cet autel, il alla dans le coin qui lui tenait lieu de salle de bains et ouvrit en grand le robinet de douche. Pendant que l'eau glacée crachait sur sa peau un jet intermittent, il se frotta vigoureusement avec un savon industriel, sans oublier les cheveux et les parties génitales, pour se débarrasser de la poussière, de la crasse et de la sueur. Une fois propre, il sortit, dégoulinant, les pieds nus sur le carrelage froid, avec la chair de poule, et retourna dans la petite pièce éclairée par le feu.

Il alluma les cierges blancs et immaculés posés sur la cheminée et admira quelques instants leur reflet dans le miroir, puis le chapelet suspendu à un clou dont les perles étincelaient à la lueur des flammes.

Il le décrocha d'un geste lent et mesuré, presque tendre. Il ferma les yeux et fit couler à travers ses mains les froides perles rouge sang tout en s'agenouillant. Il commençait à recouvrer ses esprits. Prier l'aidait à tenir en respect ses démons intérieurs. Le meurtre qu'il venait d'accomplir n'était pas un péché, puisqu'il avait agi au nom de Dieu. Il était un croisé des temps modernes. Il combattait le mal.

Comme la Voix le lui avait ordonné.

Il n'était qu'un instrument dans Ses mains.

Pourtant il n'arrivait pas à se débarrasser de certaines pensées impures. Le plaisir qu'il ressentait à revivre le moment où il avait tué le vieux en faisait partie. Dieu n'attendait pas de lui qu'il devienne un monstre assoiffé de sang.

Mais c'était plus fort que lui. Il revoyait avec délice cette gorge tranchée. C'était aussi affreusement bon d'imaginer la violente copulation qu'il aurait avec Eve, juste avant de lui ôter la vie.

Mais, pour Eve, il fallait encore patienter. Et lutter contre ces fantasmes obsédants où elle apparaissait devant lui, nue et lascive. Dieu lui pardonnerait. Il comprendrait parce que c'était Lui qui l'avait mené jusqu'à Eve, qui les avait rassemblés depuis l'enfance. Eve avait été une petite fille futée et intelligente. Il la revit, lorsqu'elle traversait en courant le parc de l'hôpital, avec ses jambes bronzées qui brillaient au soleil, ses cheveux cuivrés au vent, ses yeux bleus qui pétillaient de joie. Elle n'avait alors que douze ans, mais ses seins commençaient déjà à pointer sous son T-shirt. Il la suivait des yeux, avec ce désir fou qui faisait gonfler son sexe.

Bien sûr, il n'avait jamais parlé de ça à Renner, le père d'Eve, le médecin psychiatre qui le suivait. Il savait qu'il devait se taire s'il voulait éviter qu'on l'abrutisse avec ces médicaments qui lui laissaient la tête vide et lui donnaient l'impression d'avancer dans l'eau.

Sœur Vivian l'avait surpris dans les toilettes, en train de se tripoter devant une photo d'Eve qu'il avait accrochée à la porte. Il n'oublierait jamais le visage horrifié de la religieuse.

Elle avait menacé de le dénoncer au Dr Renner. Mais ses larmes de repentir l'avaient attendrie et elle n'en avait parlé qu'à sœur Rebecca, laquelle avait eu une moue écœurée et lui avait assené un regard dur et méprisant. C'était sœur Rebecca qui avait insisté pour qu'il se confesse à un prêtre. A Dieu. Le prêtre qui l'avait entendu lui avait demandé des prières et des bonnes actions en pénitence, mais ça n'avait pas empêché sœur Rebecca de le punir aussi. Elle l'avait isolé des patients de son âge, de ceux qui n'avaient d'après elle que des pensées pures. Il était entré à son service. Il était devenu son esclave.

Il s'était senti enchaîné à la large robe noire et aux perles, noires aussi, de son chapelet. Quand il se risquait à se plaindre ou à protester, elle le menaçait de révéler au Dr Renner qu'il se masturbait devant des photos de sa fille.

« Pense à ce qui pourrait t'arriver, s'il l'apprenait, murmurait-elle d'un ton de conspiratrice. Tout le monde ici saura que tu n'es qu'un pécheur. »

Sœur Vivian s'était contentée de l'éviter.

Vivian et Rebecca… Elles aussi avaient été impures. La Voix le lui avait dit.

Et ensuite la Voix l'avait guidé, lui, Le Rédempteur, vers Eve. Eve qui était maintenant une femme.

Et une pécheresse.

Une putain.

Mais putain ou pas, il la désirait.

Il eut tout à coup la bouche sèche et se mit à trembler en songeant à ces délicieux instants où il s'enfermait pour prendre du plaisir devant la photo d'Eve.

Il devait prier, prier pour demander pardon. Et faire pénitence.

Pour que la Voix lui parle de nouveau. Pour qu'elle le sauve des autres voix qui le harcelaient.

Il prit entre le pouce et l'index le crucifix qui pendait au bout du chapelet et caressa tendrement le Christ en croix. Puis il se mit à prier tout bas, d'une voix à peine audible et couverte par le sifflement du feu.

Je crois en Dieu tout-puissant, créateur du ciel et de la terre, et en Jésus-Christ, son fils unique, notre Seigneur...

Il se calma et son cœur battit à une cadence plus régulière. Les gouttes d'eau séchaient peu à peu sur sa peau. Il récita tout le chapelet, comme lorsqu'il était enfant, perle après perle, sans en oublier une seule.

Douce Vierge Marie, priez pour nous. Sainte mère de Dieu, aidez-nous à être digne de la parole du Christ. Amen.

Il se leva lentement. Il sentait enfin que son corps était purifié, son âme libre et légère. Il venait d'accomplir ce qui lui tenait lieu de confession et de communion. Il n'avait ni besoin de prêtre, ni d'intermédiaire entre lui et le Seigneur.

La Voix lui parlait.

La nuit.

Quand il était seul.

Et elle lui disait de ne pas oublier sa mission.

Le Rédempteur ouvrit la petite valise et contempla les instruments qui brillaient à l'intérieur.

Il prit l'aiguille, remplit la seringue d'encre bleue et brancha la machine. Avant de commencer, il regarda encore quelques secondes dans la glace l'image de son corps nu, blanc et rasé. Puis il commença à tatouer le nombre 101 sur sa peau, près des autres, maniant l'aiguille à petits coups rapides et précis, en même temps que son pied actionnait la pédale. Pour ses victimes, il était obligé de se servir d'une aiguille plus petite reliée à une batterie. Le travail était moins délicat. Mais sur lui il avait le temps de fignoler et il ne s'en privait pas.

La douleur elle-même l'excitait, au point qu'il devait se concentrer pour ne pas avoir une érection, pour ne pas penser au sexe, mais seulement à la beauté de son travail. Il traça les chiffres, puis posa la couleur, soigneusement, en respectant toutes les étapes, pour être certain que la croûte se formerait correctement, seul moyen de s'assurer un tatouage définitif.

Le nombre 101 sur sa peau… Près des autres. Près du 212.

C'était déjà fini… Il regrettait presque d'avoir terminé. Déjà, il ne sentait plus la douleur.

Il éteignit les bougies, jeta de l'eau sur le feu, nettoya les aiguilles et les seringues, enroula le cordon électrique autour de la machine et remit le tout dans la petite valise qu'il rangea dans le tiroir du placard. Puis il replia la bâche en plastique et examina une dernière fois son tatouage avant de le désinfecter et d'aller s'allonger nu sur son lit, sans même se glisser sous les draps.

Il avait fini pour cette nuit.

Il y en aurait d'autres.

Il avait déjà libéré des âmes autrefois. Il en avait sauvé une. Une seule. Il y avait longtemps. Trop longtemps. Un torrent de larmes chaudes se mit à couler de ses yeux.

Il se sentait ému et heureux de pouvoir se consacrer de nouveau à sa mission salvatrice.

Mais, lorsqu'il ferma les yeux, les petites voix grinçantes se mirent à marteler son crâne.

— Allez-vous-en. Laissez-moi en paix. Je veux entendre la Voix.

Mais elle refusa de lui parler.

Et les méchantes voix se déchaînèrent. Sa paix intérieure s'était envolée. Les larmes qui roulaient sur ses joues n'étaient plus des larmes d'émotion, mais des larmes de colère et de frustration. Il se mordit la lèvre, si fort qu'il en saigna et faillit crier. Il sut qu'il s'apprêtait à passer une nuit atroce, qu'elles ne le laisseraient pas tranquille. Il aurait un sommeil agité et peuplé de cauchemars.

Eve dormait profondément quand une sonnerie stridente la réveilla en sursaut.

Elle ouvrit les yeux.

Qu'est-ce que c'était ? Le téléphone ?

Elle se dressa d'un bond sur son lit. Elle ne reconnaissait pas la pièce où elle se trouvait. Et où était cet appareil ? Faire taire cette sonnerie, bon sang…

Samson cracha et fit le dos rond. Puis il sauta à bas du lit et alla se réfugier sous la commode.

Eve alluma à tâtons sa lampe de chevet et une lumière aveuglante inonda la chambre. Elle cligna des yeux. Son cœur battait à tout rompre.

Elle parvint tout de même à décrocher.

— Allô ?

— Il est libre.

Elle reconnut aussitôt la voix rauque de tout à l'heure.

— Qui êtes-vous ? murmura-t-elle.

Il ne répondit pas, mais il était toujours au bout du fil. Elle sentait sa présence.

— Ecoutez, essaya-t-elle d'articuler posément. Je sais parfaitement qu'il est libre. Vous ne m'apprenez rien. Donc, vous pouvez cesser de m'appeler.

— Iiiil èèè liiibre, répéta l'homme dans une sorte de sifflement à peine audible.

Puis il raccrocha brusquement.

— Salaud, jura-t-elle en repoussant ses cheveux et en s'efforçant de ne pas s'affoler.

Qui pouvait bien la harceler ? Pourquoi l'appeler au milieu de la nuit ? Elle se pencha sur l'écran du téléphone en priant pour y lire un nom ou un numéro. Comme il fallait s'y attendre, l'écran affichait « Numéro privé ». Elle fit défiler machinalement ses numéros enregistrés, mais ça ne servait à rien. Celui qui l'appelait tenait à rester anonyme et à lui faire peur.

2 h 36 du matin…

Bon sang… En pleine nuit… Mais qui pouvait bien lui en vouloir ? Elle ne cessait de tourner et de retourner cette question dans sa tête. En tout cas, c'était sûrement un dingue, un détraqué.

Allongée dans le noir, elle attendit que son pouls reprenne un rythme normal. Qui était cet homme ? D'où appelait-il ? Pourquoi éprouvait-il le besoin de lui annoncer deux fois, avec cette voix d'outre-tombe, que Cole était libre ? Les médias locaux ne parlaient que de ça. Il devait bien se douter qu'elle était déjà au courant. Son intention n'était donc pas de la prévenir, mais de l'effrayer.

Elle dut reconnaître qu'il avait atteint son but.

Le chat grimpa sur le lit et vint se rouler en boule près d'elle. Elle le caressa distraitement, tout en se réjouissant qu'il lui ait pardonné le long voyage qu'elle lui avait imposé.

Mais qui… ?

Bam ! Bam ! Bam !

Elle sursauta et se mordit la langue pour se retenir de crier. Quelqu'un frappait à la porte. Samson leva la tête et contempla la porte close de la chambre.

Eve n'osait plus respirer. Les coups continuaient. On aurait dit que ça venait de la porte de derrière. Elle songea au salaud qui venait de lui téléphoner. Et si c'était lui ?

Elle n'avait prévenu personne de son retour à La Nouvelle-Orléans.

— Ne t'affole pas, dit-elle.

Mais elle sentait venir la crise de panique.

Elle songea à appeler la police, puis repoussa l'idée. Elle se trouvait en pleine ville, dans son quartier, pas dans un marais désert.

Rien à voir avec la nuit où elle avait découvert Roy mourant.

Reste calme. Réfléchis.

Elle enfila sa robe de chambre et se précipita vers la pièce qui avait servi de refuge à son grand-père — une chambre du premier étage dans laquelle il s'installait pour recevoir ses amis et qui contenait encore les objets qui lui avaient appartenu : des photos de lui et de sa femme, ses diplômes de médecine, son fauteuil favori, son revolver. Elle n'alluma pas la lumière, la faible lueur des réverbères de la rue étant suffisante pour fouiller le tiroir du bureau. Elle trouva aisément le revolver. Il n'était pas chargé, mais il lui servirait au moins d'arme de dissuasion. Elle le prit pour descendre l'escalier, avec son téléphone.

Ses yeux s'étaient accoutumés à l'obscurité et elle préférait avancer dans l'ombre pour ne pas se présenter comme une cible éventuelle.

Bam ! Bam ! Bam !

Les carreaux de la porte vitrée tremblèrent. Elle fut un peu rassurée en songeant qu'un voleur se serait montré plus discret. Mais un fou… Un fou, un drogué ou un désespéré ne s'embarrassait pas de discrétion.

Elle traversa le couloir qui séparait le petit salon de la salle à manger, les doigts crispés sur son arme. Elle passa devant la porte des toilettes. Elle était tout près de la cuisine, à présent. Son cœur battait fébrilement. Elle était terrifiée.

Ne panique pas…

En arrivant dans la petite entrée qui donnait accès à la cuisine depuis l'extérieur, elle distingua une silhouette d'homme à travers les carreaux.

— Qui est là ? demanda-t-elle d'une voix étouffée, en serrant de plus belle le revolver dans sa main.

Elle pointa l'arme vers la porte, tout en actionnant l'interrupteur qui allumait la lumière du porche.

L'ampoule nue éclaira pendant quelques secondes le visage de l'homme, puis elle s'éteignit.

Mais Eve avait eu le temps de reconnaître celui qui attendait de l'autre côté de la porte.

C'était Cole Dennis. En chair et en os.

9.

Eve le contempla posément et visa son torse avec le revolver, comme si elle s'apprêtait à lui tirer dessus.

De l'autre côté, Cole l'avait reconnue aussi. Il se figea et leva lentement les mains en signe de reddition.

— Eve, c'est moi, dit-il à travers le battant.

— Qu'est-ce que tu veux ? cria-t-elle en regrettant que sa voix trahisse sa peur.

— Je ne m'attendais pas à te trouver ici.

— Ah oui ? Dans ce cas, pourquoi frapper à ma porte comme un dingue ? En pleine nuit ?

Elle était furieuse. Son cœur battait à cent à l'heure, une voix dans sa tête lui hurlait de prévenir tout de suite les flics.

N'oublie pas ce qu'il t'a fait. Le soir de la mort de Roy, tu l'as vu à travers une vitre, exactement comme maintenant. Et il pointait un revolver sur toi. Sur toi, Eve… Il voulait te tuer.

Une fenêtre de la maison voisine s'éclaira à l'étage.

Mince. Ils avaient ameuté les voisins. Elle n'avait aucune envie de donner une fois de plus sa vie privée en pâture au quartier. Elle en avait assez du scandale.

Mais elle ne pouvait tout de même pas accueillir Cole chez elle !

— J'ai besoin de te parler, dit-il.

Une deuxième lumière s'alluma, cette fois chez Mme Endicott. Eve jura entre ses dents. Elle n'avait pas le choix, il fallait l'écouter.

Elle déverrouilla la porte à regret et ouvrit le battant, en laissant toutefois entre eux la mince barrière de la porte moustiquaire.

— Plus besoin de crier, dit-elle. Dis-moi ce que tu as à me dire et va-t'en.

— Je ne savais pas que tu étais rentrée, dit Cole en baissant la voix. Je passais par là et… On vient juste de me libérer…

— Je sais, coupa-t-elle. On ne parle que de ça aux nouvelles.

— J'ai vu ta voiture et…

— Et tu as décidé de me réveiller 2 h 30 du matin, railla-t-elle en s'efforçant de murmurer, tout en se demandant ce qu'il venait faire ici.

Rien de bon, sûrement.

Il hésita et baissa un peu les mains, puis acquiesça en silence en guise de réponse.

— Pourquoi ? insista-t-elle.

— Tu devrais me laisser entrer, dit-il.

— Certainement pas, répondit-elle en secouant vigoureusement la tête.

De courtes boucles effleurèrent sa nuque.

— Eve, je t'en supplie. C'est très important.

— Ben voyons !

Elle était ulcérée par tant de culot.

— Je suis sérieux, Eve, reprit-il. Il faut que je te parle.

— Il n'est pas question que tu mettes un pied dans ma maison. Je ne veux plus de contact avec toi, Cole. Tu as compris ? C'est fini.

Elle plongea sa main gauche dans sa robe de chambre et en sortit son téléphone portable, sans cesser de viser Cole à la poitrine avec son arme. Seigneur… Comment avait-elle pu aimer cet homme à la folie ?

— J'appelle la police, prévint-elle.

— Parfait, murmura-t-il en fronçant les sourcils, avec ce pincement contrarié de la bouche qu'elle connaissait si bien.

Il marmonna quelque chose qu'elle n'entendit pas puis ajouta :

— Vas-y, je t'en prie.

— Tu crois que je n'en suis pas capable ? Que je bluffe ?

Elle commença à composer un numéro, il prit un air renfrogné, mais ne bougea pas.

— Je crois que tu ne sais pas ce que tu fais, dit-il seulement.

— Tu comptes les points, maintenant ?

— C'est mieux que de menacer avec un revolver.

— Tu es bien placé pour le savoir.

— Bon sang, Eve. Je ne suis pas venu ici pour me disputer avec toi, protesta Cole en s'approchant.

A travers le grillage de la porte, elle remarqua ses traits tirés, ses joues mal rasées.

— Accepte de m'écouter, supplia-t-il.

— Pourquoi écouterais-je tes mensonges en prenant le risque de me faire tuer ?

— Je n'ai jamais cherché à te faire du mal, protesta-t-il d'un ton furieux en cherchant son regard.

Ses yeux paraissaient tellement tristes et sincères qu'elle eut envie de pleurer. Et de le croire. Mais elle n'osa pas.

— Je n'ai pas cherché à te tuer, insista-t-il.

— Menteur !

— Tu le sais, Eve. Au fond de toi, tu le sais. Tu sais que je n'aurais jamais rien fait pour te nuire.

— Je t'ai vu, Cole.

— Non ! dit-il en levant la main comme pour arrêter d'un geste la tirade qu'elle préparait. Tu crois m'avoir vu. Mais tu n'en es pas certaine. C'est bien pour ça que tu ne peux pas témoigner contre moi. Tu ne te souviens plus de ce qui s'est passé cette nuit-là.

— Tu étais à la cabane, dit-elle, plus pour se convaincre elle-même que pour Cole. Je n'ai pas rêvé.

— Tu en es sûre ?

Elle agita le revolver.

— Tu ne me feras pas avaler ça, d'accord ? Tes tactiques d'avocat ne marchent pas avec moi.

— Il ne s'agit pas d'une tactique, Eve. Je me contente de te dire la vérité.

— La vérité…, soupira-t-elle.

Une troisième fenêtre venait de s'éclairer dans le quartier. Qu'ils aillent tous au diable ! A commencer par Mme Endicott qui ne se privait certainement pas de les écouter.

— C'est bien ça le problème, Cole, poursuivit-elle. La vérité, tu ne la reconnaîtrais pas si elle venait s'attabler avec nous.

— Je te rappelle que c'est toi qui souffres d'amnésie.

— C'est vrai. Mais toi tu as une mémoire sélective. Tu choisis de croire ce qui t'arrange. Moi, je ne peux pas me payer ce luxe. Tu sais ce qu'il y a de plus incroyable dans cette histoire ? C'est que tu es persuadé de ce que tu avances.

Une lueur de tristesse passa dans les yeux de Cole et il pinça la bouche.

— Très bien, dit-il en soupirant. Je vois qu'il n'y a pas moyen de te convaincre. Mais tu veux peut-être au moins entendre ce que j'ai à te dire au sujet de ton père.

— De mon père ?

— Oui, Terrence.

— Je sais comment s'appelle mon père, merci, rétorqua-t-elle sèchement.

Mais elle était désarçonnée. Elle aurait voulu croire qu'il lui tendait encore un piège, mais quelque chose dans son expression lui disait que non.

— Qu'as-tu à me dire à son sujet ? murmura-t-elle.

Le regard qu'il lui lança la terrifia.

— Je crois que tu devrais me laisser entrer, dit-il.

Le pouls d'Eve s'accéléra.

Pouvait-elle faire confiance à Cole Dennis ?

Non.

Il lui jouait encore un mauvais tour, sûrement.

— Je t'entends très bien, dit-elle.

— Eve, je ne plaisante pas.

— Moi non plus.

— Ça ne va pas te faire plaisir, dit-il d'un ton hésitant comme s'il ne savait pas comment s'y prendre pour lui annoncer la nouvelle.

Elle comprit brusquement qu'il était sérieux. Luttant contre sa peur, elle laissa tomber son téléphone sur la desserte, ouvrit la porte moustiquaire et fit un pas de côté pour le laisser entrer.

— Ne me dis pas qu'il est mort, murmura-t-elle.

— Eve…, commença-t-il d'une voix mal assurée.

Elle ouvrit une bouche horrifiée. C'était impossible. Il s'agissait sûrement d'une ruse visant à lui faire baisser sa garde.

— Je… Je ne te crois pas, dit-elle.

Il était pâle et la regardait d'un air grave.

— Je viens de chez lui, expliqua-t-il. Je l'ai trouvé par terre, dans son salon. On l'a tué, Eve. Comme Roy.

Les jambes flageolantes, elle recula dans la cuisine où elle dut s'appuyer au comptoir pour ne pas tomber. Il n'aurait jamais osé inventer un tel mensonge.

Ne lui fais pas confiance.

Elle sentit l'angoisse monter le long de sa colonne vertébrale. Elle allongea le bras et alluma comme un automate la lumière au-dessus de l'évier. Du coin de l'œil, elle aperçut son reflet dans un carreau de la fenêtre : une silhouette menue, avec des yeux tourmentés, des lèvres exsangues, des cheveux courts et méchés qui repoussaient à l'endroit de sa cicatrice.

— Tu as dit… Tu as dit que tu ignorais que j'étais rentrée à La Nouvelle-Orléans. Pourquoi es-tu… Oh, Seigneur !

Il était entré dans la cuisine et elle l'apercevait maintenant en pleine lumière. Son T-shirt était couvert de sang coagulé.

— Cole ? dit-elle d'un ton horrifié.

De nouveau, la terreur l'envahit.

Il suivit son regard et contempla lui aussi le sang comme s'il ne l'avait pas remarqué jusque-là.

— Ce n'est pas ce que tu crois, Eve. Je n'ai rien à voir avec ça…

— Avec quoi ?

Un tremblement intérieur la secoua et son estomac se souleva. Elle ne put contenir la nausée et alla vomir au-dessus de l'évier. Elle faillit lâcher le revolver en s'agrippant au plan de travail. Son père était mort… Mort ? Elle se pencha une deuxième fois pour rendre cette fois de la bile. *Non ! Non ! Non !* hurla une voix dans sa tête. Cole avait l'habitude de jouer la comédie dans les salles d'audience. Elle le savait capable de pleurer sur commande. Il mentait.

— Il m'a appelé, dit Cole. Enfin, j'ai reçu un coup de fil et j'ai reconnu son numéro, mais il ne m'a pas parlé, alors je suis allé chez lui. Quand je suis arrivé, je me suis présenté à la porte de la cuisine et j'ai frappé, mais il n'a pas répondu. Ce n'était pas fermé à clé, je suis entré. Et je l'ai trouvé dans le salon.

Elle leva les yeux en s'essuyant les lèvres du revers de la main.

— Tu l'as trouvé dans quel état ? demanda-t-elle d'une voix pitoyable en luttant contre ses larmes.

Cole resta quelques secondes sans rien dire, les bras ballants. Il avait une mine épouvantable.

— Exactement comme Roy, Eve. Comme Roy. On lui avait tranché la gorge. Il y avait du sang partout… Seigneur, Eve… C'était…

— Arrête.

— La même scène. Exactement.

— Je ne sais pas pourquoi tu es là, ni pourquoi tu me fais subir ça. Je ne comprends pas ce que tu cherches. Tu…

— Il était mort, Eve. Je n'ai rien pu faire.

Elle entendait ses propres battements de cœur résonner dans sa tête.

— Tu es sorti de prison aujourd'hui et comme par hasard on assassine mon père… Que veux-tu que j'en conclue ? C'est toi qui l'as tué.

Elle poussa un faible soupir. Elle se sentait de nouveau sur le point de vomir. Du coin de l'œil, elle aperçut Samson qui les observait dans l'ombre, depuis le couloir.

— Je n'avais aucune raison de le tuer, Eve, dit Cole d'une voix désolée.

— Depuis quand tes actes sont-ils raisonnables, Cole ? Tu as tenté de me tuer. Ensuite tu t'en prends à mon père. Qu'est-ce que tu es venu faire ici ? M'achever peut-être ? Terminer le travail que tu as commencé il y a trois mois ?

Elle se retenait pour ne pas crier.

— Non, Eve. Pour l'amour de Dieu, calme-toi et écoute-moi. Je te croyais à Atlanta.

— Si tu me croyais à Atlanta, pourquoi es-tu venu chez moi ?

Il hésita.

— Ne me mens pas, dit-elle.

Samson se sauva au fond du couloir, comme s'il avait senti que la tension montait. Eve se redressa de toute sa hauteur. Elle sentait les larmes couler sur ses joues, mais peu lui importait.

— Tu me dois la vérité, insista-t-elle.

Cole serra les poings. Puis se détendit.

— Je suis venu cacher des choses dans ta maison, avoua-t-il.

— Quoi ? Ici ?

Elle renifla bruyamment et secoua la tête. Elle ne le croyait pas.

— Quelles choses ? demanda-t-elle en s'essuyant les joues avec un pan de sa robe de chambre. Des preuves de ta culpabilité ?

Il se dandina d'un air gêné.

— Quelles choses ? insista-t-elle.

— De l'argent.

— De l'argent ? répéta-t-elle d'un air incrédule.

— Oui. Et un attaché-case.

— Le tien ?

Il parut de nouveau hésiter.

— Le tien, Cole ?

— Non. Celui de ton père.

Elle se figea.

— Tu as volé l'argent de mon père et son attaché-case ? répéta-t-elle, abasourdie.

Tout cela lui paraissait de plus en plus incroyable, impensable, irréel. Et pourtant, en scrutant le visage grave de Cole et ses yeux tristes, elle eut l'impression qu'il disait la vérité. Son père était donc vraiment mort ? Assassiné ? Un frisson glacé la parcourut.

— L'argent était à moi, corrigea-t-il.

— A toi ?

— Je l'avais caché il y a longtemps.

— Oh, Cole…

— C'est la vérité ! J'ai appris ça de mon père.

— L'arnaqueur professionnel ?

— Oui, il m'avait toujours dit qu'il fallait avoir de l'argent à l'abri, en cas de coup dur. Il en savait quelque chose.

Il avança vers elle, en prenant soin de se tenir à distance des fenêtres et sans quitter des yeux le revolver qu'elle n'avait pas lâché.

— Je venais de déterrer l'argent quand j'ai reçu l'appel provenant du portable de ton père. J'étais curieux de savoir pourquoi il m'avait contacté, alors j'ai filé directement chez lui. Quand j'ai vu qu'il était mort, j'ai appelé le 911. Tu penses bien que je n'ai pas dit qui j'étais. Je voulais déguerpir avant que les flics débarquent. Au moment de partir, j'ai vu l'ordinateur sur le bureau et je l'ai mis dans l'attaché-case.

— Tu as volé un mort. Tu as volé dans une maison où l'on venait de commettre un meurtre.

Elle avait du mal à parler.

— Je pensais que cet ordinateur contiendrait peut-être des renseignements susceptibles de m'aider à comprendre ce qui se passe, dit-il d'une voix fiévreuse. Pourquoi on a tué ton père. Et qui l'a tué. Je me demande s'il ne savait pas quelque chose au sujet de la mort de Roy.

— C'est le travail de la police de chercher le pourquoi du comment.

— Tu crois ? J'ai l'impression qu'ils n'ont pas vraiment fait du bon travail pour le meurtre de Roy.

Eve pressa une main sur son front.

— On va t'arrêter pour avoir dérobé des pièces à conviction, pour avoir fui… Pour… Je ne sais pas… Tu es dans de beaux draps…

— C'est bien pourquoi je suis venu ici.

— Je n'arrive plus à réfléchir, murmura Eve.

— Il y a forcément un rapport entre le meurtre de Roy et celui de ton père, poursuivit Cole. Roy Kajak a été autrefois un de ses patients, non ?

— Il y a si longtemps, objecta Eve.

— Ecoute, les flics ne risquent pas de coincer le meurtrier pour la bonne raison qu'ils vont uniquement s'intéresser à moi.

— Tu ne peux pas le leur reprocher, dit Eve d'une voix calme et basse. On retrouve le cadavre de mon père le jour où tu sors de prison. Regarde-toi. Tu es plein de sang.

Elle tentait de se raccrocher comme elle pouvait à ce qui lui restait de lucidité.

— On m'a tendu un piège, Eve. Je ne suis pas un assassin. Si j'avais voulu tuer ton père, j'aurais attendu un peu, tu ne crois pas ? Et je ne serais pas avec toi en ce moment. Quelqu'un m'a appelé pour que j'aille chez Terrence Renner et que je trouve son cadavre. Celui que j'ai eu au téléphone m'a dit : « J'ai des preuves. » Des preuves de quoi ? J'ai cru que c'était ton père, qu'il avait des preuves de mon innocence. J'ai voulu en avoir le cœur net.

Eve se souvint de la nuit où Roy l'avait appelée, de son insistance, de la peur dans sa voix… Lui aussi prétendait détenir « des preuves ».

— Je vois que tu as fait le rapprochement avec l'appel de Roy, dit Cole en la dévisageant.

Il baissa les yeux vers le revolver qui tremblait dans la main d'Eve.

— Pour l'amour de Dieu, Eve, donne-moi ça. Tu ne vas tout de même pas tirer sur moi…

Il le lui prit et elle n'essaya pas de l'en empêcher. Elle était trop sonnée pour réagir. Et puis il avait raison quand il disait qu'il n'était pas assez bête pour commettre un meurtre le jour de sa sortie de prison. Il n'était pas idiot, non, mais il était passionné et impulsif. Si son père l'avait piégé…

Cole vérifia la chambre du revolver et soupira.

— Je m'en doutais, dit-il en lançant l'arme sur le comptoir, près du téléphone portable d'Eve.

— Tu as un alibi ? demanda-t-elle.

— Non, répondit-il en la regardant longuement, avec insistance.

Il avait toujours ces yeux d'un bleu d'acier qui lui avaient fait battre le cœur, mais elle était tellement hébétée que ça la laissa indifférente.

— Il y a quelqu'un derrière tout ça. Je suis persuadé que l'enjeu est plus important qu'on ne l'imagine. Ce quelqu'un a tué ton père et Roy pour une raison précise et j'aimerais bien savoir pourquoi il tient tant à me faire porter le chapeau.

— Je n'arrive pas à y croire.

Un tourbillon de peur, d'angoisse et d'incrédulité tournoyait dans sa tête. Elle allongea le bras vers le téléphone de la cuisine.

— Qu'est-ce que tu fais ? s'inquiéta Cole.

— J'appelle chez mon père.

— Eve, il est mort. La police est déjà sur place à l'heure qu'il est. Si tu appelles, ce sont les flics qui vont décrocher et tu peux être certaine qu'ils viendront directement ici.

Mais il était trop tard. Elle avait déjà composé le numéro et ça sonnait de l'autre côté. Personne ne décrochait. Eve ravala sa peur.

Réponds, papa, réponds !

Son cœur battait à tout rompre, des gouttes de sueur dégoulinaient le long de son dos, elle avait les paumes moites. Finalement, le répondeur se mit en route.

— Papa, c'est Eve, dit-elle. Excuse-moi de te déranger en pleine nuit, mais je voulais te dire que j'étais rentrée à La Nouvelle-Orléans et… Je sais que j'aurais pu te prévenir plus tôt. Rappelle-moi dès que tu peux…

Elle raccrocha, mais sa main resta crispée sur le récepteur comme sur une bouée de sauvetage.

Cole était pâle comme un mort.

— C'était sa messagerie, soupira Eve, les larmes aux yeux.

Cole lui prit l'appareil des mains.

— Chérie, murmura-t-il en attirant contre lui son corps tremblant. Je suis désolé. Vraiment désolé.

— C'est impossible, gémit Eve. Je ne peux pas y croire.

Elle s'abandonna dans ces bras forts et solides qui la réconfortaient, tout en luttant contre le désir de se révolter, de hurler sa colère et son désespoir, de marteler de coups de poing le torse de Cole. Elle resta quelques secondes immobile et silencieuse, agrippée à lui, seule avec son chagrin. Juste quelques secondes.

Le temps d'apercevoir dans le carreau de la fenêtre leur reflet. Elle ferma les yeux pour ne plus voir ce couple d'amoureux enlacés. Elle commettait une erreur monumentale. Elle ne pouvait pas lui faire confiance. Elle le repoussa.

— Va-t'en, dit-elle.

— Quoi ?

— Fiche le camp, Cole, dit-elle sèchement en croisant les bras sur la poitrine et en le regardant fixement. Je n'ai pas besoin de toi. Je ne veux pas que tu restes ici. Si tu dis la vérité, la police ne va pas tarder à débarquer et tu vas te retrouver derrière les barreaux. Si tu m'as menti et que tu n'es venu ici que pour me perturber et me torturer, sache que je n'hésiterai pas à te livrer à la police.

— Je ne te mens pas.

Elle le crut, mais resta de marbre.

— Tant mieux. Pars maintenant.

— Eve.

— Pars, Cole.

Il releva la tête.

— Pas question de te laisser seule, objecta-t-il.

— Je me sens bien, ne t'inquiète pas.

Il parut hésiter.

— Je n'ai même pas de téléphone. Si tu as besoin de me joindre…

— Je n'aurai pas besoin de te joindre.

Il paraissait presque convaincu, quand ses yeux tombèrent sur les articles de journaux étalés sur la table.

— Qu'est-ce que c'est que ça ? demanda-t-il.

Sans même lui laisser le temps de répondre, il alluma la suspension et tendit la main vers une coupure.

— Ne touche à rien ! protesta-t-elle.

— Pourquoi ? demanda-t-il en commençant à lire. Qu'est-ce que tu fais avec ces trucs-là ? Tu prépares un album souvenir sur Notre-Dame-des-Vertus ?

— Non.

— Tu utilises des ciseaux à cranter ? s'étonna-t-il en lui jetant un regard plein d'interrogations. Et… Mais tous ces articles concernent la mort de Faith Chastain !

— Je le sais.

— Elle était la mère d'Abby Chastain.

— Et alors ?

Il fronça les sourcils, tout en continuant à lire.

— Abby Chastain vit avec Montoya.

— Reuben Montoya ? L'inspecteur qui… ?

— Oui, l'inspecteur qui, coupa-t-il.

Il paraissait perplexe.

— Pourquoi t'intéresses-tu à Faith Chastain ?

— Je… Ce n'est pas moi… Quelqu'un a déposé ces articles dans ma voiture.

— Quoi ? Mais quand ?

— Au cours de la journée, je crois.

— Aujourd'hui ? dit-il d'un air préoccupé. Pourquoi justement aujourd'hui ?

— Je n'en sais rien… Mais…

— Quoi ?

Au point où ils en étaient, elle pouvait tout lui dire.

— J'ai eu plusieurs coups de fil bizarres depuis ce matin.

— Aujourd'hui ?

Elle acquiesça, puis lui avoua qu'un homme l'avait appelée à deux reprises, juste pour lui dire : « Il est libre », avant de raccrocher.

Il l'écouta sans broncher et sans l'interrompre. Seuls ses yeux plissés et sa bouche pincée trahissaient son trouble.

— Je venais de recevoir le deuxième appel quand tu as frappé à ma porte, conclut-elle avec un geste d'impuissance.

— Je n'aime pas ça, dit-il.

— Nous sommes deux.

— Tu dois repartir pour Atlanta. Tu n'es pas en sécurité ici.

— Je suis chez moi. Je n'ai pas l'intention de partir.

Il fit un pas vers elle.

— Deux hommes sont morts, Eve. On les a sauvagement assassinés. On t'a tiré dessus il y a trois mois. Aujourd'hui, on tranche la gorge de ton père et on dépose des coupures de journaux dans ta voiture. Eve, tu dois te protéger. Va te réfugier à Atlanta. Ou dans un motel de Lafayette ou de Baton Rouge.

— Pas question que je parte. J'ai besoin de savoir ce qui est arrivé à mon père.

— Bon sang, Eve ! Je t'ai dit ce qui était arrivé à ton père.

Son portable sonna et elle sursauta. Elle jeta un coup d'œil à l'écran. Le numéro de Kyle s'affichait.

— Allô ? dit-elle.

— Eve ! dit Anna Maria d'une voix étranglée. Oh, Seigneur… Seigneur… Je suis désolée de t'appeler si tard, mais Kyle n'est pas là et je viens tout juste de recevoir un appel d'un ami journaliste qui travaille à La Nouvelle-Orléans. Il écoute la radio de la police et il a entendu parler d'un homicide. Le nom de la victime serait Renner. Il n'est pas supposé avoir cette information, mais il a pensé… Sainte mère de Dieu, est-ce que ça pourrait être votre père ? Il a cru entendre que ça s'était passé dans une ferme et… Oh, je ne sais pas quoi faire…

— Personne ne m'a prévenue de quoi que ce soit, dit Eve en évitant le regard de Cole.

Elle n'y croyait toujours pas.

— J'ai essayé de joindre Kyle, mais il ne décroche pas, balbutia Anna. Il a dû encore éteindre son portable. Et je ne vois aucune raison de prévenir Van, qui habite si loin, quand nous ne sommes sûrs de rien…

Elle se tut et Eve l'entendit actionner son briquet, puis souffler.

— N'appelle pas Van.

— Il faudrait pourtant le mettre au courant. Mon premier réflexe a été de téléphoner chez votre père, mais je n'ai eu que sa messagerie.

— Je pourrais aller chez lui, proposa Eve.

Du coin de l'œil, elle vit Cole sursauter.

— Non, sûrement pas, protesta Anna. Tu as déjà eu assez de problèmes comme ça. Ce serait plutôt à Kyle de s'en occuper.

— Ça va, Anna, insista Eve. Je me sens de taille.

Elle ne se sentait pas de taille, elle avait plutôt l'impression de vivre un cauchemar.

Une sonnerie lui signala un double appel.

— Anna, on cherche à me joindre. Je dois raccrocher.

— Rappelle-moi !

— Oui, dès que je saurai quelque chose. Promis.

Elle rencontra le regard de Cole, puis vérifia le numéro qui s'affichait. Quand elle reconnut l'indicatif de la zone où habitait son père, elle raccrocha d'un coup sec et adressa à Cole un pâle sourire.

— C'était Anna Maria, dit-elle.

— Et le deuxième appel ?

— Le shérif, je suppose. Tu as bien dit que la police allait rappeler, non ?

Un muscle de la mâchoire de Cole tressaillit.

— Oui.

Le téléphone sonna de nouveau et elle contempla fixement l'écran lumineux.

— Même numéro, murmura-t-elle.

Cole serra les dents.

— Ils sont déjà sûrement en route pour t'annoncer la mort de ton père.

— Tu devrais partir…

Il hésita une fraction de seconde, puis jura tout bas en la fixant avec tant d'intensité qu'elle crut qu'il allait l'embrasser. Mais il se dirigea vers la porte et l'ouvrit. Sur le seuil, il se retourna une dernière fois.

— Je suis vraiment désolé de tout ça, Eve. Désolé.

Elle se sentit émue.

— Ce n'est pas fini entre nous et tu le sais, ajouta-t-il.

Elle le regarda en silence.

Elle se méfiait de lui. Elle n'avait pas envie que ça recommence entre eux.

Elle secoua la tête, mais il avait déjà disparu dans la nuit.

10.

Bentz s'engouffra dans la voiture de patrouille et claqua la portière. Montoya démarra aussitôt.

— Vas-y, dit Bentz d'un air mécontent. Dis-moi ce qui se passe.

Montoya l'avait appelé pour lui annoncer qu'ils avaient un deuxième meurtre sur le dos et qu'il passait le chercher sur-le-champ. Il lui avait demandé de l'attendre devant le pavillon dans lequel il vivait avec sa femme Olivia, près des terrains marécageux de la banlieue de Cambrai. Bentz avait dû enfiler en vitesse un vieux jean, un pull, des mocassins. Il n'avait même pas eu le temps de mettre des chaussettes.

— Terrence Renner, répondit Montoya. On l'a tué. Exactement comme Kajak.

— Merde.

— Le jour même de la sortie de Cole Dennis, fit remarquer Montoya tout en allumant ses phares. Un de mes amis travaille dans le district où habite Renner. Il était au courant pour l'affaire Dennis et il a pensé que ça nous intéresserait.

— Ça nous intéresse, oui, ricana Bentz.

Il était grand et imposant. Un peu enrobé aussi. Il tapait tous les jours sur un punching-ball pour ne pas prendre de poids.

— Penses-tu que Dennis soit complètement idiot ou quoi ? demanda Montoya.

— Il n'est pas idiot, rétorqua Bentz en passant la main sur ses joues mal rasées, le regard fixé sur le pare-brise. Au contraire. C'est un malin et un homme de loi. C'est aussi un ancien gosse des rues qui connaît les magouilles. Il a fait pas mal de bêtises dans sa jeunesse, mais il est finalement entré à l'université. Il a réussi à devenir avocat. Et brillamment. Il a été reçu troisième de sa promotion.

— Il connaît pas mal de combines, ça, tu peux le dire…, commença Montoya.

Il s'interrompit pour négocier le tournant de la bretelle d'accès à l'autoroute.

Une fois sur l'autoroute il appuya à fond sur la pédale d'accélérateur. La Crown Vic fit un bond en avant et fila sur la chaussée. Le moteur vrombit, les pneus crissèrent. Et Bentz, imperturbable, s'accrocha à la poignée du plafonnier.

— Je trouve au contraire qu'il se conduit comme un idiot.

— Il n'est pas idiot, insista Bentz. Pas le moins du monde.

— Je me permets de te rappeler qu'il a trouvé le moyen de se faire arrêter alors qu'on venait de le libérer sous caution. Ce n'est pas une preuve d'intelligence.

— C'est vrai, concéda Bentz d'un ton peu convaincu.

Montoya ne se laissa pas démonter. Il mourait d'envie de remettre Cole sous les verrous. Ça le rendait dingue de penser qu'il l'avait à portée de main.

— Il n'a pas pu s'empêcher de contacter Eve Renner.

Bentz émit un grognement.

— Il roulait avec un phare grillé et il transportait de l'herbe dans sa voiture, poursuivit Montoya qui n'avait pas terminé sa démonstration. Il a ouvert sa boîte à gants et, oups, le sachet est tombé sous le nez de l'agent qui l'avait arrêté. Tu trouves ça malin ?

— Malin, non, mais un peu gros, ça, oui. Pourquoi aurait-il cumulé autant d'énormes gaffes ?

— Parce qu'il perd la tête dès qu'il s'agit de cette femme.

— D'accord pour Eve Renner. Mais le phare et le sachet d'herbe ? Le phare n'était pas grillé, il manquait un fusible sous le tableau de bord, si mes souvenirs sont bons. Et si quelqu'un l'avait enlevé, ce fusible, pour que le conducteur de la voiture se fasse arrêter par la police de la route ?

— Où veux-tu en venir ? demanda Montoya en dépassant un semi-remorque. Tu penses que quelqu'un a piégé ce salaud ?

Bentz secoua la tête en plongeant la main dans sa poche. Il en ressortit un chewing-gum, défit le papier, le fourra dans sa bouche.

— Je ne sais pas. Je me demande pourquoi il n'avait pas mieux caché ce sachet d'herbe.

— Parce qu'il se croit à l'abri de tout. C'est un prétentieux.

— Et le fusible ?

— Il a pu l'ôter lui-même parce qu'il en avait besoin pour autre chose.

— Il était en liberté conditionnelle, il savait qu'il risquait de retourner en prison au moindre faux pas.

Il se mit à mâchonner consciencieusement tandis que Montoya prenait l'embranchement de la route de campagne menant à la ferme de Terrence Renner.

— Ouais ! marmonna-t-il.

— Je te dis que c'est lui, insista Montoya d'une voix agacée.

Lui et Bentz avaient travaillé d'arrache-pied sur l'affaire Kajak pendant trois mois en essayant de rassembler les pièces du puzzle. Ils avaient abouti à la conclusion que Cole Dennis était l'assassin. Point. Et voilà que Bentz se mettait à pinailler sur des détails. Il était mal réveillé, fatigué… Ce n'était pas le moment de lui demander de changer son fusil d'épaule.

Ils traversèrent une ville déserte et endormie et durent s'arrêter à l'unique feu rouge de la rue principale. L'endroit paraissait tellement désolé que Montoya en eut la chair de poule. Dans une ville, il appréciait les lumières, l'animation, la vie qui battait dans la rue à toute heure du jour ou de la nuit. Cet endroit était trop calme. Presque irréel.

— Ça ne colle pas, reprit Bentz sans cesser de mastiquer son chewing-gum. Tout est louche dans cette affaire.

— Sur ce point, nous sommes d'accord.

Ils étaient sortis de la ville et roulaient de nouveau en pleine campagne. Pendant que Bentz ruminait son chewing-gum et ses idées, Montoya tenta de mettre un peu d'ordre dans l'affaire Cole Dennis. Ils allaient devoir se montrer prudents en arrivant à la ferme, le shérif ne serait peut-être pas ravi de voir débarquer deux flics de La Nouvelle-Orléans dans sa juridiction. Mais, s'ils parvenaient à établir un lien entre ce meurtre et celui de Kajak, on penserait aussitôt à un tueur en série et les fédéraux allaient s'en mêler. A moins qu'ils ne coincent Dennis tout de suite.

Ils aperçurent les premiers gyrophares devant l'entrée de la propriété de Renner. La voiture du shérif stationnait en bord de route, avec deux agents en uniforme, pour empêcher les curieux et les journalistes d'aller plus loin. Ils avaient déjà arrêté quelques véhicules et Montoya reconnut parmi eux le minivan d'une chaîne de télévision de La Nouvelle-Orléans, ainsi que deux autres camionnettes à plateau et une berline dont les passagers étaient sortis pour regarder la ferme de loin. Montoya gara sa voiture près du chemin de terre qui sentait la pluie et la terre mouillée. Les grenouilles coassaient bruyamment.

Ils sortirent de la voiture et allèrent à la rencontre des deux agents qui montaient la garde, auxquels ils se présentèrent en montrant leur badge.

— Vous devez signer le registre, dit l'un d'eux, un homme mince et efflanqué.

Son chapeau était trop grand pour lui, il avait une pomme d'Adam proéminente et les dents légèrement en avant. D'après son badge, il s'appelait Blair Mott.

Montoya et Bentz signèrent sans faire de commentaires.

— Quelqu'un a relevé le nom de ces gens ? demanda Bentz en montrant le groupe de curieux agglutinés autour des voitures.

— Oui. Nous avons vérifié et noté leur identité.

— Très bien. Vous avez eu d'autres visiteurs ?

— Non. Quelques curieux qui ont ralenti, mais sans s'arrêter, sans compter le livreur de journaux. Il est encore tôt. Dans une heure ou deux, il risque d'y avoir plus de passage.

— Merci.

Pour ne pas déranger le travail des experts qui relevaient des empreintes dans la propriété, Montoya et Bentz marchèrent dans les sillons qui menaient jusqu'à la maison. A l'intérieur, les techniciens et les hommes du shérif se bousculaient. Il y avait même un employé du bureau du coroner. Un cameraman filmait les murs illuminés par des projecteurs. Bonita Washington, du labo des experts, donnait des ordres à Inez Santiago qui s'occupait des taches de sang, et à A.J. Tennet, chargé des empreintes. Partout, on prenait des mesures. La pièce était déjà couverte d'une poudre destinée à révéler les traces de doigts ou de pieds. Quelqu'un passait une sorte d'aspirateur censé avaler les débris invisibles à l'œil nu et qui seraient analysés pour servir, peut-être, de pièces à conviction. Quelques sacs en plastique étaient déjà remplis de ce que les agents avaient jugé bon de ramasser.

Montoya et Bentz entrèrent par la cuisine où quelqu'un s'intéressait de près à une bouteille d'alcool et à un plateau plein d'eau qui avait dû contenir des glaçons.

Ils traversèrent un couloir et franchirent une double porte vitrée pour arriver dans la pièce où l'on avait découvert le cadavre, un salon où des braises rougeoyaient dans la cheminée. Le corps de Renner gisait sur le sol, dans une mare de sang. Montoya remarqua un tatouage sur son front et un journal à terre, avec un verre renversé.

— Seigneur, murmura-t-il.

Bentz avait pâli et il serrait les dents pour lutter contre la nausée.

Sur le mur, près du cadavre, on avait griffonné le nombre 101, avec du sang, probablement celui de Renner. Exactement comme pour Roy Kajak.

— Le type s'est trompé, marmonna Bentz. Ce n'est pas 101, mais 212.

Montoya fit la grimace.

— Nous n'en savons rien.

— Tu ne crois pas que nous avons affaire à un imitateur ? insista Bentz.

On n'avait pas divulgué à la presse les détails du meurtre de Kajak pour éviter de donner aux détraqués en mal d'attention l'envie de revendiquer le meurtre. Passer sous silence quelques faits significatifs suffisait en général à confondre les simulateurs qui se présentaient au commissariat pour avouer des crimes qu'ils n'avaient pas commis.

— Moi si, reprit Bentz. Et plus précisément, ça ne m'étonnerait pas que l'assassin soit un type qui en veut à Dennis et qui cherche à lui coller le meurtre sur le dos.

— Qu'est-ce que tu vas chercher ? dit Montoya. Je parierais plutôt pour Cole Dennis, tout simplement.

— J'avais déjà compris.

Il balaya la pièce du regard et s'arrêta sur l'inspecteur Louis Brounier, un grand Afro-Américain à la stature imposante, aux cheveux gris, au visage rond, au regard d'aigle.

— Ça vous rappelle quelque chose ? dit Brounier.

Montoya acquiesça en silence.

— Qui vous a prévenus ? demanda Bentz.

— Quelqu'un qui n'a pas laissé son nom et qui appelait du téléphone de cette maison. Ce n'était pas Renner, c'est tout ce que nous savons.

Brounier sortit un petit carnet à spirales dont il tourna les pages en fronçant le nez.

— Un homme a contacté le 911 à 1 h 47 du matin. Il a dit : « J'appelle pour signaler un meurtre. Celui de Terrence Renner. Je suis en ce moment chez lui, devant son cadavre... » Ensuite, il y a eu un temps de silence et il a dicté l'adresse d'une traite.

— Tu penses qu'il pourrait s'agir du meurtrier ?

— Peut-être. En tout cas, il n'a pas jugé bon de nous attendre. Quand la première voiture est arrivée sur place, la maison était vide. Les hommes n'ont eu aucun mal à entrer, la porte de derrière était ouverte.

Il haussa un de ses épais sourcils.

— Ils ont par ailleurs constaté qu'aucune ouverture n'avait été forcée.

— Il manque quelque chose ?

— Je n'en sais rien pour le moment. Nous n'avons pas fini de vérifier. Mais, si le vol était le mobile, l'assassin a laissé passer quelques objets de valeur et le portefeuille de Renner qui a été retrouvé dans la poche arrière de son pantalon, avec ses papiers d'identité, ses cartes de crédit, et près de cent dollars en liquide. La chaîne stéréo est là, la télévision — dernier modèle — aussi, de même que son ordinateur qui se trouve en haut, dans une des chambres.

— Pas d'ordinateur portable ou de téléphone cellulaire ?

— Non.

— Les voisins n'ont rien remarqué ? Il y avait des messages sur son répondeur ?

— Non, mais il y a eu deux appels après notre arrivée. Un d'Eve Renner, la fille de la victime. Et un autre de sa belle-fille, Anna Maria Renner. L'agent Mott n'a pas décroché, il voulait entendre leurs messages.

Tout en parlant, il s'était dirigé vers la cuisine où se trouvait le téléphone. Il appuya sur le bouton « Play » et la voix d'Eve résonna dans la pièce.

« Papa, c'est Eve. Excuse-moi de te déranger en pleine nuit, mais je voulais te dire que j'étais rentrée à La Nouvelle-Orléans… Je sais que j'aurais pu te prévenir plus tôt. Rappelle-moi dès que tu peux… »

Brounier arrêta la machine.

— Ça, c'était à 2 h 41, commenta-t-il.

— Elle est au courant, dit Montoya dont le cœur commençait à s'accélérer.

Les synapses de son cerveau s'affolaient, il réfléchissait à toute allure, avec l'impression d'avoir un train d'avance sur les autres.

— Elle est au courant et ça signifie que le meurtrier l'a prévenue, poursuivit-il.

— Nous n'en savons rien, protesta Bentz.

— On n'appelle pas pour rien son père en pleine nuit. Elle était inquiète. Sinon elle aurait attendu demain pour le prévenir de son arrivée.

— Elle avait peut-être un problème et elle avait besoin de se confier.

— Ça suffit, Bentz. Ne te fais pas l'avocat du diable. Eve Renner sait. Et elle sait parce que le meurtrier l'a prévenue.

— Après tout, c'est possible, concéda Bentz en se tournant vers Brounier. D'où provenait l'appel ?

— De La Nouvelle-Orléans.

Il appuya de nouveau sur le bouton « Play ».

« Terrence ? C'est Anna Maria. Je voulais juste m'assurer que tout allait bien. Pourrais-tu me rappeler ? Tu te souviens de mon ami journaliste ? Il a cru entendre qu'il y avait eu un problème du côté de chez toi. C'est pour ça que je m'inquiète. Kyle n'est pas à la maison en ce moment, mais tu peux sans doute le joindre sur son portable. Ou m'appeler ici. D'accord ? S'il te plaît… Juste pour me dire que tu n'as pas d'ennuis. Je t'aime. »

— Ces stupides journalistes, commenta Brounier. Ils écoutent notre fréquence radio. Je sais qu'ils ne font que leur boulot, mais ils sont pénibles.

— Eve Renner est donc de retour à La Nouvelle-Orléans, murmura Montoya. Justement le jour où on relâche Cole Dennis. Et ce même jour on assassine son père. Tu crois qu'il s'agit d'une série de coïncidences ?

— Tu sais ce que je pense des coïncidences, grommela Bentz.

— Moi non plus, je n'y crois guère, renchérit Brounier en ôtant ses lunettes pour essuyer les verres avec le bord de sa chemise.

— Quelqu'un du département de police devrait aller chez Eve pour lui annoncer officiellement la nouvelle, suggéra Montoya.

— On a déjà envoyé une voiture, répondit Brounier.

Il consulta sa montre.

— Ils auraient dû déjà m'appeler pour me faire un compte rendu, ajouta-t-il avec une moue écœurée.

Louis Brounier ne supportait pas les incompétents, surtout quand ils étaient ses subordonnés.

— Tu aurais autre chose d'intéressant à nous communiquer ? demanda Bentz.

— Non. Pour l'instant, tout ce que je peux dire, c'est que Renner a été attaqué par surprise. Le tueur lui a tranché la gorge, puis il a tracé les chiffres sur le mur en trempant un doigt de la victime dans le sang.

— Ouais, ça me rappelle quelque chose, dit Montoya.

— Le nombre 101 est aussi tatoué sur le front de la victime.

— Même scénario que pour Kajak, reprit Montoya. Sauf que le nombre change.

Bentz contempla fixement le corps, puis se tourna vers son partenaire.

— Nous avons affaire au même assassin, dit-il d'un air sombre.

— Ah ! s'exclama Montoya. Enfin une parole raisonnable.

Le portable de Brounier sonna.

— Brounier, dit-il. Quoi ? Pour l'amour du ciel… Maintenant ? Non, non… J'arrive tout de suite.

Il raccrocha en regardant Montoya.

— La fille Renner est ici, murmura-t-il.

Eve eut la nausée en apercevant les voitures de patrouille, les gyrophares, les équipes de journalistes. Elle trouva un coin pour se garer, près de la clôture du voisin, entre deux fourrés, puis elle sortit de sa Camry et se dirigea vers les agents qui gardaient l'entrée. Il faisait encore nuit et elle se sentait brusquement glacée jusqu'aux os. Elle s'enroula frileusement dans les pans de la veste qu'elle avait enfilée à la hâte.

— Je suis Eve Renner, dit-elle au plus grand des deux agents. Je voudrais voir mon père.

— Désolé, madame… Personne n'est autorisé à entrer dans cette propriété. On vient d'y commettre un meurtre.

— Mais je suis de la famille, protesta-t-elle. Terrence Renner est mon père. J'ai vécu une partie de ma vie dans cette maison.

— Attendez sur le côté, soupira l'homme. Je vais appeler un des inspecteurs.

— La police est passée chez moi pour me prévenir, insista-t-elle. C'est pour ça que je suis là.

— Monsieur ? fit l'agent en baissant la tête vers le micro accroché à son uniforme.

Eve se sentit brusquement vidée de ses forces et dut s'appuyer à la voiture de patrouille.

Papa…

Ses yeux se remplirent de larmes. Elle songea avec tendresse qu'il s'amusait à la lancer et à la rattraper quand elle avait deux ans. « Encore, papa, encore », suppliait-elle en riant aux éclats tandis que sa mère poussait des cris de peur.

Puis elle le revit quand il traversait d'un pas vif les pelouses impeccables de Notre-Dame-des-Vertus, avec sa blouse blanche de médecin dont les pans flottaient autour de lui, un sourire professionnel aux lèvres, indifférent aux patients qui profitaient du parc. Il était à l'époque un homme brillant et instruit, un peu prétentieux, qui se sentait probablement supérieur aux malades, à ceux qu'il prétendait aider.

Elle offrit son visage à la brise fraîche de l'aube. Un autre souvenir lui revint à la mémoire. Lorsque son père rentrait de l'hôpital, sa mère allait l'accueillir à la porte. Elle se maquillait le plus souvent avec un rouge à lèvres vif, elle portait un jean et un T-shirt de couleur. Elle avait préparé une boisson fraîche. Il laissait tomber son attaché-case devant le placard de l'entrée, ses clés dans une soucoupe, sur la desserte, et il déposait un baiser sur les joues de sa femme. Il paraissait toujours un peu distrait, ou préoccupé, et entrait dans le sanctuaire accueillant du salon pour se détendre devant la télévision en écoutant le journal du soir.

Elle se souvenait aussi du jour où ils avaient suivi l'enterrement de sa mère, de leurs silhouettes côte à côte dans le cimetière, sous le chaud soleil de cet après-midi d'août où il n'y avait pas un souffle de vent. Ses deux frères, les yeux rougis, mal à l'aise dans leurs costumes, embarrassés par leurs cravates, se tenaient un peu en retrait, derrière eux. Nana, toute vêtue de noir, était là aussi. Terrence n'avait pas pleuré. Pas même quand le cercueil était descendu dans la fosse.

— Je voudrais voir mon père, dit-elle en reprenant ses esprits.

— Je ne peux pas vous laisser passer, madame, je regrette, déclara le grand maigre qui portait un chapeau trop large pour lui.

— Vous me l'avez déjà dit. Il y a eu un meurtre, j'ai parfaitement compris.

Son cœur s'était remis à tambouriner.

— J'ai le droit de savoir ce qui est arrivé à mon père ?

Comme l'homme ne répondait pas, elle ajouta :

— Laissez-moi au moins parler à l'inspecteur chargé de l'enquête.

— C'est l'inspecteur Brounier. Je l'ai appelé. Il arrive.

— Brounier ? dit Eve en se tournant vers la maison.

Trois silhouettes d'hommes approchaient en descendant le chemin à grands pas. Eve n'avait jamais vu le plus grand, un Noir, mais les deux autres, elle les connaissait.

Elle les connaissait même trop bien.

Les inspecteurs Bentz et Montoya.

Ça n'augurait rien de bon.

Elle se présenta dès que le trio approcha du cordon jaune.

— Je suis Eve Renner, dit-elle en s'adressant à Brounier. La fille du Dr Renner. Je voudrais le voir.

— Inspecteur Brounier, répondit celui-ci en tendant vers elle sa grosse main.

Il ne souriait pas et lui jeta un regard compatissant.

— On vous a prévenue pour votre père ?

— On m'a parlé d'un homicide.

— Oui, ma'am. Je suis désolé.

Le ton ne prêtait pas à confusion et elle lui en fut reconnaissante. Elle hocha plusieurs fois la tête. Lentement.

— Je… Je voudrais le voir…

— Ce n'est pas souhaitable, intervint Montoya.

— C'est mon père ! explosa-t-elle.

Mais pour qui se prenait-il celui-là, à vouloir lui dicter sa conduite ?

— On ne peut pas vous laisser le voir, s'interposa Bentz. Du moins pas encore. Dans quelques heures, quand on l'aura transporté à la morgue, nous vous demanderons d'identifier le corps.

— Le bureau du shérif va mener l'enquête en collaboration avec les polices d'Etat et de La Nouvelle-Orléans, expliqua Brounier. Nous ne sommes pas assez nombreux pour nous charger seuls d'une telle affaire.

Eve se douta que ce n'était pas seulement une question de personnel. Bentz et Montoya avaient été prévenus parce qu'on faisait déjà le lien entre le meurtre de son père et celui de Roy. La police allait de nouveau s'intéresser à Cole.

— Vous avez téléphoné chez votre père, tout à l'heure, fit Montoya.

Elle acquiesça.

— Je suis arrivée tard en ville et je voulais qu'il sache que j'étais de retour. Mais je n'ai obtenu que son répondeur. Peu après, j'ai reçu un coup de fil de ma belle-sœur d'Atlanta. Un ami journaliste venait de la prévenir qu'il y avait un problème dans la propriété de Terrence Renner.

Elle avait décidé de ne pas mentionner Cole. Du moins pas encore.

— Ensuite la police s'est présentée chez moi et j'ai pris ma voiture pour venir ici.

— Vous auriez dû rester chez vous, dit Montoya.

— Je ne pouvais pas, répondit simplement Eve.

Montoya la dévisagea fixement.

— A quelle heure avez-vous appelé votre père ?

— Je ne sais plus. Il devait être entre 2 h 30 et 3 heures du matin. C'est important ?

Elle commençait à transpirer. Elle avait l'impression que Montoya savait que Cole lui avait rendu visite.

— Vous ne pouviez pas attendre demain matin ? s'étonna-t-il.

— Je n'ai pas réfléchi à l'heure qu'il était. J'étais surexcitée. Je n'avais pas sommeil.

Ils se turent. Au bout de quelques minutes, Eve rompit le silence.

— Vous avez une idée de qui a pu faire ça ? Et pourquoi ?

— Nous comptons sur vous pour nous fournir une liste de ses ennemis, suggéra Bentz.

— Des ennemis ? Je… Je ne lui connais pas d'ennemis. Il ne fréquentait pas grand monde. Il était à la retraite.

Elle songea brusquement aux parents de Tracy Aliota.

— Je vais y réfléchir, promit-elle.

Elle se sentait soudain épuisée. Son père était mort. Elle ne pouvait rien faire de plus pour lui. Elle regrettait leur récente brouille, mais il était trop tard pour revenir en arrière.

— Je crois que je devrais prévenir mes deux frères, dit-elle.

— Avez-vous eu des nouvelles de Cole Dennis ? demanda Montoya.

Eve en resta saisie. Elle contempla fixement la boucle d'oreille de l'inspecteur qui scintillait à la lumière des phares.

— Pardon ? dit-elle.

— Il est sorti de prison. Je suppose que vous le savez.

— Bien sûr que je le sais.

— Il a essayé de vous contacter ?

— Je viens juste d'arriver en ville, inspecteur. Je n'ai aucune envie de le rencontrer. Et je suppose que je ne dois pas être dans ses petits papiers non plus.

— Vous n'avez pas répondu à ma question. Il vous a contactée, oui ou non ?

— Non, répondit-elle d'une voix assurée tout en se demandant pourquoi elle ressentait le besoin de protéger un homme qui avait voulu la tuer. Ça fait longtemps que je n'ai pas entendu sa voix.

Elle se détourna pour regagner sa voiture, mais Montoya avança pour lui barrer le passage.

— Nous avons encore quelques questions à vous poser, dit-il.

— Ça ne peut pas attendre un peu ? demanda-t-elle.

— Oui, ma'am, ça attendra, intervint Brounier. Je vais demander à l'un de mes hommes de vous raccompagner chez vous.

— Non, c'est inutile.

— Vous en êtes sûre ? Vous ne voulez pas que j'appelle un proche pour vous tenir compagnie ?

— Non, merci. Ça ira.

Ça n'allait pas du tout, mais elle espéra que ça ne se voyait pas. Elle tenait à peine sur ses jambes, mais elle ne voulait surtout pas se retrouver coincée dans une voiture de patrouille.

— Nous vous contacterons bientôt, dit Bentz.

Montoya, lui, la fixait d'un drôle d'air, comme s'il se méfiait d'elle.

Brounier était plus conciliant, il hocha gentiment la tête.

— Merci, mademoiselle Renner, dit-il. Et, une fois encore, je suis désolé de ce qui vous arrive.

— Merci, répondit-elle.

Puis elle rejoignit sa voiture à grands pas. Il ne fallait pas leur laisser le temps de changer d'avis. Elle avait besoin d'être seule. Pour réfléchir. Demain, après une bonne nuit de sommeil, elle leur parlerait, et sans doute leur montrerait-elle les coupures de journaux en leur avouant qu'elle pensait avoir été suivie. Tant pis s'ils la prenaient pour une folle.

Et Cole ? Devait-elle leur dire pour Cole ?

L'un des journalistes la remarqua. Zut, elle préférait éviter la presse, si possible. Elle entra précipitamment dans sa voiture et claqua la portière en espérant que l'homme ne l'avait pas reconnue, et surtout qu'il ne ferait pas le rapprochement entre Kajak et son père.

Et avec Cole.

Elle mit la clé de contact.

Est-ce que tu vas parler de Cole à la police ?

Elle secoua la tête et se mordit la lèvre, en se demandant une fois de plus pourquoi elle s'obstinait à protéger cet homme.

11.

— Je crois que j'ai des ennuis, dit Cole.

Il tenait d'une main le récepteur crasseux de la cabine téléphonique et de l'autre un gobelet de café qu'il s'était procuré sur Decatur Street. Il avait appelé Deeds en PCV.

— Déjà ? s'étonna Deeds.

Cole l'imagina en train de se renverser sur le dossier de son fauteuil, face à la fenêtre panoramique de son bureau.

— Il est à peine 8 heures du matin. Tu es sorti de prison depuis moins de vingt-quatre heures. Tu en as mis du temps, pour faire des bêtises…

Cole n'était pas d'humeur à plaisanter.

— Tu n'as pas dû écouter la radio, dit-il. Terrence Renner est mort.

Il y eut un silence à l'autre bout du fil.

— Que s'est-il passé ? demanda enfin Deeds.

— Il a été assassiné, on lui a tranché la gorge. Exactement comme Roy Kajak.

— C'est une plaisanterie ?

— Crois-moi, je n'ai pas envie de faire de l'esprit. Allume la télévision et tu verras. Le meurtre de Renner ressemble étrangement à celui de Kajak. La seule différence, c'est que le nombre griffonné sur le mur et tatoué sur le front du cadavre n'est pas 212, mais 101.

— Les radios et les télévisions ont diffusé toutes ces informations ? s'étonna Deeds.

— Non, probablement pas. La police a dû garder le secret sur certains détails, comme pour Kajak.

— Dans ce cas, comment le sais-tu ?

— Je me suis rendu sur place. Renner m'avait appelé.

— Cole ! Je m'en doutais. Tu ne peux pas te tenir tranquille une journée.

— Je t'ai dit que j'avais des ennuis.

— Des ennuis, c'est quand on prend le métro sans ticket et qu'on se fait attraper par un contrôleur. Ça, c'est une catastrophe, enfin ! Mais qu'est-ce que tu as dans le crâne ?

Il se tut pour reprendre sa respiration, puis poursuivit sa tirade en traitant Cole de tous les noms d'oiseaux qui lui passaient par la tête. Il finit tout de même par se calmer un peu.

— Très bien…, soupira-t-il. Faisons le point, maintenant. J'irai droit au but. Tu as été témoin du meurtre ?

— Non, répondit Cole.

Il but une gorgée de café chaud, tout en contemplant les passants à travers la vitre sale de la cabine. Certains se dirigeaient vers l'arrêt de bus, quelques pâtés de maisons plus loin, d'autres filaient en bicyclette, d'autres en étaient encore à leur jogging matinal. Une voiture de police s'arrêta au feu rouge, puis passa devant la cabine, sans lui prêter attention.

— J'ai dû arriver juste après, je pense.

Il lui raconta sa nuit de la veille, mais en passant sous silence l'argent, les affaires de Renner et sa visite à Eve. Il réservait ces détails pour plus tard.

Deeds écouta sans l'interrompre, mais Cole se doutait que son cerveau d'avocat fonctionnait à toute allure et qu'il cherchait déjà le moyen de le tirer d'affaire et de camoufler sa malencontreuse escapade.

— Jure-moi que tu n'as pas téléphoné à Eve, dit-il seulement.

— Je ne lui ai pas téléphoné.

Après tout, c'était la vérité. Il ne lui avait pas téléphoné, il était passé chez elle. Il ignorait jusqu'à quel point il pouvait faire confiance à Deeds et préférait pour l'instant ne pas lui avouer qu'il avait frappé à la porte d'Eve en pleine nuit. D'ailleurs, quand il avait décidé de cacher l'argent et l'ordinateur de Renner dans la vieille maison de Nana, il ignorait qu'Eve y dormait.

Mais il devait reconnaître qu'il y serait allé même s'il l'avait su. Et deux fois plus vite. Bien qu'il ne sache pas quoi penser d'elle.

— Ecoute, dit-il. Je dois raccrocher. Je te rappellerai.

— J'ai des rendez-vous jusqu'à 18 heures. J'avais prévu une partie de squash après le bureau, mais je vais l'annuler. Viens à 18 heures.

— Non, je préfère qu'on se rencontre ailleurs qu'au cabinet.

Ça tombait tout de même sous le sens…

— Très bien. Chez toi ?

— Qu'est-ce que tu dirais de O'Callahan's, sur Magazine Street.

— J'y serai vers 18 h 30, répondit Deeds. En attendant ne fais rien de stupide. Tiens-toi tranquille. Tu as compris ?

— D'accord. Promis. Au fait, inutile d'essayer de me joindre, je me suis débarrassé de mon téléphone.

— Enfin, Cole, mais tu es possédé ou quoi ?

— Je ne voulais pas que les flics puissent me suivre à la trace. Si je ne te vois pas à O'Callahan's, je t'appellerai.

— Mais qu'est-ce que tu mijotes ?

Mon vieux, si tu savais…

— Je t'expliquerai tout ça de vive voix, mentit Cole avant de raccrocher.

Il se remit à marcher le long du trottoir.

Ne fais rien de stupide… Pour Deeds, cela voulait dire « n'appelle pas Eve ». Il ignorait probablement qu'elle était de retour en ville et il ne soupçonnait pas une seconde qu'ils s'étaient déjà vus.

Il but une autre gorgée de café en avançant vers le promontoire qui séparait le fleuve des rues de la ville. Il avait besoin de réfléchir, de s'éclaircir les idées.

Sauf que ses idées le ramenaient toujours vers Eve. Eve habillée d'une moelleuse robe de chambre, les yeux brillant de larmes et d'émotion, les lèvres pincées, pointant un revolver sur lui. Il l'avait trouvée incroyablement désirable. Il aurait dû avoir peur, lui en vouloir, mais c'était impossible. Quelque chose chez cette femme le touchait profondément. Elle l'avait trompé, elle l'avait accusé de meurtre, mais il n'arrivait pas à la détester.

Bon sang… Il n'était pas prèès d'écouter la voix de la raison quand il s'agissait d'elle.

Il traversa Riverwalk Market et contempla les lentes eaux du Mississippi. Une péniche remontait le courant, un léger vent faisait frémir la surface du fleuve et apportait jusqu'à lui une odeur humide.

Qui avait tué Terrence Renner ?

Un fou, sûrement. Celui qui avait tranché trois mois plus tôt la gorge de Roy Kajak.

Ça paraissait évident.

Que pouvaient bien signifier les nombres 212 et 101 ? Avaient-ils un rapport avec l'identité du meurtrier ou faisaient-ils simplement partie de ses fantasmes de psychopathe ?

Pourquoi le tueur était-il passé à l'acte le jour où on l'avait libéré, lui ?

Ça n'a peut-être rien à voir avec toi. Il a peut-être tué Renner parce qu'Eve était rentrée à La Nouvelle-Orléans. Ou pour une autre raison qui n'a aucun rapport avec l'un de vous deux.

Il pouvait s'agir d'une simple coïncidence.

Tu parles… Il n'y croyait pas une seconde.

Il termina son café en suivant du regard un adolescent qui lançait son Frisbee à un chien de race — une sorte de berger allemand — portant un bandana rouge autour de l'encolure. Puis il écrasa le gobelet et le jeta dans une poubelle. Il avait trop à faire pour se permettre de réfléchir pendant des heures. Il fila droit à l'endroit où il avait garé sa jeep.

Après avoir quitté la maison d'Eve, il était passé chez lui pour se changer, puis il avait mis en machine ses vêtements tachés de sang dans une laverie automatique avant de les déposer à l'Armée du Salut. Il était rentré vers 6 heures du matin, il avait dormi trois petites heures, il avait pris une douche sous le maigre jet de sa salle de bains, puis il était ressorti pour boire un café et appeler Deeds. La caféine commençait heureusement à lui faire de l'effet. Il avait une montagne de choses à faire aujourd'hui, la première et la plus urgente étant de se procurer un de ces téléphones portables à carte dont on ne pouvait pas retracer les appels. Il avait réfléchi à la question. Le mieux était d'en acheter un à l'un de ses anciens clients, une crapule qui accepterait de lui rendre ce petit service.

Ensuite il ferait ce que bon lui semblerait. Il n'avait pas l'intention de suivre les conseils de son avocat.

Eve avait besoin de sa protection.

Il était près de 10 heures quand Eve parvint enfin à sortir du lit. Elle s'était effondrée au petit matin après avoir rappelé Anna Maria et laissé un message sur le répondeur de son frère Van.

Contrairement à toute attente, elle avait dormi comme une souche.

Mais elle subissait ce matin le contrecoup des événements dramatiques de la veille. En fouillant dans le réfrigérateur, elle dénicha un paquet de café en grains entamé, se prépara un café et fit sortir Samson.

Elle prit ensuite une douche et se désola en apercevant ses cheveux coupés court et méchés par les soins d'Anna Maria. Ça donnait un « style », si l'on pouvait dire… Un style porc-épic, avec un trou au-dessus de la tempe, là où on avait dû la raser avant l'opération. Ça repousserait, bien sûr, et elle n'avait plus qu'à attendre. Ce n'était pas si moche que ça et la coiffure n'était pas sa priorité en ce moment.

Mais l'aspect de son visage la tracassait. Elle avait vieilli de dix ans en trois mois. Elle avait le teint blafard, les yeux éteints, des pommettes saillantes.

« Soyez patiente, lui avait dit sa kinésithérapeute. Vous allez récupérer, mais il faut du temps. »

Elle espéra qu'elle retrouverait la mobilité complète de son épaule.

Elle se brossa les dents, mit un peu de gloss et de mascara, et décida que c'était très bien comme ça.

D'ailleurs, elle n'avait personne à qui plaire…

Quand elle enfila un jean propre, elle remarqua qu'il descendait très bas sur ses hanches. Le pull aussi était trop grand, il flottait autour d'elle, mais il était agréable à porter et elle se sentait bien dedans. Le mal de tête qui l'avait assommée la veille s'était un peu calmé et, en dépit du chagrin que lui causait la mort de son père, elle se jugea d'attaque pour affronter la dure journée qui l'attendait.

Elle avait déjà mis des mocassins et descendait l'escalier de bois quand le téléphone sonna. Elle courut décrocher dans la cuisine.

— Allô ?

— Eve Renner ? fit une voix d'homme qu'elle ne connaissait pas.

— Oui, répondit-elle d'un ton méfiant.

— Ici Miles Weston, de WKMF.

Elle sursauta. Le nom lui disait quelque chose…

— J'aimerais vous poser quelques questions au sujet de la mort de votre père.

— Je n'ai aucun commentaire à faire, rétorqua-t-elle.

— La police parle d'un homicide, poursuivit le journaliste sans se laisser démonter.

Elle raccrocha.

Ils n'avaient pas traîné. Elle aurait parié qu'ils avaient déjà fait le rapprochement entre la fille de Terrence Renner et la maîtresse de Cole Dennis, l'homme qui avait été soupçonné du meurtre de Roy Kajak. Ils savaient probablement aussi que Renner et Kajak avaient été tués dans des circonstances étrangement similaires.

Et ils ne manqueraient pas de faire le lien avec le fait que Cole Dennis venait de sortir de prison.

Le téléphone sonna de nouveau. Le numéro était le même que tout à l'heure. Encore le journaliste. Elle ne décrocha pas.

En dépit de son arôme délicat, le café était un peu amer, surtout sans crème, mais elle le but tout de même, tout en relisant les articles sur Faith Chastain et Notre-Dame-des-Vertus. Les petites coupures lui parurent moins sinistres à la lumière du jour, elles avaient même un côté enfantin avec cette soigneuse découpe en dents de scie. Mais qui tenait tant à ce qu'elle les lise ? Et pourquoi ? Elle n'arrivait pas à comprendre.

Elle remarqua la photo d'une très belle femme au visage tourmenté. Sans doute Faith Chastain. Eve essaya de se rappeler si elle l'avait déjà vue. En étudiant les dates des articles, elle parvint à reconstituer que Faith Chastain était morte vingt ans plus tôt, quand elle-même avait quinze ans. Faith avait fait plusieurs séjours à l'hôpital et elle y avait passé un temps assez long à l'époque où Terrence Renner y exerçait.

Eve étala de nouveau les articles pour les classer par ordre chronologique. Ses pensées retournèrent aussitôt vers l'hôpital Notre-Dame-des-Vertus, cet endroit lugubre qui exerçait encore sur elle une sorte de fascination. Autrefois, on lui avait interdit de circuler en dehors des couloirs principaux menant au bureau de son père, mais elle avait exploré tous les étages du bâtiment de brique, du sous-sol carrelé de blanc au grenier poussiéreux où l'on entreposait les meubles au rebut et les vieux dossiers. Elle avait passé des heures magiques, à s'inventer tout un univers sous les chevrons du toit en pente.

C'était à Notre-Dame-des-Vertus qu'elle avait rencontré Roy. C'était le fils du jardinier et il avait dix ans, comme elle. Deux enfants normaux perdus au milieu des fous… Ils s'étaient tout de suite découvert des atomes crochus. Ils jouaient le plus souvent dehors dans les bois et les champs mais, quand il faisait mauvais, ils se réfugiaient dans l'hôpital et ne se gênaient pas pour transgresser les interdits.

Ils s'amusaient à circuler dans les couloirs silencieux et à grimper l'escalier de service en se cachant dès qu'ils entendaient le bruissement de la longue jupe de sœur Rebecca qui leur lançait des regards sévères. Elle avait encore devant les yeux l'image d'un chapelet accroché au cordon d'une robe noire et qu'elle voyait passer à travers la serrure du grand placard de la buanderie. Elle se souvenait aussi d'une infirmière en particulier, une blonde mince aux lèvres pincées qui paraissait s'acquitter de sa tâche avec patience et efficacité. Comment s'appelait-elle déjà ? Suzanne… Comme le titre de la vieille chanson que sa mère lui faisait écouter, celle que Roy avait appris à siffler et dont il ne chantonnait que le couplet :

Tu veux faire un bout de chemin avec elle
Tu ne te poses pas de question
Et pourtant tu sais qu'elle est à moitié dingue.

Ils s'étaient construit une cabane dans le grenier, en utilisant le mobilier et les draps. Ils y emportaient les gâteaux et les pommes qu'ils chipaient dans la cuisine.

Elle songea à ce jour gris où Roy lui avait montré qu'on pouvait observer les chambres du dessous en regardant à travers les fentes du plancher. Ils avaient passé des heures à plat ventre à espionner les couloirs et les chambres.

Eve s'était sentie un peu coupable de pénétrer dans l'intimité des malades, mais ça ne l'avait pas empêchée de continuer.

Maintenant qu'elle y réfléchissait, il lui semblait se souvenir que l'une de ces fentes donnait sur la chambre de Faith Chastain. La personne qui lui avait transmis ces articles connaissait peut-être leur secret d'enfant…

Son estomac gargouilla. Elle avait faim. Elle rangea les articles dans l'enveloppe qu'elle pensait remettre à la police, et elle se promit de faire quelques courses en rentrant du commissariat.

Les inspecteurs allaient réclamer la vérité.

Que vas-tu leur dire à propos de Cole ?

Tôt ou tard, tu vas devoir leur avouer qu'il s'est arrêté chez toi, qu'il était couvert de sang, qu'il venait tout droit de chez ton père et que tu l'as protégé par ton silence.

N'y pense pas. Chaque chose en son temps.

Un signal sonore l'informa qu'elle venait de recevoir un texto. Elle prit son téléphone.

C'était Anna. Elle lui disait simplement qu'elle espérait qu'elle tenait le coup et lui demandait de rappeler plus tard.

Eve fourra l'enveloppe dans son sac et sortit en refermant la porte derrière elle. Il faisait meilleur que la veille et le soleil filtrait à travers les hauts nuages qui dérivaient lentement. Samson, aplati sur le porche, avec la queue qui battait le plancher, surveillait à travers les barreaux de la rambarde un oiseau voletant sur les branches bourgeonnantes d'un arbre dont le feuillage touchait les gouttières de la maison.

— Tu n'as aucune chance de l'attraper, mon pauvre, dit-elle au chat en souriant.

Elle ouvrit la portière de sa voiture et se glissa à l'intérieur de l'habitacle déjà chauffé par le soleil. Elle allait mettre le moteur en route quand son regard tomba sur la boîte à gants. Son cœur s'accéléra et elle ne put s'empêcher de l'ouvrir.

Elle n'y trouva que ses lunettes et le manuel d'utilisateur de sa Camry. Soulagée, elle recula dans l'allée. La voisine, Mme Endicott, qui était déjà occupée à désherber son parterre de fleurs, lui fit signe. Eve leva la main en réponse avant de prendre la direction de St Charles Avenue. Sa voisine avait probablement entendu la veille sa dispute avec Cole, mais, avec un peu de chance, ça n'arriverait pas aux oreilles des inspecteurs.

— Tu prends tes désirs pour des réalités, se dit-elle en freinant devant un feu rouge.

Son téléphone sonna pendant qu'elle était à l'arrêt et elle le sortit de son sac. L'écran lumineux affichait Kyle Renner, mais Eve aurait parié qu'il s'agissait d'Anna.

Elle ne s'était pas trompée.

— Eve ? fit la voix d'Anna. Tu ne m'as pas appelée.

— J'ai reçu ton texto il y a seulement quelques minutes, s'excusa Eve.

— Tu as réussi à joindre Van ?

— Je lui ai laissé un message.

— Oui. Moi aussi. Mais il n'a pas rappelé.

Elle paraissait angoissée, mais ça n'avait rien d'inhabituel.

— Je ne comprends pas ce qu'il trafique, poursuivit-elle. Il va falloir que nous songions à organiser l'enterrement, Eve… Kyle doit… Excuse-moi, je n'avais pas l'intention de m'étendre sur le sujet, tu n'as pas besoin de ça… Comment te sens-tu ?

— Je vais bien.

— Tu en es sûre ?

— Oui. Et toi ?

— Je crois, oui. A part que les journalistes commencent à me téléphoner. C'est perturbant.

— Je vois ce que tu veux dire, compatit Eve. J'ai reçu moi aussi le coup de fil d'un journaliste.

— Je suis contente que Kyle ne soit pas là parce qu'il aurait piqué une crise. Tu as eu de ses nouvelles ?

— Non. Où est-il ?

— Toujours en train d'essayer de régler le problème dont je t'ai parlé.

— Dès qu'il rentrera, dis-lui que je voudrais m'entretenir avec lui au sujet de l'enterrement. Et que je ne sais pas quand la police nous rendra le corps.

— D'accord… Ecoute… ça m'embête d'en parler, mais tu sais quelque chose au sujet du testament ?

Quelqu'un klaxonna derrière Eve et elle se rendit compte que le feu venait de passer au vert.

— Non, dit-elle tout en s'engageant dans le carrefour. Nous n'avions jamais abordé la question.

— Je suppose que nous le trouverons en triant ses affaires.

— S'il en avait rédigé un, rétorqua Eve.

— Je sais que ça peut paraître indélicat d'aborder cette question maintenant, mais Kyle pensait que tu serais au courant de quelque chose.

Elle en eut la nausée. Leur père venait d'être assassiné et son frère ne songeait qu'à l'héritage. Elle n'en était qu'à moitié étonnée. Mais qu'est-ce qu'Anna pouvait bien lui trouver ? Elle décida de couper court à la conversation.

— Ecoute, Anna, je te rappellerai plus tard, dit-elle. Je n'aime pas téléphoner en conduisant.

Dans le quartier des affaires, elle avisa sur une vitrine une pancarte annonçant un service de photocopies et de courrier. Elle entra dans la boutique, passa devant une rangée de boîtes aux lettres, puis arriva dans une vaste pièce remplie de photocopieuses où l'on vendait des articles de bureaux. Derrière un comptoir, des employés servaient les clients.

Eve posa son sac près d'une photocopieuse libre, puis elle fit des photocopies des articles de journaux dont elle tenait à conserver un exemplaire.

Quand elle eut terminé, elle acheta une grande enveloppe pour les ranger et sortit.

Elle tomba nez à nez sur Cole Dennis.

— Qu'est-ce que tu fais là ? s'exclamèrent-ils d'une même voix.

12.

Cole portait un jean, un T-shirt et des lunettes de soleil. Il s'était adossé au mur du bâtiment et cette attitude nonchalante le rendait encore plus attirant. Eve trouva qu'il n'avait plus rien de l'homme apeuré qu'elle avait vu la veille, un homme qui avait des raisons de craindre que la police cherche à lui coller un deuxième meurtre sur le dos. Même son visage paraissait détendu.

Il avait pris le temps de se changer et de se raser. Ça lui allait très bien. Mais, de toute façon, elle était insensible à son charme, non ?

— Tu me suivais, dit-elle. Ne mens pas.

Il ne répondit pas. Comme elle voyait qu'il ne cherchait pas à nier, elle ajouta sèchement :

— Mais peut-être que tu passais par hasard…

Le soleil brillait et faisait scintiller des morceaux de verre sur le trottoir. Eve les contempla, histoire de se concentrer sur autre chose que sur Cole.

— Justement, oui, je passais par hasard, dit-il.

— C'est ça, murmura-t-elle en lui jetant un regard en coin.

Pourquoi arborait-il un petit sourire ? Elle avait parfois du mal à le comprendre.

— Tu t'es vite remis de tes émotions, fit-elle remarquer.

— Je ne m'en remettrai jamais, répondit-il.

Son sourire s'était évanoui et des plis apparurent sur son front, au-dessus de ses lunettes.

Elle songea qu'elle non plus n'était pas près de s'en remettre.

— Pourquoi veux-tu me voir ? demanda-t-elle.

— Parce que nous n'avons pas terminé notre conversation.

— Tu commences à me fatiguer, soupira-t-elle.

— Vraiment ? dit-il en souriant de nouveau.

Il paraissait incroyablement sûr de lui.

Elle rajusta ses lunettes de soleil. Mieux valait ne pas répondre.

Il sourit de plus belle en constatant son agacement et découvrit une rangée de dents blanches et parfaitement alignées. Décidément, il prenait un malin plaisir à jouer de son charme de mauvais garçon. Mais ça ne marchait pas. Pas avec elle en tout cas.

— Cesse de me suivre, Cole, dit-elle en se dirigeant vers sa voiture.

Elle constata de loin que son temps de stationnement était dépassé et accéléra le pas. Des notes d'un saxophone qui perçaient par-dessus le bruit incessant de la circulation parvinrent à ses oreilles distraites.

Il l'avait suivie et s'arrêta à sa hauteur quand elle fouilla dans son sac pour en sortir ses clés.

— Tu t'es présenté au commissariat ? demanda-t-elle en introduisant sa clé dans la serrure de la portière du passager.

— Pas encore.

Elle secoua la tête en soupirant. Les rayons de soleil lui chauffaient le cuir chevelu.

— Ecoute, dit-elle. Je ne peux pas te couvrir indéfiniment. J'ai menti hier et je me demande bien pourquoi. J'avais l'intention de passer au commissariat maintenant et c'est ce que je vais faire. S'ils me posent des questions à ton sujet, je serai bien obligée de dire la vérité. Je ne peux pas me permettre de leur raconter n'importe quoi. Ils me prennent déjà pour une folle.

— J'ai juste besoin d'un peu de temps.

Elle ouvrit sa portière en grand.

— Désolée. Je ne t'en ai déjà que trop accordé.

Il claqua brusquement la portière et la coinça contre la carrosserie de la voiture.

— Hé ! protesta-t-elle.

Il était si près d'elle qu'elle voyait les points noirs de ses poils de barbe et sentait les effluves de cet après-rasage musqué qu'elle associerait à lui pour toujours.

— Je ne te demande pas de mentir, insista-t-il. Juste de me laisser du temps.

— Tu as volé l'ordinateur de mon père. Je suis sûre que c'est un grave délit. Si je mens, je serai considérée comme ta complice et…

Elle s'interrompit et le regarda droit dans les yeux.

— Je n'ai pas besoin de t'expliquer tout ça. C'est toi l'avocat.

— Tu vas chez les flics, là ?

Elle agita sous son nez l'enveloppe contenant les articles.

— J'y allais, oui, mais…

Seigneur… Mais pourquoi suis-je toujours prête à l'écouter ?

Elle voulut s'éloigner de lui, mais il la retint par le bras.

— Je ne te réclame que quelques heures de délai, supplia-t-il.

Derrière ses lunettes de soleil, ses yeux cherchèrent les siens. La chaleur de ses doigts d'homme sur sa peau nue la troublait. C'était ridicule. Même si Cole n'était pas son ennemi, elle avait peur de souffrir à cause de lui.

— Si tu vas au commissariat maintenant, nous savons tous les deux ce qui va se passer, dit-il.

Il avait laissé tomber sa façade nonchalante et ne cherchait plus à lui dissimuler son angoisse.

Elle dégagea son bras d'un coup sec.

— Je ne mentirai pas pour toi, Cole, assura-t-elle.

— Tu ne veux pas mentir pour moi, mais ça ne t'a pas gênée de me mentir.

Elle reconnut ce petit pincement de la bouche qui trahissait chez lui une colère sourde.

— C'est un coup bas, Cole. Tu devrais te montrer plus diplomate. Tu me suis, tu me tombes dessus pour me supplier de ne pas dire à la police ce que je sais, et ensuite tu me traites de menteuse. Je trouve que tu ne manques pas de culot.

— Tout ce que je veux, c'est la vérité.

Il insistait…

— Mon père est mort hier, tu ne crois pas que j'ai d'autres soucis en tête ? Tu parles de ma prétendue infidélité, c'est ça ? Tu es encore persuadé que je t'ai trompé.

Elle fulminait.

— Tu es vraiment incroyable.

Il leva la main dans un geste d'apaisement et son visage parut se détendre.

— Tu as raison. C'est déplacé.

— Parfaitement déplacé, en effet. Laisse-moi tranquille, d'accord ? Fiche-moi la paix.

Elle ne lui laissa pas le temps de répondre et s'engouffra dans la voiture. Elle démarra aussitôt et évita de justesse un cycliste qui lui jeta un regard noir. Du coup, elle se calma un peu et manœuvra plus tranquillement pour s'engager dans la circulation.

Elle jeta un coup d'œil dans son rétroviseur. Cole n'avait pas bougé. Les bras croisés sur la poitrine, il la regardait s'éloigner.

— Salaud, murmura-t-elle.

Elle s'en voulait de ne pas le détester. Il aurait mérité qu'elle file droit au commissariat pour raconter à la police qu'il était passé chez elle hier et qu'il l'avait suivie aujourd'hui. L'inspecteur Montoya aurait sûrement été ravi de pouvoir le remettre en prison.

Elle n'avait pas à se sentir coupable vis-à-vis de lui. Tout ce qui intéressait Cole, au fond, c'était de savoir si elle avait oui ou non couché avec quelqu'un d'autre. Qu'il aille au diable ! Elle profita d'un arrêt à un feu rouge pour baisser la vitre de sa portière. Elle avait besoin d'air.

Il avait mis le doigt sur le problème qu'elle essayait d'occulter.

Si l'on se fiait à l'analyse ADN du sperme recueilli dans son vagin, elle avait tout simplement oublié un homme qui avait été son amant la nuit du meurtre. Mais quand ? Avant Cole, ou après ? Certainement pas entre le moment où elle avait quitté Cole et celui où elle avait rejoint Roy. Elle était en retard et pressée d'arriver à la cabane. De cela, elle se souvenait.

Ses doigts tapotèrent nerveusement le volant.

Son esprit n'avait conservé aucune trace du visage de cet homme, de sa peau, de son odeur. Pourtant, elle revoyait nettement Cole, ses yeux gris, son torse puissant, le moment précis où il l'avait pénétrée, ses épaules et ses bras musclés luisant de sueur. Elle entendait encore son souffle rauque qui répondait à ses propres gémissements, elle sentait presque le goût du whisky sur ses lèvres. Mais de son supposé autre amant, rien. Absolument rien. Elle avait occulté jusqu'à son existence.

Le hurlement d'un Klaxon l'arracha à sa rêverie. Elle leva les yeux. Le feu était vert. Elle démarra tout en jetant un coup d'œil dans son rétroviseur, vers le conducteur impatient qui l'avait rappelée à l'ordre.

Tout à coup, son visage se figea.

La menaçante silhouette d'un pick-up noir se dressait derrière sa Camry.

— Seigneur, dit-elle.

Elle accéléra et prit vers le nord-est, sur St Charles Avenue. Il y avait tout de même peu de chances qu'il s'agisse du véhicule qui l'avait prise en filature hier. Et pourtant…

Tout en conduisant, elle surveillait son rétroviseur. Une voiture vint se placer entre eux. Puis deux. Puis trois. Le pick-up se laissa distancer, mais il continua dans la même direction qu'elle. Au niveau de Poydras Street, elle bifurqua sur l'autoroute, il fit de même.

— Espèce de taré, maugréa-t-elle d'une voix tremblante.

Elle en avait assez.

Au carrefour, elle s'arrangea pour passer à l'orange. La voiture derrière elle pila en faisant grincer ses pneus et le pick-up dut en faire autant. Eve appuya sur l'accélérateur et fonça vers le feu suivant. Là, elle fit demi-tour sur les chapeaux de roues. Elle avait l'intention d'inverser les rôles. C'était elle, à présent qui allait le suivre. Elle voulait lire la plaque d'immatriculation du pick-up et enregistrer le maximum d'informations sur le véhicule et son conducteur.

— Je te tiens, espèce de salaud, dit-elle en agrippant le volant.

Elle y était presque, quand elle tomba sur des travaux.

Le barbu qui régulait la circulation leva la main à son approche, tout en brandissant une pancarte « Stop ». Elle fut bien obligée de freiner et s'arrêta en soulevant un nuage de poussière.

— Non ! s'exclama-t-elle en donnant un coup de poing rageur sur son volant tandis qu'un gros camion chargé de gravier entrait dans le chantier.

Pendant que l'homme faisait avancer les voitures en sens inverse, elle compta avec exaspération les secondes qui s'égrenaient trop lentement. Au bout de ce qui lui sembla une éternité, il tourna sa pancarte pour afficher « Ralentissez », tout en faisant des signes frénétiques de sa main libre pour qu'elle avance sur le carrefour poussiéreux. Mais quand elle atteignit enfin Poydras Street, le pick-up noir avait disparu.

Son téléphone sonna. Sa première pensée fut que l'homme avait compris qu'elle essayait de le pister et qu'il l'appelait pour la narguer. Elle décrocha en tremblant.

— Allô ?

— Salut, Eve, fit la voix de son frère Van.

Aimable, comme toujours, mais chez lui ça ne voulait rien dire.

Elle soupira tout de même de soulagement.

— Tu es au courant, je suppose, dit-elle.

— Oui, j'ai eu Anna Maria. Terrence est mort.

Terrence… Elle avait presque oublié que ses deux frères ne l'avaient jamais appelé papa.

— Oui, dit-elle.

— Il paraît que c'est l'assassin de Roy qui a fait le coup.

La rumeur circulait donc déjà…

— Je n'en sais rien.

— Tu crois que Cole Dennis… ?

Son estomac se serra tandis qu'elle continuait à avancer dans le flot des voitures, tout en cherchant du regard le pick-up noir.

— J'en doute, coupa-t-elle.

— Mais tu disais pourtant que Cole avait tué Roy.

— Je n'en suis plus si sûre.

— Tu lui pardonnes bien vite de t'avoir visée avec son arme…

— La question n'est pas là. Pour l'instant j'essaye de me souvenir de ce qui s'est passé.

— Je suis à La Nouvelle-Orléans, dit brusquement Van.

— Mais je te croyais en Arizona !

— J'y étais. Je suis venu pour le travail. Je vends des spas de luxe. Drôle de coïncidence, tu ne trouves pas ?

— Oui…

En effet, c'était une drôle de coïncidence.

— Nous devrions nous réunir pour parler de certaines choses. Kyle est déjà en route.

— En route ? Pour La Nouvelle-Orléans ?

— Oui.

Il parlait d'un ton dégagé, comme s'il trouvait tout ça on ne peut plus normal.

— Il va falloir s'occuper de l'enterrement et de la succession. On se rend compte avec Kyle que tu en as bavé récemment, on est prêts à s'occuper de tout.

— Ah bon ? dit-elle d'un ton amer.

Elle se doutait bien qu'ils se fichaient pas mal d'elle. Tout ce qui les intéressait, c'était la propriété.

— Je dois te laisser, annonça Van. J'ai un autre appel.

Il raccrocha et elle fut tentée d'éteindre son téléphone. Elle était écœurée… Terrence était mort depuis vingt-quatre heures à peine et déjà les vautours rôdaient autour de son cadavre.

Le téléphone sonna de nouveau. Elle ne l'avait pas éteint assez vite. Elle décrocha en songeant qu'il s'agissait probablement de Van.

— Allô ? dit-elle.

— Il est libre…

Clic.

On avait raccroché.

Il avait dissimulé son pick-up dans un parking, derrière une fourgonnette de déménagement. Il avait observé Eve pendant qu'elle piaffait d'impatience devant le chantier en construction. Bon sang, ce qu'elle avait dû rager de l'avoir perdu de vue.

Il avait fait l'erreur de trop s'approcher. Elle avait remarqué qu'il la suivait en vérifiant son rétroviseur au moment où un crétin avait klaxonné au feu parce qu'elle ne démarrait pas assez vite.

Ensuite il avait pris ses distances, mais c'était trop tard.

Elle avait tenté de faire demi-tour pour se retrouver derrière lui, probablement pour lire sa plaque d'immatriculation et le voir de plus près.

Heureusement, il était suffisamment malin pour avoir anticipé et déjoué la manœuvre. Quand il l'avait vue passer à l'orange et tourner brusquement au carrefour suivant, il avait compris ce qu'elle manigançait et il avait bifurqué dans une allée transversale. Il était passé devant deux restaurants, puis il était revenu sur ses pas, comme elle, en prenant cette avenue bordée d'arbres bloquée par une fourgonnette de déménagement. Il s'était arrêté au moment où deux grosses baraques se débattaient avec un réfrigérateur. De sa cachette, il pouvait observer la rue principale et attendre qu'Eve passe. C'était à ce moment-là qu'il l'avait repérée, coincée par un type qui faisait la circulation devant un chantier.

Son cœur battait comme un fou et il s'humecta les lèvres machinalement. La Voix avait été formelle : il devait suivre Eve et observer ses moindres faits et gestes. Mais il ne devait pas agir. Il y en avait d'autres avant elle sur la liste.

Il brûlait de s'occuper d'elle.

Parce que c'était Eve qu'il voulait.

Il suivrait les instructions à la lettre. Il remettait sa vie entre les mains de Dieu, Dieu qui l'avait rassuré, à travers la Voix.

Ton abnégation sera récompensée, Le Rédempteur, ne crains rien.

Chaque fois que la Voix l'appelait par son nom, il était tout ému. La Voix allait l'éclairer. Elle lui montrerait qui devait mourir et qui devait souffrir puis revenir à la vie.

Eve, elle, était revenue à la vie.

Il n'était pas certain que c'était grâce à lui, mais il était tout de même heureux qu'elle soit toujours là, parce que ça lui donnait l'occasion de la tuer une deuxième fois, plus lentement, en profitant mieux d'elle.

Elle le regarderait droit dans les yeux et elle comprendrait.

Un frisson de désir lui traversa le corps, comme un serpent, grimpant jusqu'à son âme, lui léchant au passage le sexe et les bourses de sa langue fourchue. Il avait les mains moites, il était en érection.

Au moment où l'homme fit signe à Eve d'avancer dans le carrefour, il haletait. Elle tourna dans Poydras Street. Elle se dirigeait probablement vers l'autoroute, mais il décida de ne pas la suivre et de retourner à sa vie quotidienne, de se mêler à ceux qui croyaient le connaître mais ne savaient rien de lui. Des imbéciles. Tous. Une bande d'idiots.

Il s'écarta lentement de la fourgonnette et attendit que les déménageurs fassent descendre un fauteuil inclinable par la rampe électrique. Ensuite il dépassa le véhicule et s'arrêta au carrefour. Au loin, il aperçut la Camry d'Eve. Il l'imagina, en train de surveiller nerveusement son rétroviseur et les rues adjacentes, pour guetter un pick-up noir.

Qu'est-ce que tu ressens, Eve ? Tu sens que je t'observe ou tu crois m'avoir semé ? Tu sais que je te regarde en ce moment même ? Tu te doutes que je suis en toi ? Espèce de putain…

Tu vas voir ce que je te réserve.

13.

— C'est ce que j'ai de mieux, assura Ivan Petrusky en refermant la porte.

Ivan Petrusky était un escroc de bas étage, joueur de poker à ses heures.

Ce qu'il appelait pompeusement un studio meublé se résumait à une petite pièce de quinze mètres carrés dans laquelle on avait installé une minuscule salle de douche, un placard qui s'ouvrait sur un évier miniature, un étroit comptoir et un combiné réfrigérateur-four à micro-ondes. Quant au mobilier, il se limitait à un canapé transformable un peu défoncé et à un plafonnier dont l'abat-jour avait noirci suite à une surchauffe de l'ampoule.

Mais ce n'était pas cher. Et surtout, Petrusky se faisait payer en liquide et ne conservait aucune trace du paiement.

Un détail qui avait décidé Cole.

— Tu as réussi à te sortir de cette histoire de meurtre ? demanda Petrusky.

Petit et maigre, avec une épaisse tignasse blanche, il allait sur ses soixante-dix ans et mâchonnait en permanence un cigare. Il portait de grosses lunettes, derrière lesquelles perçait un regard vif et clair. Petrusky avait connu Cole enfant. Aussi, quand sa troisième femme avait porté plainte contre lui pour coups et blessures, il avait tout naturellement pensé à Cole pour le défendre. Belva avait perdu la tête quand son nouvel amant l'avait frappée. Elle avait alors accusé Ivan de tentative de viol. Cole avait flairé l'embrouille depuis le début. Il n'avait pas eu de mal à le prouver, d'autant plus que Belva était déjà dans le collimateur de la police. Ivan considérait Cole comme son sauveur. Il s'était juré depuis ce malencontreux épisode de ne plus jamais se marier.

— Tu vois de quoi je parle ? ajouta-t-il. Du meurtre dans les marais. Celui de Roy Kajak.

— Ce n'est pas moi qui ai fait ça, déclara Cole.

— Je ne te posais pas la question, assura Ivan en fronçant les sourcils au-dessus de ses lunettes en écaille. Mais tu cherches un endroit où te cacher et…

— Et je me suis adressé à toi parce que je sais que tu ne poses pas de questions.

Ivan haussa les épaules.

— D'accord. En tout cas, je t'offre un petit bijou à un prix dérisoire. Si ce n'était pas pour toi…

— Tu n'as pas besoin de me faire l'article, coupa Cole. J'ai déjà décidé de le prendre.

Il sortit de son portefeuille l'équivalent de deux mois de loyer et attendit qu'Ivan vérifie la somme avant de partir.

Ce n'était pas très grand, mais il s'en contenterait. Il comptait y installer un ordinateur et pirater une connexion wifi pour faire ses recherches. Il avait déjà fait des photocopies des papiers de l'attaché-case de Renner. Il ne lui restait plus qu'à charger les informations de son ordinateur sur un disque externe. Ensuite, il pourrait tout transmettre à la police.

Anonymement, bien sûr.

Pas question de porter le chapeau.

— Je te dis qu'il est dans le coup, fit Montoya en s'adossant à l'armoire à dossiers du bureau de Bentz.

Par la porte entrouverte leur parvenait un brouhaha de conversations, de cliquetis de claviers et de sonneries de téléphone, rehaussé de temps à autre par les protestations d'innocence d'un malfaiteur dont on enregistrait la déposition. Montoya sortit de la poche de son blouson en cuir un paquet de chewing-gums à la nicotine et défit l'enveloppe, tout en contemplant l'écran de l'ordinateur qui affichait les images du cadavre de Terrence Renner.

— Cole Dennis n'est pas étranger à tout ça, insista-t-il.

Bentz se renversa sur le dossier de son siège jusqu'à l'entendre craquer.

— Explique-moi de quelle manière, rétorqua Bentz.

— Je l'ignore, répondit Montoya en fronçant les sourcils d'un air sombre et en prenant un chewing-gum.

Sous les néons, ses cheveux noirs paraissaient presque bleus et ses yeux brillaient comme de l'obsidienne.

Il s'interrompit pour mâchonner rageusement.

— Il n'est pas stupide et je ne le range pas non plus dans la catégorie des psychopathes. Je l'imagine très bien en train d'assassiner un type qui aurait couché avec Eve. Mais ce n'est pas un malade assoiffé de sang et incapable de gérer ses émotions.

— Donc qui a tué Renner ? dit Bentz.

— Celui qui a tué Kajak, c'est presque certain.

— Et pour moi il ne s'agit pas de Dennis Cole.

Montoya ne répondit pas et rumina en silence.

— Nous sommes revenus à la case départ, dit Bentz.

Les affaires Kajak et Renner n'étaient pas les seuls homicides non résolus du département de police. Ils avaient sur les bras un type poignardé au bord du fleuve deux nuits plus tôt, apparemment pour une histoire de drogue, une femme violée et assassinée dans le quartier français, et une mort par balle, probablement accidentelle — un gamin avait trouvé le revolver de son père et tiré sur un copain sans se douter que l'arme était chargée.

Bentz en avait parfois par-dessus la tête de ce boulot. Et ces images sur son écran lui donnaient la nausée. Il supportait mal la vue des cadavres.

— C'est pour quand, le rapport préliminaire d'autopsie ? demanda-t-il.

— Ils font de leur mieux, mais on n'aura rien avant vingt-quatre heures, répondit Montoya. Pour le rapport définitif, il faudra attendre la fin de la semaine. Et les techniciens du labo, tu sais où ils en sont ?

Bentz soupira.

— J'ai commis l'erreur de poser la question à Washington et je me suis fait rudement rabrouer.

Bonita Washington dirigeait le laboratoire des experts. C'était une Afro-Américaine à la peau couleur café et aux yeux verts. Une femme remarquable dont le QI, d'après Bentz, pouvait rivaliser avec celui d'un génie. Elle ne supportait pas qu'on l'enquiquine, et Bentz avait appris à marcher sur des œufs avec elle. Il lui arrivait même de lui apporter son café pour l'amadouer. La première fois qu'il s'était présenté devant la porte de son bureau avec une tasse à la main, elle l'avait regardé par-dessus ses lunettes en hochant la tête d'un air sentencieux.

« Vous avez enfin compris qu'on n'attrape pas les mouches avec du vinaigre, inspecteur ? » avait-elle ironisé.

Il lui avait tendu sa tasse sans un mot et elle avait jeté un rapide coup d'œil au contenu avant de boire.

« Puisque tu as l'intention de me soudoyer, sache que j'adore les diamants, avait-elle ajouté. Un *caramel macchiato latte* peut aider, mais des diamants… Rien qu'un petit carat, et votre affaire se retrouve comme par miracle en haut du tas de dossiers que j'ai à traiter. »

Elle avait souri, puis bu une autre gorgée.

« Et si tu vas jusqu'à deux carats, alors là… »

« Tu exagères… Je ne cherche pas à te soudoyer. Je t'apporte simplement un café. »

Ses yeux verts l'avaient foudroyé et elle avait agité le gobelet de café.

« Il se trouve que c'est justement mon café préféré et, comme je ne crois pas au hasard, je suppose que tu t'es renseigné auprès de quelqu'un sur la meilleure façon de m'apprivoiser. »

Il s'était senti rougir de honte. Cette femme était un requin…

« Tu as besoin de quelque chose, Bentz, et nous le savons tous les deux. Seulement tu vas devoir attendre ton tour, comme tout le monde. Je manque de personnel et je croule sous le travail. Je suppose que tu le savais déjà, mais je préfère te le rappeler. »

Après cette longue tirade, elle avait fait volte-face pour retourner s'installer derrière son bureau couvert de paperasse, tout en murmurant entre ses dents quelque chose au sujet de ceux qui se croyaient plus malins que les autres. Puis elle avait ajouté, suffisamment fort pour qu'il entende : « Tu as de la chance que je t'aime bien. »

Trois heures plus tard, le rapport atterrissait sur le bureau de Bentz, avec deux jours d'avance sur le délai que la terrible Bonita lui avait annoncé. Depuis, ils se comprenaient.

Le téléphone de Montoya sonna et il répondit en faisant un signe du menton à Bentz avant de sortir du bureau. Il allait refermer la porte derrière lui quand il vit arriver Kristi, la fille de Bentz. Elle portait une jupe en jean moulante et un débardeur rose fuchsia. Elle le salua négligemment d'un « Salut, Reub » et se laissa tomber sur une chaise.

— Hello, papa, dit-elle, le souffle court.

Bentz songea qu'elle ressemblait beaucoup à Jennifer, sa mère, morte depuis de nombreuses années. Elle s'était fait récemment couper les cheveux et des mèches ébouriffées encadraient son joli visage. Ses yeux verts brillaient de curiosité. Elle débordait de vie et d'énergie et elle avait une présence lumineuse. Mais c'était sa fille… Il n'était peut-être pas objectif.

— Hello à toi, répondit-il.

— Je passais par là et je me suis dit que ça te dirait peut-être de sortir déjeuner ou de boire un café avec moi, proposa-t-elle avec un large sourire.

De nouveau, elle lui rappela Jennifer. Mais cet enthousiasme affiché éveilla sa méfiance.

— Déjeuner ? s'étonna-t-il en jetant un coup d'œil à sa montre. Mais il est presque 15 heures !

— D'accord, admettons qu'il soit un peu tard pour déjeuner… Alors disons un café. Avec un beignet. Au Café du monde.

Il consulta ostensiblement sa montre. Un beignet saupoudré de sucre en plein après-midi ne le tentait pas du tout.

— Kristi, si tu allais droit au but ?

— Que veux-tu dire ? demanda-t-elle d'un ton si innocent qu'il ne put s'empêcher de sourire.

— Ça fait combien de temps que je travaille dans ce commissariat ? répondit-il.

Comme elle ouvrait la bouche, il leva la main pour l'arrêter.

— Inutile de répondre. Je suis derrière ce bureau depuis des années et c'est la première fois que tu viens me proposer de déjeuner avec toi. Donc, avant d'accepter ton invitation, je te demande ce qui t'amène…

— Je m'incline devant tes dons de fin limier, dit-elle avec le plus grand sérieux.

— Tu n'es pas ici pour me couvrir de compliments, je suppose.

Elle avait quelque chose à lui demander. Il le sentait.

— Eh bien, non, avoua-t-elle en détournant les yeux.

Son regard tomba sur l'écran de l'ordinateur où les photos de la scène du crime étaient toujours affichées.

— Oh ! s'exclama-t-elle. C'est le Dr Renner ?

— Oui, dit Bentz en attrapant sa souris pour fermer le dossier.

Ses quartiers préférés de La Nouvelle-Orléans se mirent à défiler sur l'écran de veille.

— Ne tourne pas autour du pot, dit-il. Pourquoi es-tu venue me voir exactement ?

Elle ne chercha pas à lui mentir et ne lui servit pas la rengaine une-fille-a-tout-de-même-le-droit-de-rendre-visite-à-son-père. Elle poussa un soupir agacé et regarda au loin, à travers les carreaux de la fenêtre, puis elle tourna vers lui un visage sérieux.

— Je veux travailler avec toi sur une affaire.

Il secoua la tête.

— Tu n'es pas inspecteur de police. Pas même flic. Et en plus, tu es ma fille.

— Je ne parlais pas de jouer à l'inspecteur de police, mais d'un autre genre de travail, rétorqua-t-elle en insistant sur le mot « travail ».

— Et de quel autre genre ?

— Je voudrais écrire des articles.

A présent, il était tout ouïe. Elle lui avait déjà fait part de son désir d'écrire. Elle avait toujours été excellente élève en anglais, aussi bien au lycée qu'à l'université All Saints de Baton Rouge, où l'un de ses professeurs, le Dr Northurp, l'avait qualifiée de brillante — louange que Kristi avait savourée même si elle jugeait le Dr Northurp un peu loufoque. Elle avait déjà rédigé plusieurs articles pour des magazines et avait évoqué un projet de livre. Mais une enquête policière ?

— Ça m'intéresserait de parler d'un crime. Et je me suis dit qu'avec un père flic, j'aurais peut-être mes entrées…

— Tes entrées ? Tu sais bien qu'il est hors de question que je te laisse entrer, comme tu dis, dans une affaire en cours. Ce serait contraire à la déontologie et ça risquerait de compromettre le résultat de l'enquête.

— Même si je m'engage à garder le secret tant que l'assassin n'est pas démasqué ?

Il contempla longuement cette grande jeune fille intelligente et athlétique. Têtue aussi. Sa fille.

— Oui, même si tu me le promets.

— Dans ce cas, je m'adresserai à Montoya, dit-elle.

— Il te répondra la même chose que moi.

— A Brinkman, alors, insista-t-elle en redressant le menton, comme lorsqu'elle était enfant et qu'elle faisait un caprice. Ou bien à Noon.

— Tu ne supporterais pas Brinkman plus d'une seconde, rétorqua Bentz en songeant à quel point Brinkman pouvait être agaçant.

Il faisait du bon travail, mais il était misogyne. L'idée de sa fille côtoyant cet abruti lui donnait la nausée.

— Et Noon est un imbécile, poursuivit-il. Parfois j'ai même l'impression qu'il ne tourne pas rond.

Noon était un jeune inspecteur aux méthodes très personnelles.

— Tu as raison, dit-il brusquement. Je crois que nous pourrions aller déjeuner.

— Tu essayes de changer de sujet.

— Peut-être…

— Eh bien, je ne marche pas. Je suis sérieuse, papa, insista-t-elle en se levant d'un bond pour sortir tandis qu'il lui tenait la porte. Travailler pour une compagnie d'assurances ne me satisfait pas.

— Mais tu viens de commencer.

— Je me morfonds derrière un bureau depuis près de neuf mois.

Ils traversèrent la grande salle où les agents et les inspecteurs travaillaient dans leurs box respectifs.

— On ne peut pas dire que tu y aies passé ta vie.

— C'est vrai, mais j'ai d'autres ambitions, dit-elle tandis qu'ils commençaient à descendre l'escalier. Donne-moi une bonne raison de perdre mon temps dans cette compagnie d'assurances ?

— Je peux t'en donner plusieurs : factures de gaz, loyer, téléphone, internet, etc.

— Mais je ne te parle pas de démissionner, protesta-t-elle. Du moins pas tout de suite. Je veux d'abord écrire mon livre et le vendre.

— S'il se vend.

Ils étaient au rez-de-chaussée. Elle lui jeta un regard de reproche.

— Tu ne m'encourages pas beaucoup à écrire, papa.

— Je t'encourage à écrire, oui, mais ça ne m'empêche pas d'être réaliste. Viens par ici, suggéra-t-il en tirant sur son col.

On n'était qu'au mois de mai et il faisait déjà plus de vingt-six degrés.

— Il y a un restaurant à quelques pâtés de maisons qui sert à n'importe quelle heure un délicieux gombo.

Elle plissa le nez et, de nouveau, elle lui rappela Jennifer, si belle et si différente d'Olivia.

En songeant à sa nouvelle épouse, il ne put s'empêcher de secouer la tête. Elle représentait pour lui une énigme. Olivia Benchet Bentz était une très belle femme. Elle possédait un étrange sixième sens qui le déroutait complètement, mais elle était la meilleure chose qui lui soit jamais arrivée. Même si elle avait apporté en dot un chien surexcité répondant au nom de Hairy S, et un perroquet.

— Je n'aime pas le gombo, répondit Kristi tout en traversant au feu vert.

— Ne t'inquiète pas. Tu trouveras bien quelque chose qui te convient sur la carte.

— Tu ne connais même pas mes plats préférés, reprocha-t-elle.

— Aux dernières nouvelles, tu te nourrissais de tofu et de haricots.

— Très drôle.

Il rit et lui tint la porte pour entrer dans le restaurant. Le riche fumet de la cuisine cajun vint lui chatouiller agréablement les narines. Ils s'installèrent dans un box. Les banquettes étaient de bois sombre, avec de hauts dossiers et de fins coussins.

Ils partagèrent un panier de crevettes et d'écrevisses, avec de longues frites coupées en spirales. Tout en buvant son thé glacé, Kristi tenta encore de convaincre son père qu'il devait l'aider à écrire son livre.

— N'insiste pas, je refuse catégoriquement de te mettre dans le secret de l'affaire Renner, trancha-t-il. Si tu veux, je peux à la rigueur te parler d'une affaire résolue.

Il plongea une longue frite dans un bol rempli de Ketchup.

— J'ai ma petite idée, poursuivit-il.

Elle le fusilla du regard.

— Je vois bien que tu fais allusion au tueur en série qui m'avait enlevée, celui qui se faisait appeler l'Elu. Pourquoi te replongerais-tu là-dedans ? Tu n'en as pas assez bavé avec ça ?

— Pourquoi ? Mais pour les mêmes raisons que toi.

Il prit un air renfrogné et poussa le panier d'écrevisses et de crevettes pour se pencher par-dessus la table.

Quand il repensait à cette peur noire qui l'avait saisi durant les heures où ce salaud avait séquestré Kristi et Olivia, il en avait des sueurs froides.

— C'est fini, papa, tu sais, je n'y pense plus.

Il n'en crut pas un mot. On se remettait difficilement d'un tel traumatisme.

Ils terminèrent de manger en silence et il régla la note.

— Je tiens vraiment à suivre une enquête, reprit-elle au moment où ils quittaient le restaurant. J'avais espéré que tu accepterais de me donner un coup de pouce.

Il se tourna vers elle pour lui répondre. Elle s'apprêtait à descendre du trottoir pour traverser quand il capta vaguement du coin de l'œil un éclair chromé. Instinctivement, il l'attrapa par le bras et la tira vers lui. Une moto passa en trombe en la frôlant.

— Mince alors ! s'exclama Kristi avec des yeux exorbités.

Bentz essaya de lire la plaque d'immatriculation, mais la moto avait déjà filé. Il sentait tous ses muscles tendus comme les cordes d'un arc. Kristi l'avait échappé belle. Il se rendit compte qu'il lui broyait toujours le bras et le lâcha.

— Désolé si je t'ai fait mal, dit-il.

— Non… ça va…, murmura-t-elle.

Mais elle tremblait encore.

— Je l'avais vu et entendu, mais je ne pensais pas qu'il passerait si près du trottoir, ajouta-t-elle.

— Moi non plus, mais on n'est jamais trop méfiant, la preuve.

De nouveau, il lui prit le bras et le pressa gentiment.

— J'ai préféré ne pas prendre de risques.

— Je vois… Ecoute, papa, pour en revenir à notre discussion, je te répète que je suis déterminée à écrire sur une affaire criminelle. Et ce sera probablement une des tiennes. Que tu m'aides ou pas. Donc…

Elle lui fit son plus beau sourire.

— Il va falloir que tu te fasses à cette idée.

14.

Eve se tenait de l'autre côté de la paroi vitrée. Une main tira le drap pour découvrir le corps de Terrence Renner. Il avait les yeux fermés, la peau blanche. Elle songea à tout ce qu'elle aurait voulu lui dire et qu'elle ne lui dirait jamais. Ils avaient été proches autrefois, il y avait bien longtemps, quand elle était encore une petite fille, quand sa mère était encore vivante. Après la mort de Melody, ils s'étaient peu à peu éloignés. Et puis il y avait eu Tracy Aliota, cette jeune fille soignée par Terrence et qui n'avait plus voulu de la vie. La police n'avait pas jugé bon d'inculper le médecin qui la suivait, mais la famille avait tenu à le traîner devant une cour de tribunal. Cole Dennis, le meilleur avocat du célèbre cabinet O'Black Sullivan and Kravitz, avait persuadé le jury que Terrence Renner avait correctement soigné Tracy, qu'il avait fait tout ce qui était possible, qu'il n'avait pas commis d'erreur de diagnostic, qu'il n'était en rien responsable de la mort de sa patiente.

Il avait convaincu les jurés et la cour. Mais pas la famille de Tracy. Ni Eve.

Je regrette tant, papa, si tu savais… Si seulement j'avais osé te parler… Si seulement…

— Mademoiselle Renner ? demanda tout bas Montoya.

— C'est bien lui, dit-elle en hochant la tête.

La vue du cadavre lui nouait le ventre. On l'avait lavé, mais elle distinguait nettement l'entaille au niveau de son cou et le sombre tatouage sur son front.

Elle imagina les dernières secondes de sa vie. Son angoisse. Sa peur.

Elle renifla discrètement et essuya d'une main tremblante les larmes qui coulaient de ses yeux.

— Ça va ? fit Montoya.

Elle acquiesça, puis s'éclaircit la gorge. La migraine qui était devenue sa compagne habituelle menaçait d'exploser dans son crâne. Elle décida de l'ignorer.

— Il faut que vous trouviez le salaud qui a fait ça, dit-elle à Montoya.

— Je m'y efforce, vous pouvez me croire. Mais j'ai quelques questions à vous poser.

— Allez-y.

— Je préférerais que nous montions dans les locaux de la criminelle.

— Où vous voudrez.

Elle s'en fichait. Elle avait juste envie d'en finir au plus vite.

— Très bien, dit Montoya.

Ils rejoignirent Bentz. Son bureau était jonché de rapports et de vieux gobelets de café. Une vieille plante se desséchait sur un meuble. En dépit de la fenêtre ouverte par laquelle filtraient les bruits de la rue, l'atmosphère de la pièce était étouffante. Tout en écoutant le grondement sourd des pneus et des moteurs qui couvrait les accents passionnés d'un prêcheur suppliant les passants « d'accepter Jésus dans leur cœur », Eve contemplait deux pigeons qui folâtraient sur le rebord.

Montoya ne prit pas la peine de s'asseoir, il s'adossa à l'armoire contenant les dossiers.

— Que voulez-vous savoir ? demanda Eve tandis que Bentz écartait quelques papiers pour installer son magnétophone sur un vieux sous-main taché de ronds de café.

Il appuya sur le bouton de l'appareil et annonça la date, l'heure et les personnes présentes dans la pièce.

— Comment avez-vous appris la mort de votre père ? demanda-t-il.

Elle leur parla du coup de fil d'Anna Maria et de celui qu'elle-même avait passé à son père, en se gardant bien de mentionner la visite de Cole et le fait qu'elle pensait avoir été suivie. Pendant tout ce temps, Montoya ne bougea pas et n'ouvrit pas la bouche. Il avait apparemment décidé de laisser Bentz mener l'entretien qui dura près d'une heure. Au moment où elle croyait que c'était terminé, Montoya fit un pas en avant et vint se placer devant le bureau de son partenaire.

— Mademoiselle Renner, je vais aller droit au but, dit-il. Votre histoire se tient, à un détail près. Nous avons, comme vous vous en doutez, écouté le message que vous avez laissé à votre père. Or, il se trouve que vous l'avez appelé avant de recevoir le coup de fil de votre belle-sœur. J'en ai fait une copie…

Il sortit un petit appareil enregistreur de sa poche et le mit en marche.

Eve tenta de conserver son calme, mais ses doigts se crispèrent quand elle reconnut sa voix. Une voix qui trahissait la panique.

Papa, c'est Eve. Excuse-moi de te déranger en pleine nuit, mais je voulais te dire que j'étais rentrée à La Nouvelle-Orléans et… Je sais que j'aurais pu te prévenir plus tôt. Rappelle-moi dès que tu peux…

— Ça, c'était à 2 h 51. Un peu plus tard, à 3 h 02, il y a eu celui-ci…

Terrence ? C'est Anna Maria. Je voulais juste m'assurer que tout allait bien. Pourrais-tu me rappeler ? Tu te souviens de mon ami journaliste ? Il a cru entendre qu'il y avait eu un problème du côté de chez toi. C'est pour ça que je m'inquiète. Kyle n'est pas à la maison en ce moment, mais tu peux sans doute le joindre sur son portable. Ou m'appeler ici. D'accord ? S'il te plaît… Juste pour me dire que tu n'as pas d'ennuis. Je t'aime.

— Vous comprenez ce qui me chiffonne ?

— Non… Je ne crois pas…

— Vous saviez que votre père avait un problème avant que votre belle-sœur vous prévienne.

Les deux inspecteurs la scrutèrent en silence pendant quelques minutes.

— Non, protesta-t-elle. Je voulais juste parler à mon père.

Il n'était pas question de leur avouer maintenant que Cole l'avait mise au courant.

— Admettons... Savez-vous que c'est un homme qui a prévenu la police que votre père avait été assassiné ?

— Qui ?

— Nous l'ignorons. Mais nous allons comparer l'enregistrement du 911 aux voix enregistrées que nous possédons déjà. Si je vous en parle, c'est parce que je me demande si vous n'auriez pas déjà une hypothèse.

Elle avala sa salive avant de répondre.

— Non. Je n'en ai pas. Vous croyez que celui qui a donné l'alarme est aussi l'assassin de mon père ?

— Son assassin ou un simple témoin. Tout est possible.

Il croisa les bras sur sa poitrine et le cuir de son blouson crissa.

— Nous avons presque trop de pistes, pour tout vous dire.

— Il ne vous vient rien à l'esprit qui pourrait nous aider à choisir la bonne ? intervint Bentz.

— Peut-être... Oui.

Ils attendirent.

— J'ai l'impression que quelqu'un me suit en ce moment. Quelqu'un qui me donne des coups de fil anonymes pour me répéter toujours la même phrase.

— Quelle phrase ?

— « Il est libre. » C'est une voix d'homme, il me semble. Une voix grave et rauque. Je pense qu'il murmure pour la déguiser. Mais je n'ai pas la moindre idée de qui ça pourrait être.

— Vous pensez qu'il fait allusion à Cole Dennis ou bien à quelqu'un d'autre ?

— A Cole Dennis. Les appels ont commencé le jour où il est sorti de prison.

Le visage de Bentz s'assombrit. Montoya lui jeta un drôle de regard qu'Eve ne put déchiffrer.

Elle attrapa son sac et en sortit l'enveloppe Kraft.

— J'ignore si ça a un rapport avec le meurtre de mon père, mais il se trouve qu'il m'arrive tout de même des choses bizarres. J'ai été suivie depuis Atlanta et quelqu'un a glissé cette enveloppe dans ma voiture.

Montoya l'attrapa en utilisant un mouchoir, puis il en déversa le contenu sur le bureau de Bentz, près du magnétophone. Les petits morceaux de papier aux bords réguliers tombèrent comme des flocons de neige sur le sous-main en buvard. Ils ressemblaient à des découpages d'enfants.

— Des articles de journaux ? s'étonna Montoya.

— Mon père était chef de service à l'hôpital Notre-Dame-des-Vertus pendant un certain temps, et cette femme, Faith Chastain, a dû être une de ses patientes.

Montoya tourna brusquement la tête vers Eve.

— Faith Chastain ?

— Tous ces articles parlent d'elle. Si l'homme avait seulement voulu mentionner l'hôpital, il aurait pu en trouver d'autres. Faith Chastain me semble au centre du message. On y parle aussi de vous deux.

— Et vous prétendez ignorer qui vous a transmis ces articles et pourquoi ? demanda Montoya d'un ton laconique.

Eve secoua la tête.

— Quelqu'un a ouvert ma portière et les a déposés à mon insu dans ma boîte à gants. Pourquoi, je n'en ai pas la moindre idée.

Le visage de Montoya se rembrunit encore. Il lui fit raconter son histoire plusieurs fois de suite. Il l'interrogea longuement sur le véhicule qui l'avait suivie, mais elle ne put lui fournir aucun détail. Tout ce qu'elle savait, c'était qu'il s'agissait d'un grand pick-up noir aux vitres teintées.

— Je pense que c'est une voiture américaine, mais je n'en jurerais pas.

— Et cette voiture circule en ce moment à La Nouvelle-Orléans.

— Je ne suis pas certaine de ça non plus. Il me semble qu'on m'a encore suivie ce matin.

— Pouvons-nous les garder ? demanda Bentz en désignant les articles du menton.

— Bien entendu.

— Quelqu'un d'autre que vous les a touchés ?

Elle songea à Cole qui avait failli en lire un. Elle avait bien fait de l'en empêcher.

— Pas depuis qu'ils sont en ma possession, non.

— Vous les avez montrés à quelqu'un ?

— Non, inspecteur. Je ne les ai que depuis hier et je n'ai vu personne.

Elle espéra que ce nouvel élément ne leur donnerait pas envie d'interroger ses voisins. Mme Endicott, par exemple, laquelle en avait assez entendu pour montrer Cole du doigt.

— Pouvez-vous nous parler de vos relations avec votre père ? demanda Montoya.

Le magnétophone enregistrait toujours et Bentz griffonna quelques notes sur un petit carnet à spirales.

— Nous étions très proches lorsque j'étais enfant, puis nous nous sommes peu à peu éloignés quand je suis devenue une adolescente. Depuis peu, ça s'était légèrement aggravé. Pas au point de couper les ponts, mais tout de même…

— Depuis le meurtre de Roy Kajak ?

— Non, ça datait d'avant.

— Depuis que vous fréquentiez Cole Dennis.

— Non, pas vraiment.

— Pas vraiment…

— Depuis que mon père avait dû essuyer un procès pour négligence médicale.

Elle ne s'étendit pas sur le sujet et Montoya passa brusquement à autre chose.

— Votre mère est morte ?

— Oui.

— Comment ?

— D'une attaque cardiaque. Ça fait une quinzaine d'années. J'avais seize ans. Pourquoi cette question ?

— Routine… Pour le dossier. L'un de vos frères vit à Atlanta et l'autre à…

— A Phoenix. Enfin, à Mesa, plus exactement. Mais les deux sont en ce moment à La Nouvelle-Orléans. Van, le plus jeune des deux, vient de m'appeler pour me dire qu'il était ici pour son travail. Il m'a annoncé que Kyle arrivait.

— Ils vont rester chez vous ?

— J'en doute. Van n'a pas évoqué cette possibilité et je sais que Kyle préfère l'hôtel. Il n'aime pas dépendre de quelqu'un.

— Vraiment ? demanda Bentz. C'est l'unique raison ?

Eve haussa les épaules.

— Nous n'incarnons pas l'archétype de la famille heureuse et unie, soupira-t-elle. Mon père a reconnu Kyle et Van quand il a épousé ma mère et ils étaient déjà adolescents. Quant à moi, ils m'ont adoptée.

Les yeux de Montoya devinrent aussi noirs que la nuit.

— Terrence Renner n'est donc pas votre père biologique ?

— C'est exact.

— Et qui est donc votre vrai père ? demanda Bentz en se penchant en avant, le stylo en suspens.

— Je ne connais pas l'identité de ceux qui m'ont mise au monde, répondit Eve. J'ai posé la question à plusieurs reprises, mais j'ai compris aux réponses qu'on me faisait que mes géniteurs n'avaient pas souhaité garder contact avec moi.

Sa bouche trembla un peu.

— L'adoption a été arrangée en privé, par un avocat. Maman est morte avant que je puisse obtenir d'elle des informations concrètes et papa… Papa a toujours été très vague quand j'abordais le sujet. Mais je n'ai pas perdu espoir de retrouver un jour mes parents biologiques. Qu'est-ce que je risque ? Qu'ils me claquent la porte au nez ?

Elle soupira de nouveau.

— Sauf que je ne sais pas comment m'y prendre.

Montoya se gratta le bouc d'un air embarrassé pendant que Bentz enchaînait :

— Il nous faudrait les numéros de téléphone de vos deux frères.

Elle leur dicta celui du domicile de Kyle, à Atlanta, puis fouilla dans son sac pour en sortir son portable. Elle leur donna les numéros des portables de Kyle, d'Anna et de Van.

— Van s'est installé récemment à Mesa, pendant ma convalescence, et j'ai pris l'habitude de le joindre sur son portable, expliqua-t-elle.

— On s'en contentera, affirma Bentz en notant. Connaissiez-vous des ennemis à votre père ?

Elle songea aussitôt aux parents et aux frères de Tracy Aliota, à leur désespoir quand ils avaient entendu résonner le verdict « Non coupable ». La mère de Tracy avait failli s'évanouir dans les bras de son mari. Quant au plus âgé des frères, J.D., elle n'oublierait jamais son visage rouge de colère et ses yeux brillant de haine.

— Des ennemis…, dit-elle. Oui, il avait des ennemis.

Elle leur exposa rapidement les griefs de la famille Aliota.

— Ils n'étaient sûrement pas les seuls à être mécontents des services de mon père, mais personne n'a été jusqu'à le poursuivre en justice. Il était psychiatre, ce n'est pas un métier facile.

— Il s'occupait de psychotiques ?

Elle acquiesça en silence.

— Et des ennemis personnels ? demanda Montoya.

Elle fouilla dans sa mémoire.

— Le père de mes deux frères, Ed Stern, ne l'aimait pas beaucoup. D'après ce que j'ai cru comprendre, il le rendait responsable du divorce d'avec ma mère, pourtant il était sorti de sa vie depuis longtemps quand elle a rencontré mon père. Il avait même déjà abandonné ses droits paternels. Je ne l'ai jamais rencontré et je crois que mes parents ne le voyaient pas non plus.

Bentz continuait à prendre des notes.

— Quelqu'un d'autre ?

Elle secoua la tête.

— Il me semble qu'il était en conflit avec un voisin au sujet d'une route d'accès qui passait par sa propriété. Hugh Capp, je crois. Mais ça fait quelques années. Ils ont dû résoudre le problème depuis.

— Et parmi ses collègues ?

— Je n'en sais rien.

— Des patients alors ? D'autres membres du personnel de Notre-Dame-des-Vertus ? Après Notre-Dame-des-Vertus, il a ouvert un cabinet, c'est bien ça ? Un petit hôpital privé lui adressait des malades, si je me souviens bien…

Bentz tourna quelques pages de son carnet.

— St Andrew, dit-il. Pas loin de Slidell.

— C'est vrai, dit-elle. Mais il faudrait plutôt demander à quelqu'un qui travaillait là-bas.

Elle sentait de nouveau venir la migraine.

— Ou consulter les archives. Il doit bien y avoir des dossiers quelque part.

Ils lui posèrent encore quelques questions avant de clore l'interrogatoire, le temps pour son mal de tête de prendre une vitesse de croisière. Montoya la guida ensuite à travers la grande salle de la criminelle et il descendit même l'escalier avec elle. Une fois dehors, et seule, elle soupira de soulagement.

Les nuages s'agglutinaient maintenant dans le ciel et les ombres s'étaient allongées. L'air était épais et humide. Elle s'enroula frileusement dans les pans de sa veste.

En regagnant sa Camry, elle ne put s'empêcher de jeter un coup d'œil par-dessus son épaule. Une fois de plus, elle eut la sensation d'une présence malveillante. Un frisson glacé courut le long de sa nuque tandis qu'elle se retournait pour scruter lentement les trottoirs et la rue.

Une femme avançait en poussant un chariot. Deux adolescents marchaient main dans la main, en écoutant leur iPod. Un vieil homme promenait son chien. Quelques usagers attendaient à l'arrêt de bus. Un homme installé dans une berline gris métallisé étudiait une carte d'un air renfrogné, comme s'il était complètement perdu. Un groupe de jeunes gens aux cheveux ébouriffés circulaient en planches à roulettes à travers la foule. Un mendiant dont la pancarte annonçait qu'il était sans abri et vétéran de guerre jouait un tube des années quatre-vingt, avec l'étui de sa guitare ouvert devant lui. Le prêcheur de tout à l'heure était toujours là, à distribuer ses prospectus et à supplier les passants d'accepter Jésus comme leur sauveur.

Mais la silhouette menaçante de l'homme aux lunettes de soleil n'était pas en vue, pas plus que son pick-up noir aux vitres teintées. Le seul pick-up qu'aperçut Eve appartenait à une boutique de fleurs et le conducteur était une jeune fille qui devait avoir tout juste seize ans.

Personne ne prêtait la moindre attention à elle, pourtant elle avait toujours la sensation d'être épiée.

— Ne dis rien, je sais ce que tu penses, fit Bentz quand Montoya le rejoignit dans son bureau. Tu penses qu'Eve Renner est l'enfant caché de Faith Chastain. Je t'accorde que l'âge pourrait correspondre, qu'Eve est une enfant adoptée et que quelqu'un a cru bon de lui déposer des articles parlant de Faith dans sa voiture. Ces trois éléments plaident en faveur de ton hypothèse. Mais il ne s'agit que d'une hypothèse, je te le rappelle.

— Une hypothèse qu'il faut se donner la peine de vérifier, répondit Montoya.

— Nous sommes d'accord, concéda Bentz en tapotant le côté gomme de son crayon sur le bureau.

— Nous pourrions lui proposer une recherche ADN.

Bentz jeta un regard distrait vers la fenêtre. Les pigeons n'avaient toujours pas bougé.

— Ce n'est pas du ressort de la police, rétorqua-t-il. Une femme a le droit d'avoir un enfant et de ne pas vouloir en parler.

— Oui. Mais cette femme arborait à la racine des cheveux un étrange tatouage qu'on lui a sans doute fait contre sa volonté.

— Cette femme est morte depuis plus de vingt ans, Montoya. Nous savons comment et nous avons pu établir qu'un médecin de l'hôpital abusait d'elle. Mais, en ce qui concerne le tatouage, nous ne pouvons rien affirmer.

— Oh, je t'en prie. Cette femme a été brutalisée. Physiquement et moralement.

— Je sais, reconnut Bentz au bout de quelques minutes de réflexion. Mais c'est une vieille affaire. Une affaire classée et résolue.

— Ah oui ? Et ces articles de journaux ? rétorqua Montoya en montrant du doigt les coupures étalées sur le bureau de Bentz.

— C'est vrai…, murmura Bentz en baissant les yeux vers les petits bouts de papier aux bords découpés.

— Roy Kajak a passé de nombreuses années à Notre-Dame-des-Vertus, poursuivit Montoya. Il était le fils du jardinier. Et ensuite il y a été interné.

— Terrence Renner y était médecin, grommela Bentz comme pour lui-même.

— Une fois de plus, tout nous ramène vers cet hôpital, insista Montoya. Et je te rappelle que tu ne crois pas aux coïncidences.

— Bon. Je suppose que tu as une idée, je t'écoute.

— Nous pourrions proposer à Eve Renner d'établir son profil ADN et de le comparer avec celui d'Abby. Si Eve est bien la fille de Faith, nous devrions trouver des points communs.

— Pas besoin de demander à Abby, nous possédons le profil ADN de Faith Chastain dans nos dossiers. Tout ce qu'il nous faut, c'est celui d'Eve. Mais rien ne dit qu'elle voudra coopérer.

— Elle nous cache quelque chose, dit Montoya tout en tapotant machinalement la poche de sa chemise, là où il rangeait autrefois son paquet de cigarettes.

Comme elle était vide, il fourra ses poings dans les poches de son blouson de cuir.

— C'est aussi mon impression, avoua Bentz.

— D'un autre côté, il ne faut pas oublier qu'elle est encore en convalescence, poursuivit Montoya comme pour se convaincre lui-même. Elle souffre de problèmes de mémoire et, si tu veux mon avis, elle est un peu folle.

— Sans doute, répondit Bentz. Mais les articles, elle ne les a tout de même pas inventés. Donc, quelqu'un s'intéresse à elle et ce quelqu'un pourrait être notre meurtrier, qui sait ?

Il ouvrit le tiroir de son bureau et en sortit un flacon contenant des pastilles digestives. Il commençait à avoir des aigreurs d'estomac.

— Je ne comprends toujours pas ce que vient faire là-dedans Faith Chastain, une femme morte depuis plus de vingt ans, déclara-t-il en avalant deux pastilles.

Montoya ne tenait plus en place, il faisait les cent pas devant le bureau, tout en malmenant le diamant de sa boucle d'oreille.

— Tu te souviens du jour où nous avons épinglé le dingue qui séquestrait Abby à Notre-Dame-des-Vertus ?

Bentz comprit aussitôt où il voulait en venir. Avant de mourir, l'assassin avait juré que ça ne s'arrêterait pas, et cette menace avait impressionné Montoya. Et à présent, il y pensait de nouveau. A cause de ces articles découpés aux ciseaux à cranter.

— Pas de précipitation, avertit Bentz. Commençons par envoyer ça au labo pour expertise et voyons ce qu'ils peuvent en tirer.

— Il faut que j'en parle à Abby, dit Montoya qui s'apprêtait déjà à passer la porte.

De l'autre côté du seuil, il fit brusquement volte-face.

— Procure-moi des photocopies de ces coupures, dit-il.

Bentz acquiesça.

— Pas de problème.

Il suivit des yeux Montoya qui passait au milieu des box avant de disparaître dans l'escalier, puis contempla d'un air dubitatif les articles qui recouvraient son bureau.

Est-ce que ces bouts de papier avaient vraiment un rapport avec les deux récents meurtres ?

Il se promit de faire quelques recherches au sujet des frères d'Eve, de sa mère adoptive, et si possible, de ses parents biologiques. Et aussi, tant qu'il y était, de rendre visite à la mère supérieure du couvent Notre-Dame-des-Vertus, même si ça ne l'emballait pas plus que ça.

Il se tourna vers son ordinateur et chercha des photographies de

Faith Chastain dans son dossier. Elle était belle, avec des pommettes hautes, un nez droit, des yeux dorés, une magnifique tignasse de boucles rousses. Abby Chastain lui ressemblait terriblement. Mais Eve Renner ? On pouvait leur trouver des points communs, oui, mais ça ne voulait rien dire.

Il tapota son bureau avec la pointe de son crayon, puis enfila des gants pour remettre les coupures de journaux dans l'enveloppe qu'il avait l'intention d'apporter au labo. Il ne savait pas encore ce qui se passait, mais il savait déjà que ça ne lui plaisait pas.

15.

Deeds était en retard.

Et en colère.

— Dis-moi que tu n'as rien fait de grave, s'il te plaît, supplia-t-il tout en faisant signe au barman de lui apporter une bière.

Le O'Callahan's était un établissement sombre et frais aux banquettes de bois d'acajou et en cuir usées par le temps. Ça sentait le cigare, le vieux whisky, les épices de la cuisine cajun.

— Non, je n'ai pas fait de bêtise.

Deeds s'abstint de le traiter de menteur et se contenta d'attraper son pichet de bière. Il but une longue rasade, puis jeta un coup d'œil vers les clients — pour la plupart accoudés au bar, le nez levé vers l'écran de télévision scellé au plafond. Des enceintes invisibles diffusaient une douce musique de jazz. Un homme s'amusait à lancer des fléchettes sur une cible, tout au fond de la salle, près des toilettes. L'ambiance était calme, paisible, sobre.

— Tu voudrais me faire croire que tu te tiens à carreaux ? fit Deeds d'un ton sceptique tout en plongeant sa main avide dans le bol de cacahouètes et de noix de cajou que le barman avait placé entre eux.

— Oui

— Donc, Eve Renner n'est pas rentrée en ville et tu n'as pas tenté de la voir, insista Deeds en fourrant une pleine poignée du mélange salé dans sa bouche.

— Je ne peux pas te dire ça, avoua Cole.

— Je le savais ! Mais enfin, Cole, tu as perdu la tête, ma parole !

— Peut-être bien.

— Ce n'est pas le moment de plaisanter, gronda Deeds.

Il prit de nouveau une longue gorgée de bière, contempla son reflet dans le miroir et ajouta sèchement :

— Explique-moi exactement ce qui se passe, ordonna-t-il.

Cole lui expliqua tout.

Enfin, presque tout. Il lui parla de l'appel de Terrence Renner et de sa visite à la ferme. Mais pas de l'argent, ni de l'ordinateur, ni de sa rencontre avec Eve.

— Renner était mort quand je suis arrivé là-bas, conclut-il. Et pas depuis longtemps. Il ne respirait plus et il n'avait plus de pouls.

Il soupira et baissa la voix.

— Il y avait des chiffres sur le mur. Tracés avec du sang. Et un tatouage sur son front.

— Comme Kajak, commenta Deeds en continuant à grignoter les amuse-gueules.

— Sauf que le nombre était 101 au lieu de 212.

— Tu penses que le détraqué qui a fait ça est celui qui a tué Roy ?

— Je ne vois pas d'autre explication.

— Mais pourquoi avoir changé les chiffres ?

— Je l'ignore, fit Cole en secouant la tête avant de boire lui aussi sa bière. Soit l'assassin s'est trompé, soit ces chiffres ont un rapport avec la victime qu'ils désignent. Qui peut le savoir ?

— Lui, il doit le savoir.

— Je n'arrête pas d'y réfléchir, mais je ne trouve pas une explication cohérente.

— Tu vas devoir faire une déposition.

— C'est ça… Pour qu'ils m'accusent encore de meurtre.

— Pourquoi aurais-tu tué Renner ? Le jour de ta sortie de prison ? Ça n'aurait aucun sens.

Deeds frotta ses mains couvertes de sel avant de reprendre son pichet.

— En tout cas, c'est bien ce que je disais, poursuivit-il. Tu n'as pas pu te tenir tranquille.

— Mais Renner m'a appelé, tu comprends ? Ou en tout cas quelqu'un qui s'est fait passer pour lui.

— Très bien. Et Eve ? Je sais qu'elle est rentrée à La Nouvelle-Orléans. Je parie que tu l'as vue.

Cole contempla fixement sa bière sans répondre.

Deeds secoua la tête d'un air las.

— Je t'ai déjà prévenu de te tenir à distance de cette femme, donc je ne vais pas recommencer. Mais sers-toi de ton intelligence, bon sang ! C'est important. Tu as intérêt à faire très attention. Quelqu'un essaye de te piéger.

Il reposa son pichet vide sur la table.

— Quelqu'un qui a essayé de t'attirer sur les lieux d'un crime. Comme il y a trois mois.

Cole ne riposta pas. Il avait toujours nié s'être rendu dans cette cabane en plein marais le soir de la mort de Roy Kajak. Personne ne savait que la mémoire d'Eve n'était qu'en partie défaillante.

Et il n'allait pas tout avouer maintenant.

« Nous vous proposons un test ADN, si vous êtes d'accord. Il suffit d'un simple prélèvement de bouche… »

Tout en écoutant l'inspecteur Bentz qui l'avait appelée sur son portable, Eve manœuvrait pour entrer dans son allée. Elle se gara et laissa tourner le moteur le temps de digérer la nouvelle. Faith Chastain aurait donné naissance à un bébé durant l'un de ses séjours à Notre-Dame-des-Vertus et on recherchait toujours l'enfant.

— Donc, vous croyez que je pourrais être l'enfant caché de Faith Chastain ?

— C'est exact.

— Et celui qui a glissé ces articles dans ma voiture serait au courant.

— Tout à fait.

— Pourquoi ne pas m'avoir contactée plus tôt ?

— Ce sont les articles qui nous ont mis la puce à l'oreille. Jusque-là, nous recherchions l'enfant, mais nous n'avions aucune piste.

— Seigneur, murmura-t-elle en fixant le pare-brise rayé par les vieux essuie-glaces.

— Nous allons réclamer le dossier médical de Faith Chastain par voie légale, mais l'hôpital Notre-Dame-des-Vertus est fermé depuis des années et cela risque d'être long. Heureusement, nous possédons déjà le profil ADN de Faith. C'est pourquoi nous avons pensé le comparer au vôtre.

— C'est d'accord, dit-elle. Quand ?

— Le plus tôt sera le mieux. Contrairement à ce qu'on voudrait faire croire dans les séries télévisées, cela va prendre des semaines, même si on le fait passer en priorité.

— Puis-je venir tout de suite ?

— Si ça ne vous dérange pas trop.

— Me déranger ? Vous voulez rire ! Je ferais n'importe quoi pour retrouver mes parents biologiques.

Elle enclenchait déjà la marche arrière.

— J'arrive, dit-elle.

Bentz lui expliqua où se trouvait le labo.

Elle s'enfonça dans les rues de la ville. Elle avait l'esprit en ébullition. Si Faith Chastain était sa mère, alors Abby Chastain, la femme qui vivait avec l'inspecteur Montoya, était sa demi-sœur. La théorie des six degrés de séparation était battue à plate couture.

— De plus en plus bizarre, se dit-elle tout en se faufilant entre les voitures.

Il pleuvait quand elle arrêta sa voiture devant l'entrée du labo où Bentz l'attendait déjà. Un technicien souriant fit le prélèvement tout en promettant à Bentz de lui remettre les résultats aussi vite que possible.

Cela ne prit que quelques minutes.

Elle allait bientôt savoir si elle était vraiment la fille de Faith Chastain.

*
* *

Abby venait de terminer une séance photo quand Montoya entra dans son studio. Il salua le client qu'il croisait sur le pas de la porte, referma soigneusement derrière lui et la souleva dans ses bras en tournant sur lui-même, en l'embrassant comme s'il ne devait jamais s'arrêter.

— Hé, mais qu'est-ce qui te prend ? protesta-t-elle quand il la reposa.

Il lâcha la bombe sans préambule.

— Eve Renner pourrait être l'enfant de Faith.

— Eve Renner ?

Elle le contempla d'un air abasourdi.

— Vas-y, dit-elle. Explique-moi tout.

Elle était surexcitée. Sa famille comptait peut-être un nouveau membre. Eve Renner…

Montoya fit de son mieux pour se montrer concis. Abby l'écouta attentivement, en fronçant les sourcils au moment où il en vint au pick-up noir.

— C'est inquiétant, reconnut-elle. Mais est-ce qu'on peut vraiment croire tout ce qu'elle dit ? Elle souffre d'une amnésie post-traumatique.

Elle éteignit les lumières du studio et brancha le système de sécurité.

— Tu crois vraiment qu'elle pourrait être ma sœur ? demanda-t-elle. C'est une enfant adoptée et son père travaillait à Notre-Dame-des-Vertus, c'est vrai, mais…

— Je dis simplement que c'est possible, coupa Montoya.

— Mouais…

Ils sortirent. Le crépuscule étendait ses longs doigts couleur lavande à travers les rues de la ville et l'air était lourd d'humidité à cause de la pluie qui menaçait. Montoya prit Abby par les épaules et l'entraîna jusqu'à sa rutilante Mustang noire garée sur un stationnement interdit.

— Un de ces jours, tu ne vas pas retrouver ta voiture, prédit-elle.

— Mais non…, la rassura-t-il en souriant de toutes ses dents. J'ai toujours eu de la chance…

Ses cheveux étaient plus longs que de coutume et ils brillaient tant qu'ils paraissaient bleus à la lumière des réverbères. Il sentait l'eau de toilette et la cigarette. La cigarette ? Il avait dû recommencer à fumer… Sans doute à cause du stress. Elle en déduisit que l'affaire Renner lui donnait sérieusement du fil à retordre. Elle décida de ne pas l'accabler et de ne faire aucune remarque à ce sujet, mais, lorsqu'elle entra dans la voiture, le paquet de Marlboro ouvert sur le tableau de bord confirma ses doutes.

— Nous avons l'intention de comparer le profil ADN d'Eve avec celui de ta mère, mais ça va prendre du temps.

— Je ne compte pas rester les bras croisés en attendant, dit-elle tandis qu'il mettait le moteur en route.

Il conduisit à travers les rues comme un pilote de rallye, avec Abby agrippée à la poignée de sa portière.

— Je vais essayer de tirer les vers du nez aux religieuses du couvent, annonça-t-elle. Elles savent peut-être quelque chose.

Montoya bifurqua dans Charles. Ce n'était pas le chemin pour rentrer.

— Où allons-nous ? demanda-t-elle.

— Ça te dirait de dîner dehors ?

— Dîner… Tu veux parler de grignoter en vitesse avant de retourner au commissariat ?

— Euh… Oui.

— Dans ce cas, je préférerais qu'on s'achète quelque chose chez le traiteur, dit-elle en consultant sa montre. Hershey et Ansel ne sont pas sortis depuis ce matin.

— Les animaux domestiques, c'est plus contraignant que des gamins, se plaignit Montoya.

— Tu trouves ? dit-elle en riant.

Il ne répondit pas et bifurqua au carrefour suivant pour prendre la direction de leur maison.

— Tu serais prêt à parier ? insista-t-elle en jetant un coup d'œil vers l'anneau incrusté de diamant qu'il lui avait offert à Noël quand il lui avait demandé de vivre avec lui.

Elle avait dit oui et déménagé la plupart de ses affaires dans son étrange maisonnette en longueur.

— Prêt à parier que les animaux domestiques sont plus envahissants que les enfants ? demanda-t-il.

— Oui. Tu me donneras l'argent quand on aura eu deux enfants.

— Tu essayes de me dire quelque chose, là, ou quoi ?

Elle éclata de rire.

— Non. Rassure-toi, je ne suis pas enceinte. Mais quand toi et moi nous serons les heureux parents de deux garnements, tu me diras ce que tu préfères entre se lever toutes les nuits pour préparer des biberons et changer des couches, et nettoyer une litière de chat et faire sortir un chien deux fois pas jour.

— C'est d'accord, fit-il.

Puis il haussa un sourcil.

— Il n'y a plus qu'à le mettre en route, dit-il joyeusement en rétrogradant.

— Quoi ? Le bébé ? Mais tu délires, Montoya.

— Mais non… Ce ne serait pas une si mauvaise idée, après tout…

Il baissa la voix et ajouta d'un ton câlin :

— On pourrait le faire tout de suite…

— Tu veux filer au lit sitôt arrivé à la maison ?

Il lui décocha son sourire le plus aguicheur tout en freinant pour s'arrêter au feu rouge.

— Je croyais que tu devais retourner au commissariat ce soir, objecta-t-elle.

Un éclair démoniaque fit briller ses yeux noirs.

— C'est exact. Mais je peux bien trouver quinze petites minutes.

— Quinze minutes ! s'exclama-t-elle en riant. C'est du rapide. Je suis touchée de cette délicate proposition. J'en ai le cœur qui bat…

Ils arrivaient déjà devant chez eux.

— Pour manger, on peut commander une pizza, proposa-t-il en s'engageant dans l'allée.

— Pas très romantique…

Il arrêta le moteur et se tourna vers elle.

— Je sais comment faire romantique si tu y tiens, rétorqua-t-il en clignant de l'œil.

— Des promesses, inspecteur, répondit-elle en ouvrant sa portière. Toujours des promesses…

Le portable de Montoya sonna. Ça signifiait probablement qu'ils allaient devoir remettre leurs beaux projets à plus tard.

Il répondit pendant qu'elle sortait de la voiture. Tout en fouillant dans son sac pour en sortir ses clés, elle contourna l'évier et le placard que les ouvriers avaient sortis de la cuisine de Mme Alexander, puis remonta l'allée menant à la porte d'entrée. A travers les carreaux, elle aperçut Hershey qui sautait en remuant la queue et en poussant des jappements excités.

— J'arrive, j'arrive, calme-toi, fit-elle.

— Stop ! cria Montoya avec une voix rauque d'angoisse. Abby ! Non !

Elle se figea instantanément et se tourna lentement vers lui. Il sautait déjà par-dessus la Mustang. Puis il enjamba l'évier et traversa en courant le petit carré de pelouse qui leur tenait lieu de jardin. Elle ne lui avait jamais vu une expression aussi angoissée.

— Ecarte-toi de la maison ! hurla-t-il. Tout de suite !

Il ne perdit pas de temps en explications et lui saisit le bras pour la faire reculer vers la rue. Elle lâcha ses clés et trébucha en descendant du trottoir.

— Tu es dingue ou quoi ? s'écria-t-elle.

Mais il se contenta d'accélérer le pas.

— Attends, protesta Abby qui venait de perdre son sac.

Il tourna la tête vers la maison et ses yeux noirs fixèrent intensément la porte.

— Quelqu'un vient de m'appeler pour m'avertir qu'il avait déposé une preuve devant chez moi. Regarde, il a bien laissé quelque chose.

— Quoi ?

— Tu ne vois pas, là, près de la porte ?

Elle suivit son regard et son cœur faillit s'arrêter de battre. Près de la balançoire du vieux porche, il y avait deux petites valises appuyées au mur.

— Je ne comprends pas, dit-elle tandis qu'une peur sourde grimpait le long de sa colonne vertébrale.

Montoya n'était pas du genre à céder à la panique. Mais là il paraissait affolé.

— C'est peut-être une bombe, Abby. Je ne vais pas te réciter maintenant la liste des types que j'ai fait coffrer et qui seraient susceptibles de vouloir ma peau.

— Mais Hershey…

Elle allait s'élancer vers la maison, mais il la retint d'une main, tout en sortant son téléphone de sa poche pour composer le 911.

— Ce n'est pas une bombe, protesta-t-elle.

Mais elle voulait tout de même faire sortir son chien et son chat.

Montoya ne la lâcha pas.

— Les animaux sont à l'intérieur, ils ne risquent rien, assura-t-il en la tenant d'une main de fer.

Elle entendit l'opérateur du 911 qui décrochait.

Montoya se présenta et réclama des artificiers sur-le-champ, puis il raccrocha, tout en fouillant la rue du regard.

— Ansel et Hershey…, murmura Abby.

Elle se sentait sur le point de craquer. C'était donc ça vivre avec un flic !

— Ne t'en fais pas pour eux, répondit-il d'une voix grave.

Abby eut l'impression que leur vie ne serait plus jamais la même.

Eve avait dormi profondément.

Aucun coup de fil n'était venu interrompre ses rêves.

Personne n'avait frappé à sa porte en pleine nuit.

Elle se réveilla donc fraîche comme une rose. La migraine qui lui empoisonnait l'existence depuis trois mois s'était envolée. Du moins pour le moment. Elle fit son lit, se doucha, se maquilla légèrement, coiffa ses cheveux courts avec du gel et décida qu'elle se trouvait présentable.

De toute façon…

Elle avait déjà pris son petit déjeuner avec Samson : des bouchées de viande pour lui et un petit pain avec du fromage à tartiner et du café pour elle. Pas exactement un menu de fin gourmet, mais bien assez bon pour apaiser sa faim.

Elle se sentait presque détendue, pour la première fois depuis longtemps, quand elle aperçut Cole Dennis qui grimpait les marches du porche donnant sur la cuisine.

— Qu'est-ce qu'il veut encore ? dit-elle tout bas tout en constatant qu'elle se sentait troublée.

Comme chaque fois qu'il apparaissait.

— Tu es folle, dit-elle entre ses dents.

Cette fois, elle ouvrit avant qu'il frappe.

— Tu ne m'accueilles pas avec un revolver ? railla-t-il en haussant un sourcil noir.

— Je suppose que tu viens pour une bonne raison ? poursuivit-elle sèchement.

Il entra dans la cuisine et elle referma la porte en essayant d'ignorer les effluves d'eau de toilette qui flottaient derrière lui. Elle avait oublié une partie des événements de la nuit où Roy était mort, mais elle se souvenait parfaitement des lèvres de Cole sur elle. Pas de doute, les sensations qu'il lui avait procurées cette nuit-là parvenaient encore à se frayer un chemin vers sa conscience.

— Je suis venu te dire que les affaires de ton père sont entre les mains de la police.

— Tu les leur as apportées ? demanda-t-elle d'un ton méfiant.

— Non. Mais je me suis arrangé pour qu'elles leur parviennent.

Elle plissa les yeux.

— C'est un peu évasif, comme réponse, maître, commenta-t-elle.

Tout en le regardant s'installer sur une chaise, elle se dirigea vers le comptoir.

— Du café ? proposa-t-elle. Enfin, ce qu'il en reste…, corrigea-t-elle en montrant la cafetière.

— Je veux bien, oui, merci.

— Tu as vu les deux inspecteurs ? demanda-t-elle en sortant une tasse du placard.

Elle la rinça à l'eau chaude avant de la remplir et de la poser dans le micro-ondes.

— Pas encore. Mais il faudra bien que je leur parle. Deeds prépare le terrain.

Elle régla le micro-ondes sur une minute.

— Sam Deeds ne m'inspire pas confiance, dit-elle.

— Tu n'as confiance en personne.

Il n'avait pas tout à fait tort. Elle se méfiait de tout le monde en ce moment. Elle n'avait jamais été d'un optimisme forcené, mais depuis que l'homme qu'elle voulait épouser avait pointé un revolver sur elle, son cas s'était aggravé.

— Deeds est un brave type.

— Si tu le dis.

Elle n'était pas convaincue. Deeds paraissait trop lisse dans ses costumes élégants et ses belles chaussures. Et puis il avait projeté de la faire passer pour une folle devant un tribunal. Non, elle ne le portait décidément pas dans son cœur.

Le minuteur sonna et Eve sortit la tasse en la prenant avec une vieille manique.

— Attention, dit-elle. C'est très chaud.

— Merci, répondit-il en soufflant sur le café. Qu'est-ce que les inspecteurs pensent des articles ?

— D'après eux, celui qui les a déposés essaye de me faire comprendre que je suis la fille de Faith Chastain.

— Quoi ? s'exclama-t-il en arrêtant à mi-chemin la tasse qu'il s'apprêtait à porter à sa bouche. Qu'est-ce que c'est que cette histoire ?

Il savait déjà qu'elle était une enfant adoptée. Elle lui expliqua ce qu'elle avait appris la veille au sujet de Faith.

— Pas très convaincant, tout ça, commenta-t-il quand elle eut terminé.

Il s'interrompit pour boire une gorgée de café.

— Pas convaincant du tout, répéta-t-il.

— Il n'y a que deux manières de le savoir.

— Comment ça ?

— La première, c'est attendre gentiment les résultats de l'analyse ADN. La deuxième consiste à mener mon enquête en attendant. Je compte me rendre à Notre-Dame-des-Vertus pour interroger les religieuses qui travaillaient autrefois dans l'hôpital.

Elle sortit d'un tiroir de la cuisine l'enveloppe contenant les photocopies.

— Voyons…, murmura-t-elle en fouillant parmi les articles. Voilà, c'est celui-là, dit-elle en tendant un papier dentelé à Cole. On y parle de sœur Rebecca Renault qui est devenue depuis mère supérieure du couvent. Je me souviens de l'avoir croisée à l'hôpital.

Cole lut en silence, les sourcils froncés.

— Je vais solliciter une entrevue avec elle, annonça Eve.

— Parce que tu crois qu'elle va se souvenir de Faith Chastain et de ce qui s'est passé il y a trente ans ?

— Je n'en sais rien. Mais ça vaut le coup d'essayer.

Elle s'empara du téléphone et composa le numéro du couvent.

Une secrétaire lui répondit que le carnet de rendez-vous de la mère supérieure était plein pour les jours suivants et lui conseilla d'essayer plus tard.

— Pourriez-vous insister pour qu'elle me rappelle dès que possible ? insista Eve.

— Je ferai de mon mieux.

— Ce serait merveilleux, dit Eve.

Elle dicta son numéro de téléphone à la secrétaire, puis raccrocha, un peu déçue.

— On t'a envoyée paître ? demanda Cole.

— Pas vraiment, répondit-elle en tambourinant rêveusement sur le comptoir du bout des doigts. Mais pas loin.

— Ce n'est pas notre jour de chance.

— Ce qui signifie ?

— Que je n'ai rien trouvé dans l'ordinateur de ton père. Pas la moindre information.

— Ça nous apprendra à jouer les Nancy Drew.

Il vida sa tasse et se leva pour la poser dans l'évier.

— Parle pour toi, rétorqua-t-il. Moi, je n'abandonne pas.

— Très bien. Et que comptes-tu faire à présent, Nancy ?

— Ce que je compte faire, après que tu m'as appelé Nancy ? dit Cole en souriant de toutes ses dents.

Eve sentit aussitôt le changement d'atmosphère entre eux et regretta aussitôt de s'être montrée si familière.

— Je voulais simplement savoir si tu avais un plan d'action, corrigea-t-elle d'une toute petite voix.

— Un plan d'action ? Je n'en sais rien. Accorde-moi une minute de réflexion.

Ils se dévisagèrent en silence. Eve poussa un soupir. Elle était en très mauvaise posture…

Il fit un pas vers elle.

— Non, protesta-t-elle.

— C'est toujours, là, Eve, n'est-ce pas ?

— Non.

— Bien sûr que si.

Elle leva les deux mains pour l'arrêter.

— Non, supplia-t-elle. Non.

Cole avança tout près. Elle ne voulait pas lever les yeux vers lui. Mais c'était déjà trop tard.

— Oui, dit-il en l'attirant à lui.

Et sans lui laisser le temps de protester de nouveau, il pressa sa bouche contre la sienne.

16.

A la seconde où leurs lèvres se frôlèrent, Cole sut qu'il commettait une erreur. Il n'avait pas pu s'en empêcher. Il avait besoin d'Eve, de la serrer, de sentir son cœur battre contre le sien, ses seins contre son torse, de la goûter.

Ça faisait trop longtemps…

Il la fit reculer jusqu'au mur.

— Ce… Ce n'est pas une bonne idée, murmura-t-elle.

— Oui.

— Nous ne devrions pas. Je veux dire… Nous ne pouvons pas…

— Oui, souffla-t-il de nouveau d'un ton fervent avant de l'embrasser de plus belle.

Elle ferma les yeux et gémit imperceptiblement.

A travers le fin tissu de son T-shirt, il sentait les muscles souples de son dos, les douces protubérances de ses vertèbres. Et il en avait le souffle coupé. Ses doigts glissèrent plus bas, jusqu'à la cambrure de ses reins. Et plus loin encore…

Un courant chaud le traversa.

Il se souvint qu'elle était joyeuse et passionnée quand elle faisait l'amour avec lui.

Une fois, il l'avait trouvée au lit en rentrant chez lui. Il avait ôté ses vêtements à la hâte pour la rejoindre, mais elle s'était levée pour courir sous la douche. Il l'avait rejointe sous le jet tiède et il lui avait fait l'amour debout, contre le carrelage. Puis il songea à cette autre fois, au cours d'une promenade en montagne, quand elle s'était tournée vers lui, avec ses cheveux qui resplendissaient au soleil, ses yeux plissés à cause de la lumière, ses seins qui se soulevaient parce qu'elle était essoufflée, ses lèvres qui s'avançaient en une moue gourmande.

Aujourd'hui il ne faisait que l'embrasser, mais à la manière dont elle répondait à ce simple baiser, avec sa tête renversée pour lui présenter son cou, il comprenait qu'elle n'avait jamais cessé de l'aimer.

Et ça le rendait fou de désir.

Il trouva le bouton de son jean et l'ouvrit. La fermeture Eclair glissa sans difficulté. Déjà il posait ses mains en coupe sur les fesses qu'il sentait à travers la soie de sa culotte.

— Seigneur ! murmura-t-elle en ouvrant brusquement les yeux.

Elle battit des paupières.

— Non, Cole, non.

Elle le repoussa et le contempla d'un air horrifié.

— C'est impossible. Nous ne pouvons pas. Mon Dieu ! Mais à quoi je pensais ?

— Tu ne pensais pas, justement.

— Toi non plus, rétorqua-t-elle.

Elle s'éloigna, referma la braguette de son jean, tira sur son T-shirt.

— Je ne peux pas, dit-elle d'une voix plus assurée. Je ne peux pas. C'est tout.

Il passa une main dans ses cheveux tout en essayant de contrôler son érection.

— Si tu attends des excuses…

Elle leva vers lui ses joues rougies et ses yeux bleu marine que le désir rendait presque noirs.

— Des excuses ? Non. Bon sang, Cole, je ne prétends pas être ta victime. Tu le sais. Tu l'as senti.

Elle soupira.

— J'aimerais faire l'amour avec toi, me perdre en toi, oublier ce cauchemar pendant quelques heures… Mais quand on y réfléchit…

Elle recoiffa du bout des doigts ses cheveux courts.

— Quand on y réfléchit, oui, en effet…, avoua-t-il.

Il ne pouvait pas lui donner tort, mais, bon sang, qu'est-ce qu'il la désirait… Il acceptait d'entendre raison, mais son sexe, lui, ne voulait rien entendre. Il lui tourna le dos et essaya de penser à autre chose. A quelque chose de sombre. A la raison qui l'avait poussé à venir jusqu'ici.

— J'ai réfléchi toute la nuit, dit-il. Je ne sais pas exactement ce qui se passe, mais nous sommes impliqués tous les deux dans une drôle d'affaire et je crois que nous sommes en danger. Je voulais m'assurer que nous étions du même bord.

Elle acquiesça. Le chat entrait dans la cuisine. Elle le prit dans ses bras pour le caresser.

— Nous devrions unir nos forces pour lutter.

— Lutter de quelle manière ?

— Je ne sais pas encore. Quelqu'un te suit depuis Atlanta et glisse des articles dans ta voiture. Le même jour, ton père est tué et on s'arrange pour que je sois le premier sur les lieux du crime. Il faut que nous réagissions.

Elle acquiesça d'un air pensif.

— Pourquoi es-tu partie d'Atlanta justement ce jour-là, Eve ?

— Il était temps que je m'en aille. Je n'avais déjà que trop abusé de l'hospitalité d'Anna et de Kyle. Ça ne se passe pas très bien entre eux et j'avais l'impression que ma présence exacerbait leurs problèmes.

— Ça n'a rien à voir avec ma sortie de prison ?

— Non. Pas directement. Je savais que tu n'allais pas tarder à être libéré, mais j'ignorais quand exactement.

— As-tu appelé ton père pour le prévenir que tu arrivais à La Nouvelle-Orléans ?

— Non. Je l'avais appelé la semaine précédente pour lui dire que je pensais rentrer bientôt, mais sans préciser quand.

Le chat gigota dans les bras d'Eve et elle le reposa. Il fila vers la porte donnant sur le jardin et se mit à miauler.

— Donc, il n'y a que ta belle-sœur et ton frère qui étaient au courant de ton départ ? demanda-t-il.

— J'en avais vaguement parlé et j'avais commencé à faire mes bagages, mais c'est en me réveillant le matin que j'ai décidé de partir sur-le-champ. Kyle était sorti faire des courses, je ne lui ai même pas dit au revoir.

— Tu n'as prévenu aucun voisin ou ami ?

— Non, mais ma kiné, Nita, s'en doutait sûrement, répondit-elle en allant ouvrir la porte à Samson qui sortit ventre à terre.

Cole détourna le regard pour ne plus voir ces adorables fesses moulées dans ce jean. Il prit une chaise, la retourna et s'y installa à califourchon.

— Personne d'autre ?

Elle referma la porte et revint dans la cuisine où elle entreprit de refaire du café.

— Mon psychiatre, Calvin Byrd.

Elle se retourna pour le regarder par-dessus son épaule et leva les yeux au ciel.

— C'est Anna Maria qui me l'avait recommandé. Une erreur… Je ne l'ai vu que deux ou trois fois, ensuite j'ai arrêté en lui disant que je préférais rentrer à La Nouvelle-Orléans et que je me ferais suivre là-bas si j'en ressentais le besoin. Il n'a pas approuvé. D'après lui, j'étais en plein déni. Il avait peut-être raison.

Elle rinça le pot de verre de la machine, le remplit sous le robinet, puis versa l'eau dans le réservoir de la cafetière électrique.

— Anna en a peut-être parlé à des amis, proposa-t-elle.

— Celui qui t'a laissé les articles était au courant. Il t'attendait. Tu as revu le pick-up ?

Elle sortit le paquet de café en grains.

— Il me semble que oui, mais je n'en suis pas certaine, admit-elle. Hier, après avoir quitté le commissariat… J'ai voulu le prendre à revers pour lire le numéro de sa plaque d'immatriculation, mais je n'ai pas réussi.

Elle lui sourit tristement tout en versant les grains de café dans le moulin.

— Je n'ai pas l'étoffe d'une Nancy Drew.

Elle appuya sur le bouton et ils se turent pendant que le moulin pulvérisait les grains.

— Je ne comprends rien à ce qui se passe, dit-elle quand elle eut fini de moudre.

— Moi non plus, avoua Cole en se grattant la nuque. J'attends le feu vert de Deeds pour parler aux inspecteurs de choc. Il faut que je leur explique qu'on m'a attiré dans la maison de ton père l'autre nuit, mais que je suis innocent.

— Tu m'en vois ravie, dit-elle en soupirant de soulagement. Et à part ça, que comptes-tu faire ?

— Comme je te l'ai dit, je suis venu te proposer d'unir nos forces.

Elle était en train de verser le café moulu dans le filtre. Il s'approcha d'elle.

— Ça m'inquiète de savoir que quelqu'un t'a suivie et est entré dans ta voiture.

— Moi aussi.

— Je pense que je devrais m'installer ici pour quelques jours.

— Non ! s'exclama-t-elle en se retournant si brusquement qu'elle bouscula la cafetière et fit déborder l'eau du réservoir. Tu plaisantes, n'est-ce pas ?

Comme il ne répondait pas, elle rit et détacha un morceau de papier du rouleau suspendu près de l'évier pour éponger l'eau.

— Il n'est pas question que tu campes chez moi, pour l'amour du ciel ! Tu voudrais me protéger, c'est ça ? Cole… Je t'ai accusé de m'avoir tiré dessus.

— Mais tu n'y crois plus, n'est-ce pas ?

— Je ne sais pas.

— Eve… Sois honnête.

— Très bien. C'est vrai. Je n'arrive pas à croire que tu puisses me faire du mal. Et je ne l'ai peut-être jamais cru vraiment. Mais quand je repense à cette atroce nuit, je revois ton visage et un revolver qui fait feu. Je n'y peux rien.

Elle avait fini de nettoyer le comptoir et jeta le papier dans la poubelle.

— Et tu ne restes pas ici. C'est hors de question.

— Tu dois me faire confiance si tu veux qu'on ait une chance de sortir de ce guêpier.

— Je pourrais vous dire la même chose, mon cher maître.

La cafetière avait terminé. Elle l'annonça en crachotant. Eve croisa les bras sous sa poitrine.

— Je ne t'ai jamais trompé…, commença-t-elle d'un ton décidé. Mais, d'après les médecins qui m'ont examinée, je n'ai pas été violée, donc…

Elle frissonna.

— J'ignore ce qui s'est passé. Je suis incapable de trouver une explication rationnelle. Je ne me souviens que de toi, Cole. Je t'aimais. Je voulais t'épouser.

Elle fronça les sourcils et fixa une tache de café sur le carrelage blanc.

— Je ne t'ai jamais menti, insista-t-elle.

Elle essuya la tache et leva les yeux vers lui.

— S'il y avait eu un autre homme dans ma vie, je m'en serais souvenue. Non ?

Elle paraissait complètement perdue et il comprit à quel point son amnésie la perturbait. Il en oublia un peu sa rancœur et sa propre souffrance.

Mais Eve s'était déjà reprise.

— Il va falloir envisager notre relation sur de nouvelles bases, dit-elle d'un ton brusque.

Il acquiesça en luttant contre le désir de la serrer contre lui.

— Je sais, dit-il.

— Ça va nous demander un gros effort de confiance mutuelle, tu en es conscient ?

— Oui. Parfaitement conscient.

Elle lui tendit une tasse de café.

— Dans ce cas, c'est d'accord, dit-elle.

— Oui, c'est d'accord.

Il la contempla fixement par-dessus le rebord de sa tasse. Ils venaient de conclure un pacte, mais il n'était pas sûr qu'Eve en mesurait pleinement les conséquences.

Ils étaient ensemble.

Eve et son amant.

Il les observait depuis le jardin d'une maison inoccupée, contiguë à celle de la grand-mère Renner. De là, il voyait parfaitement ce qui se passait dans la cuisine. Il avait rarement osé s'approcher autant, mais quand il avait remarqué en passant la vieille jeep de Cole Dennis, il n'avait pas pu résister.

A travers les carreaux, il les avait vus s'embrasser. Cole avait pris Eve dans ses bras et l'avait fait reculer jusqu'au mur. Et, bien sûr, elle n'avait pas fait grand-chose pour lui résister.

Ses narines se gonflèrent de colère et il rongea nerveusement un de ses ongles. Il aurait pu jurer qu'il sentait d'ici la puanteur de leur rut, les effluves malodorants de leurs sexes en chaleur. Cette odeur infecte le faisait suffoquer.

Eve la princesse…

Eve la putain !

Sensuelle, aguicheuse, fourbe.

Qui utilisait sans discernement ses ruses de femelle.

Et pourtant il la désirait.

Terriblement.

Douloureusement.

Eve était une mauvaise femme. Une de ces femmes contre lesquelles sa mère l'avait toujours mis en garde.

Quand il fermait les yeux, il entendait encore sa voix, aussi distinctement que si elle s'était trouvée près de lui sous les branches de ce saule.

« Tu ne dois pas la désirer. C'est une putain. Un être souillé, engendré par Satan. »

Sa mère était morte depuis des années, mais il n'avait pas oublié ses récriminations, ses avertissements désespérés, ses prières, ses sanglots silencieux…

Il n'avait pas oublié non plus les accents tendres de sa voix si douce. Douce. Douce mais lourde de menace sous les nuances sucrées de la fausse gentillesse. Une voix qui hantait encore ses jours et ses nuits, en lui écorchant le cerveau.

« Mon chéri, ne t'approche jamais de ces femmes-là », ne cessait-elle de lui répéter.

Autrefois, cette voix ne le quittait jamais. Elle accompagnait le froufrou des longues robes noires des religieuses, les cris et les rires de ses camarades, les bruits quotidiens.

Une image de sa jeunesse lui revint brusquement à la mémoire.

Il avait dix-huit ans et sa mère l'avait traîné à travers les rues de la ville pour assister à une messe à la cathédrale St Louis, dans le quartier français.

Les trois flèches blanchies à la chaux de l'imposant édifice perçaient la couche de nuages. Des chariots tirés par des chevaux passaient en grinçant, avec leurs grandes roues qui tressautaient sur le pavé et les sabots des chevaux qui rythmaient leur avancée. Autour de la cathédrale et de Jackson Square, il y avait toujours du monde et de l'animation.

Il avait suivi des yeux une jolie fille aux cheveux bouclés qui devait avoir son âge. Elle portait une robe jaune et des rubans jaunes pour nouer ses tresses. Elle avait traversé Jackson Square. Devant la statue d'Andrew Jackson à cheval, elle s'était retournée pour regarder par-dessus son épaule et lui sourire, en faisant danser ses tresses.

Sa mère avait surpris leur regard.

« Détourne-toi de cette créature du diable », avait-elle ordonné en l'obligeant à faire volte-face.

Les effluves de son parfum trop sucré lui avaient donné la nausée.

« Tu m'entends, mon fils ? avait-elle insisté. Cette fille te mènerait tout droit en enfer. Elle te paraît pure et innocente, mais elle te pousserait à croquer la pomme du péché. Tu comprends, n'est-ce pas ? »

Elle s'était déplacée pour se mettre entre lui et la fille et ç'avait été comme si une ombre glacée s'était posée sur lui. Puis elle s'était penchée en avant pour le contempler durement, à travers la voilette noire de son chapeau. Ses yeux étaient immenses, ses pupilles deux minuscules points dans l'océan clair de ses iris.

« Les filles comme elles sont des païennes, des servantes de Lucifer, avait-elle susurré encore. Ne l'oublie jamais. »

Ses lèvres rouges et luisantes s'étaient étirées en un fin sourire, en même temps qu'elle enfonçait ses ongles longs dans la peau de son bras au point de lui faire mal, lui laissant des marques en forme de croissant, presque jusqu'au sang.

« Oui, maman, oui », avait-il murmuré. »

« Bien », avait-elle conclu d'un ton sec.

Elle l'avait poussé dans la direction opposée à la jeune fille, vers les murs de la cathédrale. La fille s'était détournée. Les cloches avaient sonné. Un saxophone avait joué un peu plus loin, perdu dans le brouhaha du trafic et des conversations. Le soleil d'août était haut dans le ciel et dardait sans retenue ses chauds rayons sur la chaussée.

« N'oublie jamais ça », avait insisté une dernière fois sa mère.

Puis elle s'était redressée de toute sa hauteur et elle avait ajusté la voilette de son chapeau tout en l'entraînant vers les grandes portes ouvertes de la cathédrale. Il l'avait suivie, avec les joues rouges de honte.

A présent, des années après, il ressentait de nouveau la même honte à cause d'Eve. Toujours Eve.

Il mourait d'envie de l'appeler pour lui dire que ce serait bientôt son heure, pour distiller en elle cette petite goutte de terreur qui ferait frissonner son âme corrompue.

Mais il devait patienter. Le moment n'était pas venu. Il lui fallait se résigner à quitter son poste d'observation dans ce jardin et rejoindre sa voiture.

Pour le moment, Eve lui était encore interdite. Et pourtant il ne pouvait s'empêcher de la désirer. Il grignota l'ongle de son index et cracha la rognure dans le caniveau. Il la désirait, mais il ne la posséderait sans doute jamais. Leur destin n'était pas de vivre ensemble, mais de mourir ensemble.

Montoya alluma une cigarette et en tira voluptueusement une longue bouffée. Puis il écrasa rageusement le paquet dans son poing et le jeta à la poubelle. Ce paquet, il l'avait acheté la veille et il avait déjà fumé trois cigarettes en comptant celle-là. Qui serait la dernière.

Il ne voulait pas se remettre à fumer.

Seulement, l'affaire Renner le mettait dans un tel état qu'il avait besoin de nicotine pour se calmer.

Il s'arrêta sur les marches pour aspirer de nouveau.

— Hé, je croyais que tu ne fumais plus, fit la voix de Brinkman qui venait de se garer et se dirigeait de son pas lourd vers le commissariat.

Brinkman était un excellent inspecteur de police et un homme intelligent, mais il aimait particulièrement vous fairet remarquer vos défauts et se croyait tout permis. Il montra le mégot qui se consumait entre les doigts de Montoya.

— Je ne fume plus, rétorqua sèchement Montoya en écrasant le mégot sous sa botte avant de se remettre à grimper les marches.

Brinkman lui emboîta le pas. Il portait ses cheveux mi-longs, à hauteur des oreilles, sans doute pour faire oublier qu'il n'y avait au-dessus qu'un crâne chauve et constellé de taches de rousseur. Il avait du mal à suivre le rythme de Montoya en raison de son embonpoint et haletait quand ils atteignirent ensemble le haut des marches.

— Il paraît qu'il y a eu une alerte à la bombe chez toi, dit-il.

Montoya ne répondit pas et ouvrit la porte.

— Une fausse alerte, précisa Brinkman.

— En effet, il s'agissait d'une valise contenant l'ordinateur de Renner.

— Et quelqu'un l'avait déposé devant ton porche ?

— Oui.

Il n'avait pas envie de donner des explications à Brinkman.

— Un cadeau de l'assassin de Renner ?

— Peut-être.

Brinkman s'arrêta devant l'ascenseur et Montoya prit l'escalier pour se débarrasser de lui. Arrivé au premier, il alla d'abord dans la cuisine se servir une tasse de café. Lynn Zaroster entra en jetant d'un geste mécontent un paquet de sucrettes sur le comptoir. Elle travaillait avec eux depuis deux ans et son enthousiasme de débutante commençait à s'émousser. Elle ouvrit son paquet de sucre et en versa un peu dans sa tasse.

— Ce truc te tuera, commenta Montoya.

— Ah oui ? dit-elle en levant un sourcil amusé.

Elle souffla sur son café pour le refroidir.

— Tu penses que ce sera avant ou après ton cancer du poumon ?

— Il ne fume plus, intervint Brinkman qui entrait dans la pièce avec un petit sourire en coin.

Quel imbécile ! Vivement qu'on le transfère… N'importe où… Qu'il aille ennuyer le monde à Kansas City, à Sacramento ou à New York.

— Qu'on m'en apporte la preuve, rétorqua Zaroster en sortant pour rejoindre son box.

Brinkman souleva la cafetière et marmonna entre ses dents en apercevant le marc répugnant qui marinait au fond.

— Tu sais faire marcher ce truc ? demanda-t-il à Montoya tout en suivant du regard le joli petit derrière de Zaroster.

Elle se dandinait un peu trop pour que ce soit tout à fait naturel. Montoya se demanda si elle ne cherchait pas à provoquer Brinkman…

— Ouais, dit Montoya. Je sais le faire marcher, mais toi aussi.

Il ouvrit un placard et en sortit une dose qu'il lança à Brinkman.

— Vas-y, railla-t-il. Je suis sûr que tu vas t'épater toi-même.

Brinkman était plus vif qu'il n'en avait l'air. Il attrapa la dose au vol.

Montoya sortit aussitôt en laissant Brinkman se débrouiller avec le café. Il prit le petit couloir menant au bureau de Bentz qu'il trouva plongé dans les dossiers de l'affaire Renner. Les photos du cadavre et du salon de Renner étaient étalées devant lui, avec les rapports des experts et ses propres notes. Les photos de Renner, de l'intérieur de sa maison, de sa propriété et des environs, défilaient en boucle sur son écran d'ordinateur.

Il leva les yeux vers Montoya.

— Il paraît que tu as fait venir les artificiers chez toi.

— Les bonnes nouvelles circulent vite, à ce que je vois.

— J'ai aussi entendu dire qu'on t'a livré à domicile l'ordinateur de Renner ?

— Ouais. Mais je n'ai pas eu le temps d'y jeter un œil. Ce sont les gars du labo qui l'ont.

Il tira à lui une chaise en s'aidant de son pied et s'installa en face de Bentz.

— Et tu connais l'identité du livreur ? demanda Bentz avec une pointe d'ironie.

— Hélas non, tu penses bien. A mon avis, l'ordinateur et les papiers viennent directement de chez Renner. C'est l'homme qui a trouvé le cadavre et prévenu le 911 qui les a emportés.

— Mais pour quoi faire ? demanda Bentz en fourrageant dans ses cheveux encore humides de sa douche du matin.

— Je l'ignore.

— Un témoin, tu crois ?

— Peut-être… Mais un témoin aurait décliné son identité, non ?

— Dans ce cas, c'est peut-être l'assassin.

— Le type m'appelait d'une cabine publique. On saura bientôt laquelle, mais ça ne nous avancera pas à grand-chose.

Ils finirent par conclure que l'assassin ne se serait probablement pas donné la peine de remettre une pièce à conviction à la police.

— Jette un coup d'œil là-dessus, dit brusquement Bentz en tendant à Montoya des feuilles qui traînaient sur son bureau. C'est le rapport du toxicologue. Il n'est pas complet. Mais il contient des éléments intéressants.

— Renner avait une bonne dose d'alcool dans le sang, remarqua Montoya en parcourant le document. Et ça ? Alprazolam ? Qu'est-ce que c'est ? Un sédatif ?

— Hmm. Le produit actif du Xanax.

— Il mélangeait alcool et Xanax ?

— Oui, ce n'est pas un mélange recommandé.

— Il était psychiatre, il devait se le prescrire lui-même.

Bentz acquiesça.

— Oui. Sauf qu'il n'avait pas la boîte. J'ai moi-même cherché. Ni boîte, ni échantillons.

— Il venait peut-être de les terminer.

— Dans ce cas, on aurait au moins trouvé les emballages vides.

Montoya caressa nerveusement son bouc.

— Le brave docteur était donc dans les vapes quand on l'a attaqué.

— Oui. Les gars du labo analysent en ce moment le contenu de la bouteille de whisky. Je suis certain qu'on va trouver du Xanax dedans.

— Tu penses que l'assassin l'a drogué pour le maîtriser plus facilement ?

— Ça me paraît vraisemblable, oui.

— On n'avait pas forcé la porte.

— Non.

— Peut-être qu'il est arrivé en simple visiteur.

— Il n'y avait qu'un verre, je te le rappelle. Apparemment, Renner n'avait reçu personne.

Montoya montra du doigt le dossier Kajak.

— Kajak n'avait pas bu d'alcool, ni absorbé de tranquillisants, n'est-ce pas ?

Bentz lui lança le dossier.

— Pas même trace d'un simple antidépresseur, pourtant Kajak était suivi par un psychiatre depuis des années.

— Tu penses que l'assassin enrichit ses procédés ?

Bentz secoua la tête.

— C'est possible.

Il contempla quelques secondes la macabre photo du cadavre de Kajak.

— On ne peut rien affirmer, dit-il enfin en fronçant les sourcils. J'ai déjà eu un appel des fédéraux. Ils pensent que nous avons affaire à un tueur en série.

— Tu veux dire que nous allons devoir coopérer avec les fédéraux ?

— On dirait bien, acquiesça Bentz.

Montoya fit la grimace.

— J'ai déjà commencé à établir la liste des gens fréquentés par Renner, poursuivit Bentz. Bien sûr, comme tu peux t'en douter, les voisins n'ont rien entendu et rien remarqué de particulier.

— Le voisin le plus proche est assez éloigné.

— Oui. Mais il aurait pu voir une voiture étrangère garée dans l'allée, entendre des bruits de dispute. J'ai essayé de joindre les deux fils de Renner. Pour l'instant, je n'ai pas réussi et ils ne m'ont pas rappelé.

— Vraiment ? fit Montoya. Moi, j'ai eu Anna Maria, la femme de Kyle, l'aîné des deux fils Renner. Elle était bouleversée et elle ne savait pas où se trouvait son mari. On l'avait appelé pour une urgence, d'après ce qu'elle m'a dit.

— C'est un peu maigre.

— Oui, en effet. A part ça, la dernière personne à avoir vu Renner vivant serait le vendeur du magasin d'alcool dans lequel il a acheté sa bouteille de Jack Daniel's.

— Il l'avait achetée le jour même ?

— Oui. Vers 16 h 30. Donc le Xanax a été versé après.

— Pas d'empreintes ?

— Pas d'autres que celles de Renner et de l'employé.

— Nous n'avons rien, en somme. Comme pour Kajak.

— Exact.

Montoya fronça les sourcils.

— Eve Renner est au centre de tout ça, murmura-t-il.

— Tu n'aurais rien de plus original à m'annoncer ? rétorqua Bentz en s'étirant.

— J'aimerais bien, répondit Montoya.

Il but une gorgée de café et s'intéressa de nouveau aux photos des nombres 212 et 101.

Pour l'instant, impossible de savoir s'ils correspondaient à quelque chose de précis ou pas.

L'avenir le dirait.

17.

Eve ferma la porte et se posta derrière la fenêtre pour suivre des yeux Cole qui traversait le jardin en direction de sa jeep. Ses épaules carrées roulaient sous sa chemise et il portait son vieux jean très bas, sur les hanches. Elle songea à son corps nu, à ses fesses dures, à la peau tendue de ses longues jambes musclées. Et puis aussi à son dos... Elle aimait suivre du bout des doigts sa colonne vertébrale pour voir changer son regard, pour qu'il cherche sa bouche, qu'il referme sur elle ses bras noueux, qu'il la cloue sur le lit pour écarter doucement ses genoux... Parfois il la retournait sur le ventre et plaçait ses mains en coupe sur ses seins. Et c'était délicieux aussi...

Cole ouvrit la portière de la jeep et mit ses lunettes de soleil avant de s'installer au volant.

Il l'avait embrassée. Ils avaient failli faire l'amour... Ils le feraient peut-être une autre fois... Elle en eut la bouche sèche.

Mon Dieu ! Mais elle perdait les pédales !

C'était de la folie, oui...

Cependant, elle était maintenant persuadée que Cole n'avait jamais tiré sur elle.

Jamais il n'aurait pu la tuer.

Il referma sa portière et fit descendre la vitre du conducteur. Il dut sentir son regard sur lui, parce qu'il tourna la tête vers elle. Leurs yeux se croisèrent. Eve crut deviner sur ses lèvres ce terrible petit sourire auquel elle ne savait pas résister. Son cœur bondit. Il la troublait encore, elle ne pouvait pas le nier.

— Il n'a pourtant rien d'exceptionnel, murmura-t-elle à Samson qui sautait de sa chaise pour grimper sur le comptoir où il s'installa en battant de la queue, comme s'il la défiait de la déloger de son perchoir.

Il n'avait rien d'extraordinaire, certes, mais il lui faisait un effet extraordinaire. Et ce n'était pas une bonne nouvelle.

Ecœurée par sa propre lâcheté, elle voulut faire descendre Samson, mais ne réussit qu'à effleurer la fourrure de son dos car il se sauva. Il atterrit doucement sur le lino de la cuisine et s'éloigna presque en rampant, les oreilles collées au crâne. Eve leva de nouveau les yeux vers la fenêtre, juste à temps pour voir disparaître la jeep de Cole qui tournait au coin. Quand il s'agissait de lui, elle perdait tous ses moyens. Elle tenait à lui, elle n'y pouvait rien, c'était bien là le problème.

— Et j'en ai d'autres, des problèmes, dit-elle.

Elle grimpa l'escalier quatre à quatre, avec ses tennis qui martelaient les marches de bois, sans même s'arrêter au premier, jusqu'à la grande pièce de la tour où elle alla droit au secrétaire de sa grand-mère.

Elle activa le mécanisme d'ouverture qui dépliait la tablette et découvrait une série de tiroirs et de niches réservées aux enveloppes, au papier, aux cachets de cire et aux stylos. Derrière les enveloppes se cachait un double-fond avec un petit tiroir qui s'ouvrait quand on actionnait un mécanisme judicieux. Enfant, elle y avait caché ses trésors secrets, mais aujourd'hui il ne contenait que trois clés suspendues à un porte-clés en cuir. Ces clés, son père les lui avait confiées. Elle croyait savoir ce qu'elles ouvraient.

Elle serra dans sa paume le porte-clés, puis le glissa dans sa poche. Elle ne pouvait pas rester à attendre les bras croisés.

La mère supérieure du couvent ne l'avait pas encore rappelée. Elle avait donc décidé d'aller à sa rencontre. Cette femme était très occupée, d'accord, mais deux personnes étaient mortes, deux personnes ayant un lien avec Notre-Dame-des-Vertus. Cette chère sœur Rebecca n'avait pas le droit de faire la sourde oreille. Sans compter qu'il y avait à éclaircir le mystère de la grossesse de Faith Chastain. Si Faith avait accouché dans l'hôpital, on avait dû le consigner dans son dossier médical. Eve avait déjà appelé le registre des naissances et ça n'avait rien donné. Elle avait également fait des recherches sur internet, et, là aussi, chou blanc… C'était tout de même étrange.

Sur son propre acte de naissance, était mentionné « Née de père et de mère inconnus ». On l'avait recueillie bébé à Notre-Dame-des-Vertus où un médecin l'avait examinée à son arrivée. Ce médecin, le Dr Renner, envisageait avec sa femme d'adopter un enfant et il avait tout naturellement songé à faire des démarches pour garder cette petite fille tombée du ciel. Il s'était adressé à un avocat pour les formalités. Quand Eve avait voulu contacter l'avocat en question, elle avait appris qu'il était mort depuis près de vingt ans et que ses dossiers dormaient quelque part dans un entrepôt que son unique héritier, un neveu qui vivait dans un autre Etat, ne voyait pas de raison d'ouvrir. A moins d'une démarche légale qui promettait d'être longue et compliquée, ils étaient hors d'atteinte.

Mais elle était fermement décidée à mener son enquête.

Et dans le plus grand secret. Elle n'avait de comptes à rendre à personne.

Elle redescendit dans la cuisine pour chercher une lampe de poche. En l'essayant, elle eut la bonne surprise de constater qu'elle fonctionnait encore, même si la lumière était un peu faiblarde.

— Ça ira comme ça, dit-elle.

Elle parvint à dénicher un vieux sac à dos poussiéreux dans lequel elle mit la lampe, un gros rouleau de Scotch, une paire de gants de bricolage, et un tournevis qu'elle trouva dans les vieux outils de son grand-père.

Elle était prête.

L'interrogatoire ne fut pas une partie de plaisir.

Deeds avait arrangé l'entrevue, comme promis, et Cole joua le jeu. Il avoua s'être rendu chez Renner le soir du meurtre, avoir découvert le corps et appelé le 911. Il reconnut également qu'il avait eu tort de s'enfuir et de ne pas décliner son identité et qu'il avait commis une faute grave en emportant l'ordinateur de Renner et la mallette contenant ses papiers. Les flics voulurent aussitôt le mettre sous les verrous, mais Deeds parvint à les calmer en faisant valoir le fait que Cole s'était présenté spontanément.

Montoya était fou de rage et ne cessait de répéter que rien ne prouvait que Cole n'avait pas trafiqué l'ordinateur et les papiers. Deeds suggéra de demander aux experts de vérifier. Il leur serait facile de s'assurer que son client n'avait fait que consulter les données, sans les modifier.

Finalement, même s'ils avaient du mal à admettre ses motivations, les inspecteurs finirent par accepter l'idée que Cole n'avait pas tué Renner. En tout cas, ils durent juger qu'ils n'avaient pas de quoi le retenir et ils ne voulaient probablement pas arrêter prématurément un homme qu'ils seraient obligés de relâcher ensuite, ce qui les ferait passer une fois de plus pour des idiots auprès des médias.

Tout au long de l'interrogatoire Cole s'efforça de dissimuler sa nervosité. Il se tint bien droit sur sa chaise et fit de son mieux pour oublier l'atmosphère étouffante de la petite pièce, le regard noir de Montoya qui brillait de méfiance, et l'agacement de Rick Bentz qui ne cessait de tapoter son stylo sur la table en le bombardant de questions. Montoya, ce gros prétentieux, avec son éternel blouson de cuir et son diamant à l'oreille, cherchait visiblement les crosses. Il avait le visage crispé, la bouche pincée et crachait question sur question tout en mâchonnant furieusement un chewing-gum. On voyait saillir les tendons de son cou au-dessus du col de sa chemise, et il avait les poings serrés.

Bentz avait adopté une attitude plus calme et plus méthodique, mais Cole était certain qu'il mourait d'envie de l'épingler, tout comme la tête brûlée qui lui tenait lieu de partenaire. Ils n'avaient pas pris la peine de se répartir les rôles du bon et du mauvais flic, comme à la télévision. Ils montraient tout simplement une farouche détermination, chacun à leur manière.

— Vous n'avez pas respecté les conditions de votre libération, dit Montoya en enfonçant les mains dans ses poches.

Deeds secoua la tête.

— Je vous arrête tout de suite, inspecteur. Mon client a été innocenté et libéré sans condition.

— Pas complètement innocenté, corrigea Bentz. Il est toujours accusé d'usage de stupéfiants.

Deeds le toisa par-dessus ses lunettes. Son visage exprima une intense déception.

— Vous savez comme moi que mon client a été piégé.

Montoya ouvrait déjà la bouche pour riposter. Deeds l'arrêta d'un geste de la main.

— D'ailleurs, la présence de mon client aujourd'hui n'a rien à voir avec les charges qui pèsent encore sur lui. Je vous rappelle qu'il est venu de son plein gré et qu'il n'a commis aucun délit en rapport avec l'affaire Renner. Donc, si vous n'avez pas d'autres questions, nous allons vous laisser.

— Le vol est un délit, fit sèchement Montoya.

L'accusation ne tenait pas debout puisque l'ordinateur était à présent en possession de la police. Bentz lui jeta un drôle de regard.

— Très bien, céda Montoya. Vous pouvez partir. Mais nous aurons sûrement d'autres questions à vous poser plus tard. Ne vous considérez pas comme tiré d'affaire.

Deeds se leva.

— Quand vous aurez de quoi l'inculper, prévenez-moi, dit-il.

Cole écarta sa chaise de la table en faisant grincer les pieds en métal contre le sol carrelé. Il venait de passer plusieurs heures dans une pièce sans fenêtre, entre deux inspecteurs qui voulaient sa peau, sous les regards attentifs d'autres inspecteurs qui l'observaient de l'autre côté de la glace sans tain et enregistraient le plus petit de ses clignements d'yeux. Il était tout simplement à bout.

Kristi Bentz était sûre que si elle recevait encore, ne fût-ce qu'un coup de fil d'un imbécile de client, elle allait vomir, là, sur son bureau. Elle n'en pouvait plus d'entendre parler de pare-chocs bosselés, de pare-brise explosés, d'essieux tordus, d'ailes enfoncées… Et il fallait en plus feindre de s'y intéresser et écouter sans broncher les plaintes des assurés qui pestaient contre l'incapable qui avait obtenu son permis dans une pochette-surprise et ne savait pas qu'on regardait dans son rétroviseur avant de reculer, contre l'idiot qui les avait emboutis pendant qu'ils faisaient tranquillement leurs courses, contre le chauffard qui les avait doublés au moment où ils changeaient de file.

En ce moment, installée dans son minuscule box, devant l'écran de son ordinateur qui affichait la gamme des prestations de Gulf Auto and Life, elle essayait de faire entendre raison à la mère d'un adolescent de quinze ans qui avait « emprunté » le minivan de ses parents pour faire un tour. La promenade avait fini dans un fossé et la voiture était bonne pour la casse. Cette brave femme voulait absolument savoir tout de suite si l'assurance marcherait.

Kristi avait donné à la femme les références de l'agent auquel elle devait s'adresser, elle lui avait également promis de lui envoyer quelqu'un pour l'aider à rédiger sa déclaration, mais ça ne lui suffisait pas. La mère du gamin sans cervelle voulait absolument entendre qu'elle était couverte.

Sainte mère de Dieu.

— Mme Osgoode vous rappellera, promit une dernière fois Kristi avant de raccrocher.

Il lui restait encore des papiers à remplir avant de rentrer.

Chez elle.

Chez elle, c'était un minuscule studio près de l'université. Elle l'avait aménagé avec des vieilleries récupérées à droite et à gauche et des meubles achetés d'occasion. Il était relativement confortable, mais elle avait rêvé mieux. Il ne correspondait pas à ses aspirations. Pas plus que son travail.

Et elle enrageait à l'idée qu'elle se morfondait derrière un bureau quand deux meurtres croustillants défrayaient la chronique, deux affaires liées à l'histoire d'un vieil hôpital psychiatrique situé tout près de la ville. C'était inespéré. Et en plus son père était chargé de l'enquête.

Il avait refusé de l'aider. Elle avait bien l'intention de mener tout de même ses propres recherches, malgré ses mises en garde.

Avec l'argent qu'elle avait gagné en vendant des articles à des magazines et en économisant sou par sou, y compris sur son salaire, elle avait réussi à mettre de côté une petite somme. Suffisamment pour quitter son travail et vivre pendant quelques mois, le temps d'écrire son livre, en se contentant d'une paye de serveuse. Serveuse la nuit, écrivain le jour. Ce serait parfait.

De toute façon elle ne sortait jamais.

Ça faisait longtemps que les garçons n'étaient plus son principal centre d'intérêt.

L'abruti qu'elle avait rencontré au lycée, celui qui voulait devenir fermier et l'épouser, avait finalement opté pour un diplôme universitaire scientifique, puis pour un doctorat en criminologie. Il travaillait maintenant comme expert pour la police d'Etat. Rien que ça. Le second, celui dont elle était tombée amoureuse à l'université, l'avait trompée. Et il était mort. Depuis, elle n'avait eu que de brèves amourettes qui n'avaient pas duré plus de quelques semaines.

Le téléphone sonna de nouveau et elle poussa un soupir exaspéré.

Ça ne pouvait plus durer. Elle étouffait dans ce box. Elle se sentait si différente de ses collègues. Ses diplômes en littérature anglaise ne lui servaient à rien pour ce travail qu'elle aurait pu obtenir même si elle n'avait jamais franchi le portail de l'université All Saints de Baton Rouge. En résumé : elle gaspillait son talent.

Et il était temps de mettre fin au gâchis.

Elle comptait annoncer bientôt sa démission.

Le meurtre de Terrence Renner réunissait tous les ingrédients d'un best-seller. Si elle n'écrivait pas sur le sujet, quelqu'un allait tôt ou tard lui voler la vedette. L'affaire Renner lui appartenait. Surtout si elle était liée au dossier Kajak.

Le téléphone continuait de sonner. Elle le décrocha.

— Gulf Auto and Life, susurra-t-elle d'une voix mielleuse. Kristi à votre service.

*
**

Abby traversa la salle réservée à la criminelle en zigzaguant entre les box, les meubles à dossiers et les bureaux. Montoya la regarda approcher. Elle avait les cheveux tirés et sa pâleur faisait ressortir ses taches de rousseur.

— J'ai ici quelque chose qui devrait t'intéresser, dit-elle un peu essoufflée. J'avais fait une série de photos sur l'hôpital. Je viens de retrouver le rouleau dans mon appareil et de le développer.

Il contempla fixement la photographie qu'elle lui tendait en se demandant ce qu'elle avait de particulier.

— Tu vois cette ombre, là ? dit-elle en montrant la fenêtre de l'ancienne chambre de sa mère.

Faith était tombée de cette fenêtre. Et elle en était morte. Vingt ans plus tôt.

Il fronça les sourcils et plaça la photographie sous le halo de sa lampe de bureau. On devinait effectivement une masse noire dans l'embrasure de la fenêtre.

— C'est un être humain, assura Abby.

— Tu en es sûre ?

— Oui. Essaye avec ça.

Elle fouilla dans son sac pour en extraire une loupe qu'elle lui tendit. Il fit le tour du bureau pour se placer à côté d'elle et se pencha sur le cliché avec l'air concentré d'un bijoutier qui examine un diamant.

— Bon sang ! s'exclama-t-il.

Derrière la fenêtre se tenait une silhouette humaine.

— Ce n'est pas lui, murmura-t-elle.

Il sut aussitôt qu'elle faisait allusion au tueur en série qui avait terrorisé La Nouvelle-Orléans six mois plus tôt et qui avait établi ses quartiers généraux dans les bâtiments désaffectés de l'hôpital Notre-Dame-des-Vertus où il avait été autrefois interné.

— Si ce n'est pas lui, qui est-ce ? demanda Montoya.

— C'est justement la question que je me pose.

— Tu penses que cet homme a un lien avec ce qui se passe en ce moment ?

— Je n'en sais rien, mais ça m'intrigue, dit-elle en tapotant du bout du doigt la photographie.

Personne n'était censé se trouver dans cet hôpital en ruines. L'entrée en était interdite sous peine de poursuites. Et pourtant…

— C'était peut-être le jardinier… Tu sais, l'homme à tout faire du couvent…

— Tu crois vraiment ? rétorqua-t-elle d'un ton moqueur.

L'homme à tout faire, M. DuLoc, ils le connaissaient tous les deux. Celui qui se cachait derrière les carreaux du deuxième étage n'était pas M. DuLoc.

S'agissait-il de l'assassin de Renner ?

Montoya fit la grimace. Ils n'avaient aucune piste pour Renner… Ce n'était pas une raison pour pourchasser des ombres, mais ils ne devaient rien négliger.

— Je vais confier ce cliché aux experts du labo. Ils pourront peut-être améliorer la précision de l'image. Tu saurais dire à quelle date tu l'as pris exactement ?

— Je ne me souviens pas de la date exacte, non. Mais c'était peu de temps avant l'arrestation du tueur en série.

— Pour l'instant, je peux me contenter de cette approximation.

Elle appuya une hanche contre le bureau.

— J'ai parlé d'Eve à Allison, dit-elle.

— Oui ?

— Je voudrais rencontrer Eve, murmura-t-elle. Allison aussi, mais pour le moment elle est coincée à Seattle. Elle ne peut vraiment pas se libérer, même si ça la désole. Elle est d'accord pour que je contacte Eve, sans attendre.

Montoya détestait dire non à Abby, sauf quand il s'agissait de son travail.

— Cette femme est impliquée dans une enquête en cours, répondit-il d'un ton ferme. Pour la rencontrer, il vaudrait mieux attendre qu'on en sache un peu plus et qu'on ait arrêté l'assassin.

Elle tourna la tête vers lui d'un mouvement vif et, à l'angle hautain de son menton, il devina qu'il était en mauvaise posture.

— Cher inspecteur…, commença-t-elle d'un ton solennel. Je ne mets pas en doute vos capacités, mais ça pourrait prendre des semaines, voire des mois, avant que vous n'arrêtiez un suspect. Et moi je voudrais faire la connaissance de cette femme le plus tôt possible.

Il allait protester, mais elle leva une main pour l'arrêter.

— Je sais que ça peut aller beaucoup plus vite que ça, mais au cas où, Montoya… Imagine que l'enquête dure des années. Ou pire, que vous ne trouviez jamais le coupable. Il me semble normal de vouloir connaître une personne qui est peut-être ma demi-sœur.

— Tu pourrais au moins attendre les résultats du test ADN.

— Et vous les aurez quand, ces résultats ? Cet après-midi ? Demain ? Dans plusieurs semaines, peut-être… Je ne vois pas en quoi ma démarche compromettrait ton enquête. Tout ce que je veux, c'est passer un moment avec elle.

Elle recula d'un pas.

— Au lieu de voir l'aspect négatif de la chose, tu pourrais songer aux côtés positifs, insista-t-elle. Eve apprécierait sans doute le soutien d'une sœur en ce moment.

— Elle a deux frères.

— Une sœur, ce n'est pas la même chose qu'un frère.

Il secoua la tête. Les frères d'Eve ne lui inspiraient pas confiance. C'était tout de même incroyable qu'on n'ait pas pu encore les joindre et qu'ils ne se soient pas donné la peine de rappeler. Quand il pensait à eux, une sonnette d'alarme résonnait dans son crâne. Il avait pris ses renseignements et il savait que Kyle et Van avaient des problèmes d'argent. Cartes de crédit bloquées, hypothèques, dettes… Ils faisaient la paire.

Abby avait raison. Eve apprécierait sûrement le soutien d'une sœur.

— Très bien, soupira-t-il. Je vais vous arranger un rendez-vous.

— Je préférerais le faire moi-même. Pas de flics au milieu, si tu vois ce que je veux dire.

— Ça ne me dit rien qui vaille. En ce moment, les gens meurent beaucoup dans l'entourage d'Eve Renner.

— Ne vous inquiétez pas pour moi, monsieur l'inspecteur, tout ira bien. Et en cas de problème, je peux appeler mon fiancé. C'est un grand gaillard, solide et courageux.

— Je te le conseille, oui.

— Ne t'en fais pas, promit-elle en clignant de l'œil.

Elle se jeta sur lui pour déposer un baiser sur sa joue et en profita pour lui murmurer à l'oreille une promesse de récompense. Puis elle sortit tranquillement en arborant un air parfaitement innocent.

— Diablesse, grommela-t-il.

— Oui, mon chéri, lança-t-elle par-dessus son épaule avant de disparaître.

Il se renversa sur le dossier de sa chaise et contempla fixement la photo qu'elle venait de lui apporter, en se demandant si la silhouette qui obscurcissait la fenêtre était celle de l'homme qui avait tué Kajak et Renner, celle de l'homme qui avait déposé les articles dans la voiture d'Eve.

Etait-il possible que ce soit une coïncidence ?

Mais l'assassin de Faith Chastain les avait prévenus.

Ce n'était que le début, il le leur avait dit juste avant de mourir et Montoya ne parvenait pas à l'oublier. Et son sang se glaçait chaque fois qu'il y songeait.

18.

— Je suis désolée, mais, comme je vous l'avais dit, la mère supérieure est occupée toute la journée. Je lui transmettrai votre message et elle vous contactera dès que possible.

La secrétaire portait une jupe noire, un chemisier d'un blanc immaculé, une alliance et un crucifix qui pendait au bout d'une petite chaîne en or. Elle leva vers Eve un sourire béat. D'après son badge, elle s'appelait Mme Miller. Ses cheveux gris bleuté et permanentés lui arrivaient juste au-dessus des oreilles — ornées elles aussi d'une croix en or.

— J'espérais qu'elle pourrait me glisser entre deux rendez-vous, fit Eve.

Elle était venue ici avec la certitude qu'elle réussirait à attendrir la secrétaire et à forcer le passage, mais une fois face à la sèche Mme Miller, elle s'était sentie mal à l'aise et très déplacée.

Mme Miller ressemblait à ces petits caniches qui aboient plus fort que les gros chiens de garde. Elle ne céderait pas.

— Dites-lui que c'est vraiment important, supplia-t-elle en laissant de nouveau son nom et son numéro de téléphone.

Puis elle dut se résigner à revenir sur ses pas et à traverser en sens inverse le long couloir silencieux pour rejoindre le parking où l'attendait sa voiture. Au moment où elle se glissait derrière le volant, elle remarqua qu'on l'observait depuis une fenêtre du premier étage. Etait-ce la mère supérieure ou l'une des religieuses qui contemplaient le jour déclinant tombant sur le domaine ? Le soleil se reflétait dans les carreaux et elle ne distinguait que les vagues contours d'une silhouette.

De toute façon, ça n'avait aucune importance.

Elle savait ce qui lui restait à faire.

Elle venait de décider de visiter le vieil hôpital.

— Tu parles d'une idée de génie…, murmura-t-elle.

Elle préféra ne pas trop réfléchir à l'éventualité qu'on la surprenne en train de pénétrer par effraction dans une propriété privée. Elle ne voulait pas être obligée de justifier son geste auprès de la police.

Tu n'as qu'à te débrouiller pour ne pas te faire prendre.

Elle sortit de l'enceinte du couvent et, arrivée au croisement, elle prit la direction opposée à la route principale qui aurait dû la ramener vers la ville.

Le terrain de l'hôpital était mitoyen avec celui du couvent, mais une haute clôture séparait les deux domaines. Plusieurs accès permettaient de passer de l'un à l'autre et Eve les connaissait parfaitement, mais elle préféra les éviter pour ne pas risquer d'être surprise par les religieuses.

Mais les immenses grilles en fer forgé de l'hôpital étaient fermées. De l'autre côté s'étendait une longue allée au revêtement gondolé et craquelé.

Eve frissonna en contemplant les fenêtres barricadées de planches et la pelouse envahie par les mauvaises herbes. L'endroit avait bien changé…

Elle roula jusqu'au cimetière. Là, il n'y avait pas de grilles, juste une voûte d'entrée suffisamment haute pour laisser passer un camion. Elle était surmontée d'une inscription « Cimetière de Notre-Dame-des-Vertus », et gardée de part et d'autre par deux statues de pierre noircies par le temps, l'une représentant Saint Pierre et l'autre Jésus.

Elle se gara dans le parking de gravier, devant un champ de tombes et de caveaux de famille. Ici, le sol n'était pas marécageux comme aux abords de La Nouvelle-Orléans et l'on pouvait creuser le sol. Elle s'arrêta sous un arbre, puis se mit à errer entre les tombes, comme elle l'avait fait tant de fois enfant, avec Roy, lorsqu'ils s'amusaient à lire les inscriptions en se demandant à quoi ressemblaient les morts. Une fois, Roy avait même suggéré d'ouvrir une tombe, sans doute pour lui faire peur, car l'idée était demeurée à l'état de projet.

Autour du cimetière, il y avait une forêt de cyprès et de pins traversée autrefois par une piste empruntée par les cerfs. Elle prévoyait de passer par là. Si la piste existait encore.

Elle alla chercher son sac à dos et ferma sa voiture. Puis elle s'enfonça sous les pins vers la clôture qui protégeait le terrain de l'hôpital, en effrayant au passage un lapin. Quelques rayons de soleil filtraient à travers les arbres et mouchetaient le sol de taches claires, mais il faisait frais, et la forêt, dont l'immobilité n'était troublée que par une légère brise, paraissait étrangement calme et silencieuse. Eve ne se laissa pas impressionner. Après trois mois de convalescence où elle s'était trouvée réduite à l'impuissance, elle avait enfin la sensation d'agir. Elle dut écarter des toiles d'araignées pour retrouver le chemin de son enfance. Il circulait à travers une succession de bosquets et de clairières en longeant la clôture.

Un pivert poussa un cri à quelques mètres d'elle et elle sursauta en apercevant une couleuvre noire qui se chauffait au soleil sur un tas de pierres plates, près d'un piquet. Le serpent agita sa longue langue et disparut aussitôt entre deux pierres.

Du calme... Les couleuvres noires n'étaient pas venimeuses et celle-ci était toute petite. Pourtant elle avait fait grimper d'un cran l'angoisse d'Eve et elle éprouva le besoin de vérifier qu'il n'y avait pas de serpents sur le sol ou enroulés dans les arbres avant d'escalader la clôture. Une fois rassurée, elle posa un pied sur le fil de fer et se suspendit à une longue branche qui pendait de l'autre côté pour franchir le barbelé. Enfant, l'exercice lui avait paru facile, mais aujourd'hui c'était presque un exploit, surtout avec une épaule encore fragile.

Une douleur lui transperça l'épaule quand elle se balança au bout de la branche et, une fois de l'autre côté, ce furent ses jambes et son dos qui lui firent mal à l'atterrissage.

Heureusement, la douleur se dissipa rapidement et elle eut la chance de retrouver aisément le chemin qui circulait entre les pins et les cyprès. Après la haie de thuyas, il débouchait sur un parking autrefois destiné au personnel et aux livreurs. Son père y garait sa petite voiture de sport et, en regardant bien, on devinait encore les lignes blanches qui délimitaient les emplacements.

Elle contempla longuement la construction de brique rouge. Cela faisait si longtemps… Le bâtiment principal s'élevait sur deux étages, avec un toit en pente et un escalier de secours qui grimpait en colimaçon sur le côté. Les gouttières étaient rouillées, tordues, décrochées à plusieurs endroits, mais les gargouilles toujours à leur poste. Des bardeaux jonchaient le jardin envahi de mauvaises herbes, là où il y avait eu autrefois des pelouses bien entretenues et des bassins remplis de poissons et de nénuphars. Aujourd'hui, les bassins ne recueillaient plus que de l'eau de pluie et les ronces y poussaient sans retenue.

A l'autre bout du parking, il y avait toujours des garages et des abris aux toits affaissés, aux murs décrépits. Il manquait des carreaux aux rares fenêtres qui n'étaient pas barricadées par des planches.

L'endroit était en ruines.

Et surtout, au-delà du délabrement visible à l'œil nu, il se dégageait des murs couverts de lierre quelque chose de sombre et de désespéré.

Bon sang, ne donne pas dans le mélodrame. Fais ce que tu dois faire et c'est tout.

Mais elle avait un mauvais pressentiment. Le pressentiment qu'en transgressant l'interdiction d'entrer, elle risquait de réveiller quelque chose qu'il aurait mieux valu ne pas déranger.

— Arrête un peu ton cinéma, murmura-t-elle.

Elle n'avait aucune raison de s'inquiéter. Après tout, il faisait jour et elle venait simplement chercher des dossiers. Ça ne lui prendrait pas plus d'une heure. Elle serait sortie de là avant la tombée de la nuit.

Elle essaya d'abord la porte de derrière, celle qui menait dans la cuisine, mais aucune des clés de son trousseau ne l'ouvrait. Elle fit donc le tour du bâtiment pour les tester sur la porte qui se trouvait au pied de l'escalier de secours, sans plus de résultat.

— Bon, il ne reste plus qu'à passer à la deuxième étape, dit-elle.

Le chaud soleil de cette fin d'après-midi lui brûlait la nuque et elle se rendit compte qu'elle se trouvait sous la véranda où l'on poussait autrefois les fauteuils roulants des patients les plus atteints. Au milieu d'un mélange éblouissant de fleurs de toutes les couleurs, on y avait installé des tables, des fauteuils et des chaises longues pour ceux qui souhaitaient lézarder au soleil. Aujourd'hui, il ne restait que du béton couvert de toiles d'araignées, les mauvaises herbes qui s'étaient frayé un chemin à travers les fissures, et une unique chaise en rotin cassée, sous un grand magnolia qui avait survécu.

Mais il lui suffisait de fermer les yeux pour imaginer les patients immobiles dans leurs fauteuils roulants, les religieuses qui s'activaient avec diligence, les infirmières qui surveillaient un groupe de jeunes gens silencieux — lesquels suivaient Eve et Roy du regard quand ils traversaient ensemble la pelouse. L'un d'eux, surtout, la poursuivait de ses yeux bleus pleins de haine, avec une expression ardente sur le visage. Comment s'appelait-il déjà ? Rick, Ralph, Ron… ?

Elle eut la chair de poule et fit un effort pour chasser les mauvais souvenirs attachés à cet endroit lugubre.

Un vent aussi chaud que l'haleine de Satan s'était levé et il augmentait encore son angoisse et son sentiment de malaise physique. Elle se dirigea d'un pas précipité vers l'avant du bâtiment, en suivant le chemin dallé envahi d'herbes folles qui passait entre les buissons de myrte.

Elle l'avait souvent emprunté avec son père, en courant pour régler son pas sur ses grandes enjambées, et en essayant désespérément de capter son attention. Vainement… Surtout quand il s'arrêtait pour parler aux infirmières, aux religieuses, ou, plus rarement, à des patients.

Les infirmières se promènent en blanc
Les religieuses en noir
Mais elles ont un point commun
Elles ne comprennent rien à rien.

Eve sursauta. Il lui semblait que le vent venait de murmurer cette rengaine inventée par Roy. Il composait souvent des chansons pour tourner en dérision l'hôpital et ses occupants. Comme *L'Ode à un asile.*

Murs de pierre, de brique et de mortier
Maison de demeurés, de religieuses, et d'abrutis,
Devant Notre-Dame-des-Vertus, lieu de tous les péchés
Dieu détourne le regard et Lucifer sourit.

La poésie de Roy était aussi approximative que cruelle, mais Eve ne l'avait pas oubliée. Elle accéléra le pas et, en tournant au coin du bâtiment pour rejoindre l'entrée principale, elle reconnut l'allée circulaire et la fontaine sculptée.

Elle grimpa les marches de marbre en espérant qu'on n'avait pas changé les serrures.

Elle essaya la première clé du trousseau.

Elle n'entrait pas.

La seconde non plus.

— La troisième fois est toujours la bonne, murmura-t-elle.

Mais non, la troisième clé ne marchait pas non plus.

Zut !

Déçue, elle la retira de la serrure. Elle avait vraiment pris ses désirs pour des réalités et maintenant il ne lui restait plus qu'à abandonner. Jamais elle ne parviendrait à entrer. Ce n'était pas si grave, l'intérieur de l'hôpital avait probablement été mis à sac depuis longtemps. Récemment, la police l'avait fouillé de fond en comble. Les dossiers auraient certainement disparu.

Rentre chez toi. Oublie. C'est une mauvaise idée.

Elle fit tout de même le tour du bâtiment. Elle levait le nez pour surveiller un nid de guêpes quand elle s'arrêta net. On avait abaissé le dernier compartiment de l'escalier de secours.

Etrange.

Un bout de ruban jaune flottait, accroché à l'un des barreaux et elle s'aperçut en s'approchant qu'il s'agissait d'un cordon jaune de police. Elle leva lentement les yeux. Par cet escalier, on pouvait accéder à tous les étages, bien entendu. La fenêtre du premier était barricadée, mais pas celle du second.

Peut-être pourrait-elle passer par là ?

Ça valait le coup d'essayer.

Elle rajusta les lanières de son sac à dos et attrapa le dernier barreau de l'échelle pour se hisser. Son épaule n'apprécia pas l'acrobatie, mais elle ne lâcha pas prise car elle savait qu'elle n'aurait jamais la force et le courage de recommencer si elle abandonnait. Elle serra les dents et progressa lentement vers le haut, à la force des bras, jusqu'à ce que ses pieds rencontrent un appui.

Son cœur battait, elle était en sueur.

Elle poursuivit son ascension, en se demandant si elle n'était pas folle à lier, comme l'avaient laissé entendre les inspecteurs Bentz et Montoya. Enfin, elle atteignit une plate-forme, celle du premier étage, et s'arrêta quelques instants pour reprendre son souffle.

Elle en profita pour jeter un coup d'œil autour d'elle, en redoutant de voir apparaître une religieuse, ou le jardinier du couvent, qui lui auraient probablement demandé de descendre. Mais elle n'était observée que par un engoulevent qui sautillait sur les basses branches d'un pin.

Excepté le doux murmure de la brise d'été, tout était calme et paisible.

Presque trop. Ce calme avait quelque chose d'effrayant.

Mieux valait ne pas s'appesantir sur la question. Elle essaya la fenêtre du premier étage qui refusa de céder d'un pouce.

Imperturbable, Eve poursuivit l'ascension de l'escalier branlant, vers le deuxième étage.

Les carreaux de la fenêtre avaient volé en éclats et elle était entrouverte.

Comme pour l'inviter à entrer.

Elle avala sa salive et poussa le battant qui s'ouvrit sans même grincer, comme si on venait d'en huiler les gonds.

Mais non, personne n'a huilé les gonds, arrête de délirer…

Elle se glissa dans le couloir sombre et silencieux qui sentait le renfermé et l'humidité.

Le parquet était rayé et couvert de poussière, les papiers peints se décollaient du mur, la peinture s'écaillait.

Eve fila vers l'escalier qu'elle descendit en caressant la rampe du bout des doigts, comme lorsqu'elle était enfant. Elle dépassa le palier où le vitrail de la Madone était encore miraculeusement intact et rejoignit le rez-de-chaussée où elle avait décidé de débuter ses recherches. Elle ne s'attendait pas à des découvertes miraculeuses. Le bâtiment avait été fouillé par la police à l'automne dernier, quand le tueur en série s'était jeté par une des fenêtres du deuxième étage.

A cause de Faith Chastain, cette femme qui était peut-être sa mère.

En bas, il faisait froid et sombre. Une faible lumière filtrait à travers les fenêtres barricadées et les volets abîmés. La vieille horloge qui avait autrefois égrené les heures ne se trouvait plus au pied de l'escalier, mais le long comptoir de la réception qui séparait l'entrée des bureaux était toujours là.

Elle revit les lieux tels qu'ils avaient été autrefois, fourmillant d'activité, avec les infirmières qui allaient et venaient, les visiteurs qui arrivaient avec un air intimidé, les employés de l'administration toujours accueillants, mais fermes, les patients aux regards de vaincus. Et les religieuses, omniprésentes. Aujourd'hui il ne restait plus que des ombres. Eve avança lentement, avec la sensation de pénétrer dans un tombeau.

Eve… C'est juste un vieux bâtiment. Il n'y a pas de quoi s'inquiéter. Dehors il fait jour, le soleil brille.

Elle alluma sa lampe torche pour traverser le dédale de couloirs donnant sur les bureaux. Les plaques affichées sur les portes avaient disparu, mais il restait encore les numéros, à moitié effacés. Eve se souvint des murmures préoccupés qui s'échappaient autrefois des battants entrouverts, de l'odeur d'antiseptique et de celle du produit d'entretien parfumé au pin.

Elle continua à avancer tout en balayant le sol de sa lampe. Puis elle atteignit enfin la pièce portant le numéro 1, l'ancien bureau de son père, un petit box qui recevait la lumière naturelle d'une fenêtre du couloir.

Les traces sur le plancher marquaient encore les emplacements occupés jadis par le bureau, le meuble à dossiers et la bibliothèque. Les murs étaient noirs de saleté, avec des zones plus claires aux endroits où son père avait accroché des tableaux. Et les diplômes dont il était tellement fier.

Les seuls occupants de la pièce étaient les araignées du plafond.

Comme il fallait s'y attendre.

Mais Eve n'eut aucun mal à imaginer Terrence Renner dans la position où elle l'avait si souvent surpris, penché sur une revue médicale ou sur le dossier d'un patient, éclairé par le halo d'une lampe. Sur les étagères de la bibliothèque, un portrait d'Eve trônait auprès d'un portrait de Melody, dans un double cadre. Ses frères, eux, n'apparaissaient que dans l'unique photo de famille.

A présent Terrence était mort.

Assassiné.

Comme Roy Kajak.

Comme Faith Chastain.

Et l'assassin l'avait tatoué. Comme les deux autres.

Elle termina d'explorer le rez-de-chaussée en promenant sa lampe dans les recoins sombres du salon, de la salle à manger, de la cuisine. Puis elle décida d'essayer la porte donnant sur le sous-sol.

Elle était fermée.

Aucune des clés de son trousseau ne put l'ouvrir et elle se sentit presque soulagée. Elle préférait ne pas visiter ces pièces trop humides et trop sombres. Depuis que ses frères l'avaient enfermée enfant dans une cave, chez leur tante, elle était légèrement claustrophobe. Elle n'avait que cinq ans à l'époque et l'épisode l'avait traumatisée au point qu'elle avait dû dormir avec la lumière allumée pendant des mois. Longtemps elle avait rêvé toutes les nuits qu'on l'emmurait dans une pièce noire, que de minuscules yeux rouges l'observaient dans le noir et que d'énormes araignées aux crochets dégoulinants de venin la poursuivaient. Merci, Van. Merci, Kyle.

Elle reprit l'escalier pour explorer le premier étage où elle ne trouva que des chambres vides, des salles de bains et des toilettes à l'abandon. Comme en bas, des zones claires et des trous marquaient sur le mur les endroits où l'on avait accroché des tableaux.

Au deuxième étage, elle avança jusqu'à la chambre 307, celle qui avait appartenu à Faith Chastain. Elle était différente des autres, plus grande, avec un plafond plus haut, une cheminée, une haute fenêtre voûtée — celle par laquelle elle était tombée. Au-dessus de ce qui avait dû être l'emplacement du lit, elle remarqua une marque en forme de croix, sans doute celle d'un crucifix.

Elle songea avec émotion qu'elle contemplait peut-être la chambre de sa mère.

Elle se mordit la lèvre et essaya de se souvenir de Faith Chastain. Elle n'avait conservé que l'image floue d'une petite femme qui, les jours où elle allait bien, lui souriait en posant sur elle le regard vif et mystérieux de ses yeux couleur d'ambre.

Une tache sombre occupait le centre de la pièce. Eve recula. On aurait dit une vieille flaque de sang que le plancher aurait bu.

Tu te fais des idées. Tu te laisses impressionner par les histoires qui circulent autour de ce vieil hôpital.

Elle ressortit dans le couloir et le parcourut en éclairant au passage les entrées des autres chambres. Mais elle ne remarqua rien de particulier, à part que les salles de bains et les douches étaient infestées d'insectes.

Au bout du couloir, il y avait une petite pièce ayant servi à entreposer du linge et, plus loin, une autre, identique, mais avec une deuxième porte donnant accès au grenier. Comme elle était fermée, Eve essaya les clés de son trousseau. L'une d'elles entra aisément dans la serrure et pivota sans la moindre difficulté. La porte s'ouvrit sur une rangée de marches raides qui tournaient autour d'un conduit de cheminée et s'achevaient dans une mansarde délabrée.

Enfant, elle avait grimpé ces marches avec Roy. Ils avaient passé des heures dans ce grenier à s'inventer des histoires, ou à espionner les patients et les médecins à travers les fentes du plancher.

Roy avait répertorié les interstices en leur donnant des numéros correspondant aux pièces qui se trouvaient à leur verticale, comme la chambre de Faith Chastain. Eve arpenta le sol en baissant la tête pour éviter les toiles d'araignées accrochées aux chevrons et aux traverses, jusqu'à découvrir le numéro 307 tracé au feutre. Il disparaissait à moitié sous la poussière et la saleté, mais il était encore visible.

Le vent soufflait à travers les trous du toit, mais il ne suffisait pas à rafraîchir l'atmosphère étouffante de la pièce. Eve eut l'impression qu'il imitait les pleurs étouffés des patients. Dieu, que cet endroit était lugubre.

Combien de fois s'était-elle penchée avec Roy au-dessus de cette irrégularité du plancher pour regarder dans la chambre de Faith ? Aujourd'hui, elle avait honte de cette curiosité déplacée.

— Pardonne-moi, murmura-t-elle.

Elle ne put s'empêcher de coller une dernière fois son œil à l'interstice. La tache foncée qu'elle avait attribuée à du sang se trouvait juste en dessous.

Au moment où elle allait se relever, une ombre passa dans son champ de vision.

Elle poussa un cri étouffé.

Ce n'est qu'une ombre. Tu es seule dans ce vieux bâtiment et tu le sais.

Mais elle regarda de nouveau par la fente et tendit l'oreille. Elle n'osait plus bouger, ni respirer.

L'ombre avait disparu.

Elle avait dû rêver.

Ou bien c'était venu de la fenêtre. De la fenêtre, oui, sûrement. D'une branche d'arbre qui se balançait devant les carreaux. Tout à l'heure, elle avait entendu une forte rafale de vent. Ça s'était calmé, voilà sans doute pourquoi elle ne voyait plus d'ombre.

Elle attendit encore un peu.

Mais rien ne vint de nouveau obscurcir la tache.

Elle n'entendit pas non plus de bruits de pas ou de voix.

Elle était donc seule.

Pourtant la peur lui tordait le ventre.

Fais ce que tu dois faire et fiche le camp d'ici.

Elle avisa dans un coin du grenier un amas de lits cassés, de tiroirs de commode, de plateaux de médicaments, et d'autres vieilleries plus ou moins identifiables. En farfouillant dans le tas, elle tomba sur un meuble fermé à clé. Elle sortit son trousseau et essaya une minuscule clé qui lui paraissait correspondre à la serrure du plus petit des tiroirs.

Il contenait des dossiers poussiéreux et parfois même moisis qui sentaient le renfermé. Ils étaient vieux et remplis de documents tapés à la machine ou rédigés à la main.

Elle songea que ç'aurait été amusant de découvrir parmi eux le dossier de Roy. Il avait été interné quelques mois dans cet hôpital juste avant sa fermeture. Dire que Roy avait peut-être été espionné à son tour par les fentes du plancher… Quelle ironie…

Mais ces dossiers ne dataient pas de l'époque où Roy avait séjourné à Notre-Dame-des-Vertus, et elle n'avait aucune chance de trouver le sien. En revanche, elle trouva une chemise au nom de Faith Chastain. Elle l'ouvrit en tremblant. Elle était épaisse, remplie de notes et de bilans. Eve décida qu'elle n'avait pas le temps de la consulter sur place et la fourra dans son sac à dos, en essayant d'oublier que c'était du vol.

Si elle était bien la fille de Faith, ce dossier lui revenait de plein droit. Et si elle n'était pas sa fille, les informations qu'ils contenaient lui permettraient peut-être de comprendre pourquoi on lui avait transmis des articles sur cette femme, et pourquoi son père et Roy avaient été assassinés.

En passant en revue les onglets du tiroir, elle vit défiler des noms qu'elle put associer à des visages. Rich Carver… Ce type bizarre et toujours silencieux, qui observait ce qui se passait autour de lui, le sourire aux lèvres, et se détournait avec une expression mauvaise quand on croisait son regard. Enid Walcott, une petite femme qui ressemblait à un moineau, avec de grands yeux, toujours échevelée. Merwin

Anderson… Il passait des heures à contempler l'abri pour les oiseaux installé près de sa fenêtre. John Stokes, toujours sous sédatifs, et que l'on soupçonnait d'avoir tué son cousin. Ronnie Le Mars… Ronnie Le Mars… Le nom la fit frissonner. Elle se souvenait parfaitement des yeux trop bleus de ce garçon, qui la fixait avec une intensité dérangeante. Pourquoi l'avait-on interné déjà ? Automutilation ? Non, ça c'était plutôt John Stokes. Alors c'était Ronnie qui avait tué quelqu'un de sa famille. Elle les confondait. Elle continua à farfouiller dans le tas de dossiers. Le seul qui lui disait vaguement quelque chose parmi ceux qui restaient était celui d'Eva St James, une jeune fille brillante qui souffrait d'une forme d'autisme.

Elle aurait volontiers tout emporté pour son mémoire, mais elle n'osa pas, et elle ne pouvait tout porter. Aussi, elle referma le meuble et se dirigea vers l'escalier, en se courbant pour éviter de se cogner la tête, tout en balayant le sol du faisceau faiblissant de sa lampe.

Elle allait sortir de ce grenier étouffant, lorsque ses yeux tombèrent sur la poupée.

Sa poupée Charlotte.

— Doux Jésus, murmura-t-elle en braquant sa lampe.

Un vieux sac de couchage mangé par les souris était étendu sous une fenêtre couverte de poussière.

Elle reconnut le petit nid douillet où elle avait tant de fois joué enfant.

Elle allait quémander des assiettes et des couverts au personnel de cuisine où on lui donnait aussi une part de tarte au citron vert et des pralines qu'elle venait déguster ici.

Auprès de cette poupée qui gisait maintenant sur le ventre.

Etrange…

Elle ne se souvenait pas d'avoir laissé Charlotte ici et elle avait fréquenté l'endroit bien après avoir abandonné les poupées de chiffon. Charlotte, c'était sa grand-mère qui l'avait fabriquée. Elle l'avait habillée d'une robe bleue et d'un tablier, puis elle l'avait coiffée de deux tresses et d'un chapeau, comme une petite fille modèle.

En s'approchant, Eve remarqua que le nœud qui retenait les tresses était défait et que le crâne rond de Charlotte était visible. Pire encore, on avait écarté ses jambes et retroussé sa robe au-dessus de la taille en la fixant avec un élastique. Sa culotte était baissée sur ses chaussures en feutrine et ses fesses rose pâle se dressaient vers le ciel.

— Qu'est-ce que c'est que ça ? dit-elle.

Jamais elle n'aurait placé Charlotte dans une pose aussi obscène. En tant qu'étudiante en psychologie, elle était bien placée pour savoir que ça ne pouvait être que l'œuvre d'un psychopathe. En dépit de la chaleur moite qui régnait dans le grenier, elle fut soudain glacée jusqu'aux os.

Qui avait bien pu jouer avec sa poupée en la laissant dans cet état ?

Un patient de l'hôpital ?

Elle eut brusquement l'étrange certitude que celui qui avait fait ça avait voulu qu'elle découvre le tableau.

Surmontant la peur qui lui tenaillait le ventre, elle s'approcha de la poupée pour la retourner.

Un cri horrifié lui échappa.

On avait arraché les boutons qui servaient d'yeux à Charlotte, son tablier était lacéré à coup de ciseaux à cranter, on l'avait éventrée et, sous l'entaille de son ventre, le numéro 444 était tracé à l'encre rouge.

Et sous le numéro, on avait écrit un prénom : Eve.

19.

Eve lâcha la poupée comme si elle lui brûlait les doigts.

— Mon Dieu, murmura-t-elle à plusieurs reprises tout en reculant vers l'escalier.

Quel esprit malade avait bien pu…

Driiing !

Son cœur faillit s'arrêter quand son téléphone portable sonna. Elle fouilla fébrilement son sac pour en sortir le fichu appareil et voulut vérifier le numéro avant de décrocher. Mais l'écran affichait « Numéro Privé ».

Pas ça !

L'appareil continuait à sonner et elle le contemplait, tétanisée.

Puis elle se décida à répondre et le colla à son oreille.

Sans dire un mot.

« Iiii èèèè liiibre… »

Elle referma d'un coup sec et fit volte-face. Le faisceau de sa lampe balaya les murs autour d'elle et le dessous du toit mansardé. Elle était certaine que la personne qui l'avait appelée savait où elle se trouvait en ce moment et qu'elle savait aussi qu'elle venait de découvrir la poupée. Elle plongea de nouveau la main dans son sac à dos pour en extraire le tournevis qu'elle avait emporté. Elle le tint fermement et, le cœur battant, elle entreprit d'explorer les recoins du grenier.

Il n'est pas là, mais à l'étage au-dessous. C'est son ombre que tu as vue tout à l'heure.

Elle éclaira le haut de l'escalier, l'unique accès au grenier.

Elle attendit quelques secondes, puis se mit à progresser lentement vers la porte et la cheminée de brique, avec l'intention de se cacher derrière si l'homme osait monter jusque-là. Elle attendrait qu'il avance un peu, puis elle descendrait à toute allure. Une fois en bas, elle n'aurait plus qu'à refermer la porte à clé derrière elle et à prendre ses jambes à son cou.

Tu devrais appeler tout de suite le 911…

Au moins pour montrer la poupée à la police.

Qu'est-ce que ça pouvait leur faire qu'un dingue ait tripoté une poupée ?

Elle ne devait pas oublier qu'elle n'avait pas le droit d'entrer dans cet hôpital, pas le droit de voler un dossier.

Mieux valait ne pas les appeler… Pas question de se laisser déborder par l'angoisse. Elle ne pouvait pas se payer le luxe d'une crise de panique.

Recroquevillée près de la cheminée de brique, elle éteignit sa lampe et attendit. Elle osait à peine respirer. En dépit de ses bonnes résolutions, la panique se levait en elle comme une tempête. Quelque chose cognait dans sa tête.

Tout en tendant l'oreille, elle compta silencieusement.

Un, deux, trois, quatre…

Des gouttes de sueur dégoulinaient sur son front et le long de son nez.

Cinq, six…

Elle battit des paupières. Elle avait du mal à respirer.

Sept…

Seigneur… Ce bruit, là ? On aurait dit un bruit de pas…

Son cœur se mit à battre contre ses côtes comme un animal traqué. Il y avait quelqu'un dans cet hôpital.

Elle retint son souffle, pour mieux entendre.

Une souris traversa le plancher en courant, juste devant elle, et elle faillit crier.

Encore un bruit de pas. Cette fois elle en était sûre.

Ses doigts pressèrent le manche du tournevis. Oserait-elle s'en servir ? Il fallait le planter tout droit.

Donnez-moi le courage, Seigneur…

Encore des pas. Ils grimpaient l'escalier. Vite. Sans la moindre hésitation.

Il savait qu'elle ne pouvait pas lui échapper.

Une silhouette noire s'encadra dans la porte.

Elle se prépara à bondir.

Avance encore, salaud, encore !

— Eve ! tonna une voix d'homme.

Elle faillit s'évanouir.

— Cole ? murmura-t-elle d'une voix à peine audible.

— Mais où es-tu ?

— Ici.

Elle se jeta sur lui et se laissa tomber dans ses bras.

— Chuttt…, souffla-t-il tout contre ses cheveux. Qu'es-tu venue faire dans cet hôpital ?

Ses nerfs lâchaient. Elle avait envie de rire et de pleurer. Mais elle ne fit ni l'un ni l'autre. Elle l'embrassa.

Il répondit aussitôt en resserrant ses bras autour d'elle, en lui caressant le dos, en ajustant ses lèvres aux siennes. Avidement.

Au bout d'un long moment, elle s'écarta et passa une main dans ses cheveux tout en s'efforçant de recouvrer ses esprits.

— Tu as encore changé d'avis ? lui demanda-t-il d'une voix rauque.

— Ne te plains pas, tu as de la chance. Tu as failli terminer avec un tournevis planté dans le cou.

— Un tournevis ? Tu aurais osé ? J'ai du mal à le croire.

— J'étais morte de peur.

— Si tu me sautes au cou chaque fois que tu es sur le point de mourir de peur, je sais ce qu'il me reste à faire pour être bien accueilli.

— Je t'en prie. Ça ne me fait pas rire…

Elle alluma sa lampe et éclaira son visage.

— Comment savais-tu que j'étais ici ?

— Je t'ai suivie.

— Quoi ?

— Je t'avais dit que nous devions faire équipe.

— Tu m'avais dit aussi que tu comptais te rendre au commissariat, répondit-elle.

Elle soupira et se tut. Elle paraissait réfléchir.

— Comment as-tu fait pour me suivre ?

— Je me suis douté que tu essaierais de rencontrer la mère supérieure. Tous ces meurtres ont un rapport avec l'hôpital. C'est évident.

— Mais comment as-tu deviné que je serais aujourd'hui à l'hôpital ? Je me suis décidée au dernier moment.

Cole hésita. Puis il se lança.

— Si je veux que tu me fasses confiance, je suppose que je ne dois plus rien te cacher, soupira-t-il. J'ai installé dans ta voiture un appareil pour te suivre à la trace.

— Quoi ? Tu plaisantes, j'espère ? Cole, tu n'as quand même pas caché un appareil dans…

Elle était tellement outrée qu'elle ne trouvait plus ses mots.

— C'est… C'est… C'est une forme de harcèlement. Tu n'as pas le droit d'envahir ma vie privée…

— Je te rappelle que tu n'es pas très respectueuse de la loi, toi non plus. Tu viens de pénétrer par effraction dans une propriété privée.

— Ne renverse pas les rôles, protesta-t-elle.

Il rit.

— Viens, dit-il en la prenant par les épaules. Sortons d'ici.

Elle dut faire un effort pour ne pas oublier qu'elle avait toutes les raisons de lui en vouloir. C'était mieux que de lui être reconnaissante d'être arrivé à point nommé pour la délivrer de sa peur. Mieux, c'est-à-dire plus sûr…

— Cette fois, maître, vous ne vous en tirerez pas à si bon compte, commença-t-elle.

Puis elle se ravisa. Elle n'avait pas le cœur à plaisanter.

— Je voudrais te montrer quelque chose, dit-elle.

Elle l'entraîna dans le coin où la poupée gisait toujours, dans sa drôle de position, sur le sac de couchage.

— Qu'est-ce que c'est que ça ? s'exclama-t-il.

— J'ai bien l'impression qu'il s'agit d'une sorte de message. Je l'ai découverte au moment où j'allais sortir. Quelques minutes après, comme par hasard, mon téléphone s'est mis à sonner. C'était mon mystérieux interlocuteur et il m'a seulement murmuré de sa voix d'outre-tombe que tu étais libre, comme d'habitude. On aurait dit qu'il savait que je venais de voir Charlotte.

— Charlotte ?

— Oui, c'est son nom. Cette poupée est à moi. C'est Nana qui l'avait cousue pour moi. Quand j'ai grandi et cessé de jouer avec, elle a insisté pour que je la mette de côté pour mes futurs enfants et il me semblait qu'elle l'avait rangée dans un coffre, dans sa maison. Je ne comprends pas ce qu'elle fait là.

— Tu es certaine que c'est bien la même poupée ?

— Certaine. Il n'existe pas deux poupées comme Charlotte.

Il s'agenouilla et s'empara d'un morceau de tissu qui traînait par terre pour prendre la poupée qu'il examina attentivement.

— C'est ton nom, murmura-t-il.

Eve acquiesça, puis détourna le regard du jouet mutilé.

— Qui connaissait l'existence de ce grenier ? demanda-t-il.

— Je… Je n'en sais trop rien… Le personnel et les enfants qui ont vécu ici, je suppose. Ce grenier était un merveilleux terrain de jeu. Les religieuses le savaient. Une fois, l'une d'elles s'en est plainte à mon père et il m'a sévèrement punie. Tellement sévèrement que mes frères ont pris ma défense.

— Ils étaient donc eux aussi au courant ?

— Oui. J'y ai laissé des affaires, des livres avec mon nom, et même, il me semble, un journal intime.

Elle promena le faisceau de la lampe sous la fenêtre et éclaira des bandes dessinées et des livres de poche.

— Regarde. Ça, c'est mon dictionnaire anglais-espagnol.

Cole le ramassa. Le nom d'Eve Renner était inscrit à l'intérieur, avec une écriture de petite fille.

— Tu penses que cette mise en scène était préparée pour toi ?

— Mais qui aurait pu savoir que je viendrais ? Je ne l'avais pas du tout prémédité. Si la mère supérieure du couvent m'avait reçue, je serais probablement rentrée chez moi tout de suite après notre entrevue.

Le visage de Cole se ferma.

— Je me demande s'il n'avait pas prévu de t'amener ici.

— Que veux-tu dire par là ? demanda-t-elle.

Mais elle connaissait déjà la réponse et elle en eut des frissons dans le dos.

— Il projetait peut-être de te kidnapper.

— Seigneur, non… Ne dis jamais ça.

— Très bien. Je n'en parlerai plus.

Il se tut quelques minutes. On voyait tressaillir un muscle de sa mâchoire.

— A partir de maintenant, dit-il enfin, je ne te perds plus de vue. Je vais m'accrocher à toi comme une sangsue.

— Tu veux me protéger ?

— Tu as besoin de protection, en effet, dit-il d'un ton sinistre. Si tu ne veux pas de moi, fais appel à la police.

— Non, pas la police.

C'était le cri du cœur.

— D'accord, pas la police.

— Mais il faudra tout de même leur en parler, dit-elle.

Pour une fois, il était de son avis.

— On prend la poupée pour la leur montrer ? demanda-t-elle.

Il hésita, puis secoua la tête.

— Il vaut mieux laisser tout comme ça pour qu'ils jugent eux-mêmes sur place.

— Très bien.

Elle lui enleva la poupée des mains et la replaça dans la position où elle l'avait trouvée — avec un sentiment de malaise à l'idée de participer à cette mise en scène perverse. Puis elle le précéda dans l'escalier délabré qui tournait autour du conduit de cheminée.

— Tu sais que j'ai failli mourir d'une crise cardiaque à cause de toi, tout à l'heure, dit-elle. Je regardais dans la chambre de Faith Chastain à travers une fente du plancher et en voyant ton ombre sur le sol de l'étage en dessous j'ai cru que j'allais m'évanouir.

— De quoi tu parles ?

— J'essaie de te faire comprendre que ce grenier me fichait la trouille et que je t'ai vu dans la chambre 307 depuis le grenier.

— Dans la chambre 307 ?

Ils circulaient déjà dans le couloir et il montra du doigt la porte 307.

— Je n'ai jamais mis les pieds dans cette chambre, affirma-t-il.

— Mais si, voyons…

— Non, insista-t-il.

Il ne plaisantait pas. Ses sourcils froncés et le petit pincement caractéristique de sa bouche en témoignaient.

— Quand je suis arrivé à cet étage, j'ai entendu du bruit au grenier, expliqua-t-il. Tu avais laissé la porte du cagibi ouverte et j'ai tout de suite trouvé l'escalier qui menait sous les toits.

— Mais je t'ai vu, pourtant. Et je suis certaine qu'il s'agissait bien de la 307, à cause de cette affreuse tache sur le plancher que j'ai reconnue.

— Ce n'était pas moi, Eve, je te le jure.

Elle sentit ses entrailles se nouer. Et Cole, ce fou, qui retournait à grands pas vers la chambre 307.

— Attends ! hurla-t-elle. Non.

Elle imaginait déjà l'assassin de son père, posté derrière la porte, un couteau à la main, prêt à trancher la gorge de Cole.

Il ignora ses avertissements et appuya sur la poignée de la porte.

— Cole !

Elle se précipita derrière lui, mais elle se prit le pied dans un trou du plancher et trébucha. La lampe torche lui échappa. Elle perdit l'équilibre et heurta violemment le sol en tombant. Son épaule… Elle poussa un cri. Cole était déjà près d'elle.

— Eve, ça va ? demanda-t-il en posant une main sur son dos.

Non !

— Oui, je crois, murmura-t-elle.

Mais des larmes de douleur roulaient sur ses joues.

— Viens. Laisse-moi t'aider.

— Ma lampe de poche, dit-elle d'une voix de mourante.

Cole alla la ramasser et la rangea dans le sac à dos. Puis il souleva Eve et la porta jusqu'au rez-de-chaussée. Elle avait passé son bras valide autour de lui, mais elle se sentait un peu stupide. Elle était blessée à l'épaule, pas aux jambes.

— J'aurais pu descendre seule, protesta-t-elle.

Il lui jeta un regard en coin. Son visage n'était qu'à quelques centimètres du sien.

— Mais oui, bien sûr, railla-t-il.

— Il n'y avait personne dans la chambre de Faith, n'est-ce pas ? dit-elle.

— Non.

— J'y suis passée tout à l'heure et je n'ai pas refermé la porte derrière moi. Or, nous l'avons trouvée fermée. Il faut bien que quelqu'un s'en soit chargé. C'est toi ?

Il jura entre ses dents et ne répondit pas.

Une fois en bas, il la posa à terre pour tourner le verrou de la porte principale, et, quand il voulut la porter de nouveau, elle refusa. Dehors, le soleil était presque couché et la température avait baissé.

Elle respira plus librement.

Cole lui confectionna une écharpe de fortune avec la lanière de son sac à dos et la guida vers le trou de la clôture par lequel il était lui-même entré. Il souleva le grillage pour qu'elle puisse passer, mais elle eut du mal à se baisser. Son épaule la faisait de plus en plus souffrir.

— Je vais conduire ta voiture, dit-il.

Elle contempla la jeep garée près de sa Camry, dans le parking du cimetière, et secoua la tête.

— Ça va nous obliger à revenir la chercher, objecta-t-elle.

— Non. Je m'en charge. Je demanderai à Deeds de m'amener jusqu'ici.

— Oh, je sens que ça va lui plaire.

Elle avait remué le bras et la douleur lui coupa le souffle.

— Il ne dira rien.

— Tu parles…

Il lui prit ses clés pour ouvrir la porte du passager et elle grimpa sans plus de commentaires. Quelques secondes plus tard, il se glissait derrière le volant. Avant de démarrer, il fouilla dans son sac à dos et en sortit le dossier de Faith Chastain.

— Qu'est-ce que c'est que ça ? demanda-t-il.

Elle fut bien obligée de lui dire la vérité.

— Je l'ai trouvé dans le grenier.

— Tu entres par effraction dans une propriété privée et ensuite tu voles un dossier ?

— Tu es mal placé pour me faire des remarques, protesta-t-elle.

Il ne put s'empêcher de sourire.

— Je suis venue pour ça, dit-elle en désignant la chemise du menton. Je me souvenais avoir vu qu'on entreposait de vieux dossiers médicaux dans le grenier.

— Il y en avait d'autres ?

Elle acquiesça et se laissa aller contre le dossier de son fauteuil. A présent, elle avait aussi mal à la tête.

Il se mit à tambouriner sur le volant d'un air rêveur.

— Que se passe-t-il ? s'étonna-t-elle.

— Je voudrais consulter ces fameux dossiers, dit-il.

— Ils sont vieux. Ils datent d'au moins vingt ans.

— Possible. Mais les informations qu'ils contiennent pourraient nous éclairer sur ce qui se passe en ce moment.

— Qu'est-ce qui te fait dire ça ?

Il brandit le dossier de Faith sous son nez.

— Il y a vingt ans, une femme nommée Faith Chastain était internée dans cet hôpital où elle aurait mis au monde un bébé. Un malade t'envoie des articles parlant de la mort de Faith Chastain. Les flics en concluent que tu es peut-être sa fille. Ce quelqu'un pourrait très bien être un patient qui a connu Faith et dont le dossier se trouve aussi dans le grenier.

— Pourquoi aurait-il attendu vingt ans pour se manifester ?

— Je n'en sais rien. Mais nous le découvririons peut-être en épluchant les dossiers.

— Contentons-nous de celui-là pour le moment, suggéra-t-elle en esquissant un sourire tremblant.

Il lui jeta un regard à la fois dur et tendre.

— Il faut que tu voies un médecin, dit-il.

— Non, je t'assure que c'est inutile.

Il la toucha doucement au niveau du coude et elle poussa un cri étouffé.

— Je t'emmène aux urgences. Il faut que tu passes une radio. Et tu as besoin de calmants et de points de suture.

— Je refuse d'aller à l'hôpital.

Il lui fit un grand sourire.

— Ça me déplaît de te dire ça, ma chérie, mais à partir de maintenant c'est moi qui décide.

— Salaud, murmura-t-elle.

— Exactement.

Ce soir, la Voix s'exprimait haut et fort.

Et elle était en colère.

Elle couvrait les murmures irritants des autres, celles qui le harcelaient tout le temps.

Prépare-toi. Ce sera bientôt l'heure d'un nouveau sacrifice.

Il frémit en songeant à Eve. Etait-ce enfin son tour ? Il ferma les yeux pour voir son visage.

Elle était si belle.

Il la voulait.

— Qui dois-je sacrifier, Père ? demanda-t-il d'un ton angoissé en agrippant le bord de sa couette. Dites-le-moi et je Vous obéirai.

Il ferma les yeux et se concentra. Déjà, on lui ordonnait de prendre de nouveau son couteau pour trancher la gorge de ceux qui avaient éveillé la colère du Tout-Puissant. C'était sa mission, sa quête. Et, s'il réussissait, le Seigneur lui avait promis qu'il serait sanctifié.

Sanctifié !

Il pourrait s'asseoir près du Père, au paradis… Il en eut les larmes aux yeux. Il lui suffisait pour ça d'obéir, de suivre les instructions, de se laver de ses péchés.

Pourvu que ce soit Eve…

Tu dois maintenant t'occuper de deux pécheresses qui se cachent derrière un habit de pureté et de foi. Ce sont des monstres et il faut les sacrifier, exposer leur hypocrisie à la face du monde. Tu me les offriras le même soir parce qu'elles sont semblables.

— Qui, Seigneur ? Qui ?

Le silence lui répondit.

— Père ? cria-t-il.

Une idée fugitive le traversa… Et s'il était fou ? Autrefois tout le monde s'accordait à le dire. Sa mère, les médecins, les infirmières, les religieuses qui priaient pour lui et le contemplaient avec des yeux pleins de compassion.

Et pourtant non. La voix de Dieu était bien réelle. Elle lui parlait distinctement. Elle l'avait baptisé Le Rédempteur. Elle lui avait promis qu'il serait sanctifié. Il ne pouvait pas douter. Il devait croire.

— Mais Eve ? insista-t-il. Eve… Quand devrai-je m'occuper d'elle ?

La veille, Eve était allée à Notre-Dame-des-Vertus. Elle était attirée par le vieil hôpital parce qu'elle y sentait sa présence. Il en était sûr. Une partie d'elle-même savait qu'elle devait y mourir. Avec lui. Bientôt. Très bientôt.

— Père ? insista-t-il.

Mais sa chambre demeura silencieuse comme un tombeau.

Le Seigneur était en colère contre lui.

Parce qu'il s'était montré impatient.

— Qu'il en soit fait selon Votre volonté, dit-il tout haut.

Tremblant d'émotion, il se laissa tomber à bas de son lit, sur les genoux. Puis il inclina la tête et joignit ses mains au-dessus du matelas pour attendre la suite de ses instructions.

Touchée par son repentir, la Voix accepta de lui répondre.

20.

Cole porta Eve dans la chambre de la tour et la déposa doucement sur le lit.

— Viens, dit-elle.

Il lui sourit et secoua la tête. La lampe de chevet fit briller ses cheveux noirs.

— Je ne crois pas que ce soit une très bonne idée, répondit-il.

— Pourquoi ?

Pour la première fois depuis très longtemps, elle était détendue. Vraiment détendue. Et Cole lui paraissait plus séduisant que jamais. A l'hôpital, tout à l'heure, il l'avait aidée, rassurée, soutenue. Elle poussa un soupir de bien-être et tapota le matelas près d'elle.

Il s'installa sur le bord du lit et lui embrassa le front.

— Ecoute, Eve, j'en ai envie, et tu le sais. Mais il me semble que nous devrions attendre que tu sois parfaitement rétablie.

— Tu me repousses…

— Oh…

Une fossette se creusa sur sa joue gauche.

— Non. Ce n'est que partie remise…

— Tu as dit que tu voulais prendre soin de moi.

— Je l'ai dit et je le ferai.

— Mais tu n'as pas envie de me faire l'amour.

— Tu déformes tout. Je n'ai pas dit que je n'en avais pas envie. Simplement, il faut que j'appelle Montoya et Bentz… Ou Deeds… Peu importe… En tout cas, il faut que je prévienne quelqu'un de ce que nous avons trouvé dans cet hôpital.

— Je veux t'avoir près de moi, insista-t-elle.

— Oui, tu veux m'avoir près de toi. Mais je préférerais te prendre dans mes bras quand tu ne seras pas abrutie de calmants.

— Viens, Cole, minauda-t-elle avec une moue boudeuse.

Une partie d'elle-même avait conscience qu'elle lâchait ses inhibitions à cause des comprimés. Et après, quelle importance ?

— Tu n'es pas drôle, se plaignit-elle comme il ne bougeait pas.

— Tu te trompes, rétorqua-t-il.

— Prouve-le.

— Prouver quoi ?

Elle haussa un sourcil et le contempla fixement.

— Prouve-moi que tu es drôle.

Elle se mordilla la lèvre inférieure et il poussa un gémissement.

— Tu es une mauvaise femme, Eve Renner.

— Vraiment ?

— Oui. Et ça me plaît.

Il se pencha pour l'embrasser et leurs lèvres s'ajustèrent si parfaitement qu'elle eut l'impression de flotter. Une main frôla son bras, puis son buste, un sein…

— Oooh, gémit-elle.

Toutes les résistances de Cole cédèrent et elle le sut aussitôt.

Son baiser se fit plus profond, plus appuyé, sa respiration devint chaude et précipitée, il se pressa contre elle. Il se montra attentif et tendre, plus tendre qu'il ne l'avait jamais été. Tout en la serrant dans ses bras, il ôta son jean et son T-shirt, puis s'allongea sur elle de tout son long. Elle sentait sa peau nue à travers sa chemise de nuit.

— Tu es sûre que c'est ce que tu veux ? demanda-t-il une dernière fois avant de caresser une de ses mèches bouclées.

Comme elle ne répondait pas, il retroussa sa chemise de nuit et caressa un téton du bout de l'index, jusqu'à ce qu'elle gémisse de nouveau.

— J'en suis sûre, dit-elle.

— Vraiment ? insista-t-il tout en soufflant une haleine tiède sur son sein tandis qu'elle contemplait son visage à la lueur dorée de la lampe de chevet.

— Mmm…

Son ventre se creusa quand les doigts de Cole glissèrent jusqu'à son sexe.

— Je ne suis pas sûr que…

— Cole ! Je t'en prie…

— Comme tu voudras…

Il faillit déchirer sa culotte dans sa hâte de la lui arracher, puis il posa sa bouche entre ses cuisses et ses lèvres. Elle sentait sa langue, son souffle chaud.

Elle avait déjà la peau luisante de transpiration et, tout au fond d'elle-même, une délicieuse tension qui demandait à être soulagée. Sa main valide agrippa les cheveux de Cole quand la première vague de plaisir la secoua, chaude et intense. Elle se cambra. Elle voulait plus. Beaucoup plus. Et Cole ne la déçut pas.

Il lui écarta les jambes, puis la hissa à sa hauteur pour la pénétrer. Elle poussa un gémissement étouffé, se suspendit d'un bras à sa nuque, écrasa son visage contre son torse musclé et se mit à déposer une série de petits baisers dans le creux si sensible, entre les clavicules. Il gémit, lui aussi, tout en poussant en elle. Plus vite. Plus fort. Puis il s'allongea sur le dos et l'attira à lui, sans cesser de la caresser. Sans ralentir son va-et-vient.

Eve perdit pied. Le monde tournait autour d'elle. Un monde qu'ils remplissaient à eux deux.

— Cole, murmura-t-elle. Seigneur, Cole.

Une deuxième vague de plaisir la traversa, si violente qu'elle en frissonna. Elle tremblait encore quand il se raidit et poussa un cri rauque.

Elle se laissa retomber sur lui et ils roulèrent sur le lit, enlacés, loin, au-dessus de tout. C'était bon d'être ainsi. C'était juste. Elle songea qu'elle ne laisserait rien ni personne les séparer.

Pour le moment.

*
* *

L'heure des vêpres était passée depuis longtemps et la lune brillait au-dessus des murs du couvent. Le ciel était rempli d'étoiles et sœur Rebecca avait la sensation que la noirceur de la nuit l'enveloppait comme un suaire. C'était l'heure où elle aimait se promener dans le cloître et profiter du silence et de la solitude du jardin pour méditer, prier et réfléchir. En tant que mère supérieure de Notre-Dame-des-Vertus, elle se sentait souvent écrasée par ses responsabilités et parfois indigne de la tâche que le Seigneur lui avait confiée.

L'air était chargé des senteurs de magnolia et de pin. Le silence n'était troublé que par les hululements réguliers d'une chouette. Sœur Rebecca contempla la fontaine et son jet d'eau qui retombait sur une statue d'ange. Elle aurait bien voulu que ce flot pur la lave de ses péchés.

Mais il y en avait trop pour que ce soit si simple.

Et bientôt la vérité éclaterait à la face du monde.

— Pardonnez-moi, Seigneur, murmura-t-elle.

Elle fit un signe de croix et ses doigts effleurèrent la chaîne qui retenait ses lunettes. Elle se sentit brusquement lasse, épuisée par quatre-vingts ans de lutte. Il était temps que Dieu la rappelle à Lui. Mais avant de Le rejoindre, elle aurait à confesser ce qu'elle gardait pour elle depuis des années.

Quand elle se leva, ses vieux genoux craquèrent. Elle rentra lentement dans le bâtiment principal dont elle avait laissé la porte entrouverte pour laisser pénétrer la brise fraîche de la nuit. Elle eut un peu de mal à parcourir le long couloir éclairé seulement par de faibles veilleuses qui rappelaient la pâle lumière des bougies d'autrefois.

La porte de la chapelle grinça quand elle l'ouvrit et elle songea qu'il faudrait demander au jardinier et homme à tout faire d'en huiler les gonds. Puis elle avança lentement dans l'allée centrale, vers la nef et le chœur, en effleurant les rangées de bancs.

Sœur Rebecca avait toujours puisé du réconfort dans la fréquentation de ce lieu de culte aux dimensions modestes, au sol pavé de pierres, au plafond élevé, aux fenêtres imposantes. Elle y avait longuement prié, agenouillée, en égrenant lentement les perles lisses de son chapelet, mais aujourd'hui elle avait la sensation qu'elle ne parviendrait pas à trouver le repos.

Elle savait pourquoi.

Parce que Terrence Renner était mort.

Tué par un pauvre diable qui l'avait égorgé avec un couteau, d'après ce que racontaient les journaux. Sœur Rebecca avait fréquenté Renner durant les années où il avait exercé à l'hôpital. Renner avait été un homme prétentieux et suffisant. On pouvait lui trouver bien des défauts, il avait commis son lot d'erreurs. Mais de là à le tuer…

Elle leva les yeux vers le visage serein de Jésus sur sa croix de douleur, puis elle se signa de nouveau et s'installa sur un banc pour prier. Elle aurait voulu voir clair en son âme, mais elle ne parvenait pas à lutter contre l'ombre noire qui planait sur elle. Elle avait espéré que ses fautes seraient effacées pour toujours lorsqu'on raserait le vieil hôpital pour construire une maison de retraite, que les secrets et les scandales de l'asile d'aliénés seraient enfouis sous les décombres du bâtiment de brique rouge.

Ses espoirs avaient volé en éclats quand la police avait différé la démolition pour un temps indéterminé. A cause de l'enquête Faith Chastain. A cause d'une pauvre femme morte vingt ans plus tôt.

— Pardonnez-moi, mon Père, murmura-t-elle.

La cloche de la chapelle sonna.

Minuit.

Elle n'avait plus de raisons de s'attarder ici. Il était temps pour elle de regagner sa cellule, même si elle savait que son sommeil tarderait à venir et qu'il serait léger.

Un sommeil léger trahit une conscience impure…

On avait arrêté six mois plus tôt le tueur en série de La Nouvelle-Orléans. Mais il avait rôdé jusque dans l'enceinte sacrée du couvent. Depuis, sœur Rebecca avait du mal à dormir.

Quand l'homme avait été arrêté, elle avait cru trouver de nouveau la paix, se libérer enfin de la douleur du passé.

En vain.

La police n'avait rien fait pour effacer les choses, ni ce battage médiatique qui avait encore entaché la réputation de l'ordre de Notre-Dame-des-Vertus. Les fragments de cordon jaune avaient longtemps flottés dans le vent, comme un rappel des atrocités commises sur le domaine de Notre-Dame-des-Vertus. Mais la police n'était pas responsable des vieux souvenirs qui la hantaient.

Sœur Rebecca avait prié pour que l'on oublie ce dernier scandale, tout en sachant au fond d'elle-même que c'était impossible. Et à présent, les deux récents meurtres, celui de Roy Kajak, puis celui du Dr Renner, tous deux liés à l'hôpital, donnaient raison à ses pires craintes.

Elle frissonna. Elle avait la sensation confuse que ceux qui avaient travaillé dans le bâtiment de brique rouge, de l'autre côté de l'enceinte du couvent, n'avaient pas fini de trembler. Les trois mois qui venaient de s'écouler n'avaient été qu'un leurre, l'œil du cyclone, une brève accalmie.

Et à présent le mal se déchaînait de nouveau.

Un mal encore pire que le précédent.

— Le Seigneur nous protège, murmura-t-elle.

Mais la prière ne la rassérénait pas. Elle était glacée jusqu'à la moelle des os.

Devait-elle se confier à la police ?

Leur dire ce qu'elle savait…

Leur confier le secret qu'elle gardait depuis trente longues années.

Dieu seul pouvait lui donner la réponse. Il ne lui restait plus qu'à prier pour qu'Il l'éclaire.

— Mon Père, je Vous en supplie, guidez-moi, souffla-t-elle.

Elle fit une rapide génuflexion et quitta la chapelle. Elle retraversait le cloître quand un corbeau croassa. Elle dut se faire violence pour chasser de son esprit l'idée qu'il s'agissait d'un mauvais présage, d'un cri venu de l'enfer. De toute façon, elle ne croyait pas en ces bêtises. Sa foi le lui interdisait.

En passant devant la fontaine, elle crut entendre des pas — un bruit de semelles de cuir sur les pierres.

A cette heure tardive ?

C'était impossible.

Elle se faisait sûrement des idées. Elle se laissait déborder par ses angoisses.

Mais elle ne put s'empêcher de jeter un coup d'œil par-dessus son épaule et de scruter les coins d'ombre où ne filtraient pas les rayons de lune.

Rien.

Elle continua à marcher, plus vite qu'elle ne l'avait fait depuis longtemps, tout en murmurant le Notre-Père.

Et de nouveau, il y eut le bruissement d'une semelle sur le sol.

Elle se figea et retint sa respiration.

Mais, quand elle se retourna, elle ne vit que les fleurs qui dégoulinaient des paniers et se balançaient dans la brise.

Une forme noire passa comme un éclair dans un coin de son champ de vision.

— Qui est là ? dit-elle.

Elle avait la chair de poule et la poitrine dans un étau.

— Montrez-vous, insista-t-elle d'une voix rauque.

Etait-ce son imagination ? Un jeu d'ombre et de lumière ? Ravalant sa peur, elle glissa une main dans sa poche et referma les doigts sur les perles de son chapelet.

Ne crains rien, le Seigneur est avec toi.

Elle se tourna vers la porte du couvent, tout en songeant qu'elle n'était qu'une vieille femme écrasée de culpabilité et qui perdait la tête.

Ce fut à cet instant qu'une forme massive sortit de l'ombre et l'attaqua par-derrière. Le poids la fit chanceler. Elle allait crier, mais une main gantée lui écrasa la bouche pendant qu'une autre la maintenait fermement.

Non !

Non ! Non ! Non !

Elle sentit ployer sa colonne vertébrale.

A l'aide ! A l'aide ! A l'aide, Seigneur !

Terrifiée, elle voulut hurler, mordre, se débattre, mais il était beaucoup trop fort pour elle.

Il frappa.

Vite.

La lame s'enfonça profondément dans sa gorge.

Elle poussa un soupir, un gargouillement étouffé, puis tomba à genoux. Sa tête tournait. La douleur pénétrait jusqu'au tréfonds de son âme. Pourquoi ? Elle tenta de voir le visage de son agresseur, mais il faisait trop sombre. Elle n'avait plus de voix. Elle ne put que se résigner, impuissante, accepter l'idée qu'elle ne pouvait prévenir personne de ce qui se préparait.

Il sortit du couvent par la porte principale, tandis que son sang à elle, sa vie, s'écoulait lentement sur les dalles lisses et usées par le temps.

Mais il n'avait pas terminé.

Il y aurait d'autres victimes.

Et les secrets qu'elle s'était donné tant de mal à dissimuler seraient bientôt révélés.

Pardonnez-moi, mon Père, car j'ai péché.

Le brouillard et la noirceur envahissaient déjà sa conscience.

Le bruissement de son sang qui courait dans ses veines et les battements de son cœur étouffaient les bruits de la nuit — les cris d'animaux, le clapotis d'une lente rivière, le sifflement du vent dans les arbres, le grondement d'un train au loin.

Il venait de tuer la vieille religieuse, comme la Voix le lui avait ordonné. Il avait cru entendre du bruit et il l'avait abandonnée dans le cloître, en sang, pour s'occuper de l'intrus, mais il avait dû se tromper, les couloirs du couvent étaient vides et silencieux.

Après avoir vérifié qu'il était bien seul, il retourna vers le corps pour tracer un nombre en trempant l'index du cadavre dans le sang, puis tatouer son front, avec sa machine portative. Il se dépêcha, c'était du travail bâclé et il avait horreur de ça. Il n'avait pas le temps de donner toute la mesure de son talent.

Quand il eut terminé, il sortit du couvent et suivit le chemin à travers les fourrés. Son sang chantait dans ses veines. Il lui restait encore une victime à sacrifier, mais la mère supérieure était une affaire presque réglée.

Il avait libéré son âme.

Elle était morte.

Restait encore le rituel.

Une fois dans sa cabane, il ferma soigneusement le verrou derrière lui et alluma un feu de cheminée. Il ôta ensuite ses vêtements et les lava, ainsi que ses bottes. Puis il étala la grande bâche en plastique devant les flammes, disposa le miroir, se doucha pour purifier son corps et son esprit. Il pouvait maintenant allumer les bougies, une à une.

Son chapelet à la main, il pria longuement, avec ferveur. Puis, quand il sentit son âme aussi légère que son corps, il sortit son attirail et se mit à la tâche.

Il choisit de l'encre rouge et un coin de peau tout près de la cicatrice du numéro 101 pour tracer le 111, celui de sœur Rebecca. Il alluma ensuite la machine et regarda l'encre monter vers l'aiguille. Il serra les dents et esquissa un sourire. C'était bon et douloureux à la fois. Comme toujours. Il trouvait un peu de réconfort et de paix dans la douleur.

Quant à la mère supérieure… Il n'avait pas pu ressusciter son corps. Impossible. Son âme corrompue brûlait maintenant en enfer.

Là où était sa place.

21.

Le téléphone sonna à 4 h 30. Montoya ouvrit un œil bouffi en poussant un gémissement et roula loin du corps tiède d'Abby pour attraper son portable.

— Montoya, grommela-t-il d'une voix rauque de sommeil.

Le foutu chat, qui s'était recroquevillé sur les couvertures, cracha et sauta à bas du lit.

— On en a un autre, annonça Bentz d'une voix tonitruante.

— Un autre quoi ? demanda Montoya.

Mais il connaissait la réponse et il s'asseyait déjà, prêt à se lever.

Abby grogna et se frotta les yeux.

— Qu'est-ce qui se passe encore ? se plaignit-elle.

Hershey, leur deuxième visiteur nocturne habituel, avait trouvé une place entre Abby et le bord du lit. Elle leva sa grosse tête et la laissa retomber entre ses pattes.

— Un autre cadavre, poursuivit Bentz. Une religieuse, cette fois. Mais le scénario est le même.

— Une religieuse ?

— Sœur Rebecca, la mère supérieure de…

— De Notre-Dame-des-Vertus, coupa Montoya.

Il n'avait plus sommeil. Il avait rencontré à plusieurs reprises sœur Rebecca, une petite femme charmante qui avait dépassé les quatre-vingts ans. Bon sang, mais qui avait bien pu s'en prendre à une vieille religieuse au bord de la tombe ? Il repoussa le drap et entreprit de débusquer son jean dans le noir.

— L'agent qui a enregistré l'appel signale qu'on lui a tranché la gorge et qu'un nombre était tatoué sur son front. Le numéro 111.

— 111 ? répéta Montoya qui enfilait son jean sans slip.

Abby alluma sa lampe de chevet et la petite chambre fut aussitôt inondée de lumière. Elle se dressa sur un coude et contempla Montoya d'un air endormi. Elle était pâle et paraissait sur le point de retomber sur son oreiller.

— Je crois que nous devrions y aller tout de suite, fit Bentz.

— Je serai prêt dans cinq minutes.

— Je serai là dans trois minutes.

Montoya raccrocha.

— C'est la mère supérieure, expliqua-t-il à Abby qui attendait. On l'a tuée. De la même manière que les autres.

Abby attrapait déjà sa chemise de nuit roulée en boule au bas du lit. L'expression grave de son beau visage formait un drôle de contraste avec sa coiffure échevelée.

— Non, murmura-t-elle en secouant la tête. Je n'arrive pas à y croire. Pas sœur Rebecca…

— Je suis désolé, fit Montoya.

Les yeux d'Abby se remplirent de larmes.

— Pourquoi ? dit-elle seulement.

— C'est la question que je me pose, répondit Montoya d'un air grave.

Ses yeux cherchèrent quelque chose du regard.

— Où peut bien être mon portefeuille ?

— Là, dit Abby en montrant du doigt la commode.

Montoya le ramassa en même temps que ses clés et son badge et fourra le tout dans sa poche.

— Il faut coincer ce détraqué, ajouta Abby tandis qu'il enfilait ses chaussures. Il le faut absolument.

Elle se leva pour venir à sa rencontre. En dépit de son air furieux, elle était sexy, irrésistible.

Il l'embrassa. Pour qu'elle sache qu'il la trouvait désirable.

— On l'aura, promit-il. Fais-moi confiance.

Puis il lui administra une petite tape sur les fesses.

— Et toi, retourne te coucher.

— Comme si je pouvais dormir.

— Je t'appellerai plus tard.

— Très bien, répondit-elle en bâillant.

Elle alla s'asseoir sur le bord du lit et chercha ses pantoufles.

Montoya quitta la chambre, traversa le couloir, puis passa de l'autre côté de la bâche en plastique pour entrer dans le salon. Au moment où il attrapait sa veste pendue à une patère, près de la porte d'entrée, il entendit le cliquetis des griffes d'Hershey. La chienne espérait probablement qu'il la laisserait sortir, au moins quelques minutes dans le jardin, comme tous les matins. Sûrement pas. Abby s'en chargerait.

Il referma soigneusement derrière lui et traversa la pelouse à grands pas pour rejoindre la voiture de police qui attendait déjà dans l'allée. Bentz était au volant. Montoya s'assit sur le siège du passager et trouva un gobelet de café glissé dans un compartiment de la portière.

— Où as-tu dégoté ça ? dit-il en attrapant le gobelet.

— Il y a des endroits ouverts toute la nuit, fit remarquer Bentz en reculant.

Il fit demi-tour dans la rue, alluma ses veilleuses et démarra en trombe.

— Tu m'as l'air en pleine forme, dit Montoya après avoir bu une gorgée. Tu es debout depuis combien de temps ?

— Suffisamment longtemps pour avoir tapé sur mon punching-ball et pris ma douche.

Effectivement, il avait encore les cheveux humides.

— Vous, les lève-tôt, vous me déprimez, commenta Montoya tandis que Bentz doublait une camionnette de livraison garée en double file devant un restaurant, et prenait la direction de l'autoroute. Bon, explique-moi tout.

— J'ai reçu un appel de sœur Odine, du couvent. Elle venait de trouver sœur Rebecca dans le cloître.

— Merde, fit Montoya en scrutant la lumière de l'aube qui striait le ciel.

Il faisait à peine jour, mais le trafic en direction de la ville était déjà intense et un fleuve interminable de lumières roulait en sens inverse.

— Je suppose que la presse est déjà sur le coup, dit-il.

— Ça ne m'étonnerait pas, répondit Bentz en lui jetant un regard en coin. Et si elle n'y est pas encore, ça ne va pas tarder.

— Les fédéraux non plus. On va les avoir sur le dos. Au moins, nous serons plusieurs à avoir des problèmes.

Bentz grogna en signe d'assentiment et se rabattit pour prendre la sortie suivante.

— J'ai réussi à joindre Tweedle Dee et Tweedle Dum, annonça brusquement Bentz.

— Qui ? dit Montoya d'un ton irrité.

Il était trop tôt pour jouer aux devinettes.

— Les deux frères. Ils sont encore en ville. Je dois les rencontrer dans la matinée. Je suis curieux d'entendre ce qu'ils ont à dire à propos de leur cher papa.

— Je comprends, répondit Montoya en faisant la grimace. Ils t'ont appelé tous les deux ?

— A une demi-heure d'intervalle.

— Ils sont ensemble ?

— On dirait. Quant à la femme de Kyle, Anna Maria, elle me paraît inquiète. Elle a téléphoné deux fois pour savoir si j'allais voir son mari.

— Elle aurait pu le lui demander à lui.

— Ils doivent être pressés qu'on leur rende le corps pour enterrer le vieux et partager ses propriétés.

— Tu t'avances peut-être un peu, attends d'avoir parlé avec eux, objecta Montoya.

— Je ne fais que te dire ce que je ressens. Ils ne m'ont pas donné l'impression d'être attristés par la mort de leur père.

— N'oublie pas que ce n'est pas leur vrai père. A propos, on a réussi à le trouver, celui-là ?

Bentz secoua la tête.

— Non. Porté disparu. Depuis vingt ans.

— Ça serait tout de même intéressant de voir ce qu'il est devenu.

Bentz bifurqua en direction des champs et des forêts, sur la route de campagne menant à Notre-Dame-des-Vertus. La radio de la voiture crépitait. Les étoiles s'éteignaient à mesure que le jour se levait. Montoya réfléchissait à cette affaire compliquée. Encore un meurtre. Et cette fois à quelques centaines de mètres de l'hôpital.

— Quand recevra-t-on le profil ADN d'Eve Renner ? demanda-t-il.

— J'ai appelé Jaskiel pour qu'elle pousse le labo à aller plus vite. Je ne peux pas faire plus.

— Ouais, fit Montoya.

Ils arrivaient à l'endroit où la route se séparait en deux branches. L'une menait à l'hôpital et l'autre au couvent. Montoya tenta d'apercevoir le bâtiment de brique rouge, mais on ne le voyait pas d'ici.

Pourtant il n'était pas loin.

Et Montoya était sûr que les récents meurtres avaient un rapport avec les mystères du vieil asile.

Sanctifié !

La Voix avait promis qu'il serait sanctifié s'il menait à bien sa tâche.

Il roulait dans la nuit. Son sang bouillonnait, son pouls battait à ses oreilles. Il voyait à peine les lumières des voitures qui roulaient en sens inverse, il ne songeait qu'au sacrifice dont il repassait le film dans sa tête. Il avait senti la peur de la vieille religieuse, il avait vu la terreur dans ses yeux quand elle l'avait reconnu. Elle avait cessé de lutter quand elle avait compris qu'il accomplissait la volonté de Dieu.

Sœur Rebecca.

Une religieuse.

La mère supérieure du couvent.

Ses mains gantées s'agrippaient au volant et il les sentait transpirer à l'intérieur du fin tissu. Des insectes venaient frapper son pare-brise.

Il s'éloignait de La Nouvelle-Orléans et ça le rendait nerveux. Baton Rouge ne se trouvait pas sur son terrain de chasse habituel. Il ne connaissait pas l'université All Saints. Mais c'était là que résidait sa prochaine victime, une autre menteuse qui feignait l'innocence.

Il prit soin de rester en deçà de la vitesse autorisée pour ne pas attirer l'attention sur son véhicule.

Le Seigneur lui avait dit où la trouver. Et quand.

Il devait avoir foi en Lui.

— Satan, va-t'en, murmura-t-il.

Il aimait se répéter ces deux mots comme un mantra. Ils lui venaient de la Voix. Elle lui avait conseillé de s'en servir pour apaiser ses doutes chaque fois qu'il était tenté de dévier du droit chemin.

— Satan, va-t'en, Satan, va-t'en, Satan, va-t'en.

Il prit la dernière bifurcation avant Baton Rouge et vit apparaître le campus sur l'écran de son GPS. Il avait enlevé dans son pick-up sa combinaison en néoprène tachée de sang — on pouvait toujours croiser un imbécile qui faisait son jogging ou qui promenait son chien, ou un étudiant soûl qui rentrait en titubant au campus.

La Voix lui avait dit qu'il ne risquait pas d'être arrêté par un gardien, aussi il passa sans crainte par la grande porte. Puis il se gara sur le parking d'une station-service aux fenêtres calfeutrées par des planches et aux pompes vides. Une pancarte indiquait le prix de l'essence à moins d'un dollar le gallon. Il devait s'agir d'une plaisanterie ou alors c'était vraiment fermé depuis très longtemps.

La station se trouvait à une extrémité du campus et personne ne le vit sortir de son véhicule pour traverser la pelouse. Il portait un jogging avec une immense veste qui couvrait son sac à dos, ses outils et ses armes. Si on l'apercevait en train de courir à petites foulées sous les grands chênes, on le prendrait pour un obèse qui essayait de perdre du poids.

Le petit couvent était situé dans le périmètre du campus, mais à l'écart du grand bâtiment principal en forme de carré, où se trouvaient la bibliothèque et l'amphithéâtre. Il avançait d'un pas assuré, comme s'il connaissait le chemin par cœur. Quand il atteignit les abords du couvent, il s'arrêta et se pencha en avant en posant ses mains gantées sur ses genoux, comme s'il cherchait à reprendre sa respiration. Il profita de la position pour vérifier qu'il n'y avait personne en vue et, une fois rassuré, il entreprit d'escalader le mur, un exercice aisé pour une personne capable de se hisser à la force des bras. Le rebord en brique offrait des prises faciles pour les doigts et de multiples appuis pour les pieds. Une fois en haut, il posa ses mains entre les piques en fer forgé destinées à dissuader les voleurs, se balança pour prendre de l'élan et exécuta un magnifique saut de mains pour franchir l'obstacle. Puis il atterrit sur le sol avec une souplesse et une légèreté de félin.

Simple comme bonjour.

Le plus difficile commençait.

Il espéra que la Voix connaissait bien les habitudes de sœur Vivian.

Ne doute pas. Le Seigneur est avec toi.

Il aurait bien voulu que la Voix se manifeste à cet instant, pour le guider et le soutenir, mais il savait qu'il ne fallait pas y compter. Elle ne lui parlait que le soir, lorsqu'il était allongé dans son lit, lorsqu'il ne parvenait pas à dormir et que les autres voix en profitaient pour le harceler.

Le couvent était moins éclairé que le campus, mais ses yeux s'accoutumèrent vite à la semi-obscurité. A la lueur de la lune, il suivit le parcours qu'il avait mémorisé. Il contourna un bâtiment couvert de vigne vierge, puis une petite cour, avant de pousser la porte grinçante d'un jardin luxuriant et odorant.

Il consulta sa montre. L'écran fluorescent indiquait 4 h 40. Il allait devoir attendre vingt minutes et il lui faudrait encore vingt minutes pour accomplir les ordres compliqués de la Voix. Il se dissimula derrière un haut pilier et pria pour que son Guide lui donne de la force, qu'Il l'aide, qu'Il lui montre le chemin. Tout en pensant à Eve. Pour elle aussi, Dieu montrerait…

Bong !

Son cœur faillit exploser, puis il se rendit compte que ce n'était que la cloche qui sonnait le premier coup de 5 heures.

Bong !

Il vérifia mentalement ses accessoires. Le couteau, la corde, la boisson, et, en cas de problème, son pistolet.

Bong !

Il sortit lentement de derrière son pilier.

Bong !

Une silhouette sombre approchait à pas pressés, la tête courbée vers le sol. Elle lui parut petite et fragile. Ce serait facile. Beaucoup plus facile qu'il ne l'avait prévu.

La silhouette s'installa sur un banc tout en murmurant doucement. Ses doigts égrenaient un chapelet. Il se glissa derrière elle sans un bruit, à travers la haute végétation qui le dissimulait.

Bong !

5 heures. Le dernier coup. Le coup final. Il bondit sur elle et passa la corde par-dessus sa tête pour lui enserrer le cou. Elle poussa un cri étouffé et se débattit en portant ses mains à sa gorge. Le chapelet tomba sur les dalles lisses du jardin, en même temps que son livre de prières. Elle se balança désespérément d'avant en arrière et tenta de crier, tout en luttant pour se libérer.

Mais sœur Vivian — Viv pour les intimes — n'était pas de taille.

Il contracta ses biceps en grimaçant. Pour serrer plus fort. Déjà elle devenait molle. Elle n'avait plus de forces.

Cette reddition donna au Rédempteur un incroyable sentiment de puissance et, selon la volonté de Dieu, il serra encore, jusqu'à ce qu'elle sombre, puis il la souleva dans une bâche de transport utilisée par les pompiers et sortit de l'enceinte du couvent.

Si quelqu'un le surprenait, il serait obligé d'utiliser son revolver et ça, c'était une complication qu'il préférait éviter. Il avançait rapidement, d'ombre en ombre, loin des veilleuses du campus, en s'immobilisant dès qu'il entendait du bruit. Un camion poubelle passa et il dut se cacher dans une allée.

Il suait de peur. Mais il se sentait porté.

Cette nouvelle victime lui donnait le frisson parce qu'il savait qu'elle allait encore se réveiller.

Pendant un court laps de temps.

Et ensuite il lui faudrait mourir.

Kristi roula sur elle-même en poussant un gémissement. Il ne faisait pas encore jour, mais elle se levait tôt pour se rendre à son club de gym. Elle tenait à conserver un corps mince et en forme et son sport matinal l'aidait à affronter ces longues journées où elle devait supporter les coups de fil incessants des assurés de Gulf Auto and Life et leurs plaintes.

— Quelle horreur ! râla-t-elle tout haut en se propulsant d'un bond hors du lit.

Elle alla directement ouvrir le placard dans lequel elle avait rangé son sac de sport. Le club était plutôt miteux, sale et petit, mais il possédait une piscine olympique et le matin elle avait droit à une ligne pour elle seule. Le soir, c'était bondé, et elle préférait lire, regarder des séries ou des films policiers à la télévision, voire travailler à ses projets d'écriture. Elle venait de vendre deux nouvelles à un magazine, mais elle avait refusé deux commandes de son éditrice qui lui réclamait des histoires à la « Nancy Drew ». Elle s'imaginait probablement que la fille d'un inspecteur de police était bien placée pour obtenir des renseignements précis et qui sonnaient justes.

Elle se faisait des idées.

Elle enleva son grand T-shirt à l'effigie de l'université All Saints et enfila en quatrième vitesse son soutien-gorge de sport, un autre T-shirt et un short. Ensuite elle alla aux toilettes, se débarbouilla sommairement, brossa ses cheveux et les attacha, puis fit quelques étirements et enfila des tongs, avant de passer en bandoulière son petit sac de toile dans lequel elle avait mis des vêtements de rechange, ses tennis, et tout ce dont elle pouvait avoir besoin s'il lui prenait l'envie de modifier sa routine — par exemple de courir sur le tapis roulant ou de soulever des poids.

Elle sortit une bouteille d'eau de son réfrigérateur, tout en jetant un coup d'œil à l'appareil qui lui permettait d'écouter la radio de la police. Son père avait piqué une crise quand il avait appris ça, mais elle s'en fichait. Elle faisait ce qu'elle voulait chez elle. Et elle avait le droit de se payer ce que bon lui semblait avec l'argent qu'elle gagnait si durement.

Chez elle… Elle parcourut du regard son minuscule appartement et fronça les sourcils. Elle avait étendu des vêtements sur ses rares meubles, le sol aurait eu besoin d'un coup de serpillière, l'évier débordait de tasses et de verres sales. Quant à la douche… Elle était tout simplement crasseuse. Elle songea que sa belle-mère aurait eu une attaque en voyant une telle pagaille. Elle n'était pas une fée du logis, mais tout de même. Un peu de rangement s'imposait. Heureusement que son appartement n'était pas plus grand.

Elle ouvrait la porte pour sortir quand elle entendit la radio de la police crachoter. Elle saisit au passage les mots « Notre-Dame-des-Vertus » et s'arrêta net. Il y avait plusieurs voix, dont celle de son père. Il parlait d'un homicide. Un meurtre !

Un de plus.

Elle referma doucement la porte.

Elle tenait son roman, cette fois, elle en était sûre. Tous ces meurtres qui tournaient autour du vieil hôpital… C'était un sujet de rêve. Un sujet idéal.

Le sport pouvait attendre. Elle avait mieux à faire.

Il lui restait plus de trois heures avant de commencer à travailler et cela lui laissait largement le temps de se rendre au couvent et de revenir chez elle pour se préparer. Son père serait fou de rage s'il l'apprenait. Mais, avec la foule de journalistes qui étaient déjà probablement sur place, elle avait une chance de passer inaperçue. Simplement, il ne fallait pas compter sur lui pour lui accorder de passe-droit. Du moins pas encore. Ça n'allait pas tarder à changer. En attendant, elle avait un contact au département de police, un jeune, mignon, qui lui donnerait quelques renseignements après quelques verres. Bien entendu, il espérait l'attirer dans son lit, mais l'important, c'était qu'il lui glisse deux ou trois tuyaux.

Si son père ne l'aidait pas, elle pouvait compter sur son amoureux transi.

Elle n'en était pas là. Le plus urgent pour l'instant était de se rendre sur les lieux du crime. Elle se doutait qu'il y aurait déjà des équipes de télé et des curieux. Elle n'était pas fille de flic pour rien, elle parviendrait certainement à glaner des informations.

Elle fouilla dans son placard pour en sortir une vieille casquette de base-ball à l'effigie des Marlins. Ses lunettes de soleil se trouvaient dans son sac. Elle posa la casquette sur sa tête en rabattant la visière le plus bas possible. Puis elle mit les lunettes.

Elle jeta un coup d'œil au miroir installé au-dessus de sa commode. Son père ne risquait pas de la reconnaître.

Et puis s'il la reconnaissait, tant pis.

Jusqu'à preuve du contraire, elle vivait dans un pays libre.

Il avait déshabillé la vieille religieuse avant de l'installer sur son lit. Elle gémit doucement ce qui signifiait qu'elle se réveillait de nouveau. La Voix n'allait pas apprécier. Elle lui avait demandé de l'enlever, de la tuer et de l'emporter dans un endroit précis.

Et il avait désobéi.

Il l'avait emmenée dans sa petite cabane dans la forêt au lieu de la conduire là où on le lui avait ordonné.

Et elle était toujours vivante.

Parce qu'il s'était laissé déborder par ses émotions. Sœur Vivian était sa deuxième victime de la soirée et il s'était cru autorisé à improviser. Après tout, il était Le Rédempteur et il avait le droit de décider qui devait vivre et qui devait mourir. Mais il avait eu tort. Le courroux du Seigneur serait terrible. Il allait le punir. Le Rédempteur craignait même d'avoir perdu ses chances d'être un jour sanctifié. Il devait se dépêcher de racheter sa faute.

Dieu sait tout. Tu ne peux rien Lui cacher. Il est en colère. C'est pour ça qu'Il reste muet. Tu es déjà puni.

Il se tenait devant le feu et contemplait d'un air rêveur les récentes cicatrices sur sa peau, tout en se demandant s'il devait commencer le tatouage correspondant à sœur Vivian.

— Ohhh, gémit-elle.

Elle était revenue du royaume des morts, mais elle n'allait pas tarder à y retourner. Non, il ne pouvait pas se tatouer tout de suite. Il ne fallait rien changer au rituel. Le tatouage se faisait après la mort de la victime. Pas avant.

Mais tu as déjà brisé la règle une fois. Regarde-toi dans le miroir. Qu'est-ce que tu vois ?

Il voyait *son* nom. *Eve.* Il suivit du bout de l'index les trois lettres tout en imaginant le moment où il poserait enfin sur elle sa marque indélébile.

Eve.

On pouvait enfreindre la règle pour Eve, mais pas pour une vieille nonne.

Il se tourna vers elle et vit qu'elle le contemplait maintenant avec des yeux agrandis de terreur. Quand leurs regards se croisèrent, elle tenta de parler, mais il ne sortit de sa gorge qu'un gargouillis inaudible étouffé par le bâillon.

— Viv, murmura-t-il.

Elle tressauta. Le feu posait sur elle une lumière dorée.

Elle secouait la tête de droite à gauche et il entendait presque son cri silencieux. *Non ! Non ! Non !*

Cette pauvre pécheresse lui fit de la peine. Il alla jusqu'à son autel décrocher son chapelet qu'il lui glissa entre les doigts. Les yeux de Vivian se remplirent de larmes. Il sentit qu'elle puisait un peu de réconfort dans la prière.

Ensuite il se mit à la tâche.

22.

Eve ouvrit les yeux et tâta du plat de la main la place vide auprès d'elle. Cole n'était plus dans le lit. Pourtant elle n'avait pas rêvé, elle avait fait l'amour avec lui la nuit dernière — certaines parties de son corps s'en souvenaient parfaitement et le doute n'était pas permis. Elle avait bel et bien attiré Cole entre ses draps. A sa décharge, elle était sous l'effet des cachets.

Elle voulut rouler sur le côté, mais une violente douleur à l'épaule l'en empêcha.

Elle se souvint qu'elle avait un bras en écharpe.

— Merveilleux, murmura-t-elle en sortant du lit pour contempler son reflet dans le miroir.

Elle poussa un gémissement de désespoir. Elle était couverte de bleus, elle avait les cheveux en bataille, des cernes mauves sous les yeux. Elle se demanda s'il fallait attribuer son état à sa mésaventure de la veille ou à la nuit torride qu'elle venait de vivre avec Cole.

Mais où était-il passé ?

Elle espérait confusément qu'il serait parti. Mieux valait ne pas s'investir dans une relation avec lui. A moins d'être suicidaire.

Regarde les choses en face, Eve. C'est trop tard.

Elle fit la grimace en entendant Cole qui sifflotait en bas. Ses fausses notes lui parvenaient à travers la cage d'escalier, en même temps qu'un délicieux arôme de café. Comme autrefois. Comme s'il n'y avait jamais eu entre eux cet épouvantable épisode qui avait failli les mener devant un tribunal, comme si elle ne l'avait jamais accusé d'avoir voulu la tuer, comme s'il n'avait jamais cru qu'elle l'avait trompé.

Comme si le pauvre Roy n'était pas mort.

— Je suis en train de vivre un véritable feuilleton, murmura-t-elle en enfilant une robe de chambre pour se rendre dans la salle de bains.

Elle s'y enferma, prit une rapide douche, avala la moitié d'une dose d'antalgique et sécha ses cheveux avec une serviette. Puis elle mit un soupçon de rouge à lèvres et de mascara, noua la ceinture de sa robe de chambre et descendit l'escalier où elle manqua buter sur Samson.

— Fais un peu attention, lui reprocha-t-elle.

Il la suivit dans la cuisine. Cole s'activait devant l'évier tout en faisant frire du bacon dans une poêle.

Il ne manquait décidément pas de culot. Et en plus il avait l'air très à l'aise et en pleine forme.

Il avait préparé du café, des œufs, et des pommes de terre sautées qui attendaient déjà sur le comptoir.

— Tu es sorti faire des courses ? demanda-t-elle tandis que deux tranches dorées jaillissaient du grille-pain de sa grand-mère avec un petit « pop ».

— Oui, à l'épicerie du coin, répondit-il en lui jetant un regard entendu et un sourire complice.

Elle était furieuse, mais son cœur battait tout de même la chamade. Cole savait qu'il lui faisait de l'effet et il ne se privait pas d'en profiter. Avec ce vieux jean taille basse et ce T-shirt moulant, elle le trouvait incroyablement sexy. Il beurrait maintenant des toasts et elle apercevait le bas de son dos musculeux quand il levait le bras.

— Tu apprécies la vue ? demanda-t-il sans se retourner.

— Pas mal, dit-elle en rougissant.

— Plus que ça, j'espère.

— Ce n'est pas la modestie qui t'étouffe.

Il la regarda par-dessus son épaule.

— Je parlais du jardin, précisa-t-il avec un sourire ironique en désignant du menton le magnolia que l'on apercevait par la fenêtre.

Il se fichait de moi, en plus.

— Tu es un affreux jojo, se plaignit-elle.

— J'ai connu pire, comme insulte, commenta-t-il sobrement.

Il sortit une tasse du placard, la rinça, et y versa du café.

— Fumier, crétin, salaud… Tu vois le genre.

— Avocat ? proposa-t-elle.

Il rit.

— Oui, celle-là aussi, j'y ai eu droit.

Il rajouta un peu de crème dans le café et lui tendit la tasse.

— Tu fais de gros efforts pour m'amadouer, on dirait, plaisanta-t-elle.

— Pas du tout. Je suis naturel.

— Bien sûr…

Elle souffla sur sa tasse tout en s'efforçant de ne pas penser qu'elle se sentait bien avec Cole. Elle avait tenté dernièrement de se convaincre qu'elle préférait vivre seule, mais à présent elle commençait à en douter.

— Ecoute, Cole, à propos de cette nuit…

— Hmm ?

— J'ai eu tort.

— Tort selon la police ou selon les préceptes du Kama-sutra ?

— Tu n'es pas drôle, répondit-elle en retenant le sourire qui lui venait aux lèvres.

— Si, je suis drôle.

— N'essaye pas de changer de conversation. Je marque un point.

— C'est-à-dire ?

— Nous devons cesser de nous comporter comme des adolescents.

Il se retourna pour la regarder bien en face, les mains accrochées au comptoir.

— Tu ne te souviens peut-être pas très bien de ce qui s'est passé, mais moi oui, dit-il. Je t'ai d'abord dit non, mais tu as insisté jusqu'à ce que je cède.

Elle leva la main pour l'arrêter. Elle s'en souvenait parfaitement.

— J'ai essayé de me comporter en gentleman, mais tu n'as rien voulu savoir.

— Oui, oui, je ne le nie pas…

— Donc, ne te plains pas, coupa-t-il. Et réjouis-toi au contraire de cette agréable expérience.

— Qui ne se reproduira pas, nous sommes bien d'accord ?

Il ne put s'empêcher de sourire.

— Je ne te promets rien. Et si l'on en juge d'après ton comportement d'hier soir, tu ne devrais pas non plus promettre quoi que ce soit. Et n'essaie pas de me faire croire que c'était uniquement à cause des médicaments que tu avais avalés. J'ai tout vu, tout entendu, tu ne peux pas me raconter n'importe quoi. Si tu vois ce que je veux dire.

Elle baissa les yeux. Sa nuque était soudain brûlante.

— Ne t'inquiète pas de ça, je pense que nous avons des problèmes bien plus importants.

Il avait parfaitement raison.

— C'est vrai, avoua-t-elle. Et j'ajouterai qu'étant donné les récents événements, il me semble que je devrais appeler mon avocat pour lui demander de faire lever l'injonction du juge concernant l'interdiction de me voir.

— Ça me paraît une bonne idée, répondit-il en lui fourrant sous le nez une assiette avec des œufs brouillés, des pommes de terre et du bacon. Mange, ajouta-t-il.

— Comment ? ironisa-t-elle. Tu as oublié la branche de persil ?

Ça avait l'air délicieux. Elle en salivait déjà.

— Ils n'en avaient plus, répondit-il sur le même ton.

Puis il posa sa propre assiette sur la table et lui tendit une serviette en papier et des couverts.

— Pas non plus de serviette, s'excusa-t-il. Mais des pommes, ajouta-t-il en montrant un panier sur le comptoir.

— Tu essaies de faire diversion, dit-elle en prenant les couverts.

— Je l'avoue, oui. Et à présent…

Il pointa un doigt vers son assiette.

— Mange. Ensuite nous discuterons pour savoir lequel de nous deux doit appeler la police pour parler de la poupée.

Elle mordit dans son pain beurré.

— Je n'ai pas envie de penser à ça.

— Je sais, mais il le faut.

— Après le petit déjeuner.

— Bien entendu.

Elle trouva les œufs délicieux, les pommes de terre divines, le bacon croquant à souhait. Elle était en train de songer qu'elle pouvait fort bien s'habituer à se faire chouchouter par Cole quand son téléphone sonna.

— Je veux qu'on me fiche la paix, soupira-t-elle. Et si c'est une mauvaise nouvelle, je préfère ne pas l'entendre.

Mais en reconnaissant le numéro de Kyle, elle se résigna à décrocher.

— Allô ? fit-elle.

— Eve ? C'est Anna.

Anna… Elle paraissait essoufflée.

— Tu as eu des nouvelles de Kyle ? Il… Il n'est pas rentré depuis que tu es partie et quand j'ai enfin réussi à le joindre sur son portable, il m'a annoncé qu'il se trouvait à La Nouvelle-Orléans.

Elle avait l'air déboussolée et Eve l'entendit tirer une bouffée de sa cigarette.

— Tu te rends compte ? poursuivit Anna. Il ne m'a même pas demandé si j'avais envie de l'accompagner et il n'a pas pris la peine de repasser par la maison pour prendre des affaires. Il est parti, c'est tout. Le même jour que toi.

— Je l'ignorais, répondit Eve.

Son bien-être s'était envolé d'un seul coup.

— Il m'a dit qu'il avait l'intention de te voir, expliqua Anna. Je suppose que c'est au sujet du testament. En tout cas, quand il se montrera, s'il te plaît, demande-lui de m'appeler.

— Bien sûr.

— Je pars d'ici dans quelques heures, le temps de remplir une valise pour moi et pour ce grand imbécile. Je serai en ville dans la soirée ou dans la nuit, ça dépendra du trafic. Mais je t'en prie, n'oublie pas de dire à Cole que j'attends son coup de fil.

— Dès que j'aurai de ses nouvelles, ne t'en fais pas.

— Merci, dit Anna Maria en laissant échapper un long soupir. Je n'ai pas besoin de te dire que notre couple traverse une passe difficile, mais, au contraire de ton frère, je pense qu'il faut en parler au lieu de prendre la fuite. Ecoute, j'ai un double appel, je te laisse. N'oublie pas, pour Kyle. Je t'aime. A plus tard.

Elle raccrocha brusquement et Eve se retrouva avec le téléphone en main et personne au bout du fil.

— Ma belle-sœur, expliqua-t-elle à Cole en reposant le combiné sur son support. Mon frère est en ville. Il paraît qu'il n'est pas rentré chez lui depuis que j'ai quitté Atlanta.

— Pourquoi ?

— Elle ne me l'a pas dit et ça fait longtemps que j'ai renoncé à comprendre les membres de ma famille.

— Bienvenue au club, dit-il en ricanant. Et maintenant je voudrais que nous appelions la police.

Il attrapa le sac à dos et en sortit le dossier de Faith Chastain.

— Mais pas avant d'avoir jeté un coup d'œil là-dedans.

Eve acquiesça avec empressement et se leva aussitôt de sa chaise pour aller fouiller dans un tiroir. Elle revint avec un carnet et un crayon.

— Il vaut mieux prendre des notes, parce que la police voudra garder ce truc, dit-elle en tapotant le dossier.

Pendant qu'elle s'installait à table et se mettait à lire, il remplit de nouveau leurs tasses et vint s'asseoir près d'elle.

Eve lut avec émotion… Ces vieux documents témoignaient de la souffrance d'une femme qui avait passé sa vie à combattre la dépression, les idées délirantes, les hallucinations. Certains étaient tapés à la machine, d'autres simplement écrits à la main. Ils étaient signés par des infirmières, des psychiatres, des psychologues, parfois même par des religieuses. Mais on n'y mentionnait nulle part une grossesse.

— Je ne suis peut-être pas la fille de Faith Chastain, après tout, murmura Eve en secouant la tête.

Cole allait répondre, quand la sonnette de la porte retentit.

— Tu attendais quelqu'un ? demanda-t-il en se levant pour aller ouvrir.

En chaussettes…

— A 8 h 30 du matin ? s'exclama-t-elle en se précipitant derrière lui. Je ne crois pas, non… Mais… Attends ! Anna Maria m'a dit que Kyle était à La Nouvelle-Orléans et qu'il avait l'intention de passer me voir.

— Je crois bien que c'est lui, dit Cole.

Elle jeta un coup d'œil vers la porte vitrée. En effet, c'était bien Kyle. Il la contempla d'un air sombre, avec ses yeux qui ne souriaient jamais.

— Et il n'est pas seul, compléta froidement Cole.

Van se tenait effectivement un peu en retrait de Kyle. Il arborait un teint bronzé, il avait la cigarette au bec et paraissait aussi nerveux qu'un lion en cage.

La matinée s'annonçait mal.

— Pas de commentaires, grommela Bentz en écartant un journaliste qui tentait de lui barrer le passage vers sa voiture de patrouille.

La scène du crime était déjà protégée par le cordon jaune et à l'intérieur du périmètre qu'il délimitait, on procédait aux relevés nécessaires. Comme d'habitude, Bentz avait failli vomir en découvrant le cadavre étendu dans la cour, le nombre tracé sur le mur avec du sang, l'affreux tatouage sur le front de la victime, sa guimpe rougie de sang.

Il avait réussi à se contenir et à poser quelques questions aux religieuses. Puis il s'était aperçu que les piles de son magnétophone de poche étaient à plat et il était parti en chercher d'autres dans sa voiture.

Sœur Odine avait découvert le corps de la mère supérieure en se rendant à la chapelle. Elle avait aussitôt appelé le 911, puis elle avait contacté Bentz directement parce qu'elle avait fait sa connaissance à l'automne dernier, alors qu'il menait l'enquête sur les meurtres en série. Juste au moment où il s'apprêtait à partir pour le couvent, Bentz avait été prévenu une deuxième fois par un adjoint du shérif qui patrouillait dans le coin et que le 911 avait envoyé sur place.

Il venait de trouver des piles de rechange pour son magnétophone dans la boîte à gants de sa voiture et fit demi-tour vers le couvent. Les médias en prenaient à leur aise et il hurla aux agents en faction de faire reculer les journalistes, les cameramen, les badauds, et les véhicules. Il faisait à peine jour et il transpirait déjà. La chaleur s'annonçait terrible aujourd'hui.

Une journaliste aux cheveux méchés s'approcha de lui en souriant de toutes ses dents. Elle avait des yeux intelligents.

— Inspecteur, je vous prie, si vous pouviez m'accorder une minute… Pensez-vous que le meurtre de la mère supérieure du couvent ait un rapport avec ceux de l'automne dernier ? Pourrait-il s'agir d'un autre tueur en série ?

Bentz s'arrêta devant une caméra.

— Je n'ai rien à dire pour l'instant. Mais je pense que vous aurez droit à une conférence de presse dans la journée. Vous patienterez donc jusque-là.

— Mais le public a le droit de savoir ce qui se passe.

— Il attendra la conférence de presse.

Il se remit à avancer en s'efforçant de conserver son calme. Les journalistes l'exaspéraient. Mais pas tant que les badauds qui rôdaient autour des cadavres pour chercher le frisson.

— Tenez-les en retrait, dit-il à l'adjoint du shérif en passant devant lui.

Du coin de l'œil, il remarqua la mince silhouette d'une femme portant une casquette de base-ball et qui lui parut vaguement familière. En y regardant de plus près, il reconnut sa propre fille, là, au milieu de la foule. Elle se détourna quand elle vit qu'il s'intéressait à elle.

Mais qu'est-ce qu'elle fichait là, bon sang ? Il mourait d'envie d'aller la trouver pour lui dire de rentrer chez elle, d'aller au travail, d'aller où bon lui semblerait, mais surtout de déguerpir au plus vite ! Malheureusement, il avait bien autre chose à faire.

Quel bordel !

Il franchit le portail et remonta à grands pas l'allée menant au couvent. Dans le jardin, Bonita Washington se déplaçait précautionneusement autour du cadavre. Elle avait enfilé des gants et des protections sur ses chaussures.

— Celle-là est sûrement parmi les anges, à l'heure qu'il est, commenta-t-elle en désignant du menton le frêle corps de la religieuse. Santiago, n'oublie pas de photographier le tatouage sur le front.

Inez Santiago, ses longs cheveux roux enroulés en torsade, se pencha sur la mère supérieure avec son appareil.

— Attention, inspecteurs, grogna Washington. Nous n'avons pas terminé. Regardez où vous mettez les pieds.

L'humeur de Montoya ne s'était pas améliorée depuis tout à l'heure. Il répondit vertement.

— On connaît la chanson. Et il faut bien qu'on fasse nous aussi notre boulot. On est là pour découvrir le meurtrier, pas pour s'amuser.

— Comme nous tous, répondit du tac au tac Washington.

Puis elle se tourna vers ses adjointes.

— Santiago, Tennet, vous en êtes où ?

— Encore quelques minutes, fit Santiago tout en continuant à mitrailler.

A.J. Tennet, qui travaillait en collaboration avec la légiste, montra ses fioles.

— J'ai mes échantillons de sang, annonça-t-il.

— Fais-y attention, je ne voudrais pas qu'on nous accuse encore d'abîmer des pièces à conviction, dit-elle.

Elle faisait allusion à la maladresse d'un de ses hommes pendant l'enquête sur le meurtre de Kajak.

— Aucun risque, répondit Tennet avec un grand sourire.

Pendant que les techniciens poursuivaient leur travail, Montoya et Bentz arpentèrent le jardin où sœur Rebecca avait trouvé la mort. Les criquets chantaient, une grenouille coassait, la fontaine ruisselait. Le jour se levait peu à peu. Sans le cadavre et les taches de sang sur les pierres, l'endroit aurait été idyllique, parfait pour le recueillement et la méditation.

Mais il venait d'être irrémédiablement profané.

— Il m'arrive parfois de trouver ce boulot trop ingrat, murmura Montoya.

Bentz plissa les yeux. Les rayons de soleil passaient maintenant par-dessus le mur du jardin.

— Parfois…, s'étonna-t-il. Moi, c'est tout le temps.

Il prit encore quelques minutes pour inspecter les lieux et essayer de comprendre par où le tueur était passé et comment il avait procédé, tout en songeant que ce salaud n'avait pas eu de mal à maîtriser la vieille femme.

Puis il entra dans le bâtiment. Les couloirs sombres étaient silencieux, on entendait à peine les conversations murmurées des religieuses qui attendaient, alignées sur un banc, qu'on les appelle pour les interroger. Une équipe fouillait en ce moment la cellule austère de sœur Rebecca et une autre son bureau de mère supérieure.

Un homicide dans un endroit pareil, c'était vraiment impensable.

Tout en replaçant des piles neuves dans son magnéto à cassettes, Bentz s'installa de nouveau en face de sœur Odine, une petite femme menue qui devait avoir dans les soixante ans.

Elle ne lui apprit rien. Sœur Rebecca avait assisté la veille aux vêpres, puis, comme souvent, elle s'était enfermée dans son bureau pour travailler. Plusieurs sœurs avaient vu de la lumière filtrer par la fenêtre.

Ce n'était pas inhabituel qu'elle termine sa journée en allant se promener seule dans le cloître ou dans le jardin. Elle avait toujours eu beaucoup d'énergie et dormait peu. Sœur Odine avait découvert le corps en se rendant à l'office du matin.

Montoya demanda à consulter la liste et les dossiers des gens qui avaient rendu visite à la mère supérieure durant les deux derniers mois et Bentz réclama la même chose pour ceux qui vivaient à Notre-Dame-des-Vertus où y travaillaient dans la journée. Ils posèrent des questions concernant la paroisse et l'archidiocèse auxquelles sœur Odine répondit de bonne grâce. Mais quand ils abordèrent le sujet des dossiers de l'hôpital, elle ouvrit la bouche, la referma, puis secoua la tête en faisant bouger son voile.

— Je suis désolée, dit-elle. Mais j'ignore où ils se trouvent. Vous pouvez vous adresser à l'archidiocèse, bien sûr, ou chercher dans le couvent, mais je doute que vous trouviez quelque chose. L'hôpital est fermé depuis si longtemps que je ne pense pas que ces dossiers existent encore.

Elle battit plusieurs fois des paupières, tout en tripotant nerveusement la croix pendue à son cou.

— Je verrai ce que je peux faire, conclut-elle.

— Nous désignerons un agent pour vous aider, déclara Bentz.

L'idée parut déplaire à la vieille religieuse et elle leva les yeux au ciel derrière ses lunettes. Il désignait quelqu'un non pas pour l'aider, mais pour la superviser, voire la surveiller. Elle n'était pas dupe.

Ils questionnèrent tout le monde, ce qui ne les avança pas beaucoup, mais leur prit plus d'une heure. Pendant ce temps, l'équipe de Washington aspirait le périmètre protégé, prenait des photos, filmait, relevait les empreintes. Avant de partir, ils parcoururent le jardin à la recherche de traces de pas. On ne comprenait toujours pas comment l'assassin avait réussi à entrer. On avait trouvé le matin la grille fermée et aucune trace du passage de l'intrus.

Bentz contempla le mur d'enceinte du couvent. Il était possible de l'escalader en s'aidant d'une échelle, mais ils n'en trouvèrent aucune trace dans la boue du sol.

Ils ne perdaient pas espoir.

Ce salaud ne passerait pas éternellement à travers les mailles du filet.

Il finirait bien par faire une bêtise.

— Pour l'amour de Dieu, Eve, mais qu'est-ce qu'il fait ici ? demanda Kyle en contemplant Cole comme s'il était le diable incarné.

— Elle m'a invité, rétorqua Cole.

Eve songea qu'il ne se gênait pas pour déformer la vérité.

— Vous pouvez en dire autant ? poursuivit Cole d'un air hautain.

Il ne lui avait jamais caché qu'il n'appréciait pas ses deux frères. Il n'avait aucune raison de leur faire des courbettes aujourd'hui.

— Nous sommes venus pour parler de notre père, répondit Van en jetant par-dessus la rambarde son mégot qui grésilla dans l'herbe humide.

Il était plus petit, mais plus mignon que Kyle. Il avait des cheveux raides et d'un blond sale, tandis que ceux de Kyle étaient épais et de la couleur du café noir. Ils avaient tous deux hérité des yeux bleus et froids de leur père, du moins c'était ce que Melody avait toujours prétendu. Eve n'ayant jamais vu le père en question, elle ne pouvait que se fier à cette appréciation.

— Tu reçois chez toi un homme que tu as accusé de meurtre ? dit Kyle d'un ton mécontent. Et tu passes la nuit avec lui ? Tu as perdu la tête ou quoi ?

— Je préfère ne pas en discuter sur le pas de la porte, rétorqua posément Eve en reculant pour les laisser entrer. Et reste correct, Kyle. J'ai des voisins.

— Ça fait trois mois que tu cries à qui veut l'entendre que cet homme a tué Roy Kajak et qu'il a tenté de te tuer, poursuivit Kyle.

— Je me trompais, répondit Eve.

Elle referma le battant derrière eux et se mit à compter mentalement pour ne pas perdre son calme.

— Tu as changé d'avis comme ça, dit Kyle en faisant claquer ses doigts.

Van se taisait. On aurait dit qu'il voulait disparaître dans le plancher.

— C'est une sacrée surprise, tempêta Kyle.

— Elle t'a dit de rester correct, rappela Cole en se redressant de toute sa hauteur.

— Il suffit que je tourne le dos pour que tu te jettes dans les bras de cet assassin et que tu t'allonges sur le dos pour lui. Tu es tordue ou quoi ?

— Tu ferais mieux de partir, cracha Cole en plissant les yeux.

Il semblait prêt à bondir.

— C'est toi qui devrais partir, riposta Kyle, rouge de colère, en pointant un doigt vers le sol. Cette maison appartenait à notre grand-mère. Tu n'as rien à y faire.

— Ça suffit, intervint Eve en se plaçant entre eux. J'en ai assez de votre bataille de coqs.

Son regard alla de l'un à l'autre.

— Calmez-vous. Tous les deux. Et mettez une sourdine.

— Ne sois pas stupide, Eve, dit Kyle. Il te manipule.

Cole se raidit, mais il parvint à s'exprimer d'une voix posée et égale. De sa voix d'avocat.

— S'il y a un manipulateur ici, Kyle, c'est toi. Tu dis que tu es venu pour parler de ton père. Eh bien, n'oublie pas que j'étais son avocat. Et en tant qu'avocat je sais que vous n'étiez pas ce qu'on appelle des fils affectueux. Vous venez ici pour vous nourrir de sa dépouille.

— C'est faux, bredouilla Van.

Mais il paraissait toujours aussi mal à l'aise et, quand Cole le fusilla du regard, il se tut et détourna les yeux.

— Puisque vous vouliez parler, parlons, proposa Eve. Et en restant courtois, je vous prie.

Il y eut quelques secondes de silence. Van et Kyle contemplèrent longuement l'entrée et l'escalier comme s'ils mettaient pour la première fois les pieds dans la vieille maison de Nana. En suivant Eve qui les entraînait vers la cuisine, Kyle caressa du bout de l'index les lambris du couloir, pendant que Van semblait compter les tableaux, les suspensions, les tapis et les meubles.

— C'est beau, commenta-t-il pour détendre l'atmosphère.

Eve se rendit compte qu'ils n'étaient pas entrés dans cette maison depuis qu'elle en était propriétaire.

— Nous venons de terminer le petit déjeuner, mais il reste du café et des toasts, proposa-t-elle.

Cole s'arrangea pour passer devant et faire disparaître le dossier de Faith Chastain qu'il dissimula sous une pile de vieux magazines.

— Ça ira très bien, dit Kyle.

Il suivit des yeux Eve qui sortait des tasses du placard et parut enfin remarquer qu'elle était blessée.

— Que s'est-il passé ? demanda-t-il en montrant du doigt son bras en écharpe.

— Je suis tombée.

Van jeta un regard en coin du côté de Cole.

— Tombée, hein ?

— Je suis tombée, oui, dit-elle sèchement. Et toute seule. Mais je peux encore faire du café.

— D'accord pour le café, répondit Kyle.

— Ça me tente aussi, renchérit Van. Bon, Eve, on est venus te demander si tu avais besoin d'aide pour organiser les funérailles de papa et aussi pour voir comment ça va se passer pour la propriété.

— Je t'avoue que je n'y ai pas réfléchi. La police n'a pas encore rendu le corps.

— Et ça va durer combien de temps ?

— Ça dépend de pas mal de choses, intervint Cole en prenant une pomme qu'il fit passer d'une main à l'autre.

Un moyen de soulager sa tension, sans doute.

— Vous pouvez réclamer la dépouille, ajouta-t-il. Mais tant que la police n'aura pas terminé, elle ne vous la rendra pas.

Il lança la pomme en l'air.

— Vous êtes pressés ? ajouta-t-il.

— Ça ne sert à rien de traîner, dit Kyle.

Il fouilla dans sa poche pour en extraire son paquet de cigarettes, en sortit une et la prit entre ses lèvres. Il s'apprêtait à allumer la cigarette quand il croisa l'œil désapprobateur d'Eve.

— Pour l'amour de Dieu, Eve, tu ne vas pas m'empêcher de fumer chez toi alors que je t'ai accueillie chez moi pendant toute ta convalescence ?

— Tu fumes dehors, dit-elle d'un ton ferme. Et tu en profites pour appeler ta femme, ajouta-t-elle en lui tendant le téléphone. Elle est morte d'inquiétude à ton sujet.

— Tu m'emmerd…

Il lui lança un mauvais regard, mais accepta le téléphone et sortit.

Dès que Kyle eut refermé la porte derrière lui, Van prit la parole.

— Ecoute, Eve… Je voulais m'excuser de ne pas être venu te voir pendant ta convalescence, mais je suis très occupé et… Oh, je sais que ce n'est pas une raison, mais je n'ai pas une minute à moi…

Il serra les lèvres d'un air contrarié.

— Pas une minute. Je ne m'arrête jamais. Je me démène pour joindre les deux bouts. J'ai déménagé en Arizona parce qu'un vieux copain m'a assuré qu'il y avait moyen de gagner sa vie là-bas.

— Et ça ne marche pas tant que ça ? demanda-t-elle.

Cole ne disait rien. Il s'était posté devant la fenêtre, pour surveiller Kyle.

— Pas terrible, non. J'avais d'ailleurs l'intention de repartir. J'en avais déjà parlé à Kyle.

— Il ne m'en a rien dit.

— Je crois qu'il ne voulait pas vous inquiéter, toi et Anna.

Eve n'en crut pas un mot, mais elle tint sa langue.

Van passa une main dans ses cheveux.

— La vérité, c'est que je suis…

— Lessivé… ? proposa Cole.

Van acquiesça en regardant du côté de la fenêtre, les sourcils froncés.

— Plus tôt on vendra la propriété de papa et mieux ça vaudra pour moi, poursuivit-il d'un air gêné. Et pour Kyle. Et pour toi aussi, je suppose.

— Je ne suis pas son exécutrice testamentaire, Van. Du moins, je ne crois pas.

— Tu ne possèdes pas une copie de son testament ?

Elle secoua la tête.

— Il doit y en avoir une chez lui, dans ce cas, fit Van dont le visage s'éclaira un peu à cette idée.

— Sa maison est pour l'instant bouclée par la police. C'est le lieu d'un meurtre, nous n'y avons pas encore accès.

— Seigneur… Et ça va durer encore combien de temps ?

— Beaucoup plus longtemps qu'à la télévision, intervint Cole.

— Et comment va-t-on savoir, pour la succession ?

— Je n'en ai pas la moindre idée, reconnut Eve.

— Mais quelqu'un doit savoir, insista Van. J'ai vraiment besoin d'argent.

— Il n'est pas certain que tu reçoives quoi que ce soit, fit remarquer Cole. Votre père a très bien pu tout léguer à une œuvre de charité.

— Non…, protesta Van d'un ton désespéré. Il n'a pas pu faire ça. C'est impossible.

Il repoussa les mèches qui lui tombaient devant les yeux.

— Eve, il faut régler ça au plus vite, supplia-t-il.

— On s'en occupera quand on pourra entrer dans la maison et chercher le testament.

Cole s'écarta de la fenêtre.

— Vous devriez vous renseigner auprès de Guy Perrine, du cabinet O'Black, Sullivan and Kravitz. Il me semble que Terrence a fait des démarches auprès de lui. Ne mentionnez pas mon nom, je n'y suis plus *persona grata*.

— Et si ce Guy n'a pas le testament ? demanda Van.

Le regard froid de Cole rencontra celui de Van.

— Eh bien, dans ce cas, je dirais que tu es dans un sale pétrin.

— Ne recommencez pas, protesta Eve tandis que Kyle entrait en poussant si fort la porte que le battant alla cogner contre le mur.

— Elle arrive, dit-il à Eve en lui jetant un regard noir comme s'il la rendait responsable de ses problèmes matrimoniaux. Et elle est paniquée à cause de la religieuse.

— La religieuse ? demanda Eve d'une voix blanche.

— Oui, la mère supérieure de Notre-Dame-des-Vertus.

— Sœur Rebecca ?

Elle comprit qu'il s'agissait encore d'une mauvaise nouvelle et se sentit au bord de la nausée.

— Oui, c'est ça, fit Kyle en hochant la tête. Anna Maria dit qu'on ne parle que de ça aux journaux télévisés. Elle a été tuée hier soir.

23.

Bentz regagnait sa voiture de patrouille avec Montoya quand son portable sonna.

Eve Renner…

Pour la première fois depuis le début de la matinée, il jugea opportun de décrocher.

— Bentz, dit-il.

— Inspecteur Bentz, c'est Eve Renner. Je viens d'apprendre la nouvelle pour sœur Rebecca. C'est encore lui, n'est-ce pas ?

— Je ne peux pas en parler, mademoiselle Renner. Tout ce que je peux vous dire, c'est que nous enquêtons bien sur un nouveau meurtre.

— D'après les médias, la victime serait la mère supérieure du couvent, insista Eve.

Bentz se demanda qui avait lâché le tuyau.

— Je sais que… Enfin, je suis à peu près sûre qu'il s'agit du même assassin que pour mon père et Roy. Je voudrais vous aider. J'ai trouvé quelque chose qui devrait vous intéresser.

— Quoi ?

— Je préfère que vous voyiez par vous-même.

— Très bien, dit-il. Où ?

— A l'hôpital.

— A l'hôpital ?

Un frisson lui parcourut l'échine.

— Oui, à l'hôpital Notre-Dame-des-Vertus.

— Je suis au couvent, tout près de l'hôpital.

— Dans ce cas, je vous rejoins sur place dans une demi-heure, devant les grilles. Vous pouvez demander les clés aux religieuses.

— Vous ne voulez vraiment pas me dire de quoi il s'agit ? insista Bentz d'un ton agacé.

Il n'aimait pas jouer aux devinettes.

— C'est trop compliqué, dit Eve.

Elle semblait apeurée.

— Croyez-moi, c'est important. Je ne vous dérangerais pas pour rien. Et je dois aussi vous remettre quelque chose que j'ai trouvé là-bas : le dossier médical de Faith Chastain.

— Quoi ? tonna Bentz.

Mais elle avait déjà raccroché.

— Saloperie ! grommela Bentz.

Montoya s'était arrêté de marcher.

— Qu'est-ce qui se passe encore ? demanda-t-il.

— Je n'en sais rien, répondit Bentz. Mais je peux déjà te dire que je n'aime pas ça. C'était Eve Renner. Je t'expliquerai plus tard.

Il s'écarta pour laisser passer les hommes du bureau du coroner qui emportaient le corps dans une housse en plastique. Les équipes de télévision et la presse étaient toujours là, les camionnettes et les fourgonnettes stationnaient le long de la petite route menant au couvent. Tout à l'heure, un hélicoptère avait même survolé les lieux au moment où Bentz arpentait le cloître, probablement pour filmer d'en haut. Les téléspectateurs auraient droit à une vue d'ensemble.

Les médias jouaient un rôle important, Bentz en avait parfaitement conscience. Il leur arrivait même de collaborer avec la police en diffusant des avis de recherche ou en lançant des appels à témoins, mais aujourd'hui il n'avait pas envie d'avoir affaire à eux.

— Une seconde, dit-il brusquement à Montoya. Je vais chercher quelque chose, je te rejoins dans la voiture.

— Qu'est-ce que tu vas faire ? lui cria Montoya tandis qu'il s'éloignait déjà.

Bentz ne répondit pas. Il n'avait pas envie de lui avouer qu'il se sentait obligé d'accepter le rendez-vous d'Eve Renner parce qu'elle l'avait attendri.

Tout en se reprochant sa sensiblerie, il entra au secrétariat, où Mme Miller, une femme sèche qui parvenait à conserver une attitude digne en dépit des événements dramatiques, répondait au téléphone. Un ordinateur était installé devant elle, mais la plupart des notes posées sur son bureau étaient rédigées à la main, avec une écriture impeccable. Sans doute préférait-elle utiliser l'un des trois stylos à plume alignés près du sous-main.

Elle portait une croix en or autour du cou et se tenait très droite, pourtant elle parvint à se redresser encore quand il lui réclama les clés de l'hôpital. Elle refusa d'abord tout net. Mais quand il lui annonça qu'il pouvait l'arrêter pour obstruction à la justice, elle pâlit et tapa si vite sur les touches de son téléphone que ses doigts devinrent flous.

Quelques minutes plus tard, l'homme à tout faire entra avec un trousseau à la main. Mme Miller le prit et le laissa tomber dans la paume ouverte de Bentz avec une moue écœurée, en insistant pour qu'il le rapporte au plus vite.

Bentz promit et remercia, puis il retourna à petites foulées vers la voiture de patrouille, en s'arrêtant au passage pour demander à l'un des hommes du shérif de les suivre. Il ne savait pas ce qui l'attendait là-bas, mieux valait prévoir du renfort à portée de main, ou au moins quelqu'un pour garder la porte et empêcher les curieux d'entrer derrière eux.

— Il y a déjà une fuite, dit-il à Montoya en s'asseyant derrière le volant et en lui tendant les clés de l'hôpital. Une personne a appelé Eve Renner pour lui dire que la victime était la mère supérieure du couvent. Elle l'avait entendu à la radio.

— C'est pas vrai ! s'exclama Montoya.

Il ôta sa veste et la jeta sur le siège arrière.

— La famille n'est même pas encore prévenue, pesta-t-il.

— Je crois que les adjoints du shérif s'en occupent. La mère supérieure avait une sœur à Cambrai.

— J'espère que c'est par eux qu'elle apprendra la nouvelle.

— Moi aussi, répondit Bentz en mettant le moteur en route.

— Le shérif va être furieux.

— Il ne sera pas le seul.

Bentz passa la marche arrière. Il commençait à reculer quand Montoya l'arrêta.

— Attends. Il se passe quelque chose.

Bentz freina. Sœur Odine accourait vers eux en tenant à pleines mains les pans de sa robe noire. Plusieurs des agents qui montaient la garde devant la porte lui emboîtèrent le pas et un cameraman qui avait remarqué le remue-ménage se mit aussitôt à filmer.

— Inspecteurs, appela-t-elle en leur faisant de grands signes. Attendez !

Elle était écarlate.

Bentz fit descendre la vitre de sa portière.

— Je suis contente de vous avoir rattrapés, haleta-t-elle.

Du coin de l'œil, Bentz vit une équipe de journalistes arriver en courant, cameraman en tête.

— Débarrassez-moi d'eux, dit-il à l'un des hommes du shérif.

L'homme acquiesça et s'interposa pour les empêcher d'aller plus loin.

— Je viens de recevoir un coup de fil de sœur Jeannette, la mère supérieure du couvent de All Saints, débita d'une traite sœur Odine.

Bentz se raidit. All Saints. Là où Kristi avait fait ses études. Là où l'Elu l'avait enlevée.

— Elle m'a demandé si j'avais des nouvelles de sœur Vivian. Vivian Harmon, qui appartient à son ordre. Elle a disparu.

— Depuis combien de temps ? demanda Bentz.

— La mère supérieure ne me l'a pas dit, dit sœur Odine en secouant la tête. Mais sa chambre est vide et ils ont retrouvé son chapelet et son livre de prières dans le jardin.

Bentz en eut mal au ventre. Il avait vécu des heures atroces dans le campus de All Saints et il n'avait aucune envie d'y retourner.

— La mère supérieure a prévenu la police ?

— Pas encore. Les sœurs fouillent le couvent et elles n'excluent pas encore l'hypothèse que sœur Vivian soit partie pour rendre visite à quelqu'un de sa famille en oubliant de les prévenir, bien que ça ne lui ressemble pas.

Le visage de sœur Odine se ratatina.

— Quelqu'un de l'université leur a appris ce qui s'était passé ici. Elles savent que sœur Rebecca… Oh, mon Dieu…

Ses yeux se remplirent de larmes.

— Et maintenant… Maintenant la mère supérieure craint qu'il ne soit arrivé quelque chose de terrible à sœur Vivian.

Bentz aurait bien voulu la rassurer, lui dire que sœur Vivian s'était absentée, qu'elle ne tarderait pas à donner signe de vie, mais il ne voulait pas lui mentir.

— Dites-lui d'appeler le 911, dit-il. Et dites-lui aussi que les inspecteurs Bentz et Montoya prendront contact avec elle dans quelques heures. De mon côté, je me charge de prévenir le département de police de Baton Rouge.

— Merci, répondit sœur Odine avec ferveur en esquissant un signe de croix.

Elle avait l'air réellement soulagée. Bentz la jugea bien naïve.

— Que Dieu vous bénisse, inspecteurs, murmura-t-elle avant de repartir vers le couvent en trottinant.

Bentz fit demi-tour et prit la route bordée de voitures, de fourgonnettes et de camionnettes. Elles étaient si nombreuses qu'il avait à peine la place de passer.

— Hé ! s'exclama Montoya au moment où ils traversaient le groupe de badauds qui ne cessait d'enfler. Ce n'est pas ta Kristi, là ?

Il montra du doigt une jeune fille mince portant une casquette à l'effigie des Florida Marlins. Elle se détourna vivement et fit mine d'engager la conversation avec la personne qui se trouvait à côté d'elle.

Bentz se mordit la lèvre. Il avait des relations conflictuelles avec Kristi. Il lui avait trop longtemps caché qu'il n'était pas son vrai père et elle avait beaucoup souffert quand elle avait appris la vérité.

Elle avait réagi en devenant une révoltée un peu casse-cou. Mais il l'aimait plus que tout.

— Qu'est-ce qu'elle fait ici ? demanda Montoya en continuant à surveiller Kristi dans le rétroviseur, tandis qu'ils s'éloignaient.

Bentz poussa un grognement. Il savait parfaitement pour quelle raison elle était là, mais il n'avait pas envie de le dire à qui que ce soit. Surtout pas à Montoya.

Elle voulait écrire des romans policiers basés sur des faits réels.

Pfff...

Cette idée ridicule ferait d'elle une cible pour les dingues. Comme si elle n'en avait pas assez avec un père inspecteur de police.

Il n'avait pas le temps pour le moment, mais il se promit de lui mettre les points sur les i le plus vite possible.

Montoya avait remarqué son air sombre. Il eut la sagesse de laisser tomber le sujet.

— Que voulait Eve Renner ? demanda-t-il.

— Nous rencontrer. A l'hôpital.

— Quel hôpital ?

— Celui qui est là, tout près.

— Notre-Dame-des-Vertus ? Mais pourquoi ?

— Figure-toi qu'elle y aurait trouvé le dossier de Faith Chastain et qu'elle tient à nous le confier. Il y a aussi autre chose, mais elle n'a pas voulu me dire quoi.

Ils arrivaient sur la route en lacets. Elle était déserte. Bentz accéléra.

— Tout cela est de plus en plus étrange, dit Montoya en abaissant le pare-soleil.

Ils bifurquèrent bientôt sur le chemin de l'hôpital. Un renard qui s'apprêtait à traverser changea d'avis en apercevant la voiture et retourna en arrière dans le fossé. Bentz freina juste à temps pour l'éviter.

— Idiot, murmura-t-il.

Mais le renard avait déjà disparu.

— J'espère que cette piste aboutira à quelque chose, reprit Montoya en parlant du rendez-vous avec Eve.

Bentz fouilla dans sa poche pour en sortir un chewing-gum, tout en surveillant dans le rétroviseur si la voiture du shérif les suivait toujours.

— Il n'y a qu'un moyen de s'en assurer, dit-il.

Montoya et Bentz attendaient déjà devant les grilles de l'hôpital, appuyés au pare-chocs de leur voiture de patrouille.

Un homme du shérif les accompagnait, mais il était venu avec son propre véhicule et parlait dans sa radio. Il raccrocha quand Eve se gara près de lui.

— On dirait qu'ils s'attendent à ce qu'il y ait du grabuge, murmura Eve.

— Ils sont prudents, c'est tout, assura Cole.

— Si tu le dis.

L'adjoint sortit de sa voiture. Eve trouva que les deux inspecteurs avaient l'air inquiet. Montoya portait une chemise noire, un jean, des lunettes et son éternel blouson en cuir, Bentz un simple T-shirt et un jean délavé.

Elle n'avait aucune envie d'affronter une fois de plus ce duo infernal. Mais elle n'avait pas le choix et elle passa en bandoulière une des lanières de son sac à dos avant de verrouiller ses portières. L'adjoint resta en retrait, les yeux fixés sur la route.

— Le juge ne vous avait pas demandé de vous tenir à distance de cette personne ? demanda Montoya en s'adressant à Cole.

Eve leva la main pour l'arrêter.

— Le juge a levé l'injonction, dit-elle d'une voix assurée.

— J'assiste Mlle Renner en tant qu'avocat, renchérit Cole en soutenant le regard de Montoya.

Un sourcil noir apparut au-dessus des lunettes de l'inspecteur.

— En tant qu'avocat ? répéta-t-il.

Un coin de la bouche de Cole s'étira. Eve n'arrivait pas à savoir si elle aimait ou détestait ce sourire méprisant qu'il réservait à ses adversaires.

— La dernière fois que nous nous sommes vus, vous étiez de l'autre côté de la barrière, il me semble, rappela Montoya.

— Depuis l'eau a coulé sous les ponts, inspecteur, rétorqua Cole en haussant les épaules.

— Où étiez-vous la nuit dernière ? demanda Montoya en ôtant ses lunettes pour mieux fusiller Cole du regard.

Cole sourit. Il s'amusait comme un petit fou ! Eve eut envie de l'étrangler. Et Montoya aussi pour faire bonne mesure.

— Il a passé la nuit avec moi, intervint Eve pour l'empêcher d'en dire trop. Il m'a même accompagnée à l'hôpital.

Elle montra son bras en écharpe.

— Je suis tombée. Ici. Dans ce bâtiment. Près de la chambre de Faith Chastain.

— Ici ? insista Montoya tout en continuant à défier Cole du regard.

— C'est ce que je viens de dire, oui.

Bentz vint s'interposer entre les deux hommes et l'adjoint se retourna comme s'il s'attendait à ce qu'on l'appelle à la rescousse.

— Nous avons eu notre petit divertissement, dit Bentz. A présent, ça suffit. Vous avez le dossier ?

Eve tira de son sac à dos l'épaisse chemise et Bentz la prit avec précaution. De fines rides creusèrent son front quand il lut le nom sur l'onglet.

— Quelqu'un l'a touché ?

— Depuis que je l'ai trouvé hier, rien que nous deux, Cole et moi.

Montoya prit un air exaspéré et remit ses lunettes en place.

— Déjà vos deux empreintes. C'est charmant. Voilà qui va nous faciliter la tâche.

Cole lui répondit par son fameux petit sourire pendant que Bentz déposait le dossier dans la voiture de patrouille. Il en profita pour se munir d'une lampe de poche qu'il sortit de la boîte à gants. Puis il verrouilla les portières et rangea la clé dans sa poche.

— Expliquez-nous maintenant où vous avez trouvé ce dossier, dit-il en jetant un coup d'œil vers l'hôpital comme s'il avait déjà anticipé la réponse.

Eve montra du doigt le dernier étage.

— Dans le grenier, répondit-elle.

Montoya inclina la tête de côté.

— Le grenier ?

— Oui. Un petit grenier mansardé où je jouais lorsque j'étais enfant. J'ai eu envie d'y retourner. Pour chercher des traces de Faith Chastain.

Bentz referma la grille derrière eux.

— Ne laissez personne entrer, ordonna-t-il à l'adjoint du shérif.

La matinée était maintenant bien avancée et le soleil haut dans le ciel. Mais Eve frissonna à l'idée de pénétrer de nouveau dans ce lugubre bâtiment de brique rouge qui avait été successivement un orphelinat, puis un hôpital général, et enfin un hôpital psychiatrique. Toute la propriété appartenait à l'archidiocèse. Le bâtiment était en ruines et attendait d'être rasé.

Ils avancèrent lentement dans l'allée défoncée qui traversait l'ancienne pelouse transformée en champ d'herbes folles. Elle tournait autour d'une fontaine située devant les portes de la façade principale. Enfant, Eve avait admiré les anges de pierre crachant de l'eau vers les cieux, mais aujourd'hui la fontaine asséchée et les statues sales et ébréchées ne l'émerveillaient plus.

— Comment avez-vous fait pour entrer ? demanda Bentz.

Elle leur montra les traces de ses pas encore visibles dans l'herbe et la boue, mais quand ils tournèrent au coin, ils trouvèrent l'échelle de l'escalier de secours hors d'atteinte.

— Ce n'était pas comme ça hier, s'étonna-t-elle.

Elle expliqua qu'elle avait grimpé sur l'escalier à l'aide de l'échelle, puis pénétré dans le bâtiment par une fenêtre entrouverte.

— C'est vrai, confirma Cole. Moi aussi j'ai utilisé cette échelle. Et aujourd'hui elle n'est plus accessible.

Il leva les yeux vers la fenêtre.

— Et la fenêtre est fermée, ajouta-t-il. Et pourtant nous l'avions laissée ouverte.

— Vous en êtes certains ?

— Absolument, dit Eve en mettant ses mains en visière pour scruter le haut mur de brique rouge. Hier, lorsque j'ai regardé dans la chambre de Faith par une fente du sol du grenier, j'ai vu passer sur le plancher une ombre étrange.

Montoya se gratta la nuque.

— Quelle fente ? Quelle ombre ? Je ne comprends rien à ce que vous racontez.

— Vous allez bientôt comprendre, dit Cole. Entrons.

Ils contournèrent le bâtiment pour emprunter la porte principale dont Bentz avait la clé.

A l'intérieur, il alluma sa lampe torche. Montoya et Eve qui le suivaient firent de même avec la leur. Eve ressentit une certaine appréhension à arpenter de nouveau les couloirs et les pièces sombres et décrépites du vieil hôpital abandonné. Il faisait au moins trente degrés, mais elle avait la chair de poule. Les deux inspecteurs n'avaient pas l'air non plus très à l'aise et promenaient d'un air sombre le halo de leur lampe sur les murs.

— Votre père avait un bureau, je suppose, dit Bentz.

Elle lui indiqua la direction.

— Oui, mais il est vide. J'y suis passée hier.

— Montrez-nous ça.

Elle les conduisit dans la pièce où son père recevait ses patients. Bentz en fit rapidement le tour pendant que Montoya s'intéressait aux autres bureaux.

— On lui avait donc attribué le bureau numéro un, commenta Bentz.

— Oui, celui qui était réservé au chef de service, je suppose.

Ils visitèrent les autres. L'un servait à recevoir des patients, un autre à la comptabilité, un troisième aux religieuses. Venaient ensuite une série de pièces plus grandes pour les soins proprement dits et le personnel chargé de l'entretien.

— Et le sous-sol ?
— Il était réservé aux traitements lourds.
— C'est-à-dire ?
— Lobotomies, cellules capitonnées, électrochocs…
Bentz lui lança un regard interrogateur.
— Ces traitements nous paraissent barbares et cruels aujourd'hui, mais ils étaient couramment pratiqués à l'époque, répondit-elle sèchement.
Elle ne permettait à personne d'insinuer que son père avait mal fait son travail.
— Vous disiez que vous aviez quelque chose à me montrer, fit Bentz. De quoi s'agissait-il ?
— Suivez-moi dans le grenier, répondit seulement Eve.
Ils grimpèrent l'escalier en silence, en faisant craquer les marches de bois. Eve ne put s'empêcher de ralentir de nouveau devant le magnifique vitrail de la Madone.
Au deuxième étage, ils s'arrêtèrent pour ouvrir la porte de la chambre 307 et contemplèrent les affreuses taches sur le plancher à la lumière de leurs lampes torche.
Montoya grommela entre ses dents, puis il se tourna vers Eve.
— Comment accède-t-on au grenier ? demanda-t-il.
— Par ici, répondit-elle.
Elle les conduisit dans le petit réduit à linge et leur montra la porte derrière le conduit de cheminée. Elle ouvrit avec sa clé, en leur expliquant qu'il lui avait servi de terrain de jeu pendant de nombreuses années, qu'elle y avait installé une « petite maison », un coin avec des jouets et des livres.
Ils durent monter les uns après les autres. Arrivée en haut, Eve s'arrêta, prit une profonde inspiration, et leur parla enfin de la poupée.
Bentz n'en crut pas ses oreilles.
— J'ai plusieurs meurtres sur les bras et vous me dérangez pour me montrer une poupée mutilée ? dit-il d'un ton incrédule.
— Je vous ai remis le dossier médical de Faith Chastain. Et vous

trouverez d'autres dossiers dans ce grenier. Ils contiennent peut-être des informations utiles pour votre enquête.

— Légalement, nous n'avons pas le droit d'y toucher, lui rappela Bentz.

Il était furieux de s'être laissé entraîner jusqu'ici.

— Où est la poupée ? demanda Montoya.

— Dans le coin, sous la fenêtre, répondit Eve en se baissant pour avancer sous les bardeaux.

Elle dut rassembler tout son courage pour braquer sa lampe vers l'endroit où elle avait trouvé la veille le sac de couchage et la poupée.

Le faisceau éclaira le plancher, une vieille bibliothèque, puis le sac de couchage.

Mais pas la poupée.

Parce qu'elle avait été remplacée par le corps ensanglanté d'une religieuse.

— Nom de Dieu, souffla Montoya.

Eve resta quelques secondes sans comprendre, puis elle poussa un cri perçant.

— Non ! Pas ça ! Non !

Sa voix résonna dans le grenier.

Cole se précipita vers elle et la prit dans ses bras, sans quitter du regard l'horrible spectacle. Eve non plus n'arrivait pas à détacher ses yeux du cadavre. La femme était exactement dans la même position que la poupée : le visage contre le sac de couchage, la jupe relevée au-dessus de la taille, la culotte baissée. Son corps était lacéré de coups de couteau.

Bentz et Montoya se précipitèrent. Trop tard, on ne pouvait rien faire pour elle, elle était morte.

— Ce salaud sait que nous sommes venus hier, balbutia Eve en tremblant de tous ses membres. Il était là aussi. C'est bien son ombre que j'ai vue dans la chambre de Faith. Il m'a même appelée. Juste avant que tu arrives, précisa-t-elle en pressant sa joue sur le torse de Cole.

— Il vous a appelée ? fit Montoya en tournant la tête vers elle.

— Oui, sur mon téléphone portable.

Elle tremblait. De peur autant que de colère.

— Pour me provoquer et me faire comprendre qu'il m'observait.

Elle eut la chair de poule à l'idée qu'elle avait été si près de ce monstre. Ses genoux la soutenaient à peine. Heureusement, Cole était là pour l'empêcher de s'effondrer.

— La poupée que nous avons trouvée hier était posée sur le sac de couchage, exactement dans la position de cette femme, expliqua Cole à Bentz. Sauf qu'à la place des coups de couteau, il y avait sur son corps des marques rouges tracées au stylo rouge. Et le numéro 444 était inscrit sur son ventre. Juste au-dessus du prénom Eve.

— On lui avait ôté son bonnet et coupé les cheveux, compléta Eve en contemplant le crâne tailladé et à moitié rasé de la nonne dont la guimpe, la coiffe et le voile ensanglantés gisaient un peu plus loin.

Bentz se pencha sur le corps et le contempla attentivement. Puis il jeta un coup d'œil entendu à Montoya.

— Appelle du renfort et demande au type qui garde l'entrée de ne laisser passer que la police.

Il se balança sur ses talons pour se redresser.

— Plus la peine de rechercher la religieuse de All Saints, murmura-t-il.

24.

Bentz contemplait d'un air sombre le bâtiment de brique rouge de l'hôpital. Comme chaque fois qu'il venait de voir un cadavre, il luttait contre la nausée. Et en plus il transpirait comme un bœuf. Il faisait une chaleur insupportable et l'humidité atteignait presque cent pour cent. Tout allait mal.

Une équipe d'experts travaillait déjà à l'intérieur et le cordon jaune entourait le périmètre autour de l'hôpital.

Une fois de plus.

Deux cadavres de religieuses en une journée, ça faisait beaucoup. Toutes deux tatouées. Toutes deux positionnées dans une mise en scène soigneusement étudiée.

Mais quelque chose le tracassait.

Ils avaient bien affaire à un tueur en série, ça ne faisait pas de doute. Mais les tueurs en série s'en tenaient généralement à un type particulier de personnes. Et ils prenaient leur temps entre deux passages à l'acte.

Généralement.

— Notre homme accélère le jeu, commenta Montoya en allumant une cigarette qu'il avait dû quémander à un agent.

Il inspira profondément avant de recracher la fumée par à-coups. De petits jets sortirent de ses narines.

— Ce type-là poursuit un but précis, dit Bentz. Il ne cible pas ses victimes au hasard.

— Et il les marque avec des nombres. Ces tatouages, quand j'y pense…

— Il faut faire le tour des boutiques qui vendent du matériel de tatouage, proposa Bentz.

— Zaroster s'en charge, répondit Montoya en jetant un coup d'œil vers Cole Dennis et Eve Renner qui se tenaient près de la Camry d'Eve, de l'autre côté du ruban jaune.

Bentz mit sa main en visière au-dessus de ses yeux. Les médias avaient débarqué à peine dix minutes après le coup de fil de Montoya au commissariat et ceux qui s'agglutinaient tout à l'heure devant le couvent s'étaient déplacés vers l'hôpital. Tous des tarés…

Les fédéraux aussi n'avaient pas tardé à arriver, mais ça, c'était plutôt une bonne chose. Bentz était soulagé de collaborer avec eux et de profiter de leurs ressources, même si certains de leurs agents les prenaient de haut et avaient tendance à leur donner des ordres. Après tout, il y avait aussi des hommes de son propre département de police qui l'agaçaient prodigieusement et il les supportait. Brinkman, par exemple…

— Quelqu'un filme la foule ? demanda-t-il.

— Oui, répondit Montoya.

— Parfait.

Il fouilla le groupe de curieux du regard, à la recherche d'un homme qui paraîtrait particulièrement nerveux, ou excité. Ses yeux tombèrent sur Kristi. Elle parlait dans un Dictaphone. Elle n'était pas allée travailler, ce qui ne l'étonnait pas vraiment. Elle tenait à faire de cette enquête le sujet de son livre, il l'avait parfaitement compris.

Elle tourna la tête dans sa direction, comme si elle avait senti qu'il la dévisageait.

Il tapota sa montre pour lui signifier qu'elle avait intérêt à filer. Elle haussa les épaules. Elle se moquait de ses conseils.

Il jura entre ses dents et chercha dans sa poche une pastille digestive.

— Qu'est-ce que tu penses de cette histoire de poupée ? Tu y crois ? demanda Montoya en regardant du côté d'Eve et de Cole.

— Pourquoi nous auraient-ils menti ? objecta Bentz. Pour nous faire monter jusqu'au grenier ? Quel intérêt auraient-ils à nous raconter des histoires ?

— Et où serait passée la poupée ?

— Aucune idée.

— Donc, nous n'avons aucune preuve qu'elle était là hier.

Benz lui jeta un regard en coin.

— Le tueur a tatoué 323 sur sœur Vivian, pas 444 comme sur la soi-disant poupée, fit remarquer Montoya. Ça ne colle pas.

— La poupée était censée représenter Eve, pas sœur Vivian.

— Si elle a existé, insista Montoya.

— La disparition des dossiers me préoccupe beaucoup plus que celle de cette poupée, dit Bentz.

Montoya prit une dernière bouffée de sa cigarette avant de jeter le mégot qu'il écrasa sous sa botte. Ils n'avaient pas trouvé dans le grenier les dossiers qu'Eve prétendait y avoir vus la veille.

— Les dossiers sont peut-être aussi une invention pure et simple.

— Pas celui de Faith Chastain en tout cas. Nous l'avons dans la voiture.

— Mais il ne venait pas forcément du grenier. Dennis l'a peut-être volé chez Renner. Ou bien il était chez Eve. La maison appartenait aux parents du Dr Renner, il y rangeait peut-être des documents.

— Mais Eve possédait la clé qui ouvre le meuble à dossiers.

— Un meuble vide, tu parles…

— Dennis et Renner sont formels : ce meuble était plein hier.

— Si c'est le cas, je tire mon chapeau à l'assassin. Notre homme a trouvé le temps de tuer deux femmes, dont une qu'il a transportée ici depuis Baton Rouge. Et en plus il a joué les déménageurs. La poupée… Les dossiers… Bravo. Et pourquoi aurait-il pris la peine d'emporter ces paperasses ? Parce que son nom y est mentionné ?

— Ou parce qu'on risque d'y découvrir un élément permettant de l'identifier.

— Il espérait peut-être que le dossier de Faith se trouvait dans le tas, hasarda Montoya.

— Mais pourquoi tout emporter, dans ce cas ?

— Je n'en sais rien, répondit Montoya d'une voix tendue. A toi de me le dire.

— Le dossier n'était pas classé où il aurait dû, notre homme n'avait pas le temps de chercher, il a tout embarqué, proposa Bentz.

— Dans quoi ? Dans des boîtes ? Dans des sacs ? C'est un déménageur hors pair, ce type. Et où avait-il garé son véhicule ? Suffisamment près pour tout transporter à l'intérieur en un temps record ? D'autant plus qu'il lui a fallu ensuite effacer les traces de son passage, penser à fermer une fenêtre, à remonter une échelle. Ça me paraît un peu gros.

Il fourragea dans ses épais et brillants cheveux noirs en contemplant de nouveau Eve et Cole.

— Cole Dennis ne m'inspire pas confiance. Il n'a peut-être pas tué les deux religieuses et Renner, mais il nous cache quelque chose, j'en suis certain. Je le sens.

— En tout cas, elle, elle lui fait confiance, commenta Bentz en suivant le regard de Montoya.

Eve et Cole étaient en grande conversation. De temps à autre, l'un d'eux se tournait vers le bâtiment de brique rouge. Ils attendaient la permission de s'en aller.

— J'ai appelé l'hôpital qui a soigné Eve hier soir. Ils ont effectivement passé une partie de la nuit aux urgences.

— C'est tout de même bizarre. Elle l'a accusé de meurtre et de tentative de meurtre, et maintenant elle couche avec lui. Qu'est-ce qui a bien pu la faire changer d'avis ?

Bentz secoua la tête pour chasser une mouche qui bourdonnait autour de lui.

— Je ne sais pas. Mais ça mérite réflexion.

— Sans blague ? Tu crois ?

Après l'avoir raccompagnée chez elle, Cole avait mis Eve au lit en l'obligeant à prendre les cachets contre la douleur prescrits par le médecin du South General Hospital. Elle les avait avalés tout en pensant qu'elle ne s'endormirait plus jamais. A cause de sa migraine, de son épaule qui la lançait, des images atroces qui se bousculaient dans sa tête — une tache rouge sombre sur un parquet de bois, la poupée Charlotte dans une position obscène, le corps ensanglanté de sœur Vivian.

En quittant Notre-Dame-des-Vertus, ils avaient dû se rendre au commissariat et on les avait séparés. Eve avait répondu aux questions des inspecteurs et d'un agent du FBI. Ils avaient commencé par l'interroger à propos de son père, en laissant entendre qu'il buvait — ça elle le savait déjà — et qu'il prenait des antidépresseurs. Ils s'étaient aussi intéressés à son enfance et à sa relation avec Roy, puis aux noms qu'elle avait lus sur les dossiers du grenier. Ensuite ils étaient passés à sa vie sexuelle et, une fois de plus, l'homme fantôme, celui qui avait déposé son sperme en elle sans qu'elle soit capable de se souvenir de lui, était revenu sur le tapis. L'interrogatoire avait été particulièrement éprouvant.

De son côté, le pauvre Cole avait été cuisiné au point de se demander s'il devait appeler son avocat.

Au commissariat, Eve avait croisé Van et Kyle, mais elle n'avait pas eu le droit de leur parler. Eux aussi avaient probablement été convoqués pour répondre aux questions de la police.

Finalement, on l'avait tout de même laissée partir, ainsi que Cole. Ils étaient rentrés chez elle ensemble et elle était tombée d'épuisement.

Elle s'était couchée vers 15 heures. Il était plus de 20 heures. Et elle mourait de faim, ce qui était plutôt bon signe.

Elle descendit dans la cuisine où elle trouva Cole penché sur la table, devant un tas impressionnant de petits feuillets tirés d'un carnet qu'il avait dû trouver dans un tiroir. Il leva le nez en l'entendant entrer et lui sourit.

— La Belle au bois dormant est enfin réveillée, dit-il à Samson, le traître, qui avait élu domicile sur ses genoux.

Elle aperçut son reflet dans un miroir et frissonna.

— L'Affreuse au bois dormant me paraîtrait plus approprié, corrigea-t-elle.

Il rit et recula avec sa chaise. Le chat sauta précipitamment de ses genoux.

— Pas du tout, dit-il.

— Je n'en suis pas loin, murmura-t-elle tristement en caressant ses cheveux courts en bataille.

Son mascara avait coulé et lui faisait des cernes noirs. Ses vêtements étaient froissés. Son bras en écharpe aggravait encore le tableau. Elle se trouvait horrible.

Il lui fit signe de s'approcher et tapota ses genoux.

— Viens t'asseoir et regarde ce que j'ai fait pendant que tu te reposais, Belle au bois dormant.

Elle obéit.

— C'est dangereux, commenta-t-elle comme il la prenait par la taille.

— Oui, c'est l'idée.

Il lui embrassa la nuque, et montra les papiers éparpillés sur la table.

— Mais pas tout de suite. Jette d'abord un œil là-dessus.

Il lui expliqua qu'il avait rédigé une fiche d'information pour chaque victime. Chaque fois qu'il avait trouvé un point commun entre deux d'entre elles, il avait créé une nouvelle fiche, avec le point commun comme intitulé.

— Sœur Rebecca et sœur Vivian étaient toutes deux religieuses. Donc, elles figurent ensemble sur la fiche « Membre d'un ordre religieux ».

Une autre fiche mentionnait « Hôpital Notre-Dame-des-Vertus ». Il y avait inscrit les deux religieuses et le Dr Renner.

— Roy ne figure pas sur cette fiche, pourtant il a aussi un lien avec l'hôpital, fit remarquer Eve.

— Oui, mais Roy n'a pas de lien avec Faith Chastain, coupa Cole en tapotant la table du bout de son index. Il ne l'a pas connue.

— Bien sûr qu'il l'a connue, rétorqua Eve. Roy a séjourné à l'hôpital en tant que patient. Tu l'ignorais ?

— En même temps que Faith ?

— Je n'en sais rien, admit-elle.

— Le lien entre les victimes serait donc l'hôpital. C'est là que se trouve la clé. J'ai essayé de réfléchir aux nombres tatoués sur leur front. 212 pour Roy, 101 pour ton père, 323 pour sœur Vivian et 444 pour la poupée.

— Et sœur Rebecca ?

— Nous n'en savons rien. Il y avait certainement un numéro pour elle aussi, mais la police ne va pas divulguer l'information.

Il posa son menton sur l'épaule d'Eve et contempla les fiches d'un air rêveur.

— Il faudrait savoir à quoi renvoient ces nombres… A une partie d'un numéro de sécurité sociale ou de pièce d'identité, à une adresse, à une date… Par exemple, 212 pourrait signifier le 12 février et 101 le premier janvier.

— Ça ne marche pas, objecta Eve. 444 ne donnerait rien. A moins de prendre en compte les années pour arriver à 4 avril 2004. Mais avec ce système, on ne ferait rien de 101.

Elle avait de nouveau mal à la tête, mais le souffle chaud de Cole sur sa nuque lui faisait du bien.

— Il faut peut-être exclure le nombre 444 de la série, proposa Cole. Parce qu'il était inscrit sur une poupée, pas sur un être humain.

Il se tut un instant.

— Je me demande pourquoi le tueur a remplacé la poupée par sœur Vivian en lui faisant prendre la même pose, dit-il. Qu'est-ce que ça peut bien signifier ?

— Je n'en sais rien, répondit-elle tout en songeant que c'était bon de sentir le bras de Cole enserrer sa taille. Moi, ce qui m'intrigue, c'est qu'il ait volé les dossiers.

— Il les a volés parce qu'il en avait besoin ou parce qu'il ne voulait pas que nous les lisions, expliqua Cole. Ce meuble ne contenait rien d'autre, n'est-ce pas ?

— Je ne crois pas. Mais je n'ai pas eu le temps de le fouiller de fond en comble.

— Qu'est-ce que tu as vu exactement, à l'intérieur ?

— Eh bien…

Elle essaya de se souvenir des noms qui lui avaient sauté aux yeux.

— Enid… Enid Walter. Walcott, plutôt. John Scott, Ronnie Le Mars, Merlin… Merlin… Pas Merlin, Merwin, Merwin Anderson. Neva St James… Il y en avait d'autres, mais je ne me rappelle que ceux-là.

Il se servit d'une feuille de son carnet pour les noter.

— Est-ce que ces gens avaient des liens avec les victimes d'aujourd'hui ? demanda-t-il.

— A part le fait d'avoir été soignés à l'hôpital par mon père ?

— Oui. Etaient-ils proches de Faith Chastain ?

Elle secoua lentement la tête.

— Comment veux-tu que je le sache ? Je n'étais à l'époque qu'une enfant. Ils ont sûrement séjourné à l'hôpital à la même période que Faith, mais je ne peux pas l'affirmer.

Elle soupira.

— Je suis désolée.

Il lui embrassa la nuque.

— Ce n'est pas grave, dit-il. Mais puisque nous avons apparemment fait le tour de la question, que dirais-tu de dîner dehors ?

— Dîner dehors ? répéta-t-elle.

— Dîner dehors, comme les gens normaux…

— Oui… ça me ferait du bien…

Elle jeta un coup d'œil par la fenêtre et vit que la nuit commençait à tomber.

Cole la souleva par la taille pour la mettre debout.

— Viens, dit-il. Je connais un petit endroit très sympathique qui sert un délicieux riz au poulet cajun et les meilleures écrevisses créoles de la ville.

Elle ne put s'empêcher de sourire.

— Très romantique…

— Pour le moment, je ne peux pas t'offrir mieux, dit-il en lui prenant la main. Allez, viens…

— Ce n'est pas très malin de ta part de quitter ton emploi pour traîner avec les badauds autour des lieux d'un crime, répéta Bentz.

Il fit de son mieux pour ne pas perdre patience et parvint à écouter jusqu'au bout Kristi qui plaidait sa cause et tentait de le convaincre qu'il pouvait au moins lui donner l'exclusivité de certaines informations.

— Je t'en supplie, papa… Je ne ferai rien qui puisse gêner la progression de ton enquête. Je te le jure.

— La réponse est non. Non et non ! Bon, ça suffit comme ça, je te rappellerai.

Il raccrocha en fulminant. Cette gamine avait le don de le pousser à bout. Dire qu'elle lâchait un bon travail… Pourquoi prenait-elle un malin plaisir à se compliquer la vie ?

Montoya entra d'un pas nonchalant dans le bureau.

— Tu ferais mieux de rentrer chez toi et de te coucher, suggéra-t-il en voyant la mine défaite de Bentz.

Ce dernier lui jeta un regard mauvais.

— Comme si ça pouvait m'aider à résoudre mes problèmes, dit-il.

— Ça ne résout pas les problèmes, mais ça permet d'être d'attaque pour les résoudre. En tout cas, c'est ce que je fais quand…

— Tant mieux pour toi, coupa Bentz.

— Ton adorable femme t'attend, lui rappela Montoya.

Bentz contempla rêveusement la photographie d'Olivia qui trônait sur son bureau. Montoya avait raison. Olivia était petite, mignonne, avec de belles boucles blondes qui lui encadraient le visage, des yeux clairs, un joli petit derrière bien musclé…

— Je dois dîner avec elle dans une demi-heure, reconnut-il.

Il ne lui en dit pas plus. Son partenaire n'avait pas besoin d'être informé des détails de sa vie conjugale.

— Tu as entendu la déclaration du porte-parole de la police ? demanda-t-il pour changer de conversation. Il a fait un appel à témoins.

— Un appel à témoins, tu parles… Sur quelles bases ? On ne sait rien de ce type.

— Quelqu'un a pu le voir rôder du côté de Notre-Dame-des-Vertus ou de All Saints, on ne sait jamais.

— Ouais, on peut toujours rêver.

— Tu as du nouveau, à part ça ?

— Le profil ADN d'Eve Renner devrait bientôt arriver.

— Je le croirai quand je le verrai.

— Zaroster a plusieurs pistes pour les tatouages, mais encore rien de très probant. Nos hommes n'ont pas fini d'analyser les moulages des empreintes de pneus et de pas, mais il semblerait que nous ayons affaire à un type qui chausse du quarante-six.

— Un grand gaillard, commenta Bentz.

— On dirait bien, oui…

— Et la photographie d'Abby ?

— Rien pour le moment. Et je précise, avant que tu me le demandes, que personne n'a rien remarqué à All Saints. Pas plus dans le couvent que sur le campus.

— On enlève une religieuse et personne ne remarque rien, dit Bentz d'un air renfrogné en agitant son stylo.

— Les gars de Baton Rouge n'ont pas encore interrogé tout le monde, corrigea Montoya. De mon côté, je travaille à la liste des gens qui travaillaient à l'hôpital au moment où Faith y séjournait, mais c'est un peu compliqué.

— Il faut s'adresser aux fédéraux pour avoir accès aux archives des impôts.

— Le FBI s'en occupe déjà, figure-toi. Tu as rencontré les frères d'Eve Renner ?

— Oui.

— Et alors ?

Bentz se renversa sur le dossier de son fauteuil.

— Je pense qu'Eve a de la chance qu'ils ne soient que deux. Ils avaient hâte de récupérer le corps pour, je cite, « reprendre le cours de leur vie ». Ce que je traduis par : faire main basse sur ce que leur père a laissé.

— Tu les crois capables de l'avoir tué pour toucher le pactole ? demanda Montoya.

— Tout est possible. J'attends de voir qui va hériter. Renner a dû laisser un testament et il avait probablement une assurance vie. Aucun des deux n'a d'alibi. Ils prétendent qu'ils roulaient tous les deux vers La Nouvelle-Orléans au moment où le brave Dr Renner s'est fait trancher la gorge. Kyle venait d'Atlanta et Van d'Arizona. Ils doivent nous fournir des reçus de paiement par carte pour appuyer leurs dires.

— Ou pas.

— Kyle est très grand. Il chausse peut-être du quarante-six. Mais l'autre est plus petit.

— Le Dr Renner, d'accord, ils auraient eu un mobile. Mais les deux religieuses ?

— Qui aurait bien pu vouloir tuer les deux religieuses ? dit Bentz en se penchant vers ses notes.

— Qu'est-ce que tu regardes ? demanda Montoya.

— J'essaye de démêler un peu l'écheveau embrouillé de cette affaire. J'ai ici une liste des tatouages.

Montoya fit pivoter le papier.

Royal Kajak : 212

Terrence Renner : 101

Rebecca Renault : 111

Vivian Harmon : 323

Poupée ?? : 444

— Et qu'est-ce que tu en conclus ? demanda-t-il.

— Pour commencer, je n'ai pas pris en compte le tatouage de Faith Chastain parce qu'on ne peut pas l'attribuer de façon certaine à notre tueur. La poupée, même chose, étant donné que nous ne sommes pas sûrs qu'elle existe. Mais à part ça, ces nombres ont quelque chose en commun. Quelque chose de bizarre.

— C'est-à-dire ?

— On peut les lire de droite à gauche ou de gauche à droite.

— Et alors ? fit Montoya, le front plissé.

— Et alors… Je n'en sais trop rien.

— Tu as une idée derrière la tête, insista Montoya en s'asseyant sur le bureau de Bentz.

Il attendait visiblement des explications supplémentaires.

— Je n'ai aucune idée, non, je pense seulement que c'est une piste à explorer. J'ai la sensation d'avoir touché du doigt à quelque chose d'important, même si je ne sais pas quoi.

Il jeta son stylo sur le bureau.

— Bon, je dois y aller, dit-il.

— Quelque chose me dit que tu vas avoir droit à une folle nuit d'amour ce soir, commenta Montoya avec un sourire coquin.

— J'ai droit tous les soirs à une folle nuit d'amour.

— Un vieux bonhomme gros et gras comme toi ?

Bentz ne put s'empêcher de rire. Il sortit, suivi de Montoya.

Avant d'éteindre la lumière, il jeta un dernier coup d'œil aux papiers étalés sur son bureau. Il n'arrivait pas à se défaire de l'idée que quelque chose d'important lui échappait.

25.

— C'est donc là que tu vis ? s'étonna Eve.

Dire que l'endroit méritait quelques travaux aurait été très en dessous de la vérité. Comparé à la magnifique demeure italienne que Cole avait dû quitter, ce pavillon faisait figure de taudis. Mais c'était tout de même un toit.

— Oui, mon standing s'est récemment amélioré, comme tu peux le constater, ironisa Cole en souriant.

Il avait voulu s'arrêter chez lui avant d'aller au restaurant pour se doucher et prendre un sac de vêtements, plus quelques affaires. C'était tout de même étrange. Ça leur paraissait tout naturel que Cole s'installe dans la maison de Nana, du moins pour le moment.

Quel revirement de situation… Dire qu'il y a à peine quelques jours tu le croyais capable de meurtre…

— Tout est prêt, annonça Cole en sortant de la chambre.

Il avait enfilé un pantalon kaki et une chemise habillée dont il avait retroussé les manches et laissé le col ouvert.

— Ma garde-robe est plutôt maigre, avoua-t-il en remarquant le regard étonné d'Eve. J'ai bien peur que Deeds n'ait été obligé de vendre mes costumes.

Il ouvrit les bras et haussa les épaules.

— Je ne possède rien d'autre que ce que tu vois ici.

— Ça m'est égal, répondit-elle en se jetant dans ses bras pour déposer sur sa joue un baiser sonore.

— Attention, si tu continues comme ça, on ne mangera jamais ces écrevisses créoles.

— Ah non ! Je ne voudrais pas rater ça, protesta-t-elle en l'embrassant de nouveau.

Elle le prit par la main et l'entraîna dehors, dans l'étroite allée où sa jeep était garée. Des adolescents s'amusaient sur leurs planches à roulettes tout en écoutant leur iPod et deux jeunes gens farfouillaient dans le moteur d'une voiture.

Au coin de la rue, une enseigne verte clignotante signalait un bar. Le Mississippi se trouvait au sud. La nuit était claire et le ciel devait être rempli d'étoiles que les lumières de la ville empêchaient de voir. Ils montèrent dans la jeep de Cole et prirent la direction du quartier français. Il trouva à se garer à quelques pâtés de maisons de Chez Michelle. A l'intérieur, la petite salle lambrissée de bois était bondée. Dès qu'on franchissait la porte, on était assailli par les odeurs mêlées de sauce tomate, de poivre de Cayenne et de sassafras. Eve en eut l'eau à la bouche.

Une serveuse vint les accueillir pour les conduire jusqu'à leur table. Ils passèrent devant les cuisines et Eve y jeta un coup d'œil. Les cuisiniers s'affairaient à cuire de la viande ou du poisson. Des sauces mijotaient sur le feu.

On leur attribua une table pour deux dans un coin et Cole commanda aussitôt des écrevisses en entrée, avec deux pichets de bière.

— Tu vas adorer, je t'assure, dit-il en haussant la voix pour couvrir le bourdonnement des conversations et les accords de jazz de la musique d'ambiance.

— Tu ne m'effraies pas, tu sais. J'en mange depuis toute petite.

— Vraiment ? dit-il avec un éclair coquin dans le regard.

C'était si bon de se sentir proche de lui. Comme autrefois. Elle l'avait aimé à la folie et elle avait été heureuse avec lui. De ça, elle se souvenait parfaitement.

On leur apporta deux pichets de bière fraîche et un panier d'écrevisses rouge vif et épicées. Ils commencèrent aussitôt à manger, avec les doigts, en les trempant dans une délicieuse sauce au piment rouge. Eve commanda ensuite un gombo aux fruits de mer et à la saucisse, Cole un jambalaya.

Eve se sentait bien. Sa migraine avait disparu. Ils parlèrent de tout et de rien, à bâtons rompus, en évitant soigneusement d'évoquer les meurtres, la prison, les méandres de leur relation.

Ils avaient besoin d'oublier le reste du monde et le cauchemar qu'ils vivaient en ce moment.

Pourtant Eve ne pouvait s'empêcher de se demander où ils en seraient aujourd'hui si Roy ne l'avait pas appelée…

Si elle n'avait pas accepté de le rejoindre dans le marais.

Si elle n'avait pas vu Cole la viser avec un revolver.

— J'espère retomber bientôt sur mes pieds, dit brusquement Cole en la dévisageant intensément. Trouver un travail, un endroit décent pour habiter.

— Et tu voudrais t'installer où ?

— Ça a de l'importance pour toi ?

— Peut-être.

Elle lui sourit.

Non, Eve. C'est trop tôt… Il se passe autour de toi trop de choses atroces.

Il lui adressa un clin d'œil et elle se sentit fondre.

Ils prirent le temps de boire un café et de déguster une délicieuse crème brûlée aux pralines.

Cole régla l'addition en liquide, puis ils sortirent, main dans la main. La nuit était douce.

— Alors, qu'en penses-tu ? demanda Cole tandis qu'ils traversaient la rue pour regagner sa jeep.

— De quoi parles-tu ?

— Des meurtres.

— On est vraiment obligés de parler de ça ? reprocha-t-elle.

Il venait de gâcher l'ambiance.

— Il le faut bien, malheureusement, dit-il.

Il venait à peine de terminer sa phrase que le téléphone d'Eve sonna. Elle vérifia l'identité de l'appelant et ne décrocha pas.

— Une station de télévision, dit-elle. Je ne réponds pas aux journalistes.

— Tu as raison, dit-il en déverrouillant les portières.

Eve allait monter sur son siège quand elle eut la désagréable sensation d'être observée. Elle s'arrêta net et jeta un regard inquiet autour d'elle.

— Qu'est-ce qu'il y a ? demanda Cole qui avait remarqué son malaise. Tu as vu quelque chose ?

— Non, répondit-elle en secouant la tête. Je crois que cette journée m'a secouée. C'est tout.

Il l'aida à s'installer et claqua sa portière, mais elle continua à surveiller dans le rétroviseur le trottoir éclairé par les réverbères.

Elle entendit approcher le bruit régulier des sabots d'un cheval et une carriole les dépassa.

Une ombre passa dans le rétroviseur.

Eve se figea.

Une silhouette noire était sortie de l'obscurité, elle en était sûre.

Elle se retourna pour regarder en arrière, mais une camionnette qui passait au même moment l'empêcha de voir. Ensuite, l'ombre avait disparu.

— Tu as l'air tracassée, fit remarquer Cole en s'installant au volant.

— J'ai cru voir un homme qui nous observait, mais j'ai pu me tromper.

— Ça vaut le coup de vérifier, répondit-il.

Il sortit du parking et fit demi-tour, puis emprunta un dédale de rues étroites et passantes. Eve regardait de tous côtés pour vérifier qu'on ne les suivait pas.

— Je crois que je me suis trompée, soupira-t-elle au bout d'un moment.

— Je n'en suis pas si sûr, fit Cole en tournant de nouveau à droite. Tu n'es pas du genre à te faire des idées.

— Sauf en ce qui concerne la nuit où Roy est mort, fit-elle remarquer.

— Eve, il faut que tu saches que je n'ai jamais cherché à te faire du mal. Ni cette nuit-là, ni jamais.

— Ce soir-là, j'ai cru te voir, dit-elle posément.

Ce n'était pas une question, plutôt une constatation.

Il lui jeta un coup d'œil et lui effleura la cuisse avant de changer de vitesse.

— C'était une nuit étrange, dit-il.

— Je ne peux pas dire le contraire, avoua-t-elle.

Son téléphone portable sonna de nouveau et cette fois l'écran indiquait seulement « Numéro privé ».

— C'est sûrement un journaliste qui tente de m'avoir par la ruse, dit-elle en éteignant l'appareil. Et même si ce n'est pas un journaliste, je m'en fiche. Ce soir, je veux la paix.

Mais la trêve avait pris fin. Ils étaient de nouveau plongés dans l'univers cauchemardesque qui était le leur en ce moment.

Cole conduisit en silence en direction de Garden District, un quartier de grandes demeures chargées d'histoire, aux façades sculptées et aux jardins bien entretenus.

Eve l'avait toujours apprécié, mais ce soir-là elle remarqua à peine l'architecture des maisons. En revanche, les tombes du cimetière lui donnèrent la chair de poule et, quand ils prirent St Charles Avenue, les bâtiments flanqués de tours des universités Tulane et Loyola lui parurent sombres et sinistres. Presque malveillants.

Elle essaya de combattre cette sensation de malaise, mais même la vision familière du grand porche et des hautes fenêtres de la maison de Nana ne parvint pas à l'apaiser.

Cole s'arrêta près du garage. Eve ouvrait la portière de la jeep pour sortir quand elle aperçut une ombre qui traversait le jardin.

— Samson ? appela-t-elle en reconnaissant le chat qui grimpait les marches donnant sur l'entrée de derrière pour les attendre sur le paillasson.

Elle le rejoignit et le prit dans ses bras.

— Par où es-tu sorti, vilain minou ? demanda-t-elle tandis que Cole ouvrait la porte. Tu es un monstre, mais je t'aime quand même, ajouta-t-elle.

— Ravi de l'apprendre, plaisanta Cole.

— Je parlais à mon chat, répondit-elle.

— Ouais…

Samson se débattit pour sauter à terre et fila vers la cuisine.

— Je crois me souvenir que tu m'as dit un jour un truc dans le genre, rappela Cole.

Le cœur d'Eve se serra et elle fut traversée par l'image fugitive d'une chevauchée à travers une vaste étendue de champs, près de la maison de son père. C'était après le procès, une belle journée de printemps, juste avant le coucher de soleil. Elle avait fait la course avec Cole jusqu'à la grange. Elle montait la jument la plus rapide, mais il avait réussi à faire passer son cheval par-dessus le tronc coupé d'un arbre pour aller au plus court et il était arrivé avant elle. Il était tout fier d'avoir gagné et elle l'avait accusé de tricherie. Il avait mis pied à terre, il l'avait obligée à descendre de sa jument, et il l'avait embrassée. Si passionnément qu'elle en avait eu le vertige.

« Nous avons fait un pari et tu as perdu, Eve, avait-il dit. Tu as intérêt à payer ce que tu m'as promis, sinon je vais me servir en nature. »

« Des promesses, rien que des promesses… », avait-elle répondu en riant.

« Tu me mets au défi ? »

Les yeux trop bleus de Cole avaient brillé et il avait eu cet incroyable petit sourire en coin qui le caractérisait.

« Oui. Sers-toi. Je t'en prie. A ta guise. »

« C'est dangereux, ça, madame. »

« Je n'ai pas peur de toi », avait-elle rétorqué.

« Tu devrais… »

Elle avait ri et il l'avait encore embrassée. Quand il eut enfin relevé la tête, elle avait pris son visage entre ses mains.

« Tu es un monstre, Cole Dennis, avait-elle dit. Mais je t'aime quand même. »

Et aujourd'hui il la contemplait fixement avec ces mêmes yeux bleus et cette intensité dans le regard qui faisait battre son idiot de cœur. Elle voulut parler, mais aucun son ne sortit de sa gorge et elle dut s'éclaircir la voix.

— Je préfère ne pas m'aventurer ce soir sur ce terrain, murmura-t-elle.

— Quand, alors ?

— Je ne sais pas.

— Je t'aime, Eve…

Il l'avait dit. Il ne jouait plus. Sous la lumière pâle du porche de la maison de Nana, il mettait son âme à nu. Il suffisait de regarder son visage pour se rendre compte qu'il ne trichait pas.

Elle dut se faire violence pour ne pas lui avouer qu'elle l'aimait aussi.

Il attendait sa réponse, raide, la mâchoire crispée, les bras ballants.

Dis-le-lui, Eve. Dis-lui ce que tu ressens. Dis-lui que tu sais qu'il n'a pas pointé une arme sur toi. Que tu es désolée pour tout le mal que tu lui as fait. Dis-le-lui.

Mais ces mots-là restaient coincés dans sa gorge.

— Nous devons rester prudents, dit-elle en ignorant la voix intérieure qui lui criait de se laisser aller, de se jeter dans ses bras.

Elle l'avait follement aimé et peut-être éprouvait-elle encore pour lui des sentiments profonds. Mais elle se méfiait encore.

Cole lui caressa la joue.

— Prends ton temps, Eve.

De nouveau, elle dut lutter pour ne pas l'enlacer.

— Je suis là, je t'attendrai, murmura-t-il.

Son doigt glissa le long de sa gorge, puis plus bas, en s'accrochant au passage au col de son chemisier. Puis il lui effleura les lèvres d'un baiser et ajouta :

— Aussi longtemps qu'il le faudra.

Elle sentit les larmes lui monter aux yeux, mais elle ne s'autorisa pas à pleurer devant lui. Il lui caressait le visage et le cou du bout des doigts. Cela éveillait son désir au point qu'elle avait envie de lui arracher ses vêtements. Après tout, serait-ce si mal de se glisser avec lui entre des draps ? De mêler son corps au sien ? Pourquoi pas ?

Elle lui prit la main.

— Nous ne devons pas nous précipiter, énonça-t-elle posément. Aller lentement. Etre patients.

— Lentement… Etre patients. Ce n'est pas facile…

— Cole…

— Cesse de te méfier de moi, pressa-t-il.

Elle leva les yeux vers lui. Elle aurait voulu résister, mais elle ne se souvenait même plus pourquoi c'était si important.

— Très bien, dit-elle en riant.

Cette soudaine reddition surprit Cole qui parut ravi.

— Je vais sortir mes affaires de la voiture, dit-il en souriant. Je te rejoins dans la chambre.

Elle entra en courant dans la cuisine et fila dans l'escalier, suivie par le chat, tout en se demandant si elle ne perdait pas complètement la tête. La seule chose qui lui importait en ce moment, c'était de savoir s'il valait mieux l'attendre nue sur le lit ou lui laisser le soin de la déshabiller.

Elle pouvait aussi envisager de mettre des sous-vêtements un peu plus sexy que ceux qu'elle portait. Seigneur… Avait-elle seulement une chemise de nuit digne de ce nom ? Bah… De toute façon, ce n'était pas le plus important.

Samson l'avait dépassée et il franchit avant elle les dernières marches menant à sa chambre dans la tourelle. Elle entendit Cole qui rentrait déjà. Si elle voulait lui faire la surprise de l'accueillir avec une petite culotte en dentelle, elle avait intérêt à se dépêcher.

Elle se conduisait comme une idiote ! Mais c'était merveilleux. Elle se dépêcha de gravir les dernières marches et, haletante, le cœur battant, elle poussa la porte de sa chambre, traversa la pièce obscure et alluma la lampe de chevet.

Elle vit aussitôt la poupée.

Eclairée par le chaud halo de l'ampoule, Charlotte était installée sur le lit éclaboussé de sang, dans la même position qu'à l'hôpital :

le visage contre le matelas, les fesses en l'air. Son corps de chiffon était couvert de balafres rouges.

Et sur le mur, il y avait un message. Un message rouge sang.

Elle poussa un cri étranglé.

26.

— Eve !

Cole lâcha son sac, s'élança dans l'escalier et grimpa les marches quatre à quatre. Sur le chemin, il faillit trébucher sur le chat qui descendait ventre à terre. Il atteignit l'étage et arriva devant la chambre au moment précis où Eve en sortait à reculons. En l'entendant, elle se retourna et le contempla avec des yeux exorbités, les mains sur la bouche. Il la prit instinctivement dans ses bras et la serra contre lui, en jetant un coup d'œil à l'intérieur de la chambre.

— Oh, Seigneur, Seigneur, Seigneur, murmurait-elle.

Il mit quelques secondes à voir les mots gribouillés en lettres dégoulinantes de sang au-dessus de la tête de lit : DENNIS EST UN PÉCHEUR. Il recula, saisi d'horreur, et la bile lui monta à la gorge lorsqu'il reconnut aussi la poupée et qu'il identifia en un éclair le liquide rouge et poisseux qui gouttait du lit et formait une petite mare sur le sol.

Il poussa Eve vers l'escalier.

— Mais comment… ? murmura-t-elle en tremblant. Et pourquoi ? Pourquoi ?

— C'est l'œuvre d'un malade, dit-il.

DENNIS EST UN PÉCHEUR.

— Viens, lui dit-il en la faisant entrer dans la cuisine.

Il lui tendit un couteau à viande.

— Je ne pense pas qu'il soit toujours dans la maison, mais on ne sait jamais, je vais vérifier. Où est ton revolver ?

— Le revolver..., répéta-t-elle d'un air absent. Je l'ai remis à sa place, dans le salon de mon grand-père. Dans son bureau.

Puis elle parut brusquement se réveiller.

— Mais il n'est pas chargé. Et je crois qu'il n'y a pas de balles ici.

— Ton grand-père ne possédait pas de fusil ou de carabine ?

— Nana les avait vendus.

Il n'avait donc pas à s'inquiéter des armes que le dingue aurait pu voler dans la maison, c'était déjà ça. Mais il pouvait très bien être armé quand même. S'il rôdait toujours dans le coin.

— Très bien, dit-il en décrochant le récepteur et en composant le 911. Demande aux flics d'envoyer une voiture et de prévenir les inspecteurs Bentz et Montoya. Tu t'en sens capable ?

Elle acquiesça, d'un air peu convaincu.

— Tu en es sûre ? insista-t-il.

— Oui.

Elle tenait le combiné d'une main et le couteau de l'autre.

— Je vais d'abord fouiller le rez-de-chaussée. Ensuite je m'occuperai de l'étage.

— Je t'accompagne, dit-elle.

— Non, Eve, non. Tu restes ici et...

— Ici Eve Renner, dit-elle dans l'appareil.

Elle dicta son adresse tout en suppliant Cole du regard.

— J'appelle pour signaler un... Un cambriolage... Non, je ne sais pas si on m'a pris quelque chose, mais... Quelqu'un s'est introduit chez moi pour déposer sur mon lit une poupée qui baigne dans le sang et...

Elle leva les yeux vers Cole pour quêter son aide. Sa bouche refusait de prononcer le message tracé sur le mur.

— Dites à l'un des deux inspecteurs de m'appeler, reprit-elle. Oui... Non... Je préfère attendre ici... Non, je ne suis pas seule.

Elle raccrocha et s'agrippa à la main de Cole, sans lâcher le couteau, pour faire avec lui le tour du rez-de-chaussée. Tout paraissait en ordre. Ils grimpèrent ensemble l'escalier, le cœur battant, mais à l'étage ils ne remarquèrent rien de particulier. Le revolver du grand-père d'Eve n'avait pas bougé. Il se trouvait dans le tiroir où elle l'avait rangé, à sa place habituelle.

L'homme n'avait laissé de traces que dans la chambre de la tourelle.

Cole réfléchissait à toute allure. Ils avaient affaire à un malade qui se servait de son nom pour effrayer Eve. Il frissonna à l'idée que cela signifiait que le psychopathe faisait probablement une fixation sur Eve, qu'il supportait mal qu'elle ait un amant, et qu'il projetait sûrement de la tuer elle aussi.

Cole était mort de peur.

Eve s'était arrêtée devant son lit. Elle paraissait tétanisée. Il la poussa vers le placard.

— Prépare tes affaires, ordonna-t-il. Pas question de dormir ici cette nuit.

Il trouva un petit sac de voyage et le lui tendit.

— On n'a pas forcé ta porte, ça signifie que quelqu'un possède les clés de chez toi, ajouta-t-il.

— Je n'ai confié de double à personne, protesta-t-elle.

— C'est faux, tu m'en as donné un. Tu te souviens ?

Elle acquiesça.

— Tu es sûre qu'un de tes voisins n'en possède pas un aussi ? C'est courant de laisser une clé chez les voisins quand on s'absente pour quelque temps. Tes frères aussi ont peut-être des clés. Tu n'as jamais changé les serrures, n'est-ce pas ?

— Non. Le trousseau n'a pas changé depuis que Nana habitait ici.

— Tu vois. Nana avait peut-être confié des clés à des amis ou à une femme de ménage.

Il décrocha quelques chemisiers pendus à des cintres et les fourra dans le sac de voyage.

— Je n'en sais rien, reconnut Eve.

— Tu n'en sais rien, c'est bien ce que je dis. Donc tu fais tes bagages.

Les flics ne seront pas contents qu'on ait touché à ce placard, mais tant pis.

Elle jeta un dernier coup d'œil vers le lit, puis rajouta à la hâte des sous-vêtements, un jean et quelques pulls dans le sac.

— Tout ça est dingue, murmura-t-elle.

Il convint qu'elle avait raison, en l'entraînant vers la salle de bains où elle prit ses affaires de toilette et son vanity.

Ils redescendirent et Cole prit l'ordinateur portable d'Eve. Ils allaient sortir quand ils entendirent des sirènes de police au loin.

Pour la première fois depuis très longtemps, Cole Dennis était soulagé de voir la police.

Montoya ferma son portable d'un coup sec, puis éteignit la télévision.

— Je dois y aller, annonça-t-il à Abby tout en rassemblant son portefeuille, son arme et son badge.

— Où ça ?

— Chez Eve Renner. Un problème.

Abby leva la tête.

— Elle va bien ?

— Je crois, je n'en sais trop rien, répondit-il en ramassant ses clés. Il n'y a pas de blessé grave, sinon on me l'aurait signalé, mais je ne peux pas t'en dire plus. Je le saurai quand je serai sur place.

— Je viens avec toi, déclara Abby en prenant son sac à main.

— Jamais de la vie. Tu ne fais pas partie de la police.

— C'est vrai, mais Eve Renner est peut-être ma sœur.

— Peut-être, comme tu viens si bien de le dire.

Il était déjà à la porte.

— Tu restes ici, je ne veux pas de toi là-bas, ajouta-t-il en lui jetant un regard sévère. C'est clair ?

— Tu ne peux pas m'empêcher d'y aller.

— Bien sûr que je peux. Je te rappelle que j'interviens officiellement et que personne ne doit entraver le travail de la police.

— Je viens.

— Pour l'amour de Dieu, Abby, je n'ai pas le temps de discuter. Reste où tu es. Je t'appellerai pour te tenir au courant.

Elle avait la mine de quelqu'un qui refuse de se résigner, mais elle ne répondit rien et lui fit simplement signe de filer.

Quand il sortit, Hershey se mit à gémir.

— Je sais, dit Abby en tapotant la large tête de la chienne. Mais ne t'en fais pas, nous sortons aussi.

Elle attendit que ses phares disparaissent au coin de la rue pour siffler Hershey qui bondit sur le porche et courut vers la Honda.

— Allez, viens, dit-elle en lui ouvrant la porte.

La chienne sauta sur la banquette arrière sans se faire prier et Abby démarra aussitôt en trombe. Elle savait qu'Eve vivait dans Garden District. Quelques minutes plus tard, elle roulait déjà dans St Charles Avenue, devant de vieilles demeures ressemblant à des manoirs. Elle aperçut bientôt des voitures de patrouille garées devant une grande maison victorienne flanquée d'une tour. La Mustang de Montoya était là aussi, en double file. Des voisins étaient sortis sur leur porche en pyjama ou en short et T-shirt, les plus curieux s'étaient avancés jusqu'au trottoir. Quelque part dans la rue, un chien aboya et Hershey lui répondit.

— Chut, ordonna Abby. Sois une bonne fille. Je vais avoir assez d'ennuis comme ça.

Elle s'arrêta à quelques pâtés de maisons, puis elle quitta sa voiture en laissant les vitres entrouvertes et en verrouillant les portières. Autour de la grande demeure victorienne, la police était en plein travail. Un agent plaçait le cordon jaune, un autre relevait le nom de ceux qui franchissaient le périmètre protégé. La camionnette des techniciens était déjà sur place et une autre, appartenant à une équipe de télévision, tournait au coin de la rue.

Abby approcha en faisant un détour par le garage, pour éviter le porche d'entrée où Montoya parlait avec un agent, Cole Dennis, et Eve Renner — laquelle paraissait étonnamment intime avec l'homme qu'elle avait accusé de meurtre trois mois plus tôt. Abby avait déjà vu des photographies d'Eve, elle l'avait également aperçue à la télévision quand la mort de Kajak avait défrayé la chronique. Mais là, dans la demi-pénombre du porche, elle lui trouva une ressemblance presque effrayante avec Faith Chastain.

Elle se demanda pourquoi ça ne lui avait pas sauté aux yeux plus tôt.

Avant que Montoya ne la remarque, elle sortit son portable et composa le numéro de sa sœur à Seattle.

Allison répondit à la troisième sonnerie.

— Salut, dit-elle en reconnaissant le numéro d'Abby. Quoi de neuf ?

— Je suis près d'une maison investie par la police et je la vois en ce moment même.

— Une maison investie par la police ?

— Ne t'inquiète pas, tout va bien. Je ne sais pas exactement ce qui s'est passé, mais je te tiendrai au courant.

— Au courant ? Mais pourquoi ça devrait m'intéresser ? Hé ! Attends une seconde ! Tu vois qui ?

— Eve Renner. Et je voulais te dire qu'elle est le portrait craché de maman.

— Je pensais que c'était toi, le portrait craché de maman.

— Je crois que je viens d'être détrônée, répondit Abby sans quitter Eve des yeux.

— Vraiment ?

— Oui, Allison, vraiment. C'est saisissant.

— Mais on n'a pas encore les résultats des tests ADN, n'est-ce pas ?

— Non.

— Ça me fait un drôle d'effet de penser que nous avons peut-être une sœur. Est-ce que papa est au courant ?

Abby songea à leur père, Jacques. Il luttait contre le cancer et l'emphysème dans un hôpital. Charlene, sa seconde femme, s'éloignait peu à peu de lui parce qu'elle ne supportait pas la maladie. Mieux valait ne pas le perturber.

— Je serais d'avis de ne pas lui en parler tant que nous ne sommes sûres de rien. Pareil pour Charlene. Elle serait capable de faire une crise cardiaque et de se retrouver avec lui en unité de soins intensifs.

Allison ricana.

— Charlene ? Ça m'étonnerait. Mais je suis d'accord avec toi. Attendons d'avoir les résultats des tests.

Elle marqua un temps de pause avant de poursuivre, comme si elle hésitait.

— Cette femme, Eve… Elle ressemble aussi à papa ?

Abby étudia attentivement le visage d'Eve. Elle avait des pommettes hautes, un nez court et droit, des cheveux roux et frisés.

— Non, dit-elle avec un petit nœud à l'estomac. Pas le moins du monde.

— Mon Dieu…, murmura Allison. Tu crois que… Tu crois que son père pourrait être… ?

Abby frissonna. Allison n'avait pas besoin d'en dire plus. Leur mère n'avait pas toujours été fidèle, volontairement ou pas. Personne ne savait exactement.

— Je préfère ne pas aborder maintenant cette question, répondit-elle simplement.

— Mais notre demi-sœur est la fille de ce malade…

— Stop, Allison. Nous verrons bien. Inutile d'anticiper.

— Très bien. Tu te chargeras de lui dire que son père était un tueur en série psychopathe.

— Nous ne sommes sûres de rien.

— Prépare-toi au pire. J'ai comme l'intuition que notre famille de dingues va compter une dingue de plus parmi ses membres.

— Je crois que j'ai envie d'aller lui parler ce soir, dit Abby pour changer de conversation.

— Vas-y, railla Allison. Et dis-lui que je l'aime aussi, tant que tu y es.

Abby préféra ignorer le sarcasme et raccrocha en promettant de rappeler plus tard.

Eve était là, devant elle, c'était maintenant ou jamais. Elle aurait bien sûr préféré faire sa connaissance dans des circonstances plus agréables. Elle s'arma de courage et traversa hardiment la pelouse en direction de Montoya qui parlait toujours avec Eve et l'homme qui l'accompagnait, Cole Dennis, le type qu'il aurait voulu mettre en prison et dont elle n'avait pas entendu que du bien.

Montoya dut sentir sa présence car il se retourna brusquement et la fusilla du regard.

— Pardonnez-moi de vous interrompre, dit-elle en tendant la main à Eve. Vous devez être Eve Renner. Je suis Abby Chastain.

Le Rédempteur observait la scène.

Il s'était approché le plus près possible, mais restait à une distance respectable des policiers qui photographiaient les badauds. Il devait se montrer prudent. Il y avait des traces de sang sur ses vêtements et dans sa camionnette. Il n'avait pas achevé sa mission, il ne pouvait pas prendre le risque de se faire arrêter.

Il l'aperçut. Elle se tenait sur le porche. Elle était toujours aussi belle.

Et toujours avec Cole Dennis.

Une femme s'approcha d'eux, mais elle lui tournait le dos et il ne voyait pas de qui il s'agissait. Peu lui importait. Seule Eve l'intéressait.

Eve.

Il soupira de rage quand il vit qu'Eve serrait la main de la femme, puis touchait le bras de Dennis en lui murmurant quelque chose à l'oreille. Dennis passa un bras autour de ses épaules et l'attira à lui.

Cette démonstration d'affection lui noua le ventre.

Ils ne se gênaient pas.

Devant les flics.

Devant lui.

Devant Dieu.

Il s'attendait presque à ce que la Voix se manifeste pour pester contre ce blasphème et lui donner l'ordre de réagir.

Je vous en supplie. Dites-moi que je dois le tuer. Et ensuite Eve.

Cette fois, il ne pria pas pour que le Seigneur lui accorde quelques minutes de plaisir avec elle, pour qu'elle se vautre sous lui comme elle se vautrait sous Cole Dennis. Il avait vu de la lumière dans la chambre de la tourelle, l'autre soir. Il savait bien ce qu'ils y avaient fait. Il avait senti l'odeur écœurante de leur accouplement. Le vent la lui avait apportée, mêlée aux fragrances de l'herbe fraîchement tondue et à celle des fleurs de magnolia.

C'était Dennis le tentateur.

Dennis qui la poussait à pécher.

Dennis qui lui arrachait ses vêtements, qui découvrait ses seins parfaits et ses tétons. Dennis qui fouillait son sexe de ses doigts et enfouissait son visage dans le nid de boucles rouges entre ses cuisses. Dennis qui la goûtait, la mordillait, la léchait. Dennis qui la chevauchait jusqu'à ce qu'elle crie de peur et de dégoût. Dennis qui l'emportait dans une étreinte inspirée par Lucifer qu'elle regrettait ensuite.

Dennis qui violait son corps et son âme.

Dennis qui la poussait à cette union ignoble qui offensait le Seigneur.

Il avait fait d'elle une putain. Il n'y avait pas de sentiments entre eux. Rien que du sexe.

Donnez-la-moi.

Il en oubliait presque qu'il n'aurait pas dû rester dans les parages.

Donnez-la-moi. Ce soir. Le plus tôt possible. Je n'en peux plus d'attendre.

Il avait déjà une érection. Si seulement la Voix avait pu se manifester maintenant.

Mais elle ne lui parlait que lorsqu'il était allongé dans son lit. Les autres voix aussi ne l'envahissaient que la nuit, pour l'empêcher de dormir. Il savait qu'il n'obtiendrait pas de réponse, mais il pria tout de même, désespérément, tout en esquissant un signe de croix.

Dites-moi ce que Vous voulez. Je suis Votre serviteur, j'accomplirai Votre volonté.

— Vous avez du feu ?

Il sursauta et jeta un regard mauvais à l'homme qui l'abordait. Il ne l'avait pas entendu approcher.

Son cœur battit violemment et il tenta de retrouver sa voix et de commander à son sexe de revenir à un état de repos. L'homme, un Latino qui devait avoir un peu plus de trente ans, ne parut pas remarquer son trouble.

Le sang, il va voir le sang. Fuis.

Il secoua la tête et recula lentement.

— Je me demande ce qui a bien pu se passer ici, dit son interlocuteur en se tournant vers quelqu'un qui approchait d'eux.

Le Rédempteur crut qu'il allait s'évanouir en reconnaissant un flic en uniforme. Il les regardait, lui et le Latino. Il était grand, noir, chauve.

— Vous avez du feu ? lui demanda le crétin de Latino.

Le Rédempteur n'hésita pas. Il plongea dans un fourré, puis longea de l'autre côté une pelouse qui n'était pas éclairée. Il ne se retourna pas pour vérifier si le flic le suivait. Il se dépêcha de contourner la maison d'Eve Renner et coupa à travers les jardins pour rejoindre le parking de restaurant où il avait laissé sa camionnette.

Lorsqu'il l'atteignit, il était en sueur et il haletait. Il sentait sur lui l'odeur métallique du sang et s'en voulut de sa négligence.

Il jeta un coup d'œil par-dessus son épaule et remarqua un mouvement du côté d'un massif d'arbustes. Le flic était là.

Non ! Il ne voulait pas tout perdre. Pas maintenant.

Il courut vers sa camionnette et entendit que le flic le hélait au moment où il grimpait derrière le volant et se baissait pour sortir son Glock de dessous le siège.

Il était trop tard pour filer. Le flic relèverait sa plaque d'immatriculation. Il fit descendre sa vitre et se tourna vers l'agent, en débloquant discrètement le cran de sécurité de son arme.

— Un problème ? demanda-t-il.

— Descendez de là. Lentement.

Il avait sorti son arme de service. Il portait un micro en bandoulière et son badge indiquait L. J. Tiggs. Il allait sûrement appeler du renfort, s'il ne l'avait pas déjà fait.

— Les mains en l'air, insista le policier d'une voix sèche. Je veux voir vos mains.

Le Rédempteur leva lentement les mains, comme s'il allait obéir. D'abord la gauche, puis, plus vite, la droite, en appuyant sur la détente.

Blam !

L'agent Tiggs s'effondra comme une masse.

27.

— Vous devez être Eve Renner. Je suis Abby Chastain.

Eve tourna la tête et contempla la grande jeune femme qui lui tendait la main.

Ma sœur… Peut-être… La femme qui vit avec l'inspecteur Montoya.

— Ravie de faire votre connaissance, dit-elle.

Elle regretta de ne pas trouver mieux et serra la main d'Abby. Le mouvement lui rappela qu'elle avait un bras en écharpe.

Abby était très belle et, oui, on pouvait considérer qu'elles se ressemblaient. Elle dut se faire violence pour cesser de la dévisager et se tourna vers Montoya qui contemplait sa fiancée comme s'il voulait lui tordre le cou.

— Je t'avais dit de ne pas venir, dit-il sèchement.

— Je sais, oui, mais je tenais à rencontrer Eve, répondit Abby en souriant froidement.

Puis son regard se posa de nouveau sur Eve.

— Nous sommes peut-être sœurs… Je tenais à briser la glace.

— Tu te trouves dans un périmètre interdit au public, lui rappela Montoya.

On voyait à peine bouger ses lèvres.

— J'ai compris, je m'en vais, fit Abby.

De nouveau, elle s'adressa à Eve.

— Si vous avez envie de parler, n'hésitez pas à m'appeler. Nous pourrions boire un thé, ou un verre.

Elle fouilla dans son sac et sortit son portefeuille dont elle tira une carte de visite.

— Voici le numéro de téléphone du studio dans lequel je travaille et celui de mon portable.

— Merci, répondit Eve.

Montoya fulminait, on le devinait à la crispation de ses mâchoires.

Abby lui envoya un baiser du bout des lèvres.

— A plus tard, mon chéri, dit-elle en s'éloignant rapidement en direction de la rue.

Montoya murmura entre ses dents quelque chose à propos des femmes, mais son regard s'attarda sur le balancement des hanches souples d'Abby.

— Désolé, dit-il en se tournant vers Eve et Cole. De toute façon, nous en avons terminé avec vous pour ce soir.

— Nous pouvons partir ? demanda Cole. Je ne veux pas qu'Eve dorme ici tant qu'elle n'aura pas fait changer les serrures.

— Vous avez raison, approuva Montoya. Et s'il vous vient brusquement à l'esprit le nom de quelqu'un qui aurait des raisons de vous en vouloir, faites-le-moi savoir aussitôt.

Cole ne réagit pas.

Montoya supposa qu'il considérait encore les flics comme ses pires ennemis. Il n'avait peut-être pas entièrement tort.

— Je n'y manquerai pas, dit enfin Cole du bout des lèvres.

Montoya ne le crut qu'à moitié.

Il consulta sa montre. Mais qu'est-ce que faisait Bentz ? Quand il avait reçu l'appel pour la maison d'Eve, il avait demandé qu'on le prévienne aussi. S'il s'était recouché, il allait l'entendre. Mais ce n'était pas son genre. Montoya prit son téléphone.

Bang !

Il se raidit et se tourna vers l'agent qui était avec lui sous le porche.

— C'était un coup de feu ?

— On dirait bien, oui, répondit l'agent.

Cole, qui se dirigeait déjà vers sa jeep, l'avait aussi entendu. Il regarda dans la direction d'où était venue l'explosion.

Bang !

— Merde ! s'exclama Montoya en sortant son arme.

Il croisa le regard de Cole.

— Vous pouvez partir, confirma-t-il.

Il décrochait déjà son micro.

— Ruben Montoya, dit-il.

Il donna son numéro de badge, puis une série de brèves informations.

— … Des coups de feu, près de St Charles.

Il récita l'adresse d'Eve.

— Je ne sais pas, je vais vérifier. Envoyez du renfort.

— Où est Tiggs ? demanda l'agent.

— Je l'ai envoyé interroger des voisins, répondit Montoya en scrutant la rue où Tiggs se trouvait quelques minutes plus tôt.

Merde !

Il se rua vers sa voiture. La radio grésilla et une voix lui confirma ce qu'il redoutait.

« Un agent blessé… »

Tout en appelant un de ses hommes pour le charger de surveiller la maison, il écouta la voix donner l'adresse de l'agression.

Ça s'était produit dans le restaurant d'un parking, à quelques pâtés de maisons.

La situation ne cessait d'empirer…

Il tremblait de tous ses membres.

Pour la première fois, il avait peur.

Le ventre noué, il roulait au hasard dans les rues de La Nouvelle-Orléans, tout en surveillant son rétroviseur. Il prit le temps de s'assurer qu'il n'était pas suivi et traversa quatre fois le fleuve avant de sortir de la ville.

Mais il ne s'autorisa un soupir de soulagement qu'au moment où il ne vit plus aucuns phares derrière lui, en atteignant la route de campagne traversant les bois et le marais. Il croisa encore deux véhicules et ralentit jusqu'à ce que leurs lumières s'évanouissent dans la nuit.

Quand il s'engagea sur le chemin menant à sa cabane, son cœur battait déjà à un rythme normal. Mais l'odeur du sang lui emplissait toujours les narines. Il avait désobéi.

La Voix ne lui avait pas demandé de tuer un flic.

Il était désespéré.

Il craignait d'avoir tout gâché.

Mais non. La Voix lui parlerait ce soir pour le rassurer. Pour le flic, il n'avait pas eu le choix. Elle ne lui en voudrait pas.

Je ferais n'importe quoi pour me racheter. N'importe quoi.

Tout en garant sa camionnette, il dressa mentalement la liste de ses erreurs.

Il n'avait pas supporté de voir Cole Dennis avec Eve. Ça l'avait fait fantasmer et ça lui avait brouillé l'esprit. Il s'était bêtement attardé près de sa maison. Un flic l'avait repéré et poursuivi. Il avait dû tirer.

Tiggs était tombé. Puis il avait trouvé la force de riposter.

La balle avait ricoché sur le capot.

Il avait reculé, puis démarré en trombe. Les pneus avaient grincé.

Le cœur battant, la peur au ventre, il avait regardé dans son rétroviseur.

Il avait vu Tiggs qui gisait sur le sol, immobile, avec son sang qui coulait sur l'asphalte. Les clients du restaurant étaient sortis en hurlant pour se précipiter vers le mourant. Un fils de pute avait même rejoint sa voiture pour tenter de le poursuivre. Quelqu'un s'était agenouillé près de Tiggs pour essayer de le ranimer. Le Rédempteur doutait qu'il ait pu faire quoi que ce soit. Encore un qui voulait jouer les héros.

Tiggs s'ajoutait à la liste des victimes dont il n'avait pas pu sauver l'âme. Tant pis pour lui.

Il avançait à présent à travers les bois qui bordaient sa cabane, en ignorant le hululement provocateur d'un hibou et les battements d'ailes des chauves-souris qui voletaient autour de lui. Il l'atteignit bientôt, ouvrit la porte et entra dans son refuge.

Il devait avant tout se doucher.

Pour se débarrasser de tout ce sang.

Ensuite il irait s'agenouiller devant l'âtre froid.

Il devait prier pour que la Voix le guide.

Pour qu'elle lui donne de la force.

Pour qu'elle lui pardonne.

Bentz contemplait la femme assise de l'autre côté de son bureau. Elle s'appelait Ellen Chaney. Elle était noire, plutôt dodue, elle devait avoir la cinquantaine et elle s'était présentée au commissariat après avoir entendu l'appel à témoins.

Le standard lui avait téléphoné pendant qu'il dînait en tête à tête avec Olivia et ça avait gâché sa soirée. Heureusement, depuis l'épisode avec l'Elu, Olivia se montrait compréhensive dans ce genre de situation.

Il était donc parti sur-le-champ rejoindre Chaney au commissariat. A cette heure-ci, il ne restait plus que quelques inspecteurs. Comparé à l'agitation de la journée, l'endroit paraissait calme et silencieux.

— C'est donc la conférence de presse qui vous a poussée à venir ici ? demanda Bentz.

— Oui, répondit-elle en hochant la tête. J'étais autrefois infirmière à Notre-Dame-des-Vertus, enchaîna-t-elle en jouant avec son alliance. Pas longtemps… L'ambiance me déprimait.

Elle détourna le regard et fixa un point dans le vide.

— Il s'y passait des choses que je désapprouvais et… Je sais que j'aurais dû en parler à quelqu'un à l'époque. J'aurais pu m'adresser à l'équipe médicale, à l'Etat, à l'archidiocèse. Mais je me suis contentée de faire mon travail et j'ai donné ma démission dès que j'ai trouvé autre chose.

Bentz écoutait en silence. Il avait mis son magnétophone en route.

— Je croyais ne plus jamais avoir à parler de tout ça.

Elle tirait si fort sur son alliance que ça lui écorchait presque la peau.

— Mais je ne peux plus me taire.

Bentz tendit l'oreille.

— Vous ne pouvez plus vous taire…

— Faith Chastain a donné naissance à un bébé quand je travaillais à Notre-Dame-des-Vertus. J'y étais. C'est moi qui ai assisté le Dr Renner pendant l'accouchement.

— Le Dr Renner l'a accouchée ? s'étonna Bentz. Il était obstétricien ?

— Non. Psychiatre. Il avait déjà aidé à des accouchements pendant sa formation. Du moins, c'est ce qu'il nous a dit.

— Pourquoi n'a-t-il pas fait appel à un spécialiste ?

Chaney baissa les yeux vers ses mains.

— Ils craignaient tous le scandale.

— Soyez plus précise.

— L'administration de l'hôpital et les religieuses avaient peur parce que le mari de Faith n'était pas le père du bébé.

— Comment pouvaient-ils en être sûrs ?

— Ils ne s'étaient pas vus depuis un an.

Bentz n'était pas vraiment convaincu par la démarche de cette femme et il hésitait un peu à la croire. Pourtant, elle lui parut sincère et ce qu'elle disait correspondait à ce qu'ils savaient déjà. Elle en rajoutait peut-être un peu, mais c'était difficile de déterminer dans quelle mesure.

— Qui était le père ? demanda-t-il.

— Je l'ignore.

— Renner ?

— Renner ? répéta-t-elle en levant vers lui un regard ulcéré. Le Dr Renner ? Non. Sûrement pas.

— Le Dr Heller ?

— Oh, non… Enfin, je ne crois pas. J'ai entendu dire qu'il avait été surpris avec une patiente, mais je ne sais pas si c'était vrai et j'ignore de quelle patiente il s'agissait. Tout ce que je sais, c'est que le bébé de Faith Chastain était mort-né et que c'était un garçon qu'elle a tenu à prénommer Adam.

— Mort-né ! s'exclama Bentz.

— Oui.

— Vous l'avez vu ?

Elle hocha la tête d'un air grave.

— Il ne respirait pas. Faith était désespérée. Le Dr Renner l'a mise sous sédatifs. Et ensuite ils m'ont demandé de sortir.

Bentz dévisagea la femme. Elle évitait son regard. Disait-elle la vérité ? Peut-être. Et peut-être aussi qu'elle en dissimulait une partie. Mais si elle ne mentait pas, Eve Renner n'était pas la fille de Faith Chastain.

Son estomac gargouilla. Il avait choisi de rester ici plutôt que de rejoindre Montoya chez Eve Renner parce qu'il avait cru tenir enfin une piste. A présent, il se demandait s'il n'avait pas plutôt perdu son temps.

— Qu'est devenu l'enfant ?

— Je vous l'ai dit. Il est mort.

— Je parlais du corps.

— On l'a enterré au cimetière. Avec une pierre tombale sans inscription, comme s'il s'agissait d'un être fantôme. Je crois qu'ils ont tenu à marquer l'emplacement pour que Faith puisse aller se recueillir sur la tombe. Et ils ont fait jurer le secret à tous ceux qui étaient au courant.

— Vous et le médecin ?

— Oui. Ainsi que Faith, sœur Rebecca et le père Paul.

— Sœur Rebecca Renault ?

Il était de nouveau très intéressé.

— Vous faites bien référence à la mère supérieure de Notre-Dame-des-Vertus ?

Elle acquiesça en se mordant la lèvre inférieure.

— J'ai lu dans les journaux ce qui lui était arrivé. Elle serait peut-être encore en vie si je m'étais décidée plus tôt à parler.

— Et le père Paul ? Il vit encore ?

— Je l'ignore.

— Quel âge a-t-il, à votre avis ?

— Je crois qu'il devait avoir dans les quarante ans à l'époque.

— Vous pourriez me donner son nom de famille ?

— Oh… Je n'arrive pas à m'en souvenir… Un nom assez commun, il me semble. De nombreux prêtres sont passés à l'hôpital. Ils ne restaient pas longtemps, en général. Mais le père Paul, lui, y a passé plusieurs années.

Elle se massa les tempes, tout en réfléchissant. On aurait dit qu'elle frottait une lampe en espérant qu'il en sorte un génie.

— C'était un nom du genre Smith ou Johnson… Ou Brown… Mais vraiment, non, j'ai oublié.

Elle se tut, perdue dans ses pensées.

Bentz était silencieux lui aussi. Il essayait de faire le lien entre ces informations et l'imbroglio de son enquête.

Au bout de quelques minutes de silence, Ellen ramassa son sac à main.

— Je crois que je n'ai rien de plus à vous dire, murmura-t-elle. J'espère vous avoir un peu éclairé.

— Une minute, madame Chaney.

Il consulta le dossier de l'enquête. Il venait de se rappeler avoir vu passer le prénom Paul. Il tourna quelques pages avant de trouver la liste de noms qu'il cherchait : ceux qu'il avait relevés dans le dossier de Faith et aussi ceux qu'Eve prétendait avoir lus dans le meuble du grenier.

— Père Paul Swanson, ça vous dit quelque chose ? demanda-t-il.

Elle hésita.

— Oui, dit-elle. Je crois que oui.

— Vous pourriez vous souvenir du nom des patients internés à cette période ? Ça pourrait m'être utile.

— Ça remonte à plus de trente ans, protesta-t-elle.

— Je sais, fit-il en ébauchant un sourire qui se voulait encourageant.

Le temps passait. Montoya allait être furieux.

— Je possède ici une liste de patients. Lisez-la, ça vous inspirera peut-être.

Il poussa les pages vers elle.

Ellen Chaney lut avec attention.

— Enid Walcott ! s'exclama-t-elle au bout de quelques secondes. C'était une petite femme très douce. Elle me faisait de la peine. Elle ne tenait pas en place, elle ne mangeait rien, elle était toujours angoissée, et elle tolérait mal la plupart des médicaments.

Elle poursuivit sa lecture.

— Neva, dit-elle encore. Une enfant autiste, perdue dans son univers.

Elle tourna la page et son visage se figea en une expression horrifiée.

— Oh, non… Seigneur…

Elle leva les yeux vers Bentz et laissa retomber la feuille.

— Que se passe-t-il ? demanda-t-il.

Elle frissonna et se passa la main dans les cheveux.

— Je ne devrais pas le dire, mais cette personne…

Elle montra du doigt le nom de Ronnie Le Mars.

— Je n'ai jamais rencontré de ma vie un être aussi malfaisant. Je crois en Jésus-Christ notre Sauveur et en la rédemption des âmes, mais… lui, Ronnie, je ne vois pas ce qui aurait pu le sauver… C'était un monstre.

— D'où pouvait bien venir tout ce sang ? s'interrogea Eve.

— Je l'ignore, répondit Cole tout en regardant droit devant lui à travers le pare-brise.

Ils avaient chargé leurs vêtements, des sacs de couchage, des oreillers et le chat dans sa jeep, puis ils étaient partis en laissant la police terminer son travail. On n'avait pas trouvé de cadavre dans la maison, mais il fallait bien que le sang vienne de quelque part. Montoya leur avait laissé entendre que ça pouvait être celui de sœur

Vivian. Les experts relevaient des échantillons dans la maison en procédant comme pour un homicide.

— Il n'a tout de même pas recueilli le sang de sœur Vivian pour le transporter jusque chez moi ? demanda Eve d'une toute petite voix.

L'idée lui paraissait tellement écœurante qu'elle avait eu du mal à la formuler tout haut.

— J'ignore de quoi il est capable, dit Cole.

Eve contempla par la vitre de la portière les lumières familières et rassurantes de la ville.

A l'arrière, Samson se mit à miauler dans sa cage.

— Je ne sais pas où nous allons, mais tu ferais bien de te dépêcher avant que ce chat devienne complètement fou, commenta Eve.

— Ce n'est pas loin, répondit-il.

A la grande surprise d'Eve, ils ne s'arrêtèrent pas dans le petit pavillon où il avait récupéré ses affaires quelques heures plus tôt. Il avait trouvé pire, si c'était possible. Il la fit entrer dans un studio miteux, sans meubles, et dans lequel il faisait une chaleur insupportable.

— Où sommes-nous ? demanda-t-elle tandis qu'il étalait les sacs de couchage sur le sol.

— Dans un endroit sûr. Du moins je crois.

Elle jeta un coup d'œil autour d'elle.

— Un zeste de ménage, un peu de peinture, une moquette neuve, une cuisine aménagée, quelques meubles, et ce serait pas mal. Et en y ajoutant des coussins et des tableaux au mur, on pourrait le transformer en un charmant petit nid d'amour, ironisa-t-elle.

Il haussa un sourcil.

— Tu préfères retourner chez toi ?

L'image de la poupée ensanglantée passa devant ses yeux.

— Tu marques un point, reconnut-elle. Finalement, cet endroit n'a rien à envier à un cinq-étoiles.

Elle déposa la cage de Samson et le libéra. Il entreprit aussitôt d'explorer son nouveau territoire.

— Nous avons de la chance, commenta-t-elle. Nous avons apporté avec nous notre fourrure à pattes.

Cole alla vers la fenêtre. Il n'ouvrit pas les volets, mais tourna le bouton de l'air conditionné qui se mit à vibrer. Une vieille installation, probablement… Eve espéra que ça suffirait tout de même à rafraîchir l'atmosphère.

— Personne ne connaît l'existence de ce pied-à-terre, expliqua Cole.

— Personne sauf le propriétaire, corrigea Eve.

— Petrusky n'en parlera à personne, assura Cole. Il aurait trop à perdre.

— Je vois… Un client.

Il lui jeta un regard en coin puis s'occupa des sacs de couchage et des oreillers. Elle préféra ne pas réfléchir aux créatures microscopiques qui habitaient la moquette sale, ni aux microbes qu'avaient pu laisser les précédents occupants.

— A présent, mademoiselle Renner, il faudrait nous mettre au travail.

— C'est-à-dire ?

— Nous devons absolument découvrir qui se trouve derrière tout ça. J'ai décidé de mener mon enquête. J'en suis capable. En défendant mes clients, j'ai eu l'occasion d'aiguiser mes talents de détective.

— Ah oui ?

Il sourit.

— Parfaitement. Et j'ai appris par exemple qu'on trouve toujours des gens prêts à parler pourvu qu'on y mette le prix.

— Quel cynisme !

— C'est cynique, peut-être, mais c'est vrai.

— Serais-tu en train de me dire que tu aurais un informateur dans la police ?

— Pas n'importe quel informateur, madame, un informateur bien placé, assura-t-il en ouvrant un placard dont il sortit deux carnets et une boîte remplie de stylos.

Elle s'installa sur leur lit improvisé en emportant la boîte avec elle.

— Et pourquoi tu ne t'es pas adressé à lui plus tôt ? dit-elle d'un ton sceptique.

Il vint s'asseoir près d'elle et prit un stylo.

— Je l'ai fait, mais pas autant que je l'aurais voulu. Je devais me montrer prudent parce que j'étais soupçonné de meurtre. J'étais suivi, pisté, filé, appelle-ça comme tu veux. Je faisais peut-être un peu de parano, mais j'étais persuadé d'être sur écoute. J'avais même peur de parler depuis mon portable. Je ne pouvais pas prendre le risque de griller ma source, j'ai fait profil bas.

— Et maintenant ?

— Montoya et Bentz me détestent, mais ce ne sont pas des idiots. Ils ont compris que je n'avais rien à voir avec ces meurtres. Ils savent que je suis innocent, y compris pour Roy.

Le nom de Roy provoqua une sorte de déclic dans le cerveau d'Eve. Ce fut comme si une vanne venait de s'ouvrir, déversant les images de cette affreuse nuit dans la cabane.

Elle avait fait l'amour avec Cole, ils s'étaient disputés, elle avait descendu l'escalier, il l'avait suivie en s'habillant. Il avait tenté de l'empêcher de partir, mais elle était tout de même montée dans sa voiture. En arrivant à la cabane, elle avait trouvé Roy mourant, baignant dans le sang, les chiffres tracés sur le mur et, à travers les carreaux, quelqu'un qui pointait un revolver sur elle… Non, pas sur elle, plutôt derrière elle.

Elle cligna des paupières et l'image se précisa.

— Cole, murmura-t-elle.

Son cœur se mit à battre, tandis que des fragments d'images lui revenaient, puis se mélangeaient de nouveau et lui échappaient.

— Quoi ? dit-il.

Elle ne répondit pas. Elle était plongée dans ses souvenirs.

Elle avait reconnu le visage de Cole, il tenait bien un revolver.

« Non », avait-elle hurlé.

Mais il avait tiré, le verre avait explosé et elle avait ressenti une violente douleur à l'épaule.

« Eve », avait-elle entendu.

Elle était tombée, sans le quitter du regard. *Non ! Non !* avait hurlé une voix dans son crâne.

Et le couteau. Elle avait vu un couteau. Du sang couler sur le sol. Cole avait aussi un couteau. Non, ce n'était pas la main de Cole qui tenait le couteau, mais une autre main.

Ensuite elle s'était évanouie…

Elle se tourna vers Cole. Elle venait de comprendre. Et lui aussi avait compris qu'elle avait retrouvé la mémoire. Elle le lut dans son regard. Il paraissait désolé.

Il savait. Il savait depuis trois mois et il n'avait rien dit à personne. Il avait menti pour se protéger.

— Tu étais là, murmura-t-elle d'une voix rauque. Salaud… Tu étais là.

Il ne répondit pas.

— Et il y avait quelqu'un d'autre. L'assassin de Roy.

Maintenant, le brouillard se dissipait tout à fait.

— Tu as voulu lui tirer dessus, mais tu l'as raté et c'est moi que tu as blessée. Et ensuite tu as nié. Pourquoi, Cole ? Pourquoi ? Qu'est-ce que tu caches ?

28.

Cole la regarda longuement en silence. Le moment était venu de tout lui dire.

— Oui, j'étais là, reconnut-il.

Elle lui lança un regard de femme trahie qui lui brisa le cœur, mais il poursuivit.

— Je savais où tu allais et je connaissais un raccourci. Je suis arrivé avant toi. Je voulais savoir de quelle preuve parlait Kajak. Mais quand j'ai ouvert la porte de la cabane, il était déjà mort.

— Tu es arrivé avant moi…, répéta-t-elle d'un ton incrédule.

— J'ai paniqué. Je n'avais pas mon portable et je ne pouvais même pas prévenir la police. Ensuite je t'ai vue arriver et j'ai compris que tu étais tombée dans un piège. Que quelqu'un avait obligé Roy à t'appeler pour t'attirer en pleine nuit dans le marais.

Il soupira.

— Je voulais te mettre en garde, mais le type s'est pointé. Je l'ai visé, mais c'est toi qui as reçu la balle. Tu m'as vu dans le miroir, pas par la fenêtre.

— Et tu m'as abandonnée alors que j'étais blessée, murmura-t-elle.

— Non, je suis resté avec toi. C'est pour ça que je n'ai pas pu coincer l'assassin. J'ai appelé le 911 avec ton portable et je me suis enfui par-derrière quand j'ai vu arriver un homme du shérif. Il était seul et le temps qu'il appelle du renfort, j'étais déjà dehors. J'ai attendu que l'ambulance arrive avant de quitter les lieux.

— Tu as vu l'homme ?

— A peine. Je ne pouvais pas te laisser.

Il tendit le bras vers elle, mais elle recula.

— Si tu en avais parlé tout de suite à la police, on aurait peut-être pu le coincer ce soir-là.

— Ils ne m'auraient pas cru, Eve. J'avais un mobile et il avait filé.

— Tu n'aurais pas dû fuir, insista-t-elle d'une voix suraiguë. Tu aurais dû laisser la justice suivre son cours.

— Oui, c'est ça… Comme Richard Kimble dans Le Fugitif ?

Il lui prit fermement le bras et cette fois il ne la laissa pas se dégager.

— D'accord, admit-il. J'aurais peut-être dû rester. Me battre comme un homme. Oublier le fait que la police de La Nouvelle-Orléans m'a dans le collimateur depuis des années. Mais j'ai cru qu'il valait mieux rechercher moi-même l'assassin.

— Comme Kimble, dit-elle d'un ton amer en le repoussant. Je savais bien que je n'aurais pas dû te faire confiance, que tu étais un menteur, que je ne devais surtout pas retomber dans tes bras.

Elle se leva d'un bond et, comme il se levait aussi pour l'approcher, elle pointa vers lui un doigt menaçant.

— Non ! Tant que cette histoire ne sera pas réglée, je ne t'adresserai plus la parole. C'est clair ?

— Eve…

— Je reste chez toi pour le moment parce que je n'ai pas le choix, ajouta-t-elle avec un tremblement dans la voix.

Il lut dans son regard une froide résolution. Elle s'était raidie, elle avait les joues rouges. Elle était belle. Si belle. Toujours belle. Jamais une femme ne l'avait autant bouleversé. Et elle avait raison. Il l'avait trahie.

— Pense à ce que nous venons de vivre ces derniers jours, murmura-t-il d'un ton misérable. Pense à nos retrouvailles. Je n'ai cessé de te prouver à quel point je tenais à toi. Et je veux découvrir la vérité sur cette affaire. Autant que toi. Plus que toi.

— Tu m'as prouvé à quel point tu tenais à moi ? En me faisant passer pour une menteuse ou une démente auprès du bureau du procureur et de la police ? Ceux qui me mettaient en garde contre toi avaient raison, Cole. Et moi j'ai eu tort de te croire. Tu n'es qu'un avocat corrompu qui n'hésite pas à déformer la vérité pour tourner la situation à son avantage. Et tu n'es qu'un salaud qui m'a abandonnée alors que j'étais mourante pour éviter des ennuis avec la police.

Elle était folle de rage. Elle haletait et son regard plein de colère lui transperça l'âme. Il aurait voulu la prendre dans ses bras, l'apaiser, lui promettre qu'il allait se racheter, lui dire qu'il était prêt à mourir pour elle.

Mais elle ne l'aurait pas cru.

— Réfléchis, je t'en supplie, dit-il.

— Je ne fais que ça depuis trois mois, rétorqua-t-elle d'un ton mauvais. Et pendant que je réfléchissais pour essayer de comprendre ce qui m'arrivait, pendant que je me torturais l'esprit, toi, tu connaissais la vérité. Tu savais ce qui s'était passé, mais tu n'as pas pensé que tu pouvais me faire confiance.

— Je t'aime, Eve.

Elle le contempla froidement.

— Va au diable, Cole. Ne me parle plus d'amour. C'est fini. Je n'éprouve plus rien pour toi.

Il ne la crut pas, mais il ne protesta pas. Elle était furieuse et blessée. Il ne pouvait pas lui en vouloir. Il ne savait pas si elle lui pardonnerait un jour, mais il était fermement décidé à rester près d'elle et à la protéger tant que ce cauchemar n'était pas terminé.

— Nous avons perdu un homme hier soir ! dit Montoya d'un ton rageur à Bentz.

Ils s'étaient retrouvés dans la cuisine du commissariat et buvaient un café.

— Tiggs n'est pas mort, protesta Bentz. Il s'accroche, pour l'instant.

— Sa vie ne tient qu'à un fil et tu le sais, protesta Montoya en se passant la main dans les cheveux. Il faut coincer ce salaud. Dire qu'on a failli l'avoir hier…

— Tu sais ce qu'on dit…

— Oui, je sais, coupa Montoya. Et je ne veux pas entendre des sottises sur la chance et tout le reste.

— On dirait que tu t'es levé du mauvais pied ce matin, intervint Zaroster qui entrait dans la cuisine.

— Parce qu'il y a un bon pied ? rétorqua-t-il.

Elle lança à Bentz un regard qui signifiait qu'elle ne lui enviait pas son partenaire, puis prit un muffin dans une boîte posée sur la table.

— Vous fêtez quelque chose ? demanda-t-elle.

— L'anniversaire de Brinkman.

— Qui les a apportés ?

— Vera, répondit Bentz avec un petit sourire. Du service des personnes disparues.

Il s'interrompit pour boire une gorgée de café.

— Je me demande ce qu'elle lui trouve. Mais bon, on s'en moque, on en profite. Sers-toi.

— Tu crois qu'ils sont allégés en graisse ou en sucre ?

Montoya lui décocha un regard exaspéré.

Elle leva la main pour arrêter net une éventuelle agression verbale, choisit un muffin généreusement constellé de copeaux de chocolat, et sortit sans demander son reste.

Bentz se servit un muffin aux graines de pavot.

— Tout le monde se décarcasse, dit-il. Ça ne sert à rien de décharger ta mauvaise humeur sur nous.

— Ouais. Dis-le à Tiggs.

— Je suis sérieux, Montoya. Calme-toi.

— Je ne me calmerai pas tant qu'on n'aura pas coincé ce salaud.

— Sortons d'ici, dit Bentz.

— Pour aller où ? demanda Montoya en se resservant du café.

— A Notre-Dame-des-Vertus, notre hôpital préféré. J'ai déjà envoyé là-bas une équipe, au cas où nous aurions à ouvrir une tombe.

— Super ! commenta Montoya.

Il attrapa si violemment sa tasse qu'il renversa du café et se brûla.

— C'est pas vrai ! s'exclama-t-il.

— Tu devrais fumer une cigarette, fit la voix de Brinkman qui entrait en apportant avec lui une odeur de tabac froid.

— Merci, non, je peux m'en passer.

— Ouais, je vois ça.

— Ça te plaît, hein, de venir nous enquiquiner ?

— Tu as mal dormi, proposa Brinkman d'un air innocent.

— Laisse-moi tranquille.

— C'est pas ma faute si tu n'as pas été capable de coincer le triple coupeur de gorge.

— Le quoi ? dit Bentz.

— Le triple coupeur de gorge. C'est comme ça que les journalistes le surnomment. J'ai entendu ça ce matin à la radio.

— Mais personne ne sait encore qu'il y a trois victimes, protesta Bentz.

— Ils savent.

— Bon sang, mais d'où viennent toutes ces fuites ! s'exclama Montoya.

— C'est vous qui menez l'enquête, fit remarquer Brinkman tout en choisissant soigneusement un muffin.

Il opta pour le glaçage au chocolat qu'il avala goulûment avant de se lécher les doigts.

— Vous devriez demander à vos hommes de tenir leur langue.

Montoya se raidit et Bentz crut qu'il allait envoyer son poing dans la figure de Brinkman. Mais il se contint et lui adressa un sourire glacial.

— Je te remercie du conseil, Brinkman. Et je te souhaite un très bon anniversaire !

Puis il se tourna vers Bentz.

— Allons-y, dit-il.

Ils traversèrent la grande salle de la criminelle où Bentz s'arrêta devant le bureau de Zaroster. Elle s'apprêtait à décrocher son téléphone, mais elle suspendit son geste en le voyant, et haussa un sourcil interrogateur.

— Tu t'occupes de rechercher Ronnie le Mars ? demanda-t-il.

— Oui, et je viens d'en apprendre une bonne. Ronnie le Mars est sorti de prison, en liberté surveillée, il y a huit mois environ. Il s'est tenu à carreau quelque temps, puis il a disparu de la circulation. Il ne s'est plus présenté à son référent et personne n'a plus entendu parler de lui.

— Il n'a pas pu s'évaporer, dit Montoya.

Zaroster haussa les épaules.

— Il a pu se procurer une fausse identité. Ou bien il se planque. Ça arrive souvent.

Bentz mordit dans son muffin.

— Et le prêtre ? Tu en es où ?

— Je viens de m'y mettre. L'archidiocèse est un peu susceptible ces temps-ci et je dois y aller avec des pincettes. Ça risque de prendre un peu de temps, mais je finirai bien par avoir des réponses.

— Du temps, on n'en a pas, rétorqua Montoya.

— Tu nous tiens au courant dès que tu as quelque chose de précis, fit Bentz.

— Compte sur moi, tu seras le premier prévenu.

Elle jeta un coup d'œil à Montoya.

— Ou le second. Je tirerai à pile ou face pour savoir lequel de vous deux j'appelle en premier.

— Merci, répondit Bentz tandis que Montoya filait sans un mot dans l'escalier.

Bentz le rejoignit au rez-de-chaussée.

— Je conduis, dit-il en prenant une dernière bouchée de son muffin et en jetant ce qu'il en restait dans une poubelle près de l'escalier.

Il jugeait son partenaire de trop mauvaise humeur pour tenir un volant. Il avait fait suffisamment de trajets avec lui en s'agrippant à la portière. Montoya avait la fâcheuse manie de conduire le pied au plancher quand il était furieux.

Il fut surpris que celui-ci ne proteste pas, et s'en réjouit en silence. Ça ferait toujours une dispute de moins. Une fois dans la voiture, Montoya fit descendre sa vitre et sortit un paquet de cigarettes de la poche intérieure de son blouson.

Il en offrit une à Bentz qui faillit céder mais fit non de la tête. Il lui arrivait de craquer et de s'en griller une quand il était sur une enquête trop difficile, mais pour l'instant il préférait se contenter d'un chewing-gum à la nicotine. Montoya rangea le paquet sans insister.

— Cette infirmière t'a dit que Faith avait eu un bébé mort-né, un garçon qu'on a enterré dans le cimetière près de l'hôpital, dit-il d'un ton rêveur.

Bentz lui avait parlé un peu plus tôt de la visite d'Ellen Chaney en s'excusant de ne pas être venu chez Eve.

— Oui.

— Et tu la crois ?

— Elle, elle le croit, répondit Bentz en dépassant une camionnette qui transportait un cheval. J'ai appelé le couvent pour prévenir sœur Odine de notre arrivée. Elle ne savait rien, apparemment, et elle n'était pas ravie qu'on remue les tombes. Mais je lui ai assuré que nous devions évoquer le sujet pour progresser dans notre enquête et arrêter l'assassin de sœur Rebecca.

— Eve ressemble à Faith. Depuis qu'elle l'a vue, Abby est persuadée qu'elle est bien sa demi-sœur.

Il secoua la tête.

— C'est tout juste si elle n'a pas écrit son nom sur la bible de famille.

— Nous devrions recevoir bientôt les résultats du test ADN. Je les ai encore appelés ce matin pour leur dire que c'était vraiment urgent. Comme ça, on pourra trancher.

Montoya aspira une bouffée de sa cigarette.

— Si Eve Renner n'était pas la fille de Faith Chastain, pourquoi aurait-on mis des articles parlant de Faith dans sa voiture ?

— Je n'en ai pas la moindre idée, avoua Bentz tout en manœuvrant pour atteindre la rampe d'accès à l'autoroute.

— Tout de même…, commença Montoya.

Il souffla un nuage de fumée et écrasa son mégot dans le cendrier.

— Je me demande qui est Eve Renner.

Kristi sortit d'un pas guilleret des bureaux de Gulf Auto and Life. Elle ne s'était pas sentie aussi légère depuis longtemps. Elle avait toujours su qu'elle n'était pas faite pour rester assise huit heures par jour derrière un bureau mais, quand elle avait voulu vivre seule, il avait bien fallu qu'elle gagne de quoi subvenir à ses besoins et payer son loyer. Elle en avait eu marre d'habiter chez son père. Et elle n'y retournerait pas, ça non, surtout qu'elle soupçonnait sa belle-mère d'être enceinte. La dernière fois qu'elle était passée chez eux, elle avait vu la boîte d'un test de grossesse dans la poubelle de la salle de bains. Elle allait peut-être avoir un frère ou une sœur de vingt ans de moins qu'elle. Ça faisait un drôle d'effet. Et c'était ridicule.

D'ailleurs, en vérité, elle n'aurait aucun lien de sang avec ce nouvel enfant.

Donc, pas question de cohabiter avec le petit dernier. De toute façon, elle avait tenu à son indépendance dès qu'elle était sortie de l'université et elle avait fait des petits boulots avant de trouver un travail plus stable dans les assurances.

Mais à présent, c'en était fini des assurances. Elle n'aurait plus jamais à écouter les récriminations des clients qui se plaignaient du montant des franchises.

Quand elle avait annoncé sa démission à son patron, elle avait été surprise d'apprendre qu'elle avait droit à quinze jours de congés payés et qu'elle pouvait partir tout de suite. Elle avait même eu l'impression qu'on n'était pas mécontent de se débarrasser d'elle à Gulf Auto and Life.

Tant mieux.

Elle prit une longue et profonde inspiration. Elle voyait le centre-ville avec des yeux neufs et elle eut soudain envie de visiter l'aquarium, près du fleuve. On lui avait dit que c'était fabuleux et elle n'y avait jamais mis les pieds. Elle pouvait aussi mettre une pièce dans un distributeur de boisson si ça lui chantait, bien qu'il ne soit que 10 heures du matin. Pourquoi pas un mimosa ou un bloody mary ? De l'alcool à 10 heures, son père, ce buveur de thé, aurait eu une attaque… Elle sourit. Au fond, elle l'aimait bien. Il avait toujours été chic avec elle et il l'aimait comme sa propre fille. Au début, quand ils avaient quitté Los Angeles pour s'installer ici, elle lui en avait terriblement voulu, mais à présent elle s'était attachée à La Nouvelle-Orléans et pour rien au monde elle ne serait retournée vivre en Californie.

Elle atteignit bientôt le fleuve et se mit à marcher le long du quai. L'eau sombre coulait lentement. Elle aperçut un vieux bateau à roue amarré et des remorqueurs qui guidaient un cargo dans le chenal. Le soleil brillait et ses rayons se reflétaient dans l'eau, mais les nuages s'amoncelaient à l'horizon. Elle aurait bien passé sa journée à se promener, mais elle ne voulait pas perdre son temps. Les requins et autres poissons attendraient. Si elle voulait écrire ce livre, elle avait intérêt à se mettre au travail.

Elle sortit son portable de son sac et sélectionna le numéro de son contact au département de police.

A partir d'aujourd'hui, les rôles s'inversaient.

Ce n'était plus son père qui la surveillait, mais elle qui surveillait son père.

Eve n'était pas disposée à rester dans ce studio une minute de plus. Elle avait roulé son sac de couchage une heure plus tôt et depuis elle avait déjà nettoyé le sable de la boîte en carton installée dans la baignoire pour servir de litière à Samson, appelé un serrurier pour changer les serrures de sa maison, trouvé un service de nettoyage pour la chambre.

La nuit dernière, elle s'était endormie vers 2 heures du matin, pendant que Cole réfléchissait, penché sur ses notes et sur l'ordinateur qu'il avait branché sur la connexion wifi d'un voisin. Avant qu'elle s'endorme, il lui avait exposé ses théories sur le comment et le pourquoi de cette affaire. Elle l'avait écouté en fulminant intérieurement. Comment avait-elle pu être assez stupide pour lui faire confiance ?

Il n'était qu'un sale menteur !

S'il n'y avait pas eu Samson, elle aurait filé à l'hôtel.

Du moins, elle avait essayé de s'en convaincre.

Au fond, elle se sentait encore tiraillée. A croire qu'elle était un peu folle.

Elle n'arrêtait pas de penser qu'il l'avait soutenue, aidée, qu'il avait juré de la protéger, qu'il lui avait dit qu'il l'aimait. Et tout ça avant qu'elle se souvienne de ce qui s'était passé à la cabane.

Et après ?

Il lui avait tout de même caché la vérité.

Elle laissa échapper un soupir de frustration et de rage.

Depuis qu'il était sorti de prison, il s'était montré honnête.

Oui, mais avant ça, il lui avait menti sur l'essentiel. Et il n'avait avoué que sous la pression.

Elle ne pouvait pas lui faire confiance.

Et pire encore, elle ne pouvait pas *se* faire confiance quand elle était près de lui. Ce matin, elle s'était réveillée recroquevillée contre lui. Tout habillée, mais enveloppée de sa chaleur et de son odeur. Pendant qu'il dormait comme un bienheureux, sur le sac de couchage, les cheveux dans les yeux, les lèvres entrouvertes, parfaitement détendu, elle avait passé ses coups de fil. Elle devait reprendre le cours de sa vie, rentrer chez elle dans une maison propre, s'assurer que son courrier n'arrivait plus chez Kyle et Anna.

A supposer qu'elle reste dans la maison de Nana.

Parce que, dès qu'elle pensait à son lit souillé de sang, à la poupée et au message gribouillé sur le mur, elle n'était plus très sûre de vouloir y vivre. Jamais elle ne pourrait s'endormir dans la chambre de la tour.

Elle se sentait perdue. Elle ne savait pas ce qu'elle ferait dans les dix minutes à venir. Et encore moins ce qu'elle ferait du reste de sa vie. Celui qui les avait plongés dans ce cauchemar était en train de gagner la partie.

Cole remua sur son sac de couchage.

Elle eut une bouffée de tendresse qu'elle refoula aussitôt. C'était terminé. Terminé.

Il émit une sorte de grognement et ouvrit un œil.

— B'jour, bâilla-t-il.

Quand il était mal réveillé, son accent texan revenait au galop.

Il s'étira voluptueusement et son abdomen se creusa.

— Et mon café ? dit-il.

— Très drôle, répondit-elle sèchement.

— Toujours en colère ?

Il ne manquait pas de culot.

— D'après toi ?

Il soupira et se frotta les yeux.

— Dommage… Moi qui avais prévu un petit câlin ce matin au réveil.

— Ça suffit ! explosa-t-elle. Tu ne te souviens pas de ce qui s'est passé hier soir ou quoi ?

— Bien sûr que je m'en souviens. Et justement je pensais que ce serait bien d'alléger un peu l'atmosphère. Je me disais que tu avais eu le temps de réfléchir à tout ça et qu'au réveil tu serais revenue…

— Si tu allais dire « à de meilleurs sentiments », je t'arrête tout de suite.

— Hier, tu…

— Hier j'étais une femme aveugle.

— Nous n'avons pas le temps de nous disputer aujourd'hui, fit-il tristement. Il est urgent de comprendre ce qui se passe.

Elle voulut protester, mais elle se tut. Il avait raison. Ça ne servait à rien de ruminer et d'envenimer les choses entre eux. Elle ne lui faisait pas confiance ? Il suffisait de garder ses distances.

— Il doit y avoir une logique à la folie de ce type, dit-il. Prenons par exemple le numéro inscrit dans la cabane, celui de Roy, c'était bien 212 ?

Elle acquiesça.

— Et pour ton père, 101 ?

— Oui.

— Vivian, c'était 323 et la poupée 444.

— Inutile de me les réciter, je les connais, coupa-t-elle d'un ton agacé. Où veux-tu en venir ?

— Tu as essayé de les lire de droite à gauche ?

Il prit en main ses notes pour les lui montrer.

— Très bien, je vois. On peut les lire dans les deux sens. Et alors ?

— Comment s'appelait le médicament qu'il a fait avaler à ton père ?

Elle lui jeta un regard surpris.

— Xanax ?

— Tu ne vois toujours pas ?

Elle voyait, mais elle ne comprenait pas. Pourtant il avait l'air d'avoir une idée précise.

— Renner aussi est un palindrome.

Ils échangèrent un regard. Elle commençait à comprendre.

— Kajak aussi, murmura-t-elle.

— Oui, Kajak aussi. Mais ce n'est pas le plus important.

Elle aurait bien voulu qu'il n'aille pas plus loin. Elle savait où il voulait en venir.

— Je suis désolé de te le dire, mais on ne peut pas ne pas remarquer qu'il en va de même de ton prénom. Eve. Eve Renner. Je crois que ce type fait vraiment une fixation sur toi.

29.

Bentz contemplait la tombe fraîche. Une petite croix toute simple marquait son emplacement. Elle se trouvait au milieu d'un carré de mauvaises herbes. On ne pouvait pas rater la terre rouge et sombre récemment remuée.

— Je n'y comprends rien, protesta sœur Odine d'un ton angoissé en contournant la pelleteuse avec Bentz et Montoya.

Un conducteur était installé dans la cabine, deux hommes étaient là pour le guider dans ses manœuvres, la machine tournait pour l'instant au ralenti en faisant un bruit d'enfer.

— Nous n'avons enterré personne depuis six mois, poursuivit-elle.

Elle battit des paupières et leva les yeux vers Bentz.

— Je suis venue ici il y a trois jours et ça…

Elle montra l'emplacement.

— Ça n'était pas comme ça. Il y avait bien une vieille tombe, mais les mauvaises herbes l'avaient envahie depuis longtemps.

— Je vous crois, dit Bentz.

Il tendit à sœur Odine le papier l'autorisant à exhumer. Elle déclara qu'elle se moquait de la paperasse et de la légalité, mais il insista pour qu'elle signe en lui expliquant que l'archidiocèse, lui, ne s'en fichait pas. Puis il fit signe au conducteur de la pelleteuse de démarrer. La machine grinça et se mit à arracher la terre.

— Je n'aime pas ça, murmura Montoya.

Il plongea la main dans la poche de sa chemise pour attraper ses cigarettes, puis jeta un coup d'œil du côté de sœur Odine et changea d'avis.

— Remuer des tombes… J'en ai la chair de poule. Je trouve qu'on devrait laisser les morts là où ils sont.

— Ça fait partie de notre travail, commenta sobrement Bentz.

Il croisa les mains sur son torse et attendit, en se dandinant d'un pied sur l'autre, et en levant de temps en temps le nez vers le ciel. Un jet passa en dessinant derrière lui une traînée blanche, avant de disparaître dans le groupe de nuages qui approchait.

La pelleteuse continuait à arracher des blocs de terre noirâtre et puante qu'elle déversait sur un tas qui ne cessait d'augmenter.

Le cercueil ne tarda pas à apparaître.

— Stop, cria l'un des hommes qui surveillait l'opération en faisant signe au conducteur de s'arrêter. Inspecteur ? appela-t-il.

Bentz rassembla son courage et avança au bord du trou. A quelques mètres sous lui, en partie recouvert de terre, il aperçut un cercueil d'enfant. Il n'était pas comme Montoya, les morts ne l'effrayaient pas, mais la vue de cette petite caisse de bois l'attrista profondément.

— Seigneur, murmura Montoya qui s'était approché lui aussi pour regarder à l'intérieur de la fosse. Seigneur…

— Je suppose qu'il ne s'agit pas d'un juron, mais d'une prière, inspecteur, dit sœur Odine.

— Absolument, répondit Montoya.

Il se tourna vers les deux hommes qui assistaient le conducteur de la pelleteuse et leur adressa un bref signe de la tête.

— Remontez-le, dit-il seulement.

Puis il recula pour leur laisser la place.

Montoya attendit sans broncher qu'on hisse le cercueil. Il n'en menait pas large. Son visage se crispa encore quand les hommes soulevèrent le couvercle.

Bentz dut se faire violence pour regarder à l'intérieur. Le petit cercueil de bois doublé de toile contenait bien un corps.

Sur la toile il y avait encore du sang et il ne s'agissait pas du corps d'un enfant.

Il s'agissait d'un animal auquel on avait tranché la gorge.

Montoya crut reconnaître un cochon.

— Nom de Dieu ! s'exclama-t-il en devenant tout pâle. Mais qu'est-ce que c'est que cette horreur !

Il avait juré. Il se tourna vers sœur Odine.

— Pardon, ma sœur, dit-il.

Puis son regard revint se poser sur le cercueil.

— Mais bon sang, c'est pas croyable ! Qu'est-ce que ça veut dire ?

Il s'éloigna à reculons et cette fois il ne s'embarrassa pas de scrupules et s'alluma une cigarette.

— Merde, murmura-t-il entre ses dents.

Sœur Odine se pencha à son tour au-dessus du cercueil et se signa à la hâte en découvrant le spectacle. Elle paraissait sous le choc, elle aussi était blanche et ses yeux s'arrondirent derrière ses lunettes.

— Mais qui a bien pu faire une chose pareille ? gémit-elle.

— Je l'ignore, répondit Bentz. Mais on va trouver qui et pourquoi, vous pouvez me croire.

Il se tourna de nouveau vers le fond du trou.

— Il va falloir rapporter ça au labo, dit-il.

Il posa un genou à terre pour regarder de plus près.

La carcasse était déjà enflée et elle sentait mauvais. Bentz enfila une paire de gants et la souleva, ainsi que la toile.

— Tu as une lampe torche ? demanda-t-il à Montoya qui avait anticipé et sortait déjà la lampe.

Bentz la prit, l'alluma et promena un faisceau de lumière dans le fond du cercueil.

Comme il s'y était attendu, il y avait un message.

Né de l'Eden.

— Quoi ? fit Montoya qui s'était approché pour lire. Qu'est-ce que c'est censé signifier ?

Bentz se tourna vers lui et le contempla fixement.

— Il voulait qu'on le lise, dit-il. C'est pour ça qu'il a si bien retourné la terre. Pour qu'on sache où chercher. Pour qu'on déterre la tombe.

— Pour qu'on trouve un cochon égorgé ?

— Pour qu'on trouve le message, corrigea Bentz.

Il reposa l'animal et se redressa en ôtant ses gants.

— Moi, ce que je voudrais savoir, c'est pourquoi il nous laisse des messages. Il essaie de nous dire quelque chose, mais quoi ?

Il avait déclenché le courroux du Seigneur.

Il avait passé une partie de la nuit à attendre que la Voix se manifeste, en priant pour entendre qu'il était pardonné, mais elle était restée obstinément silencieuse. Les autres voix, par contre, s'étaient déchaînées. Il n'en pouvait plus.

Il se jeta à bas de son lit, à genoux. Mais il eut beau supplier, la Voix refusa de parler. Il se mit à pleurer.

— Pardonnez-moi, mon Père. Je Vous en supplie. Je promets d'agir selon Votre volonté.

Comme on ne lui répondait toujours pas, il trouva un peu de réconfort en égrenant son chapelet. Puis il étendit sa bâche, installa ses bougies, se déshabilla, se doucha, pansa ses récents tatouages, sortit sa machine, alluma les bougies. Il vérifia ses flacons d'encre. Il ne lui en restait plus beaucoup, mais ça irait pour ce soir.

La Voix ne l'appelait plus Le Rédempteur. Elle ne lui disait plus qu'il serait sanctifié.

Il devait faire pénitence.

Il se plaça devant le miroir, alluma sa machine et posa sa main à l'intérieur de sa cuisse ferme et musclée. Il ferma les yeux et récita une prière avant d'enfoncer l'aiguille, profondément, sans hésiter, en savourant sa morsure. Il avait l'intention de graver son nom à cet endroit, là où il pouvait aisément le lire, sans miroir. Ça risquait de frotter sur son pantalon et de le faire souffrir pendant quelques jours, mais comme ça il ne risquait pas de l'oublier.

Concentré, galvanisé par la douleur, il inscrivit « Le Rédempteur », en tournant son esprit vers Dieu, en s'interdisant de penser à Eve, comme cela lui arrivait souvent quand il marquait sa peau. La désirer était un péché. Il le savait, pourtant il continuait à espérer que la Voix lui accorderait un peu de temps avec elle en récompense de ses efforts et de son abnégation.

Juste un peu de temps. Quelques heures. Pour goûter, ne serait-ce qu'une fois, aux délices dont il rêvait depuis toujours.

L'aiguille le transperça. Il oublia Eve.

Il était avec Dieu.

Cole était sorti acheter des beignets, du jus de fruits et du café pour le petit déjeuner dont les restes gisaient autour des sacs de couchage. L'air conditionné faisait un bruit d'enfer, mais allégeait un peu l'atmosphère étouffante de la pièce. Ils avaient entrouvert les volets et la pâle lumière qui filtrait à travers les lamelles striait la moquette sale.

Eve avait légèrement mal au cœur à cause de tout ce sucre et de la caféine, mais elle parvenait tout de même à se concentrer sur leurs notes. Elle était convaincue que Cole avait vu juste avec son histoire de palindromes.

Elle avait peur.

Et pas seulement pour elle.

Elle songeait à Anna Maria, dont le prénom pouvait se lire dans les deux sens. Elle avait établi une liste de victimes potentielles avec Cole et il avait songé à Sam Deeds, dont le nom de famille donnait à l'envers SDeeds.

Tout ça pouvait paraître complètement absurde, mais ils devaient en chercher le sens. Il y avait forcément un sens… Et un rapport avec l'hôpital Notre-Dame-des-Vertus et Faith Chastain.

Eve avait essayé de joindre Anna Maria, mais elle n'avait obtenu que la messagerie de son portable. Elle s'était rabattue sur Kyle, mais sans plus de succès.

Elle était malade d'inquiétude.

Assis en tailleur sur le sac de couchage, Cole était penché sur ses notes. Elle ne put s'empêcher d'admirer une fois de plus ses épaules moulées dans son T-shirt et de s'attarder sur le coin de peau qui apparaissait au-dessus de la ceinture de son jean. Il leva les yeux vers elle.

— Cesse de me reluquer et remets-toi au travail, dit-il.

— Je ne suis pas en train de te reluquer, protesta-t-elle.

Il répondit par son insupportable sourire et elle détourna les yeux. Elle constatait avec étonnement que sa colère se dissipait peu à peu… Elle était décidément trop sensible à son charme.

— Regarde, fit-il soudain. J'ai associé les noms des victimes à leurs numéros. Comme a dû le faire l'assassin. Tu vois ?

— Oui, je vois, mais tu me les as déjà montrés, répondit-elle.

Mais elle alla tout de même s'asseoir près de lui, en prenant soin de rester à distance, de ne pas le toucher, ni l'effleurer. Samson en profita pour s'installer sur ses genoux. Elle se mit à le caresser en lisant la feuille que lui tendait Cole.

KAJAK : 212
RENNER : 101
REBECCA : 111
VIVIAN : 323
??? (poupée) EVE : 444

— Il me semble que la poupée te représente, expliqua-t-il.

— Une idée qui me ravit, murmura-t-elle.

— Je m'en doute… Mais il n'a pas cherché à te faire du mal. Pour l'instant, il se contente de te faire peur.

— Il a réussi.

— C'est un malade, dit Cole. Ces numéros, ça te dit quelque chose ?

Elle contempla la liste quelques secondes et secoua la tête. Samson roula sur le dos et se mit à ronronner.

— J'y ai déjà réfléchi des centaines de fois, avoua-t-elle. La seule chose qui me vient à l'esprit, ce sont les numéros des chambres de l'hôpital.

— C'est-à-dire ?

— Les bureaux de mon père et de sœur Rebecca se trouvaient au rez-de-chaussée. Roy, je crois, a eu une chambre au premier quand il était interné. Le grenier représenterait le quatrième niveau du bâtiment.

— Oui, mais pour sœur Vivian ?

— Je ne sais pas. Elle a peut-être séjourné elle aussi à l'hôpital en tant que malade.

— Très bien. Admettons et poussons maintenant le raisonnement un peu plus loin. Quel était le numéro du bureau de ton père ?

— Un. Je m'en souviens parce que ça le flattait et qu'il me répétait souvent, en plaisantant à moitié, qu'il était numéro un dans cet hôpital.

— Et sœur Rebecca ?

— Je ne sais plus très bien. Son bureau se trouvait dans le même couloir que celui de papa, mais un peu plus loin.

— Ça pourrait être onze ? demanda-t-il en buvant une longue rasade de jus de fruits à même la bouteille.

— Oui… Possible…

Elle avait cessé de caresser Samson, il lui donna des coups de patte sur la main. Elle enfouit de nouveau ses doigts dans sa fourrure.

— Tu penses que ces nombres pourraient correspondre à des numéros de chambre ?

— Possible. Mais ça ne collerait pas avec le grenier…

Il revissa le bouchon de la bouteille et la reposa par terre, près de la boîte de beignets.

— Je fais peut-être fausse route, mais ça vaut le coup d'y réfléchir… Supposons qu'il y ait des numéros dans le grenier…

— Tu me donnes mal à la tête, se plaignit-elle.

Se concentrer sur l'assassin augmentait sa peur et son angoisse.

— Fais un effort, Eve, pressa-t-il. L'endroit où tu avais installé ton sac de couchage et tes livres se trouve au-dessus d'une chambre. Est-ce que ce ne serait pas par hasard la 344 ?

— C'est possible…

Elle lutta contre l'envie de tout envoyer paître et fit l'effort de se concentrer.

— Dans ce cas, ton coin de grenier serait le 444.

— C'est un peu tiré par les cheveux, tu ne trouves pas ?

Il acquiesça.

— Sans doute, mais nous n'avons rien de mieux.

— Autant dire que nous n'avons rien, murmura-t-elle.

Elle se sentait complètement démoralisée. Elle songea brusquement à Anna Maria et ramassa son téléphone pour composer son numéro.

— Réponds, murmura-t-elle.

Mais, une fois de plus, elle n'obtint que le répondeur.

Il était près de 17 heures quand Bonita Washington appela Bentz.

— Je crois que tu devrais venir ici, dit-elle. J'ai plusieurs choses intéressantes à te montrer.

— J'arrive, répondit-il.

Il se tourna vers Montoya qui gribouillait quelques notes, le téléphone collé à l'oreille.

— Oui…, disait-il. Oui… Oui… J'ai compris…

Il raccrocha.

— C'était au sujet de l'agression près du fleuve. Un de nos indics a tout vu, il va passer tout à l'heure. Et toi ?

— C'était Washington. Elle nous convoque au labo sur-le-champ.

Montoya attrapa sa veste.

— Dis donc, c'est du sérieux.

— On dirait.

En passant devant le bureau de Zaroster, Montoya déposa ses notes.

— Je m'absente pour un moment. Si ce type appelle…

Il tapota le numéro inscrit sur la feuille.

— Prends un message. Il prétend avoir vu l'agression près du fleuve.

— Très bien, répondit Zaroster en posant le papier près de son téléphone. Je crois que j'ai retrouvé la trace du père Paul Swanson, poursuivit-elle. Il se trouve probablement dans une maison de retraite. Je vous tiens au courant.

— Très bien. Et Le Mars ?

— Toujours rien, dit-elle en tripotant son stylo. Je vérifie auprès de ses proches et de ses amis, mais ça n'avance pas.

Le téléphone de Zaroster sonna.

— C'est sûrement l'appel magique, plaisanta-t-elle. Celui qui apporte la solution miracle quand une enquête piétine.

Montoya se mit à rire.

— Que le ciel t'entende, railla-t-il.

— Il va m'entendre. Je suis en communication directe.

Elle décrocha pendant qu'ils s'éloignaient et ils l'entendirent répondre.

— Zaroster, département des homicides…

Ils trouvèrent Bonita Washington dans la section photo du labo, en grande conversation avec Inez Santiago.

— Tu as bien fait de venir avec Montoya, dit-elle.

Elle les entraîna vers un long comptoir et alluma un spot.

— Voici la photo prise par Abby, expliqua-t-elle. Vous remarquerez qu'on distingue nettement une silhouette d'homme derrière la fenêtre. Je vous fais grâce des procédés qui nous ont permis de l'agrandir et de l'affiner, ce n'est pas le plus important. Ce qui vous intéresse, c'est ça…

Elle montra du doigt une série d'une vingtaine de clichés.

— Nous n'avons pas pu faire mieux.

— C'est pas mal du tout, fit remarquer Bentz.

Il s'agissait de la photographie d'un homme. Il était grand. Les traits de son visage étaient un peu flous, mais tout de même reconnaissables.

— Pas mal, protesta Washington. C'est excellent, tu veux dire. Et maintenant, compare avec celle-là.

Elle lui tendit une photo d'identité de Ronnie Le Mars.

— On dirait bien que c'est le même, dit-elle d'un ton triomphant.

Montoya acquiesça.

— C'est lui, oui.

Bentz paraissait légèrement sceptique.

— Je ne dirais pas oui à cent pour cent, corrigea-t-il.

— Et ce n'est pas tout, intervint Santiago. Nous avons d'autres bonnes nouvelles.

— A propos des analyses de sang, compléta Washington.

Elle les guida à travers un long couloir jusqu'à une grande pièce réservée à l'examen des corps.

— Nous avons de la compagnie, informa-t-elle Tennet qui était installé sur un tabouret pivotant, l'œil collé à un microscope.

Il leva le nez.

— Parfait, dit-il.

Il fit rouler sa chaise un peu plus loin et attrapa un papier.

— Pour commencer, il faut que vous sachiez que le sang trouvé dans la chambre d'Eve Renner était du sang de cochon, pas du sang humain, annonça Tennet.

Bentz poussa un soupir de soulagement.

— Il faut procéder à un deuxième examen, pour vérification, mais c'est pratiquement sûr, confirma Washington. Et nous allons relever des cellules dans le cercueil. Il est vieux, il a dû servir, on va voir ce qu'on peut en tirer.

— Parfait, approuva Bentz.

— Montoya, tu devrais rester ici avec Tennet, il a des trucs à t'expliquer au sujet du cercueil, suggéra Washington. Je dois m'entretenir avec Bentz en privé.

— Que se passe-t-il ? demanda Bentz quand elle eut refermé la porte derrière eux.

— J'ai quelque chose à te dire et je préférais que tu sois seul à l'entendre. Ensuite tu en parleras à qui tu voudras.

— Très bien, dit Bentz.

Il ressentait une légère appréhension. Bonita Washington n'avait pas le goût du drame. Elle avait sûrement une bonne raison de l'entraîner à part.

— De quoi s'agit-il ?

— Nous avons les résultats de l'analyse ADN d'Eve Renner.

— Je vois… Elle n'est pas la fille de Faith Chastain. Ça ne m'étonne pas vraiment, nous savons que Faith a mis au monde un enfant mort-né. Un garçon, qui plus est. Il était supposé se trouver dans le cercueil qu'on vous a confié.

Elle lui tendit le dossier.

— Tu es mal informé. Les marqueurs génétiques d'Eve Renner correspondent bien à ceux de Faith. Mais ce n'est pas tout. Ils concordent aussi avec ceux d'une personne que nous avons dans notre fichier.

— Qui ? Ronnie Le Mars ?

— Non.

— Roy Kajak ?

— Non.

Elle le contemplait fixement, d'un drôle d'air.

— Arrête de jouer aux devinettes et dis-moi qui.

Elle le regarda droit dans les yeux.

— Toi. J'ai refait le test trois fois. Il n'y a pas d'erreur. Tu es parent avec Eve Renner.

30.

— Il y a forcément une erreur, protesta Bentz.

Il secouait la tête d'un air désespéré et paraissait complètement déboussolé.

— Je n'ai jamais rencontré Faith Chastain, assura-t-il.

— Eh bien, quelqu'un de ta famille l'a rencontrée. Et quand je dis rencontrée…

— Attends ! Tu vas un peu vite !

C'était absurde. Absurde. Pourtant, quelque chose qui ressemblait à un doute commençait à s'insinuer dans son esprit.

— Jacques Chastain était son mari… Peut-être que… Il y a une erreur…

— Tu ne m'as pas bien écoutée, inspecteur, fit Washington d'un ton qui n'admettait pas de réplique. Tu t'adresses à Bonita. Et Bonita a vérifié son travail. J'ai même pris la peine de comparer avec le profil de Kristi, tant que j'y étais. Nous avons un échantillon de son sang depuis l'Elu, tu te souviens ?

Bentz acquiesça en silence. Kristi et Olivia avaient failli mourir. Il ne risquait pas d'oublier.

— Et figure-toi que Kristi aussi est la gagnante du jour. Elle a des liens de parenté avec Eve Renner.

— Par le père biologique d'Eve…, murmura Bentz d'un ton accablé.

Il ressentait brusquement le besoin de s'asseoir, mais il fit l'effort de rester debout.

— Tu avais grimpé un peu vite les échelons de la hiérarchie et je me doutais bien qu'il y avait une bonne raison à ça.

Elle posa les rapports dans sa main et lui laissa le temps d'y jeter un œil. Elle avait abandonné son habituelle attitude revêche et il surprit de la compassion dans ses yeux verts.

— Ecoute, Bentz, je ne sais pas ce que ça signifie, dit-elle en repoussant une mèche qui la gênait. Tu es parent avec Eve, mais je te laisse le soin de l'annoncer à ceux qui mènent l'enquête avec toi.

Il secoua la tête pour s'éclaircir les idées. Un membre de sa famille avait été l'amant de Faith Chastain ? Son père ? Il commençait même à se poser des questions sur sa propre légitimité.

— En attendant, ajouta Bonita avec une douceur dont il ne l'aurait jamais cru capable, tu me dois un diamant.

— Un gros, oui, je sais.

— C'est ça, un gros.

Bentz rejoignit Montoya qui arpentait le couloir en l'attendant, le téléphone collé à l'oreille.

— Oui… Je vais voir ce que je peux faire… Oui… C'est parfait… Nous avons fini… On vous rejoint là-bas… Merci.

Il lui avait emboîté le pas tout en terminant sa conversation et ils quittèrent ensemble le bâtiment.

— C'était Eve Renner, expliqua-t-il. Elle a réfléchi à une théorie avec Cole Dennis. Elle va dans le même sens que celle que tu m'as exposée.

— Sois plus précis.

Il lui parla des palindromes et des numéros de chambre de l'hôpital.

— Ça vaut le coup de vérifier, ajouta-t-il en tirant sur sa barbiche. C'est un peu tiré par les cheveux, mais j'ai déjà vu des théories plus farfelues se révéler exactes.

Bentz approuva d'un grognement. Tiré par les cheveux, oui, ce n'était pas forcément mauvais signe.

— Eve se fait du souci parce qu'elle n'arrive pas à joindre sa belle-sœur, Anna, la femme de Kyle, ajouta Montoya. Dont le nom est aussi un palindrome…

— Est-ce que cette Anna a un lien quelconque avec l'hôpital ?

— Pas que je sache. Mais Eve oui. Et le tueur s'intéresse beaucoup à elle et à son entourage.

— Ils sont peut-être tous mêlés à un truc bizarre, commenta Bentz.

Puis il parut perdu dans ses pensées et continua à avancer en silence avec ses chaussures qui claquaient sur le sol.

— Cette histoire de palindrome, ça ne peut pas être une coïncidence.

— J'ai promis à Eve de la rejoindre chez elle. Elle a déjà appelé une équipe de nettoyage et un serrurier. Nous avons terminé, là-bas, non ? On peut lui rendre sa maison ?

— Si elle veut y retourner…

— Moi, à sa place, je n'y remettrais plus les pieds, admit Montoya.

De gros nuages cachaient le soleil de cette fin d'après-midi et la température avait chuté de quelques degrés. C'était l'heure de pointe et le flot des véhicules avançait au ralenti.

— De quoi voulait donc te parler Washington ? demanda Montoya.

— Des résultats ADN d'Eve Renner, répondit simplement Bentz en lui tendant le rapport.

Montoya le lut en diagonale.

— C'est dingue ! s'exclama-t-il en levant la tête. Eve Renner est donc bien la fille de Faith ! Et pourtant l'infirmière t'a affirmé qu'elle avait accouché d'un garçon. Mort-né, qui plus est.

— Continue à lire, dit Bentz.

— Quoi ? Ce n'est pas tout ?

— Non.

Il n'y comprenait toujours rien. Quelque chose ne collait pas dans cette histoire. Chaney lui avait paru sincère. Il se passa une main dans les cheveux. Son estomac gargouilla. Zut ! Ce n'était pas le moment de penser à manger.

— Je veux bien une cigarette, dit-il à Montoya.

Il l'alluma aussitôt et aspira une longue et profonde bouffée en savourant la sensation de la fumée emplissant ses poumons. Pendant ce temps, Montoya tournait lentement les pages, en fronçant les sourcils.

Il s'arrêta brusquement et leva les yeux vers Bentz.

— Mais qu'est-ce que ça signifie ?

Bentz lui rendit le paquet de cigarettes et le briquet. Il ressentait déjà les effets de la nicotine. C'était bon.

— Je n'en sais rien, dit-il. Tout ce que je peux te dire, c'est que je n'ai jamais rencontré Faith Chastain.

— Mais…

— Je te dis que je ne comprends pas, répéta-t-il.

Mais son esprit errait dans un long couloir sombre jalonné de portes qu'il aurait préféré ne plus avoir à ouvrir. La vérité allait bientôt éclater au grand jour, qu'il le veuille ou non. Il sentit son estomac le brûler et chercha dans sa poche ses pastilles digestives.

Montoya crut bon de relire une deuxième fois.

— Mais bon sang, tu devrais savoir ! s'exclama-t-il. C'est tout de même ta famille.

— Ce sera aussi la tienne, si tu épouses Abby, rétorqua Bentz.

Il fourra une pastille dans sa bouche.

— Nous allons être parents.

— Bon sang ! Je n'y avais pas pensé !

Il prit une cigarette, la coinça entre ses lèvres et alluma l'extrémité avec son briquet. Puis il aspira goulûment, comme si sa vie en dépendait.

— C'est dingue ! dit-il enfin en recrachant un nuage de fumée.

— Et tu ne sais pas tout…

Bentz songea aux candidats à la paternité d'Eve Renner. Ils étaient nombreux. Il se demanda comment il allait pouvoir expliquer tout ça à Eve ou à Kristi. Montoya avait raison. C'était complètement fou.

— Abby peut désormais rajouter le nom d'Eve sur la bible familiale.

— Et le tien. Quelle pagaille !

Bentz écrasa sa cigarette sur le trottoir.

Une belle pagaille, oui.

Eve n'en croyait pas ses oreilles. Bentz et Montoya venaient d'arriver dans le jardin de la maison de Nana. Cole était là aussi. Le vent sifflait dans les branches du magnolia et soulevait une fine poussière. La révélation de Bentz flottait entre eux, aussi présente qu'un être vivant.

Les tests ADN confirment que vous êtes bien la fille de Faith Chastain. Et ce n'est pas tout. Nous serions parents, vous et moi.

Elle le regarda droit dans les yeux et il lui rendit son regard.

— Je…, commença-t-il.

Elle leva une main pour lui imposer le silence et reformula mentalement l'information.

Tu es parente avec Bentz. Tu es aussi la demi-sœur d'Abby, la fille de Faith.

Cole paraissait sceptique, mais il ne croyait jamais la police, par principe, donc ça ne comptait pas.

— Vous en êtes certain ? demanda-t-il à Bentz.

Son regard alla de Bentz qui s'était approché d'eux pour leur annoncer la nouvelle, à Montoya qui était resté légèrement en retrait, adossé à la voiture.

— Je sais que c'est difficile à croire, dit Bentz.

— Difficile à croire ? répéta Cole d'un ton railleur.

— J'ai ici les rapports. Les tests ont été vérifiés plusieurs fois. Moi aussi j'ai du mal à l'avaler, mais le doute n'est pas permis, les marqueurs génétiques sont extrêmement clairs.

Eve le contemplait avec des yeux neufs, elle cherchait une ressemblance entre eux. La réponse était non. Elle avait une petite ossature, des cheveux roux et frisés, le nez court, des yeux bleus mouchetés de vert. Bentz était massif, avec des cheveux noirs, une mâchoire carrée, un regard dur et des yeux enfoncés. Ce n'était pas possible. Il ne pouvait pas être son père. Ou son frère.

Il comprit où elle en était.

— Je ne sais pas de quelle manière nous sommes parents, dit-il. Mais je peux vous assurer que je ne suis pas votre père. Je n'ai jamais vu Faith Chastain.

Eve en fut soulagée. Terrence Renner venait tout juste de mourir, on ne l'avait pas encore enterré, elle ne se voyait pas accepter l'idée que cet inspecteur bougon était son père. Bentz avait toujours douté de sa version des faits et il ne s'était pas montré délicat avec elle. Et encore moins avec Cole.

— Vous pourriez être mon demi-frère ? demanda-t-elle en frottant son bras en écharpe. Nous aurions le même père ?

Montoya sortit une cigarette et l'alluma.

— Je ne vois pas comment, répondit Bentz. Mon père est mort en faisant son devoir de soldat, bien avant votre naissance.

— Mon oncle, alors ?

— Je ne peux pas vous répondre. Mais ne vous inquiétez pas, je vais chercher.

— Mais Abby est bien ma demi-sœur ?

— Oui.

— Je le lui apprendrai ce soir, intervint Montoya. A moins que vous ne préfériez vous en charger vous-même.

— Non, non, je préfère que ce soit vous, au contraire. Mais dites-lui de m'appeler. Si elle veut bien.

— Telle que je la connais, elle va vous appeler sur-le-champ, assura-t-il.

— Peu importe l'heure, ajouta Eve.

Elle se sentait bizarre. Perdue. Si tout cela était vrai…

Elle comptait désormais deux sœurs dans sa vie. Et Bentz. L'inspecteur Bentz.

— Vous devez aussi savoir que nous avons exhumé une tombe,

reprit Bentz. La tombe dans laquelle aurait dû se trouver le bébé de Faith Chastain.

— Une tombe ? Avec un bébé ?

Elle se figea. Cole fit un pas vers elle.

— Mais il n'y avait pas de bébé.

Elle pressa la paume de sa main contre son crâne et ferma les yeux.

— Vous avez trouvé une tombe vide où aurait dû se trouver le bébé de Faith, articula-t-elle lentement. Mais le bébé de Faith, c'est moi, d'après ce que vous dites.

— Elle n'était pas vide, corrigea Bentz. On avait remplacé le bébé par un cochon égorgé.

C'en était trop pour Eve. Elle alla se réfugier dans les bras de Cole.

— Il y avait aussi un message dans cette tombe, ajouta Montoya. Tracé avec du sang, comme vous l'avez déjà deviné. Il disait : « Né de l'Eden ».

— Né de l'Eden, répéta Cole. Encore un palindrome. Ça continue.

— Le sang que nous avons trouvé dans votre chambre était celui du cochon, acheva Montoya.

— Mais que signifie tout ça ? demanda Eve.

Elle était soulagée que ce ne soit pas du sang humain, mais écœurée à l'idée qu'on pouvait être suffisamment malade pour mutiler une poupée, répandre du sang de cochon sur un lit et s'en servir pour écrire un message. L'assassin était vraiment un fou dangereux.

— Mais à quel genre de taré avons-nous affaire ? demanda Cole tandis qu'un lourd crépuscule sans étoiles commençait à descendre sur la ville.

Montoya se repoussa de la voiture.

— A un psychopathe. Un dérangé. Je pense comme vous qu'il fait une fixation sur Eve. Nous ne savons pas pourquoi, mais ça ne fait pas le moindre doute.

Eve savait ce qu'était une psychose. Des malades, elle en avait vu et elle avait observé les dégâts causés par les désordres mentaux. Pourtant, elle avait la nausée en pensant à cet homme qui prenait du plaisir, peut-être même du plaisir au sens sexuel du terme, en la terrorisant.

— La police peut vous protéger, proposa Montoya.

— Vous pensez que je suis vraiment en danger ?

— Pas vous ?

— S'il avait voulu me tuer, il l'aurait déjà fait.

— Mais il faut qu'il arrête de te harceler, intervint Cole. Tu devrais accepter la protection de la police.

Elle n'en revenait pas. Cole lui conseillant de confier sa sécurité aux flics ! Elle croisa son regard et comprit qu'il avait peur pour elle au point d'en oublier ses convictions.

— Ça ne peut pas vous nuire, insista Montoya. Et ça pourrait nous permettre de le coincer.

— Il a déjà tué et il va continuer, dit Bentz.

Elle frissonna. Elle mourait de peur, mais l'idée qu'on la surveillerait jour et nuit et qu'elle n'aurait plus de vie privée lui déplaisait au plus haut point. Elle hésitait encore.

— Je ne la quitterai pas, dit Cole qui avait compris qu'elle ne se déciderait pas.

— C'est très bien et très louable de votre part, mais vous ne possédez pas de revolver, rétorqua Montoya. Du moins, c'est ce que vous nous avez assuré quand nous vous avons interrogé à propos du meurtre de Roy Kajak. Comment comptez-vous la protéger ? Si j'étais vous, je me tournerais plutôt vers des professionnels.

— Et ça se passerait comment ?

— On surveillerait les lieux. On posterait quelqu'un devant la maison.

— Accepte, Eve, supplia Cole.

— Je vais y réfléchir, dit-elle. Ce soir, je vais dormir à l'hôtel, donc je ne risque rien. Quand la maison sera nettoyée et que je serai prête à m'y installer de nouveau, je vous donnerai ma réponse.

— Vous êtes sûre ? demanda Bentz.

— Oui.

Et puis il y avait Cole. Elle savait qu'il la protégerait de son mieux. Avec ou sans arme.

— Il y a une arme chez moi, ajouta-t-elle. Elle appartenait à mon grand-père. Il faut simplement que j'achète des balles.

— Je serais plus tranquille si je postais dès aujourd'hui devant chez vous un officier entraîné équipé d'un fusil, dit sèchement Bentz.

— Je vous appellerai si je change d'avis, promit-elle.

— N'hésitez pas, insista Bentz. En attendant, nous allons jeter un coup d'œil sur vos recherches.

Il montra les notes de Cole avec le nom et le numéro des victimes.

— Je vais essayer de joindre votre belle-sœur, ajouta-t-il.

— S'il vous plaît, dit Eve.

Elle avait déjà laissé à Anna trois messages sur son portable et appelé chez elle, à Atlanta. C'était tout de même bizarre qu'elle soit devenue brusquement silencieuse.

Bizarre et inquiétant quand on savait que le psychopathe s'en prenait aux gens de son entourage.

Le téléphone de Montoya sonna. Il regarda l'écran et s'éloigna pour décrocher.

— Prévenez-moi aussi si vous avez des nouvelles de mes frères, demanda Eve à Bentz.

Kyle et Van ne répondaient plus au téléphone. De leur côté, c'était moins inhabituel, mais ils s'inquiétaient pour l'héritage et ils avaient hâte qu'on leur rende le corps de leur père. Ils auraient dû au moins se manifester auprès de la police.

Bentz acquiesça. Montoya les rejoignit en rangeant son téléphone dans sa poche.

— On doit y aller, dit-il à son partenaire.

— Je crois que nous en avons terminé ici, répondit celui-ci.

Puis il se tourna vers Eve pour ajouter :

— Nous restons en contact.

— Merci.

Il partit en courant vers la voiture et rejoignit Montoya qui était déjà installé derrière le volant et mettait le moteur en route. Quelques secondes plus tard, ils démarraient en trombe.

Eve les suivit des yeux d'un air rêveur.

— C'est tout de même incroyable, cette histoire, dit-elle.

Elle songeait aux résultats de l'analyse ADN.

— Incroyable, c'est peu dire, rétorqua Cole tandis que les lumières de la voiture disparaissaient au coin de la rue. Un cochon mort, une nouvelle famille. Tu serais parente avec Bentz et avec la fiancée de Montoya ? C'est un peu gros. Ça fait coup monté.

— Que veux-tu dire ?

— Rien de précis, admit-il. La vérité, c'est que je ne sais pas quoi penser de tout ça.

Il se tourna vers la maison et contempla les lambeaux de cordon jaune qui flottaient au vent.

— Mais je crois que tu devrais accepter leur offre.

— Pas ce soir, d'accord ? J'ai besoin de… D'oublier ce cauchemar, au moins pour une nuit.

— Tu crois que tu vas y arriver ?

— Je vais faire de mon mieux, soupira-t-elle.

Il lui fallait une bonne nuit de sommeil. Demain, elle prendrait les décisions qui s'imposaient.

— Tu as vraiment l'intention de dormir à l'hôtel ?

— Je ne peux pas rester ici. Ton studio est peut-être un endroit sûr, mais moi je veux un vrai lit. Nous pourrions laisser Samson là-bas et venir ici demain matin pour ouvrir à l'entreprise de nettoyage et au serrurier.

— Donc, nous restons ensemble ?

Elle ressentit de nouveau ce petit coup au cœur. Ensemble. Elle aurait bien voulu ne pas tenir autant à lui.

— Oui, souffla-t-elle.

Elle contempla la vieille maison de Nana, ses hautes fenêtres, ses volets noirs. Elle revit son grand-père, assis à son bureau, et sa grand-mère, préparant un flan dans la cuisine. Ses frères n'avaient pas la moindre affection pour elle, sa mère avait été une femme faible et malade, son psychiatre de père avait toujours oscillé entre l'indifférence et les démonstrations d'affection. Cette demeure était sa véritable maison, son foyer depuis toujours, l'endroit où elle se sentait bien. Elle leva les yeux vers la chambre de la tourelle où elle avait tant de fois grimpé pour trouver du réconfort.

Tout ça était terminé.

A cause d'un assassin psychopathe.

Une brise légère, chargée des senteurs de magnolia, vint caresser sa nuque et elle fut submergée d'une vague de tristesse à l'idée que son sanctuaire était irrémédiablement profané.

— Je ne sais pas si je pourrai revivre ici un jour, murmura-t-elle.

31.

Le crétin !

Kristi aurait bien voulu appeler son père et lui dire qu'elle savait tout. Sa bonne humeur s'était envolée depuis que son amoureux transi, le jeune policier qui la renseignait, l'avait mise au courant. Car c'était sur lui qu'elle pouvait compter. Lui, il lui faisait confiance. Tandis que son cher papa restait muet comme une carpe. Pas question d'obtenir de lui le moindre petit renseignement.

Elle tambourina sur son bureau en fixant l'écran de son ordinateur. Elle venait de trouver plusieurs articles concernant les récents meurtres. D'après un site web local, on avait récemment vandalisé la maison d'Eve Renner. Les flics avaient mobilisé une équipe au grand complet, techniciens compris, ce qui signifiait qu'il avait dû s'y passer quelque chose de pas ordinaire. Un agent avait même été grièvement blessé par balle en prenant en chasse un suspect.

Et quelques minutes plus tôt, son informateur lui avait annoncé que l'inspecteur Rick Bentz s'était rendu au cimetière de Notre-Dame-des-Vertus pour exhumer une tombe. Rien que ça. Il avait aussi réclamé une analyse comparative des profils ADN d'Eve Renner et de Faith Chastain.

Son informateur ignorait ce qui s'était passé chez Eve Renner. Ou bien il le gardait pour lui. Il aimait bien distiller les informations au compte-gouttes. De toute façon, s'il savait, elle saurait lui faire cracher le morceau. D'une manière ou d'une autre.

Cette affaire qui avait débuté avec le meurtre de Roy Kajak devenait de plus en plus étrange et fascinante. Et son père refusait obstinément de lui dire quoi que ce soit.

Son informateur avait quelques scrupules à la renseigner mais, comme il voulait coucher avec elle, il les faisait taire. Elle lui avait expliqué qu'il ne risquait rien, qu'elle n'écrirait pas pour les journaux, qu'elle préparait un livre dans lequel elle n'oublierait pas de le remercier. Elle avait dû aussi promettre de passer une soirée avec lui. Il pouvait toujours attendre, elle s'était juré de ne jamais sortir avec un flic. Elle était bien placée pour savoir qu'être femme de flic n'était pas une sinécure. Et puis il y avait Jay, le garçon qu'elle avait fréquenté autrefois et qui travaillait maintenant pour le labo de la police. Elle ne voulait pas risquer de le croiser. Elle avait entendu dire qu'il était fiancé, tant mieux pour lui, mais ça lui faisait un petit pincement au cœur de songer qu'elle avait accepté, il y avait bien longtemps, la bague de fiançailles qu'il lui avait offerte.

Non. Pas de flic.

Elle se promit d'aller faire un tour du côté de Notre-Dame-des-Vertus et de son cimetière. L'idée la fit frémir, mais elle se secoua. Elle débutait sa nouvelle carrière, une carrière qui réclamait une certaine trempe. Elle était sportive, elle pratiquait les arts martiaux, elle n'était pas sotte, et elle n'oubliait jamais sa bombe au poivre. Elle se sentait tout à fait capable de visiter un vieux bâtiment en ruines.

Elle surfa encore un moment sur internet, puis revint à son manuscrit. Il lui fallait un titre. Quelque chose de percutant, susceptible d'attirer l'attention d'un éditeur, puis des lecteurs. Un truc un peu sexy. C'était bon, ça. Un truc à double sens serait pas mal.

Mais rien ne lui venait pour l'instant à l'esprit. Sans doute parce qu'elle était encore trop en colère contre son père. La colère nuisait à l'inspiration.

Il ne veut rien te dire pour ne pas compromettre son enquête. C'est son travail, il n'y peut rien. Il faut que tu trouves une deuxième source. Une des religieuses du couvent, ou quelqu'un qui travaillait autrefois à l'hôpital. Quelqu'un qui sait des choses, mais qui ne risque pas son boulot à te renseigner.

Elle entreprit de dresser une liste des gens à contacter.

Elle y inscrivit le tueur, qu'elle avait l'intention d'interroger.

Après son arrestation, bien entendu.

Ça aussi, ça ferait son petit effet.

Une interview exclusive de l'inspecteur Bentz chargé de l'enquête et une autre du tueur psychopathe.

Elle se renversa sur le dossier de sa chaise en s'étirant.

Oui, elle allait écrire un bon livre. Peut-être même un best-seller.

— Je vais te montrer de quoi je suis capable, Rick Bentz.

Ils choisirent un hôtel en plein cœur du quartier français et qui faisait figure de paradis comparé au studio de Petrusky.

Pendant qu'ils remplissaient les formalités d'usage au comptoir, Eve songeait qu'elle acceptait la compagnie de Cole parce qu'elle avait besoin de sa force, de son regard, de son intelligence. Ou peut-être, tout simplement, bon sang, parce qu'elle avait besoin de lui.

Une partie d'elle-même se refusait à cette idée. Elle n'était pas de ces faibles femmes qui s'en remettent à un homme. Et surtout pas à un homme manipulateur et menteur comme Cole.

Une autre partie hurlait que oui, elle avait besoin de sa protection. Il était beau, fort, intelligent. Il avait menti pour sauver sa peau, d'accord, mais il s'était racheté depuis. Il n'était pas question de l'épouser pour l'instant. Juste de lui faire confiance.

Elle lui en voulait encore, mais il fallait faire preuve d'esprit pratique. Elle se sentait en sécurité près de lui. Ils passeraient donc la nuit dans la chambre qu'ils avaient réservée. Une chambre un peu trop romantique, certes, avec une cheminée, un lit à baldaquin et des portes-fenêtres qui s'ouvraient sur un balcon.

Elle se rendait compte un peu tard qu'elle aurait dû exiger un motel propre, mais sans âme, en bord d'autoroute. Il aurait coûté moins cher et aurait eu l'avantage de ne pas prêter à confusion. Ils n'étaient pas en lune de miel.

— Tu as faim ? demanda Cole en déposant leurs sacs près du lit.
— J'ai l'estomac dans les talons.
— Sortons manger, alors.

Il connaissait un restaurant italien près de Bourbon Street et ils parvinrent à dîner en évitant de parler des meurtres. Cole acheta une bouteille de vin pour emporter dans la chambre. Eve songea vaguement qu'accepter de boire du riesling avec lui devant un feu de cheminée équivalait à signer pour une catastrophe, mais elle ne protesta pas.

Garde la tête froide…

Oui, mais avec Cole, c'était parfois difficile. Voire impossible.

En arrivant dans la chambre, Eve enleva ses chaussures pendant que Cole débouchait la bouteille. Il venait de remplir leurs verres quand le portable d'Eve sonna.

— Ne réponds pas, suggéra Cole.

Mais en voyant s'afficher à l'écran le nom d'Anna, Eve se précipita.

— Anna Maria ! Mais où es-tu ? Tu vas bien ?
— Je vais bien, oui. Je suis en voiture.

Elle avait une drôle de voix.

— Et toi, Eve ? Je viens d'apprendre qu'on avait vandalisé ta maison. Tu vas bien ?
— Tout dépend de ce que tu entends par « bien », mais oui, ça peut aller, répondit Eve.

La police n'avait divulgué que très peu d'informations au sujet de ce qui s'était passé chez elle et Anna Maria voulut des détails. Eve s'installa devant le feu et lui expliqua pourquoi elle ne dormait pas chez elle.

— Tu as raison, approuva Anna Maria.

Cole sortit sur le balcon et referma les portes-fenêtres derrière lui. Eve le suivit du regard tandis qu'il posait ses mains sur la rambarde pour se pencher sur la rue. Une fois de plus, elle s'attarda sur ses fesses moulées par son jean.

Puis elle s'en voulut et détourna les yeux vers le feu où des flammes jaunes léchaient des bûches de céramique qui ne se consumeraient jamais.

— Mais où étais-tu ? demanda-t-elle à Anna. Je me faisais un sang d'encre !

— Je… Dans un motel. Avec Kyle. Enfin, il était là de temps en temps. Je ne t'ai pas appelée parce que ça n'allait pas très fort.

Anna marqua un temps de pause et Eve l'entendit inspirer bruyamment, sans doute pour tirer sur sa cigarette. Encore une mauvaise nouvelle… Elle se prépara au pire.

— Kyle et moi nous nous séparons, lâcha enfin Anna.

— Oh…

Elle était partagée. En effet, c'était une mauvaise nouvelle, mais ça valait sans doute mieux comme ça. Pourtant, elle avait de la peine… Anna devait souffrir.

— Je sais, c'est un choc, dit Anna. Pour moi aussi. Mais c'est ce qu'il veut. Il a besoin d'air, d'après ce qu'il dit. Nous avons passé ces derniers jours à nous disputer comme chien et chat. Il m'a ressorti toutes ses vieilles rancœurs. C'était affreux.

Elle était au bord des larmes.

— Nous avons d'abord essayé de régler nos problèmes, puis ça s'est envenimé et aucun de nous deux n'a été capable de céder du terrain. J'ai fini par accepter l'idée qu'il n'y avait plus rien entre nous. Plus d'amour, plus de tendresse, plus de respect. Plus rien.

Sa voix se brisa, puis elle renifla.

— C'est fini. Seigneur… Je me demande même s'il n'a pas une autre femme dans sa vie. Il me jure que non, mais je ne le crois qu'à moitié.

— Je suis désolée, Anna.

— Il ne voudra jamais me l'avouer, ni me dire son nom.

Eve songea qu'Anna méritait mieux que Kyle. Mais ça ne servait à rien de le lui dire, elle n'était pas prête à l'entendre.

— J'aimerais bien pouvoir faire quelque chose, dit-elle.

— Il n'y a rien à faire, répondit Anna en sanglotant.

— Ma présence chez vous n'a rien arrangé.

— Non, ne te culpabilise pas. Tu n'es pas restée longtemps et il est normal de pouvoir compter sur sa famille quand on a des ennuis.

— Où es-tu, Anna ? Tu ne devrais pas conduire et je ne veux pas te laisser seule. Je suis descendue dans un hôtel du centre-ville. Rejoins-moi. Si tu veux, je viens te chercher.

— Non… Non… Ce n'est pas la peine. Je vais bien.

— On ne dirait pas. Viens, tu passeras la nuit avec moi. Ça te changera les idées.

— Je vais bien, répéta Anna en reniflant bruyamment. Et je n'ai pas besoin d'être maternée, je t'assure. Je suis un peu déprimée, rien de plus.

— Anna…

— Je roule vers Atlanta, Eve. Mon cher mari a décidé qu'il allait « crécher », comme il dit, avec Van. Il parle même de se réinstaller à La Nouvelle-Orléans. Mais il a perdu presque tous ses clients, là-bas. Je ne sais pas comment il va faire.

— Tu pourrais rester avec moi le temps de te sentir un peu mieux.

— Chez toi ? Franchement, non. Tu devrais la vendre, cette maison, après tout ce qui s'est passé. Je me demande pourquoi tu persistes à vouloir y vivre.

Elle eut un rire bref.

— Je dois raccrocher. Je te rappellerai demain. J'aurai sans doute l'esprit un peu plus clair. Je vais avoir besoin d'un avocat. L'amour toujours… Tu parles…

Eve murmura une banalité en réponse et raccrocha lentement. Elle se tourna vers la véranda, où Cole attendait qu'elle finisse.

L'amour.

Elle n'y croyait qu'à moitié.

Mais ce soir elle avait envie de laisser Cole entrer dans son cœur.

Ses yeux se posèrent sur le lit. Ils avaient passé trop de temps à se disputer, à s'opposer l'un à l'autre, à se méfier l'un de l'autre. Ce soir, elle avait envie que ça change, envie de laisser tomber ses défenses. Elle ouvrit sans bruit les portes-fenêtres et le rejoignit sous la véranda.

Puis elle s'approcha de lui sur la pointe des pieds et lui entoura la taille par-derrière.

— Hé ! Qu'est-ce que c'est que ça ? demanda-t-il en se retournant.

Elle sourit et haussa un sourcil.

— Si tu te sers bien de tes atouts, je crois que tu pourrais trouver ce soir une partenaire.

Il s'allongea sur son lit et ferma les yeux.

Il était tard. Il manquait de sommeil. Il aurait dû dormir depuis longtemps déjà. Mais il avait les nerfs à vif. Il rongea l'ongle de son pouce et cracha dans la corbeille à papier près de son lit. Il lui restait tellement à accomplir. Et tellement peu de temps. Il tremblait intérieurement et, dans sa tête, les images d'Eve se bousculaient.

Toujours Eve.

Il lui arrivait de suivre des yeux une autre femme. Mais personne ne lui faisait autant d'effet qu'Eve.

Sa beauté.

Sa princesse.

Son amour.

Le moment de leur rencontre approchait.

Il le sentait.

Plus besoin de jouer avec elle. Plus besoin de l'effrayer avec des poupées. Plus besoin d'attendre. Tout était en place. Enfin. Enfin elle serait sienne. Jusqu'à la mort.

Leurs destins se rencontraient.

Comme il était écrit.

Il tendit l'oreille aux bruits de la nuit qui entraient par la fenêtre mal isolée et huma l'air tiède qui venait de l'extérieur.

Il imagina sa surprise. La surprise qu'il lirait bientôt sur son visage. Ça faisait des mois qu'il s'efforçait de calmer son attente et maintenant, Seigneur, le moment était enfin venu. Il en avait la bouche sèche et il s'humecta les lèvres du bout de la langue, en fermant les yeux. Il songeait à ce qu'il lui ferait.

« C'est une princesse, tu sais… », le taquinait sa mère.

Puis elle se penchait de nouveau sur sa machine à coudre. Il la revoyait lorsqu'elle coupait le fil avec ses dents, ou taillait de longues bandes de tissu avec ses ciseaux.

« Celle-là, avait-elle dit une fois en faisant claquer sa langue, elle a toujours droit à ce qui se fait de mieux. Il ne lui manque rien, avec un père médecin… »

Elle avait levé le nez de sa machine qui trônait au milieu des chutes de tissus multicolores qui jonchaient le sol.

« Une belle maison, une voiture rutilante, des robes à froufrous… Une princesse… Et elle est jolie, en plus, très jolie… Sa mère l'aime, son père l'adore, et sa grand-mère la chouchoute. Rien n'est trop beau pour princesse Eve. »

Il avait essayé de se boucher les oreilles, de ne pas entendre, mais sa mère — une pauvre femme écrasée par le travail, aux doigts déformés par l'arthrose et à l'esprit empoisonné par la jalousie — ne l'avait pas laissé oublier. Elle ne cessait de lui parler d'Eve, surtout la nuit, quand son père dormait en ronflant de l'autre côté de la cloison et que ses deux petits frères voyageaient depuis longtemps au pays des rêves dans leurs lits superposés.

Elle venait dans sa chambre au petit matin, en rasant les murs du couloir, pieds nus. Elle refermait la porte derrière elle. Elle sentait le gin, la cigarette et le désespoir. Elle prétendait passer pour le border, ou pour lui souhaiter bonne nuit.

Mais les lèvres qui se posaient alors sur sa joue n'avaient rien de chaste et les mains qui arrangeaient ses draps finissaient toujours par s'égarer.

« Tu es un bon garçon. Un très très bon garçon », approuvait-elle sur le ton dont on parle à un chien qui vient de rapporter une balle.

« Tu vaux bien mieux que cette vilaine petite Eve. C'est une pute, tu sais. Ses jolies culottes en dentelle, elle n'hésite pas à les baisser.

C'est une cochonne. Une salope qui ouvre les jambes à tous ceux qui le lui demandent. »

Il l'écoutait, tétanisé, en sueur, avec la bile qui lui montait à la gorge, en priant Dieu pour qu'elle cesse, pour qu'elle cesse de lui lécher les oreilles, pour qu'elle ne se glisse pas sous les draps, pour qu'elle ne presse pas son corps nu et osseux contre le sien en lui faisant croire qu'il ne s'agissait que d'une démonstration de tendresse bien naturelle entre une mère et son fils.

Ce qu'il n'avait jamais cru.

Durant ces nuits affreuses et humiliantes, il avait appelé l'image d'Eve à son secours. Eve qui venait remplacer sa mère dans le lit. Eve sa princesse, sa beauté, son amour…

Il s'était absenté de son corps pour ne pas sentir celui de sa mère, et ses mains tremblantes et moites qui le caressaient. Comme il aurait préféré recevoir Eve, la sale pute, dans son lit.

Et à présent, quand il ne dormait pas, même s'il savait que sa mère ne viendrait plus le déranger, que le cauchemar de son adolescence était loin derrière lui, il pensait à Eve.

Eve sa beauté.

Eve la princesse.

Eve son amour.

Eve la putain.

32.

La Voix s'était adressée à lui dans la nuit, pendant qu'il dormait d'un sommeil sans rêves. Elle avait donné des instructions très claires. Et brèves. Les autres voix s'étaient tues avant son arrivée, comme toujours.

La Voix l'avait pardonné.

Mais son pardon avait un prix.

Et cette fois il n'avait pas droit à l'erreur.

Il avait conduit pendant près de huit heures et il arriva peu avant l'aube. La ville était encore silencieuse et déserte quand il avait trouvé l'adresse.

Elle était là.

Seule.

Comme la Voix le lui avait annoncé.

Il avait volé quelques heures plus tôt une plaque d'immatriculation à une voiture qui venait de Floride. Le propriétaire ne s'en était sûrement pas encore aperçu, aussi il se gara dans l'allée sans la moindre hésitation.

Il prit son revolver muni d'un silencieux et se glissa dans le jardin. La porte coulissante de la terrasse n'était pas fermée à clé.

Elle s'ouvrit avec un léger bruit.

Il tendit l'oreille.

Pas de chien.

Pas de sirène d'alarme.

Mais un murmure de voix. Il se raidit. Il avait peur, mais il n'avait pas le droit de flancher. Il avança dans le couloir et aperçut le halo bleu et tremblotant d'un écran de télévision à travers une porte ouverte.

Il se dirigea lentement vers la chambre. Une planche craqua. Il se figea. Pas de réaction. Les voix de la télévision, un dialogue de film apparemment, continuèrent leur murmure. Il jeta un coup d'œil prudent à l'intérieur et, dans le miroir, il aperçut le lit.

Elle était allongée sur les draps en bataille, ses cheveux noirs étalés sur l'oreiller, les yeux fermés, la bouche ouverte. La télé couvrait son léger ronflement. Il poussa la porte pour l'entrouvrir et entra dans la pièce. Sur la table de nuit, il remarqua une série de flacons de médicaments près d'une bouteille de vodka. Des mouchoirs sales jonchaient le sol et la table de nuit. Deux des flacons étaient ouverts.

Il paniqua.

Il la voulait vivante ! La Voix ne tolérerait pas une autre erreur.

En s'approchant, il trébucha sur une chaussure. Son genou heurta le cadre du lit et il retint de justesse un juron.

Elle remua, leva la tête, repoussa ses cheveux et battit des paupières.

— Kyle ? murmura-t-elle en tendant la main vers le téléphone posé sur la table de nuit. Kyle ? C'est toi, mon chéri ?

Il se jeta sur elle.

Elle poussa un cri étouffé quand il l'écrasa de tout son poids.

Le choc l'avait réveillée et elle réagit aussitôt en se débattant pour le repousser. Elle voulut ouvrir la bouche pour crier, mais il l'en empêcha en posant sur ses lèvres une main gantée, en appuyant son Glock sur sa tempe, tout près de l'œil.

— Non, mon cœur, répondit-il d'une voix rauque.

Il prit le temps de savourer sa peur. Il la voyait dans ses yeux, dans son corps tendu, que trahissaient les mouvements saccadés de sa cage thoracique.

— Ce n'est pas Kyle.

*
* *

— Je l'ai trouvé, annonça victorieusement Zaroster en faisant irruption dans le bureau de Bentz avec un carnet.

— Ronnie Le Mars ?

— Le père Paul Lavender Swanson.

— Lavender ?

— Pas étonnant qu'il ait choisi de devenir prêtre avec un nom pareil, commenta Zaroster. On a dû se moquer de lui au lycée.

— Il aurait pu réagir en devenant le meilleur joueur de football de l'établissement.

— Peut-être. En tout cas, il est en ce moment dans une maison de retraite tout près d'ici. De l'autre côté du lac Pontchartain, à Covington.

Elle lui fit un grand sourire tout en détachant une feuille de son carnet.

— Voici l'adresse. Quant à Ronnie Le Mars, je cherche toujours.

Bentz s'était déjà levé.

— Dis à Montoya où je suis. Qu'il m'appelle ou qu'il me rejoigne là-bas.

— D'accord.

Elle sortit et il allait lui emboîter le pas quand Arvin Noon, un jeune stagiaire, entra en poussant devant lui un suspect menotté sentant le whisky et le vomi, d'une saleté repoussante.

— C'est Herman Tessler, expliqua-t-il. Flagrant délit de vol dans une épicerie.

— Et ? demanda Bentz.

On n'amenait pas un type dans le département des homicides pour un simple vol. Noon employait parfois des méthodes peu orthodoxes, mais pas à ce point-là.

— Il prétend qu'il se trouvait sur le parking du restaurant Black Bird l'autre nuit, en train de fouiller une poubelle, et qu'il a vu un type monter dans un pick-up noir et tirer sur Tiggs. Il assure qu'une balle a ricoché sur le véhicule, ce qui pourrait coller avec la douille qu'on a retrouvée. Tiggs a effectivement tiré.

— Mais la balle a raté l'agresseur de Tiggs ? demanda Bentz.

Tessler acquiesça.

— Je prends sa déposition, ensuite je le laisse dessoûler et je lui montre des photographies. Il pourra peut-être reconnaître l'homme dans l'un de nos albums.

— Pourquoi prendre sa déposition maintenant ? s'étonna Bentz. C'est une perte de temps.

Tessler était complètement ivre.

Les yeux bleus du jeune flic brillèrent de défi.

— Un type en état d'ébriété se lâche plus facilement.

— Oui… Ou bien il dit n'importe quoi.

— C'est mon suspect. Je procède comme je veux, si ça ne te dérange pas.

Bentz lui lança un regard agacé.

— Tiens-moi au courant, dit-il seulement.

Il n'avait pas le temps de pinailler sur des détails avec un bleu. Qu'il enregistre deux dépositions si ça lui chantait, il en sortirait bien quelque chose. Noon était un futur dictateur. Tant pis pour lui.

Il attrapa son arme, sa veste et ses clés, puis tapota ses poches pour vérifier que son portefeuille s'y trouvait bien.

Il sortait dans le parking et se dirigeait vers la Crown Vic qui lui était réservée, quand il aperçut la Mustang de Montoya qui manœuvrait. Il lui fit signe.

Montoya dont l'humeur était visiblement aussi noire que sa barbiche approcha à petites foulées.

— Du nouveau ? demanda-t-il.

— Le père Paul est à Covington, dans la maison de retraite St Agnes.

— Allons-y, dit aussitôt Montoya en s'installant sur le siège du passager.

Le temps était couvert, mais il faisait chaud dans l'habitacle. Bentz mit la climatisation en route tout en se faufilant dans le trafic dense de l'après-midi. Il prit la direction de Metairie et de l'immense pont du lac Pontchartrain qui traversait le vaste estuaire et aboutissait non loin de Covington.

— Je sors de l'hôpital, dit Montoya en s'enfonçant dans son siège. Tiggs va mieux, son état est passé de critique à sérieux.

— C'est une bonne nouvelle.

— Une bonne nouvelle… Il lui manque une partie du visage et son cerveau est peut-être endommagé. Et, quand il sera un peu rétabli, il va devoir affronter une série d'opérations de chirurgie réparatrice, des séances de rééducation à n'en plus finir, et Dieu sait quoi encore.

Il contempla par la fenêtre la vaste étendue d'eau du lac. Des pélicans frôlaient la surface, au-dessous des mouettes qui poussaient des cris stridents. Le ciel avait pris une couleur inquiétante. Une tempête se préparait.

— Bon sang, reprit Montoya. Tiggs a une femme et une petite fille de deux mois. Deux mois… Elle ne va même pas le reconnaître. Il ne va plus pouvoir travailler, il sera sûrement mis en invalidité. Enfin, s'il… Merde ! Quel gâchis !

Bentz se tut et le laissa ronchonner. Tous les flics étaient passés par ces états d'âme. Ça faisait partie des étapes obligées. Leur radio grésillait, le moteur ronronnait. Ils ne dirent plus rien pendant un moment.

— Ce boulot est parfois une saloperie, dit enfin Bentz.

— Oui, renchérit Montoya. Ou pire.

Après le pont, Bentz traversa Mandeville, puis prit la 190 en direction de Covington dont ils atteignirent bientôt la banlieue. Ils n'eurent pas de mal à trouver le parc dans lequel se situait la maison de retraite, un immeuble neuf constitué de petits appartements. Pour entrer, il fallait taper un code ou appeler le concierge par l'Interphone.

Ils sonnèrent et montrèrent leur badge à la femme qui apparut de l'autre côté de la porte vitrée. Elle les fit entrer et les conduisit jusqu'au bureau de la responsable, Alice Smith, une robuste Afro-Américaine aux cheveux coupés court et qui portait des lunettes de lecture perchées au bout de son nez. Elle occupait une pièce impeccable, meublée d'étagères, de placards et d'un gigantesque bureau. Une bible était ouverte sur un guéridon, un crucifix était cloué sur l'un des murs, de grandes fenêtres donnant sur le jardin laissaient entrer la lumière du jour. Une odeur de jasmin, diffusée par un appareil, flottait dans l'air.

De nouveau, ils durent prouver leur identité et expliquer qu'ils souhaitaient parler au père Paul Swanson pour lui poser quelques questions dans le cadre d'une enquête.

— J'insiste sur le fait que le père Paul est très faible et qu'il se fatigue vite, dit Mme Smith. De plus, il souffre de démence sénile. Je ne vois pas en quoi il pourra vous être utile.

— Nous tenons quand même à lui parler, insista Bentz.

— Ne l'énervez pas, recommanda Mme Smith.

Elle leur adressa un sourire qui révélait un espace entre ses dents de devant, mais n'avait rien de chaleureux. Elle ne se préoccupait pas du bien-être de son pensionnaire, uniquement du surcroît de travail qu'il risquait de donner au personnel si ça tournait mal.

Elle appuya sur un bouton et une aide-soignante qui devait avoir dans les dix-huit ans entra dans le bureau.

— Sherry, veuillez conduire les inspecteurs Bentz et Montoya dans la chambre du père Paul, ordonna-t-elle.

Sherry les fit passer par un long couloir qui menait à l'ascenseur. Ils feignirent d'ignorer les regards intrigués du personnel et des pensionnaires qui se déplaçaient pour la plupart en fauteuil roulant, ou appuyés sur des déambulateurs ou des cannes. Ils montèrent au premier étage sans échanger un mot, puis prirent de nouveau un couloir et passèrent devant une fenêtre donnant sur le jardin.

— Il n'est pas toujours très lucide, prévint Sherry. Ça dépend des jours.

— Nous devons tout de même lui parler, insista Montoya.

— Bien sûr.

Le petit studio du père Paul était sommairement meublé de lits jumeaux, d'une commode, d'une télévision, d'un fauteuil inclinable et de deux chaises. Sur l'un des murs, on avait accroché un crucifix identique à celui du bureau de Smith, et sur l'autre un calendrier avec des représentations de saints. On n'avait pas oublié le diffuseur au jasmin. Il servait probablement à masquer l'odeur de la vieillesse.

Le père Paul était allongé dans le fauteuil inclinable. Il était grand, terriblement maigre, avec un visage creux presque effrayant. Il portait une chemise écossaise et un gilet, un pantalon, des pantoufles. Bentz et Montoya notèrent qu'il ne portait pas de col blanc. Il avait les yeux fermés, la bouche entrouverte et il ronflait doucement. La télévision était allumée et réglée sur une chaîne sportive qui diffusait du golf.

— Père Paul ? appela Sherry d'une voix forte.

Le prêtre grogna et ouvrit un œil.

— Père Paul ? Vous avez de la visite.

— Comment ?

— De la visite, répéta-t-elle en hurlant tandis qu'il se débattait avec son appareil auditif. Ces messieurs sont de la police.

— Je ne connais pas de messieurs de la police.

— Ils viennent vous poser des questions, père Paul.

— Des questions ?

Il cligna des paupières derrière ses grosses lunettes qui lui faisaient des yeux de hibou et chercha à tâtons le bouton qui débloquait son fauteuil, en poussant maladroitement sur le repose-pied pour revenir en position assise.

— Je vous présente les inspecteurs Montoya et Benz, dit Sherry en les montrant du doigt.

— Nous sommes venus vous parler de Faith Chastain, hurla presque Bentz.

Comme le père Paul ne répondait pas et le contemplait d'un air abasourdi, il ajouta :

— Elle était internée à Notre-Dame-des-Vertus à l'époque où vous y exerciez en tant que prêtre.

— Faith, répéta le père Paul d'un ton morne comme s'il ne voyait pas du tout de qui il pouvait s'agir.

Puis un déclic dut se faire dans son esprit et son regard s'éclaira.

— Faith… Une femme adorable, mais très perturbée… Elle est morte en tombant d'une fenêtre, je crois… Quelle tristesse…

— Oui, c'est bien elle.

— Cela fait longtemps, n'est-ce pas ? fit-il en battant des paupières comme s'il n'en était pas très sûr.

Puis il s'essuya la bouche du revers de la main.

— Oui, très longtemps, confirma Bentz.

— Faith, oui…

— Elle a mis au monde un enfant à l'hôpital Notre-Dame-des-Vertus. Par césarienne.

— Sœur Rebecca est morte aussi, fit le prêtre avec un rictus douloureux. On l'a tuée. Je l'ai lu dans les journaux. C'est affreux.

— Oui.

— Elle est auprès du Seigneur, à présent, poursuivit le père Paul en lissant du plat de la main les rares cheveux gris de son crâne dégarni.

— Que savez-vous à propos du bébé de Faith ? fit Bentz.

Il ne donna aucun détail au père Paul, il attendait de voir ce qu'il allait dire spontanément.

— Le bébé…, murmura tout bas le vieil homme.

Il resta un long moment silencieux, à fixer les dessins du tapis, au point que Bentz se demanda s'il n'était pas en train d'essayer d'en mémoriser le motif.

— Je suppose qu'il est temps que quelqu'un apprenne la vérité, dit-il en manifestant une lucidité à laquelle Bentz ne s'attendait plus. Avant qu'il y ait d'autres blessés.

— D'autres victimes, corrigea Montoya. Qui était le père de l'enfant ? Et qu'est-il arrivé au bébé ? Nous avons trouvé son cercueil dans le cimetière, mais le corps n'y était pas.

Le père Paul fit la grimace.

— Vous savez, alors…, murmura-t-il en frottant ses mains sur ses genoux.

Ses frêles épaules parurent s'affaisser sous le poids de la culpabilité.

— Faith était perturbée. Et très… Très active. Elle aimait accorder ses faveurs aux hommes.

— Elle a été violée par des membres du personnel et aussi par des patients, rectifia sèchement Bentz.

— Non. Pas vraiment. Elle les provoquait. Elle recherchait l'attention.

Il tourna son regard vers la fenêtre et suivit les évolutions d'un roitelet qui s'envolait du toit.

Bentz et Montoya attendaient la suite, mais le père Paul restait silencieux. Au bout de quelques minutes, ils échangèrent un regard.

Le prêtre paraissait fasciné par l'oiseau. Dehors le ciel était bas et menaçant. Des gouttes de pluie constellaient déjà les vitres.

— L'attention de qui ? tenta Bentz.

Le père Paul sursauta, comme s'il avait déjà oublié leur présence.

— Faith Chastain, reprit patiemment Bentz. Elle recherchait l'attention de qui ?

— Du père James. Son conseiller spirituel.

— James McClaren ? proposa Bentz, le ventre noué.

— Je ne sais pas… McCafferty, vous dites ?

— McClaren.

— Père James, oui…

— Il dépendait de la paroisse locale, poursuivit Bentz qui sentait sur lui le regard de Montoya.

— Oui, enfin, je ne me rappelle plus très bien, fit le père Paul.

Il faisait des efforts visibles pour se souvenir. Son front plissé en témoignait.

— Je crois que lui et la femme…

— Faith Chastain.

— Oui, oui, Faith Chastain… C'est elle. Elle a eu un bébé.

Il agita un long doigt noueux.

— Non, pas un bébé, deux. Le garçon, ils ont cru qu'il était mort.

— Et il n'était pas mort ?

— Non, répondit le père Paul en secouant la tête d'un air songeur. Quand l'infirmière a quitté la chambre, le médecin… Le Dr…

— Renner.

— Oui, Renner. Il s'est rendu compte que l'enfant était vivant. Et la femme… Elle souffrait encore beaucoup. Ils ne savaient pas quoi faire.

Il se souleva de son siège en leur jetant un regard implorant, puis se laissa retomber.

— J'avais juré de me taire… J'ai beaucoup prié.

— Et maintenant ? dit Bentz en s'asseyant. Vous acceptez de tout nous révéler ?

Le prêtre croisa les mains sur ses genoux et baissa la tête.

— Oui, souffla-t-il.

Le père Paul oscilla pendant une heure entre la lucidité, la culpabilité, les absences, et les trous de mémoire, mais ils parvinrent à reconstituer avec lui ce qui s'était passé ce jour-là. Quand ce fut fini, ils se turent quelques minutes, le temps de digérer ce qu'ils venaient d'apprendre.

Le premier enfant, un garçon, était arrivé par les voies naturelles, mais étranglé par le cordon et cyanosé. Le Dr Renner l'avait cru mort et il avait fait sortir l'infirmière, puis il s'était aperçu qu'il respirait et avait achevé de le ranimer. Ensuite, le récit du père Paul devenait plus embrouillé, mais ils comprirent que Faith avait recommencé à avoir des contractions et qu'on s'était aperçu qu'il y avait un deuxième bébé à naître. Pour une raison que le père Paul n'avait pas su expliquer, le Dr Renner avait pratiqué une césarienne, bien que l'hôpital ne soit pas correctement équipé pour ce genre d'interventions. Apparemment, Faith souffrait d'un état délirant au moment de l'accouchement et elle ne s'était pas aperçue de la venue du deuxième bébé. Mais sans doute l'avait-on anesthésiée. Elle pensait que le garçon était mort et avait tenu à le baptiser Adam.

Le père Paul n'avait pas su leur dire qui avait adopté le garçon, il se souvenait seulement que les deux enfants avaient été confiés à de bons catholiques et que le Dr Renner s'était occupé des formalités. La fille avait été accueillie par la famille Renner.

On avait tout de même creusé une tombe pour protéger Faith de la vérité et aussi éviter le scandale. La supposée mort de l'enfant permettait de passer sa grossesse sous silence.

Une fois son histoire achevée, le vieil homme refusa obstinément de dire un mot de plus. Ils profitèrent de l'arrivée de l'infirmière qui lui apportait ses médicaments pour prendre congé.

Ils redescendirent par l'escalier et sortirent. Bentz se demandait si le fils de Faith se prénommait toujours Adam. Rien n'était moins sûr. Ses parents adoptifs avaient pu choisir un autre prénom.

A présent, ils avaient une piste. Renner avait dû modifier certaines informations concernant les deux naissances, mais il n'avait pas pu changer la date. Il devait donc y avoir des traces quelque part.

— Le vieux a pu tout inventer, fit remarquer Montoya une fois dans la voiture.

— C'est possible, mais sa version ne contredit pas celle de Chaney. Ce qui m'incline à y croire.

— Ça serait tout de même incroyable. Fausses déclarations de naissance, adoptions illégales… Il y a des gens qui se croient tout permis. Et qui se cachent en plus derrière la religion et les bons sentiments. C'est honteux.

— Ça n'a rien à voir avec la religion. Il s'agit tout simplement de personnes qui ont abusé de leur pouvoir en croyant agir pour le mieux.

— Pour éviter le scandale, tu veux dire. C'est vraiment incroyable.

Bentz jeta un coup d'œil dans son rétroviseur, vers le bâtiment qui s'éloignait.

— Tu crois que le père Paul est en sécurité ? Sœur Rebecca était présente lors de l'accouchement. Renner aussi. On les a tués tous les deux. Je me fais du souci pour Ellen Chaney et pour le père Paul.

Montoya sortit son portable.

— Je préviens le FBI, ainsi que les autorités locales de Covington et celles de la ville où habite Chaney.

— Appelle aussi Zaroster et demande-lui de chercher dans les registres la déclaration de naissance d'Eve Renner et de vérifier s'il n'y a pas un garçon né le même jour dans le même district. Avec une préférence pour Adam.

— Au sujet du père James… Tu comptes annoncer à Eve Renner que tu es son oncle ?

— Dès que j'aurai annoncé à Kristi qu'elle a une sœur, dit tristement Bentz.

— Quand ce sera fait, préviens-moi. Je vais devoir en informer Abby.

Bentz acquiesça et mit les essuie-glaces en marche.

La maison avait été nettoyée et les serrures changées, pourtant Eve avait l'impression de ne plus reconnaître la cuisine où elle avait préparé autrefois des tartes et des gâteaux avec Nana. Elle redoutait de grimper dans cette tour qui avait été autrefois pour elle le sommet du monde.

Elle jeta un coup d'œil à Cole, mais ne fit aucun commentaire et se contenta d'ouvrir la cage de Samson. Il trottina devant elle vers l'escalier et elle le suivit lentement, avec réticence, en rassemblant tout son courage.

Au premier étage, rien n'avait changé. Rien, mais quand elle poussa la porte de la chambre de la tour et qu'elle découvrit la pièce rutilante de propreté et fleurant bon le produit d'entretien, elle eut un mouvement de recul. Elle pensa aux taches de sang sur le matelas, à sa poupée sur le couvre-lit, au corps de sœur Vivian dans le grenier de l'hôpital.

On sonna à la porte et elle sursauta.

— Je vais voir qui c'est, proposa Cole.

Elle n'eut pas le temps de protester, il dévalait déjà l'escalier. Elle se précipita derrière lui et, en arrivant au rez-de-chaussée, elle trouva l'inspecteur Bentz, encore plus sombre que de coutume. Cole était resté sur le pas de la porte, il tenait le battant comme s'il attendait que l'inspecteur sorte pour le claquer.

Au regard que Bentz leva vers elle, elle comprit qu'il n'apportait pas des bonnes nouvelles. Il alla droit au but, sans préambule.

— Je viens de parler avec le père Paul, dit-il. Il était le prêtre de Notre-Dame-des-Vertus et il a assisté à l'accouchement de Faith Chastain. Il m'a confirmé ce que je soupçonnais déjà : votre père est un prêtre, le père James McClaren, mon demi-frère. Vous seriez donc ma nièce.

— Votre nièce ?

Il acquiesça avec une expression lugubre et elle se douta qu'elle n'aimerait pas la suite.

— Ce n'est pas tout ?

Il soupira.

— C'est une histoire compliquée, mais je vais essayer de faire court. James McClaren est aussi le père de Kristi, ma fille.

— Quoi ?

— Ma première femme a eu une liaison avec mon demi-frère. Un prêtre…

— Drôle de prêtre, commenta Cole d'un ton incrédule.

— La question n'est pas là. Et, de toute façon, il est mort.

Eve commençait à avoir les oreilles qui bourdonnaient.

— Je suis donc parente avec vous et Kristi par mon père, et avec Abby et Allison par ma mère.

Elle se retrouvait brusquement avec trois sœurs et un oncle. Pour quelqu'un qui se croyait orpheline…

— Si je comprends bien, vous êtes en train de nous expliquer qu'Eve entre dans votre famille et dans celle de Montoya ! s'exclama Cole. Vous savez que ça ressemble à une farce ?

— Pas vraiment dans la famille de Montoya, corrigea Bentz. Elle ne sera parente avec lui que par alliance, s'il épouse Abby.

Ils étaient toujours dans l'entrée, avec la porte ouverte et le vent et la pluie qui battaient le porche.

— Ferme la porte, s'il te plaît, demanda Eve à Cole.

— Quel est le rapport avec l'enquête ? poursuivit Cole comme s'il n'avait pas entendu.

— Nous pensons qu'Eve a un jumeau.

— Un jumeau ? répéta Eve.

Elle en resta bouche bée.

— Oui, un garçon. Enfin, un homme. Un homme appelé Adam que tout le monde croyait mort à la naissance. Il était censé se trouver dans la tombe que nous avons exhumée à Notre-Dame-des-Vertus.

— Vous allez trop vite pour moi, protesta Eve.

— Je sais que ça fait beaucoup d'informations à digérer d'un seul coup, s'excusa Bentz. Nous ne savons pas encore de quelle manière, mais nous pensons que cet homme est lié aux événements d'aujourd'hui. J'ai pensé que vous auriez envie de savoir.

— Oui, inspecteur, j'ai envie de savoir. Entrez.

Elle le conduisit au petit salon, une pièce qu'elle utilisait rarement, et lui fit signe de s'asseoir dans un fauteuil tandis qu'elle-même s'installait sur le canapé.

— Poursuivez, je vous prie.

Bentz raconta son histoire et elle l'écouta sans broncher, pendant que Cole observait depuis le pas de la porte, l'air méfiant, les bras croisés sur la poitrine, comme s'il cherchait la faille, en échangeant de temps à autre un regard noir avec elle.

— Nous recherchons donc votre frère, conclut Bentz.

— Vous le soupçonnez d'être l'assassin ou vous craignez qu'il fasse partie des futures victimes ? intervint Cole.

— Je suis incapable de répondre à cette question, avoua Bentz.

Son téléphone sonna, c'était Montoya, il décrocha.

— Bentz, dit-il.

— Le suspect de Noon a identifié l'assassin de Tiggs, fit Montoya. Il a reconnu Ronnie Le Mars sur notre fichier.

— J'arrive tout de suite.

— Ce n'est pas tout, Bentz, poursuivit Montoya d'une voix blanche de rage.

— Quoi d'autre ?

— Tiggs vient de mourir.

33.

Eve piaffait d'impatience. Cole parlementait depuis plus de trois heures avec l'expert d'une société qui installait des alarmes. Il n'était pas satisfait du travail du serrurier et il tenait à équiper la maison avec un système dernier cri.

« Je ne sais même pas si je vais rester ici », avait-elle protesté.

Mais il n'avait rien voulu entendre.

« Même si tu décides de vendre, tu vas y habiter encore un peu. Tu ne sais pas combien de temps ça peut durer. Tu ne vas tout de même pas t'installer à l'hôtel ? »

« Ton ami Petrusky pourrait me trouver quelque chose de bien », avait-elle plaisanté.

Devant son insistance, elle avait fini par céder.

Ils discutaient du prix de l'installation. Et ça n'en finissait pas. Cole expliquait en détail au type ce qu'il voulait — ce qui se faisait de mieux, bien sûr —, pendant qu'elle fulminait intérieurement en songeant que cette maison avait survécu jusque-là sans caméra de sécurité, sans détecteur laser, sans code d'accès. Elle entendit sonner son portable qu'elle avait branché dans la cuisine pour le recharger et en profita pour s'éclipser.

— Je reviens tout de suite, dit-elle en se précipitant à l'intérieur.

Le temps qu'elle mette la main sur le téléphone, il avait fini de sonner.

Elle vit que c'était Anna Maria et appuya sur le bouton rappel. Elle n'obtint que le répondeur, mais Anna avait laissé un message. Apparemment, sur le conseil d'Eve, Anna avait changé d'avis et était revenue à La Nouvelle-Orléans. Elle lui donnait rendez-vous dans un bar du centre-ville en précisant qu'elle y serait dans une quinzaine de minutes. Eve la rappela aussitôt, mais, cette fois non plus, elle ne répondit pas.

C'était agaçant.

Elle retourna sous le porche où Cole choisissait encore avec l'expert le système adéquat. Ils feuilletaient un catalogue proposant les différents modèles.

— C'était Anna Maria, dit-elle. Elle me demande de la rejoindre à O'Callahan's.

— Donne-moi une demi-heure et je t'accompagne, dit Cole. Une demi-heure, ça nous suffira, n'est-ce pas ? ajouta-t-il en se tournant vers l'expert.

— Bien sûr, dit ce dernier. Largement.

— Je n'ai pas envie d'attendre une demi-heure, protesta Eve. J'y vais et tu me rejoindras plus tard. Ça me permettra de parler avec elle. Elle doit être plutôt déprimée. Je te donnerai le feu vert quand nous en aurons terminé toutes les deux.

Il hésita.

— L'idée de te laisser partir seule me déplaît.

— Mais c'est en plein centre-ville, il ne faut rien exagérer…

— Excusez-nous une minute, voulez-vous, dit Cole au technicien, et il entraîna Eve dans la cuisine.

— Je vous en prie, répondit l'homme en se plongeant dans l'étude des schémas d'installation.

— Je ne pense pas que ce soit une bonne idée, commença Cole en refermant la porte derrière eux.

— Elle a besoin d'une amie. C'est moi qui lui ai proposé de revenir à La Nouvelle-Orléans, je ne peux pas la laisser tomber.

— Elle peut attendre une demi-heure.

— Elle préférera sans doute me voir d'abord seule. Elle ne te porte pas dans son cœur et elle a besoin de se confier à moi. Je t'appellerai dès que j'entrerai à *O'Callahan's* et ensuite quand tu pourras nous rejoindre.

Il secoua la tête en signe de dénégation.

— Ecoute, Cole… Tu ne peux pas me garder attachée. Tu te fais du souci, je le comprends parfaitement. Ne t'inquiète pas, je n'ai pas oublié qu'un dingue a souillé ma chambre. Mais ce n'est pas une raison pour vivre enfermée dans une grotte.

— Je ne te demande pas de vivre dans une grotte, juste d'être prudente.

Elle soupira.

— Je te propose un compromis, même si ça ne me convient qu'à moitié : tu me suis jusque là-bas et tu disparais dès que tu me vois entrer dans le bar, en t'arrangeant pour te montrer discret. Je ne voudrais pas qu'Anna s'en aperçoive.

Elle leva les yeux au ciel en réfléchissant à ce qu'elle venait de dire.

— Bon sang… Tout ça est ridicule. Je ne suis pas une handicapée, tout de même.

— Non, mais tu dois te montrer très prudente.

— C'est ça… Et laisser un dingue me pourrir la vie.

— Pas seulement un dingue, Eve. Un assassin. Un sadique, un psychopathe, un tueur en série qui fait une fixation sur toi.

Elle poussa de nouveau un long soupir et chercha son regard.

— Désolée, Cole. Je refuse de vivre comme une bête traquée. J'ai des choses à faire. J'ai aussi l'intention d'appeler Abby et de la rencontrer pour parler de ce qui nous arrive. Ensuite, il faudra que je voie Kristi Bentz. Donc, tu peux t'occuper du système de sécurité tout seul, moi j'ai suffisamment de projets pour aujourd'hui.

Cette humeur légère parut totalement déplacée à Cole.

— C'est sérieux, Eve, insista-t-il.

— Je sais, mais je suis persuadée que Bentz et Montoya ont désigné des hommes pour me protéger, même si je leur ai dit que je n'étais pas d'accord.

— C'est possible, mais qu'est-ce qui te permet de l'affirmer ?

Elle lui prit la main et l'entraîna vers la chambre de la tour. Elle s'efforça de faire abstraction de la sensation de malaise qui lui noua la gorge quand elle y entra et se dirigea vers la fenêtre qui donnait sur la rue.

— Tu vois cette Pontiac rouge ? dit-elle.

Il acquiesça.

— Elle n'a pas bougé depuis plusieurs heures. Il y a deux personnes à l'intérieur. Et avant, c'était une Blazer bleue, un peu plus loin.

— Comment peux-tu savoir qu'il s'agit bien de la police ?

— Je suis prête à parier cinquante mille dollars. Tu n'as qu'à surveiller. Ils vont me suivre quand je démarrerai.

— Et si c'était l'assassin ?

— Ils sont deux, Cole, dit-elle en lui tapotant la joue. Eh oui, maître, les flics épient le moindre de nos mouvements. Tu peux donc t'occuper tranquillement du système d'alarme et je resterai en contact avec toi via mon portable.

Il serra les dents. Il fut tenté de protester, mais il avait déjà compris qu'elle ne voudrait rien entendre. Aujourd'hui, elle se sentait prête à tout affronter. Elle était encore perturbée par le saccage de sa chambre, mais elle s'en remettrait.

Peut-être.

Elle ôta l'écharpe qui soutenait son bras et la jeta sur le lit. Il ne la faisait plus souffrir et elle en avait marre de ce harnachement. Elle fit quelques mouvements d'épaule pour s'assurer que tout était en ordre, puis enfila un jean propre et un pull rouge en coton. Pendant ce temps, Cole la contemplait, les bras croisés, d'un air désapprobateur.

— Je t'appelle, c'est promis, dit-elle en l'embrassant.

Puis elle descendit l'escalier quatre à quatre et sortit.

En s'éloignant sous la pluie, Eve jeta un coup d'œil dans son rétroviseur. Cole était toujours derrière la fenêtre de la tour. Quand elle passa devant la Pontiac, les deux gars à l'intérieur s'animèrent et la voiture fit un demi-tour pour la suivre.

Anna Maria pouvait à peine remuer. Elle ne savait pas ce qu'il lui avait fait avaler, mais ça produisait de l'effet. Elle avait les jambes en coton. Elle était allongée, impuissante et terrorisée, à l'arrière de sa camionnette. Elle s'efforçait de rassembler ses esprits, de prier et de réfléchir à un moyen de s'échapper.

Ce salaud lui avait agité un couteau devant le nez pour l'obliger à appeler Eve. Ensuite il l'avait allongée là et, depuis, elle attendait, en écoutant la pluie qui tambourinait sur la carrosserie et en se demandant si elle reverrait Kyle un jour. Kyle… Un salaud lui aussi… Mais elle aurait tant voulu qu'il vienne à son secours… Que n'importe qui vienne à son secours… Et dire qu'elle venait d'attirer Eve dans les griffes de ce fou dangereux.

Elle n'avait pas vu son visage qu'il dissimulait sous une sorte de masque en néoprène, mais il était grand et fort. Il l'avait surprise chez elle, dans son lit, à un moment où elle s'était assoupie. Il n'avait eu aucun mal à la bâillonner, à la porter jusqu'à son véhicule et ils avaient roulé pendant de longues heures où elle avait atrocement souffert, ligotée sur son matelas.

Il s'était arrêté à un moment donné dans un bois pour qu'elle puisse faire ses besoins. Comme elle était ligotée, il lui avait baissé son pantalon et il l'avait observée pendant qu'elle se soulageait. Elle avait eu tellement honte qu'elle avait failli ne pas y arriver, mais la nature avait repris le dessus et elle avait finalement pu uriner.

Ensuite il l'avait fait remonter dans la camionnette, pour l'allonger sur ce matelas taché, en lui nouant les mains derrière le dos. Mais cette fois elle avait eu le temps de lire la plaque d'immatriculation par-dessous son bandeau. Elle avait fait l'effort de la mémoriser au cas où elle parviendrait à s'enfuir. Puis ils étaient repartis et elle avait tendu l'oreille aux bruits du moteur, aux crissements des pneus, à sa voix qui chantonnait, ou qui priait — elle n'aurait pas su le dire.

Quand elle avait senti qu'ils roulaient sur l'autoroute, elle avait eu un moment d'excitation en songeant qu'elle n'était pas seule et qu'elle pouvait essayer de se faire remarquer.

Mais elle était paralysée par ses liens et elle ne risquait pas de bouger. Elle avait vite déchanté.

Anna avait réfléchi. L'homme qui l'avait enlevée était l'assassin de

Kajak, de Renner et des deux religieuses. C'était certain. Elle était perdue.

Elle avait pleuré et prié. Longuement. Pendant des heures. La camionnette avait enfin ralenti et les bruits du trafic avaient changé. Elle en avait déduit qu'ils arrivaient dans une grande ville, probablement La Nouvelle-Orléans. Le véhicule s'était arrêté plusieurs fois, sans doute aux feux de signalisation des carrefours. Puis il n'avait plus bougé du tout et son cœur s'était mis à battre comme un tambour.

Sa peur était montée d'un cran quand elle l'avait entendu grimper à l'arrière. Il faisait sombre. Si sombre. Il l'avait touchée et elle avait eu un mouvement de recul. Puis il avait poussé quelque chose de froid et de dur sous son menton. Le canon d'une arme… Terrifiée, elle avait fait ce qu'il lui demandait. Elle avait appelé Eve.

Quand Eve avait raccroché en acceptant de la rejoindre, elle avait cru qu'il allait la tuer, mais il avait abaissé le canon de son arme en lui disant qu'elle était une bonne fille — d'une voix tellement douce qu'elle avait failli hurler de terreur.

Ensuite il s'était glissé hors de la camionnette, sans bruit, comme le serpent qu'il était, en l'enfermant à l'intérieur. Elle avait tiré sur les liens qui l'entravaient, frappé du pied et de la tête pour attirer l'attention, crié. Mais le matelas et le bâillon étouffaient les bruits et elle s'était démenée pour rien.

— Pardonnez-moi, Seigneur, pria-t-elle en luttant contre les larmes et la peur.

Elle tenta désespérément de se concentrer. Il y avait sûrement un moyen de sortir de là.

Elle devait sauver Eve.

Se sauver.

Seigneur, je Vous en supplie, aidez-moi.

Son contact n'avait pas menti.

Kristi s'arrêta devant la fosse vide qui avait contenu le cercueil. Elle se pencha au-dessus, puis sortit son appareil photo de son sac à dos. Le temps était morne et couvert, la pluie menaçait, mais il faisait suffisamment clair pour prendre quelques clichés qui seraient du meilleur effet dans son livre.

Ce qui lui rappela qu'il serait judicieux de photographier l'hôpital avant qu'on le détruise. Elle tenait à présenter la chambre de Faith Chastain, l'escalier menant au grenier où l'on avait découvert le corps de sœur Vivian Harmon, le grenier lui-même, bien entendu, et, éventuellement, le cloître de Notre-Dame-des-Vertus. Pour le cloître, ça risquait d'être compliqué. Elle allait devoir convaincre les religieuses de la laisser entrer.

Elle songea que ç'aurait été chic de la part de son père de lui donner un coup de pouce et de se servir de son influence pour lui obtenir quelques passe-droits. Mais il ne fallait pas compter sur lui.

Elle leva les yeux vers le ciel quand les premières gouttes de pluie se mirent à tomber. Il faisait sombre comme au crépuscule, elle allait devoir travailler vite. Elle avait son flash, heureusement. Et aussi sa bombe au poivre. Par précaution…

Elle jeta un coup d'œil aux pierres tombales décrépites et aux quelques caveaux de famille. Le vent lui donna une petite claque sur la nuque.

Cet endroit lugubre aurait pu l'effrayer, mais ça n'aurait pas fait avancer ses affaires, aussi se mit-elle au travail. Elle prit plusieurs photos de la tombe, puis remonta dans sa voiture et roula en direction du couvent, en réfléchissant au chemin qu'elle devait prendre pour accéder à l'hôpital. Elle savait par son père qu'une allée menait aux garages et aux granges du couvent et qu'il suffisait ensuite de suivre un petit chemin traversant une rangée de peupliers pour trouver une porte donnant sur le terrain du vieux bâtiment de brique rouge. Cet accès servait autrefois de raccourci aux religieuses et à certains membres du personnel de l'hôpital.

Du moins, c'est ce qu'elle avait cru comprendre.

Elle allait bientôt savoir si cette théorie était vraie.

Quand elle atteignit les garages, il pleuvait si fort qu'elle dut rabattre la capuche de sa veste. Un pick-up y était déjà garé et une poubelle rouillait sous la pluie. Une haie d'arbustes était plantée devant la clôture et elle trouva sans difficulté un petit chemin pavé de pierres entre deux buissons. Elle le prit et avança au milieu des branches mouillées qui lui battaient les épaules.

Au bout du chemin, elle se trouva devant une porte rouillée qui était déjà ouverte. Elle était maintenant sur le terrain de l'hôpital, elle apercevait déjà la silhouette massive du bâtiment rouge à travers les branches bourgeonnantes des arbres.

Un frisson la parcourut.

C'était ridicule ! Elle n'avait aucune raison d'avoir peur. Pas question de faire machine arrière. Elle sortit son appareil et prit quelques clichés. Il pleuvait à verse, à présent. Elle avait la sensation de pénétrer dans un autre monde, un monde sombre et oublié qui suintait le désespoir. En s'approchant de l'hôpital, elle s'arrêta pour faire encore des photos, tout en songeant à ceux qui avaient vécu ici, enfermés, maltraités, piégés dans une institution rigide.

Son téléphone sonna et elle sursauta. C'était son père et elle décida de ne pas répondre. Il allait encore lui demander ce qu'elle faisait. Si elle lui mentait, il le sentirait, comme toujours, et si elle lui disait la vérité, il se lancerait dans un sermon interminable pour la dissuader d'écrire son livre.

Ce sermon, elle n'avait pas envie de l'entendre.

Elle était une adulte, pour l'amour du ciel !

Elle mit le téléphone sur silencieux et poursuivit son travail en se promettant d'appeler son père plus tard. Elle avait écouté tout à l'heure un message où il lui proposait de dîner avec elle. Il disait vouloir lui parler, mais c'était sûrement pour lui faire la morale et elle n'avait pas l'intention d'accepter.

Et s'il avait changé d'avis ? S'il était prêt à t'aider ?

Même si c'était le cas, ça pouvait attendre quelques heures de plus.

Elle poursuivit sa progression à travers les flaques et le tapis de feuilles mortes qui pourrissaient sur le sol.

Arrivée devant le bâtiment, elle constata qu'il était effectivement en ruines. Le mortier s'effritait, des briques se détachaient, les fenêtres étaient en piteux état, la vigne vierge et les herbes folles avaient envahi les murs extérieurs. De nouveau, elle sortit son appareil pour immortaliser la façade aux fenêtres murées surmontée du visage grimaçant des gargouilles. Cet endroit était vraiment effrayant…

Et c'était parfait pour son livre.

Les photos allaient être excellentes, bien meilleures que ce qu'elle avait espéré. Mais elle avait intérêt à se dépêcher de finir. Il n'y avait pas beaucoup de lumière à cause de l'orage et ça risquait d'empirer.

Comment allait-elle pénétrer dans cette forteresse ?

Elle avait déjà repéré que les fenêtres du rez-de-chaussée, près de la porte de derrière, étaient calfeutrées par des planches. Tout en songeant qu'elle perdait son temps et que ce serait probablement fermé, elle grimpa les marches du porche de l'entrée de service et tourna la poignée de la porte. Le battant s'ouvrit en grinçant à peine.

Kristi hésita.

C'était tout de même bizarre…

Bah… Les religieuses laissaient peut-être cette porte ouverte ou bien avait-on oublié de la fermer depuis l'arrestation du tueur en série. Ça n'avait pas d'importance. C'était plutôt une chance, elle devait s'en réjouir.

Elle entra.

Il pleuvait fort quand Eve arriva au centre-ville et elle se gara aussi près que possible de O'Gallahan's. Elle sortit en courant de la voiture et entra dans l'établissement. Les gens venaient ici après leur travail pour profiter des *happy hours* et de l'ambiance. Un nuage de fumée bleue stagnait au plafond et le bruit des conversations couvrait celui de la musique de jazz diffusée par les enceintes. La piste de danse était pleine, des serveuses allaient et venaient, d'autres nettoyaient les tables qui venaient de se libérer. Ce n'était pas l'endroit idéal pour parler tranquillement, mais Anna avait peut-être besoin de se noyer dans la foule et le bruit.

Eve se dirigea vers l'hôtesse qui attribuait les tables.

— Je suis Eve, annonça-t-elle en hurlant pour se faire entendre. J'ai rendez-vous avec une femme nommée Anna.

— Quoi ?

— Peu importe… Je la trouverai toute seule.

Elle se fraya un chemin à travers les tables, les box et les danseurs, en scrutant du regard la salle enfumée. Mais elle ne vit pas Anna. A son deuxième passage, elle remarqua un box vide avec un verre, un cendrier plein et, sur la banquette, une écharpe et un imperméable qu'elle reconnut aussitôt comme étant celui d'Anna. Elle avait même laissé son sac à main. Mais à quoi pensait-elle ? N'importe qui aurait pu le lui voler. Elle fouilla du regard la piste de danse et, comme elle n'apercevait toujours pas Anna, elle en déduisit qu'elle devait se trouver aux toilettes et décida de l'y rejoindre, en emportant le sac à main avec elle.

Les toilettes se trouvaient au bout d'un long couloir. Elle le traversait quand elle heurta un homme qui avançait en sens inverse. Le contenu du sac se renversa.

— Pardon, fit-il en se baissant pour ramasser avec elle les objets et papiers épars. Laissez-moi vous aider.

— Non, merci, je peux…

Elle n'eut pas le temps de terminer sa phrase ; il avait posé une main en travers de sa bouche, et une odeur douceâtre et écœurante emplissait déjà ses narines. Elle tenta de crier, mais c'était trop tard, de se débattre, mais ses bras et ses jambes ne lui obéissaient plus, de le frapper, mais elle le manqua. Il n'eut aucun mal à la tirer jusqu'à une porte donnant sur l'extérieur.

La pluie tombait à torrent et le vent soufflait.

De nouveau, elle tenta de lui résister, mais son esprit était embrumé, comme si elle avait trop bu. Elle comprit que personne ne lui viendrait en aide. On la prendrait pour une femme soûle que son mari soutenait jusqu'à la voiture pour la ramener à la maison.

Elle ne pouvait même pas articuler un son pour appeler à l'aide.

Puis elle le vit.

Le pick-up noir. Celui qui l'avait suivie depuis Atlanta. Elle fit un dernier effort pour résister aux effets de l'éther et à l'envie de vomir.

Elle perdit connaissance.

34.

Bentz avait passé la journée à dresser la liste des amis et des membres de la famille de Ronnie Le Mars, ainsi qu'à dessiner un plan de l'hôpital, en y ajoutant les informations qu'il recueillait petit à petit. Vivian Harmon, avant d'entrer dans les ordres, avait été internée à Notre-Dame-des-Vertus. On lui avait attribué la chambre 323, ce qui correspondait au numéro tatoué sur son front. L'endroit où l'on avait découvert son corps, le terrain de jeu d'Eve dans le grenier, se trouvait juste au-dessus de la chambre 344, donc, pour l'esprit torturé d'un psychopathe, il pouvait très bien être représenté par le numéro 444. Roy Kajak, lui, avait occupé la chambre 212. Il avait connu Ronnie Le Mars et Vivian Harmon.

Bentz avait mal au dos d'être resté courbé tout l'après-midi au-dessus de son bureau. Il tenta de se délier la nuque. Elle craqua plusieurs fois et il décida qu'il avait suffisamment travaillé pour aujourd'hui. Il avait prévu de voir Kristi pour lui annoncer qu'Eve était sa demi-sœur, mais il n'était pas pressé. Ça risquait de dresser encore un mur entre eux et il n'avait pas besoin de ça.

Il était en train de s'étirer lorsque Montoya fit irruption dans son bureau.

— Je crois que nous tenons ce fils de pute ! s'écria-t-il avec des yeux brillants. Le Mars. On l'a trouvé.

Bentz attrapait déjà son manteau et son arme.

— Comment avez-vous fait ?

— Quelqu'un a appelé le 911 depuis une cabine publique. Quelqu'un qui le connaît et prétend qu'il se trouve en ce moment dans une cabane dans le bayou, à une trentaine de kilomètres de la ville et à quinze minutes à peine de l'hôpital à vol d'oiseau. L'endroit appartient à un certain Lester Grabel, décédé. Le fils de Lester, Raymond, a été le camarade de cellule de Ronnie en prison. Nous avons déjà envoyé un agent sur place et le FBI est en route. Mais je tiens à voir la tête que fera ce salaud quand on lui tombera dessus.

— Tu crois que le renseignement est fiable ?

— Je l'espère. Il n'y a pas de raison qu'il ne le soit pas.

— Allons-y, dit Bentz.

Ils descendirent l'escalier en courant et, pour une fois, Bentz ne protesta pas quand Montoya prit le volant.

Ils roulaient dans une Crown Vic de patrouille, quand on les contacta par radio. Une unité de la police d'Etat était en train de boucler les routes d'accès à la cabane et une autre arrivait en renfort. Ils attendaient le feu vert pour intervenir.

Montoya conduisit à toute allure sur l'autoroute. Il avait enclenché la sirène et le gyrophare et regardait droit devant lui.

— C'est un peu trop facile, bougonna Bentz. Un coup de fil miracle…

— Pas vraiment miracle. Ça fait un moment qu'on talonne les proches de Ronnie et des victimes. Quelqu'un s'est finalement décidé à le dénoncer.

— Peut-être, dit Bentz.

Mais il restait sceptique. Comme toujours. Il ne croyait ni aux coïncidences ni au hasard ni à la chance. Pas plus qu'au lapin de Pâques ou à la petite souris qui donnait de l'argent aux enfants en échange de leurs dents de lait.

Le ciel s'assombrissait de plus en plus et ce qui n'était au début qu'une averse se transforma bientôt en un véritable déluge aggravé par le vent. Les pneus de la voiture de patrouille soulevaient des gerbes d'eau. Bentz avala quelques pastilles et tenta de nouveau de joindre Kristi. Il lui avait laissé plusieurs messages dans la journée pour l'inviter à dîner, mais à présent le dîner était fichu et il voulait la prévenir. Il ne comptait plus les fois où il avait dû annuler ou reporter ses projets à cause d'une urgence.

Mais, ce soir, c'était vraiment important.

La radio leur annonça que tout était en place.

— J'ai un bon pressentiment, commenta Montoya en fixant la route à travers le pare-brise balayé par les essuie-glaces. On va l'avoir, je le sens.

Bentz espéra qu'il ne se trompait pas.

Le technicien venait de prendre congé. Cole regarda sa montre. Eve était partie depuis près d'une heure et demie.

Elle n'avait pas appelé.

Il passa de la cuisine à la salle à manger, jeta un coup d'œil par la fenêtre, puis retourna dans la cuisine. Il tenta de se rassurer. Eve était sûrement en grande conversation avec sa belle-sœur. Il s'inquiétait pour rien.

Mais il l'appela tout de même.

Elle ne répondit pas.

Il commençait à se demander s'il aurait la patience d'attendre qu'elle lui donne le feu vert pour la rejoindre.

Son téléphone sonna et il poussa un soupir de soulagement. Puis il fit la grimace en reconnaissant le numéro de Deeds.

— Allô ?

— J'ai de bonnes nouvelles, annonça Deeds d'un ton triomphant.

— Bien, j'en ai vraiment besoin.

— Le procureur abandonne les poursuites pour détention de drogue.

— Je m'y attendais. On m'avait tendu un piège. Ils ont fini par le reconnaître.

— Et ce n'est que le début, mon pote. Que le début. Je me débats pour que plus rien n'apparaisse sur ton casier judiciaire. Nos collègues travaillent avec moi là-dessus. On te prend en charge. Gratuitement.

Cole faillit rétorquer que c'était trop gentil de leur part, mais il tint sa langue. Ses confrères du cabinet d'avocat ne l'avaient pas soutenu quand on l'avait arrêté pour le meurtre de Kajak, mais il n'allait pas cracher dans la soupe.

— Super, dit-il.

— Super, c'est tout ce que tu trouves à dire. Cole, je me suis donné un mal fou pour les convaincre. Tu pourrais me remercier.

— Si tu as lu les journaux, tu sais que j'ai des problèmes plus graves en ce moment.

— Je t'avais dit de conserver tes distances avec Eve. Et qu'est-ce qui t'a pris d'envoyer ses frères tâter le terrain pour le testament ?

— Il n'est pas enregistré au cabinet ?

— Si. Et ils ont eu le renseignement qu'ils voulaient, mais ça n'a pas dû leur convenir.

— Le magot leur échappe ?

— En gros, oui. Mais je ne t'ai rien dit.

Van et Kyle devaient être furieux.

Cole regarda de nouveau l'heure. Il était de plus en plus inquiet. Il parla encore quelques minutes avec Deeds, puis raccrocha et rappela Eve sur-le-champ. Elle ne répondait toujours pas et cette fois il décida qu'il avait assez attendu. Il attrapa ses clés, sortit en remontant le col de sa veste pour se protéger de la pluie et se dirigea vers sa jeep.

Il n'allait pas rester assis à attendre.

Il avait besoin de s'assurer qu'Eve allait bien. Tant pis pour elle si ça la dérangeait.

Eve s'évanouissait par intermittence. Et, quand elle refaisait surface, elle ne parvenait pas à garder les yeux ouverts. Tout s'était enchaîné comme dans un cauchemar. Elle se souvenait confusément qu'on l'avait fait grimper dans un pick-up. Anna Maria était là. Enfin, il lui semblait. Ils avaient roulé, puis s'étaient arrêtés, et l'homme lui avait fait boire quelque chose. Ensuite elle s'était évanouie.

Mais c'était très flou et elle n'était sûre de rien.

Elle ignorait où elle se trouvait en ce moment. Elle n'aurait même pas su dire si elle était allongée sur un lit.

Un bandeau lui couvrait les yeux, mais il avait un peu bougé et elle parvint par en dessous à distinguer l'obscurité autour d'elle et… des lumières tremblotantes… On aurait dit des bougies. Quelqu'un pleurait. Ou chantonnait. Priait, plutôt. Elle tendit l'oreille pour distinguer les mots. Oui, il priait. Mais elle entendait aussi des pleurs. Mais peut-être était-ce dans son rêve.

Cole.

Elle voulait Cole.

Puis elle le vit. L'homme. Il était grand et musclé. Il était nu. Sa peau brillait à la lueur des flammes d'un feu. Elle ne distinguait pas son visage, mais elle aperçut des cicatrices sur sa peau. Il en était couvert. Non, pas des cicatrices… Des tatouages. Des numéros. Des noms. Et son nom à elle, plus grand que tous les autres. Eve.

Elle était en très mauvaise posture…

Et cette femme qui pleurait toujours…

Elle fit un effort pour se concentrer et remua doucement pour essayer de voir le visage de l'homme dans le miroir. Il lui sembla aussitôt le reconnaître. Ces yeux… Ces yeux… Ils l'avaient contemplés, des années auparavant. Elle n'avait pas oublié ce regard malsain. Elle tourna la tête. Elle ne voulait plus voir. Plus savoir.

Au loin, très loin, elle entendit une porte se fermer. Mais déjà elle sombrait. Le chant s'était arrêté. Les pleurs étouffés de la femme s'achevèrent sur un long cri.

Et Eve sombra dans le noir.

Il faisait de plus en plus sombre dans cet hôpital. Kristi avait passé beaucoup de temps au rez-de-chaussée, à prendre des photographies et à arpenter les couloirs, en essayant de s'imaginer à quoi ressemblait cet endroit vingt ans plus tôt, quand il était rempli de patients, d'infirmiers en blouse blanche, de religieuses.

Il était temps de partir, mais Kristi tenait absolument à visiter au moins la chambre de Faith Chastain. Les marches de bois de l'escalier craquèrent quand elle grimpa en courant et elle sursauta en passant devant le vitrail de la Madone dont le visage inspiré lui parut sinistre dans la pénombre. Elle le prit en photo puis continua à monter vers le deuxième étage, vers la chambre 307, celle de Faith Chastain.

La porte s'ouvrit doucement et Kristi pénétra dans une pièce vide. Elle remarqua une grande tache sombre sur le plancher. Là encore, elle sortit son appareil et fit plusieurs clichés.

Son téléphone vibra, mais elle ne prit même pas la peine de vérifier qui appelait et fila directement au bout du couloir pour grimper au grenier, là où le corps de la religieuse avait été découvert. Elle essaya de ne pas trop y penser et sortit sa lampe torche pour chercher la porte du réduit à linge qu'elle trouva entrebâillée.

Au fond, elle trouva une autre porte, non loin d'une rangée d'étagères. Elle l'ouvrit et éclaira l'escalier qui grimpait autour du conduit de cheminée. On voyait encore sur les marches les traces de pas laissées par les policiers qui étaient passés par là quelques jours plus tôt.

Elle eut une bouffée d'angoisse, mais monta vers le grenier. Une fois en haut, elle promena sa lampe autour d'elle, et elle remarqua les gouttes de sang coagulé, et, plus loin, une large flaque rouge sombre. Elle faillit vomir et dut rassembler tout son courage pour ne pas faire demi-tour.

Elle remarqua également d'étranges marques sur le sol, des ronds dessinés autour des interstices du plancher. Elle se pencha au-dessus de l'un d'eux. On voyait à travers. Dans la chambre qui se trouvait au-dessous.

Elle trouva cela étrange.

Et très intéressant.

Elle se promit d'en parler dans son livre.

Elle colla son œil à un autre interstice et se rendit compte qu'elle contemplait la chambre 307, celle de Faith Chastain. Elle frissonna.

Dommage, il faisait maintenant trop sombre pour prendre des photos. Il ne lui restait plus qu'à revenir le lendemain.

A condition qu'il ne pleuve pas.

Elle s'apprêtait à descendre l'escalier quand elle entendit un bruit. Un bruit de serrure.

Elle eut un coup au cœur.

Qui pouvait bien entrer dans ce vieil hôpital en ruines à cette heure-ci ?

L'une des religieuses ? Ou quelqu'un chargé de surveiller le vieux bâtiment ? Il ne fallait pas s'affoler trop vite…

Ou l'assassin… Il était déjà venu ici.

Non ! Son imagination lui jouait des tours. D'ailleurs, comment pouvait-on identifier un bruit de serrure dans un tel bâtiment ? Elle se faisait des idées.

Une porte s'ouvrit en grinçant, quelque part dans les étages.

Kristi se figea.

Elle tendit l'oreille.

C'était bien un bruit de pas.

Lourd et décidé.

A l'intérieur de l'hôpital.

La ville était loin derrière quand Montoya coupa la sirène et le gyrophare. Il emprunta une sortie et prit une route de campagne jalonnée de rares fermes. Ils traversèrent de vastes champs bordés de bois et de plaines. La pluie tombait et l'odeur des marécages pénétrait dans la voiture. Le téléphone de Bentz sonna, c'était le commissariat, il décrocha.

— Lynn, fit la voix de Zaroster. Cole Dennis vient d'appeler. Eve Renner a disparu.

— Quoi ? dit Bentz. Mais j'avais mis des types pour la protéger.

— Oui, je sais. Je les ai appelés. Ils viennent de me confirmer la version de Dennis.

— C'est-à-dire ?

La route se rétrécissait et serpentait entre des bosquets de pins, de chênes et de saules. Montoya dut ralentir.

— Qu'elle est sortie pour rejoindre sa belle-sœur dans un bar nommé O'Gallahan's. Elle était censée appeler Dennis en arrivant, mais il n'a plus eu de nouvelles. Il a commencé à s'inquiéter, donc il est allé voir sur place. L'hôtesse se souvient de l'avoir vue arriver, mais rien de plus. Personne ne se rappelle l'avoir servie. Ni l'avoir vue partir.

— Et que faisaient les agents chargés de la surveiller, pendant ce temps-là ?

— Ils étaient bien obligés de se montrer discrets, répondit Zaroster d'un ton sec. Ils sont restés dehors, à distance. Je te rappelle qu'elle avait refusé la protection de la police.

— Elle a rencontré quelqu'un à l'intérieur ?

— Nous n'en savons rien.

— Mais que disent nos gars ? insista Bentz en essayant de dissimuler sa colère.

— Quand elle est entrée dans le bar, ils ont attendu près de sa voiture. Ils ne pensaient pas qu'elle sortirait par-derrière.

— C'est pas vrai ! Il faut lancer un avis de recherche. Et s'ils ont des caméras de surveillance, dans cet établissement, visionnez-les.

— Elle s'est peut-être éclipsée volontairement pour avoir la paix.

— J'en doute.

— Moi aussi, avoua Zaroster.

Bentz raccrocha. Il avait des brûlures d'estomac.

— Des ennuis ? demanda Montoya.

— Peut-être. Et peut-être pas. Eve Renner a filé entre les doigts de Cole et de nos gars.

Il se gratta le menton. Ça ne lui plaisait pas. Pas du tout.

Montoya venait de s'apercevoir qu'il avait raté un embranchement. Il écrasa la pédale de frein, recula en soulevant une gerbe de gravier, fit demi-tour et repartit en sens inverse. Le téléphone de Bentz sonna de nouveau.

— C'est Cole Dennis, dit-il à Montoya en décrochant.

Dennis ne prit pas la peine de se présenter.

— Eve a disparu, annonça-t-il. Je viens d'appeler le 911, mais je voulais vous prévenir.

— On m'a déjà averti. J'ai demandé à ce qu'on lance un avis de recherche.

— Vous n'aviez pas mis des hommes pour la surveiller ?

— Elle avait refusé notre protection.

— Vous aviez pourtant laissé des hommes, insista Cole. Nous les avons vus dans la rue.

Bentz fronça les sourcils. Il faisait de plus en plus sombre.

— Je pensais que c'était plus prudent, avoua-t-il.

— Prudent, mais pas très efficace, commenta Cole. Elle est sortie pour rejoindre sa belle-sœur et elle s'est volatilisée.

— Et la belle-sœur, où est-elle ?

— Je n'en sais rien et je m'en fiche. Tout ce que je vous demande, c'est de retrouver Eve, fit Dennis.

Il paraissait furieux, effrayé et écrasé de culpabilité.

— Nous allons la retrouver, promit Bentz.

Mais il avait un mauvais pressentiment.

Au bout de quelques kilomètres, ils aperçurent les hommes de la patrouille d'Etat, au bout d'un chemin obscur en partie caché sous les buissons.

Montoya écrasa la pédale de frein et la Crown Victoria s'arrêta avec un soubresaut. Ils sortirent en courant rejoindre le groupe qui surveillait déjà les accès. La petite cabane dans laquelle était censé se trouver Le Mars était située au bout d'un long chemin envahi d'herbes folles. On ne la voyait pas depuis la route.

Bentz savait qu'ils auraient dû attendre le FBI ou la brigade d'intervention spéciale, mais c'était hors de question. Il en faisait presque une affaire personnelle. Il ne voulait pas que Le Mars profite de la nuit pour s'éclipser. Pas question de risquer de le perdre pour respecter les procédures.

Deux officiers de la patrouille d'Etat se postèrent derrière la cabane. Bentz s'approcha lentement pour aller se coller au mur, près de la porte d'entrée que Montoya vint encadrer avec lui. Plusieurs hommes couvrirent les fenêtres.

Puis ils attendirent.

— Pas de signe de vie, murmura Bentz.

Aucune lumière ne filtrait des fenêtres. La cheminée ne fumait pas.

— Ça me paraît trop tranquille, confirma Montoya. C'est sinistre.

Bentz prit ses armes en main et fit signe à Montoya qu'ils pouvaient y aller.

— Ronald Le Mars, cria Montoya en frappant à la porte. Police ! Ouvrez !

Pas de réponse. Ils n'entendaient que le battement régulier de la pluie.

Bentz n'attendit pas. Il tourna la poignée de la porte en s'attendant à ce qu'elle résiste, mais, à sa grande surprise, celle-ci s'ouvrit en grand sur une pièce sombre comme la mort.

— Le Mars ! cria-t-il pendant que Montoya risquait un coup d'œil à l'intérieur. Ronnie ! Rends-toi.

— Police ! renchérit Montoya.

Bentz inspira profondément et fonça vers l'intérieur. Il atterrit lourdement sur le sol, de tout son long, et resta quelques minutes immobile à rassembler ses esprits. On n'y voyait rien, il osait à peine respirer et préféra ne pas utiliser sa lampe torche pour ne pas servir de cible au cas où Le Mars serait posté dans le noir.

— Le Mars ! appela encore Montoya.

Mais les yeux de Bentz avaient eu le temps de s'accoutumer à la pénombre et il voyait à présent deux corps nus, allongés sur le ventre, devant le feu. Il eut un haut-le-cœur et sentit quelque chose d'humide sous lui, un liquide épais qui ne provenait sûrement pas d'une fuite du toit… Il y plongea deux doigts qu'il porta à son nez.

Du sang.

Il était allongé dans une mare de sang.

Il se leva d'un bond et braqua le faisceau de sa lampe sur les corps.

— Merde, murmura Montoya qui entrait dans la pièce, arme au poing. Merde, mais c'est Le Mars.

— Ouais, c'est Le Mars, confirma Bentz. Le Mars et Anna Maria Renner.

— Et Eve ? demanda Montoya.

Bentz sortait déjà son téléphone portable.

— Je serais prêt à parier qu'elle se trouve en très mauvaise posture, dit-il.

Kristi osait à peine respirer.

Un pas lourd et régulier grimpait lentement l'escalier. Elle l'entendait nettement, en dépit de la pluie qui martelait le toit et gargouillait dans les gouttières. Elle refoula sa peur et tendit l'oreille, en réfléchissant à ce qu'elle devait faire.

Elle avait son portable, elle pouvait appeler à l'aide.

C'est ça… Tu vas dire que tu te caches dans le grenier d'un vieil hôpital… Et tu vas appeler qui ? Ton petit papa ? Au secours, papa ! Un peu de courage, Kristi. Du cran. Tu ne peux pas ameuter les secours tant que tu n'es sûre de rien.

Ameuter les secours, non, mais elle pouvait au moins assurer ses arrières. Elle sortit doucement son portable de sa poche. Il était toujours sur silencieux, heureusement, donc elle n'avait pas à craindre qu'il se mette à sonner. Elle tapa un message. *Suis dans vieil hôpital. Pas seule. Envoyer aide.* Elle sélectionna les deux personnes auxquelles elle envisageait de le transmettre et attendit avec l'intention de n'appuyer sur le bouton envoi qu'en cas d'extrême nécessité.

Le bruit de pas cessa.

Le cœur de Kristi s'arrêta.

Il n'avait tout de même pas deviné sa présence ?

Elle crut entendre un gémissement et dut se mordre les lèvres pour ne pas crier.

Elle éteignit sa lampe torche en se demandant si quelqu'un n'avait pas repéré le faisceau lumineux à travers les petites fenêtres mansardées. C'était peu probable. Personne ne se promenait dans cette propriété lugubre.

Les pas avaient recommencé leur ascension et ils arrivaient à présent au deuxième étage.

— Aidez-moi, Seigneur…, murmura-t-elle en se signant.

Envoie le message. Tout de suite. Ça va leur prendre du temps d'arriver jusqu'ici. Ne perds pas une minute.

Les pas avançaient lentement dans le couloir et il ne lui était pas difficile d'imaginer le trajet de l'homme. Il alla jusqu'au bout, puis ralentit et entra dans une des chambres.

Kristi marcha sur la pointe des pieds jusqu'à l'endroit où elle pensait qu'il se trouvait. La chambre de Faith Chastain ! En prenant soin de ne pas faire de bruit, elle s'agenouilla et colla son œil à la fente du plancher qui donnait sur la chambre 307. Il faisait sombre, mais elle vit tout de même une ombre passer sur la tache. Puis elle aperçut l'homme. Il était grand, il portait quelque chose sur son dos. Seigneur !

Il venait de déposer une femme à terre.

Cette fois, Kristi n'hésita plus. Elle appuya sur le bouton envoi de son téléphone.

La police allait bientôt arriver. Elle n'avait plus qu'à attendre. Sans s'affoler.

Une sonnerie résonna en faisant trembler le vieil hôpital.

Seigneur ! Non !

En dessous, l'homme s'était arrêté de marcher.

Et son téléphone ne sonnait plus.

Mais Kristi savait que son message était arrivé à destination.

Son contact au département de police, A.J. Tennet, se trouvait au deuxième étage, dans la chambre de Faith Chastain.

Et quand il lirait son message, il saurait où la trouver.

35.

Bentz luttait contre l'envie de vomir. Il était malade comme un chien.

Heureusement, les gars du FBI étaient arrivés et s'occupaient de tout. Ils avaient placé le cordon jaune et ils attendaient les experts qui étaient en route.

Bentz jeta un dernier coup d'œil à l'intérieur de la cabane. Les corps nus étaient encore étendus devant le feu mourant, l'un contre l'autre. A part un trou à l'arrière du crâne, celui de la balle qui l'avait tuée, le corps d'Anna Maria était indemne. Celui de Ronnie Le Mars présentait lui aussi une blessure au crâne, mais il était également marqué de tatouages. Ces tatouages avaient été repris sur les murs de la cabane.

Eve, 323, Renner, 444, Rebecca, Viv, Xanax, 101, Kajak, 212, Rédempteur.

— Un vrai dingue, commenta Montoya en secouant la tête.

Ils avaient décidé d'attendre les techniciens, mais le temps filait.

Le meurtrier avait probablement enlevé Eve Renner.

— C'est tout de même bizarre, commenta Bentz en regardant autour de lui.

La cabane était crasseuse, à part le coin près de l'âtre que l'on avait préparé comme un autel. Il contempla le chapelet suspendu au miroir et les fenêtres calfeutrées. Il avait vu assez de scènes de crime pour sentir quand quelque chose ne collait pas.

— Cet endroit ne correspond pas au profil de notre tueur, poursuivit-il. C'est dégoûtant, ici. Je vois mal Ronnie Le Mars en train de commettre une série de crimes sans laisser la moindre trace derrière lui. Notre assassin, c'est un maniaque de la propreté.

Montoya se raidit.

— Qu'est-ce que tu racontes ? C'est notre meurtrier. Regarde ses tatouages.

Il s'approcha de la cheminée.

— Tu crois qu'il avait un complice ?

— Plus qu'un complice. Quelqu'un qui lui donnait ses ordres.

— Ben dis donc... Tu viens de trouver ça ? Tu vas vite en besogne.

— Détrompe-toi. Après avoir lu le dossier de Ronnie et parlé avec son référent, je commençais déjà à me douter que cette affaire était plus compliquée qu'on ne le pensait. Ronnie est probablement notre meurtrier, mais quelqu'un d'autre tire les ficelles.

— Eh ! appela un des agents à l'extérieur. On a trouvé le camion. Il y a une marque ronde sur la carrosserie.

— Tu vois, triompha Montoya. C'est la balle de Tiggs.

Bentz entreprit de fouiller la pièce. Il trouva du matériel de tatouage et des modèles, et un carnet avec des pages et des pages de palindromes, comme si le type en avait fait son passe-temps favori.

Mais, pour lui, ça ne collait toujours pas. Un mauvais pressentiment lui nouait l'estomac. Il regarda le lit. Il était soigneusement fait.

— Eh, passe-moi une lampe torche.

— Tu cherches des punaises ? demanda Montoya en empruntant celle d'un agent.

— Peut-être, répondit Bentz.

Il s'agenouilla et promena le faisceau de la lampe sur les draps, les oreillers et la couverture. Puis sous les ressorts.

— Et voilà ! s'exclama-t-il.

Il venait de trouver de minuscules haut-parleurs. Un gadget électronique qu'il ne connaissait pas.

— Qu'est-ce que c'est ? demanda Montoya.

— Je ne sais pas.

Il chercha du regard une radio ou une chaîne — une source à brancher sur ces enceintes miniatures, mais il ne vit rien.

— Je n'y comprends rien, dit-il.

Mais le mauvais pressentiment qui le tenaillait depuis un moment ne cessait de s'aggraver.

— Alors qui les a tués ? dit Montoya en désignant les victimes.

— Pas Ronnie, visiblement… Donc, il nous resterait le fils de Chastain, le jumeau d'Eve.

Montoya secoua la tête.

— Pourquoi nous aurait-il envoyés chez Ronnie Le Mars ? protesta-t-il.

— Bonne question, répondit Bentz en avalant une pleine poignée de pastilles digestives.

Il sortit sur le seuil de la porte. Après l'atmosphère étouffante et écœurante de la cabane, la pluie et l'air frais lui firent du bien.

— En tout cas, il connaissait suffisamment Le Mars pour savoir où se trouvait sa planque, poursuivit-il.

— Oui, approuva Montoya en grattant sa barbiche.

Ils rejoignirent leur voiture de patrouille en se faufilant entre les véhicules qui commençaient à arriver. Bien sûr, les chaînes de télé n'étaient pas en reste.

Bentz n'était pas d'humeur à supporter les médias. Heureusement, un porte-parole des fédéraux se chargeait de la corvée et répondait à leurs questions.

Ils venaient d'ouvrir leurs portières quand le téléphone portable de Bentz sonna. L'appel venait de Notre-Dame-des-Vertus.

— Inspecteur Bentz à l'appareil.

— Oui, inspecteur. C'est sœur Odine, du couvent.

Elle alla droit au but.

— Vous m'aviez demandé de vous signaler si quelqu'un venait à l'hôpital, vous vous souvenez ? Eh bien, il y a une voiture garée au cimetière. Une Jetta Volkswagen rouge, je crois. J'ai le numéro de plaque.

— Je vous écoute, fit calmement Bentz.

Mais un flot de sang battait dans son cerveau tandis qu'il écoutait sœur Odine. Il avait déjà compris. La Jetta, c'était celle de Kristi.

— On arrive tout de suite. Attendez-nous devant la porte du couvent avec les clés de l'hôpital, dit-il.

Il s'engouffra dans la voiture. Du côté passager.

— Il te faut combien de temps pour arriver à Notre-Dame-des-Vertus ? demanda-t-il à Montoya.

— Vingt minutes, répondit Montoya, en démarrant. A prendre ou à laisser.

— Je te donne dix minutes.

— Pourquoi ? s'étonna Montoya qui mettait déjà le contact. Qu'est-ce qui se passe ?

La voiture fit un bond en avant.

Bentz sélectionna le numéro de sa fille et attendit en récitant une courte prière. La première depuis bien longtemps.

Sauvez-la.

— Kristi, murmura-t-il en entendant sonner à l'autre bout. Kristi. Décroche, je t'en supplie !

Kristi ne répondit pas. Il allait déposer l'appareil d'un geste rageur, quand il reçut un message.

Suis dans vieil hôpital. Pas seule. Envoyer aide. K.

Cole conduisait la jeep comme s'il avait le diable aux trousses. Les essuie-glaces balayaient des trombes d'eau de pluie et il se traitait mentalement de lâche au rythme de leur va-et-vient. Bon sang, il savait bien pourtant qu'il n'aurait pas dû laisser partir Eve. Il n'avait pas osé s'opposer à elle et maintenant il risquait de la perdre pour toujours. Juste au moment où ils venaient de se retrouver. Il songea à leur dernière nuit d'amour à l'hôtel et serra les dents à s'en faire mal à la mâchoire.

Il devait la sauver. Mais comment ? Il n'avait que son instinct pour le guider.

Il était certain que le dingue l'avait enlevée, mais pas la moindre idée de l'endroit où il pouvait l'avoir emmenée, ni de ce qu'il prévoyait de lui faire subir. Les images du corps de Kajak, puis celles du corps nu de sœur Vivian et de la poupée sur le lit couvert de sang passèrent devant ses yeux.

Son unique espoir était maintenant de décrypter les messages laissés par l'assassin. Il se récita mentalement les nombres 101, 212, 444, 323. Oui, ces chiffres désignaient sûrement des chambres du vieil hôpital. Le mieux était donc de se rendre là-bas. Il n'avait pas de meilleure idée et le temps jouait contre lui. Il prit la direction de Notre-Dame-des-Vertus.

Eve ouvrit un œil.

Elle ne reconnaissait pas la pièce qui tournait autour d'elle. Elle ne savait pas où elle était, ni ce qui lui était arrivé.

Allongée sur le dos, elle contempla un long moment sans bouger le haut plafond au-dessus d'elle en écoutant le bruit régulier de la pluie et en luttant contre cette migraine qui l'empêchait d'y voir clair. Enfin, peu à peu, des bribes lui revinrent à la mémoire. On l'avait enlevée. Dans un bar. Et Anna… Seigneur… Qu'était-il arrivé à Anna ?

Elle se souvenait maintenant de la cabane, de Ronnie Le Mars, d'une femme qui pleurait. Et puis… Un homme était entré, il avait tiré sur Anna et Le Mars, il l'avait amenée ici.

Dans l'hôpital.

L'hôpital Notre-Dame-des-Vertus.

Et il l'avait déposée sur le sol de cette chambre.

La chambre de Faith Chastain. Celle dont le plancher était taché.

Pourquoi ?

Et où était-il passé ?

Elle tenta de se redresser, mais ses bras et ses jambes refusèrent de lui obéir.

Essaie encore, Eve. Il le faut.

Elle se concentra et ordonna à son bras droit de bouger. Il ne se passa rien.

Encore. Essaye encore. N'abandonne pas.

Elle se concentra de nouveau. Le bras bougea, à peine, et pas dans la direction qu'elle souhaitait.

Continue… Dépêche-toi… Il ne va sûrement pas tarder à revenir.

Cette fois elle parvint à agiter un doigt, rien qu'un. Elle n'en était pas à se lever, encore moins à courir pour prendre la fuite. Mais c'était un début.

Maintenant il te faut une arme.

Elle regarda autour d'elle, désespérément, mais la pièce était vide.

Ne laisse pas tomber. Trouve quelque chose, bon sang ! Son regard fouilla chaque recoin de la pièce. Rien… Oh, mon Dieu ! Quelque chose brillait, là, près de la cheminée. Du verre ?

En rassemblant toute sa volonté, elle parvint à se déplacer de quelques centimètres en direction de l'âtre. Puis elle se figea. Elle venait d'entendre des pas. Au-dessus d'elle. Dans le grenier.

Qu'est-ce qu'il faisait là-haut ? Il l'espionnait ? Il la regardait à travers les fentes du plancher, comme elle avait elle-même regardé les malades autrefois ? Mais non, ça n'avait aucun sens. Mais qu'est-ce qu'il faisait donc là-haut ?

Elle allait mourir. Elle le savait. L'image de Cole lui vint à l'esprit et elle faillit pleurer en songeant à quel point elle l'aimait. Elle regrettait amèrement, à présent, de ne pas avoir eu le courage de lui avouer ce qu'elle ressentait pour lui. Elle pensa à toutes les fois où elle avait fait l'amour avec lui, à leurs corps enlacés, aux mots d'amour qu'il lui murmurait en écartant des mèches de cheveux de son visage.

Elle s'était comportée comme une idiote.

Et maintenant, c'était trop tard.

Elle avait un nœud à la gorge. Mais ça n'avait plus d'importance. Il ne lui restait pas de temps pour les remords ou les regrets. Il ne lui restait plus de temps pour quoi que ce soit.

Ses yeux se posèrent de nouveau sur le petit scintillement près de la cheminée. Un morceau de verre ? On ne pouvait pas vraiment considérer ça comme une arme. Mais c'était mieux que rien.

Il venait la chercher.

Et elle n'avait pas d'issue. Elle l'entendait courir dans le couloir en direction du réduit donnant accès à l'escalier du grenier. Pour s'enfuir, elle allait devoir passer par cet escalier. Kristi avança sur la pointe des pieds vers la cheminée et se colla tout contre la pierre dure.

Comment avait-elle pu être assez stupide pour lui faire confiance ?

Elle fouilla dans son sac à dos et en sortit sa bombe au poivre. Puis elle attendit.

Il apparut sur le seuil. Il tenait une lampe torche. Elle était prise au piège.

Elle ne bougea pas et retint son souffle.

— Je sais que tu es là, dit-il, debout dans l'embrasure de la porte, en balayant le grenier du faisceau de sa lampe.

Il éclaira un rat qui se faufila dans un trou du toit. Kristi retint de justesse un cri.

— Tu es une coquine, Kristi, fit-il avec ce ton enjôleur et sûr de lui qui lui avait toujours donné la nausée. Après tout ce que j'ai fait pour toi, tu te caches ?

Il ricana.

— Tu sais qui est en bas ? Eve… Ta demi-sœur.

Demi-sœur ?

— C'est marrant, tu ne trouves pas ? C'est ma sœur aussi. Tu savais ça ? Eve est ma jumelle. On a la même mère, et vous deux vous avez le même père. On forme une vraie famille. Une vraie famille de tarés.

Ne l'écoute pas. Il délire.

— Est-ce que ça ne fait pas une sacrée histoire ? demanda-t-il en mordillant l'ongle de son index.

Elle ne broncha pas. Elle attendait qu'il avance, qu'il libère la sortie.

— Je suis certain que ton père s'est bien gardé de te dire toute la vérité. Ce vieux Rick… Et non, il n'est pas ton père. Tu le savais, ça, au moins ? C'est ton oncle. Ta mère a couché avec son prêtre de frangin, qu'est-ce que tu dis de ça ? Ce bon vieux père James. Si seulement il avait pu garder ses pantalons.

Comment savait-il tout ça ?

Elle avait le cœur qui battait, les muscles crispés.

Il cherche à te faire sortir de ta cachette. Ne l'écoute pas.

— Mais ta mère n'est pas la seule femme qui ait laissé entrer le bon prêtre dans sa culotte. Oh, non… Le père James avait un charme très persuasif. J'en connais une autre qui ne s'est pas fait prier… Faith Chastain… Il faut dire que celle-là, ce n'était pas la morale qui l'étouffait. En plus elle était dérangée… Et tu crois que ça aurait arrêté le bon prêtre ? Bon sang, non ! Et hop, elle est tombée enceinte. Ma mère, ma mère adoptive je veux dire, les a vus forniquer. Et je peux te dire que ça l'a choquée…

Il ricana.

— Celle-là aussi…, murmura-t-il d'une voix vibrante d'émotion. Elle donnait des leçons de morale, elle se prenait pour une bonne catholique, mais ça ne l'a pas empêchée de venir dans ma chambre la nuit.

Kristi devait lutter pour ne pas bouger, pour ne pas se trahir.

— Et le plus fort, poursuivit-il, c'est que Faith s'est débrouillée pour cacher sa grossesse à tout le monde.

Ce type était complètement dingue ! Taré !

Kristi ravala sa peur et fit un effort pour garder la tête froide.

— Alors tu vois, toi et moi, on est liés par le sang, petite sœur. Moi aussi je peux appeler le père James papa !

Non ! Elle ne pouvait pas croire ça !

Il balaya de nouveau le grenier d'un faisceau de lumière et fit quelques pas en avant.

— Allez, Kristi. Où es-tu ? Montre-toi. Ne me mets pas en colère… Je deviens fou, quand je suis en colère, tu sais.

Tu es fou. Dingue. Complètement maboul.

Mais il y avait une parcelle de vérité dans ce qu'il disait, assez pour semer un doute écœurant dans l'esprit de Kristi.

Il éclaira le toit mansardé, comme s'il pensait qu'elle avait pu se cacher sur une poutre du plafond. Elle serra plus fort son spray au poivre.

Il fit un pas de plus. Elle appuya sur le bouton du spray.

Juste au moment où il braquait la lampe en plein dans ses yeux.

— Idiote, dit-il.

Mais elle continua à appuyer.

Il laissa tomber la lampe qui roula sur le sol en dessinant un arc lumineux dans le grenier.

Et là, elle vit son arme.

Il la pointait droit sur elle.

Il toussait comme un damné, des larmes coulaient sur son visage, mais il réussit à la saisir fermement par le bras et à la tirer vers l'escalier. Il l'obligea à descendre, jusqu'en bas, jusqu'au rez-de-chaussée, jusqu'à cette cuisine sordide où il ouvrit une porte donnant sur un autre escalier menant au sous-sol. Le cœur de Kristi fit une embardée. Il la poussait si vite qu'elle trébucha et faillit tomber en arrivant en bas, dans le long couloir où il avait installé des lampes à huile. Ils traversèrent des pièces sombres qui ressemblaient à des cellules, et Kristi songea aux patients que l'on mettait ici à l'isolement, autrefois.

— On est arrivés, dit-il en la faisant entrer dans une pièce éclairée elle aussi d'une lanterne.

De vieux outils pendaient à des crochets plantés dans le carrelage décrépit. Elle remarqua des électrodes, une camisole de force, un plateau complet de vieux instruments chirurgicaux. De grosses lampes étaient installées au plafond et elle comprit qu'il s'agissait de la salle d'opération de l'hôpital. Elle eut un haut-le-cœur.

Tennet décrocha la camisole de force et pointa son arme sur Kristi.

— Enfile ça, dit-il.

— Non, protesta-t-elle en secouant la tête. Je ne peux pas.

— Fais-le, Kristi, ou je te jure que je tire. Je commencerai par le fémur. Ensuite je crois que je viserai ta main, par exemple.

Il sourit à travers ses larmes et son nez qui coulait.

— Tu as de la chance, je ne suis pas un sadique. Si tu avais eu affaire à Ronnie, tu aurais passé un sale quart d'heure. Il aurait sorti son couteau et il m'aurait obéi au doigt et à l'œil parce qu'il croyait que ma voix était celle du Seigneur. Tu te rends compte ? J'ai mis un certain temps à trouver un type qui avait séjourné à l'hôpital, qui se souvenait d'Eve, qui était assez dingue pour devenir un jouet entre mes mains. Ronnie était parfait. J'avais entendu parler de lui par ma mère qui travaillait à la lingerie de Notre-Dame-des-Vertus. Je l'ai recherché et, quand on l'a relâché, j'ai pu commencer.

Il avait les yeux rouges et brillant de larmes, mais il souriait.

— Tu n'as pas à t'en faire. Je me suis débarrassé de Ronnie. Je l'ai délivré de sa misérable vie.

Son visage se durcit soudain et il renifla bruyamment.

— Et je n'hésiterai pas à te délivrer de la tienne, alors fais ce que je te dis. Compris ?

Ronnie Le Mars était mort ? Il l'avait tué ?

Désespérée, elle tenta de l'attendrir.

— Je croyais que tu étais mon ami, dit-elle.

— Bon sang, Kristi ! Mais tu délires !

Il paraissait vraiment en colère.

— Non, nous n'avons jamais été amis. Tu te servais de moi, c'est tout, et je l'ai toujours su.

— Et toi aussi tu te servais de moi.

— Eh oui…, fit-il en lui tendant de nouveau la camisole. Et à présent, mets cette satanée camisole. Tout de suite !

Il dut trouver qu'elle ne réagissait pas assez vite et il tira sur le mur en guise d'avertissement.

BLAM !

Le coup fit exploser ses tympans et un carreau du carrelage.

— La balle aurait pu ricocher ! protesta-t-elle avec un mouvement de recul.

Il l'attrapa et l'entoura de son bras puissant, puis il lui enfila les manches de force avec son autre main. Elle commençait à se débattre quand elle sentit le canon froid de l'arme contre sa joue. Il était parfaitement capable de tirer, elle n'en doutait pas.

Aussi elle se laissa faire.

Seigneur, qu'est-ce qu'il avait dans la tête ? Elle devait absolument réagir.

Tu peux encore utiliser tes jambes ! N'abandonne pas.

Bam !

Un coup de feu venait de résonner dans l'hôpital.

Eve poussa un hurlement de terreur.

Le monstre venait probablement de tuer quelqu'un. Peut-être même quelqu'un de son entourage.

Elle avait la nausée. Mais elle parvint à se maîtriser et à se calmer.

Réfléchis, Eve, réfléchis ! Sauve ta peau.

Elle ne comprenait pas pourquoi il ne l'avait pas encore tuée, mais elle savait que ce n'était qu'une question de temps, de minutes plutôt que d'heures, avant qu'il n'en finisse avec elle. Il fallait qu'elle tente quelque chose. Le cœur battant, elle refoula sa peur et s'efforça de réfléchir.

Elle avait entendu deux personnes descendre l'escalier. Il avait débusqué quelqu'un dans le grenier et ensuite il l'avait emmené au sous-sol pour le tuer. Sainte mère de Dieu, mais qui ? Une des religieuses, un rôdeur ?

Peu importait. A présent, ça allait être son tour.

Seigneur… Aidez-moi.

Reprends-toi, Eve, tu n'es pas encore morte.

Elle commençait à avoir des fourmis dans les jambes et à sentir ses muscles endoloris. C'était bon signe. Elle parvint à bouger les doigts de ses mains, puis de ses pieds. Elle serra les dents et ordonna à ses membres de lui obéir, de la soutenir. Doucement. Doucement. Mais ils se rebellaient encore. Ils refusaient.

Tu peux le faire, Eve. Tu peux.

Au prix d'un effort surhumain, elle parvint enfin à ramper. Vers le morceau de verre qui brillait, là-bas, devant la cheminée.

Faites que j'y arrive. Pitié. Pitié.

Ce n'était pas vraiment une arme.

Mais c'était mieux que rien.

36.

Cole s'arrêta devant la grille de l'hôpital et entreprit aussitôt de couper la chaîne qui fermait les portes au moyen d'une pince coupante qu'il avait dénichée dans la boîte à outils de la jeep. La pluie et le vent lui battaient la nuque et le dos.

— Allez, allez, dit-il en appuyant de toutes ses forces. Allez, tu vas lâcher, oui !

Bam !

Il venait d'entendre le bruit lointain d'un coup de feu. Et tout de suite après, un hurlement.

Eve !

Non !

Oh, Seigneur !

Son sang ne fit qu'un tour.

Il refusait de croire qu'on l'avait tuée. De nouveau, il serra les pinces et la chaîne lâcha d'un coup en glissant au sol comme un serpent mort. Il poussa les battants de la grille qui s'ouvrirent avec un horrible grincement. Il remontait déjà l'allée en courant.

Il ne pouvait pas perdre Eve.

Il ne voulait pas.

Oh, Seigneur !

Il l'avait déjà vue étendue dans une mare de sang, avec un trou à la tempe.

Mais pas cette fois, Seigneur, pas cette fois !

*
* *

Le monstre était revenu.

Il avait une lampe torche à la main et il pointait son revolver sur elle.

— Allez, viens, ordonna-t-il d'un ton mauvais. Tu devrais pouvoir marcher maintenant.

Il la tira par son épaule blessée pour l'obliger à se lever et elle hurla de douleur. Mais sa main tenait à présent le morceau de verre. Elle espéra qu'il ne remarquerait pas son poing fermé. Des dizaines de questions lui traversèrent l'esprit, mais elle n'en posa aucune et fit semblant d'être encore étourdie.

Il était rouge, ses yeux brillaient d'un éclat diabolique, il ne cessait de renifler et de tousser. Il paraissait furieux. Il la poussa dans l'escalier en appuyant le canon du revolver dans son dos.

— Grouille-toi, hurla-t-il.

Ses jambes étaient encore faibles et elle se coupa avec le morceau de verre qu'elle cachait dans sa main en voulant se tenir à la rampe. Mais il n'y voyait pas bien et ne cessait de cligner des paupières. Il ne remarqua donc pas le sang qui coulait.

Ils descendirent au rez-de-chaussée et traversèrent la cuisine où il ouvrit la porte menant au sous-sol. Elle gémit intérieurement et son sang se glaça.

Pas la cave. Pas ça…

Il lui enfonça le canon dans les reins et referma la porte derrière lui. Puis il éclaira les marches couvertes de saleté et de toiles d'araignées, en la poussant en avant.

Ils débouchèrent dans un long couloir éclairé par des lampes à huile qui brûlaient avec une fumée noire s'élevant en volutes jusqu'au plafond bas.

Eve pouvait à peine respirer. Son cœur battait à ses tempes et le verre lui entaillait la main, mais elle continua à avancer en titubant. Il lui fit traverser les salles d'opération. Elle entendait presque les gémissements des patients, comme si leurs fantômes se désolaient encore de ce qu'on leur avait fait subir ici. Elle avala sa salive pour ne plus y penser.

— Stop, ordonna-t-il brusquement.

Elle se figea.

Il entrouvrit une porte et fit entrer Eve dans une pièce sombre. Cette fois il ne referma pas derrière lui, car il n'y avait qu'un verrou extérieur.

Une femme était déjà là, ligotée avec une camisole de force d'une saleté écœurante. Une simple lanterne éclairait la pièce.

— Ce n'est pas ce qu'on fait de plus confortable, annonça-t-il d'un air réjoui.

Il leva le nez vers les tuyaux qui gouttaient et eut un petit rire bête.

— Bon, je crois que le moment est venu de faire les présentations, poursuivit-il. Kristi, voici ta demi-sœur, Eve. Et Eve… Est-ce que nous nous connaissons ? Sais-tu qui je suis ?

Elle ne répondit pas.

— Oh, allez, petite sœur…

Il avait l'air de beaucoup s'amuser.

— Dis-lui, Kristi…

Mais il ne laissa pas à Kristi le temps de répondre et enchaîna :

— Je suis A. J. Tennet, Adam Tennet. Tu saisis ? Adam et Eve ? Les dieux ont joué avec nous à une sorte de grand jeu cosmique. A moins que ce ne soit ton père.

Elle vit briller dans la pénombre le regard froid de ses yeux cruels et comprit en un éclair.

Son jumeau ! Le frère dont elle venait d'apprendre l'existence !

— Ça y est, tu as saisi. Nous sommes venus au monde ici, dans cet hôpital. En même temps. Le Dr Renner t'a adoptée, et moi, il m'a jeté à la poubelle, il m'a laissé chez des gens qui ne se souciaient pas de moi. D'autant plus qu'ils ont fini par avoir des enfants. De nous deux, c'est toi qui as eu de la chance, pas vrai, princesse ?

Il était dérangé et pervers. Eve sentit rôder la mort.

N'abandonne pas. Bats-toi. Il est sûr de lui, sûr que tu ne peux rien contre lui. Tu peux miser sur l'effet de surprise.

Ses doigts se crispèrent autour du morceau de verre.

Il décrocha une deuxième camisole de force, mais elle tomba en lambeaux dans ses mains.

— Merde, dit-il.

Puis, à Eve et à Kristi :

— Asseyez-vous.

Il est fragile… Dès que ça ne marche pas exactement comme il l'a prévu, il craque.

Eve se laissa tomber sur le sol et Kristi en fit autant.

Il était déchaîné, pris dans son monologue.

— Ma mère, Lara Tennet, c'était une sacrée garce, dit-il avec une grimace d'écœurement. Elle m'a appris tout ce que je sais au sujet des femmes. Elle avait un vrai vagin de putain. Si vous saviez ce qu'elle m'a fait. A moi, son propre fils.

Il était plus que furieux maintenant. Au-delà de sa colère, on devinait une autre émotion… Une sorte de dégoût. De dégoût de lui-même.

— Et toi, Eve, cracha-t-il. La princesse. Ma bonne vieille maman m'a tout dit à ton sujet. Elle ne cessait de parler de toi. Tu la fascinais, tu sais.

Il s'approcha et se pencha vers elle en la contemplant avec un désir malsain.

Ne réagis pas. Fais semblant d'être dans les vapes. Il finira par baisser sa garde.

— Tu ne peux pas savoir combien de fois j'ai entendu parler de toi. J'aimerais te baiser, putain ! Mais je ne crois pas que ce soit possible et en plus…

Il s'était mis à trembler, le revolver tressautait dans ses mains.

Le coup pouvait partir à tout instant.

— Je… je ne comprends… pas, bredouilla Eve, comme si elle était encore sous l'effet de la drogue qu'il lui avait fait avaler.

Elle voulait qu'il continue à parler. Elle guettait un moment d'inattention. Un dixième de seconde. C'était tout ce qu'elle demandait.

— Bien sûr que non, tu ne comprends pas, dit-il. Comment pourrais-tu comprendre ? Tu n'as pas eu besoin d'aller à l'armée pour échapper à ta mère et payer tes études. Tu n'as pas eu besoin de truquer des papiers, tu n'as pas transpiré en craignant qu'on ne veuille pas de toi dans la police.

Il se rongea un ongle, en cracha la rognure par terre, sans cesser de braquer sur elle son revolver.

— Je me prépare depuis longtemps, tu sais, mais j'ai dû attendre que ce soit le moment, que Ronnie sorte de prison.

Il sourit et murmura d'une voix rauque :

— Iiiil èèè liiibre…

Eve frissonna.

— Eh oui, je sais que tu croyais que je parlais de Cole Dennis. Mais non, je parlais de Ronnie. J'avais besoin de quelqu'un pour faire ma sale besogne et Ronnie était le candidat idéal. Tu ne le savais peut-être pas, mais il en pinçait vraiment pour toi, Eve. Hmmm. Il avait prévu de te baiser et de te tuer après. Mais il ne risque plus d'y parvenir, maintenant.

Il la contempla fixement, comme s'il s'imaginait en train de la violer, mais quelque chose l'arrêta, un reste de bon sens.

— Ronnie était persuadé d'obéir aux ordres de Dieu.

— Comment le sais-tu ? intervint Kristi.

— Parce que Dieu, c'était moi, répondit Adam sans quitter Eve du regard. Il m'appelait la Voix, je crois. J'avais installé chez lui un dispositif qui me permettait de lui parler la nuit et de lui transmettre mes ordres. Il entendait aussi d'autres voix, des chuchotements qui lui donnaient l'impression d'être fou. Il passait son temps à me supplier de lui dire ce que j'attendais de lui. Je l'avais appelé Le Rédempteur et je lui avais promis qu'il serait sanctifié.

Eve avala sa salive. Il était encore plus tordu qu'elle ne l'avait cru. Complètement malade…

— Tu lui disais qui tuer ? C'était ça, tes ordres ? demanda Kristi.

— Oui, et je lui disais aussi qu'il devait tatouer ses victimes. Ronnie avait vu ma mère tatouer Faith, alors ça m'a donné l'idée. Ma mère, elle était folle. Elle m'a tout raconté, ça et mon adoption, juste avant de mourir d'avoir avalé trop de médicaments, la pauvre.

Il souriait d'aise à l'idée que sa première victime avait été sa mère.

Il est fier de lui.

Eve comprenait que maintenant que ce malade avait accompli ce qu'il croyait être sa mission, il n'avait plus de but, plus de raison de vivre, plus de raison de les garder en vie, Kristi et elle.

La main qui tenait le revolver s'était un peu abaissée, mais il se rongeait toujours les ongles de l'autre main. Il était sur les nerfs, il pouvait tirer n'importe quand.

— Tu ne veux pas savoir à qui appartenait le sperme qu'on a trouvé dans ton vagin, Eve ? demanda-t-il.

Elle leva vers lui des yeux morts, en dodelinant de la tête.

— A Ronnie. C'était mon idée.

Elle refoula un haut-le-cœur.

— Ne prends pas cet air dégoûté, princesse. Le Rédempteur ne t'a pas touchée. J'ai fait le travail de labo moi-même, j'ai recueilli un peu de sperme dans le lit où il rêvait de toi et je l'ai ajouté aux échantillons que les médecins de l'hôpital nous avaient remis.

Ses yeux humides brillèrent et il se pencha vers elle.

— Comme ça tout le monde savait que tu étais une putain, comme ta mère.

Elle résista à l'envie de se jeter sur lui pour lui lacérer le visage avec son morceau de verre. Mais elle n'avait aucune chance contre un revolver. Elle jeta un coup d'œil en direction de Kristi, qui ne le quittait pas du regard. Si seulement elle avait pu lui faire comprendre ses intentions.

Pas encore… Attends… Il est en train de baisser sa garde. Vous pourrez peut-être vous enfuir et l'enfermer…

— Mes sœurs, nous allons finir ensemble dans une magnifique flambée de gloire. J'aurais bien voulu vous baiser toutes les deux, mais on n'a pas le temps et, tout de même, ç'aurait été un péché, non ?

Il soupira.

— Dans une autre vie, peut-être…

Eve eut l'impression que la mort venait de lui toucher l'épaule.

Adam jeta un coup d'œil vers Kristi.

— Toi, tu n'étais pas prévue, mais tu es venue fouiner dans mes affaires. Je voulais vraiment te laisser écrire ton livre, mais quand tu as essayé d'appeler les flics, là, je me suis dit que tu allais trop loin. Tant pis pour toi. Du coup on va mourir tous ensemble. Nous, la branche illégitime du père James. Voilà une fin digne de ce nom ! Ecoutez…

Il inclina la tête, comme s'il tendait l'oreille. Eve aussi avait entendu les bruits de pas au-dessus d'eux.

Où était-elle ?

Seigneur, où était-elle ?

Cole avait la main en sang à cause de la fenêtre qu'il avait brisée pour entrer. Le cœur battant, il courait à travers les couloirs de l'hôpital. Il fila droit à l'escalier. Vite, vite, jusqu'au grenier. C'était sûrement là que ce malade l'avait emmenée. Là où elle se réfugiait enfant pour jouer, là où on avait trouvé la poupée et sœur Vivian.

Tiens bon, je t'en supplie, Eve.

Mais, dans le vieux grenier mansardé où résonnait la pluie, il ne trouva personne.

Où es-tu, mon salaud ?

Il s'efforça de réfléchir, tout en scrutant désespérément les recoins sombres, lorsqu'il entendit le hurlement des sirènes de police se mêler à celui du vent.

Il n'y avait personne…

Où pouvait-elle bien être ?

Il redescendit l'escalier et fouilla chaque pièce, vite et en silence.

La peur montait en lui et il courait avec la sensation que chaque seconde qui passait était la dernière de la vie d'Eve.

Montoya écrasa la pédale de frein et la Crown Vic pila à côté de la jeep de Cole Dennis et de la silhouette anxieuse de sœur Odine, qui les attendait, recroquevillée sous un parapluie. Le ciel sombre et noir comme une malédiction déversait des torrents de pluie.

— Je viens juste d'arriver, dit-elle en regardant la jeep tandis que Montoya et Bentz sortaient de leur voiture. Je ne sais pas à qui est cette jeep ni qui a ouvert les grilles.

— Nous on sait, dit Bentz en apercevant les pinces coupantes et la chaîne. Vous avez les clés du bâtiment ?

— Oui.

Elle montra une clé et lui tendit le trousseau tout en lorgnant le sang qui couvrait sa chemise.

— Oh, mon…

— Ce n'est pas le mien, coupa-t-il en lui arrachant le trousseau des mains. Et, à présent, ma sœur, retournez au couvent et restez-y. J'ai appelé du renfort, mais, s'il vous plaît, allez-vous-en. Maintenant.

— Que Dieu vous protège, murmura-t-elle en faisant le signe de croix.

Elle repartit aussitôt, courbée contre le vent, juste au moment où des sirènes hurlèrent au loin.

Bentz n'attendit pas. Il sortit son arme et se mit à remonter l'allée, avec le pas de Montoya derrière lui. Ils passèrent devant la pelouse envahie d'herbes folles et la fontaine asséchée. L'hôpital se dressait devant eux, sinistre et menaçant, comme une bête de briqus habitée par le mal.

Le cœur de Bentz se glaça.

Kristi était à l'intérieur.

Dans le grenier.

Et pas seule.

Avec le tueur.

Que Dieu lui vienne en aide.

Il enfonça la clé dans la serrure. Ses doigts étaient en sueur et le métal glissant, mais le loquet tourna et les immenses portes s'ouvrirent avec un terrible grincement.

— Vous avez entendu ça ? Je vous l'avais dit, annonça Adam.

A présent une cavalcade de pas résonnait au-dessus d'eux.

— Il est temps d'en finir, ajouta-t-il.

Il était agité. Eve le sentait sur le point de craquer. Quand il se redressa tout en jetant un coup d'œil vers le plafond, elle n'hésita plus. Elle fit un signe de tête à Kristi et se jeta sur lui en brandissant le morceau de verre qui lui entaillait la paume.

Pour frapper.

Fort.

Un jet de sang jaillit du cou d'Adam.

Sur Eve.

Adam poussa un hurlement et tira. Le coup de feu résonna comme un coup de tonnerre dans la petite pièce, une balle siffla tout près des oreilles d'Eve.

Kristi roula sur elle-même pour lui saper les jambes, avec tout son corps. Il tomba lourdement sur le dos, tout en appuyant rageusement sur la détente.

Une douleur aiguë transperça Eve à la cuisse.

Kristi envoya un coup de pied qui atteignit Adam en pleine figure.

Il poussa un cri de rage répercuté par les murs de la petite pièce.

Les pas résonnèrent de nouveau, cette fois dans l'escalier.

Vite. Vite. Vite.

Dépêchez-vous, dépêchez-vous !

Adam n'avait toujours pas lâché le revolver. Le sang coulait de son cou et tachait sa chemise, il roulait des yeux exorbités, son visage était déformé par la haine. Mais il trouva la force de pointer le canon de son arme sur Kristi.

— Salope !

Kristi donna de nouveau un coup de pied pour lui faire lâcher l'arme et atteignit la lanterne. L'huile se renversa en même temps qu'une langue de feu jaillissait dans la pièce.

Blam !

Un nouveau coup était parti, comme un coup de tonnerre.

Kristi s'effondra sur elle-même.

Des voix crièrent dans le couloir.

— Non ! hurla Eve.

Ce salaud avait tué sa sœur. La sœur qu'elle n'avait jamais connue. Elle fonça sur lui, sans se préoccuper des flammes.

— Espèce de salaud !

— Comme toi, murmura-t-il.

Il était toujours sonné par le coup de pied de Kristi, mais il ne lâchait pas son arme.

— Comme toi, princesse.

Il leva lentement le revolver, sans la moindre hâte. Il attendait ce moment depuis longtemps, il voulait le savourer. Il ne s'inquiétait pas des hommes qui allaient bientôt entrer, ni du feu qui crépitait autour d'eux.

— Tous les deux, Eve. On est venus au monde tous les deux, et on s'en va tous les deux.

— Tennet ! hurla Bentz.

Crac !

Les portes de la cellule s'ouvrirent d'un coup.

Bentz tira depuis le seuil.

Tennet n'aurait plus jamais rien à dire.

Une seconde plus tard, Bentz entra dans la pièce, Montoya sur ses talons. Cole était juste derrière eux.

— Sortons-les de là, hurla Montoya. Vite. Sortons-les. Et trouvez des extincteurs. Il y a le feu ici !

Eve était au bord de l'évanouissement.

Cole arrivait déjà derrière elle et il la prit dans ses bras, tout contre lui, en lui embrassant les cheveux.

— J'ai cru que je t'avais perdue, dit-il en la serrant convulsivement, de toutes ses forces. Je croyais… Oh, Seigneur.

Des larmes lui montèrent aux yeux et cette fois elle se laissa aller et s'accrocha à lui, au moment où un flot de policiers faisait irruption dans la pièce, en même temps que l'équipe médicale.

— Je t'aime, sanglota-t-elle contre son oreille. Cole Dennis, je t'aime.

— Ne restez pas là… Monsieur, s'il vous plaît, dit un infirmier. Laissez-moi passer.

— Elle perd du sang, cria une autre voix. Appelez l'hélico. Où sont ces crétins de pompiers ?

— L'hélico ? Attendez, dit Rick Bentz en se penchant sur Kristi. C'est ma fille. Ça va aller.

— Ne restez pas là, monsieur. Sortez.

— Mais ça va aller pour elle, insista Bentz. Kristi !

— Laissez-moi faire mon travail, inspecteur, protesta l'infirmier. Occupez-vous plutôt d'appeler l'hélico au plus vite.

Quelques heures plus tard, Olivia rejoignait Bentz à l'hôpital.

— Seigneur, Rick, murmura-t-elle. Je suis désolée.

Il l'écrasa contre lui et se noya dans son parfum, en essayant de ne pas craquer, de ne pas se mettre à pleurer comme un bébé.

— Elle va s'en sortir, assura-t-il.

Il ne cessait de se répéter cette phrase, encore et encore, pour s'en convaincre.

Kristi était sur la table d'opération depuis trois heures et il n'avait toujours pas de nouvelles. Il n'avait aucune idée de la gravité de ses blessures, il avait seulement compris qu'elle était mal en point. Très mal en point.

Il refusait d'imaginer que la vie pouvait continuer sans elle. Ils avaient vécu tant de choses ensemble, tant de bons et de mauvais moments. Ils s'étaient parfois ligués contre le monde entier. Et d'autres fois ils s'étaient affrontés.

Il savait maintenant qu'Adam Tennet n'aurait jamais dû être engagé dans l'équipe des experts de la police. Ce malade avait réussi à passer à travers les failles du système. Il avait roulé tout le monde. Il lui avait fallu moins d'un an pour mettre sur pied son plan diabolique.

Il espéra que c'en était fini maintenant des horreurs liées à ce maudit hôpital.

Mais, pour ça, il fallait que Kristi s'en sorte.

Il serra Olivia contre lui et lutta contre les larmes, en enfouissant ses mains dans sa longue chevelure brillante.

— Aie confiance, murmura-t-elle.

Les portes du bloc opératoire s'ouvrirent et une femme pas beaucoup plus âgée que Kristi en sortit. Elle arborait une expression sinistre et portait un plateau d'instruments chirurgicaux. Elle s'approcha d'eux.

— Vous êtes Rick Bentz ? demanda-t-elle.

Bentz sentit ses entrailles se tordre.

— Oui, dit-il.

— Votre fille a traversé un moment difficile, mais c'est une battante. Nous avons dû la ranimer deux fois pendant l'opération.

Il écouta, blanc comme un linge, le médecin détailler l'état de Kristi. La balle qui l'avait atteinte au ventre avait endommagé plusieurs organes qu'il avait fallu réparer un à un. Une deuxième balle avait ricoché et traversé sa tempe. Il y avait un risque que le cerveau soit touché.

— Mais elle vivra ? dit Rick.

— Nous faisons de notre mieux.

Le médecin s'en alla, et Rick se laissa glisser dans un fauteuil, la tête dans les mains.

— C'est ma faute. Tout ça, c'est parce que je suis flic.

— Tu n'as rien à te reprocher.

— Tu parles…

— Bentz ! protesta Olivia.

Il leva les yeux vers elle et se sentit un peu mieux.

— Elle a besoin que tu sois fort. Que tu croies en elle. Et en toi.

Il détourna le regard et s'éclaircit la gorge.

— D'accord, dit-il d'une voix enrouée.

Mais il n'était pas sûr d'y arriver.

— Je crois que nous ne sommes pas très loin de la date anniversaire du jour où j'ai accepté de t'épouser, dit Olivia avec un gentil sourire. Inspecteur, je t'offre un café. Tu en as bien besoin.

— Je t'aime.

— Je le sais.

Elle rit et Bentz eut l'impression qu'on lui ôtait un grand poids des épaules. Le plus dur était passé. Ils s'en sortiraient. Et le médecin avait raison. Kristi était une battante.

— Je refuse de passer la nuit ici, dit Eve.

Elle était allongée sur un lit d'hôpital et Cole debout près de la fenêtre sombre. Il était tard, l'hôpital était silencieux et paisible, mais elle ne voulait pas rester ici une minute de plus.

— On te garde en observation, protesta Cole. Tu as de la chance que la balle n'ait touché ni veine ni os ni artère.

— Juste un gros muscle, ironisa-t-elle.

Sa blessure risquait de la faire souffrir longtemps et elle devait s'attendre à des mois de rééducation. Elle n'avait pas le droit de se plaindre, pas avec Kristi qui se battait pour rester en vie.

— C'est vraiment fini ? demanda-t-elle.

Il acquiesça.

— Adam attendait son heure depuis longtemps. Il avait juste besoin d'un dingue pour faire le sale boulot à sa place. La police a trouvé du matériel électronique caché dans le sommier du lit de Ronnie, de petits écouteurs et un petit récepteur. Je parie qu'ils trouveront l'émetteur chez Adam.

— Je refuse de penser à lui.

— Bonne idée, approuva-t-il.

Il s'appuya à la tête de lit et déposa un baiser sur son front.

— Pense plutôt à moi, ajouta-t-il.

— Je crois que c'est dans le domaine du possible, minauda-t-elle.

Elle passa ses bras autour de son cou.

— Je ne plaisantais pas, tu sais, à l'hôpital. Je t'aime vraiment.

— Bon, alors, chérie, je compte sur toi pour me le prouver dès que tu sortiras.

— C'est d'accord, maître, murmura-t-elle en bâillant. Promis.

Épilogue

Trois mois plus tard

Eve entra en boitillant dans la chambre d'hôpital où Kristi Bentz gisait, toujours dans le coma. Elle respirait sans assistance médicale et les médecins espéraient qu'elle se réveillerait. Mais, pour l'instant, elle était toujours inconsciente.

Rick Bentz était assis près de son lit et lui faisait la lecture, comme tous les jours depuis l'opération. Il leva le nez de son livre et contempla Eve par-dessus ses lunettes. Il lui adressa un signe de tête. Son visage était grave. Il ne souriait pas.

— Comment va-t-elle aujourd'hui ? demanda Eve.

— Mieux, il me semble.

Elle parvint à ébaucher un sourire et se garda bien de lui dire qu'elle n'était pas de son avis. Elle ne voyait pas en quoi l'état de Kristi s'était amélioré. Elle était dans la même position que la dernière fois qu'elle l'avait vue : allongée dans son lit, immobile, les yeux clos.

Bentz profita de sa présence pour aller boire un café en bas et elle le remplaça aux côtés de Kristi.

— Alors..., murmura-t-elle en lui prenant la main.

Sa gorge se serra devant l'image de cette belle jeune fille endormie. Sa sœur...

— Comment vas-tu ?

Elle n'attendait pas de réponse et poursuivit :

— J'ai fait connaissance avec Abby et nous nous entendons à merveille. Je n'ai pas encore vu Allison, mais ça ne va pas tarder. Abby et Montoya s'occupent de nous arranger un rendez-vous. Ils vont se marier en juin. Il faudra que tu viennes. Ils comptent sur toi.

Elle soupira.

— Quoi d'autre… ? Oh, je crois que je peux bien te le dire, Cole s'est installé chez moi. Pour l'instant, je croise les doigts, ça se passe très bien entre nous. Ton père et Montoya ont fini par l'accepter… Ils disent même que c'est un chouette type. Tiens, quand on parle du loup…

Cole apparut sur le seuil, suivi d'Abby. Ils la rejoignirent et se mirent à parler, en s'adressant de temps à autre à Kristi.

Kristi ne répondait pas.

Mais ses yeux remuaient sous ses paupières closes. Elle rêvait, mais ils ne pouvaient pas s'en douter.

Dans le cerveau de Kristi défilaient des images étranges, colorées et légèrement déformées. Des images de ceux qu'elle aimait.

Aujourd'hui, c'était son père. Il se trouvait dans une voiture de police avec Montoya. Des sirènes hurlaient, les gyrophares lançaient des éclairs bleus et rouges. La voiture pila devant une maison étrange, aux voûtes gothiques. Ils sortirent en courant.

Un éclair zébra le ciel et la foudre tomba sur l'unique arbre du jardin. Bentz et Montoya s'aplatirent instinctivement contre le sol. Quand ils se relevèrent, Bentz avait changé de couleur. Il apparaissait maintenant en noir et blanc. Il remonta dans la voiture avec Montoya, mais il perdait du sang. Un sang noir qui envahissait la rue.

— Kristi ? Tu m'entends ?

Qui l'appelait ? Olivia ?

— Kristi ?

Elle voulut parler, mais elle ne réussit à émettre qu'un faible gémissement. Elle avait un goût affreux dans la bouche et mal partout, comme si on l'avait battue.

— Vous entendez ? Elle a répondu ! Appelez une infirmière !

La voix d'Olivia parvint au cerveau de Kristi. Elle n'arrivait pas à se faire une idée claire de l'endroit où elle se trouvait. Son esprit était comme enlisé dans des sables mouvants.

Elle battit des paupières et eut l'impression d'ouvrir de vieilles portes grinçantes.

— Seigneur ! Elle se réveille ! Kristi !

Oui, c'était bien la voix d'Olivia.

— Kristi !

Kristi ouvrit les yeux, mais la lumière était trop vive et elle les referma aussitôt. Elle sentait maintenant une douleur au ventre et à la tête.

De nouveau, elle fit l'effort de soulever ses paupières. Elle distinguait maintenant les vagues contours d'une pièce et des silhouettes penchées sur elle.

Peu à peu, sa vision devint plus claire.

Elle se trouvait sur un lit d'hôpital, Olivia était debout à côté d'elle et des larmes coulaient sur ses joues. La table de sa chambre croulait sous des paniers de fleurs aux couleurs chatoyantes — des fleurs des champs et des roses.

— Bentz ! appela Olivia. Bentz ! Viens ! Kristi se réveille.

Le regard de Kristi suivit celui d'Olivia. Son père se tenait dans l'embrasure. Elle poussa un cri étouffé.

Rick Bentz lui apparaissait tout en noir et blanc, comme dans son rêve.

— Merci, mon Dieu, dit-il.

Il pleurait lui aussi. Mais lorsque ses yeux se posèrent sur les draps de Kristi, elle ne leur trouva aucun éclat.

Il courut vers elle et la prit dans ses bras.

— Kristi ! murmura-t-il d'une voix brisée. Kristi, ma chérie.

Ses larmes tombaient sur les draps sans les mouiller et les bras qui entouraient Kristi étaient légers. Si légers qu'elle les sentait à peine. De nouveau, elle contempla le visage de son père. Il était pâle comme la mort.

Elle comprit soudain le sens de son rêve.

Rick Bentz était condamné.

Il allait mourir. Il allait mourir très bientôt.

REMERCIEMENTS

Je remercie mon éditeur, John Scognamiglio, pour son regard critique, ses idées et son soutien. Et aussi pour sa patience.

Je remercie également ma sœur Nancy qui m'a encouragée et corrigée, tout en m'épargnant les soucis de la vie quotidienne. Nancy, merci de ta constance.

Merci à mon agent, Robin Rue, à toute l'équipe de Kensington Books, et une pensée particulière pour Laurie Parkin.

Enfin, je tiens à mentionner tous ceux qui m'ont aidée, de près ou de loin : Ken Bush, Kelly Bush, Matthew Crose, Michael Crose, Alexis Harrington, Danielle Katcher, Marilyn Katcher, Ken Melum, Roz Noonan, Kathy Okano, Samantha Santistevan, Mike Sidel, Larry Sparks.

Vous êtes si nombreux à m'avoir soutenue, j'espère n'avoir oublié personne...

Merci.

Note de l'auteur

Le département de police de ce roman est le fruit de mon imagination et fonctionne selon des règles largement adaptées.

J'ai situé l'action avant le passage de l'ouragan Katrina qui a dévasté La Nouvelle-Orléans et ses environs. J'espère avoir rendu l'atmosphère unique de cette ville telle qu'elle était avant la catastrophe, et telle que nous la retrouverons sûrement un jour.

Si, comme nous l'espérons, vous avez aimé
Dans l'ombre du bayou,
les pages suivantes vous permettront de découvrir un extrait de
Les disparues de la nuit,
le cinquième roman de cette série consacrée aux inspecteurs
Rick Bentz et Ruben Montoya,
à paraître le 1er mai 2011.

1.

Tout en lançant son oreiller favori à l'arrière de sa nouvelle voiture — une vieille Honda qui avait plus de dix ans et affichait près de cent quarante mille kilomètres au compteur —, Kristi Bentz songeait que, finalement, son terrible inspecteur de père ne réagissait pas trop mal à son départ.

L'oreiller atterrit avec un bruit sourd au sommet de la pile constituée par son sac à dos, ses livres, sa lampe, son iPod et tout ce qu'elle emportait avec elle à Baton Rouge. Elle quittait le petit chalet de sa belle-mère dans lequel elle avait vécu plusieurs mois. Son père la regardait embarquer ses affaires, le visage crispé et mécontent.

Elle risqua un rapide coup d'œil dans sa direction.

Il avait le teint frais, les joues rougies par le vent qui soufflait à travers les cyprès et les pins. Quelques gouttes de pluie luisaient dans ses cheveux. Il semblait en forme. Il se tenait droit, son regard était clair.

Grâce à Dieu.

Elle avait des raisons de s'en étonner… Depuis qu'elle était sortie du coma, elle était assaillie par des visions où son père se transformait en une sorte de zombie : il devenait gris, ses yeux avaient disparu de ses orbites. La nuit, un cauchemar prenait le relais : un ciel noir zébré d'éclairs, le craquement d'un arbre frappé par la foudre. Et au pied de cet arbre, l'inspecteur Bentz baignant dans son sang.

Kristi avait compris que ce cauchemar récurrent et ces visions annonçaient la mort de son père. Elle vivait depuis près d'un an et demi avec l'atroce certitude qu'il était sur le point de rencontrer la fin sanglante et brutale qu'on lui annonçait.

Dix-huit mois de convalescence à se rendre malade d'inquiétude… Et pourtant, il était encore bien en vie, il respirait la santé, il avait même assez d'énergie pour être furieux.

Elle avait avancé sa voiture tout près de la maison, dans l'allée constellée de flaques. Il l'avait aidée à contrecœur à charger ses valises dans le coffre, pendant que le vent balayait le bayou en soulevant les feuilles mortes et en charriant une odeur de pluie et d'eau croupie.

Sa seconde femme, Olivia Benchet-Bentz, les observait prudemment depuis le porche. Kristi savait qu'elle le rendait heureux, mais entre elles deux, ce n'était pas le grand amour. Aussi gardaient-elles leurs distances. En ce moment, par exemple, Olivia se tenait en retrait, les sourcils légèrement froncés, les yeux assombris par l'inquiétude. Mais elle ne disait rien.

Très bien.

Il fallait lui reconnaître ça : elle était assez intelligente pour ne jamais s'interposer entre le père et la fille.

— Je ne pense pas que ce soit le bon choix, laissa échapper Rick.

Il le lui avait dit au moins deux cents fois depuis qu'elle avait annoncé sa décision de retourner à Baton Rouge. La nouvelle avait fait l'effet d'une bombe. Elle ne l'avait pourtant pas pris en traître ; elle l'avait prévenu dès le mois de septembre, et on était le lendemain de Noël.

— Je ne comprends pas, dit encore Rick Bentz. Tu pourrais rester avec nous et…

— Tu me l'as suffisamment répété, papa ! Inutile d'insister parce que…

— D'accord, d'accord ! coupa-t-il en levant la main.

Elle se tut aussitôt. Pourquoi se chamaillaient-ils sans cesse ? Ils avaient traversé ensemble tant d'épreuves. Ils avaient failli se perdre plusieurs fois…

— Qu'est-ce que tu ne comprends pas exactement ? Il est normal que je veuille reprendre les cours ! Je ne peux tout de même pas rester à La Nouvelle-Orléans à me tourner les pouces. Je suis bien trop vieille pour vivre chez mon petit papa. Je dois construire ma vie.

Elle ne pouvait pas lui expliquer qu'elle ne supportait plus de le regarder en se demandant à quel moment il se transformerait de nouveau en mort-vivant. Elle était restée près de lui le temps de se rétablir, mais elle avait l'impression de devenir folle chaque fois que son visage prenait cette couleur de cendre. Pour l'amour du ciel… Elle n'en pouvait plus, même si l'atroce vision se manifestait moins souvent depuis quelque temps.

Et puis, de toute façon, elle devait partir. Il était temps de reprendre le cours de sa vie.

Elle fouilla dans son sac pour y chercher ses clés de voiture. Pas la peine de continuer à discuter.

— Très bien, très bien, j'ai compris, bougonna-t-il d'un air sombre.

Une masse nuageuse qui filait bas dans le ciel vint masquer les faibles rayons du soleil.

— Tu as compris ? C'est super ! Mais j'ai dû te le répéter combien de fois ? Un million ?

Puis elle lui sourit.

— Tu es un excellent flic, un enquêteur de première. Exactement celui que décrivent les journaux : un héros local, l'inspecteur Rick Bentz.

— Les journaux ne disent que des conneries.

— Encore une judicieuse conclusion que l'on doit à la perspicacité du superinspecteur de la police départementale de La Nouvelle-Orléans.

— Arrête un peu ton cirque ! murmura-t-il.

Mais il ne put retenir un sourire enfantin. Il fourragea d'une main distraite dans ses cheveux et jeta un regard derrière lui, du côté d'Olivia, la femme qui était devenue le pilier de sa vie.

— Kristi, dit-il en soupirant, on ne peut rien tirer de toi !

— Ça doit être héréditaire ! rétorqua-t-elle en dénichant enfin ses clés.

La mâchoire de l'inspecteur se crispa.

Elle devina ce qu'il pensait, mais aucun d'eux ne mentionna le fait qu'il n'était pas son père biologique.

— Tu n'es pas obligée de t'enfuir en courant, dit-il.

— Je ne fuis pas. Mais je cours, oui, je cours vers mon avenir.

— Tu pourrais…

— Ecoute, papa, je n'ai pas envie d'entendre un énième sermon, coupa Kristi tout en lançant son sac à main sur le siège du passager. Tu sais depuis des mois que j'ai l'intention de retourner à l'université, donc je ne vois pas pourquoi tu me fais une scène aujourd'hui. Je suis adulte et j'ai décidé de retourner à All Saints, Baton Rouge. C'est-à-dire à moins de deux heures de route.

— Ce n'est pas une question de distance.

— Je dois le faire, tu comprends ?

Elle jeta un coup d'œil du côté d'Olivia. Les guirlandes lumineuses du sapin de Noël éclairaient à contre-jour ses longs cheveux blonds. Derrière elle, l'intérieur chaud et douillet du petit chalet contrastait avec la tempête qui s'annonçait dehors. Mais Olivia n'était que sa belle-mère, et Kristi ne s'était jamais sentie chez elle dans ce chalet, douillet ou pas. Il n'existait pas entre elles de conflits majeurs, mais pas non plus de véritable lien. Il n'y en aurait sans doute jamais. Olivia faisait partie de la vie de son père, et elle, elle se sentait extérieure à cette vie.

— Il y a eu des problèmes, là-bas, poursuivit Rick. Plusieurs étudiantes ont disparu.

— Tu as déjà pris tes renseignements ? lança-t-elle d'un ton furieux.

— J'ai simplement lu des articles de journaux au sujet des jeunes filles disparues.

— Celles qui ont fugué ?

— J'ai dit « disparues ».

— Ne t'en fais pas pour moi !

Elle aussi avait entendu parler de ces étudiantes, mais personne ne savait si elles étaient parties de leur plein gré ou si elles avaient été victimes d'un acte criminel.

— Des tas de filles quittent chaque jour leurs parents ou cessent de fréquenter l'université, ajouta-t-elle.

— Vraiment ?

Une rafale glacée traversa le bayou en emportant des feuilles mortes, et Kristi la sentit transpercer son gilet à capuche. La pluie avait cessé, mais le ciel restait couvert et des flaques d'eau stagnaient encore sur le béton craquelé de l'allée.

— Je comprends que tu veuilles reprendre tes études, marmonna Bentz en s'appuyant sur l'aile de la Honda.

Une fois de plus, Kristi remarqua sa bonne mine.

— Ce qui me tracasse, poursuivit-il, c'est cette lubie d'écrire un livre sur un meurtre. Où en es-tu avec ça ?

Elle leva une main pour l'arrêter, puis tassa ses affaires à l'arrière de la voiture pour pouvoir utiliser le rétroviseur.

— Je te vois venir, dit-elle. Tu as peur que je cherche l'inspiration dans tes enquêtes. Rassure-toi, je ne piétinerai pas tes plates-bandes.

— La question n'est pas là, tu le sais bien, protesta-t-il.

Une lueur de colère passa dans le regard de l'inspecteur Bentz. Il s'énervait ? Elle aussi était énervée. Depuis quelques semaines, ils se tapaient mutuellement sur les nerfs.

— Je m'inquiète pour ta sécurité.

— C'est parfaitement inutile.

— Arrête avec cette attitude butée ! Tu as déjà servi de cible, il me semble.

Leurs regards se croisèrent et elle comprit qu'il n'avait rien oublié, qu'il n'oublierait jamais qu'on l'avait enlevée, séquestrée, qu'on avait voulu la tuer, qu'elle avait failli mourir.

— Je vais bien, répéta-t-elle d'une voix un peu radoucie.

Il lui cassait souvent les pieds, mais c'était un brave homme. Il s'inquiétait. Comme toujours. Seulement, elle n'avait pas besoin de sa sollicitude.

Elle fit un effort pour tempérer son impatience, et sourit en apercevant Hairy S., le petit chien d'Olivia, qui sortait comme une flèche du chalet pour poursuivre un écureuil repéré au pied d'un pin. Le petit animal roux et gris fila le long du tronc rêche, puis se réfugia sur une haute branche qui se balança, quand il se pencha pour cracher sur son agresseur. Frustré et déçu, Hairy S. se mit à gémir en tournant autour de l'arbre, et commença à creuser une tranchée circulaire à la base du tronc.

— Chuuut…

Kristi prit le petit chien dans ses bras.

— Tu l'attraperas la prochaine fois. En attendant, tu vas me manquer, murmura-t-elle.

Mais Hairy S. se débattait déjà pour reprendre sa course. En le posant à terre, Kristi fit la grimace. Elle ressentait encore des douleurs en effectuant certains mouvements.

— Hairy, viens ici ! cria Olivia depuis le porche.

Mais le chien avait autre chose à faire et il ignora l'appel de sa maîtresse.

— Tu n'es pas encore complètement rétablie, fit remarquer Bentz.

Kristi soupira.

— Ecoute, papa, les spécialistes qui me suivent assurent le contraire. Je suis en pleine forme, grâce au kiné, au psychiatre et à l'exercice physique.

Il eut un sourire sceptique.

Comme pour faire écho à son inquiétude, un corbeau passa au-dessus d'eux pour venir s'installer sur une branche de magnolia, en laissant échapper un long croassement moqueur.

— Tu n'étais pas aussi fière quand tu t'es réveillée à l'hôpital !

— C'est de l'histoire ancienne. Depuis, tout a changé.

Oui, tout avait changé. L'ouragan Katrina avait ravagé La Nouvelle-Orléans puis les côtes du golfe du Mexique, en ne laissant derrière lui qu'un paysage dévasté. Ça remontait à plus d'un an, mais les dégâts étaient encore visibles. Pourtant, même si certains prétendaient que La Nouvelle-Orléans avait changé à jamais, Kristi ne voulait pas perdre espoir.

Après le désastre, chacun avait fait le maximum — les forces de police comme les citoyens. Parmi ceux qui avaient dû fuir à l'autre bout du pays, quelques-uns ne reviendraient jamais. Comment leur en vouloir, quand le désordre régnait dans les hôpitaux, les services municipaux et les transports ? Heureusement, le Vieux-Carré avait été épargné, et sa célèbre ambiance couleur locale attirait de nouveau les touristes.

Lentement, mais sûrement, La Nouvelle-Orléans renaissait.

Kristi avait passé les six derniers mois à travailler comme bénévole dans un hôpital local. Elle aidait aussi son père au commissariat, et participait au nettoyage de la ville pendant ses week-ends. Seulement, maintenant, elle devait penser à elle et réfléchir à son avenir.

Mais l'inspecteur Bentz ne voyait pas les choses aussi simplement. Le passage de Katrina l'avait bouleversé, si bien qu'il recommençait à surprotéger sa fille. Et elle, elle en avait marre. Elle était adulte, désormais !

Comme le contenu du coffre l'empêchait de rabattre le hayon, elle dut réajuster son coussin favori, sa lampe de chevet, le dessus-de-lit cousu main que sa tante lui avait laissé en héritage. Ce qui lui fit perdre cinq bonnes minutes.

— Je dois y aller, dit-elle en consultant sa montre. J'ai dit à la propriétaire que je prendrais possession des lieux aujourd'hui. Je t'appellerai une fois sur place pour te faire un compte rendu détaillé. Je t'aime.

— D'accord. Moi aussi, je t'aime, ma chérie, bougonna-t-il.

En le serrant dans ses bras, elle fut surprise de devoir lutter contre les larmes. C'était ridicule ! Elle se dégagea, envoya de loin un baiser à Olivia, puis se mit au volant. La gorge sèche, elle enclencha la marche arrière pour reculer entre les arbres.

Au bout de l'allée, elle fit demi-tour sur la chaussée humide et jeta un dernier regard du côté de son père. Il agitait la main.

Elle poussa un long soupir de soulagement. Enfin seule ! Elle appuya sur l'accélérateur pour foncer vers la liberté. Mais au même moment, le ciel parut s'assombrir. Et dans le rétroviseur, la silhouette de son père lui apparut de nouveau en noir et blanc. Elle en eut le souffle coupé. Elle comprit que fuir ne résoudrait rien.

Rick Bentz allait mourir.

Bientôt.

DANS LA MÊME COLLECTION

Par ordre alphabétique d'auteur

BEVERLY BARTON	*Dans l'ombre de l'assassin*
OLGA BICOS	*Nuit d'orage*
OLGA BICOS	*La mort dans le miroir*
LAURIE BRETON	*Ne vois-tu pas la mort venir ?*
BARBARA BRETTON	*Le lien brisé*
JAN COFFEY	*La dernière victime*
JAN COFFEY	*L'accusé*
JASMINE CRESSWELL	*La Manipulatrice*
JASMINE CRESSWELL	*Le secret brisé*
JASMINE CRESSWELL	*La mort pour héritage*
JASMINE CRESSWELL	*Soupçons mortels*
JASMINE CRESSWELL	*Je saurai te retrouver*
CAMERON CRUISE	*La perle de sang*
MARGOT DALTON	*Amnésie*
MARGOT DALTON	*Kidnapping*
MARGOT DALTON	*Le sceau du mal*
MARGOT DALTON	*Crimes inavoués*
WINSLOW ELIOT	*L'innocence du mal*
ANDREA ELLISON	*Elles étaient si jolies*
ANDREA ELLISON	*La signature écarlate*
ANDREA ELLISON	*Sous le regard de l'ange*
LYNN ERICKSON	*Le Prédateur*
SUZANNE FORSTER	*Le cercle secret*
SUZANNE FORSTER	*Secrets*
SUZANNE FORSTER	*Passé obscur*
MICHELLE GAGNON	*Le cercle de sang*
MICHELLE GAGNON	*La forêt de la peur*
TESS GERRITSEN	*Présumée coupable*
TESS GERRITSEN	*Crimes masqués*
TESS GERRITSEN	*Ne m'oublie pas*
HEATHER GRAHAM	*L'invitation*
HEATHER GRAHAM	*L'ennemi sans visage*
HEATHER GRAHAM	*Le complot*
HEATHER GRAHAM	*Soupçons*
HEATHER GRAHAM	*La griffe de l'assassin*
HEATHER GRAHAM	*Prémonition*
HEATHER GRAHAM	*L'ombre de la mort*
HEATHER GRAHAM	*Danse avec la mort*
HEATHER GRAHAM	*Noires visions*
HEATHER GRAHAM	*Nuits blanches*
HEATHER GRAHAM	*Apparences*
HEATHER GRAHAM	*La crypte mystérieuse*
HEATHER GRAHAM	*Sombre présage*
HEATHER GRAHAM	*Hantise*
HEATHER GRAHAM	*Dangereuse vision*
HEATHER GRAHAM	*La nuit écarlate*
HEATHER GRAHAM	*L'héritage maudit*
HEATHER GRAHAM	*Les proies de l'ombre*
HEATHER GRAHAM	*L'île des ténèbres*
CAROLYN HAINES	*Les fiancées du Mississippi*

…/…

DANS LA MÊME COLLECTION

Par ordre alphabétique d'auteur

KAREN HARPER	*Testament mortel*
KAREN HARPER	*Le saut du diable*
KAREN HARPER	*L'œuvre du mal*
KAREN HARPER	*Les portes du mal*
KAREN HARPER	*Une femme dans la nuit*
KAREN HARPER	*Mortel mensonge*
KAREN HARPER	*Intention mortelle*
KAREN HARPER	*Je ne t'ai pas oublié*
KATHRYN HARVEY	*La clé du passé*
BONNIE HEARN HILL	*La disparue de Sacramento*
BONNIE HEARN HILL	*Mortelle perfection*
CHRISTIANE HEGGAN	*Miami Confidential*
CHRISTIANE HEGGAN	*L'Alibi*
CHRISTIANE HEGGAN	*Intime conviction*
CHRISTIANE HEGGAN	*Labyrinthe meurtrier*
CHRISTIANE HEGGAN	*Par une nuit d'hiver*
CHRISTIANE HEGGAN	*Troublantes révélations*
CHRISTIANE HEGGAN	*Intention de tuer*
CHRISTIANE HEGGAN	*Meurtre à New York*
METSY HINGLE	*Le masque de la mort*
METSY HINGLE	*La fille de l'assassin*
METSY HINGLE	*Noces noires*
GWEN HUNTER	*Faux diagnostic*
GWEN HUNTER	*Virus*
GWEN HUNTER	*Les mains du diable*
GWEN HUNTER	*Le triangle du mal*
GWEN HUNTER	*La piste du mal*
LISA JACKSON	*Dans l'ombre du bayou*
LISA JACKSON	*Noire était la nuit*
LISA JACKSON	*Les disparues de la nuit*
LISA JACKSON	*L'hiver assassin*
LISA JACKSON	*Piège de neige*
LISA JACKSON	*Un danger dans la nuit*
LISA JACKSON	*Visions*
CHRIS JORDAN	*L'étau*
CHRIS JORDAN	*Disparue*
PENNY JORDAN	*De mémoire de femme*
PENNY JORDAN	*La femme bafouée*
R.J. KAISER	*Qui a tué Jane Doe ?*
ALEX KAVA	*Sang Froid*
ALEX KAVA	*Le collectionneur*
ALEX KAVA	*Les âmes piégées*
ALEX KAVA	*Obsession meurtrière*
ALEX KAVA	*Le Pacte*
ALEX KAVA	*En danger de mort*
RACHEL LEE	*Neige de sang*
RACHEL LEE	*Le lien du mal*
RACHEL LEE	*Secret meurtrier*
P.D. MARTIN	*La marque du mal*

... / ...

DANS LA MÊME COLLECTION

Par ordre alphabétique d'auteur

DINAH McCALL	*Le silence des anges*
DINAH McCALL	*Les disparus de l'hiver*
DINAH McCALL	*Mélodie mortelle*
HELEN R. MYERS	*Mortelle impasse*
HELEN R. MYERS	*Les ombres du doute*
HELEN R. MYERS	*Mort suspecte*
HELEN R. MYERS	*Suspicion*
HELEN R. MYERS	*La marque du diable*
CARLA NEGGERS	*L'énigme de Cold Spring*
CARLA NEGGERS	*Piège invisible*
CARLA NEGGERS	*La dernière preuve*
CARLA NEGGERS	*Le voile noir*
CARLA NEGGERS	*La nuit du solstice*
CARLA NEGGERS	*Noirs desseins*
CARLA NEGGERS	*Une femme en fuite*
BRENDA NOVAK	*L'étrangleur de Sandpoint*
BRENDA NOVAK	*Noir secret*
BRENDA NOVAK	*Noirs soupçons*
BRENDA NOVAK	*Noire révélation*
MEG O'BRIEN	*Le piège*
MEG O'BRIEN	*En lettres de sang*
MEG O'BRIEN	*Pluie de sang*
MEG O'BRIEN	*La déchirure*
MEG O'BRIEN	*Spirale meurtrière*
SHIRLEY PALMER	*Zone d'ombre*
SHIRLEY PALMER	*Le bûcher des innocents*
EMILIE RICHARDS	*Le refuge irlandais*
EMILIE RICHARDS	*Mémoires de Louisiane*
EMILIE RICHARDS	*Le testament des Gerritsen*
EMILIE RICHARDS	*L'héritage des Robeson*
EMILIE RICHARDS	*L'écho de la rivière*
EMILIE RICHARDS	*Promesse d'Irlande*
EMILIE RICHARDS	*Du côté de Georgetown*
NORA ROBERTS	*Possession*
NORA ROBERTS	*Le cercle brisé*
NORA ROBERTS	*Et vos péchés seront pardonnés*
NORA ROBERTS	*Tabous*
NORA ROBERTS	*Coupable innocence*
NORA ROBERTS	*Maléfice*
NORA ROBERTS	*Enquêtes à Denver*
NORA ROBERTS	*Crimes à Denver*
NORA ROBERTS	*L'ultime refuge*
NORA ROBERTS	*Une femme dans la tourmente*
NORA ROBERTS	*Clair-obscur*
NORA ROBERTS	*Le secret du bayou*
NORA ROBERTS	*Le souffle du danger*
NORA ROBERTS	*La maison du mystère*
FRANCIS ROE	*L'engrenage*
FRANCIS ROE	*Soins intensifs*

.../...

DANS LA MÊME COLLECTION
Par ordre alphabétique d'auteur

KAREN ROSE	*Le lys rouge*
KAREN ROSE	*Et tu périras par le feu*
KAREN ROSE	*Je te volerai ta mort*
KAREN ROSE	*Le cercle du mal*
KAREN ROSE	*Le sceau du silence*
KAREN ROSE	*Les roses écarlates*
M. J. ROSE	*Le cercle écarlate*
M. J. ROSE	*La cinquième victime*
M. J. ROSE	*Rédemption*
JOANN ROSS	*La femme de l'ombre*
SHARON SALA	*Sang de glace*
SHARON SALA	*Le soupir des roses*
SHARON SALA	*Meurtre en eaux troubles*
SHARON SALA	*L'œil du témoin*
SHARON SALA	*Expiation*
SHARON SALA	*Si tu te souviens*
SHARON SALA	*Dans les pas du tueur*
MAGGIE SHAYNE	*Noir paradis*
MAGGIE SHAYNE	*Un parfait coupable*
TAYLOR SMITH	*Le carnet noir*
TAYLOR SMITH	*La mémoire assassinée*
TAYLOR SMITH	*Morts en série*
ERICA SPINDLER	*Rapt*
ERICA SPINDLER	*Black Rose*
ERICA SPINDLER	*La griffe du mal*
ERICA SPINDLER	*Trahison*
ERICA SPINDLER	*Cauchemar*
ERICA SPINDLER	*Pulsion meurtrière*
ERICA SPINDLER	*Le silence du mal*
ERICA SPINDLER	*Jeux macabres*
ERICA SPINDLER	*Le tueur d'anges*
ERICA SPINDLER	*Collection macabre*
ERICA SPINDLER	*Et vous serez châtiés*
ERICA SPINDLER	*L'innocence volée*
AMANDA STEVENS	*N'oublie pas que je t'attends*
AMANDA STEVENS	*La poupée brisée*
AMANDA STEVENS	*Juste après minuit*
AMANDA STEVENS	*Le repaire du mal*
AMANDA STEVENS	*Le secret des marais*
ANNE STUART	*La veuve*
TARA TAYLOR QUINN	*Enlèvement*
ELISE TITLE	*Obsession*
CHARLOTTE VALE ALLEN	*L'enfance volée*

…/…

DANS LA MÊME COLLECTION
Par ordre alphabétique d'auteur

LAURA VAN WORMER	*La proie du tueur*
GAYLE WILSON	*Les disparus du Mississippi*
GAYLE WILSON	*Rumeurs*
GAYLE WILSON	*Le secret de Maddie*
GAYLE WILSON	*L'innocence trahie*
KAREN YOUNG	*Passé meurtrier*

5 TITRES À PARAÎTRE EN MAI 2011

MIRA

Composé et édité par les
éditions Harlequin

Achevé d'imprimer en Allemagne
par GGP Media GmbH, Pößneck
en février 2011

Dépôt légal en mars 2011